Zum Buch:

Elsbeth ist noch ungewöhnlich jung, als sie die Leitung des Dirnenhauses »Zur schönen Frau« übernimmt, doch wegen ihres Liebreizes und durch geschicktes Taktieren besitzt sie bereits ein weitreichendes Netz an Einfluss und Verbindungen in die Kölner Unterwelt. Als Informantin trägt sie dazu bei, dass ihr Halbbruder zu Macht und Reichtum gelangt. Doch er hat auch viele Feinde, gegen die er ein unbarmherziges Regiment führt. Als er eines Tages ermordet aufgefunden wird, gerät seine junge Witwe in große Bedrängnis. Elsbeth hat ihm einst geschworen, über seine Familie zu wachen, deshalb versucht sie, gemeinsam mit dem Henker Johannes, das Verbrechen aufzuklären.

Zur Autorin:

Seit Petra Schier 2003 ihr Fernstudium in Geschichte und Literatur abschloss, arbeitet sie als freie Autorin. Neben ihren historischen Romanen schreibt sie auch zauberhafte Liebesromane mit Hund. Sie lebt heute mit ihrem Mann und einem Deutschen Schäferhund in einem kleinen Ort in der Eifel.

1. Auflage 2024
Originalausgabe

Umschlaggestaltung von Hauptmann & Kompanie, Zürich
Umschlagabbildung von Abstractor, Helen Lane,
PSAROV SERHII / Shutterstock
Karte von Peter Palm, Berlin
Gesetzt aus der Stempel Garamond
von GGP Media GmbH, Pößneck
Druck und Bindung von GGP Media GmbH, Pößneck
Printed in Germany
ISBN 978-3-365-00829-4
www.harpercollins.de

Petra Schier

Die Wächterin von Köln

Roman

HarperCollins

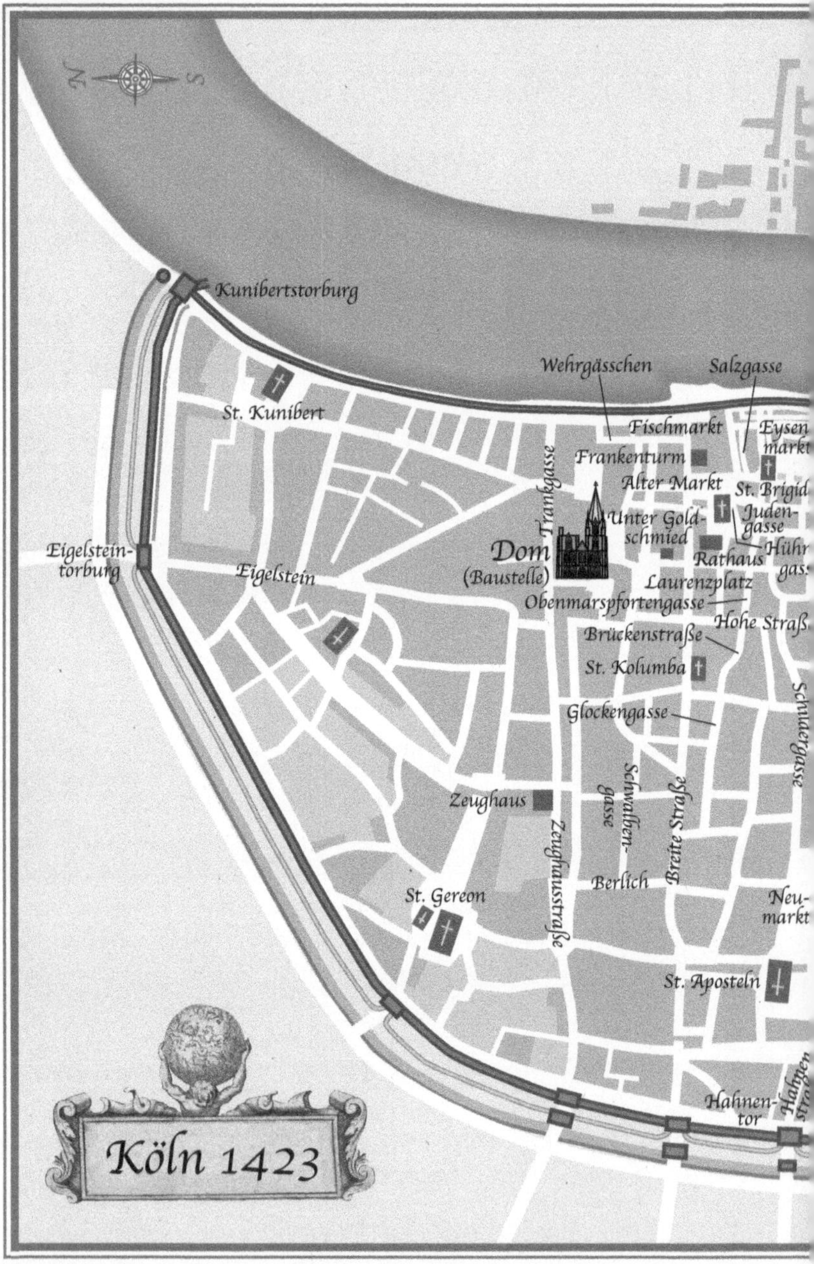

N
S
Kunibertstorburg
St. Kunibert
Wehrgässchen
Salzgasse
Fischmarkt
Eysen markt
Frankenturm
Alter Markt
St. Brigid
Trankgasse
Unter Gold-schmied
Juden-gasse
Dom
(Baustelle)
Rathaus
Hühr gas
Eigelstein-torburg
Eigelstein
Laurenzplatz
Obenmarspfortengasse
Hohe Straß
Brückenstraße
St. Kolumba
Glockengasse
Schildergasse
Schwalben-gasse
Breite Straße
Zeughaus
Zeughausstraße
Berlich
St. Gereon
Neu-markt
St. Aposteln
Hahnen-tor
Köln 1423

Rhein
Bayenturm
Sankt Maria
in Lyskirchen
Heu-
narkt
ihner-
arkt
Filzengraben
Webergasse
Severins-
tor
Waidmarkt
Blaubach
Perlengraben
Ulrepforte
Kleiner
Griechenmarkt
0
500 m

Personenverzeichnis

Hauptpersonen:

Elsbeth Biremaker	Vorsteherin der Dirnen im Haus *Zur schönen Frau* in der Schwalbengasse auf dem Berlich
Johannes Leyendecker	genannt Meister Hans, Scharfrichter (Henker) in Köln

Bewohner im Haus *Scone Frowe* (*Zur schönen Frau*):

Änne	ehemalige Hübschlerin, jetzt Magd, Geros Mutter
Alwina	Hübschlerin
(Mutter) Berta	frühere Vorsteherin der Dirnen im Haus *Zur schönen Frau*
Bänes	Knecht
Bart	Knecht
Britti	junge Bademagd und Hübschlerin
Cordian	Knecht, ehemaliger Söldner
Gero	Ännes Sohn, Knecht
Giselle	Hübschlerin
Hein	Koch
Lisbeth	Hübschlerin, verstorben
Mats	Knecht
(Dicke) Trin	ehemalige Dirne, jetzt Magd

Enno und Ulf	Bartscherergesellen
Bella, Christin, Erika, Frieda, Fygen, Geli, Hella, Marte, Sieglind, Thea, Vera, Walburga	weitere Bademägde und Hübschlerinnen

Elsbeths Boten und Zuträger

Bert	Knecht im Haus des Jan Starkenberg in der Glockengasse
Bernhard	Elsbeths Bote, ehemaliger Söldner
Dietmar	Elsbeths Bote, gelernter Sarwürker, Bettler
Götz	ehemaliger Päckelchesträger, Bartscherer, Anführer der Boten
Frieder	Elsbeths Bote, ehemaliger Söldner
Käthchen	Magd im Haus des Arnold Hürth
Karl	Elsbeths Bote, ehemaliger Söldner
Lutz	Knecht im Hause des verstorbenen Nicolai Golatti
Roland von Mommersloch	Tuchhändler
Sigmund	Elsbeths Bote, Schlitzohr, Totengräber
Ulrich	jüngster von Merles fünf Brüdern
Merle	Wäscherin, Balthasars Gefährtin

Die Amtmänner der Stadt Köln

Georg Hardefust	einer der drei Kölner Gewaltrichter

Melchior	Stadtschreiber
Thönnes van Kneyart	Goldschmied, Zunftmeister, Ratsherr, Anwärter auf das Schöffenamt
Vinzenz van Cleve	einer der drei Kölner Gewaltrichter, Albas Bruder, Gregor van Cleves Sohn, Geldwechsler und -verleiher

Weitere Personen:

Adelina Burka	ehemalige Apothekerin am Alten Markt, Ehefrau des Medicus Neklas Burka
Alba van Cleve	Vinzenz van Cleves ältere Schwester, verwitwet
Alessandro Venetto	Elsbeths und Nicolais Halbbruder, Geldwechsler aus Frankfurt
Aleydis de Bruinker	Witwe des Lombarden Nicolai Golatti
Arnold Hürth	Griselda Golattis Bruder
Balthasar	Halsabschneider, Merles Gefährte
Birgel	Hafenarbeiter, Clentz' älterer Bruder
(Meister) Callenberg	Küfer
Cathrein Golatti	Nicolais Tochter, Witwe des Jacob de Piacenza, Begine, Ursels und Marleins Mutter
Clentz	Hafenarbeiter, Birgels jüngerer Bruder
Conrad Liebesam	Bettelherr der Stadt Köln
Elfie	junges Mädchen

Enno	Küferlehrling
Gregor van Cleve	Vinzenz van Cleves und Albas Vater, Geldwechsler und -verleiher
Griselda Golatti	Nicolais verstorbene erste Gemahlin
Guido	Lustknabe
Hardwin	Balthasars Sohn
Hartlieb de Piacenza	Bruder von Jacob de Piacenza aus Bonn
Isa	Winkelhure
Jacob de Piacenza	Geldwechsler aus Bonn, Marleins und Ursels Vater, verstorben
Jan Leyendecker	genannt Meister Hans, früherer Kölner Scharfrichter (Henker), Onkel von Johannes Leyendecker
Jan Starkenberg	Weinhändler, Aleydis' Nachbar
Jonata Hirzelin	Beginenmeisterin in der Glockengasse
Jorg de Bruinker	Aleydis' Vater, Tuchhändler
Lehnert von Bonn	Waffenknecht bei Hartlieb de Piacenza
Meister Claiws	Nikolaus van Bueren, 1380–1445, ab 1424/25 Dombaumeister in Köln (historisch verbriefte Person)
Marlein Golatti	Cathreins Tochter, Ursels ältere Schwester
Mede	Magd im Haus des Henkers Johannes Leyendecker
Nicolai Golatti	Lombarde, verstorben
Neklas Burka	städtischer Medicus
Pit	Küferlehrling

Richard	Küferlehrling
Robert de Piacenza	Vetter von Hartlieb de Piacenza
Symon	Knecht im Haus des verstorbenen Nicolai Golatti
Tringen	Winkelhure
Tybald Linde	Waffenknecht bei Hartlieb de Piacenza
Ursel Golatti	Cathreins Tochter, Marleins jüngere Schwester
Wardo	Knecht im Haus des verstorbenen Nicolai Golatti, Balthasars Bruder
Wilhelm Richmodis	reicher Bürger

Kapitel 1

16. August Anno Domini 1423

»Elsbeth? Bist du hier drinnen?« Der Kopf der ältlichen Magd, die wegen ihrer Leibesfülle seit jeher *dicke Trin* genannt wurde, schob sich durch den Türspalt. Ihre Miene hellte sich auf, und sie betrat den kleinen Raum, den Elsbeth gerne ihre Schreibstube nannte, obgleich er eher eine Art Kontor war, denn hier bezahlten normalerweise die Freier, die das Haus *Zur schönen Frau* betraten, den veranschlagten Liebeslohn.

»Ah, gut, du bist da.« Elsbeth, die gerade dabei war, die Abrechnung des in der vergangenen Woche eingenommenen Geldes sowie der darauf entfallenden Abgaben an Henker, Stadt und zuständigen Bettelherrn vorzunehmen, hob den Blick kaum von den Münzen auf dem Schreibpult vor ihr. »Was gibt es denn? Steht Conrad Liebesam schon wieder frühzeitig vor der Tür, um den Bettelpfennig zu kassieren? Dann sag ihm, er muss sich noch einen Augenblick gedulden. Ich habe den Betrag noch nicht ausgerechnet.«

»Nein, Elsbeth, nicht der Herr Conrad steht vor der Tür.« Trin trat nah an das Schreibpult heran. Ihr Atem ging dabei stoßweise und rasselnd; ihre Wangen wiesen unregelmäßige rote Flecke auf. Offensichtlich machte ihr die Leibesfülle von Tag zu Tag mehr zu schaffen. »Da will euch ein junges Ding sprechen. Sie sagt, ihr Name ist Britti und dass sie hier arbeiten will.«

Nun hob Elsbeth doch den Kopf. »Wie jung?«

Trin hob die Schultern. »Dreizehn, vierzehn vielleicht.«

»Zu jung.« Missvergnügt erhob Elsbeth sich. »Bring sie in die Schankstube, ich rede mit ihr.«

»Ja. Natürlich. Sofort.« Trin wandte sich ab und verließ leise keuchend die Kammer. Bei jedem schlurfenden Schritt kratzten und klapperten ihre derben Holzpantinen auf dem sauber gekehrten Dielenboden.

Elsbeth trat an das offen stehende Fenster, das auf den Hinterhof und den daran angrenzenden Garten hinausging. Dort waren die beiden Zwillingsschwestern Fygen und Christin gerade dabei, einen Zuber voller weißer Wäsche zum Bleichen Richtung Tor zu tragen, um sie zur Bleichwiese zu bringen. Wie immer, wenn sie die beiden sah, sann sie darüber nach, wie verschieden sie doch aussahen, abgesehen von ihren schwarzen Haaren und den grauen Augen. Christin war groß und kräftig, Fygen hingegen klein und zierlich. Wenn sie beieinanderstanden, konnte man zwar eine gewisse Ähnlichkeit ausmachen, als Zwillinge hätte man sie jedoch nicht erkannt. Sie bestanden aber darauf, seit sie vor einem Jahr für Elsbeth zu arbeiten begonnen hatten, und hatten achtzehn als ihr Alter angegeben. Da Elsbeth keinen gegenteiligen Beweis erbringen konnte, ließ sie es trotz ihrer Skepsis dabei bewenden. Immerhin mochte es ja tatsächlich hin und wieder Zwillingspärchen geben, die sich nicht wie ein Ei dem anderen glichen. Nicht einmal das gleiche Geschlecht mussten sie haben. Einzig die Tatsache, dass Fygen wirklich deutlich jünger wirkte, hatte Elsbeth anfangs Sorgen bereitet.

Sie war selbst mit knapp fünfzehn Jahren in dieses Metier geraten und wusste, dass es eigentlich viel zu früh war für ein so junges Mädchen, ihren Leib täglich gegen bare Münze feilzubieten. Der Stadtrat sah es inzwischen ebenfalls nicht gerne und drückte nur dann ein Auge zu, wenn durch Hurenwirtin und Henker bestätigt wurde, dass dem betreffenden jungen Weib kein körperlicher Schaden oder seelische Pein aufgezwungen wurde. Eine Regelung, die nicht zuletzt von ihr selbst angeregt worden war. Deshalb bereitete sie sich innerlich darauf vor, das junge Ding in ihrer Stube mit einem Bündel an Ermahnungen und guten Ratschlägen abzuweisen.

Sie straffte die Schultern, strich ordnend über ihr silbergraues, tief, aber noch schicklich ausgeschnittenes Kleid, entwirrte kurz die gelben und roten Bänder an ihren Schultern und prüfte, ob ihr Haar unter dem leichten Schleier noch ordentlich aufgesteckt war. Sie achtete auch mit ihren nunmehr dreiundvierzig Lebensjahren sorgsam darauf, stets erlesen gekleidet und gepflegt zu sein. Auch wenn sich mittlerweile einige graue Strähnen in das Hellbraun ihres welligen Haars geschlichen hatten, wusste sie doch, dass sie nach wie vor als ansehnliches Weib galt, und das machte sie sich in einer Welt, die von Männern regiert wurde, immer wieder zunutze.

Als sie die leere Schankstube betrat, einen großen rechteckigen Raum mit gepolsterten Bänken an den Wänden und mehreren langen Tischen in der Mitte, die von ebenfalls gepolsterten Bänken flankiert wurden, sprang ein junges Mädchen mit dickem geflochtenem braunem Zopf von einer dieser Bänke auf.

»Frau Elsbeth, guten Tag!« Abwartend blieb sie stehen.

»Sei gegrüßt.« Elsbeth ging ein paar Schritte auf das Mädchen zu und unterzog deren Erscheinung einer eingehenden Musterung. Die Kleine war hübsch, ohne Frage, und besaß für ihr Alter einen üppigen Busen und ebensolche Hüften. Auf so manchen Besucher dieses Hauses würde sie damit unwiderstehlich wirken. Sie bedeutete dem Mädchen mit einer Geste, sich einmal im Kreis zu drehen. Das hellbraune Leinenkleid war ein bisschen knapp und spannte leicht über den weiblichen Rundungen. Es war schon etwas verschlissen, jedoch säuberlich geflickt, und an den fadenscheinigen Stellen geschickt mit farblich passenden Stoffeinsätzen verstärkt worden. »Du bist also Britti.«

»Ja, Frau Elsbeth.« Das Mädchen nickte eifrig. »Eigentlich heiße ich Brigitte, aber alle nennen mich schon immer nur Britti.«

»Soso.« Elsbeth nickte knapp. »Wie alt bist du, Britti, und woher kommst du?« Ehe Britti etwas sagen konnte, hob Elsbeth mahnend den Zeigefinger. »Die Wahrheit. Ich sehe es dir an, wenn du flunkerst.«

»Natürlich.« Eine kaum merkliche Röte zeichnete sich auf Brittis Wangen ab. »Ich bin im März vierzehn Jahre alt geworden. Geboren wurde ich in Bonn, und von dort bin ich auch kürzlich hier herübergekommen. Meine Eltern wohnen dort und auch mein Onkel, der Schneidermeister ist und bei dem ich als Näherin gearbeitet habe.«

»Eine Näherin bist du also.« Das erklärte die fachkundigen Ausbesserungen an dem Kleid. Elsbeth trat noch einen Schritt auf Britti zu und suchte ihren Blick. »Du bist mit vierzehn Jahren noch zwei Jahre zu jung für den Eintritt in ein Dirnenhaus. Was lässt dich glauben, ich würde dich nicht augenblicklich von einem Büttel aufgreifen und zurück nach Bonn bringen lassen?«

Einen Moment lang wirkte Britti von dem brüsken Ton, den Elsbeth angeschlagen hatte, eingeschüchtert, doch schon im nächsten Augenblick setzte sie eine entschlossene Miene auf. »Weil mich in Bonn keiner haben will. Mein Onkel hat mich aus dem Haus gejagt, und meine Eltern sagen, sie würden mich nicht kennen und wollten nichts mit mir zu tun haben, weil ich eine Schande für die Familie sei.« Ganz kurz schwankte ihre Stimme, doch sie hatte sie erstaunlich rasch wieder im Griff. »Es wäre vergebene Liebesmüh, mich zurückzuschicken. In Bonn gibt es nichts mehr für mich.«

»Und weshalb hält dich deine Familie für einen solchen Schandfleck?«, hakte Elsbeth nach, obgleich sie die Antwort bereits erahnen konnte.

»Weil ich und mein Vetter ...« Nun schluckte Britti doch, und ein Ausdruck des Bedauerns huschte über ihre Miene. »Clausmann ist vier Jahre älter als ich und ein schneidiger Bursche. Er ging bei dem Küfer nebenan, also neben dem Haus meines Onkels, in die Lehre und kann vielleicht sogar mal die Küferei übernehmen, weil der Meister Ringholz keinen lebenden Sohn mehr hat.« Sie holte kurz Luft. »Der Clausmann und ich, wir haben uns gern. Sehr sogar. Und weil wir nicht so lange warten wollten, bis er nicht mehr bloß Geselle ist und endlich heiraten kann, haben wir ... na ja, es miteinander getan. Heimlich natürlich, und er hat auch immer gut aufgepasst, dass er nicht ... also, dass ich nicht schwanger werde. Aber dann hat uns die Marga, das ist die Frau des Küfers, doch mal erwischt und ein großes Geschrei veranstaltet von wegen Blutschande und Unzucht und so, und na ja ...«

»Das hat deiner Familie natürlich gar nicht gefallen«, schloss Elsbeth.

»Nein, hat es nicht. Obwohl man doch seinen Vetter heiraten darf. Die hohen Herren und Frauen tun das doch auch ununterbrochen.«

Elsbeth runzelte die Stirn. »Eine Ehe zwischen Cousin und Cousine ist nicht erlaubt, Mädchen, wer hat dir denn solch einen Unsinn eingeredet? Dieser Clausmann womöglich? Ihr hättet niemals einen Priester gefunden, der dazu seinen Segen gegeben hätte.«

»Aber die hohen Herren und Frauen ...«

»Die können sich eine Dispens beim Papst oder beim Erzbischof leisten. Aber ein Küfer und eine Näherin werden in hundert Jahren nicht genügend Geld verdienen, um auch nur den zehnten Teil einer solchen Summe aufzubringen.«

»Das hat Mutter auch gesagt, bevor sie mich rausgeworfen hat.« Britti zupfte am Ende ihres Zopfes herum. »Wir haben uns aber trotzdem gern … oder hatten. Jetzt soll Clausmann die Küferstochter heiraten, nein, wahrscheinlich hat er das schon getan. Ich bin ja schon seit Juni weg von Bonn. Ich habe versucht, irgendwo eine Stelle als Näherin zu finden, aber die Meister wollen fast immer eine Empfehlung oder so etwas, und wenn nicht, dann zahlen sie fast nichts oder wollen anderweitige ›Dinge‹.« Sie zuckte mit den Achseln. »Da habe ich mir gedacht, dass ich das dann auch richtig machen kann. So bin ich ja auch hierhergekommen. Ein Handelsherr hat mich mitgenommen, und dafür habe ich seine Gesellen ein bisschen unterhalten. Darin bin ich ganz gut, die Kerle mögen mich.« Sie blickte an sich hinab. »Ich gefalle ihnen gut.«

»Kann ich mir denken.« Weiterhin skeptisch verzog Elsbeth die Lippen. »Du könntest immer noch eine Stelle als Näherin finden und vielleicht sogar einen Mann, der mit dir zusammenleben will. Mit oder ohne Ehegelöbnis.«

»Aber warum soll ich denn für einen Hungerlohn nähen und die Zudringlichkeiten des Meisters oder seiner Söhne und Gesellen kostenlos ertragen oder für ein paar Pfennige, sobald ihnen danach ist, wenn ich hier für die gleiche Sache mehr Geld haben kann? Ich habe mich genau umgehört und weiß, dass dieses Haus das beste und teuerste in Köln ist. Ihr achtet gut auf die Frauen, die hier arbeiten, und Ihr bezahlt auch am meisten. Ich werde gute Arbeit leisten und alle Männer zuvorkommend bedienen, auch und gerade die ganz hohen Herren, die hier ein- und ausgehen.«

»Du scheinst ja gut Bescheid zu wissen.« Widerwillig empfand Elsbeth einen Anflug von Bewunderung für dieses junge Mädchen. Dennoch musste sie sie natürlich auf die Probe stellen. »Das Leben als Hübschlerin ist kein Zuckerschlecken. Ganz was anderes als ein bisschen Unzucht mit ein paar Handelsgesellen. Es gibt auch Männer, von denen wirst du abgestoßen sein, und trotzdem kann ich sie nicht einfach grundlos abweisen, wenn sie nach dir verlangen. Es besteht zwar mittlerweile gottlob ein gewisser Schutz für Weiber wie uns, der Rat hat hierzu einige Vorschriften und Verordnungen erlassen, aber die gelten nur in besonderen Fällen, zum Beispiel, wenn ein Freier rohe Gewalt anwendet. Es gibt aber eine Menge Spielarten des Beisammenseins, die eine freie Frau mehr oder weniger klaglos über sich ergehen lassen muss.«

Britti nickte. »Das weiß ich.«

»Wirklich?«

Wieder nickte das Mädchen. »Ich habe schon mit ein paar Hübschlerinnen geredet. Alle sagen, bei Euch ist es noch am besten, vor allem, weil Ihr auch ein Badehaus betreibt und deshalb die Freier fast alle sauber sind, wenn sie ... es dann mit einer Frau tun.«

»Ach.« Die widerwillige Bewunderung wuchs. »Du hast sonntags frei und musst auch am Samstagabend nicht arbeiten, es sei denn, du tust es aus freien Stücken. Wenn du deine Mondtage hast, brauchst du ebenfalls nicht zu arbeiten. Du darfst dich innerhalb und außerhalb der Stadt frei bewegen, musst dich aber mit diesen Bändern«, sie ließ die farbigen Stoffstreifen an ihren Schultern durch die Finger gleiten, »stets eindeutig als Hübschlerin kenntlich machen. Von braven Mägden, Jungfern, Weibern und Ehemännern hältst du dich fern, soweit es dir möglich ist. Kein Gewerbe außerhalb dieses Hauses oder der Badestube. Dafür kann dich der Büttel in den Kerker werfen lassen.« Abwartend musterte sie das Mädchen.

Erneut nickte Britti. »Verstanden.«

»Du darfst jederzeit zur Kirche gehen, um zu beten, aber du musst dich, speziell während der Gottesdienste, in dem für uns abgegrenzten Bereich aufhalten und darfst dich selbstverständlich auch keinem Priester, Mönch, Novizen oder sonst einem Kleriker nähern.«

»Gehen die denn nicht auch hier ein und aus?«, platzte es aus Britti heraus. »Ich habe gehört ...«

»Was du gehört hast, will ich nicht wissen«, unterbrach Elsbeth sie und maß sie mit strengem Blick. »Und du wirst solcherlei Gerüchte auch tunlichst für dich behalten, ist das klar?«

»Ja, selbstverständlich.« Britti zog den Kopf ein wenig ein.

Zufrieden über diese Reaktion fuhr Elsbeth fort: »Für jeden Verkehr zahlt ein Freier mir vier Pfennige. Sollte er also mehr als einmal wollen, sagst du mir hinterher Bescheid. Für alle Dienstleistungen, die ohne Verkehr enden, werden zwei Pfennige bezahlt. Bleibt ein Freier die ganze Nacht, zahlt er zwölf Pfennige. Speisen und Getränke kosten extra, ebenso das Baden, die Schwitzkammer, Massieren und Scheren von Bart oder Körperhaaren. Letzteres übernehmen allerdings die beiden Bartscherergesellen Ulf und Enno oder Thea und Sieglind, die sich ebenfalls auf den Umgang mit der Rasierklinge verstehen. Alle weiteren Sonderwünsche müssen mir vorab zu Gehör gebracht werden.«

»Ja, Frau Elsbeth.« Ein fünftes Mal nickte Britti geflissentlich.

»Bei manchen Festlichkeiten werden wir oder einige von uns vom Rat als Schaustellerinnen oder Tänzerinnen eingeladen. Auch hier müssen wir uns von den braven Weibern, Jungfern und Ehemännern sowie den Priestern fernhalten und dürfen auch mit den unverheirateten Männern keine Unzucht treiben.«

Elsbeth hielt kurz inne, bevor sie fortfuhr: »Ich behalte als Wirtin dieses Hauses von jedem Lohn für einen Verkehr einen Pfennig ein, einen halben für Dienste ohne Verkehr. Du zahlst darüber hinaus für Verpflegung, Bett und Bettwäsche pro Woche einen Betrag von sechsunddreißig Pfennigen sowie zwei Extrapfennige an den Bettelherrn. Für dieses Geld zündet er in der Kirche einmal wöchentlich eine Wachskerze zum Gedenken an die Verstorbenen und an die Heiligen an, das restliche Geld verwaltet er für die Verpflegung und Behandlung von Kranken oder schwangeren Hübschlerinnen.« Wieder entstand eine kurze Pause. »Solltest du krank oder schwanger werden, musst du mir dies augenblicklich mitteilen.«

Ein sechstes Nicken folgte. »Wenn ein Freier dir zusätzlich Geld zusteckt, gibst du mir den dritten Teil davon ab, den Rest legst du in die abschließbare Lade in deiner Kammer. Dieses Geld gehört dir. Du kannst damit Schulden begleichen, sollten welche bei mir entstehen, etwa für Kleider und dergleichen, die du ausschließlich über mich beziehen darfst, oder wenn dein Verdienst nicht für die Kosten der Unterkunft ausreicht. Wenn du sonstige Geschenke erhältst, wie Kleidung, Hauben, Taschen, Börsen, Tand oder Schmuck, darfst du diese Sachen behalten.«

Britti straffte die Schultern. »Wann fange ich an?«

Elsbeth lächelte schmal: »Ich muss dich zunächst von einer Hebamme und einer unserer Frauen untersuchen lassen, damit wir sicher sein können, dass du weder schwanger noch krank bist. Diese Untersuchung wird regelmäßig viermal im Jahr wiederholt. Wenn alles in Ordnung ist, gebe ich Meister Hans, dem Scharfrichter, Bescheid, dass du ein offizielles Gesuch um Eintritt in mein Dirnenhaus gestellt hast. Er wird dich daraufhin auch noch einmal befragen, und falls er keine Einwände erhebt, bist du hier aufgenommen. Bis dahin darfst du hier noch nicht wohnen, aber ich kann dir eine Kammer in meiner Wohnung über der Badestube anbieten. Ich nehme doch an, dass du keinen anderweitigen Schlafplatz hast, und wir wollen ja nicht riskieren, dass die Büttel oder die Stadtwache dich irgendwo aufgreifen, nicht wahr?«

»Das ist sehr großzügig von Euch, Frau Elsbeth.« Britti lächelte sichtlich erleichtert. »Ich werde …«

»Du wirst erst einmal das Frau vor meinem Namen vergessen, denn diese Anrede gebührt mir nicht. Wenn du mich ansprichst, dann nur mit Elsbeth. Ich werde gleich mal sehen, ob du dich irgendwie nützlich machen kannst. Wir haben heute Waschtag.«

»Ich kann auch dabei helfen, die Kleider der Frauen zu flicken und so«, schlug Britti eifrig vor. »Das habe ich ja gelernt, und deshalb …«

»Eine gute Idee.« Elsbeth nickte beifällig. »Am besten gehst du …«

»Elsbeth?« Schon wieder streckte Trin den Kopf zur Tür herein. Die roten Flecken auf ihren Wangen hatten sich noch vertieft, und sie schnaufte, als wäre sie gerannt. »Komm mal rasch, der Meister Hans ist da, also vor der Tür, und will dich dringend sprechen.«

»Meister Hans?« Überrascht wandte Elsbeth sich der Magd zu. »Warum hast du ihn denn nicht hereingebeten?« An Britti gewandt erklärte sie: »Meister Hans ist der Scharfrichter. Dieses Haus und alle seine Bewohnerinnen und Bewohner sind ihm unterstellt.«

»Wollt ich ja.« Trin war inzwischen eingetreten und wischte sich mit dem Ärmel ihres braunen Kleides den Schweiß von der Stirn. »Aber er sagt, was er mit dir zu besprechen hat, gehört nicht hierher. Ich soll dir sagen, du sollst zu ihm rauskommen.«

»Ach.« Elsbeth runzelte die Stirn. »Wie sonderbar. Aber gut, wenn er es so will. Nimm dich derweil Brittis an. Gib ihr eine Arbeit, entweder bei den Wäscherinnen oder draußen im Hof oder im Hühnerstall. Bis sie offiziell eine von uns ist, beschäftigen wir sie als Magd.«

»Eine von uns?« Trin maß Britti mit unverhohlen skeptischer Miene. »Dat junge Ding? Gibt dat keinen Ärger mit dem Rat?«

»Nicht, wenn ich es verhindern kann.« Ohne weiter auf Trin oder Britti zu achten, begab sich Elsbeth durch die mit dichten Vorhängen kaschierte Tür in den Flur, der zur Haustür führte. Wie immer, wenn sie einem Treffen mit Meister Hans entgegensah, dessen richtiger Name Johannes war, was aber außer ihr nur wenige Menschen wussten, klopfte ihr Herz freudig schneller. Auch nach all den Jahren hatte sich daran nichts geändert.

Das herzliche und, da sonst niemand anwesend war, überaus liebevolle Lächeln, das sie aufsetzte, bevor sie zu ihm nach draußen in den nachmittäglichen Sonnenschein trat, gefror auf ihren Lippen, als sie seine gleichermaßen ernste wie betroffene Miene erblickte. Ein ungutes Gefühl breitete sich in ihrer Magengrube aus. »Guten Tag, mein Lieber.« Sie gab sich Mühe, einen fröhlichen Ton anzuschlagen, doch als er schweigend ihre Hand ergriff und leicht drückte, schnürte sich ihre Kehle zu. »Um Himmels willen, Johannes, was ist geschehen?«

Kapitel 2

Johannes Leyendecker war, wenngleich durchaus gebildet und falls nötig wortgewandt, kein Freund großer Worte oder ausschweifender Reden. Doch selbst die wenigen Worte, die er sich auf dem Weg zu Elsbeths Dirnenhaus am Berlich zurechtgelegt hatte, blieben ihm bei ihrem Anblick regelrecht im Halse stecken. Auf ihre erschrockene Frage hin sah er sie einen langen Moment nur schweigend an, dann zog er sie einfach wortlos mit sich in die Schwalbengasse und von dort aus auf den breiter ausgebauten Berlich.

»Hans, was ist denn los?« Elsbeth stolperte die ersten Schritte hinter ihm her, entwand sich ihm dann aber, da um diese Tageszeit ein reges Treiben auf den Straßen und in den Gassen Kölns herrschte. Mägde mit Eimern, Wäschekörben oder beladen mit Einkäufen waren zu sehen, Hökerinnen, Knechte, die Fuhrwerke be- oder entluden, Handwerker, die ein Haus abrissen, und andere, die wenige Schritte weiter eines erbauten, dazwischen kreischende, umhertollende Kinder, bellende Hunde, ein Schwein, das sich in einer winzigen Schlammlache suhlte, frei umherlaufende Hühner, die offenbar aus ihrem Gehege in einem der Hinterhöfe ausgebrochen waren. Rufe mischten sich mit Gelächter, Gehämmer mit dem Ratschen einer Säge.

Johannes blieb kurz stehen, als ein kleiner Junge von vielleicht vier oder fünf Jahren ihren Weg kreuzte. Mithilfe einer langen Gerte, die seine Körperlänge deutlich übertraf, scheuchte er geschickt eine Schar Gänse vor sich her. Kaum war er aus dem Weg, als Johannes Elsbeth erneut bedeutete, ihm zu folgen. Er ging mit ausholenden Schritten die Straße Auf dem Berlich hinauf, am städtischen Kornhaus vorbei, bis unterhalb des Klarissenklosters, zwischen der alten Burgmauer und dem Zeughaus, die Heiligkreuzkapelle in Sicht kam. Zielstrebig steuerte er auf die Pforte aus dunklem Eichenholz zu und ließ Elsbeth den Vortritt.

Kaum hatte er sie wieder geschlossen, als angenehme Kühle und Stille sie umfingen. Das starke Gemäuer und auch die vergitterten Butzenglasscheiben hielten fast alle Geräusche der Außenwelt ab und ermöglichten im Innern eine ungestörte Andacht. Eine Gelegenheit zur Buße oder auch zum Müßiggang, der sich allerdings nur selten jemand bediente. Zwar zeugte das saubere, mit Kreuzmotiven bestickte Tuch auf dem aus einem Basaltblock geschnittenen Altar ebenso davon, dass sich jemand um die Kapelle kümmerte, wie die halb heruntergebrannte Wachskerze in dessen Mitte und der frische Sommerblumenstrauß auf dem Bord unter dem großen schwarzen Holzkreuz an der Wand, doch betende oder bittende Menschen sah man hier kaum. Nicht einmal der alte Priester, der hinten hinaus eine winzige Wohnung besaß, die durch eine schmale Wendeltreppe erreicht werden konnte, war tagsüber hier anzutreffen. Genau deshalb hatte Johannes Elsbeth hierhergebracht. Hier waren sie ungestört und vor neugierigen Ohren und Augen sicher. Dennoch wusste er immer noch nicht, wie er seine niederschmetternde Botschaft loswerden sollte.

»Elsbeth«, begann er und hielt gleich wieder inne.

»Nun rede endlich!« Ihre Stimme klang gleichermaßen ungeduldig wie verunsichert. Sie rieb sich über die Oberarme. »Was soll das? Weshalb hast du mich hierhergebracht?«

Er atmete tief durch. »Ich muss dir mitteilen … dir sagen …« Er fluchte innerlich. »Es geht um Nicolai. Er wurde … Er ist …

Man hat ihn vor wenigen Stunden vor dem Hahnentor aufgefunden … aufgeknüpft an einem Baum.«

»Was sagst du da?« Entgeistert starrte Elsbeth ihn an. »Mein Bruder ist tot?«

»Ermordet.« Johannes ergriff ihre Hände. »Es tut mir sehr leid. Ich wusste nicht, wie ich es dir anders sagen sollte. Bauern haben ihn gefunden und den Büttel gerufen, und der hat meinen Gesellen mit zu dem … Unglücksort genommen. Meister Bertram, wie er sich inzwischen hochtrabend nennt, weil er demnächst als Henker in Koblenz angestellt wird, hat den Tod bestätigt.«

Elsbeth kämpfte sichtlich mit sich. »Da ist noch etwas, ich sehe es dir an.«

»Man ging anfangs von einem Selbstmord aus.«

»Ausgeschlossen!« Womöglich noch entsetzter riss Elsbeth sich von ihm los. »Niemals hätte er so etwas getan. Das ist unerhört! Er war … wollte … Er war endlich glücklich, Johannes. Vielleicht zum ersten Mal in seinem Leben. Weshalb hätte er es sich selbst nehmen sollen?«

Rasch trat Johannes wieder auf sie zu und griff erneut nach ihren Händen. »Wenn man eine Leiche erhängt auffindet, ist Selbstmord im Allgemeinen der erste Verdacht. Glücklicherweise war die Reaktion seiner Witwe die gleiche wie deine. Sie hat einen Selbstmord kategorisch ausgeschlossen und darüber hinaus ein sehr scharfes Auge, weshalb sie mich hinzuziehen ließ.«

»Aleydis hat dich holen lassen? O Gott, war sie denn dort?« Ungläubig riss Elsbeth die Augen auf.

»Sie bestand darauf, die Fundstelle zu sehen, nachdem der Schöffe Richwin van Kneyart sie über das Unglück informiert hatte.«

»O Gott«, wiederholte Elsbeth tonlos, löste ihre rechte Hand aus der seinen und rieb sich über die Stirn. »Die arme Aleydis. Wie geht es ihr? Sie muss völlig außer sich sein.«

»Tatsächlich hält sie sich ausgesprochen tapfer und besonnen.« Johannes zog Elsbeth sanft mit sich zu einer Bank, und als sie sich darauf niederließ, setzte er sich neben sie. »Sie bestand darauf, Nicolais Leichnam in Augenschein zu nehmen, und fand tatsächlich, was Büttel, Schöffen und leider auch Bertram entgangen war. Es gibt zwei Würgemale an Nicolais Hals. Eines, das von der Kehle aus gesehen schräg nach oben weist, so wie es beim Erhängen zu erwarten ist, und ein zweites, das waagerecht über seine Kehle führt und nur den Schluss zulässt, dass dein Bruder von jemandem gewürgt wurde, entweder bis zur Bewusstlosigkeit oder bis zum Tod, und danach an dem Baum aufgehängt worden ist.«

»Das hat Aleydis entdeckt?« Kurz hellte sich Elsbeths Miene auf, und Entsetzen und Trauer wichen einem Ausdruck von Bewunderung und Anerkennung. Gleich darauf wurde er jedoch von Besorgnis verdrängt. »Trotzdem muss sie doch vollkommen erschüttert sein.«

»Das ist sie.« Zustimmend nickte Johannes.

»Bei der Heiligen Jungfrau und allen Heiligen!« Elsbeth schlug die Hände vors Gesicht. »Wie erschüttert wird sie erst sein, wenn sie erfährt, was in Nicolais Testament steht.« Sie ließ die Hände wieder sinken. »Welcher Gewaltrichter ist zuständig?«

»Vinzenz van Cleve. Aleydis wird umgehend Anklage erheben.«

»Natürlich.« Elsbeth nickte. In ihre Augen war ein Funken ihrer altbekannten schalkhaften Entschlossenheit getreten. »Vinzenz van Cleve also. Das dürfte interessant werden.«

»Inwiefern?« Irritiert konstatierte Johannes, dass ein mutwilliges Lächeln über Elsbeths Lippen huschte.

»Warten wir es ab« war jedoch das Einzige, was sie dazu zu sagen hatte.

Stirnrunzelnd musterte er sie. »Was genau steht denn in Nicolais Testament?«

Elsbeth faltete ihre Hände wie zum Gebet und blickte zu dem großen schwarzen Holzkreuz an der Wand empor. »Er hat sie als Haupterbin eingesetzt.«

»Zur … was bitte?« Entgeistert starrte er sie an. »Du meinst doch wohl nicht …?«

»Doch.« Sie erwiderte seinen Blick ruhig, nun aber wieder mit Besorgnis. »Er hat ihr alles vermacht. Erst kürzlich hat er mir davon erzählt.« Ihr Blick umwölkte sich kurz. »Ich fragte ihn, ob er das für sinnvoll hielt, doch er war fest entschlossen, und auf mich wirkte es so, als wäre er ausgesprochen glücklich mit dieser Lösung, aber den Grund hat er mir nicht genannt. Offenbar hat Cathrein ihn auf den Gedanken gebracht.«

»Seine Tochter?«

Sie nickte. »Andrea hat er enterbt.«

»Großer Gott.« Johannes bekreuzigte sich rasch. »Das wird Andrea sauer aufstoßen. Als nächster männlicher Verwandter wäre er der Anwärter auf das Erbe.«

»Damit hätte Nicolai aber den Bock zum Gärtner gemacht.« Elsbeth hob die Schultern. »Ich hätte ihm auch nichts vererbt. Schon gar nicht eine solche … Verantwortung.«

Johannes räusperte sich. »Ich habe das also wirklich richtig verstanden? Nicolai hat seiner gerade einmal neunzehnjährigen Witwe *alles* vererbt?«

»Sie ist inzwischen zwanzig«, korrigierte Elsbeth. »Aber du hast recht gehört. Aleydis ist jetzt die Herrin über alles. Den Beginenhof, in dem Cathrein lebt, hat er mit einer sehr großzügigen Spende bedacht, die die frommen Frauen auf viele Jahre hin mit großer Bequemlichkeit versorgen wird, und seine beiden Enkelinnen Marlein und Ursel erhalten jeweils eine Mitgift, die wahrscheinlich so manche Herzogentochter vor Neid erblassen ließe. Aleydis bekommt den großen Rest.« Elsbeth ließ ein trockenes Lachen folgen. »Sozusagen.«

»Also auch seine …« Er wagte es kaum, das Wort auszusprechen.

Elsbeth besaß weniger Skrupel. »Seine Schattenwelt, ja. Aleydis herrscht jetzt darüber. Sie muss es tun. Alles andere wäre gefährlich.«

»Aber … Sie weiß doch nicht einmal davon, oder?« Ratlos fuhr Johannes sich durch sein dichtes blondes Haar, das er im Nacken mit einem Lederriemen zu einem Zopf gebunden hatte.

»Sie hat nicht die leiseste Ahnung.« Jäh sprang Elsbeth auf und ging vor dem Altar mit der einzelnen Kerze auf und ab. Die Bewegung verursachte einen Luftzug, der die Flamme flackern ließ. »Nicolai …« Ihre Stimme klang belegt. »Er hat mir versprochen, mit ihr zu reden, ihr alles zu erzählen, aber er sagte, er bräuchte noch etwas Zeit. Ein klein wenig nur, um sich auf dieses große Geständnis vorzubereiten – und wie hätte ich ihm das verdenken können? Auch mir wollte er mehr über seine Pläne erzählen, aber wir wurden unterbrochen.« Sie seufzte. »Ich hätte darauf bestehen müssen, dass er mich sofort in alles einweiht, aber ich konnte ja nicht ahnen, dass wir keine Gelegenheit mehr haben würden, miteinander zu reden.« Sie drehte sich zu Johannes um, und nun war tiefe Trauer von ihrem Gesicht abzulesen. Ihre Augen glänzten von aufsteigenden Tränen. »Er hat zu lange gewartet – ich ebenfalls. Und nun ist mein Bruder tot.«

Eilig stand Johannes auf und zog sie in seine Arme. Elsbeth drückte ihr Gesicht gegen seine Schulter. »Wer hat das getan?«

»Wir wissen es nicht.« Zärtlich streichelte er ihren Nacken. »Es gab keine Spuren, keine Zeugen, zumindest haben sich bisher noch keine gemeldet. Aber ich bin sicher, der Gewaltrichter und die Schöffen werden alles versuchen, um den Mörder ausfindig zu machen und zu bestrafen.«

»Ja, wahrscheinlich wird van Cleve das tun.« Halt suchend schlang Elsbeth ihre Arme um seine Mitte. »Bei den Schöffen bin ich mir nicht so sicher. Viele von ihnen werden nur allzu froh sein, dass Nicolai tot ist. Er hatte viel Einfluss. Macht«, korrigierte sie sich. »Er war ein gefährlicher Mann.« Sie hob den Kopf, um ihm in die Augen zu sehen. »Aleydis schwebt in Gefahr, und sie weiß es nicht einmal. Ich muss ihr helfen.«

»Wie denn?« Fragend blickte er auf sie hinab. Sie reichte ihm nur bis zum Kinn, sodass er sich ein wenig zurücklehnte, um ihre Miene studieren zu können. »Sie weiß auch nichts von dir, oder etwa doch?«

»Nein, und so wird es auch bleiben.« Elsbeth schluckte. Ein grimmiger Ausdruck trat in ihre Augen. »Dennoch ist sie meine Schwägerin. Meine Familie. Ich habe geschworen, sie zu beschützen.«

»Geschworen?« Irritiert runzelte Johannes die Stirn.

»Ich bin ebenfalls einflussreich«, fuhr sie fort, ohne auf seine Frage einzugehen.

»Das bist du zweifellos.« Sachte strich er ihr eine braune Haarsträhne hinters Ohr, die sich aus ihrer geflochtenen Haartracht gelöst hatte. »Aber du bist auch eine Unehrliche, Elsbeth. Du solltest nicht einmal Kontakt mit ihr aufnehmen.«

»Das werde ich auch nicht tun. Brauche ich nicht«, präzisierte sie. »Ich bin van Cleves Informantin und meist die Erste, an die er sich wendet, wenn es darum geht, Wissenswertes aus der Unterwelt zu erfahren. Es wird nicht lange dauern, bis er bei mir vorstellig wird.« Das grimmige Lächeln kehrte auf ihre Lippen zurück. »Bis dahin werde ich selbst Erkundigungen einholen.«

»Komm dabei bloß nicht den Bütteln oder den Schöffen in die Quere!«

»Ganz sicher nicht.« Sie wurde wieder ernst. »Da, wo ich mich erkundige, wirst du von denen nicht einen Einzigen antreffen.«

Besorgnis stieg in Johannes auf. »Gib auf dich acht und tu nichts Unüberlegtes.«

»Wann hätte ich je unüberlegt gehandelt?« Sie schürzte die Lippen. »Mal abgesehen von jenem Tag, an dem ich dich in mein Bett gelassen habe.«

Er lächelte leicht. »Es war mein Bett. Hat dir das jemals zum Nachteil gereicht?«

»Nein.« Elsbeth setzte sich wieder auf die Bank. »Zumindest nicht so, wie du vielleicht vermutest.«

Nachdem er sich wieder neben ihr niedergelassen hatte, ergriff sie seine Hand. »Ich liebe dich, Johannes, das weißt du, und auch, dass es mir nicht leichtgefallen ist, diese Liebe zuzulassen.«

»Oder zuzugeben.« Er schmunzelte. »Du warst kratzbürstig wie ein Dutzend Wildkatzen, die man in einen Sack steckt.«

»Ich hatte meine Gründe.«

»Über die du nie mit mir geredet hast.«

Sinnierend blickte Elsbeth auf ihre miteinander verschränkten Hände. Mit der freien Hand griff sie nach dem silbernen Ring, den sie an einer Kette um den Hals trug, solange er sie kannte, und den sie so gut wie niemals ablegte. Einst war er vergoldet gewesen, doch die Beschichtung war über die Jahrzehnte geschwunden. Die Gravur hingegen war immer noch sichtbar. Johannes kannte sie, weil er den Ring selbst schon oft in die Hand genommen hatte. Sie lautete *Elsbeth, ewiglich.*

»Es hat etwas mit dem Mann zu tun, der dir einst diesen Ring geschenkt hat«, folgerte er.

»Ja. Nein.« Sie hob die Schultern. »Er hat ihn mir nicht geschenkt, aber jener Mann war der Hauptgrund, weshalb ich nie wieder … lieben wollte. Es ist gefährlich, weißt du, denn wenn man liebt, dann läuft man Gefahr, diese Liebe wieder zu verlieren oder den Menschen, den man liebt. Ich sah mich außerstande, das noch einmal zu durchleben. So wie Aleydis es nun ertragen muss. Nicolai war mein Bruder, und manch einer mag argumentieren, dass der Verlust eines Bruders schwerer wiegt als der des Gemahls, weil man Letzteren ersetzen kann, Ersteren jedoch nicht. Das klingt so lange plausibel, bis man zum ersten Mal erfährt, was es bedeutet, einen Mann zu lieben. Der Schmerz, wenn man ihn verliert, ist unbeschreiblich.«

»Das gilt nicht nur für Frauen.« Johannes drückte ihre Hand. Seine Kehle hatte sich verengt. »Auch ein Mann kann die Angst vor solch einem Verlust begreifen, sobald er die Frau getroffen hat, die sein Herz vollkommen einnimmt. Aber ist die Liebe selbst, die gemeinsame Zeit, die uns vergönnt ist, diesen möglichen Schmerz nicht wert?«

»Wäre sie es nicht, würden wir jetzt nicht hier sitzen.« Elsbeth lächelte in einer Mischung aus Wehmut und Zärtlichkeit. »Wenn du nicht gewesen wärst …« Sie lachte auf. »Dieser knurrige, impertinente und fürchterlich arrogante und von sich selbst eingenommene neue Scharfrichter, der es darauf abgesehen hatte, mir das Leben auf jede nur erdenkliche Weise schwer zu machen …«

»Moment mal«, protestierte er. »Wer von uns beiden war impertinent? Du warst es, die mir den letzten Nerv geraubt hat mit deinen neuen Ideen und Forderungen und der Angewohnheit, dich in alle möglichen Dinge einzumischen, die dich nichts angingen!«

»Siehst du?« Sie stieß ihn leicht mit der Schulter an. »Wenn du nicht gewesen wärst, dann hätte mein Herz sich vielleicht irgendwann in einen Stein verwandelt. Ich hatte fürchterliche Angst vor dir.«

»Ach.«

»Vor uns.«

Er schmunzelte. »Das hast du dir aber nicht im Geringsten anmerken lassen.«

»Nein, wohl nicht.« Sie lächelte zurück. »Wie gesagt, es war zu gefährlich.«

Johannes wurde wieder ernst. »Wer war er? Der Mann, der dir das Herz gebrochen hat und von dem dieser Ring stammt?«

Hörbar atmete Elsbeth ein und wieder aus. »Willst du das wirklich wissen?«

»Hätte ich sonst gefragt?« Er richtete sich ein wenig auf und wandte sich ihr zu, und sie tat es ihm gleich.

»Also gut. Es ist nunmehr siebenundzwanzig Jahre her …«

Kapitel 3

15. Februar Anno Domini 1396 – Fastnacht

»Elsbeth, wo steckst du denn schon wieder?« Schwer atmend, weil sie die Stufen ins Obergeschoss so schnell genommen hatte, riss Mutter Berta die Tür zu der winzigen Kammer auf, die seit einigen Monaten Elsbeths Zuhause war. Erbost starrte die ältliche Frau Elsbeth an. »Was im Namen der heiligen Ursula und ihrer elftausend Jungfrauen treibst du denn da? Wir haben das Haus voller Mannsvolk und du badest deinen Hintern? Bist du nicht mehr ganz bei Trost? Da ist ein Freier für dich unten, ein reicher Pfeffersack. Sagt, er hätt dich neulich auf dem Neumarkt gesehen und will dich jetzt mal näher kennenlernen, wenn du weißt, was ich meine.« Vielsagend zuckte sie mehrmals mit den Augenbrauen.

»Natürlich, Mutter Berta, ich komme gleich.« Etwas umständlich erhob Elsbeth sich aus dem Sitzbad, das sie sich nach dem Besuch ihres letzten Freiers in einer hölzernen Wanne bereitet hatte. »Ich musste mich doch säubern, nachdem der Jan Kreucher fertig war.«

Mutter Berta, die in Wahrheit niemandes Mutter war, sondern die Vorsteherin des Dirnenhauses *Scone Frowe – Zur schönen Frau* –, rümpfte die Nase. »Waschen reicht doch auch, meiner Treu. Du bist wirklich ein Schaf, Elsbeth! Heute ist Fastnacht, da geht es überall in Köln hoch her. Es gibt Freibier allerorten und den tollsten Mummenschanz. Und natürlich geiles Mannsvolk, das uns die Tür einrennt. Willst du die ganze

Arbeit den anderen Frauen überlassen?« Sie kniff argwöhnisch die Augen zusammen. »Oder war der Jan ein bisschen zu grob? Bist du am Ende verletzt? Dann hätt ich ihm mehr berechnen müssen, dem dusseligen Kalb. Wenn du da unten Schmerzen hast, müssen wir eine Hebamme rufen, am besten die alte Ludmilla, die kostet aber Geld, verdammmich!«

»Nein, nein, keine Sorge, Mutter Berta.« Inzwischen hatte Elsbeth sich abgetrocknet und war in das eng geschnürte Leinenkleid geschlüpft, das sie meistens zur Arbeit trug. Es betonte ihre weiblichen Formen und ließ sich bei Bedarf auch nur am Oberkörper aufschnüren, wenn ein Freier ihre entblößte Brust sehen und anfassen wollte. »Jan war nicht zu grob. Er wollte es so wie immer und war diesmal besonders schnell fertig.« Vorsichtig schob Elsbeth den Zuber mit dem warmen Wasser in eine Zimmerecke, damit er nicht bei den nächsten Aktivitäten im Weg war. »Aber meine Mutter hat mir immer gesagt, nein, aufgetragen hat sie mir, dass ich nach jedem Mal, wenn ein Kerl in mir drin war, so ein Bad nehmen soll, auch wenn er sein Ding rechtzeitig rausgezogen hat, bevor ihm die Natur kommt, weil ich damit sichergehe, dass nur ja nichts von seinem Seim drinbleibt und mir ein Kind macht.«

»Deine Mutter ist tot, Elsbeth.« Mutter Berta verdrehte die Augen. »Sie kann dir nichts mehr auftragen.«

Kurz presste Elsbeth die Lippen aufeinander. Wie immer, wenn die Sprache auf ihre Mutter kam, verspürte sie ein schmerzliches Ziehen in ihrem Herzen und tiefe Trauer. »Sie hat es mir gesagt, als sie noch gelebt hat. Sie hat mich lieb gehabt und wollte das Beste für mich und dass mir kein Kerl ungewollt ein Kind macht.«

»Lieb gehabt, lieb gehabt«, äffte Mutter Berta sie abfällig nach, doch ihre Miene wurde eine Spur milder. »Wenn sie das Beste für dich wollte, hätte sie dich mit einem rechtschaffenen Mann verheiratet und dir nicht ihr eigenes Gewerbe aufgebürdet, Gott hab sie selig. Sie mag ja eine wohlhabende Schlupfhure gewesen sein mit reichen Gönnern, aber du siehst ja, was passiert, wenn das Glück so eine verlässt.«

Elsbeth schüttelte den Kopf. »Dafür konnte sie doch nichts. Mutter wurde krank. Ich musste für sie einspringen, damit wir unser Haus behalten konnten. Sie hat es von ihrem eigenen Geld gekauft. Es war nur selbstverständlich, dass ich auch ihre Freier …«

»Ja, ja, red es dir nur schön.« Mutter Berta bedachte sie mit einem mitleidigen Blick. »So sehr können ihr das Geld und das Haus nicht gehört haben, sonst hätten sie dich nach ihrem Tod nicht so mir nichts, dir nichts auf die Straße geworfen oder vielmehr wegen Unzucht und Hurerei hier abgeliefert. Warum hat sie denn von Franco Golatti keine Mitgift oder Leibrente für dich erbeten, wenn es stimmt, dass er dein Vater ist? Ich sag es dir: weil sie ein dummes, leichtgläubiges Hühnchen war, genau wie du. Hoffärtig obendrein. Sie dachte, sie wäre was Besseres mit den reichen Kaufleuten und Ratsherren, die es mit ihr getrieben haben. Aber am Ende war sie auch nicht viel mehr wert als der Dreck unter Golattis Fingernägeln. Und dich hat sie damit gleich mit zur Unehrlichkeit verdammt.« Sie maß Elsbeth mit strengem Blick, die Hände in die breiten Hüften gestemmt. »Nun flenn nicht auch noch, sondern sieh zu, dass du dich für den Pfeffersack bereit machst. Am besten schicke ich ihn gleich zu dir rauf. Unten ist sowieso nicht mehr viel Platz, und er sieht nicht so aus, als triebe er es gerne unter den Blicken der anderen Gäste. Selbst heute zur Fastnacht nicht.« Sie lachte trocken. »Thönnes ist übrigens sein Name. Thönnes van Kneyart. Goldschmied, soweit ich weiß. Er hat mir Geld für die ganze Nacht gegeben, also wird er einiges mit dir vorhaben. Ich will morgen keinerlei Klagen von ihm hören!« Damit öffnete sie die Kammertür und trat hinaus. Von unten aus dem Schankraum waren lautes Stimmengewirr, Gelächter und vielstimmiger Gesang zu vernehmen. Die unverheirateten Männer Kölns – und wohl auch ein paar verheiratete – feierten die Fastnacht lautstark, ausgelassen und weinselig. Auch aus den Kammern links und rechts nebenan sowie gegenüber drangen Keuchen und mehr oder weniger lustvolles Stöhnen. Die Geschäfte gingen an einem Tag wie heute ausgesprochen gut.

Nachdem sich die Tür hinter der Hurenwirtin wieder geschlossen hatte, waren all die Elsbeth inzwischen so vertrauten Geräusche wieder nur gedämpft zu vernehmen. Eilig zog sie die Decken auf dem Bett ordentlich zurecht, rückte den einzigen Stuhl, der zur Einrichtung gehörte, neben das mit Wachshaut abgedichtete und mit den hölzernen Fensterläden fest verschlossene Fenster. Sie hatte Glück, dass ihre Kammer direkt über der Küche lag, die an den Schankraum angrenzte, denn dadurch herrschte eine angenehme Wärme, die das Becken mit den glühenden Kohlen, das neben dem Bett auf einem stabilen Dreibein stand, allein nicht zustande gebracht hätte. Der Februar war bisher frostig bis nasskalt gewesen. Dem närrischen Treiben, das in allen Straßen, Gassen und auf den Plätzen der Stadt Köln herrschte, tat das ungemütliche Wetter jedoch keinen Abbruch. Jan Kreucher, der als Schreiber für den Rat arbeitete, hatte sogar erzählt, dass die Stadträte erwogen, dem ungezügelten Treiben zur Fastnachtszeit mit neuen Regeln und Verordnungen zumindest teilweise einen Riegel vorzuschieben. Elsbeth bezweifelte allerdings, dass die Kölner Zünfte sich das gefallen lassen würden. Diese waren schließlich die treibende Kraft hinter all dem Mummenschanz, den Tanzfesten und dem fröhlichen Geschrei. Doch nach ihrer – Elsbeths – Meinung fragte natürlich niemand. Sie war nur eine von derzeit neunzehn Hübschlerinnen im Haus *Scone Frowe* und damit so unwichtig wie eine Ameise auf der Gasse.

Als es leise an der Kammertür klopfte, straffte sie die Schultern, setzte ihr lieblichstes Lächeln auf und öffnete ihrem neuen Freier. »Guten Abend, Herr, tretet ein und macht es Euch bequem.« Sie trat beiseite, um den mittelgroßen, kräftig gebauten Mann eintreten zu lassen. Er war blond mit einem leicht rötlichen Stich und trug einen kurz gestutzten Oberlippen- und Kinnbart. Seine Kleidung, bestehend aus Wams, Heuke und Beinlingen, war aus teurer Wolle gefertigt, flämisch oder englisch vermutlich, dafür hatte Elsbeth einen Blick, weil die Männer, die in ihrer Mutter Haus ein- und ausgegangen waren, sich ebenfalls so erlesen gekleidet hatten. Sein Hemd war feinstes helles Leinen, seine Stiefel aus weichem, dunkelbraunem Leder, das sich von der hellgrünen Farbe seiner Beinkleider ebenso abhob wie von dem Wams in etwas dunklerem Grün. Die Heuke war bei näherem Hinsehen ein wertvoller Zunftmantel, dunkelbraun und grün mit dem aufgestickten Wappen der Zunft und Gaffel der Goldschmiede und Goldschläger.

»Darf ich Euch den Mantel abnehmen und aufhängen?« Elsbeth deutete geflissentlich auf die drei Haken an der Wand neben der Tür, die für Mäntel und andere Kleidungsstücke vorgesehen waren. »Ich habe auch einen Krug Wein hier, aber ich kann Euch auch Bier heraufbringen lassen und etwas zu essen, falls Ihr hungrig seid.« Verunsichert musterte sie ihn, weil er einfach nur dastand, mitten im Raum, und sie schweigend ansah. »Herr? Stimmt etwas nicht? Gefalle ich Euch vielleicht doch nicht? Ich bin sicher, wir finden eine Frau hier im Haus, die Euch eher zusagt. Ich kann rasch …«

»Dein Name ist Elsbeth, ja?« Die Stimme des Mannes klang warm und geradezu sanft.

»So ist es, Herr.« Sie lächelte wieder lieblich. »Und ich stehe Euch sehr gerne zu Diensten. Sagt mir nur, wie Ihr es gerne habt, dann werde ich …«

»Mein Name ist Thönnes … van Kneyart«, setzte er mit etwas Verspätung hinzu.

»Ich weiß.« Sie räuspert sich auf seinen überraschten Blick hin. »Mutter Berta nannte mir bereits Euren Namen, Herr, und sagte, dass Ihr für die ganze Nacht bezahlt habt. Soll ich mich gleich ausziehen?« Sie zupfte an der Verschnürung ihres Kleides, doch er griff rasch nach ihrem Handgelenk und hielt sie auf.

»Nicht.« Auf ihren verwirrten Blick hin lächelte er. »Noch nicht, Elsbeth. Ich möchte erst ...« Kurz sah er sich um und setzte sich dann auf das Bett. Einladend klopfte er auf die Matratze, woraufhin sie sich rasch neben ihm niederließ. »Ich will dich erst näher kennenlernen.«

»Kennenlernen?« Verunsichert starrte sie ihn an. »Wozu?«

Er lachte leise. »Damit ich mehr über dich weiß.«

Argwöhnisch runzelte sie die Stirn. »Was wollt Ihr denn über mich wissen?« Zu ihrer grenzenlosen Verblüffung nahm er ihre Hand und drückte sie sanft. »Alles, was du mir über dich preisgeben willst. Wie alt bist du, Elsbeth?«

»Sechzehn Jahre.«

»Wie lange arbeitest ... lebst du schon hier?«

»Seit ungefähr vier Monaten, nicht ganz.«

»Bist du in Köln geboren?«

Elsbeth nickte.

»Unehelich?«

Wieder nickte sie.

Thönnes van Kneyart seufzte. »Ich dachte es mir bereits, aber ich musste dich dennoch treffen. Vor einiger Zeit habe ich dich auf dem Neumarkt gesehen. Du warst mit zwei anderen Frauen unterwegs. Einer kleinen zierlichen und einer, nun ja ...« Er malte mit beiden Händen eine ausladend üppige Frauenfigur in die Luft.

Elsbeth kicherte. »Das ist die dicke Trin und das andere Alwina. Über den Neumarkt gehen wir eigentlich nur sonntags, wenn wir den Gottesdienst in St. Aposteln besuchen.«

»Es war ein Sonntag, das stimmt.« Der Goldschmied nickte zustimmend. »Nicht der vergangene, sondern der davor. Am liebsten hätte ich dich sofort kennengelernt, doch sonntags spricht man euch … Frauen ja nicht an oder sucht dieses Haus auf.«

»Manche Männer tun es trotzdem.« Sie hob die Schultern. »Es kostet extra, und man darf uns nicht dazu zwingen, am heiligen Sonntag zu arbeiten, aber es bringt ja mehr Geld.«

»Mag sein.« Wieder ergriff er ihre Hand. »Ich finde aber, auch ihr Frauen habt einen freien Tag in der Woche verdient.«

»Aha.« Sie wusste nicht, was sie darauf antworten sollte. Dieser Mann war eindeutig seltsam und redete anscheinend gerne. »Soll ich mich nicht doch allmählich ausziehen? Mutter Berta wird wütend, wenn sie hört, dass ich Euch nicht umgehend all Eure Wünsche erfülle. Ich möchte auch nicht, dass Ihr unzufrieden mit mir seid.«

Thönnes van Kneyart schmunzelte. »Wirke ich denn unzufrieden auf dich?«

Ratlos erwiderte sie seinen Blick. »Ich weiß nicht, Herr.«

»Thönnes.«

»Herr Thönnes.«

Er lachte. »Nein, für dich und solange wir allein miteinander sind, nur Thönnes.«

»Aber …« Nein, seltsam war gar kein Ausdruck für diesen Mann. »Und was möchtet Ihr jetzt tun, wenn nicht … es tun?«

»Ich genieße es sehr, dich anzusehen und mit dir zu reden, Elsbeth.« Er strich ganz sachte mit dem Daumen über ihre Wange. »Für alles andere ist später noch Zeit. Du weißt doch, ich habe für die ganze Nacht bezahlt.«

»Reden wollt Ihr?« Elsbeth sah an sich hinab. »Mit mir? Ich habe doch gar nichts zu erzählen, was Euch interessieren könnte.«

»Überlass nur mir, was mich interessiert, Elsbeth. Ist es denn so schlimm, mit mir zu reden?« Forschend sah er ihr ins Gesicht, dann grinste er schalkhaft. »Ich verrate es auch nicht Mutter Berta.«

Ein Kichern stieg in ihr auf, das sie nicht zurückhalten konnte. »Nein, gewisslich ist es nicht schlimm, aber Ihr seid doch ein hoher Herr, und ich bin bloß ... ich. Da gibt es nicht viel zu reden.«

»Da bin ich gänzlich anderer Ansicht.« Neugierig betrachtete er ihr Gesicht. »Du bist sehr hübsch, Elsbeth.«

Sie spürte, wie sich ihre Wangen erwärmten. »Danke sehr!«

»Und ich glaube, du bist auch nicht dumm.«

Wieder kicherte sie. »Mutter Berta nennt mich ein Schaf, und die dicke Trin sagt, ich wär eine dumme Nuss, weil ich manchmal erzähle, wovon ich träume. Also nicht, wenn ich schlafe, denn dann träume ich meistens großen Unsinn ... oder von meiner Mutter, die gestorben ist. Sondern von was ich träume, wenn ich wach bin. Trin sagt, ich soll nicht alleweil Löcher in die Luft starren und aufhören, mir alberne Dinge vorzustellen, die mir nicht zustehen.«

Thönnes van Kneyarts Blick wurde noch eine Spur aufmerksamer. »Wovon genau träumst du denn, wenn du nicht schläfst?«

»Das wollt Ihr wissen?« Verblüfft starrte sie ihn an.

»Ja, denn sonst hätte ich nicht gefragt.«

Fieberhaft überlegte Elsbeth, ob dieser Mann seine Worte wirklich ernst meinte. Was er wohl mit seiner Frage bezweckte? Hoffentlich bekam sie keinen Ärger. »Ich träume manchmal, ich hätte viele schöne Kleider und ein eigenes Haus und ... na ja, einen Mann, der mich aus dem Leben hier errettet und mich ehrbar macht.«

»Das sind aber doch keine dummen Träume, sondern gänzlich legitime«, befand er.

»Nein, Trin sagt, sie wären mehr als nur dumm und dass ich verblödet bin, weil ich meine Zeit mit so was vergeude. Mutter Berta sagt das auch und dass man hier nicht rauskommt, außer eingenäht in einen Leichensack. Oder vielleicht noch als Bettlerin und arme Büßerin, wenn es mir gelingt, meine Schulden bei ihr zu bezahlen. Die sind nämlich schon ganz schön hoch, weil ich nicht so viel Geld einnehme, wie ich hier fürs Wohnen und Essen und Kleider und so bezahlen muss. Wenn ich jeden Pfennig spare, kann ich mich vielleicht freikaufen, aber nur, wenn Mutter Berta mich lässt und wenn ich danach ganz fromm bleibe, aber sie sagt, ich kann ja nix anderes, als den Männern zu dienen, und vom Betteln wird man nicht satt, wenn man nicht in die Zunft der Bettler aufgenommen wird, und die wollen keine freien Frauen, weil die ihren Ruf schädigen. Also werde ich so oder so wieder hier landen oder als Fahrende in der Gosse, weil ich mich allein da draußen gar nicht zurechtfinde.«

»Viel trauen Berta und Trin dir offenbar nicht zu.« Thönnes van Kneyart verzog die Lippen. »Du wirst aber nicht gezwungen, hier zu arbeiten?«

»Nein, gar nicht.« Elsbeth schüttelte den Kopf. »Oder, ein bisschen schon, weil ich ja nicht wegkann, solange ich meine Schulden nicht bezahle, aber ich bin schon freiwillig hier eingezogen, nachdem meine Mutter gestorben ist. Und mein Vater wollte mich nicht oder mir helfen. Er tut so, als ob es mich nicht gibt. Aber was will er auch mit einer wie mir? Wenn ich ein Sohn wäre, würde er mich vielleicht als Bastard anerkennen, aber eine Tochter doch nicht.«

Thönnes van Kneyart strich ihr eine braune Haarsträhne hinters Ohr. »Wer ist denn dein Vater?«

Elsbeth erschrak. Bloß nie darüber reden, hatte die Mutter ihr eingeschärft. Nur gegenüber Mutter Berta hatte sie es preisgeben müssen, sonst hätte die sie wegen Lügens nicht aufgenommen. Also schwieg sie und senkte den Blick auf ihren Schoß.

»Schon gut, du willst es lieber für dich behalten.« Er schien nicht ungehalten darüber zu sein. »Ich frage dich nicht mehr, versprochen.«

Elsbeth atmete auf und hob den Kopf wieder, als er weitersprach. »Mein Vater war bis zu seinem Tod Zunftmeister, und jetzt bin ich es ebenfalls. Mein Vetter Mathys ist mein Stellvertreter, aber über ihn verliere ich lieber kein Wort.«

»Warum nicht?«, platzte Elsbeth heraus. »Mögt Ihr ihn nicht?«

»Nein.« Er lachte. »Niemand kann ihn leiden. Er ist ein lauter, ungehobelter Laffe. Außerdem nimmt er es mir übel, dass ich so gut mit den Kaufleuten und Handwerkern aus den anderen Zünften auskomme und ihre Pläne unterstütze, mehr Macht im Rat zu erhalten. Er glaubt, es sei eines Goldschmieds nicht würdig, sich mit Webern und Krämern gemein zu machen, obwohl er selbst gesagt hat, dass unsereins mehr Macht im Rat haben müsste. Bloß tun will er dafür selbst nichts, dazu ist er zu faul und zu träge. Vielleicht auch zu feige. Köln brodelt wie ein Topf Milch kurz vor dem Überkochen, weißt du, weil die reichen Bürger und die alten Adelsgeschlechter sich an ihre Macht krallen und den Kaufleuten und ehrbaren Handwerkern kein Mitspracherecht über die Geschicke der Stadt zugestehen wollen. Doch lange machen wir das nicht mehr mit, Elsbeth, das sage ich dir. Noch vor Ablauf des Jahres wird sich etwas ändern, und zwar grundlegend!«

»Aha.« Elsbeth tat, als begriffe sie alles, dabei hatte sie vom Rat und den Schöffen nicht die geringste Ahnung. Sie wusste nur, was sie hier und da unten im Schankraum aufgeschnappt hatte. »Ihr wollt also den alten Rat stürzen?«

»Pst!« Mit strenger Miene legte er seinen Zeigefinger an die Lippen. »Darüber verliert man am besten kein Wort«, raunte er. »Die Wände haben überall Ohren.« Plötzlich lächelte er wieder. »Aber verdient hätten es die alten Krähenhälse aus der früheren Richerzeche und die blaublütigen Machthaber schon, wenn sie mal ordentlich aufgerüttelt und einige von ihnen aus der Stadt vertrieben würden. Dann würde hier bald ein ganz neuer, gerechterer Wind wehen, sage ich dir!« Enthusiastisch ergriff er ihre Hände und hob sie an seinen Mund.

Ihre Finger zuckten leicht, als er sie mit Küssen bedeckte. Sie versuchte, ein kluges Lächeln aufzusetzen. »Wenn Ihr das sagt, Herr ... äh ... Thönnes, dann wird es wohl so sein.«

Nun lachte er herzlich. »Du hast nicht die geringste Ahnung, wovon ich spreche, nicht wahr? Und doch rede und rede ich dir die Ohren voll. Entgen, das ist meine Schwester, schimpft mich auch immer ein unverbesserliches Plappermaul.« Um seine Mundwinkel zuckte es noch immer, doch sein Blick wurde wieder merkwürdig ernst. »Ja, ja, meine Entgen. Sie ist eine gutherzige Frau, ja, wirklich. Leider ist ihr Gemahl zu früh von uns gegangen, und weil sie ihn nie wirklich leiden konnte, weigerte sie sich damals, erneut zu heiraten. Dabei ist sie ein schönes Weib und hätte wohl so manchen Mann um den Finger wickeln können. Stattdessen, weil ich wusste, wie sehr ihr eine neue Heirat widerstrebte, habe ich sie in mein Haus aufgenommen. Unser Vater fand das nicht gut, aber er hat letztlich keine Einwände erhoben. Sie hatte damals schon zwei oder sogar drei Fehlgeburten, und es stand zu befürchten, dass es so weitergehen könnte. Da war es besser, sie keinem anderen Mann mehr anzudienen. Nun führt sie mir schon seit fast fünfzehn Jahren den Haushalt.« Er hielt inne, und sein Blick wanderte in eine unbestimmte Ferne. »Sie ist fünf Jahre älter als ich, aber wir standen uns trotzdem schon immer sehr nahe. Sehr nahe«, wiederholte er gedankenverloren. »Vielleicht habe ich deshalb bislang nie darüber nachgedacht, mir ein Eheweib ins Haus zu holen. Wir kommen so gut miteinander aus, dass es mir schlichtweg an nichts gefehlt hat. Bei einer Ehefrau weiß man ja nie, was man sich einhandelt, aber eine Schwester kennt man gut, und man weiß, dass sie stets loyal sein wird.« Nun richtete sein Blick sich wieder auf Elsbeth. »Doch nun habe ich dich entdeckt und kann einfach nicht anders … Ich musste dich wiedersehen, mit dir reden, herausfinden …« Was er herauszufinden trachtete, sprach er nicht aus. Stattdessen legte er seine Hände sanft an ihre Wangen. »Du bist schön, Elsbeth, fast wie ein Engel, und du rührst da etwas in mir an.« Er klopfte sachte an seine Brust in der Nähe des Herzens. »Hier drinnen.« Dann wanderte seine Hand in ihr Haar. »Ich weiß, ich kann nicht erwarten, dass es dir genauso ergeht, denn du kennst mich weder, noch gibt es einen Grund für dich, meinen Worten Glauben zu schenken, aber vielleicht gibst du mir ja die Gelegenheit, den Gehalt ihrer Wahrheit zu beweisen?«

Vollkommen atemlos blickte Elsbeth dem Goldschmied in die Augen. Was in aller Welt redete er da? Wollte er ihr etwa weismachen, dass er sich in sie verliebt hatte? Sosehr sie auch von einer solch abwegigen Wendung ihres Schicksals träumte, wusste sie doch, dass solche Dinge kaum jemals wirklich geschahen. Und doch war sein Blick so offen, so ehrlich, so voller Bewunderung und Zärtlichkeit auf sie gerichtet, dass sich tief in ihrer Magengrube etwas regte. Ein Kribbeln und Ziehen, das sie zuvor noch niemals verspürt hatte. Wie gebannt starrte sie in seine graublauen Augen, und plötzlich lag ihr Mund auf seinem. Ein sehnlicher Stich durchzuckte sie, gefolgt von wohligem Erschauern, als er sie fest an sich zog, seine Hände bis zu ihren Schultern hinabwanderten und er mit seinen Fingerspitzen die nackte Haut an ihrem Schlüsselbein liebkoste. »Eigentlich wollte ich damit noch warten«, murmelte er gegen ihre Lippen. »Aber du machst es mir gerade nicht leicht.«

»Warten?« Verwirrt runzelte sie die Stirn. »Warum? Worauf?«

Er lachte leise. »Recht hast du. Worauf eigentlich?« Schon löste er geschickt die Verschnürungen an ihrem Kleid und half ihr, es sich über den Kopf zu ziehen. Da sie sich mit den männlichen Bedürfnissen gut auskannte, schob sie ihre rechte Hand hinab zu der unmissverständlichen Erhebung in seinem Schritt und rieb angelegentlich darüber, bis er ein raues Stöhnen ausstieß und von ihr abließ, um sich seiner Kleider zu entledigen. Sein Leib war kräftig, jedoch nicht von harten Muskeln gestählt, gleichwohl ansehnlicher als so manch anderer, und das, obwohl er die Vierzig wohl schon um das eine oder andere Jahr überschritten haben dürfte.

Elsbeth wollte schon, wie sie es gewohnt war, nach seiner aufgerichteten Männlichkeit greifen, doch da hatte er sie mit Schwung auf seine Arme gehoben, sodass sie vor Überraschung einen kurzen spitzen Schrei ausstieß und gleich darauf verunsichert kicherte, weil er sie vorsichtig auf dem Bett ablegte und sich neben sie schob. Mit der Hand fuhr er über ihren Leib, und seine Lippen folgten hauchzart der Spur, die seine Handfläche zog. So etwas kannte sie nicht. Es gab zwar Männer, die sie küssten, meist gierig, und die ihr mehr oder weniger fest an die Brüste fassten oder auch schon mal an den Brustwarzen saugten, aber dieses bedächtige, langsame Streicheln und Küssen gehörten in aller Regel nicht zu dem Akt, der unweigerlich folgen würde. Zumindest hatte sie so etwas noch nicht erlebt. Warum auch? Sie war ja schließlich hier, um die Bedürfnisse ihrer Freier zu befriedigen und nicht umgekehrt.

Elsbeth erschauerte unwillkürlich, als sie Thönnes' Hand zwischen ihren Schenkeln spürte. Bereitwillig, wie es von einer Dirne erwartet wurde, öffnete sie die Beine weit, erschrak dann aber regelrecht, als er sich an ihr hinabschob, ihr mit säuberlich gestutztem gekräuseltem braunem Haar bedecktes Dreieck küsste und im nächsten Moment seine Zunge folgen ließ. »Was …?« Scharf sog sie die Luft ein, als sie nun Fingerspitze und Zunge an ihrer Heimlichkeit spürte. Sie wusste zwar, dass es durchaus angenehm sein konnte, dort angefasst zu werden, denn diese Tatsache machte sie sich nicht selten zunutze, wenn sie nicht feucht genug für einen Freier war und kein Gänsefett oder eine fetthaltige Salbe zur Hand hatte, doch das hier war ganz anders – erschreckend anders. »Was tut Ihr denn da, Thönnes?« Ihr Unterleib zuckte in kleinen blitzartigen Schockwellen, als er mit Daumenspitze und Zunge die empfindliche Knospe reizte, das Lustzentrum einer Frau, wie ihre Mutter ihr einmal erklärt hatte. Elsbeth hatte diese Beschreibung zwar für maßlos übertrieben gehalten, doch nun ahnte sie, dass doch einiges mehr dahintersteckte, als sie geahnt hatte.

Thönnes hob den Kopf und sah zu ihr auf. »Gefällt es dir?«

Sie zögerte, nickte dann aber. Warum sollte sie ihn anlügen?

»Ich hatte eine erfahrene Lehrerin.« Während er sprach, erregte er sie weiter, glitt mit einem Finger in sie, nahm dann erneut seine Zunge zu Hilfe.

Elsbeth krallte sich erschrocken in der Decke fest, auf der sie lag, als herrliche Lust sich dort unten zu steigern begann. Sie spürte, dass sie feuchter war als jemals zuvor, mit oder ohne Fettsalbe. Was tat er da nur mit ihr? Und warum? Hätte sie es nicht sein sollen, die *ihm* Lust bereitete? Das sollte sie, nein, das wollte sie, jetzt sofort und unbedingt, doch als sie versuchte, sich aufzurichten, hielt er sie spielend leicht zurück. Offenbar besaß er doch deutlich mehr Muskelkraft, als sie angenommen hatte.

Nun übte er mehr Druck aus, strich mit der Zunge auf und ab, kreiste, bis sie keuchende Laute ausstieß und glaubte, dort unten zu verbrennen. Gleichzeitig pulsierte ihr gesamter Unterleib sehnsüchtig. Sie griff blindlings nach ihm, erwischte sein Haar, fasste regelrecht grob hinein. »Bitte, Thönnes, ich …

will … jetzt …« Ihre Stimme verklang, als er sich an ihr hochschob, ihren Mund mit seinem verschloss und gleichzeitig schnell und kraftvoll in sie eindrang. Sie rang, erschrocken über die wilden Lustgefühle, die die Vereinigung in ihr auslöste, nach Atem und spürte im selben Moment, wie sich seine Zunge über ihre Lippen stahl und die ihre suchte.

Gierig erwiderte sie den Kuss, drängte ihm bei jedem Stoß wild entgegen. Was geschah mit ihr? Sie konnte keinen klaren Gedanken fassen, obgleich so etwas wie ein schrilles Stimmchen in ihrem Kopf sie zur Ordnung rufen wollte. Sie musste sich an etwas Wichtiges erinnern, doch woran nur? Stoß um Stoß trieb Thönnes sie an, raue Laute der Lust ausstoßend, die sich mit den ihren mischten.

Kurz, ganz kurz, nahm sie wahr, wie Mutter Berta den Kopf zur Tür hereinstreckte, auf ihrem üblichen Rundgang, um zu überprüfen, ob kein Freier sich zu grob verhielt oder sich zu viel herausnahm. Vielleicht hatte Elsbeths kurzer Aufschrei vorhin sie alarmiert, doch nun nickte die Vorsteherin ihr nur wohlwollend zu und zog sich wieder zurück. Die Tür schnappte leise ins Schloss. Und nun fiel es ihr auch wieder ein.

»Thönnes.« Sie brachte kaum einen Ton heraus, war nach wie vor in dem herrlichen leidenschaftlichen Rausch der Vereinigung gefangen. Dabei hatte sie zuvor ganz vergessen, sich das kleine, mit Kräuteressenzen getränkte Schwämmchen einzuführen, das sie, ebenso wie die anderen Hübschlerinnen, benutzte, um sich vor dem männlichen Samen zu schützen, falls dieser in ihr Inneres gelangte. »Thönnes«, stieß sie etwas lauter aus, woraufhin er tief in ihr verharrte und sie mit verhangenem Blick ansah. »Ihr müsst …« Sie setzte neu an, weil ihre Stimme unnatürlich schwankte. »Ihr müsst Euch zurückziehen, bevor Euch die Natur kommt. Das ist eine eiserne Regel bei uns. Wenn nicht … Wenn Ihr das nicht tut, ist das teuer, weil Mutter Berta …«

»Mach dir keine Sorgen, Elsbeth.« Thönnes lächelte sie warm und liebevoll an. »Ich werde achtgeben.« Noch während er die Worte aussprach, stieß er erneut tief und energisch zu, sodass sie erregt keuchte. Im nächsten Moment packte er sie und drehte sich mit ihr, bis sie rittlings auf ihm saß. Ganz von selbst nahm sie ihn erneut in sich auf, ließ gleichermaßen geübt wie begehrlich ihre Hüften kreisen, bis er sie fest packte und dirigierte. Ihr wurde ganz heiß, sie spürte Schweiß über ihren Leib perlen und sich mit dem seinen mischen, als er sie zu sich herabzog, um sie erneut tief und leidenschaftlich zu küssen. Wieder drehte er sich mit ihr, eroberte sie, trieb sie unbarmherzig voran und nahm dabei seine Finger zu Hilfe, um ihre pulsierende Mitte noch weiter zu reizen. Sie spannte sich unwillkürlich an, passte sich ganz seinem Rhythmus an und spürte, wie er mehr und mehr die Beherrschung verlor. Hart und wild stieß er in sie, während sie ihm gierig entgegenkam und im nächsten Augenblick von einem scharfen, berauschenden Lustschmerz erfasst wurde. Sie stieß einen unartikulierten Laut aus, bäumte sich auf und ergab sich dann hilflos den Schockwellen, die darauf folgten.

Thönnes schien nur darauf gewartet zu haben, denn er trieb seine Männlichkeit noch einige wenige Male tief in sie, dann zog er sich mit einem Ruck aus ihr zurück und ergoss sich rau stöhnend neben ihr auf die Decke. Für einen langen Moment herrschte Stille zwischen ihnen, da sie beide nach Atem rangen. Schließlich zog er sie in seine Arme, küsste sie auf die Schläfe und strich ihr einige Haarsträhnen aus dem Gesicht. »Geht es dir wohl, Elsbeth? Das wünsche ich mir sehr.«

Sie musste erst einmal schlucken. Dass sie als Frau etwas Derartiges erleben und empfinden konnte, hatte ihr tatsächlich niemand gesagt, nicht einmal ihre Mutter. Vielleicht war sie ja auch gar nicht normal? Hatte womöglich eine Art Dämon von ihr Besitz ergriffen? War sie besessen? Der Gedanke jagte ihr Angst ein, doch sie wollte sich nichts anmerken lassen. »Es geht mir sehr gut, aber, also … Ich muss mich gleich reinigen, nur zur Sicherheit.«

Thönnes nickte. »Das darfst du gerne tun, solange du danach wieder zu mir ins Bett zurückkehrst. Ich habe für die Nacht bezahlt und gedenke, dies voll auszukosten. Es sei denn, es wäre dir unangenehm.«

Erstaunt sah sie ihn an. »Es ist mir nicht unangenehm. Im …« Sie lächelte verhalten. »Im Gegenteil. Ihr seid … mir sehr angenehm.«

Auch auf seinen Lippen erschien ein Lächeln. »Das freut mich zu hören.«

»Darf … ich Euch eine Frage stellen?«

»Immer heraus damit.«

»Wer war Eure Lehrmeisterin?«

Thönnes lachte auf, wurde aber gleich wieder ernst. »Das kann ich dir, fürchte ich, nicht beantworten. Dieses Geheimnis bleibt auf ewig eines zwischen mir und der betreffenden Frau, das haben wir einander einst versprochen. Es ist auch nichts, worüber du dir Gedanken machen solltest, und eifersüchtig brauchst du auch nicht zu sein. Diese … Sache ist schon recht lange her und war, das muss ich zugeben, nicht außerordentlich klug, weder von meiner noch von ihrer Seite. Doch manchmal ist die Natur stärker als der menschliche Wille oder die Vernunft.«

»Ich bin doch nicht eifersüchtig!« Erschrocken hob Elsbeth den Kopf. »Wie käme ich denn dazu? Ihr seid Kunde in diesem Haus, ein Freier, dem ich gerne zu Gefallen bin … sehr gerne«, setzte sie nach einem Atemzug hinzu, »aber doch nichts weiter.«

»Wirklich nicht?« Unvermittelt küsste er sie tief und innig, und brachte sie damit ganz durcheinander. »Ich würde mir sehr wünschen, dass wir eines Tages mehr als nur Freier und Hübschlerin sind. Viel mehr.«

Sie schluckte. »Was denn noch mehr?«

»Was wir uns erträumen, Elsbeth.«

Verständnislos musterte sie ihn. »Meint Ihr das ernst? So etwas geht doch nicht.«

»Warum nicht?« Er drehte sich auf die Seite und stützte seinen Kopf mit der Hand ab. »Weil die Leute reden könnten? Das tun sie immer, ganz gleich, was wir tun oder nicht tun. Weil ich ein angesehener Goldschmied bin und du eine von den freien Frauen? Ich könnte dich nach Bonn bringen. Dort besitze ich ein Haus. Es gäbe Mittel und Wege, Elsbeth, aber ich sehe, ich habe dich verstört. Du bist noch nicht so weit, und wie solltest du auch, wo wir uns doch heute das erste Mal begegnen. Aber wenn du es mir erlaubst, werden wir uns in nächster Zeit besser kennenlernen, und ich hoffe, dass du meine Gedanken und Träume mit der Zeit teilen wirst. Ich habe dich nämlich lieb, Elsbeth, ob du es glaubst oder nicht. Schon als ich dich zum ersten Mal sah, auf dem Neumarkt, wusste ich es. Und nach dem hier«, er wies lächelnd zwischen ihnen hin und her, »bin ich mir ganz sicher.«

»Ihr seid ja …« Gerade noch konnte sie sich bremsen, etwas Ungehöriges zu sagen. Doch er lachte nur.

»Verrückt bin ich, meinst du? Nun ja, das ist möglich. Entgen hat das auch schon des Öfteren geäußert, weil ich über ein außerordentlich impulsives Wesen verfüge. Allerdings gibt mir mein Erfolg recht, meine Eingebungen und mein Bauchgefühl haben mich noch nie getrogen oder im Stich gelassen.«

»Euer Bauchgefühl?« Sie runzelte die Stirn. »Ich wünschte, ich könnte Euch folgen, doch dazu reicht, fürchte ich, mein Verstand nicht.«

Thönnes lachte schallend auf. »Liebe Güte, Elsbeth, das glaubst du? Wer hat dir denn bloß eingeredet, du seist dumm? Das bist du nicht. Du hast Träume, aber das ist nicht dumm, sondern klug. Denn nur wer Träume hat, bewegt sich im Leben fort und entwickelt sich. Du hast ein liebenswertes Wesen, du besitzt eine rasche Auffassungsgabe, das sehe ich dir an. Glaub mir, ich hatte es schon mit vollkommen tumben Lehrjungen zu tun, die bei einem Besen nicht oben von unten unterscheiden konnten. Du bist klug, deine Augen verraten es. Sie schauen sich die Welt genau an. Du stellst die richtigen Fragen, auch wenn du vielleicht nicht oder noch nicht auf alle eine Antwort erhältst. Glaub mir, du bist alles andere als dumm. Und falls dir das noch nicht an Argumenten ausreicht, beantworte mir folgende Frage: Warum sollte ich meine kostbare Zeit mit einem dummen Weib vergeuden?« Ehe sie darauf eine Antwort gefunden hatte, war er plötzlich über ihr, auf ihr, presste ihren Körper mit seinem ganzen Gewicht auf die Matratze. »Du bist unwissend, das ist etwas gänzlich anderes als dumm, Elsbeth. Wissen kannst du dir aneignen, indem du beobachtest, fragst und lernst.« Er küsste sie zärtlich, dann lächelte er. »Weißt du was, ich beweise es dir.«

Atemlos blickte sie zu ihm auf, in sein vergnügtes Gesicht, das ihn irgendwie jünger, geradezu jungenhaft, wirken ließ. »Wie denn?«

Wieder küsste er sie, und als er sich ein wenig bewegte, spürte sie, dass er bereits wieder hart geworden war. »Indem du mich jedes Mal, wenn ich dich besuchen komme, etwas fragen darfst. Ich werde versuchen, dir die Frage so ausführlich zu beantworten, wie es mir möglich ist, auch wenn ich dafür jemanden fragen muss, der mehr Ahnung hat als ich.«

»Mehr Ahnung?«, echote sie ungläubig. Dieser Mann schien tatsächlich verrückt zu sein.

»O ja, denn auch ich weiß nicht alles. Auf diese Weise lernen wir beide etwas dazu.«

Liebe Zeit, sie begann, diesen verrückten Goldschmied zu mögen! »Und wie oft gedenkt Ihr, mich hier aufzusuchen?« Sie grinste. »Das könnte Euch ja ziemlich teuer zu stehen kommen.«

Wieder lachte er schallend auf. »Ich wusste, du bist ein kluges, ausgekochtes Weib, Elsbeth. Mach dir um meine Börse keine Sorgen, die ist ausreichend gefüllt, um alle deine Fragen zur Genüge zu beantworten. Womöglich schaffe ich es auch, dich davon zu überzeugen, wie erstrebenswert mein Traum für uns beide ist, falls du meine Gefühle eines Tages erwiderst.« Er rutschte ein wenig zur Seite und drängte mit den Knien sanft ihre Schenkel auseinander. »In der Zwischenzeit werde ich die traute Zweisamkeit mit dir in vollen Zügen genießen.« Damit drang er rasch und tief in sie ein und dämpfte ihren überraschten Lustlaut, indem er ihren Mund mit dem seinen verschloss.

***

»Du badest ja schon wieder deinen kleinen Hintern.« Mutter Berta stand mit in die Seiten gestemmten Händen in Elsbeths Tür und blickte kopfschüttelnd auf sie hinab. »Scheint ja nötig zu sein. Alwina sagte mir, dass sie euch noch bis in die frühen Morgenstunden vögeln gehört hat. Der Goldschmied hat das Haus also zufrieden verlassen?«

Elsbeth erhob sich aus dem warmen Sitzbad, das sie sich eigenhändig nach Thönnes' Fortgehen bereitet hatte, obwohl sie ziemlich müde war. »Ja, Mutter Berta, er war sehr zufrieden. Morgen Abend kommt er wieder her.«

»Ach?« Die Hurenwirtin verschränkte die Arme vor dem Leib, wirkte ansonsten aber hocherfreut. »Hat er Gefallen an meinem Haus gefunden? Gut zu wissen. Neue Stammgäste sind stets willkommen, vor allem, wenn sie ein gut gefülltes Geldsäckel besitzen. Mal sehen, wen ich ihm dann andienen kann. Änne vielleicht oder die Zwillinge? Was meinst du? An wem hätte er wohl besondere Freude? Wenn er standhaft genug ist, es mehrere Male in einer Nacht mit dir zu machen, würde er sich vielleicht über die Gesellschaft von zwei Frauen gleichzeitig freuen.«

»Er will wieder zu mir.« Elsbeth trocknete sich sorgfältig ab und schlüpfte in ein sauberes Hemd. Da sie vorhatte auszugehen und es bitterkalt draußen war, zog sie auch eine Bruoch und wollene Beinlinge aus ihrer Wäschetruhe sowie ein rostbraunes Kleid, das sie nur außerhalb des Dirnenhauses trug.

Mutter Berta runzelte die Stirn. »Zu dir? Hat er das gesagt?«

»Ja.«

»Hm.« Die Wirtin rieb sich übers Kinn. »Bist ja ganz hübsch und biegsam. Das gefällt den Kerlen. Aber bilde dir bloß nicht zu viel darauf ein. Nach ein paar Malen wird er dich überhaben und nach Abwechslung suchen. Mach das Beste daraus, solange du in seiner Gunst stehst. Vielleicht springt ja ein neues Gewand oder ein bisschen Tand dabei heraus. Aber denk daran, dass du kein Geld von ihm nehmen darfst. Das muss er mir aushändigen.«

»Er wird mich so schnell nicht überhaben.« Elsbeth schlüpfte in die Bruoch und begann, den rechten Beinling daran zu befestigen.

»Pfff. Bist du jetzt etwa groß von dir eingenommen, weil er es mit dir ein paarmal öfter gemacht hat als die üblichen Freier?« Berta stieß ein grunzendes Lachen aus. »Sei nicht albern.«

»Bin ich nicht.« Elsbeth nestelte auch den zweiten Beinling fest und griff nach dem Kleid. »Er mag mich, das hat er gesagt.«

»Er … was?« Mutter Berta prustete los. »Bei allen vierzehn Nothelfern, ist das dein Ernst? Liebe Zeit, was bist du für ein knalltumbes Schaf, Elsbeth!« Kopfschüttelnd wandte sie sich ab. »Er mag vielleicht dein Schatzkästlein und das, was du damit alles anstellst, um es ihm zu besorgen, aber dich? Da müsste er ja völlig den Verstand verloren haben. Gänschen, die Freier mögen uns nicht, sie sind nur scharf auf das, was sich zwischen unseren Schenkeln befindet. Je eher du dir das merkst, desto besser ist es für dich. Es gab schon Frauen, die sich wegen eines Freiers so gegrämt haben, dass sie ins Wasser gegangen sind. Tu dir das nicht an. Du wirst bloß schwermütig, wenn du auf das Gesäusel hörst, das manche Kerle in ihrer Lust von sich geben. Glaub mir, der Goldschmied hat dich schneller wieder vergessen, als du Hübschlerin sagen kannst. Und erinnern tut er sich erst wieder an dich, wenn ihn wieder der Hafer sticht.« Sie wandte sich zum Gehen, drehte sich aber noch einmal kurz um. »Heute Nachmittag kommen ein paar besondere Gäste.« Sie zuckte vielsagend mit den Augenbrauen. »Kanoniker aus dem Aachener Raum. Bruder Emilio von den Augustinern hat sie hergeschickt, weil wir derzeit die größte Auswahl an Frauen zu bieten haben. Du wirst sie zusammen mit Änne, Trin, Alwina, Gesine, Katrin und Bina bedienen. Auch ihre absonderlichen Gelüste, falls sie welche äußern. Wir kennen das ja. Die Pfaffen mögen es gern von hinten und mit viel devotem Gekrieche vonseiten der Frauen. Ob ich auch dem Jochen und dem kleinen Henns Bescheid geben muss, werde ich noch in Erfahrung bringen. Kann ja sein, dass der eine oder andere von den frommen Männern es lieber mit Knaben treibt.«

»Ich dachte, ich hätte bis heute Abend frei.« Sorgsam zurrte Elsbeth die Verschnürungen an ihrem Kleid fest. Mutter Bertas harsche und zynische Worte hatten sie getroffen und Zweifel in ihr geweckt, ob Thönnes van Kneyart es womöglich doch nicht ernst mit alldem gemeint hatte, womit er sie in der Nacht stets aufs Neue betört und zum Lachen gebracht hatte – und dazu, es wieder und wieder zu genießen, mit ihm Verkehr zu haben, in allen nur erdenklichen Stellungen. So eine schöne Nacht hatte sie noch nie erlebt. War das vielleicht doch alles nur gespielt gewesen, um sie gefügig zu machen? Doch wozu? Sie wäre ihm auch ohne schöne Worte zu Willen gewesen.

Nein, er hatte es ernst gemeint, ganz bestimmt. Alles andere würde ihr, bei der Heiligen Jungfrau, das Herz brechen.

»Ich habe anders entschieden.« Die Wirtin winkte ab. »Die Kanoniker sind wichtiger als ein paar Stunden Müßiggang. Du hast doch sowieso nicht genug Geld, um dich lange auf dem Markt herumzutreiben.«

»Ich möchte in der Kirche Groß St. Martin eine Kerze für meine Mutter anzünden.«

Mutter Berta nickte beifällig. »Gut, den Weg hin und zurück schaffst du ja ohne Probleme bis zum Mittag.«

Schweigend nickte Elsbeth und warf sich ihren warmen Umhang über. »Zur Messe wollte ich auch. Heute ist doch Aschermittwoch.«

»Das Aschekreuz kann dir auch Bruder Athanasius aus der Heiligkreuzkapelle aufmalen, dazu braucht es keine langwierige Messe.« Die Vorsteherin lächelte schmal. »Na los, beeil dich, damit du rechtzeitig wieder hier bist.«

Elsbeth zog die Kapuze ihres Umhangs fest um den Kopf und ordnete rasch die verdrehten gelben und roten Bänder, die an der Schulter angenäht waren. Dann verließ sie wortlos das Haus *Zur schönen Frau.* Ihre Gedanken drehten sich um Thönnes van Kneyart und um die Frage, die sie ihm mitgegeben hatte und die er ihr am morgigen Abend beantworten wollte. Falls er es wirklich ernst meinte.

Kapitel 4

16. August Anno Domini 1423

Mit einem schiefen Grinsen rieb Johannes sich über die Stirn. »Thönnes van Kneyart also. Ich weiß gerade nicht, ob ich eifersüchtig sein müsste.«

»Musst du nicht.« Elsbeth lächelte leicht. »Es ist ja schon so lange her. Ich war noch sehr jung und zugegebenermaßen schrecklich naiv.«

»Aber er hat es doch ernst gemeint, oder etwa nicht?« Johannes musterte sie fragend. »Der Ring …«

»Der Ring ist eine andere Geschichte«, unterbrach sie ihn. »Sie folgt aus dem, was nach jenem Fastnachtsdienstag geschah.« Ihr Blick umwölkte sich, ebenso wie ihre Stimmung. Obwohl so viel Zeit vergangen war, gebärdeten sich einige Erinnerungen immer noch schmerzhaft. »Aber … ja, er meinte es tatsächlich ernst mit mir, obgleich die Welt es sicherlich als abwegig oder gar als irrwitzig abgetan hätte, wenn sie davon erfahren hätte.«

»Er hat dich also nie offiziell als seine Auserkorene präsentiert?«

Elsbeth schüttelte den Kopf. »So verliebt er auch gewesen sein mochte, er war klug genug, nichts übers Knie zu brechen. Er besuchte mich zwei-, dreimal in der Woche, und jedes Mal«, das Lächeln kehrte auf ihre Lippen zurück, »jedes Mal brachte er mir die Antwort auf eine meiner unzähligen Fragen mit. Für manche hat er wohl sogar die Benediktiner von Groß

St. Martin befragt, die ja über eine besonders umfangreiche Bibliothek und großes Wissen über die Welt verfügen.« Sie seufzte. »Nur ein einziges Mal brachte er mir ein anderes Geschenk mit, weil mir keine Frage eingefallen war, nachdem er mir schon so viele beantwortet hatte.« Ein unangenehmer Schauder rann ihr das Rückgrat hinab. »Manchmal frage ich mich …«

»Was?«, hakte Johannes vorsichtig nach, als sie nicht weitersprach.

Sie hob den Kopf. »Es hätte alles anders kommen können, wenn mir damals nur eine kluge Frage eingefallen wäre … oder eine dumme. Ganz gleich. Dann hätte er … wären wir … Ich weiß es nicht, denn selbstverständlich hat er mir ja auch andere Dinge geschenkt. Kleider, Tand, Süßigkeiten, weil das alles Sachen sind, die ich behalten durfte. Geld war verboten, das hätte Mutter Berta mir weggenommen. Eine Vorgehensweise, die ich als schändlich ansah.«

»Ich weiß.« Johannes fuhr sich durchs Haar. »Du bist mir damit gründlich auf die Nerven gegangen, kaum dass ich meinen Posten als Scharfrichter der Stadt Köln angetreten hatte.«

»Weil der alte Scharfrichter sich um rein gar nichts gekümmert hat«, fuhr Elsbeth auf. »Er war kaum jemals in der Stadt, abgesehen von den Gerichtstagen, wenn es galt, ein Todesurteil oder eine Körperstrafe zu vollstrecken. Und wenn ich ihn doch einmal zu fassen bekam, wollte er von meinen Vorschlägen nichts wissen. Ihm waren das Wohl und Wehe der freien Frauen vollkommen gleichgültig.« Sie maß Johannes mit einem bezeichnenden Blick. »Du warst anfangs auch nicht allzu erpicht darauf, etwas an den Dingen, wie sie waren, zu ändern.«

»He, he!« In einer abwehrenden Geste hob Johannes beide Hände. »Zu meiner Ehrenrettung sei doch wohl gesagt, dass ich meine Meinung in dieser Hinsicht geändert habe. Dass mein Onkel nicht der angenehmste Zeitgenosse gewesen ist, bestreite ich ja gar nicht, aber was er versäumt hat, habe ich doch wohl eindeutig wiedergutgemacht, oder etwa nicht?«

»Ja, weil ich dir den letzten Nerv geraubt habe. Wäre ich nicht gewesen, hättest du deine Ansichten wohl kaum jemals hinterfragt.« Grimmig verzog sie das Gesicht. »Es war an der Zeit für Veränderungen.«

»Da gebe ich dir recht.« Er nickte. »Es bedarf stets einer mutigen und beharrlichen Person ...«

»Stures Weib hast du mich genannt, und das war noch eine der freundlicheren Bezeichnungen«, warf sie grimmig lächelnd ein.

»... oder eines sturen Weibes«, fuhr er grinsend fort, »um solche Veränderungen anzustoßen. Ich hatte mir über die Art und Weise, wie Dirnen leben und arbeiten und unter welchen Bedingungen, nie Gedanken gemacht, und so erging und ergeht es sicherlich vielen Menschen, nicht bloß den Männern. Es ist kein Thema, über das man allgemein öffentlich spricht. Dass die wenigen Regelungen und Vorschriften bezüglich der Dirnenhäuser und ihrer Führung schon teilweise Jahrhunderte alt waren, wusste ich nicht einmal und auch nicht, wie viele unschöne Freiheiten sie den Vorständen dieser Häuser zugestanden. Davon war die Praxis, den Frauen sämtliche Geldgeschenke vollständig abzunehmen und nicht einmal mit ihren Schulden zu verrechnen, noch gar nicht die schlimmste. Ich wünschte, ich hätte den Stadtrat dazu überreden können, ein vollständiges Verbot dieser Unart zu erlassen, aber da war nichts zu machen.«

Elsbeth neigte den Kopf etwas zur Seite. »Zumindest dürfen Hübschlerinnen mehr als zwei Drittel von Geldgeschenken für sich behalten. Das ist weit mehr, als ich mir erhofft hatte. Dass die Stadt stets ein leeres Geldsäckel beklagt und überall kräftig mitverdienen will, ist ja nichts Neues.«

»Also hast du mir meine Unwissenheit und Ignoranz verziehen?« Johannes lächelte wieder. »Du hast mir für viele Dinge die Augen geöffnet, Elsbeth.«

»Ich habe dieses Leben selbst geführt.« Sie faltete die Hände im Schoß. »Es ist ein hartes und schwieriges Leben, selbst unter den verbesserten Umständen, die ich … die *wir* herbeiführen konnten. Manches ist heute glücklicherweise kaum mehr denkbar oder wird doch zumindest empfindlich bestraft, wenn es ans Licht kommt.«

»Du meinst, wenn ein Freier eine Dirne misshandelt?«

»Ja.« Elsbeth nickte, schüttelte aber gleich darauf den Kopf. »Nein. Oder … Selbst Mutter Berta hatte zwei Knechte beschäftigt, die allzu grobe Kerle rausgeworfen haben. Aber es gab so viel anderes, was zu erdulden war und mancherorts immer noch ist. Kaum jemand macht sich je Gedanken darüber, was von einer Hübschlerin täglich verlangt wird und was sie zu tun gezwungen ist, nur weil die Bezahlung stimmt oder weil es dem Hurenwirt oder der -wirtin in den Kram passt. Viel Unglück ist deshalb schon über so manche Frau gekommen, und nicht selten, weil sie es sich aus Verzweiflung selbst zugefügt hat.« Ihr Blick wanderte in eine unbestimmte Ferne. »Manches hätte verhindert oder eine glückliche Wendung herbeigeführt werden können, wenn es mehr einsichtige Männer wie dich gäbe.«

Johannes grinste. »Oder mehr mutige, sture Weiber wie dich.«

Kapitel 5

3. April Anno Domini 1396

Elsbeth stand in ihrer Kammer und strich ehrfürchtig über den dunkelgrünen Brokat ihres neuen Kleides. Thönnes hatte es ihr am gestrigen Ostersonntag gebracht. Zwar war das Dirnenhaus an diesem höchsten aller christlichen Feiertage geschlossen gewesen, doch Geschenke abliefern durfte man selbstverständlich und miteinander sprechen.

Thönnes hatte versucht, die Hurenwirtin dazu zu überreden, dass Elsbeth ausschließlich ihm zu Diensten sein solle, jedoch ohne Erfolg. Sie beharrte darauf, dass sie im Augenblick zu viel Kundschaft und zu wenige Frauen hatte, um eine von ihnen dauerhaft nur einem Freier zu überlassen. Da hatte auch der durchaus ordentliche Aufpreis, den zu zahlen er bereit gewesen war, nicht geholfen. Irgendwann aber, das wusste Elsbeth, würde er das Thema erneut zur Sprache bringen und vielleicht sogar in Erfahrung bringen, welche Summe es ihn kosten würde, Elsbeth ganz aus dem Dirnenhaus freizukaufen.

Dieser Tage hatte er neben seiner gut gehenden Goldschmiede jede Menge Zunftangelegenheiten zu regeln und wohl auch Gespräche und Sitzungen mit den Meistern der anderen Zünfte, in denen es um die unhaltbaren Zustände im Stadtrat ging. So manches hatte er ihr davon erzählt, und auch wenn sie längst nicht alles begriff, weil sie die Zusammenhänge nicht kannte, fühlte sie sich doch außerordentlich klug und gebildet, weil er sie an diesen Themen teilhaben ließ und sie deshalb den Inhalt so manchen Gesprächs, das sie im Schankraum belauschte, nun verstand.

Sie wünschte, sie könnte sich in diesem wundervollen Gewand einmal in einem großen Spiegel betrachten, und drehte sich ein wenig in den Hüften, sodass der knöchellange Rock leicht hin und her schwang. Solch einen kostbaren Stoff hatte sie noch nie auf der Haut gespürt. Zwar hatte sie, solange sie bei ihrer Mutter gelebt hatte, auch schöne Kleider getragen, aber niemals welche, die aus Brokat gefertigt waren. Ihre Mutter hatte welche besessen, aber für ein Mädchen, das sich noch im Wachstum befand, hatte sie solch übertrieben teure Gewänder abgelehnt. Sie waren wohlhabend gewesen, keine Frage und kein Vergleich zu den kargen Umständen, mit denen Elsbeth sich im Dirnenhaus arrangieren musste, doch es war kein großer Reichtum gewesen. Vielleicht, wenn ihre Mutter nicht krank geworden wäre und sie gemeinsam den Männern hätten dienen können, hätten sie es zu noch mehr Wohlstand bringen, womöglich das Haus ganz bezahlen können. Doch nun war die Mutter tot und die Tochter bei Mutter Berta verschuldet.

Energisch schob Elsbeth die trüben Gedanken beiseite und richtete ihr Augenmerk auf den bevorstehenden Abend. Möglicherweise gelang es Thönnes ja doch bald, eine Abmachung mit Mutter Berta zu treffen, die Elsbeth zu seiner alleinigen Gespielin machte. Von da aus war es dann nur noch ein vergleichsweise kleiner Schritt, bis er sie freikaufen konnte.

»Elsbeth, bist du hier?« Die blonde Alwina streckte den Kopf zur Tür herein und riss ehrfürchtig die Augen auf. »Ui, was hast du denn da für ein feines Stöffchen an? Und grün ist es, das muss ja ein Vermögen wert sein. Hat dein Goldschmied dir das geschenkt?« Sie trat näher und nahm eine Rockfalte zwischen Daumen und Zeigefinger, rieb sie leicht aneinander. »Das ist Brokat, oder? Was die reichen Bürgersfrauen alleweil tragen. So ein großzügiges Geschenk hätt ich auch gerne mal.

Aber meine Freier haben nicht so eine prall gefüllte Geldkatze, das sind alles nur Gesellen und Knechte und Tagelöhner. Die wenigen hohen Herren, die schon mal bei mir landen, waren auch immer mehr von der geizigen Sorte. Halt dir den Goldschmied bloß warm, solange es geht.« Sie blickte zur Tür. »Bloß heute nicht. Mutter Berta sagt, du sollst mit nach unten kommen, weil sie uns für den Abend einteilen will. Da kommt ein Tross Kaufleute aus fernen Landen, hat Götz erzählt, du weißt schon, der Päckelchesträger, der uns immer die gute Kundschaft herschickt. Die sind mindestens zu siebt oder zu acht, und dann hat er auch noch ein paar Matrosen vom Hafen mit unserer Adresse versorgt. Heute haben anscheinend viele neue Schiffe angelegt, weil endlich Ostern rum ist und der Handel wieder ordentlich aufblüht. Ich glaube, Mutter Berta erwartet auch noch ein paar andere Freier, möglicherweise hohe Herren, vielleicht sogar von Adel. Es heißt, Hilger Quattermart sei in der Stadt, vielleicht auch sein Onkel, der Heinrich Stave. Wenn dem so ist, bringen die immer jede Menge Waffenknechte mit. Da werden wir ordentlich was zu tun bekommen. Also ... was ist nun?« Alwina ergriff Elsbeths Handgelenk und zog sie einfach mit sich. »Komm schon, sonst setzt es wieder Ohrfeigen von Mutter Berta, wenn wir herumtrödeln.«

»Ich komme ja schon.« Elsbeth stolperte hinter Alwina her die Stiege ins Erdgeschoss hinab. »Mich braucht sie heute gar nicht einzuteilen. Thönnes van Kneyart will mich heute besuchen, und ganz sicher bezahlt er wieder für die ganze Nacht.«

»Da wirst du heute aber Pech haben.« Alwina grinste ihr schief über die Schulter zu, bevor sie den Schankraum betraten, den einige andere Frauen gerade verließen.

»Wo bleibt ihr denn? Ihr seid spät.« Mit in die Hüften gestemmten Händen und missbilligender Miene musterte die Hurenwirtin die beiden. »Tja, euer Pech. Ihr nehmt jetzt, was übrig geblieben ist. Elsbeth, du wirst dich heute Abend um die Kaufleute kümmern, die uns Götz angekündigt hat. Seit du es mit dem Goldschmied treibst, redest du so vornehm, das wird denen zusagen. Die sind bestimmt begeistert, wenn sich eine gewählt ausdrückt. Falls sie überhaupt ein deutsches Wort verstehen. Sind wohl alle aus Flandern und dem Frankenland. Womöglich auch Italien. So genau wollte Götz sich da nicht festlegen. Und lass das Kleid da gleich mal an, das gibt uns einen noch vornehmeren Anstrich.« Die Hurenwirtin strich ihr eigenes blassbläuliches Kleid glatt, das ebenfalls von ausgesuchter Qualität war. Flämische Wolle und ein Unterkleid aus glatt gewebtem weißem englischem Leinen. Gekauft von dem Geld, das die Frauen dieses Hauses einnahmen. »Näh vorher aber noch die roten und gelben Bänder an. Nicht, dass sie sonst meinen, es hätte sich eine Ehrbare zu uns verirrt.« Mutter Berta lachte über ihren eigenen Scherz. »Wenn du keine Bänder mehr hast, gebe ich dir gleich welche. Ich halte dann zwei zusätzliche Pfennige von dem Geld ab, das du heute erwirtschaftest.«

»Ich kann heute die Kaufleute nicht bedienen.« Elsbeth blickte kurz an sich hinab. »Thönnes, also Meister van Kneyart will mich heute Abend besuchen. Wahrscheinlich für die ganze Nacht, wie immer.«

»Papperlapapp. Die ganze Nacht geht nicht.« Energisch winkte Mutter Berta ab. »Wie stellst du dir das vor? Wir sind unterbesetzt, seit die Lisbeth … Nun ja.« Sie bekreuzigt sich dreimal, denn vor etwa einer Woche hatte man die Hübschlerin Lisbeth an deren dreißigstem Geburtstag in den Reusen der Fischer am Rhein aufgefunden. Offiziell galt ihr Tod als tragischer Unfall; sie mochte zu nah ans Wasser gegangen, ausgerutscht und hineingefallen sein. In Wahrheit war es wohl eher so, dass sie sich ertränkt hatte. Sie war schwanger gewesen, schon zum dritten oder vierten Mal, und wie die Male davor zur Engelmacherin, der alten Ludmilla, gegangen, die vor den Toren der Stadt im Wald, der Richtung Aachen lag, in einer kleinen Hütte hauste. Diesmal hatte es allerdings viel länger gedauert, bis Lisbeth sich von der Prozedur erholt hatte, und seitdem hatte sie nach jedem Verkehr über Schmerzen geklagt und war auch sonst nicht mehr dieselbe gewesen. Zu Elsbeth hatte sie einmal gesagt, dass sie fürchtete, ihre Arbeit bald nicht mehr ausüben zu können. In dem Fall war sie für Mutter Berta nichts mehr wert und würde vielleicht in der Gosse landen. Um diesem Schicksal zu entgehen, hatte sie ihrem Leben vorzeitig ein Ende gesetzt und damit das bisschen Seelenheil, das sie vielleicht noch besessen hatte, verspielt. Denn auch, wenn sie aufgrund der offiziellen Darstellung ihres Todes als Unfall keine öffentliche Schande über sich und das Haus *Zur schönen Frau* gebracht hatte, war und blieb Selbstmord eine Todsünde, für die sie bis ans Ende der Zeit in der Hölle schmoren würde.

»Änne klagt auch dauernd über Unwohlsein, Husten und Kopfweh«, fuhr Mutter Berta ansonsten äußerlich unbeeindruckt fort. »Ich kann nur hoffen, dass sie sich nicht irgendwo einen Katarrh eingefangen hat oder irgendwas Ansteckendes. Ich habe sie in ihre Kammer verbannt, wo sie warten soll, bis es ihr wieder besser geht. Sollte es schlimmer werden, muss ich sie aus dem Haus schaffen und irgendwo in einem Armenhospital unterbringen, bis sie wieder arbeiten kann. Du siehst also, ich kann dich nicht eine ganze Nacht nur dem Goldschmied überlassen. Was er für die Nacht bezahlt, wiegt die Münzen bei Weitem nicht auf, die ich bei sieben oder acht Freiern einnehmen kann. Schon gar nicht, wenn ein paar von ihnen vielleicht sogar mehr als einmal wollen.«

Enttäuscht senkte Elsbeth den Kopf. »Er freut sich aber schon sehr darauf und …«

»Er freut sich?« Mutter Berta lachte. »Ei wei, was für eine Albernheit. Er kommt her, um seine männlichen Gelüste und Bedürfnisse zu stillen. Wie oft in einer Nacht tut er das denn, mal abgesehen von eurem ersten Mal? Daran siehst du doch schon, dass er allmählich seine Freude an dir verliert. Ich bin schon lange der Ansicht, dass das Bezahlen für eine ganze Nacht abgeschafft gehört. Dem Henker habe ich damit schon mehrmals in den Ohren gelegen. Er trägt es in den Rat, hat er gesagt, wenn er mal Zeit hat, damit dieser unwirtschaftliche Unsinn verboten wird. Wenn der Goldschmied zwei- oder dreimal vögeln will, kann er das einzeln bezahlen. Dazwischen und danach kannst du genauso gut anderen Freiern zur Verfügung stehen. Das bringt mir allemal mehr ein.« Sie wandte sich Alwina zu. »Du bedienst heute die beiden Kanoniker aus Aachen, die sich wieder einmal kurzfristig angesagt haben. Sie haben nach dir verlangt, also bekommen sie dich auch. Sollten sie frühzeitig fertig sein, gibst du mir Bescheid, dann kann ich dich noch für die regulären Abendgäste im Schankraum einsetzen.«

»Die Kanoniker sind derbe Schweine.« Alwina verzog angewidert den Mund. »Der eine will es immer durch die Hinterpforte, danach kann ich bestimmt wieder einen Tag lang nicht sitzen. Und der andere mag es, mir die Brust zu quetschen und mich zu würgen. Außerdem zieht er nie rechtzeitig zurück, das habe ich dir beim letzten Mal schon gesagt.«

»Ich ermahne ihn und ziehe bei Bedarf Strafpfennige ein.« Mutter Berta blieb vollkommen ungerührt. »Du weißt selbst, dass manche Männer in ihrer Lust ein wenig in Rage geraten. Dafür zahlen sie schon einen Aufschlag.«

»Einen Aufschlag?« Verblüfft hob Elsbeth den Kopf.

»Lass!« Alwina fasste sie beim Arm und schüttelte den Kopf. »Bringt doch nichts.«

Elsbeth ließ sich jedoch nicht beirren. »Soll das heißen, du nimmst gegen ein Aufgeld in Kauf, dass diese Männer Alwina wehtun?«

»Ach was, wehtun.« Mutter Berta schürzte die Lippen. »Sie

verprügeln sie ja nicht, und wenn sie es zu arg treiben, kann sie ja immer noch die Knechte rufen.«

»Kriegt Alwina denn wenigstens etwas von dem Aufgeld ab?« Fragend blickte Elsbeth zwischen der Hurenwirtin und Alwina hin und her, doch Mutter Berta schnaubte nur.

»Mach dich nicht lächerlich. Ich führe meine Geschäfte so, wie ich es für richtig halte. Die Kanoniker mögen Alwina. Sie macht ihre Sache also gut, und sie ist kräftig und kann ein bisschen Grapscherei schon wegstecken. Ihr seid ja schließlich nicht hier, um nur aus der Ferne angegafft oder in Seide gewickelt zu werden.«

»Mutter Berta?« Einer der beiden Hausknechte, Bart, war im Schankraum erschienen. Er war Mitte der Dreißig, von vierschrötiger Statur, und sein Haar war zugunsten einer Halbglatze zu einem graubraunen Kranz zurückgewichen. Elsbeth mochte ihn, weil er auf die Frauen achtgab und grobe Freier sofort aus dem Haus warf. »Komm mal bitte, da ist Kundschaft an der Tür.« Er hustete, und es war ihm anzusehen, dass ihm die Art der Kundschaft missfiel.

»Um diese Zeit schon?« Halb überrascht, halb erfreut, drehte die Wirtin sich zu ihm um. »Na gut, sag Bescheid, dass ich sofort komme.« Sie wandte sich wieder Elsbeth und Alwina zu. »Ihr geht in eure Kammern und bereitet euch für euren Dienst vor.«

Die beiden Frauen nickten nur und gehorchten. Es war nur selten möglich, Mutter Berta von ihren einmal gefassten Plänen abzubringen. Elsbeth ärgerte sich, als sie die Tür ihrer Kammer hinter sich schloss, dass sie nicht energischer aufgetreten war, doch sie hatte Angst, damit bei der Wirtin in Ungnade zu fallen. In der kurzen Zeit, die sie erst hier wohnte und arbeitete, hatte sie bereits erlebt, was geschehen konnte, wenn man es sich mit ihr verscherzte. Man erhielt weniger Essen und das, was sie einem zugestand, war minderwertig. Manchmal strich sie auch alle freien Tage, zwang hin und wieder sogar eine Frau dazu, während ihrer Mondzeit zu arbeiten, oder ließ nur die unbeliebten Freier zu ihr.

Die Vorsteherin führte ein strenges und unbarmherziges Regiment und begründete es damit, dass es ihr zu ihrer Zeit auch nicht anders oder gar schlimmer ergangen sei und dass Henker und Stadtrat es so von ihr erwarteten. Oft, wenn der Unmut über ihr herrisches Bestimmen allzu groß wurde, drohte sie damit, dass der Rat einen neuen Wirt einsetzen könnte. Einen männlichen, der ganz sicher noch weniger Gnade vor Recht ergehen und sich überdies selbst an den Frauen gütlich tun würde – ohne Bezahlung, so wie es schon der Henker alleweil tat, wenn er zu seiner Inspektion des Hauses auftauchte, die einmal im Monat stattfand. Er war ein gut aussehender Mann jenseits der Fünfzig mit geschliffenen Manieren, jedoch wenig einnehmendem Wesen und keinerlei Verständnis für die Befindlichkeiten von Weibern ganz allgemein und schon gar nicht von käuflichen Frauen. Deren Wert bemaß sich für ihn einzig in der möglichst hohen Anzahl von Freiern, die sie allabendlich oder auch tagsüber zu bedienen hatten.

Elsbeth war zurzeit die jüngste und neueste Dirne im Haus *Zur schönen Frau* und wollte sich anpassen, um nicht womöglich rausgeworfen zu werden. So etwas geschah zwar nur selten, jedoch würde ihr Leben auch nicht gerade einfach, wenn Mutter Berta sie nicht leiden konnte. Die Hurenwirtin hielt sie für albern und ein bisschen tumb, doch was war falsch daran, gemocht werden zu wollen? Elsbeth hatte niemanden mehr, keine Familie und auch keine Freunde, wenn sie nicht wenigstens mit ein paar der Frauen hier im Haus Freundschaft schloss. Ihr Leben hätte so sehr anders verlaufen können, wenn ihre Mutter nicht krank geworden wäre. Dabei wusste sie nicht einmal, was ihre Mutter befallen hatte. Sie war einfach immer schwächer und blasser geworden, hatte bald nicht mehr laufen, dann auch nicht mehr aufrecht sitzen können. Auch das Reden war ihr zunehmend schwergefallen. Über mehr als ein Jahr hatte sich das Leiden hingezogen. Der Arzt, den sie anfangs noch hinzugezogen hatte, war ratlos gewesen. Magister Arnoldus, Elsbeth konnte sich noch genau an den alten Mann mit der Gelehrtentonsur erinnern, hatte sogar alle möglichen klugen Schriften durchforstet und einmal sogar einen anderen, ziemlich hochnäsigen Arzt namens Pierre van Stijn mitgebracht, um ihm den Fall, wie er es nannte, vorzustellen. Gemeinsam hatten sie stundenlang Harnschau betrieben, von Säften geredet, die in Ungleichgewicht geraten waren, auf Latein disputiert und die Mutter mehrmals zur Ader gelassen, woraufhin sie jedoch nur noch kraftloser geworden war. Am Ende waren sie mit einem Beutel voller Silbermünzen gegangen, ohne etwas ausgerichtet zu haben.

Danach hatte Elsbeth die alte Ludmilla kommen lassen, deren Kräuter und Elixiere jedoch nur für eine kurze Weile das Leiden gelindert hatten. Was auch immer an ihrer Mutter gefressen hatte, es war unaufhaltsam gewesen, ihr Tod unausweichlich. Auch wenn es Elsbeth immer noch schmerzte, an jene Zeit zurückzudenken oder an ihr durchaus komfortables Zuhause, war sie in vielerlei Hinsicht froh, hier gelandet zu sein, in Gesellschaft anderer Frauen und unter einem gewissen Schutz vor der Welt, von der sie so wenig verstand und die voller unwägbarer Gefahren war, denen sie allein auf sich gestellt nicht gewachsen wäre.

Seufzend blickte sie an sich hinab. Sie hatte sich so sehr über dieses Kleid gefreut und es eigentlich nur für Thönnes tragen wollen. Jetzt musste sie darin auch diesen fremdländischen Kaufleuten zu Diensten sein. Wie sollte das überhaupt gehen? Thönnes würde zwei oder drei Stunden nach dem Vesperläuten hier sein, je nachdem, wie es seine Verpflichtungen zuließen. Diese Kaufmänner kamen bestimmt auch nicht viel später her.

Würde Mutter Berta sie unten mit Speis und Trank so lange beschäftigen, bis Thönnes und sie fertig waren? Erfreut würde er darüber bestimmt nicht sein. Vielleicht konnte er ja die Wirtin davon überzeugen, dass er ein früheres Anrecht auf Elsbeth hatte, weil er ja ihr Stammkunde war.

Ein Funken Hoffnung stieg in ihr auf. Gewisslich würde er sich nicht einfach so abwimmeln oder hinauswerfen lassen. Er würde bestimmt sogar einen zusätzlichen Obolus zahlen, damit Mutter Berta einen Ausgleich hatte. Ja, so würde es kommen, ganz bestimmt.

Als ihre Tür aufflog, fuhr sie erschrocken zusammen. Die Hurenwirtin rauschte herein, auf den Lippen ein ungutes, leutseliges Lächeln. »Da ist sie ja, die liebreizende Elsbeth. Kommt nur herein und entscheidet selbst, ob ich recht hatte. Sie ist noch ganz jung und lieblich, kennt sich aber mit den Bedürfnissen der Männer bereits ausgezeichnet aus und bedient jeden Freier außerordentlich entgegenkommend. Sagt selbst, entspricht sie Eurer Vorstellung für die jungen … Gesellen, die Ihr mitgebracht habt?«

Ein breitschultriger Mann im Zunftmantel der Küfer trat ein. Er mochte um die vierzig sein, vielleicht auch etwas darüber. Elsbeth glaubte, ihn schon einmal in der Stadt gesehen zu haben. Er musterte Elsbeth von oben bis unten und nickte dann mit einem gönnerhaften Lächeln. »Die ist wirklich gerade richtig, da hast du recht, Berta. Ha, wenn ich sie mir so ansehe, wünschte ich glatt, ich hätte dereinst auch so viel Glück gehabt wie meine Burschen. Ich hatte damals nur unsere Stallmagd zur Verfügung. Die war zwar ganz eifrig, aber nicht so ansehnlich.« Sein unverhohlener Blick wanderte zu Elsbeths Brüsten, dann griff er sogar danach und knetete sie nicht gerade sanft. »Wahrlich!« Seine Augen leuchteten auf. »Da könnte ich neidisch werden.«

»Für zwei Pfennige mehr dürft Ihr sie gerne ebenfalls ausprobieren«, schlug Mutter Berta eifrig vor. »Sie wird auch

Euch gerne zu Diensten sein.« Ihr kühler Blick streifte Elsbeth. »Nicht wahr?«

Hastig nickte Elsbeth. »Selbstverständlich, Herr, sehr gerne.«

»Führe mich nicht in Versuchung, Berta!« Er lachte dröhnend. »Eigentlich bin ich nur hier, weil meine Gemahlin mir seit Wochen damit in den Ohren liegt, dass sie sich um unsere jungen Mägde sorgt. Sie hat natürlich recht, denn wenn uns die womöglich schwanger würden, käme uns das reichlich teuer. Da bringe ich die Burschen lieber hierher, damit sie sich ihre ersten Hörnchen abstoßen. Die Kleine ist auch ganz sicher schon gewandt genug, ihnen das nötige Rüstzeug beizubringen?«

»Aber ja doch, ja, sie gehört zu unseren fähigsten Hübschlerinnen.« Mutter Bertas überschwängliches Lob ließ Elsbeth die Stirn runzeln, doch sie sagte nichts, weil sie ahnte, dass das, was auch immer ihr gleich bevorstehen mochte, die Strafe für ihr loses Mundwerk zuvor war. Das Lächeln der Wirtin verbreiterte sich noch. »Sie mag jung sein, doch ihr Einfallsreichtum ist groß, und sie wird den Burschen schon genau zeigen, wie es geht. Ich nehme an, ihr habt den Knaben bereits unsere Hausregeln erklärt und eingeschärft, wohin sie mit ihrer Natur sollen?«

»Sicher, sicher.« Der Küfer grinste. »Hat für jede Menge rote Ohren gesorgt. Ich kann nicht garantieren, dass es bei allen auf Anhieb klappt, aber falls sich einer von ihnen nicht beherrschen kann, zahle ich selbstverständlich den Strafpfennig.«

»Gut.« Mutter Berta wandte sich an Elsbeth. »Du hast von jetzt an bis zu deiner Abendschicht drei junge Freier, die du in die Kunst des Vögelns einweisen darfst. Sie haben alle noch nie, wenn ich das richtig verstanden habe, Meister Callenberg?« Sie blickte den Küfer über die Schulter an.

»Meines Wissens nicht.« Er nickte. »Sind noch grün hinter den Ohren, aber nachdem es in der Nachbarschaft ein Missgeschick mit einem Lehrmädchen der Seidenweberin gab, ist meine Gemahlin noch empfindlicher geworden. Sie ist zwar von deinem Haus auch nicht sonderlich angetan, aber es ist mit Sicherheit das kleinere Übel.« Er maß Elsbeth noch einmal mit abschätzendem Blick und wandte sich dann zum Gehen. »Ich warte derweil unten.«

Kaum war er aus der Tür, als die Wirtin einen jungen Burschen in die Kammer schob. »Die beiden anderen warten draußen«, erklärte sie an Elsbeth gerichtet. »Der Mats passt auf sie auf und schickt den nächsten rein, sobald der hier fertig ist.« Ihre Hand schnellte vor und umfasste klauenartig Elsbeths Oberarm, bevor diese auch nur ein Wort sagen konnte. »Gib dir Mühe, verstanden? Ich will keine Klagen hören. Die drei werden aufs Hingebungsvollste bedient!«

Elsbeth sah zu dem Burschen hin. »Wie alt ist er?«

»Fünfzehn, was denn sonst?« In Mutter Bertas Augen blitzte es amüsiert. »Das sind sie doch alle, nicht wahr?«

»Aber …« Erneut zuckte Elsbeths Blick zu dem Jüngling.

»Tu deine Arbeit.« Die Miene der Vorsteherin wurde streng. »Das ist unsere Kundschaft von morgen.«

Unbehaglich schluckte Elsbeth und wartete, bis sich die Tür hinter der Wirtin geschlossen hatte, bevor sie sich dem jungen Freier zuwandte. Er mochte tatsächlich fünfzehn Jahre alt sein, vielleicht aber auch nicht. Bei genauerem Hinsehen eher gerade vierzehn. Seine Augen funkelten unternehmungslustig und nicht im Mindesten eingeschüchtert oder verlegen.

»Wie ist dein Name?«

Er trat einen Schritt auf sie zu. »Pitter.«

Natürlich, der häufigste Name in Köln neben Hannes, Thönnes und Jan.

»Kannst auch Pit sagen.« Sein Blick wanderte sehr eindeutig zu ihren Brüsten. »Lässt du das Kleid da an?«

»Natürlich nicht.« Eilfertig löste Elsbeth die Verschnürungen. »Es sei denn, du möchtest es.«

»Quatsch. Ich will dich nackt sehen. Hab noch nie eine Frau ganz nackt gesehen. Nur mal ein kleines Mädchen, die Tochter vom Meister, die ist erst drei. Aber da ist ja nix Spannendes dran.«

Der Bursche war schon mal nicht schüchtern oder auf den Mund gefallen, stellte sie fest. Während sie sich rasch vor ihm entkleidete, behielt sie ihn genau im Auge und verfluchte innerlich Mutter Berta. Normalerweise übernahmen es die älteren, wesentlich erfahreneren Hübschlerinnen, solche Jungspunde in die Kunst des Vögelns, wie die Wirtin es scherzhaft nannte, einzuweisen. Elsbeth hatte so etwas noch nie getan, und eigentlich hätte man ihr zuvor ein paar gute Ratschläge auf den Weg geben sollen. Sie war vielleicht zwei Jahre älter als dieser Knabe, das fühlte sich für sie nicht richtig an. Sie wusste zwar, dass so junge Burschen, seien es Lehrlinge, Gesellen, adelige Knappen oder Tagelöhner, sehr häufig in Dirnenhäusern ein- und ausgingen, ja, sogar von ihren Meistern, Dienstherren oder Vätern hier abgeliefert wurden, doch war das wirklich richtig? Der Stadtrat kümmerte sich kaum darum, obwohl es eine Verordnung gab, wonach ein Freier mindestens fünfzehn Jahre alt sein musste. Doch wo kein Kläger, da auch kein Richter, und Mutter Berta würde sich den zusätzlichen Verdienst wohl kaum zugunsten einer Beschwerde entgehen lassen.

»Ich bin Elsbeth.« Sie zog nun auch das wadenlange Hemd über den Kopf und hängte es über den Stuhl. Nun stand sie vollkommen nackt vor Pit, in dessen Schritt sich bereits eine deutlich sichtbare Wölbung gebildet hatte. Da ihr nichts anderes übrig blieb, trat sie auf ihn zu und setzte ein liebliches

Lächeln auf. »Du darfst mich gerne anfassen … überall. Aber wenn wir es tun, musst du dein Ding rechtzeitig herausziehen, bevor dir die Natur kommt.«

»Ja, ja, weiß schon.« Ohne Scheu griff Pit nach ihren Brüsten, die es ihm vor allem angetan zu haben schienen. Da es trotz gut gefüllten Kohlebeckens kühl im Raum war, hatten ihre Brustwarzen sich aufgerichtet, und das schien ihm gut zu gefallen, denn er spielte neugierig daran herum. »Soll ich dir beim Entkleiden helfen?«, bot sie an und berührte sanft die harte Beule in seinem Schritt. »Nee, das kann ich selbst. Leg dich mal hin, ich will gleich anfangen.« Er nestelte hastig seine Bruoch auf.

Elsbeth tat, wie ihr geheißen, legte sich mit einladend gespreizten Schenkeln aufs Bett. »Ich kann dir ein paar Dinge zeigen.« Sie lächelte wieder, während er wie gebannt zwischen ihre Beine starrte.

»Wozu?« Rasch kam er näher und krabbelte auf sie. »Ich weiß schon, wie es geht.«

»Es gibt Dinge, die kannst du tun, damit es der Frau auch gefällt.« Sie stieß die Luft aus, als er sich schwer auf sie fallen ließ. »Dann macht es beiden mehr Spaß.«

»Ich will aber jetzt gleich.« Er tastete ungeschickt zwischen ihren Beinen herum und keuchte erregt, als er ihre intimsten Stellen fand. Sie entspannte sich, so gut es ging, als er ihre Pforte suchte, sie fand und schwer atmend in sie eindrang. Er verdrehte begeistert die Augen und begann, ungebärdig in sie zu stoßen.

Elsbeth stöhnte pflichtschuldig, froh, dass er nicht sonderlich grob vorging, sondern sogar einigermaßen angenehm, wenn auch natürlich ungeschickt. Noch besser wäre es gewesen, wenn Mutter Berta sie vorgewarnt und Elsbeth sich mit einer Gleitsalbe auf den Jüngling hätte vorbereiten können. So aber brachte die Reibung Pit allzu schnell an seine Grenzen.

Er keuchte immer schneller, lauter und stieß immer gieriger zu, sodass Elsbeth schon befürchtete, er würde sich doch in sie ergießen. Nicht einmal ein schützendes Kräuterschwämmchen hatte sie auf die Schnelle griffbereit gehabt! Das war allerdings ihre eigene Schuld. Pit hätte gut und gerne die paar Augenblicke noch warten können, bis sie eines vorbereitet und sich eingeführt hatte. Innerlich fluchend stöhnte sie freudig weiter, um ihn in seinem Tun zu bestätigen, denn etwas anderes blieb ihr jetzt kaum mehr übrig. »Sehr schön«, raunte sie ihm zu. »Das fühlt sich so gut an.«

»Echt?« Pit spannte sich an, stieß noch schneller zu. Im nächsten Moment riss er sich mit einem lauten Stöhnen von ihr los und ergoss sich schwer atmend neben sie. Dann ließ er sich einfach platt auf den Rücken rollen und versuchte, zu Atem zu kommen. Sie drehte sich auf die Seite und musterte ihn so begeistert, wie sie auch jeden anderen Freier angesehen hätte. »Du bist ein mannhafter Kerl. Hat es dir gefallen?«

»Klar!« Er grinste breit. »Ich frag mal, ob ich nachher noch mal darf, wenn der Meister es erlaubt.«

Sie lächelte und tat, als wäre sie zutiefst geschmeichelt. »Wirklich? Das wäre aber schön. Ich bin dir jederzeit gerne zu Diensten.«

»Ich frag den Meister mal.« Pit setzte sich auf und richtete seine Bruoch. »Kostet ja nicht so viel, oder? Ich hab ein bisschen was gespart.«

»Du weißt ja, wo du mich findest.« Sie erhob sich ebenfalls und goss rasch etwas Wasser aus dem Krug in die Waschschüssel. Eilig wusch sie sich, während Pit mit einem kurzen Gruß die Kammer verließ.

Mats, der zweite Hausknecht, streckte seinen eckigen Kopf zur Tür herein. »Fertig für den nächsten?«

Sie schüttelte den Kopf. »Warte bitte noch einen Moment. Ich muss mich reinigen und Vorkehrungen treffen.«

»Ist es ihm etwa in dir drin gekommen?« Der Knecht runzelte besorgt die Stirn. »Das muss ich Mutter Berta melden.«

»Nein, keine Sorge.« Sie schüttelte den Kopf. »Aber ich will trotzdem meinen Körper reinigen … und das Bett.« Über das Kräuterschwämmchen sprach sie nicht, das würde Mats auch wohl kaum interessieren.

Er nickte knapp. »Beeil dich.«

Sie öffnete ihre Kleidertruhe und entnahm ihr die Keramikschale mit den Schwämmchen. Sie waren bereits mit der Kräutermischung präpariert und mussten lediglich in Wasser eingeweicht werden. Es dauerte nicht lange, bis Elsbeth sich eines eingeführt hatte, das für die beiden nächsten Burschen ausreichen würde, wie sie annahm. Sie stellte die Keramikschale in die Truhe zurück und warf sich ihr Hemd über. Dann gab sie Mats Bescheid und nahm den zweiten Jüngling in Empfang, der sich ihr als Richard vorstellte und zu ihrem Schrecken ganz sicher nicht älter als dreizehn Jahre alt sein konnte. Wieder verfluchte sie Mutter Berta und mit ihr gleich die ganze Welt, die es offenbar guthieß, wenn Knaben, die noch nicht einmal im Stimmbruch waren, sich bereits in Dirnenhäusern ergingen.

Richard war indes sichtlich verlegen und blickte nervös links und rechts an Elsbeth vorbei. Kein Vergleich zu dem forschen Pitter. Er war auch etwas kleiner und leicht dicklich, noch deutlich mehr Knabe denn Mann.

Elsbeth musterte ihn etwas ratlos, doch da sie eine ganz klare Anweisung hatte, konnte sie sich nicht so einfach drücken. Mit einem eher freundlichen als lieblichen Lächeln trat sie auf Richard zu. »Möchtest du, dass ich mein Hemd ausziehe? Du darfst mich gerne überall anfassen, und wenn du willst, zeige ich dir, wo es einer Frau besonders gut gefällt.«

Der Bursche zögerte, nickte dann aber. »Pit hat gesagt, ich soll mitkommen, und der Meister auch. Pit hat gesagt, er will nachher noch mal.«

Aufmerksam musterte sie das rundliche Jungengesicht. »Möchtest du denn jetzt auch wirklich oder nur, weil der Pit und dein Meister das so wollen?«

Wieder ein kurzes Zögern, dann ein Nicken. »Schon, ja, irgendwie. Du bist hübsch.« Diese unschuldigen Worte zauberten ein echtes Lächeln auf Elsbeths Lippen.

»Danke. Hier, ich ziehe mich mal aus, dann kannst du alles sehen.« Rasch legte sie das Leinenhemd ab und trat auf Richard zu. Da er sie nur fasziniert anstarrte, nahm sie schließlich seine Hand und führte sie an ihre Brust. Seine Finger zuckten, er errötete, fasste dann aber doch beherzt zu.

Sie ließ ihn ein wenig tasten und greifen, und weil sie sah, dass ihn das erregte, führte sie seine Hand schließlich auch zwischen ihre Beine.

Er stieß erschrocken und erregt die Luft aus, als sie seine Finger bedachtsam führte und ihm zeigte, wie er sie berühren sollte. Zwar gehorchte er zunächst etwas ungeschickt, doch als sie ein paarmal ermutigend stöhnte, benetzte er von sich aus seine Fingerspitzen mit etwas Spucke und tastete sich weiter vor. Sie ließ ihn alles tun, wonach ihn gelüstete, und als sein Atem immer schwerer ging, half sie ihm, seine Kleider auszuziehen. Auch sein Körper war noch mehr der eines Knaben, sein Gemächt hingegen prall aufgerichtet. Da er nun doch wieder unsicher wurde, führte sie ihn zum Stuhl, ließ ihn Platz nehmen und setzte sich rittlings auf seinen Schoß, sodass seine Männlichkeit zwischen ihnen aufragte. Sie sah ihm an, dass er bereits hochgradig erregt war, deshalb fasste sie ihn nicht an, sondern hob seine Hände an ihre Brüste. »Möchtest du, dass ich dich auch küsse?«

Verblüfft starrte er sie an. »Küssen?«

»Auf den Mund.« Sie lächelte. »Das kann sehr schön sein.« Versuchsweise beugte sie sich vor und berührte seinen Mund mit dem ihren. Zwar fühlte es sich seltsam an, einen so jungen

Burschen zu küssen, aber zumindest konnte sie sein erstes Mal damit zu etwas Besonderem machen. Er wirkte auf sie sanftmütig und gutherzig, und sicherlich würden es ihr alle Frauen nach ihr, ob käuflich oder ehrbar, danken, wenn sie ihm ein paar wichtige Dinge gleich zu Anfang beibrachte. Er war so jung und leicht zu beeindrucken, vielleicht war das ja sogar ein Vorteil.

Richard riss überrascht die Augen auf, seine Wangen färbten sich tiefrot, doch als sie ihre Lippen ein zweites Mal auf seine legte, küsste er vorsichtig zurück. Damit war er so abgelenkt, dass sie ihm noch ein paar Dinge zeigen konnte, ehe seine Erregung wieder die Oberhand gewann. Sie erhob sich wieder von seinem Schoß und zog ihn an der Hand mit sich zum Bett.

Es hätte zwar auch andere Möglichkeiten gegeben, doch sie war sich nicht sicher, ob er sich auf dem Stuhl genügend unter Kontrolle haben würde, um sich nicht an falscher Stelle zu verausgaben. Deshalb nahm sie ihn mit auf die Matratze und ließ ihn erst noch einmal ihren Leib mit den Händen erkunden. Als sie ihn sanft, aber bestimmt dazu aufforderte, sie zu nehmen, war seine Verlegenheit weitgehend verschwunden. Er benötigte zwei Versuche, bis er sich in ihr befand, doch danach übernahm die Natur ganz von selbst die Führung.

Elsbeth ermahnte sich, ihn sanft anzuspornen. Sie war daran gewöhnt, erfahrenen Männern zu Diensten zu sein, die es auch gerne schon mal lauter und derber mochten, doch dies war ein sanftmütiger Jüngling, dem sie gerne nicht nur ein angenehmes erstes Mal bieten, sondern dem sie auch ein paar Dinge beibringen konnte. Deshalb bremste sie ihn sanft, als sie merkte, dass er kurz davor war, die Beherrschung zu verlieren. »Nicht so schnell«, flüsterte sie ihm ins Ohr. »Eine Frau freut sich über einen Mann, der es länger als ein paar Atemzüge aushält.« Als er innehielt, lächelte sie ihm zu. »Du kannst mir Freude bereiten, wenn du mich streichelst.«

Er runzelte die Stirn. »Wo denn?«

»Wo du möchtest.« Sie ließ ihre Hände über seinen Rücken wandern und an seinem Hinterteil innehalten. »Küssen geht auch, auf den Mund und überall sonst.«

»Überall?« Neugierig blickte er auf sie hinab. Sie nickte, woraufhin er vorsichtig einen Kuss auf ihre linke Brust hauchte. Die Berührung war so zart, dass sich unwillkürlich ihre Brustwarze zusammenzog und aufrichtete. Verblüfft und fasziniert küsste er sie nun auch dorthin, und als sie, um ihn anzuspornen, einen wohlig zustimmenden Laut ausstieß, wiederholte er die Küsse, ging aber bald dazu über, an der empfindsamen Spitze zu saugen und mit der Zunge daran herumzuspielen.

Zu Elsbeths Überraschung löste dies erregende Gefühle in ihr aus, die sich bis in ihre Körpermitte fortsetzten. Sie atmete etwas unstet.

Richard hielt kurz inne und bewegte sich sachte in ihr. »Du bist da unten plötzlich ganz feucht«, stellte er verunsichert fest.

Sie staunte selbst nicht wenig, nahm es aber als gutes Zeichen und lächelte ihm zu. »Daran merkst du, dass es der Frau gut gefällt, was du mit ihr machst.«

»Wirklich?« Er grinste leicht. »Und was jetzt?«

»Du kannst gerne weitermachen, was mir gefällt, wenn du es auch magst.« Erneut widmete er sich ihrer Brust, saugte und leckte daran, doch diesmal stieß er auch in sie, erst vorsichtig, dann immer mutiger. Elsbeth entrang sich ein echtes, wohliges Stöhnen, denn was Richard da mit ihr machte, gefiel ihr ausgesprochen gut.

Leise flüsterte sie ihm zu, dass er seine Sache gut machte, spürte aber auch recht bald, dass er die Beherrschung verloren hatte. Er vergaß ihre Brust, rang laut nach Atem, stieß immer schneller und ekstatischer zu. »Richard, du musst ihn herausziehen«, keuchte sie ihm ins Ohr, überrascht von ihrer eigenen

Erregung, die sich im nächsten Augenblick explosionsartig entlud und ihr einen erstickten Schrei entlockte. Sie versuchte, sich ihm zu entziehen, gleichzeitig bemühte er sich, ihrer Anweisung zu folgen, sodass er sich schließlich leicht bockend und stöhnend auf ihrem Bauch entlud. Heftig atmend kniete er über ihr, nun wieder mit tiefrotem Kopf. »War das nicht gut so? Habe ich dir wehgetan?«

Für einen Moment war sie von seiner Frage verwirrt, denn der Nachhall ihrer eigenen Lust vernebelte ihr noch die Sinne, doch schließlich lachte sie. »Nein, Richard, du hast mir überhaupt nicht wehgetan. Im Gegenteil. Du hast mir ebenfalls Gefühle der Lust verschafft. Das schafft noch längst nicht jeder Mann, schon gar nicht bei seinem allerersten Mal. Du kannst ganz schön stolz auf dich sein.«

»Oh. Wirklich?« Die Röte ergriff nun sogar seine Ohren. »Das fandest du … schön? Ich dachte, weil du so, na ja, geschrien hast …«

»Es ist alles gut.« Sie setzte sich auf. »Ein Schmerzensschrei hätte sich ganz anders angehört.«

»Und jetzt?« Verlegen robbte er zur Bettkante und setzte sich ebenfalls auf.

»Jetzt darfst du dich einen Mann nennen.« Sie lächelte ihm zu. »Vielleicht besuchst du mich eines Tages wieder … oder eine von uns Frauen. Das ist allemal besser, als Mägde zu belästigen.«

»Das würde ich nie tun!« Empört schüttelte er den Kopf. »Da komme ich lieber zu dir.«

»Also gut, wenn dein Meister es dir erlaubt.«

»Er hat uns ja selbst hierhergebracht.« Richard erhob sich und sammelte seine Kleider ein. »Ich glaube, ich muss jetzt gehen. Enno wartet ja auch noch draußen.« Er hüstelte. »Ist das nicht merkwürdig für dich?«

Erstaunt hob sie den Kopf. »Was meinst du?«

»Es mit so vielen Männern zu machen. Die Priester sagen, es ist verderbt und dass eine brave Christin es nur mit ihrem Ehemann tut. Aber du hast ja gar keinen Mann. Ist das irgendwie … schlimm für dich? Bist du traurig, weil du keine … äh … ehrbare Frau bist?«

»Das sind viele Fragen.« Elsbeth dachte darüber nach, während sie ihr Hemd wieder überzog. »Es ist mein Beruf, es mit allen Männern zu tun, die dafür bezahlen. Bei Weitem ist es nicht immer so angenehm wie mit dir, aber solche Frauen wie mich muss es doch nun einmal geben, nicht wahr? Denn Männer haben ja Bedürfnisse, und was würde wohl aus der Welt, wenn es uns freie Frauen nicht gäbe, die sich dieser Bedürfnisse annehmen? Wir sind wichtig, weißt du, auch wenn wir nicht ehrbar sind.«

Richard dachte über ihre Worte nach, während er sich anzog. Schließlich nickte er ernst. »Ich hatte ein bisschen Angst vor heute, aber es war schön. Du bist wirklich hübsch, Elsbeth.« Damit verließ er eilig die Kammer.

Elsbeth atmete tief durch und ermahnte sich, ihre übliche Routine durchzuführen. Sie säuberte sich und zog die Decke auf dem Bett gerade. Immer noch staunte sie über sich selbst. Ausgerechnet dieser Jüngling, der fast noch ein Knabe war, hatte ihr Lustgefühle entlockt, die sie zuvor nur mit Thönnes verspürt hatte.

Eigenartigerweise wallte nun so etwas wie ein schlechtes Gewissen in ihr auf, so als hätte sie Thönnes vorsätzlich betrogen. Dabei lag ihr nichts ferner. Er war so gut zu ihr, erklärte ihr die Welt, oder doch zumindest den Teil davon, mit dem er sich auskannte, brachte sie zum Lachen und versprach ihr jedes Mal, wenn sie zusammen waren, dass es, wenn es nach ihm ging, immer so sein würde. Er würde Mittel und Wege finden, sie freizukaufen und in Bonn unterzubringen und sie zu seiner Frau zu machen, wenn etwas Gras über ihre Vergangenheit gewachsen war. Es klang unglaublich, doch sie wusste, dass es ihm ernst war. Nur im Augenblick war alles so schwierig mit dem Widerstand der Zünfte gegen die alteingesessenen reichen Bürger und Adelsgeschlechter, die Köln regierten und dringend gestürzt gehörten. In diesen Wirren konnte er sich natürlich keinen Skandal leisten, sondern musste sich auf die wichtige Stadtpolitik konzentrieren, die er zukünftig aktiv mitzubestimmen gedachte.

»Bist du hier drinnen so weit?« Mats schob einen schlanken Jungen zur Tür herein, der ebenfalls nicht älter als vierzehn Jahre alt sein konnte. »Das ist Enno. Er sagt, er kennt sich schon gut aus, weil er immer den Hunden des Küfers zuschaut.« Mats grinste vielsagend. »Wünsche eine gute Zeit, Enno. Die Elsbeth spielt bestimmt gerne die läufige Hündin für dich.«

»Verschwinde, Mats!« Elsbeth warf dem Knecht einen verärgerten Blick zu. Dieser trollte sich auch, jedoch lachte er dabei scheppernd. Sie wandte sich dem Jungen zu. »Hör nicht auf ihn. Er ist ein ungehobelter Klotz.«

»Warum?« Enno betrachtete sie neugierig von Kopf bis Fuß. »Der ist doch ganz in Ordnung. Hat mich neulich schon mal heimlich bei einer von euch zugucken lassen. Fand ich gut und hat auch nur einen Pfennig gekostet. Die Frau war aber älter als du und hatte einen dicken Hintern. Das konnte ich gut sehen, weil ihr Freier es ihr von hinten gemacht hat, genau wie bei den Hunden.« Seine Augen blitzten vergnügt.

Elsbeth begriff. »Du willst es auch so machen?«

»Sah gut aus.«

Sie atmete tief durch. Wie verschieden diese Jungen doch waren! Aber sie musste sich darauf einlassen und ihm zu Willen sein. Also winkte sie ihn näher. »Also gut, dann machen wir es so. Möchtest du, dass ich mich dazu ganz ausziehe?«

***

Etwas angestrengt stieß Elsbeth ein, wie sie hoffte, lustvolles Stöhnen aus, während einer der drei fremdländischen Kaufleute, die sich noch bei ihr aufhielten, obwohl es schon nach Mitternacht war, wieder und wieder grunzend in sie stieß. Er hielt ihre Hüften wie in einem Schraubstock umklammert, und obgleich sie auf ihrer weichen Wolldecke kniete, taten ihr mittlerweile die Knie weh. Auch ihre Arme zitterten vor Anstrengung, weil sie sich schon so lange darauf abstützte. Sie half schon seit einer Stunde oder noch mehr kräftig mit der Schmalzsalbe nach, um nicht von der dauernden Reibung innen ganz wund zu werden.

Es waren nur fünf, nicht acht, wie es zu Anfang geheißen hatte, aber sie alle immer wieder abwechselnd zu bedienen, war alles andere als angenehm gewesen. Anscheinend waren sie allesamt gänzlich ausgehungert nach dem Zusammensein mit einer Frau, oder es machte ihnen schlicht Spaß, sie nicht nur abwechselnd, sondern auch gemeinsam zu zweit oder zu dritt zu benutzen. Sie hatte selbstverständlich über ihre teilweise unverständlichen Scherze gelacht und getan, was sie von ihr gefordert hatten, und dabei akribisch mitgezählt, wie oft sie einen jeden von ihnen mit Hand, Mund oder durch Verkehr befriedigt hatte. Die beiden anderen lehnten im Augenblick an der Wand, die Augen halb geschlossen, und gaben vor, ihrem Freund bei seinem Tun zuzusehen. Elsbeth vermutete und hoffte, dass sie kurz davor waren einzuschlafen. Sie waren beide nackt, ihre Dinger, mit denen sie heute so intensiv Bekanntschaft gemacht hatte, hingen gottlob schlaff herunter. Ganz im Gegensatz dazu stieß der Italiener, wie sie ihn bei sich nannte, weil sie seinen Namen vergessen hatte, sein Gemächt immer noch genüsslich und ausdauernd in sie hinein.

»Schön, ja?«, wollte er mit starkem Akzent wissen. »Dir gefällt, ja?« Er beugte sich tief über sie und fasste an ihre schaukelnden Brüste, drückte sie gerade so fest, dass ihr ein unwilliger Laut entfuhr.

Sie nickte jedoch hastig. »O ja, schön, schön«, stöhnte sie mit dem letzten Rest an Begeisterung, den sie aufbringen konnte. »Ihr seid ein starker Mann, Herr, sehr standhaft.«

»Gefällt so, ja?« Er drängte noch tiefer und heftiger in sie. »So, ja?«

»O ja, genau so«, zirpte sie pflichtschuldig und betete innerlich darum, dass es ihm endlich kommen möge. »Sehr schön!«

Er grunzte wieder begeistert und bedachte sie mit einem Schwall fremdländischer Worte, von denen sie argwöhnte, dass es nicht alles nette Komplimente, sondern teilweise derbe Flüche oder Schimpfworte waren. Seine Hände waren ganz schwitzig, wie er sie in ihre Hüften grub. »Mach ich dir gut, ja?«, keuchte er ihr ins Ohr. Auch von seinem Oberkörper und Bauch tropfte Schweiß auf ihren Rücken.

Sie biss die Zähne zusammen und nickte. »Mhm!« Mit letzter Kraft kam sie ihm entgegen, stöhnte lauter und tat dann so, als erreichte sie den Höhepunkt der Lust.

Er lachte begeistert auf, begann zu ihrem Schrecken wie ein wildes Tier zu rammeln und verspritzte seinen Seim schließlich mit diesem widerwärtigen Grunzen auf ihrem Hinterteil.

Elsbeth atmete auf, drehte sich mit einem strahlenden Lächeln zu dem Mann um und dankte ihm mit vielen Worten, von denen er ganz gewiss nicht einmal die Hälfte verstand, für die lustvolle Begegnung.

Die beiden anderen Kerle erwachten aus ihrem Halbschlaf, klopften ihrem Freund grinsend auf die Schulter, tätschelten gönnerhaft abwechselnd ihre Wange, Brüste oder ihren Hintern und steckten ihr, nachdem sie sich angekleidet hatten, ein paar Münzen zu. Leider hatte Mats ganz offensichtlich gelauscht, wann die drei fertig waren, um sie sicher aus dem Haus zu begleiten, denn sie waren die letzten Gäste für heute.

Er hatte durch den Türspalt geschaut und alles mitbekommen, und nachdem er die drei vor die Tür gesetzt hatte, tauchte er prompt wieder bei ihr auf und hielt ihr auffordernd die geöffnete Handfläche hin.

Elsbeth war zu erschöpft, um sich darüber zu ärgern, dass er ihr die Münzen wieder abnahm, um sie Mutter Berta auszuhändigen. Gewiss würde diese ihm den einen oder anderen Pfennig zum Dank überlassen, während Elsbeth leer ausging. Doch im Augenblick wollte sie sich nur noch ausruhen und alles um sich herum vergessen. Deshalb legte sie die Münzen nur schweigend in seine Hand und tauchte ein sauberes Leintuch in den Rest Wasser in ihrem Krug, um sich ein letztes Mal für heute Nacht zu reinigen.

Nicht einmal Thönnes war heute hier gewesen, um ihr den anstrengenden Abend zu versüßen. Vermutlich war er irgendwo aufgehalten worden, und nun war es zu spät, als dass er noch hier auftauchen würde.

Mats steckte das Geld in seine Börse und wandte sich zum Gehen, kehrte aber noch einmal zu ihr zurück und trat ganz dicht hinter sie. »Weißt du, Liebchen, ich könnte ja mit mir reden lassen und dir ein Drittel von dem Geld überlassen. Würde auch unter uns bleiben, wenn du jetzt noch ein bisschen lieb zu mir bist.«

Elsbeth erstarrte. »Mats, es ist spät. Ich bin erschöpft. Außerdem mag Mutter Berta es nicht, wenn ihr Knechte euch an uns vergreift.«

»Vergreifen?« Er lachte rau. »Ihr seid doch dazu da. Und ich bezahle dich sogar.«

»Bitte nicht mehr heute«, bat sie. »Du weißt doch, wie oft ich heute mitmachen musste. Ich bin erschöpft.«

»Freches, eigensinniges Weib!« Seine zuvor noch einigermaßen humorvolle Stimme veränderte sich schlagartig, als Zorn in ihm hochkochte. »Weißt du eigentlich, wie das ist, wenn man euch stundenlang beim Vögeln zuhören muss? Das ganze Gestöhne und *Ja, bitte, genau so!* Da ist es wohl das Mindeste, wenn du mich jetzt auch mal ranlässt.« Während er sprach, hatte er sie schon von hinten gepackt. Gleichzeitig nestelte er an sich herum, bis er seine Bruoch geöffnet und sich entblößt hatte. Grob stieß er sie auf das Bett, sodass sie auf dem Bauch zu liegen kam. Er schob ihre Schenkel auseinander und stieß sein Gemächt ohne Vorwarnung in sie. Elsbeth stieß einen Schmerzenslaut aus, konnte aber nicht verhindern, dass er sich nahm, wonach ihn gelüstete. Hart, schnell und rücksichtslos tobte er sich in ihr aus und verausgabte sich glücklicherweise sehr schnell.

»Na bitte«, keuchte er zufrieden und gab ihrem Hinterteil einen unsanften Klaps. »Warum immer erst so widerspenstig?« Mit einem leisen Klimpern landeten zwei Münzen neben ihr auf dem Bett; Augenblicke später schloss sich die Tür hinter ihm.

Elsbeth rührte sich zunächst nicht vom Fleck. Wenn sie zuvor nur erschöpft und etwas wund gewesen war, tat ihr jetzt fast alles weh. Es war nicht das erste Mal gewesen, dass Mats ihr nachgestellt hatte, aber so brutal und ohne Rücksichtnahme war er noch nie über sie gekommen. Als sich ihre Kammertür leise öffnete, fuhr sie nun doch erschrocken hoch, beruhigte sich jedoch gleich wieder, als sie Alwina erkannte. »Was machst du denn hier?«

Alwina setzte sich zu ihr aufs Bett. »Ich hab gehört, wie die drei Kerle gegangen sind. Und dann hatte der Mats wieder mal nix Besseres zu tun, als sich dir auch noch aufzudrängen, was? Er ist ein Dreckschwein. Haben wir alle schon mitgemacht.« Sie deutete auf die beiden Münzen. »Lass Mutter Berta die da bloß nicht sehen. Ich hab dir von Ludmillas Kräuterpaste mitgebracht.« Sie drückte ihr einen Salbentiegel in die Hand. »Schmier sie einfach überall drauf, wo es wehtut. Das Zeug stinkt zwar, aber es hilft gegen das Wundsein.« Sie hielt inne. »Und spring nie wieder für mich in die Bresche, hörst du? Du siehst ja, was dir das eingebrockt hat.« Sie erhob sich, beugte sich vor und küsste Elsbeth auf die Schläfe. »Geh nun zu Bett. Du hast dir ein paar Stunden Ruhe verdient, Elsbeth. Gute Nacht.«

Kapitel 6

16. August Anno Domini 1423

»Du hörst das alles nicht gerne, oder?« Elsbeth stieß Johannes, der immer noch neben ihr auf der Kirchenbank saß, leicht mit der Schulter an. »Es war mein Leben, so ist es nun einmal.«

»Es ist das Leben vieler Frauen.« Mit sichtlichem Unwohlsein rieb Johannes sich über den Nacken. »Man übersieht die dunklen Seiten leicht, wenn man im Haus *Zur schönen Frau* zu Gast ist. Du hast eine Menge dafür getan, dass es den Hübschlerinnen dort weniger grausam ergeht. Das gilt auch für die meisten anderen Dirnenhäuser hier in Köln, jedoch …«

»Jedoch kann man die Schattenseiten niemals gänzlich verhindern«, vervollständigte Elsbeth den Satz. »Das ist wohl niemandem deutlicher bewusst als mir. Es wird mir zeitlebens ein Anliegen sein, die Bedingungen zu verbessern, unter denen wir freie Frauen leben und arbeiten. Es scheint manchmal ein aussichtsloser Kampf zu sein, vor allem, wenn man es im Stadtrat mit wenig verständigen Männern zu tun hat. Die meisten scheren sich keinen Deut um das Schicksal, das eine Unehrliche zu erdulden hat.« Noch einmal stieß sie ihn sachte mit der Schulter an. »Ohne dich als meinen Mitstreiter wäre ich wohl auch noch nicht so weit gekommen.«

»O doch, das glaube ich sehr wohl.« Er lächelte schwach. »Du hast dich immer schon durchgesetzt, nicht zuletzt auch mit der Hilfe deines Bruders.«

Ihr wurde das Herz schwer. »Nun muss ich meine Kämpfe ohne ihn ausfechten. Obgleich er im Hinblick auf die Situation der Hübschlerinnen eigentlich nie sehr viel geleistet hat. Schließlich weiß niemand, dass Nicolai mein Bruder ist«, sie schluckte, »war. Deshalb konnte er auch nicht allzu sehr für meine Anliegen eintreten. Das hätte wohl ein allzu merkwürdiges Bild ergeben, wenn man bedenkt, wie rücksichtslos er ansonsten seine Geschäfte geführt und seine Interessen durchgesetzt hat. Ein weiches Herz, ganz gleich wem gegenüber, konnte er sich nicht leisten, sieht man einmal von den offiziellen Spenden für Bedürftige, den Bau von Hospitälern und dergleichen ab. Und auch dies stand für ihn stets im Zeichen seiner Geschäfte, um Abhängigkeiten zu schaffen und seine Ziele zu verfolgen. Sich für ein Haus voller Dirnen einzusetzen, hätte ihm weder Ansehen noch Vorteile gebracht und seine Motive möglicherweise fragwürdig erscheinen lassen. Das hätte er nicht riskiert und ich auch nicht von ihm verlangt. Für unsereins ist es vorteilhafter und auch ganz eindeutig sicherer, wenn wir nicht im Zentrum der Aufmerksamkeit stehen.«

In diesem Moment ertönte von den umliegenden Kirchen das Vespergeläut und ließ die beiden aufhorchen. Elsbeth erhob sich und rieb sich über die Wangen. »Ich fürchte, ich muss zu meinen Pflichten zurückkehren. Es tut selten gut, wenn die Hausherrin zu lange ausbleibt.« Sie trat auf Johannes zu und ergriff seine Hände. »Danke, dass du mir die schlimme Nachricht persönlich überbracht hast. Ich muss nun darüber nachdenken, was sie für mich zu bedeuten haben wird.«

»Ihr standet euch sehr nahe.« Johannes drückte ihre Hände sanft. »Es ist verständlich, dass sein Tod dir Schmerz bereitet.«

»Ich darf mir meine Trauer aber nicht anmerken lassen.« Sie seufzte leise. »Weshalb auch sollte die Hurenwirtin Elsbeth vom Berlich sich auch nur einen Funken um das Ableben eines reichen Lombarden scheren? Ich muss weiter in dem Schatten leben, in dem ich mich sicher fühle.« Sie hielt inne. »Heute kam ein junges Mädchen an meine Tür. Britti nennt sie sich und will bei mir arbeiten.«

»Wie alt?«

»Zu jung eigentlich, erst vierzehn.«

»Also hast du sie fortgeschickt?«

»Nein. Ich möchte, dass du sie dir zuerst ansiehst. Sie macht einen ganz passablen und vor allem entschlossenen Eindruck. Ich fürchte, wenn ich sie wegschicke, wird sie versuchen, sich als Winkelhure oder Fahrende zu verdingen, und das kann für ein so junges Ding erst recht böse enden. Vielleicht kann ich ihr zu einer besseren Lösung verhelfen, wenn ich sie erst einmal unter mein Dach aufnehme.«

Johannes hüstelte halb besorgt, halb amüsiert. »Du hast ein zu weiches Herz, fürchte ich.«

»Das ist gut möglich.« Sie hob die Schultern. »Aber wer sonst würde sich ihrer wohl annehmen?«

»Niemand.«

»Du sagst es. Sie würde nicht lange überleben oder falls doch, wäre sie in absehbarer Zeit eine gebrochene Seele, und von denen sind mir in meinem Leben viel zu viele begegnet.«

»Ich habe nicht viel Zeit, denn ich muss noch einmal zum Rathaus. Man sagte mir vorhin bereits, dass ich für ein paar Tage nach Bonn entsendet werden soll, um dort Urteile des Gerichts zu vollstrecken. Möglicherweise muss ich schon morgen früh aufbrechen. Die genauen Anweisungen erhalte ich von den Schöffen.«

»Es eilt nicht so sehr, du kannst mit deiner Befragung auch noch ein Weilchen warten. Ich muss Britti sowieso erst noch von einer Hebamme und einer unserer Frauen untersuchen lassen. Bis du wieder zurück bist, ist das erledigt, dann können wir über sie entscheiden. Einstweilen behalte ich sie als Magd.« Elsbeth ging voraus bis zur Kirchenpforte. »Zumindest lenkt das Mädchen mich ein wenig von meinen trüben Gedanken ab.«

»Warte.« Johannes schloss zu ihr auf und hielt sie an der Schulter zurück, bevor sie die Pforte öffnen konnte. »Du hast mir nun zwar von jenem Thönnes erzählt, aber nicht, was es mit dem Ring auf sich hat.«

Unwillkürlich griff Elsbeth an die Kette mit dem Ring. »Ich fürchte, dazu bleibt uns jetzt nicht mehr genügend Zeit, mein Lieber. Ich erzähle dir ein andermal davon, wenn der Schmerz über Nicolais Verlust nicht mehr so frisch ist.«

Johannes nickte leicht, seine Miene war ernst geworden. »Du hast diesen Thönnes sehr geliebt?«

Elsbeth neigte den Kopf etwas zur Seite. »Deshalb liebe ich dich heute nicht weniger.« Ohne auf eine Antwort zu warten, verließ sie die Kapelle und trat in den spätnachmittäglichen Sonnenschein hinaus.

Kapitel 7

24. August Anno Domini 1423

Schweigend und unbewegt stand Elsbeth neben dem Vorhang, der ihr Haus von der erst vor einigen Jahren angebauten Badestube trennte, für die sie vor dem Rat gekämpft und für deren Bau sie einen Kredit bei ihrem Bruder aufgenommen hatte. Ganz zurückgezahlt hatte sie diesen Kredit noch nicht, erst die Hälfte des Geldes hatte er bislang erhalten, weil er darauf bestanden hatte, die vierteljährlichen Raten niedrig und zinslos zu halten, um ihre Geldbörse nicht zu sehr zu belasten. Sie war vermutlich die einzige Person auf Gottes weiter Erde, der er eine solche Rücksichtnahme erwiesen hatte. Nun würde sie die restlichen Raten einbehalten, hatte sie beschlossen, und sie als ihren Anteil des Erbes betrachten.

Zunächst hatte sie erwogen, das Geld von nun an seiner jungen Witwe Aleydis zukommen zu lassen. Ohne Frage würde diese in absehbarer Zeit eine ganze Menge Zahlungen erhalten, denn Nicolais Kreditgeschäfte waren weitverzweigt und gingen deutlich über die Kölner Stadtgrenzen hinaus. Aleydis tat ihr leid, denn die junge Frau wusste nicht einmal, was für einen Mann sie geehelicht hatte. Aleydis würde ganz gewiss entgeistert sein, wenn sie erfuhr, wer oder was Nicolai Golatti in Wahrheit gewesen war: Weber eines riesigen Netzes aus Intrigen und Einflussnahme, nicht nur, aber hauptsächlich rund um die Geschicke der Stadt Köln, rücksichtsloser Herr über eine riesige, unübersichtliche Schattenwelt, mit deren Hilfe er sich zum mächtigsten und gefürchtetsten Mann Kölns aufgeschwungen hatte.

Diese Schattenwelt war ein beeindruckendes Lebenswerk, gefährlich wie ein lebendiges, atmendes Ungeheuer, und Elsbeths Anteil daran war nicht eben gering, hatte sie doch ihren Bruder über viele Jahre hinweg mit mannigfaltigen Informationen versorgt. Ihr Dirnenhaus war prädestiniert als Umschlagplatz für Neuigkeiten und Klaaf aller Art. Welcher Klüngel sich auch immer in der Stadt oder Umgebung abspielen mochte, Kunde davon erreichte das Haus *Zur schönen Frau* stets früher oder später.

Seit Elsbeth sich mit den Jahren ihr eigenes Schattennetz an Informanten aus der Unterwelt, durchaus aber auch aus den ehrbaren Bürger-, Handwerker- und Kaufmannshäusern zugelegt hatte, flossen ihr die Nachrichten zumeist eher frühzeitig denn spät zu. Knechte und unverheiratete Gesellen gingen täglich bei ihr ein und aus, und so mancher von ihnen trug ihr gegen klingende Münze oder den einen oder anderen persönlichen Gefallen alles zu, was sich im Haus seiner Herrschaft oder seines Meisters ereignete. Anfangs hatten zu jenen Gefälligkeiten auch die üblichen Dienstleistungen gehört, die sie als Hübschlerin erbrachte, doch seit nunmehr fast fünfzehn Jahren hatte sie gänzlich aufgehört, ihren Körper feilzubieten. Es gab andere Mittel und Wege, Gefälligkeiten zu erweisen, die sie deutlich bevorzugte und die überdies weitaus nachhaltiger wirkten als eine von Natur aus kurzfristige körperliche Befriedigung von Gelüsten gleich welcher Art.

Es hatte einige Tage gebraucht, bis Elsbeth sich an den Gedanken gewöhnt hatte, dass ihr Bruder nicht mehr unter ihnen weilte. Sie hatte ihn geschätzt und, ja, auch geliebt, denn er war die einzige Familie gewesen, die ihr verblieben war. Er hatte sie der Welt gegenüber verleugnen müssen. Hinter den Kulissen des Possenspiels, das die Kölner Stadtpolitik war und als das er auch sein eigenes florierendes Geschäft – das offizielle wie auch die Schattenwelt – angesehen hatte, war er ihr jedoch stets hilfreich und zugeneigt gewesen. Er hatte ihr vertraut, und dieses Vertrauen würde sie über seinen Tod hinaus ehren und niemals verraten.

Vermutlich hätte er über ihre Gedanken sogar gelacht. Selbstverständlich hatte er sie in seinem Testament, das kürzlich verlautbart worden war, mit keinem Wort erwähnt. Dennoch hatte er dafür Sorge getragen, dass Elsbeth auch im Falle seines Ablebens nicht allein und mittellos dastand. Schon um ihrer Verwandtschaft willen und wegen der Rolle, die sie als Zuträgerin von Informationen in all seinen Plänen stets gespielt hatte, war er schon vor langer Zeit mit einem Schlüssel und einem Geheimnis zu ihr gekommen, die ihnen gemeinsam wirtschaftliche Unabhängigkeit auf Lebenszeit und gar wohl sogar weit darüber hinaus garantierten. Doch mit dieser nicht geringen Absicherung war zugleich eine schwerwiegende Verpflichtung verbunden, weshalb es ihn wohl amüsiert hätte, wenn er gewusst hätte, wie viele Stunden sie mit ihrer Entscheidung, die übrigen Raten für seinen Kredit einzubehalten, gehadert hatte.

»Nimm es, wie es kommt«, hätte er ihr wohl geraten. Denn sein Zuschuss zum Bau des Badehauses war eine gänzlich liebende brüderliche Geste gewesen, ohne Fallstricke oder Verpflichtungen. Er hatte ihr das Geld ursprünglich sogar schenken wollen, doch ihr Stolz hatte sie davon abgehalten, eine derart großzügige Zuwendung anzunehmen. Aus seiner Sicht hatte sie also gewisslich alles Recht der Welt, sich die verbliebenen Raten zu sparen und sie stattdessen ohne schlechtes Gewissen anderen sinnvollen Projekten und Plänen zuzuführen.

Im Augenblick konnte sie in Nicolais imaginäres Gelächter freilich noch nicht einstimmen. Sie trauerte um ihn, musste jedoch nach außen hin ihr stets ausgeglichenes, frohgemutes Wesen zeigen.

Sich um Britti zu kümmern, hatte sich tatsächlich als hilfreich erwiesen. Das Mädchen würde der strengen Prüfung und Befragung durch den Henker standhalten und ihn davon überzeugen, dass sie das Leben als freie Frau in Elsbeths Haus aus freien Stücken und ohne falsche Illusionen antreten wollte. Elsbeth hatte sich derweil dazu entschlossen, Britti zunächst ausschließlich als Bademagd einzusetzen, auch nach ihrer Untersuchung und der Inspektion durch den Henker, und ihr untersagt, in ihrer Probezeit Männern mit mehr zu dienen als der üblichen Hilfe in Badezuber oder Schwitzkammer. Massagen durfte sie ebenfalls geben, jedoch sollte sie sich jedwedem Ansinnen auf Beischlaf oder dergleichen vorerst verwehren. Wenn sie sich als gefestigte Persönlichkeit erwies, wovon Elsbeth ausging, war es in ein paar Wochen oder Monaten noch früh genug, sie mit allen Dienstleistungen zu betrauen, die in der Badestube oder nebenan im Haus angeboten wurden. Im Augenblick beobachtete Elsbeth das Mädchen mit Argusaugen dabei, wie sie zwei Männern ein Bad bereitete, die in der Zwischenzeit die Schwitzkammer nutzten. Elsbeth kannte die beiden Kerle gut, es waren Bäckergesellen, die sich regelmäßig hier trafen. Bei diesen beiden bestand kein Grund, sich um Britti zu sorgen, denn sie waren stets mehr miteinander beschäftigt als mit möglichen Dienstleistungen intimer Art, die die Frauen hier boten. Elsbeth drückte zumeist ein Auge zu, wenn sie bemerkte, dass die beiden unterhalb der Wasserlinie des Zubers miteinander Dinge trieben. Solange das Badehaus nur wenig besucht war und das sündhafte Treiben niemandem auffiel, gab Elsbeth nichts darum. Sobald sie allerdings die Gefahr der Entdeckung witterte, scheuchte sie die beiden auf. Es gab in der Stadt andere Orte, speziell rund um den Heumarkt, an denen Männer ihrer fleischlichen Lust mit anderen Männern gefahrloser frönen konnten. Dort befanden sich einige Häuser, Wohnungen von Bürgern und Handwerkern, von denen selbst der Stadtrat wusste, dass darin nicht nur Unzucht, sondern auch Unaussprechliches getrieben wurde. Solange es zu keinem öffentlichen Ärgernis kam, stellte sich die Obrigkeit jedoch ähnlich blind und taub wie Elsbeth in ihrer Badestube.

Vielleicht, so erwog sie, während sie zusah, wie Britti einen Eimer heißes Wasser nach dem anderen zu dem großen Badezuber schleppte, sollte sie die beiden Gesellen kurz beiseitenehmen und nach dem neuesten Klaaf befragen. Die Männer hatten ihre Augen und Ohren stets überall. Möglicherweise war ihnen etwas zugetragen worden, das Licht in das Dunkel rund um den Mord an Nicolai Golatti brachte. Denn selbst nach einer Woche gab es noch immer nicht den kleinsten Hinweis auf den Täter. Je länger dieser Zustand anhielt, desto unwahrscheinlicher war es, dass die Untat jemals aufgeklärt würde. Der Gedanke schmerzte Elsbeth, denn ganz gleich, welche Schuld Nicolai während seines Lebens auf sich geladen haben mochte; er war dennoch ein liebender und fürsorglicher Bruder, Vater, Großvater und Ehemann gewesen, und seine Familie verdiente die Genugtuung eines Urteils über den Mörder, ebenso wie Nicolai selbst die Gerechtigkeit, die ihm damit widerfahren würde. Mord blieb Mord, ganz gleich, wer das Opfer war, und der Täter gehörte seiner gerechten Strafe zugeführt.

»Elsbeth, da ist noch ein später Gast eingetroffen, der nach dir gefragt hat.« Ihr Knecht Gero, kräftig, gedrungen und ebenso dunkelblond wie ehedem seine Mutter Änne, war durch den Vorhang neben ihr getreten. »Es ist der Gewaltrichter.«

»Welcher?« Sie riss ihren Blick von Britti los.

»Vinzenz van Cleve.« Gero deutete hinter sich. »Er wartet vor der Tür.«

»Van Cleve, ach!« Elsbeth lächelte leicht. »Aber warum hast du ihn denn nicht gleich hereingebeten? Er ist schließlich ein seltener, aber dennoch gern gesehener Gast.«

»Weil es schon so spät ist. Du hast selbst verfügt, dass so kurz vor Mitternacht neue Gäste nur von dir persönlich eingelassen werden dürfen.«

»Ist es wirklich schon wieder so spät?« Anscheinend hatte sie sich länger in ihren Gedanken verfangen, als ihr bewusst gewesen war. »Also gut, ich kümmere mich um ihn. Sei indes so gut und warne Ulf und Hermann, dass sich ein Gewaltrichter in diesen vier Wänden aufhält. Sie sollen sich entsprechend benehmen und die Finger voneinander lassen.«

»Klar.« Gero grinste. »Ich sage ihnen Bescheid. Danach stehe ich dir wieder zur Verfügung.«

»Gut.« Elsbeth schob sich durch den Vorhang und schauderte leicht, weil sich die Luft auf der anderen Seite im Vergleich zu der Badestube sehr kühl anfühlte. Unwillkürlich griff sie nach ihrem hochgesteckten Haar, das sich von dem Wasserdampf stets leicht kräuselte. Ihre neue kleine Hörnerhaube fühlte sich ebenfalls ein wenig feucht an, saß aber noch ordentlich auf ihrem Kopf, und auch ihr schlichtes, nur am Ausschnitt mit Blütenstickereien verziertes Kleid saß nach wie vor adrett, sodass sie entschlossen die Schultern straffte und sich mit energischem Schritt zur Haustür begab, um den späten Gast willkommen zu heißen.

Kapitel 8

»Guten Abend, Herr van Cleve.« Sie lächelte dem hochgewachsenen, gut aussehenden Gewaltrichter so herzlich zu, wie sie es stets tat, und trat beiseite, um ihn einzulassen. »Ihr seid heute ein später, deshalb jedoch nicht weniger willkommener Gast.« Sie maß ihn mit wohlwollendem Blick, denn er gehörte eindeutig zu den ansehnlichsten Männern Kölns. Seine breiten Schultern und muskulösen Arme und Beine verrieten, dass er sich weit mehr körperlich betätigte als seine Amtsgenossen oder die übrigen Geldwechsler, denn diesen Beruf übte er aus, ebenso wie Nicolai es getan hatte. Er mochte um die dreißig Jahre alt sein, also im besten Alter, um sich eine Frau zu nehmen und einen Hausstand zu gründen, doch davon schien er nicht sonderlich angetan zu sein, möglicherweise weil er bereits eine Ehefrau unter nicht vollständig geklärten Umständen verloren hatte, vielleicht aber auch nur, weil sich kaum eine Frau dauerhaft auf die Gewitterwolke einlassen wollte, die ihn stets zu umgeben schien. Sein schwarzes, lockiges Haar, das ihm bis auf die Schultern fiel, die dunkelbraunen, intelligenten Augen und der kurz gestutzte Bart an Oberlippe und Kinn verstärkten die düstere Ausstrahlung noch, die er sich als Gewaltrichter sicherlich nicht selten zunutze machte, um Delinquenten gehörig einzuschüchtern.

Kurz versuchte Elsbeth sich vorzustellen, wie er wohl auf Nicolais junge Witwe wirken mochte, was sie fast zum Lachen gereizt hätte. Ganz sicher war Aleydis nicht dumm und auch nicht schüchtern, aber mit einem Mann wie Vinzenz van Cleve hatte sie wohl noch niemals zu tun gehabt.

Ehe sie sich zu sehr in derartigen Gedanken ergehen konnte, richtete sie ihr Augenmerk wieder auf den Mann vor ihr.

Der nickte ihr gerade wohlwollend zu. »Guten Abend, Elsbeth.« Er folgte ihr auf ihren Wink hin durch einen schmalen Gang bis zu dem großen Schankraum, in dem es durch mehrere Kohlebecken behaglich warm war. Wie schon zu der Zeit, als sie hier zu arbeiten begonnen hatte, standen ringsum an den Wänden gepolsterte Bänke, in der Mitte des Raumes Tische, die ebenfalls von mit Kissen ausgelegten Bänken flankiert wurden. Sie hatte die Möbel vor einiger Zeit durch neue aus hellerem Holz austauschen und auch neue Sitzkissen anfertigen lassen, um dem Raum ihren eigenen Anstrich zu verleihen. Auch die Wände ließ sie regelmäßig weißen und je nach Jahreszeit Wandbehänge mit passenden Motiven aufhängen. Im Augenblick konnte man auf ihnen den sommerlichen Garten Eden bewundern, angefertigt zu ihrer insgeheimen Freude und Belustigung von den frommen Zisterzienserinnen.

An der Stirnseite der Stube gab es auch immer noch eine lange Tafel, auf der Brot, kaltes Fleisch, diverse Soßen, Gemüsepasteten und Krüge voller Bier und Wein zur Stärkung einluden – gegen einen kleinen Aufpreis, verstand sich. Mutter Berta hatte sich um die Qualität des Essens kaum geschert, doch seit Elsbeth dem Dirnenhaus vorstand, gab es nur die erlesensten Speisen, das süffigste Bier und den besten Wein. Sie hatte sich einen ausgezeichneten Ruf erworben, nicht nur, was ihren Ausschank betraf, sondern auch hinsichtlich der Sauberkeit und Gesundheit der Frauen, die für sie arbeiteten. Umgekehrt achtete sie streng darauf, welche Klientel von ihren Knechten eingelassen wurde und welche nicht. Auch hier zählten für sie Sauberkeit und guter Leumund, natürlich gepaart mit Zahlungsfähigkeit. Wer ihren Ansprüchen nicht genügte, setzte keinen Fuß über ihre Schwelle – oder flog bei Nichtbeachtung ihrer Regeln schneller wieder hinaus, als er *Scone Frowe* sagen konnte.

Vinzenz van Cleve hatte seinen Blick durch den Raum schweifen lassen, und für einen Moment versuchte sie sich vorzustellen, wie er ihr Etablissement sehen mochte. Elsbeth wusste, dass er zwei- oder dreimal in der Woche Lektionen in der Fechtschule gab, die der Universität angeschlossen war, wo er nicht nur die Scholaren und alle Bürgersöhne, die es sich leisten konnten, am Kurz- und Langschwert unterrichtete, sondern auch regelmäßig mit den städtischen Soldaten übte. Augenscheinlich kam er auch heute von dort, denn er trug unter seinem dunklen Kaufmannsmantel die Kleidung der Fechtmeister, noch dazu mit bis zu den Ellenbogen aufgekrempelten Ärmeln.

»Ist Giselle heute Abend verfügbar?« Er wollte also wie üblich in die Badestube, denn Giselle ging ihrer Tätigkeit fast ausschließlich dort nach.

»Für Euch immer, Herr van Cleve.« Elsbeth deutete einladend auf einen Tisch, und sie setzten sich einander gegenüber. Die Wirtsstube war zu dieser Zeit bereits leer, doch aus dem Obergeschoss drangen Stimmen und eindeutige Geräusche, die verrieten, dass die Dirnen eifrig ihrem Geschäft nachgingen. Elsbeth drehte sich zu dem Knecht um, der ihnen inzwischen gefolgt war und sich neben den Durchgang zum Hausflur gestellt hatte. »Gero, sag Giselle Bescheid, dass sie eines der Bäder drüben für den Gewaltrichter vorbereitet.«

Er nickte nur knapp und verschwand hinter dem Vorhang.

Freundlich lächelte Elsbeth Vinzenz zu. »Wie ich sehe, geht es Euch wohl, das freut mich. Habt Ihr schon zu Abend gegessen? Ihr seid zwar spät, aber ein wenig Schweinebraten ist noch übrig und dazu kräftiges gesäuertes Brot, Butter und gekochtes Wurzelgemüse. Ihr könnt es gerne hier essen, oder ich lasse es

Euch hinüber in die Badestube bringen, wenn Ihr Euch lieber dort stärken möchtet.«

»Drüben in der Badestube«, entschied van Cleve knapp. »Und einen Krug von deinem kräftigen Bier dazu.« Er öffnete die Geldkatze an seinem Gürtel und zählte ihr ein paar Münzen auf den Tisch, die für Essen, Bad und noch einiges mehr ausreichten.

Schweigend sammelte Elsbeth das Geld ein und ließ es in ihrer eigenen samtenen Börse verschwinden. »Wie man hört, seid Ihr mit der Aufklärung des Mordes an Nicolai Golatti betraut worden.«

»Da hast du ganz recht gehört.« Vinzenz van Cleve legte die Hände flach auf die leicht unebene Tischplatte.

Da die geschäftliche Seite erledigt war, gab Elsbeth ihre zuvor förmliche Haltung auf und lehnte sich ein wenig zu ihm vor. Mehr oder weniger unbewusst begann sie, mit einer Hand an Thönnes' Ring zu spielen, und musterte van Cleve neugierig. Offenbar hatte er heute nicht nur vor, sich in einem entspannenden Bad mit Giselle zu verlustieren, sondern wollte auch ein paar Informationen erhalten. Sie wusste, dass er die Verschwiegenheit schätzte, mit der sie ihr Haus führte, ebenso aber gerne für einen entsprechenden Obolus auf ihr weitreichendes Wissen rund um die Geschehnisse in und um Köln zurückgriff, wenn es ihm in seiner Eigenschaft als Gewaltrichter weiterhalf.

Sie hatte sich stets gerne als seine Zuträgerin betätigt, spülte es doch immer wieder zusätzliche Münzen in ihre Kasse. Nicolai hatte darüber geschwiegen, obgleich er sicherlich im Bilde gewesen war, auch wenn sie nie darüber gesprochen hatten. Vinzenz van Cleve und dessen Vater waren Nicolais größte Konkurrenten gewesen, dennoch hatte er zumindest Vinzenz nie mit unlauteren Mitteln bekämpft. Was den alten Gregor van Cleve betraf, sah es freilich anders aus, weshalb sie ihre nächsten Worte mit Bedacht wählen musste.

»Ärgert Euch das nicht?«

»Warum sollte es?« Sein Blick erwiderte den ihren aufmerksam.

»Nun, es ist wohl kein Geheimnis, dass Golatti nicht gerade ein Freund Eurer Familie gewesen ist. Und nun besteht ausgerechnet seine Witwe darauf, dass Ihr für die Gerechtigkeit sorgt, die er natürlich verdient hat.«

»Kanntest du ihn gut?«

»Wie gut kennt man einen Menschen, der vielleicht vier- oder fünfmal hier gewesen ist, um sich bei einem Bad zu entspannen?« Elsbeth zuckte betont gleichmütig die Achseln. Gerne log sie den Gewaltrichter nicht an. »Nachdem seine Gemahlin verstorben war, kam er hin und wieder her, aber dann hat er ja dieses hübsche kleine Püppchen geheiratet, und das war es dann. Anscheinend hat er mit der Kleinen einen Glücksgriff getan, zumindest, soweit ich gehört habe. Er war nämlich, nun ja, nicht mehr sehr ...« Sie schmunzelte und hoffte zugleich, Nicolai würde ihr die offenen Worte nicht übel nehmen. »Ihr wisst schon. Seine Gemahlin, verzeiht, nun ist sie ja seine Witwe, scheint sich aber nie über einen Mangel an Manneskraft beschwert zu haben. Im Gegenteil. Was man mir so zugetragen hat, scheint sie ihm zu neuer, nun ... Blüte verholfen zu haben. Begreiflich, denn sie ist wirklich ein ansehnliches Menschenkind, findet Ihr nicht auch?«

»Es gibt hässlichere.«

Elsbeth lachte schallend über seine abweisende Miene, die mehr über ihn verriet, als ihm vermutlich lieb war. »Was seid Ihr doch für ein zynischer Mann, Herr van Cleve.«

»Was hast du denn noch gehört?«

»Dass sie nicht dumm zu sein scheint und ihm die Bücher geführt hat.«

»Über den Mord, Elsbeth.«

»Oh, das meint Ihr.« Elsbeth wurde wieder ernst und wählte erneut ihre Worte mit Bedacht. »Darüber kursieren die unterschiedlichsten Mutmaßungen und Gerüchte. Soll ich sie Euch aufzählen?«

»Das wäre in meinem Sinne.«

»Nun denn.« Sie legte ihre rechte Hand mit der Handfläche nach oben auf den Tisch.

Erneut griff van Cleve nach seiner Geldkatze und zog eine Münze daraus hervor. Als er sie auf ihre Handfläche legte, wackelte sie leicht mit den Fingern. Er legte eine zweite Münze dazu und schließlich noch eine dritte. »Wirst du allmählich habgierig?«

»Möglich.« Sie ließ die Münzen nicht in ihrer Geldkatze, sondern im Ärmel ihres Kleides verschwinden, in dem sich eine versteckte Tasche befand. »Dafür vergesse ich nach Beendigung dieses Gesprächs auch, dass Ihr jemals hier gewesen seid, Herr Gewaltrichter.«

»Du meinst, bis dir jemand noch mehr Münzen anbietet?«

»Nein, bis ich ins Grab sinke. Ich werde ganz bestimmt nicht die Hand beißen, die mich schon seit Jahren füttert. Und damit meine ich nicht Eure gelegentlichen Besuche bei meinen Mädchen, denn wenn ich davon leben müsste, wäre ich schon vor Jahren jämmerlich verhungert.« Sie schmunzelte. »Ihr könnt auf meine Verschwiegenheit und Loyalität vertrauen, Herr van Cleve. Ich spiele kein doppeltes Spiel. Solche Winkelzüge sind mir verhasst.« Wieder zupfte sie an dem Ring herum. Sie war daran gewöhnt, sich zu verstellen, doch heute fiel es ihr besonders schwer, weil der Gedanke an Nicolai sie schmerzte. Darauf durfte sie nur jetzt keine Rücksicht nehmen. Niemand, auch nicht der Gewaltrichter, ahnte, in welcher Beziehung sie zu Nicolai gestanden hatte, und dabei musste es auch bleiben – zu ihrem Schutz, aber auch zum Schutz vieler anderer Menschen, die ihr am Herzen lagen.

»Also gut.« Vinzenz nickte ihr mit erkennbarer Spannung zu. »Erzähl.«

»Der Lombarde hat sich für die Vertreibung der Juden aus Köln eingesetzt.«

»Das ist kein Geheimnis mehr.«

»Da er mit seinem Ansinnen im Rat Erfolg hatte, munkelt man, einer der Juden könnte ihm das derart krummgenommen haben, dass er ihn im Zorn umgebracht hat.« Ein Gedanke, der ihr widersinnig vorkam, denn sobald sich die Juden alle drüben in Deutz niedergelassen hatten, was ziemlich schnell der Fall sein würde, hätte Nicolai seine guten Beziehungen zu ihnen wieder aufgenommen. Seine Entscheidung war stadtpolitischer Natur gewesen und hatte rein gar nichts mit seinen persönlichen Ansichten zu tun.

»Wogegen jedoch spricht, dass die Fundstelle des Ermordeten, so wie sie sich mir präsentiert hat, eher auf einen zuvor geplanten Überfall schließen lässt, nicht auf eine Tat im Affekt. Golatti wurde erst erwürgt und dann aufgehängt. Es sollte aussehen, als hätte er sich selbst das Leben genommen.« Abwartend musterte van Cleve sie, bis sie langsam nickte.

»Könnte doch sein, dass dem Mörder dieser Einfall auch spontan kam.«

Er schüttelte leicht den Kopf »Dann stellt sich aber noch immer die Frage, weshalb die beiden sich draußen vor dem Hahnentor getroffen haben. Ein gewisser Plan muss also dahintergestanden haben.«

Dieser Ansicht war sie ebenfalls. »Was die zweite Reihe an Gerüchten wohl auch nichtig macht.« Elsbeth ließ von der Kette ab und fuhr mit dem Zeigefinger die Maserung der Tischplatte nach. Ihre nächsten Worte konnten sie in Teufels Küche bringen. »Böse Zungen haben nämlich auch geäußert, dass Golattis Tod der Familie van Cleve, ganz speziell Eurem Vater, ausgezeichnet in den Kram passt. Immerhin gilt dieser, wie Ihr sicher am besten wisst, als ausgesprochen jähzornig.«

»Mein Vater wird des Mordes bezichtigt?« Vinzenz van Cleve schien nicht weiter verwundert zu sein, das erkannte sie gleich, denn sein Erstaunen wirkte zu aufgesetzt. Wütend schien er mithin nicht zu sein, deshalb erlaubte Elsbeth sich zu schmunzeln.

»Ich sehe schon, Ihr könnt für seinen Leumund bürgen, vermutlich ebenso wie für seinen Aufenthaltsort zum Zeitpunkt des Mordes.«

Das konnte er offenbar nicht, wie Elsbeth an seinem Mienenspiel erkannte.

Aus ihrem Schmunzeln wurde ein feines Lächeln. »Ich persönlich halte diese Variante für die am wenigsten einleuchtende, denn wenn Euer Vater den Lombarden hätte umbringen wollen, dann wäre dies schon vor langer Zeit geschehen. Spätestens als Golatti ihm bei de Bruinkers zuckersüßer Tochter einen Strich durch die Rechnung gemacht hat. Und wenn er es getan hätte, dann doch gewiss ganz ohne auffindbare Leiche. Denn – verzeiht mir bitte meine freimütigen Worte – Gregor van Cleve mag zuweilen unbeherrschter Natur sein, ganz sicher jedoch ist er ein weitsichtiger Mann, der noch dazu über Mittel und Verbindungen verfügt, um solche Verdächtigungen nicht gegen sich aufkommen zu lassen.«

»Was du nicht sagst.« Um van Cleves Mundwinkel zuckte es, doch er schien entschlossen zu sein, seine altbekannte gewittrige Miene beizubehalten.

»Ich bin recht genau über die Umtriebe der Bürger dieser schönen Stadt im Bilde.« Würdevoll reckte Elsbeth das Kinn, dann fuhr sie unvermittelt fort: »Vor kurzer Zeit hat Golatti Webstühle verkauft.«

»Webstühle?« Irritiert hob er den Kopf.

»Angeblich aus der Auflösung einer Webstube, deren Besitzer seine Werkstatt in eine andere Stadt zu verlegen trachtete.« Wieder bat sie ihren Bruder im Geiste um Verzeihung, doch sie musste einiges ans Tageslicht fördern, wenn sie herausfinden wollte, wer ihn umgebracht hatte. »Was nicht allgemein bekannt sein dürfte, ist der Umstand, dass besagter Weber keine andere Wahl hatte, als Köln zu verlassen. Er konnte nämlich seinen Kredit bei Golatti nicht zurückzahlen, sodass dieser sich gezwungen sah, sein Geld in Form von beweglicher und unbeweglicher Habe einzufordern. Damit hat er dem armen Mann und seiner Familie die Lebensgrundlage entzogen.«

»Dieser Weber hatte also einen Grund, sich zu rächen.« Aufmerksam musterte der Gewaltrichter sie erneut. »Wie heißt er?«

»Leyneweber. Hinrich und Gemahlin Magda, drei Söhne, zwei Töchter. Sind allesamt nach Bonn gezogen, aber angeblich soll Hinrich vergangene Woche innerhalb der Kölner Stadtmauern gesichtet worden sein.« Ihre Informanten hatten ihr sofort davon berichtet und den Leyneweber seitdem nicht mehr aus den Augen gelassen.

»Innerhalb der Stadtmauern oder innerhalb dieser vier Wände hier?«

Elsbeth bedachte ihn mit einem strafenden Blick. »Als Kunde wäre er hier nicht hereingekommen. Arme Schlucker machen nur Schulden, die sie nicht zurückzuzahlen in der Lage sind. Zumindest in neun von zehn Fällen nicht. Er wollte seine älteste Tochter an mich verpfänden.« Die Erinnerung an dieses Ansinnen ließ ihr jetzt noch bittere Galle in die Kehle steigen.

»Um auf diese Weise an Geld zu gelangen?« Der Gewaltrichter biss die Zähne zusammen. »So ein Schwein.«

»Genau das habe ich ihm ebenfalls gesagt.« Und beinahe hätte sie ihm Gero und Cordian auf den Hals gehetzt. »Ein Mann kann so verzweifelt sein, wie er will, aber seine Tochter zu zwingen, in einem Dirnenhaus zu arbeiten – das kostet ihn für alle Zeit sein Seelenheil. Vor allen Dingen, weil eine

Dirne stets aus freiem Willen und auf eigenen Wunsch ihrem Gewerbe nachgehen muss, das gebieten uns Gesetz und Ehre.« Auf seinen fragenden Blick hin fügte sie hinzu: »Jawohl, denn auch wenn es allgemein angezweifelt wird, besitzen auch wir ehrlosen Weiber einen gewissen Kodex. Nicht alle, leider, aber doch wohl die meisten. Ich hoffe sehr, dass ich ihn mit meinen Argumenten von seinem Plan abgebracht habe.«

Van Cleve neigte zustimmend den Kopf. »Der Weber also. Sonst noch jemand?«

»Oh, die Liste ist noch lang.« Ärgerlich lang, wie sie fand. Wie sollte man bei so vielen Verdächtigen nur jemals den Täter ausfindig machen?

»Fasse dich kurz.«

»Ihr lechzt nach Eurem Bad?« Elsbeth kicherte betont heiter, um ihre wahren Gefühle zu verbergen. Ein wenig ritt sie wohl auch der Schalk. Sie mochte den düsteren Gewaltrichter gern und konnte der Versuchung nicht widerstehen, ihn ein wenig aufzuziehen. »Schon gut, ich kann es ja verstehen. Es muss entsetzlich ärgerlich sein, Euch ausgerechnet mit der Witwe Eures größten Konkurrenten verbünden zu müssen. Da können selbst einem gestandenen Mann wie Euch schon mal die Säfte übergehen … oder zu Kopfe steigen.«

»Ich habe mich nicht mit ihr verbündet.« Unwirsch runzelte er die Stirn und zeigte damit genau die Reaktion, auf die sie gehofft hatte. »Bleib beim Thema.«

Sogleich hob sie beschwichtigend die Hände, lächelte jedoch weiterhin fein. »Verzeihung, ich wollte Euch nicht zu nahe treten. Anscheinend mögt Ihr Frau Aleydis nicht besonders. Wie schade, wo sie doch ein so wenig hässliches Menschenkind ist.«

»Kursieren in dieser Hinsicht etwa auch schon die ersten Gerüchte?«

»Was dachtet Ihr denn?« Lachend erhob Elsbeth sich und trat an die Speisentafel, um sich einen Becher Wein einzugießen.

Seine griesgrämige Miene war genau das, was sie jetzt brauchte, um ihre Stimmung aufzuhellen. Vielleicht, so dachte sie, war hier ein gutes Werk zu tun, auch wenn er sich sicherlich mit Händen und Füßen dagegen sträuben würde. »Die ersten Schandmäuler ratterten bereits, kaum nachdem bekannt wurde, dass Ihr die Aufklärung des Mordes übernommen habt. Ihr müsst doch zugeben, dass Klaaf dieser Art der schönste überhaupt ist. Zwei verfeindete Familien …«

»Wir waren nicht rundheraus verfeindet.«

»Nun, aber nah daran, oder nicht?« O ja, die Sache begann, ihr Spaß zu machen. »Also wie gesagt, zwei einander nicht eben zugetane Familien, ein unbeweibter Sohn auf der einen und eine junge hübsche Witwe auf der anderen Seite. Die Troubadours werden bereits die ersten Balladen auf Euch verfasst haben.« Vor Erheiterung prustete sie in ihren Zinnbecher.

Vinzenz van Cleve strafte sie mit einem finsteren Blick, der jedoch an ihr abprallte. Sie wusste, wann ein Mann wirklich wütend und mit Vorsicht zu genießen war und wann ihm nur eine ausgesprochene Wahrheit nicht in den Kram passte. Schließlich setzte sie sich wieder ihm gegenüber an den Tisch und lächelte ihm friedfertig zu. »Die bisher aufgezählten Gerüchte waren die eingängigsten, würde ich sagen. Freunde größerer Verschwörungstheorien, und derer gehen hier so einige ein und aus, haben auch schon anklingen lassen, dass der Mörder vielleicht gar nicht unter Golattis Schuldnern zu suchen sein könnte, sondern vielmehr in seiner eigenen Familie.«

»Er hat sich nicht gut mit seinem jüngeren Bruder Andrea verstanden.«

Elsbeth trank dem Gewaltrichter zu. Eine der Eigenschaften, die sie besonders an ihm schätzte, war seine rasche Auffassungsgabe. »Das ist der erste Name, der laut wurde. Aber auch in der Familie von Golattis erster Gemahlin könnte jemand eifersüchtig auf seine Neuvermählung reagiert haben. Dass er seinen Bruder enterbt hat, war wohl nur für Andrea selbst eine Überraschung. Vielleicht hat jemand aus der Familie der seligen Griselda gehofft, ein Stück vom Erbe abzubekommen, was aber durch das Auftauchen der neuen jungen Gemahlin hinfällig wurde.« Sie hoffte sehr, dass diese Theorie nicht verfangen würde, denn mit großer Wahrscheinlichkeit würde in diesem Falle der Mord niemals aufgeklärt werden, dazu war die Familie Hürth zu einflussreich.

»Hätte derjenige dann nicht viel eher Grund gehabt, Aleydis umzubringen anstatt Nicolai?«

»Wer weiß, vielleicht steht das noch an.« Achselzuckend stellte Elsbeth ihren Becher auf den Tisch. Diese Möglichkeit durfte man tatsächlich nicht außer Acht lassen. Was das für sie bedeuten würde, darüber wollte sie im Augenblick nicht nachdenken. Hastig fuhr sie fort: »Wo wir vorhin schon einmal die Stadt Bonn gestreift haben – dort gibt es neben den Leynewebers noch eine weitere Familie, die Rachegelüste empfinden könnte.« Und gegen sie vorgehen zu müssen, erschien ihr unbedingt erstrebenswerter als gegen die Hürths – aus vielerlei Gründen.

»So, wer soll das sein?« Verwundert sah van Cleve sie an. Obwohl er sie nun schon eine ganze Weile kannte und ihre Dienste als Informantin in Anspruch nahm, schien es ihn immer wieder zu erstaunen, wie detailliert sie über die Vorgänge innerhalb und zum Teil auch außerhalb der Kölner Stadtmauer Bescheid wusste. Es amüsierte sie, aber wie sollte er auch wissen, welches Netz an Zuträgern sie besaß und wie sie in Wahrheit zu Nicolai gestanden hatte? Er musste sie für ein hinterlistiges und grausam neugieriges Weib halten, und letztendlich war sie ja genau das.

Sie setzte wieder ihr feines, wissendes Lächeln auf. »Es geht die Legende ...«

»Ach.«

Angesichts seines verdutzten Blicks musste sie erneut kichern. »Jawohl, die Legende, dass Nicolai Golatti einst seinem Schwiegersohn Jacob de Piacenza den Garaus hat machen lassen, weil der die arme Cathrein allzu schändlich misshandelt hat. Wie Ihr sicherlich wisst, wurde der Täter nie gefunden.« Obwohl sie ziemlich sicher war, dass an dem Gerücht kein Funken Wahrheit war, weil Nicolai selbst eine Weile versucht hatte herauszufinden, wer den Mord verübt hatte, warf sie diesen Köder doch ins Feld. Man konnte nie wissen, welche Erkenntnisse dabei herauskommen mochten.

»Jacobs Familie hält Golatti für den Mörder?« Wieder klang er wenig überrascht, dennoch milde skeptisch, was Elsbeth freute, denn es zeigte, dass der Gewaltrichter, obgleich er über Nicolais wahres Ich im Bilde war, diesen nicht rundheraus jeglicher Untat für fähig hielt.

»Ob es sich tatsächlich so verhält, kann ich nicht wissen, Herr van Cleve. Ich zähle nur Gerüchte und Geschichten auf, die auf Hörensagen beruhen. Aber überlegt einmal, möglich wäre es immerhin, oder nicht?«

»Jacob de Piacenza ist schon seit vielen Jahren tot.«

»So viele Jahre nun auch wieder nicht.«

»Fünf oder sechs ganz sicher. Eine lange Zeit für einen Rächer, auf die rechte Gelegenheit zu warten.« Nachdenklich runzelte van Cleve die Stirn.

»Ihr habt selbst gesagt, dass der Leichnam der Nachwelt absichtlich auf eine bestimmte Weise präsentiert worden ist«, gab sie zu bedenken. »Vielleicht hat es einfach eine Weile gedauert, bis der Plan vollständig ausgereift und dann auch noch die rechte Gelegenheit gefunden war, um ihn in die Tat umzusetzen.« Elsbeth hob den Kopf, als sich der graue Vorhang bewegte, hinter dem eine Treppe in die Kammern der Hübschlerinnen führte. »Ja, Änne, was gibt es?«

Die ältliche hagere Magd mit den verlebten Gesichtszügen und grauem, strähnigem Haar unter dem einfachen braunen Kopftuch trat näher. »Die Giselle lässt ausrichten, dass das Bad für den Gewaltrichter fertig ist.«

»Ah, gut, dann ist unser Gespräch hier wohl beendet.« Elsbeth erhob sich wieder. »Schließ die Eingangstür ab, Änne, und sag Gero, dass er ein Auge auf die Kerle oben haben soll. Die können nachher die Hintertür nehmen, wenn sie fertig sind. Ich ziehe mich in meine Kammer zurück.« Sie wandte sich an van Cleve. »Ich nehme an, es wird auch Euch nichts ausmachen, nachher hinten über den Hof hinauszugehen?«

»Nicht das Geringste, Elsbeth.« Auch er erhob sich.

»Gut. Die dicke Trin wird Euch aufschließen, falls es allzu spät oder«, sie blinzelte schelmisch, »früh werden sollte. Sie schläft in einer Nische gleich neben der Hintertür. Falls sie nicht gleich aufwacht, zwickt sie ordentlich. Sie hatte schon immer einen absonderlich tiefen Schlaf. Darüber haben wir uns bereits amüsiert, als sie und ich damals noch beide für Mutter Berta gearbeitet haben.«

»War Änne nicht auch mal eine Dirne?« Er blickte der verhärmten Magd nach.

»Aber ja doch, war sie. Gero ist übrigens ihr Sohn, Vater natürlich unbekannt.« Sie zuckte die Achseln. In Wahrheit war der Vater sehr wohl bekannt, doch was nützte das wohl der armen Änne? Sie hatte ihn nicht zur Rechenschaft ziehen können, sondern den Jungen behalten, weil sie sich vor einer Abtreibung zu sehr gefürchtet hatte. Mit der Erinnerung kamen auch andere Bilder aus der Vergangenheit wieder hoch, die ihr im Augenblick höchst unwillkommen waren. Um sie zu vertreiben, zuckte sie betont gleichmütig die Achseln. »Sie und Trin waren nie sonderlich freundlich zu mir, aber ich bringe es nicht übers Herz, sie rauszuwerfen. Ich meine, seht

Euch Änne mal an oder auch die dicke Trin. Alt und hässlich, wie sie sind, will sie doch niemand mehr haben, vor allem, weil sie ja zu den Unehrlichen gehören. Soll ich mir die Schuld aufladen, sie in die Gosse zu stoßen, wo sie sicherlich alsbald jämmerlich verrecken würden? Nein, das kann und werde ich nicht tun. Als Mägde taugen sie allemal, und wenn sie irgendwann sterben, bezahle ich ihnen ein anonymes Grab am Rande des Kirchhofs. Wir haben zusammen einiges an Höhen und Tiefen durchgestanden. Ob sie mir umgekehrt eine ähnliche Großzügigkeit angedeihen lassen würden, weiß ich nicht, aber ich richte mich niemals nach dem, was andere Leute tun würden, sondern nur nach dem, was der Allmächtige von uns fordert.«

»Nächstenliebe.« Der Gewaltrichter lächelte, was seine Gesichtszüge auf frappierende Weise noch attraktiver machte. Fast bemitleidete sie Aleydis ein wenig. Die junge Witwe würde es nicht leicht mit ihm haben, das stand fest.

»Wovon Ihr Euch die Euch zustehende Portion bei Giselle abholen dürft«, befand sie, um sich ihre Gedankengänge nicht anmerken zu lassen. »Ich verabschiede mich nun, Herr van Cleve, und wünsche Euch ein angenehmes Bad. Richtet Giselle aus, dass ich sie ein bisschen beneide.«

»Weshalb?«

Die Konfusion in seinem Blick reizte Elsbeth zu einem anzüglichen Lächeln. Mit vielsagender Miene kniff sie ihm in den Oberarm. »Auf Sauberkeit und ein gepflegtes Äußeres bedacht, aber nicht eitel. Dazu ein Körper wie die Sünde selbst. Lasst Euch aus meiner langen Erfahrung sagen, dass Ihr zu der Sorte Mann gehört, vor der brave Mägdelein stets gewarnt werden und die für uns Liebedienerinnen zu den wenigen Ausnahmen zählen, bei denen sogar wir ins Schwärmen geraten.«

»Welch hanebüchener Unsinn!« Van Cleve schüttelte amüsiert den Kopf.

»Behaltet diese Ignoranz Eurer Qualitäten nur bei, das macht Euch umso begehrenswerter.« Elsbeth verschwand die Stiege hinauf ins Obergeschoss und beobachtete von dort durch einen geheimen Spalt, wie der Gewaltrichter Gero, der wie ein Schatten und vollkommen geräuschlos wieder in der Stube aufgetaucht war, hinüber ins Badehaus folgte. Sein verwirrtes Kopfschütteln blieb ihr dabei nicht verborgen.

Amüsiert konstatierte sie bei sich, dass sie noch nicht verlernt hatte, einem Freier mit den rechten Worten schönzutun.

Langsam und lauschend ging sie an den Kammern der Dirnen vorbei, in denen es schon deutlich leiser geworden war. Hier und da öffnete sie eine Tür einen Spaltbreit und warf einen Blick in den Raum, wie sie es regelmäßig tat, um sicherzugehen, dass mit den ihr unterstellten Frauen alles in Ordnung war.

Am Ende des Ganges führte eine Tür in das Obergeschoss des Badehauses, in dem sich ihre Wohnräume befanden. Als sie des Mannes ansichtig wurde, der voll bekleidet, die Arme hinter dem Kopf verschränkt, auf ihrem Bett lag und ihr aufmerksam entgegenblickte, klopfte ihr Herz ein wenig schneller. Lächelnd ließ sie sich neben ihm auf der Bettkante nieder. »Johannes, du bist zurück! Ich habe gar nicht mitbekommen, dass du das Haus betreten hast.«

»Was nicht weiter verwunderlich ist, da du in das Gespräch mit dem Gewaltrichter vertieft warst. Cordian hat mich durch die Badestube hereingelassen, aber als ich über die vordere Treppe herunterkommen und nach dir sehen wollte, sah ich dich mit van Cleve reden.« Er runzelte sichtlich besorgt die Stirn. »Was wollte er von dir?«

»Informationen, was sonst?« Elsbeth löste die Haarnadeln, mit denen die Hörnerhaube befestigt war, und nahm sie ab. »Du weißt, dass ich ihn damit stets freigiebig versorge.«

»Und im Gegenzug erfährst du, was er über Nicolais Mörder herausfindet?«

»Das hoffe ich zumindest. Im Augenblick tappt er ebenso im Dunkeln wie ich und alle anderen.« Sie warf ihm einen kurzen Blick zu. »Wie war es in Bonn?«

Johannes setzte sich auf und half ihr, die Verschnürung ihres Kleides zu lösen. »Wenig unterhaltsam. Obgleich dir der Prozess gefallen hätte. Es ging um zweifachen Diebstahl. Der Sohn eines Kaufmanns hatte zwei Esel gestohlen und in einer Hütte im Wald versteckt.«

»Zwei Esel?« Elsbeth runzelte die Stirn.

»Zwei Esel aus Gold, um genau zu sein. Er wollte sie verkaufen und mit dem Geld Schulden seines Vaters bezahlen. Das Urteil für solch schweren Diebstahl lautet Erhängen.« Johannes schüttelte den Kopf. »Meiner Meinung nach hätte das eher der Kerl verdient, der den Vater derart in Bedrängnis gebracht hat, dass der Sohn keinen anderen Ausweg mehr sah.«

»Und wie ist die Sache ausgegangen?« Elsbeth sah Johannes an, dass dieser Fall eine Wendung zum Guten genommen haben musste, anderenfalls würde Johannes nicht seine Hände unter den Stoff ihres Kleides geschoben haben, um ihre nackte Haut zu liebkosen. Sie lehnte sich gegen ihn, als er mit den Lippen über ihren Nacken bis in ihre Halsbeuge fuhr.

»Die Mutter des Jungen hat ihn vom Galgen abgebeten, und als das nicht ausreichte, um den Geschädigten zu besänftigen, stand dessen Tochter plötzlich auf und begehrte den Angeklagten zum Manne.«

»Was?« Elsbeth lachte auf, erschauerte aber zugleich wohlig, weil Johannes mit der Zunge über einen empfindlichen Punkt hinter ihrem Ohr strich. »Und da behauptest du, dein Aufenthalt in Bonn sei nicht ereignisreich gewesen?«

»Nun ja.« Er half ihr, das Kleid abzustreifen, und machte sich sogleich daran, seine Schuhe, Hose, Wams und Hemd loszuwerden. »Damit ist die Geschichte bereits zu Ende erzählt. Der Bestohlene konnte gegen den Begehr seiner Tochter nichts ausrichten, das Gericht ließ darauf Gnade vor Recht ergehen, die Hochzeit findet in vier Wochen statt.«

»Und deine Dienste wurden gar nicht benötigt«, schloss Elsbeth. Sie lachte, als er sie begehrlich an sich zog und mit ihr über die Matratze rollte.

»Ein wenig doch, da der Vater der Braut seinen zukünftigen Schwiegersohn noch ordentlich verwamst hat, bevor die beiden Frieden geschlossen haben. Da kein Bader oder Medicus erreichbar war, habe ich die Blessuren sowie einen gebrochenen Mittelfinger des Schwiegervaters versorgt.«

»Oje.« Sie kicherte, rang aber im nächsten Moment erregt nach Atem, da Johannes sie unter sich gebracht hatte und sie hungrig küsste. Gleichzeitig drang er schnell und tief in sie ein und vertrieb für eine geraume Weile jegliche zusammenhängenden Gedanken aus ihrem Kopf.

***

Als sie später Arm in Arm in der Dunkelheit lagen, die Flamme der Kerze auf dem Kasten neben dem Bett war längst erloschen, kam Johannes noch einmal auf das Gespräch von zuvor zurück. »Ich habe mich in Bonn ein wenig umgehört.«

»Wegen der Familie de Piacenza?« Elsbeth drehte den Kopf in seine Richtung. Sein Gesicht war nur zu erahnen, ebenso wie sein Nicken.

»Ich hatte den gleichen Verdacht wie du.«

»Du hast dem ganzen Gespräch mit van Cleve gelauscht?«

»Nicht dem ganzen, aber dem wesentlichen Teil.« Seine Stimme klang nachdenklich. »Es gibt keinerlei Anhaltspunkte dafür, dass einer der Männer aus der Familie de Piacenza sich in den vergangenen Wochen in Köln aufgehalten hat.«

»Höchstselbst werden sie die Tat wohl auch nicht begangen haben«, warf sie ein.

»Eher nicht, das ist wahr, aber nach allem, was ich in Erfahrung bringen konnte, war die Familie von Cathreins seligem Gemahl über die Nachricht von Nicolais Tod bass erstaunt. Nicht eben unglücklich, wie du dir denken kannst, aber durchaus glaubhaft verblüfft.«

»Du glaubst also nicht, dass sie jemanden gedungen haben, der Nicolai ermordet hat?«

»Ausgeschlossen ist es nicht.« Elsbeth spürte, wie er mit den Achseln zuckte. »Aber eher unwahrscheinlich. Wie van Cleve schon sagte, ist im Grunde auch zu viel Zeit vergangen, um jetzt noch einen Rachemord zu rechtfertigen.« Er hielt kurz inne. »Was hast du eigentlich damit bezweckt, dem Gewaltrichter mehrmals die Vorzüge deiner Schwägerin unter die Nase zu reiben?«

Elsbeth grinste in die Dunkelheit. »Was glaubst du denn, was ich damit bezweckt habe?«

»Dein Bruder ist gerade mal eine Woche tot, sein Körper unter der Erde kaum erkaltet, und schon versuchst du, Aleydis zu verkuppeln? Ausgerechnet mit Vinzenz van Cleve? Hältst du das für eine gute Idee?« Johannes klang empört.

»Anfangs wollte ich ihn bloß ein wenig mit ihr aufziehen. Sie ist doch nun wirklich ein bezauberndes Menschenkind und weitaus klüger, als es ihr püppchenhaftes Aussehen mit dem Blondhaar und den großen blauen Augen vermuten lässt. Aber du hättest sein Gesicht sehen sollen! Ich habe damit ganz eindeutig einen wunden Punkt getroffen.«

»Und da konntest du nicht widerstehen, ein wenig nachzubohren.« Nun war aus seiner Stimme doch milde Erheiterung herauszuhören. »Willst du der armen Aleydis das wirklich antun? Der Gewaltrichter ist ja nun wirklich kein einfacher Mensch. Sie hat auch so schon genug Probleme, will ich annehmen.«

»Die hat sie ganz sicher«, stimmte Elsbeth ihm, nun wieder

einigermaßen ernst, zu. »Doch gerade deshalb sollte jemand ihr zur Seite stehen, dem sie vertrauen kann.«

»Und da verfällst du ausgerechnet auf den größten und erbittertsten Konkurrenten ihres verstorbenen Gemahls?« Johannes lachte trocken. »Ich weiß zuweilen wirklich nicht, wie dein Verstand arbeitet.«

»Warum nicht? Abgesehen von der beruflichen Rivalität ist Vinzenz van Cleve ein ehrenwerter und vertrauenswürdiger Mann. Wohlhabend noch dazu, also muss sie sich auch keine Gedanken darum machen, ob er nur hinter Nicolais Erbe her sein könnte. Das hat er schlicht nicht nötig.«

»Dennoch.« Johannes drückte seinen Mund gegen ihre Schläfe. »Zwei ungleichere Geister hat die Welt noch selten gesehen.«

»Das wurde über uns auch schon gesagt, Liebster.« Elsbeth lächelte. »Ich sage ja nicht, dass es so kommen muss, und wenn, dann habe ich sicherlich den geringsten Anteil daran. Das liegt letzten Endes ganz in der Hand der beiden. Ich spreche lediglich aus, was ich sehe.«

»Hoffentlich verbrennst du dir dabei nicht irgendwann deine spitze Zunge.« Wieder landete ein Kuss auf ihrer Schläfe. »Du willst, dass Aleydis beschützt ist.«

»Wie du schon sagtest: Sie ist meine Schwägerin, auch wenn sie das niemals erfahren wird. Sie steht vor einem riesigen Misthaufen an Schwierigkeiten, den sie weder überblicken noch jemals alleine wird abtragen können. Ich würde ihr gerne helfen, wenn ich dazu in der Lage wäre, doch meine Stellung in der Welt lässt es nur zu, dass ich aus dem Schatten agiere. Vinzenz van Cleve hat da ganz andere Möglichkeiten. Ich mag geschworen haben, auf Aleydis' und Nicolais unmittelbare Familie, also Cathrein, Marlein und Ursel, achtzugeben, aber sie brauchen auch jemanden, der greifbar ist und an den Aleydis sich anlehnen kann. Sie hat einen geliebten Menschen verloren und muss nun mit dem Scherbenhaufen umgehen, den Nicolais Tod ihr hinterlassen hat. Es befinden sich rasiermesserscharfe Scherben und Splitter darunter, Johannes. Dem Gewaltrichter traue ich am ehesten zu, der Gefahr gegenüberzutreten und Aleydis beizustehen. Und sei es nur als guter Freund. Er muss ja nicht gleich mit der Tür ins Haus fallen.«

Johannes schwieg eine geraume Weile und bewegte sich neben ihr hin und her, so als versuchte er, eine bequemere Position zu finden. Schließlich stieß er geräuschvoll die Luft aus. »Was meinst du damit, du hättest Nicolai geschworen, auf Aleydis und die Familie achtzugeben?«

Nun war es an Elsbeth, ein wenig hin und her zu rutschen. Sie hatte gewusst, dass sie dieses Gespräch eines Tages würden führen müssen. Sie wusste jedoch nicht, wie sie beginnen sollte. »Ich meine damit genau das, was ich gesagt habe. Ich habe meinem Bruder geschworen, auf seine Familie achtzugeben, sollte es ihm einmal nicht mehr möglich sein.«

»Aber …« Johannes schien nach Worten zu suchen.

»Es ist nicht schwer zu verstehen«, unterbrach sie ihn, »wenn …« Sie griff nach der silbernen Kette an ihrem Hals. »Wenn ich dir die Geschichte meines Rings zu Ende erzähle.«

»Des Rings?« Er klang irritiert. »Was hat der damit zu tun? Ich dachte, dieser Thönnes van Kneyart habe ihn dir vermacht.«

»Das hat er«, bestätigte sie, »gewissermaßen. Doch ohne meines Bruders Hilfe wäre es womöglich nicht dazu gekommen, dass ich den Ring jemals erhalten hätte. Und vielleicht wäre ich sogar im Kerker verschmachtet.«

»Im Kerker?« Johannes fuhr entsetzt hoch.

»Nun ja, vermutlich nicht«, schränkte sie rasch ein und zog Johannes zurück in die Kissen. »Aber ohne ihn wäre ich heute nicht die, die ich bin. Vielleicht wäre ich gar nicht mehr oder ich würde jetzt ein ähnliches Leben führen wie Trin und Änne.«

»Warum hast du mir bisher nie davon erzählt?« Er schien sich wieder zu beruhigen, legte ihr sogar einen Arm um die Mitte und wandte sich ihr zu. Sie biss sich auf die Unterlippe. »Weil es Dinge in meinem Leben gibt, die nicht so einfach zu erklären sind. Und weil …«

»Weil?«

»Weil ich Angst habe.«

»Wovor?«

Sie schluckte. »Dich zu verlieren.«

Johannes rückte noch näher an sie heran, hielt sie fest an sich gedrückt. »So schnell wirst du mich nicht los, Elsbeth. Erzähl mir davon.« Nach einem Atemzug setzte er hinzu: »Bitte.«

Kapitel 9

19. September Anno Domini 1396

Schau mal, dein Thönnes ist schon hier.« Alwina, die neben Elsbeth an einem Tisch in der Schankstube saß, stieß sie mit dem Ellenbogen an und wies mit dem Kinn in Richtung des Durchgangs zu dem schmalen Flur, der zur Haustür führte. »Der ist aber heute früh; sonst kommt er doch meistens erst abends her.«

Elsbeth folgte Alwinas Blick und erhob sich strahlend, als sie ihren Geliebten sah und neben ihm Mutter Berta, die ihr mit Gesten bedeutete, sich um den Ankömmling zu kümmern. »Bestimmt hat er heute Abend noch eine Gaffelsitzung.« Sie lächelte Alwina kurz über die Schulter zu. »Da wird es immer so spät, dass Bart und Mats ihn nicht mehr einlassen würden.« Sie winkte Alwina, die inzwischen ihre Freundin geworden war, kurz zu, als diese ihr »Viel Spaß!« hinterherrief, und trat auf Thönnes und Mutter Berta zu. »Guten Tag, Meister van Kneyart«, grüßte sie artig und musste sich dabei ein Kichern ob dieser förmlichen Anrede verkneifen. »Ihr habt nach mir verlangt?«

Thönnes lächelte ihr ebenfalls erheitert zu. »Das habe ich in der Tat und den geforderten Liebeslohn bereits bei der guten Mutter Berta entrichtet.«

»Kümmere dich gut um unseren stets gern gesehenen Gast, Elsbeth.« Mutter Berta maß Elsbeth mit einem gleichmütigen Blick, klimperte dabei aber mit den Münzen, die sie von Thönnes erhalten hatte. »Er hat für die doppelte Zeit bezahlt, also ist keine Eile geboten. Um diese Tageszeit ist es alleweil ruhig bei uns.« Sie wandte sich zum Gehen, drehte sich aber noch einmal kurz um. »Bleibt Ännes Kammer fern; die alte Ludmilla ist im Augenblick bei ihr.«

Elsbeth nickte nur, ergriff Thönnes' Hand und zog ihn mit sich die Treppe hinauf zu ihrer Kammer. Es war tatsächlich noch vergleichsweise früh, nur aus zwei weiteren Kammern drangen eindeutige Geräusche, aus der von Änne leise Stimmen.

»Wer ist Ludmilla?« Thönnes zog sie in seine Arme und küsste sie, kaum dass sie die Tür hinter ihnen geschlossen hatte. »Eine Hebamme? Ist Ännes Zeit bereits gekommen?«

»Nein.« Elsbeth schlang die Arme um seinen Hals. »Ihr Kind wird wohl erst in drei oder vier Monaten geboren. Ludmilla ist Hebamme, ja, aber keine von den bekannten aus der Stadt. Sie lebt vor der Stadtmauer im Wald an der Straße Richtung Aachen. Wo genau, weiß ich nicht. Sie kennt sich mit Kräutern und Heilkunde gut aus, aber die meisten rufen sie nur dann, wenn eine Geburt schwierig ist und die städtischen Hebammen nicht mehr weiterwissen.«

»Eine Verrufene also?« Thönnes ging einen Schritt zurück, um seinen Zunftmantel abzulegen. Auf seiner Stirn standen ein paar Schweißtropfen, die er mit dem Ärmel seines Hemdes fortwischte. Für Mitte September war es immer noch sommerlich warm, vom nahenden Herbst nichts zu bemerken.

»Gewissermaßen.« Elsbeth nahm ihm den Mantel ab und hängte ihn an einen der Haken neben der Tür. »Sie kümmert sich auch um uns Berlichhuren, wenn eine von uns schwanger wird oder ein Frauenleiden hat. Wir könnten auch dem Henker Bescheid geben, aber der kennt sich längst nicht so gut aus wie die alte Ludmilla.«

»Müsste der Henker Änne in ihrem Zustand nicht woanders unterbringen?« Thönnes trat hinter Elsbeth und legte ihr die Arme um die Mitte. »Er zwingt sie doch sicher nicht zum Arbeiten, oder?«

»Nein, tut er nicht.« Elsbeth lehnte sich gegen seine Brust und erschauerte wohlig, als sie seinen Mund in ihrer Halsbeuge spürte. »Vielmehr dürfte er der Vater des Kindleins sein, deshalb entspricht er Ännes Wunsch, hierbleiben zu dürfen. Sie will das Kind nach der Geburt ins Waisenhaus geben.« Kurz hielt sie inne. »Sie hätte es auch wegmachen lassen können, aber nach dem, was vor einiger Zeit mit Lisbeth passiert ist, hatte sie zu viel Angst davor.«

»Ins Waisenhaus?« Thönnes klang überrascht. In seiner Welt gab es wohl keine Mütter, die jemals eine solche Entscheidung zu treffen hatten.

Elsbeth drehte sich in Thönnes' Armen um. »Was soll sie wohl sonst tun? Der Henker mag der Vater sein, aber …«

»… er ist verheiratet«, vollendete Thönnes den Satz. »Was man so hört, ist seine Gemahlin nicht gerade die friedfertigste unter den Weibern. Einen Bastard wird sie wohl kaum dulden.«

»Ich glaube auch nicht, dass der Henker Änne großartig geholfen hätte, wenn er nicht verheiratet gewesen wäre. Er ist kein angenehmer Mann.« Ihre Worte wurden von einem Schaudern begleitet.

Thönnes richtete sich auf. »Musstest du auch schon einmal mit ihm …?«

Sie hob die Schultern. »Das mussten wir alle schon. Er probiert die Ware, die ihm unterstellt ist, gerne selbst aus, um sich von ihrer Qualität zu überzeugen.« Sie sprach mit verstellter Stimme, um ihm klarzumachen, dass sie die Worte des Henkers nachäffte. »Er war der erste Mann, mit dem ich hier …« Sie verdrehte bei der Erinnerung die Augen. »Mutter Berta hatte mich noch gewarnt, weil er dafür berüchtigt ist, sich nicht rechtzeitig zurückzuziehen. So gesehen ist es ein Wunder, dass es auf dem Berlich nicht viel mehr schwangere Dirnen gab oder gibt.« Nach einem Atemzug fügte sie hinzu: »Lisbeth war ja auch schwanger, und nicht zum ersten Mal. Sie behauptete, nicht zu wissen, wer der Vater war, aber wir sind ja nicht dumm, und die Wahrscheinlichkeit, dass er es war, ist genauso hoch wie bei Änne.«

»Ich verstehe.« Thönnes seufzte. »Mir war der Henker nie sympathisch. Es gibt weitaus angenehmere Vertreter seiner Profession, gebildetere übrigens auch. Das bringt mich auf die Frage, die du mir beim letzten Mal zu stellen versäumt hast.«

Elsbeth sah ihn verblüfft an. »Was meinst du?«

Auf seinen Lippen erschien ein schiefes Grinsen. »Ist dir inzwischen eine neue Frage eingefallen? Mir hat direkt etwas gefehlt, weil ich keine Nachforschungen anstellen konnte. Obgleich ich anfügen muss, dass es mir in der kurzen Zeit vielleicht gar nicht gelungen wäre, weil derzeit so viele Vorbereitungen für den bevorstehenden Besuch des Erzbischofs zu treffen sind. Seit ich Mitglied im neuen Stadtrat bin, verschlingen solche Obliegenheiten eine Menge meiner Zeit.«

»Leider ist mir noch keine neue Frage eingefallen.« Kurz senkte Elsbeth den Kopf, hob ihn aber gleich wieder. »Aber ich überlege mir eine. Beim nächsten Mal?«

»Darauf freue ich mich schon.« Er trat noch einmal zu dem Mantel und zog ein kleines rechteckiges Kästchen aus Holz daraus hervor. »Als kleine Entschädigung habe ich dir gutes Konfekt aus der Apotheke von Meisterin Adelina am Alten Markt mitgebracht. Es ist ein etwas anderes Geschenk als eine Handvoll Wissen über die Welt, aber ich hoffe, es wird dir wenigstens schmecken.«

»Konfekt?« Mit großen Augen und sehr vorsichtig nahm Elsbeth das Kästchen entgegen und hob den Deckel an. Beinahe ehrfürchtig strich sie mit den Fingerspitzen über die mit einem feinen Zuckerguss überzogenen Süßigkeiten. »Das ist doch furchtbar teuer!«

»Da hast du recht.« Thönnes lachte. »Aber für meinen geliebten Schatz ist mir das Beste gerade gut genug. Möchtest du nicht ein Stück probieren?«

»Später.« Lächelnd klappte sie das Kästchen wieder zu und stellte es auf die Truhe neben dem Bett. Als sie wieder auf ihn zutrat, lockerte sie die Schnürung ihres Gewandes. »Erst ist das Geschäft an der Reihe.«

»Das Geschäft, ja?« Auch Thönnes begann, sich auszuziehen. »Glaubst du, Mutter Berta wird sonst ungehalten?«

Elsbeth kicherte. »Nein, sie hat längst aufgehört, mich zu kontrollieren. Aber vielleicht werde ja ich ungehalten, wenn wir es nicht endlich tun. Ich habe dich vermisst.«

Mit einem Ruck zog er sie an sich, obwohl er sich erst zur Hälfte entkleidet hatte, und drängte sie aufs Bett. »Tut mir leid, Elsbeth. Du weißt, wie wichtig der Besuch des Erzbischofs ist. Friedrich von Saarwerden muss seine Zustimmung zum Verbundbrief geben und mit seiner Unterschrift und seinem Siegel dafür sorgen, dass die neue Stadtverfassung in Kraft treten kann. Die Sitzungen zur Vorbereitung rauben wie gesagt leider sehr viel Zeit.« Hungrig küsste er sie und zerrte an ihrem Kleid, bis sie es über den Kopf gezogen hatte. »Außerdem muss ich mich noch um so vieles andere kümmern, jetzt, wo mir ein Schöffenstuhl in Aussicht steht.«

»Ich weiß.« Sie vergrub die Hände in seinem Haar und erwiderte seine Küsse mit Leidenschaft. »Ich habe ja auch Verständnis dafür, aber …«

»Ich vermisse dich auch jeden Tag. Jede Stunde«, flüsterte er und drang, kaum dass sie auf dem Bett lagen, gierig in sie ein.

Elsbeth nahm ihn willig in sich auf, bewegte sich in seinem ihr nun schon so vertrauten Rhythmus und vergaß für eine ganze Weile die Welt um sich. Als sie schließlich schwer atmend nebeneinanderlagen, sprach er weiter, so als hätten sie nicht gerade sehr heftig miteinander getändelt.

»Sobald die Verhandlungen mit dem Erzbischof vom Tisch sind, geht es auch mit uns beiden weiter, Elsbeth. Ich habe schon alles geplant und auch meiner Schwester mitgeteilt, dass sich für uns, nun ja, für sie ganz besonders bald einiges ändern wird. Ich will sie selbstverständlich gut versorgt wissen, denn sie hat mir nun schon so lange den Haushalt geführt und stand mir stets zur Seite wie niemand sonst.« Sein Blick wanderte in eine unbestimmte Ferne.

»Stimmt etwas nicht?« Fragend musterte Elsbeth ihn, woraufhin er ein wenig zusammenzuckte.

»Was?« Er räuspert sich. »Nein, schon gut, ich war nur in Gedanken. Ich werde Entgen in einer eigenen Wohnung unterbringen, sobald ...« Er lächelte versonnen. »Ich kaufe dich frei, Elsbeth, ganz gleich, was es kostet, und dann wohnst du erst einmal in meinem Haus in Bonn. Wenn nach einer Weile Gras über die Sache gewachsen ist, hole ich dich wieder nach Köln und heirate dich. Dann leben wir gemeinsam in meinem Haus. Das wird wunderbar, Elsbeth. Du wirst sehen.«

»Die Leute vergessen aber nicht so schnell, wer ich bin und woher ich komme«, warf sie ein.

»Doch, das werden sie, denn als Ratsherr besitze ich genügend Ansehen, dass sie dich in Ruhe lassen, und wenn ich erst Schöffe bin, dann erst recht.« Er lächelte siegessicher. »Außerdem vergisst du, dass die Ehe nicht nur vor dem Allmächtigen, sondern auch in den Augen der Menschen eine reinigende, läuternde Wirkung auf dich haben wird. Das kann niemand abstreiten, Elsbeth. Sobald du meine Frau bist, wirst du so ehrbar und angesehen sein wie jede Bürgersfrau.«

Obwohl Elsbeth sich nicht gänzlich sicher war, ob es sich wirklich so verhalten würde, lächelte sie ihm hoffnungsvoll zu. »Das wäre wunderbar, Thönnes. Ich kann es kaum erwarten.«

»Mir geht es ähnlich.« Er beugte sich über sie und küsste sie auf den Mund. »Lange wird es nicht mehr dauern, das verspreche ich dir.«

»Wird deine Schwester aber nicht wütend werden?« Skeptisch verzog Elsbeth die Lippen. »Ihr steht euch doch so nahe, und nun soll sie meinetwegen ihr Zuhause und dich verlassen.«

»Du hast nicht ganz unrecht.« Thönnes drehte sich auf den Rücken und blickte zur Decke hinauf. »Sie war zugegeben nicht sehr erfreut, als ich ihr von meinen Plänen erzählt habe, aber doch nur, weil sie dich nicht kennt. Ich hätte ...« Er brach ab und setzte erneut an: »Vielleicht hätte ich sie schon vor Jahren ermutigen sollen, wieder zu heiraten. Sie ist so jung Witwe geworden und hätte mit Sicherheit schnell einen neuen Mann gefunden. Sie ist ein ebenso ansehnliches wie tüchtiges Weib. Es ist wohl nur meiner Bequemlichkeit zuzuschreiben und unserem immer schon innigen Verhältnis, dass sie so lange bei mir gelebt hat. Sie ist eine wirklich emsige und geschickte Hausherrin, deshalb habe ich selbst mich ja auch nie um ein Eheweib umgesehen. Es passte einfach alles so gut zusammen.« Er blies kurz die Wangen auf. »Vielleicht zu gut, denn inzwischen, nach all den Jahren, gebärdet sie sich tatsächlich zuweilen wie ein eifersüchtiges Eheweib.« Er lachte unfroh. »Aber das ist nichts, worüber du dir Gedanken zu machen brauchst, mein Schatz. Entgen wird mit meiner Entscheidung leben, und letztlich wird sie einsehen, dass es für uns alle am besten so ist. Immerhin ist sie meine Schwester.«

»Aber ob sie mich jemals mögen wird?« Elsbeth sah ihn immer noch skeptisch von der Seite an.

»Das wird sie, so wie alle anderen auch, sobald sie dich als mein angetrautes Eheweib kennengelernt hat.« Thönnes sprach im Brustton der Überzeugung, sodass Elsbeth schließlich wieder lächelte.

»Das wird schön.«

»Und wie es das wird.« Thönnes nickte bekräftigend. »Hoffen wir, dass die Verhandlungen mit dem Erzbischof rasch vonstattengehen und die Unruhen der vergangenen Monate nicht umsonst waren.«

Überrascht hob Elsbeth den Kopf. »Was meinst du damit? Gibt es denn Schwierigkeiten?«

»Ich bin mir noch nicht gänzlich sicher.« Er verzog grimmig die Lippen. »Ich habe dir doch neulich erzählt, dass ich einer Schweinerei auf die Spur gekommen bin.«

»Ja.« Elsbeth nickte. »Aber du hast nicht gesagt, was das für eine Schweinerei ist.«

»Weil du dir darüber nicht den Kopf zu zerbrechen brauchst.« Er lächelte kurz, wurde aber gleich wieder ernst. »Ich glaube, die Sache ist noch weit prekärer, als ich dachte. Es könnte die Verhandlungen mit Friedrich von Saarwerden und den gesamten Verbundbrief gefährden. Das muss ich unbedingt verhindern.«

Obgleich sie von Stadtpolitik kaum Ahnung hatte und auch nicht sicher war, wie sehr Thönnes als Ratsherr und baldiger Schöffe darauf tatsächlich Einfluss nehmen konnte, nickte sie ihm ermutigend zu. »Wenn es einem gelingt, dann dir, ganz bestimmt.« Sie drehte sich rasch um und angelte nach dem Kästchen mit dem Konfekt. »Hier, möchtest du eines essen?«

Thönnes schmunzelte. »Du weißt doch, dass ich so gut wie nie Süßigkeiten esse. Außerdem sind sie ja für dich.«

»Alwina sagt, dass manche Apotheker ein Konfekt herstellen, das die Manneskraft stärken soll.« Sie grinste ihn an.

Mit gespielter Empörung runzelte Thönnes die Stirn. »Willst du freches Weib etwa behaupten, so etwas hätte ich nötig?« Er griff nach ihr, woraufhin sie kichernd versuchte auszuweichen. Er war jedoch schneller und rollte sich besitzergreifend auf sie. »Da muss ich dich doch gleich eines Besseren belehren.«

Elsbeth rang mit einem Wohllaut nach Atem, weil er unvermittelt in sie eindrang und dann tief in ihr verharrte. Ihre Blicke trafen sich, und ihr wurde ganz warm. Plötzlich lachte er. »Vielleicht sollte ich doch mal eines probieren, um zu sehen, ob es tatsächlich so wirkt, wie du sagst. Dann könnten wir vielleicht noch viel mehr Spaß miteinander haben.« Er stieß ein paarmal in sie. »Wenn es nach mir ginge, könnten wir das ewig tun.«

Sie schlang ihre Beine um seine Hüften und drängte ihm entgegen. »Da bin ich ganz deiner Meinung.«

»Also gut, dann versuchen wir es.« Er öffnete die Schachtel grinsend mit einer Hand, entnahm ihr eine der zuckerüberzogenen Süßigkeiten und schob sie sich in den Mund. »Hm.« Er kaute, schluckte und verzog dann den Mund. »Ziemlich süß. Bestimmt genau dein Geschmack, und ich glaube, es wirkt bereits.« Mit schalkhafter Miene zog er sich aus ihr zurück, brachte sie dazu, sich hinzuknien, und nahm sie von hinten.

Elsbeth stöhnte erregt auf. Sie schätzte sich wirklich glücklich, dass Thönnes sie an jenem Tag auf dem Neumarkt gesehen und sich auf den ersten Blick in sie verliebt hatte. Solche Dinge geschahen so selten, oder zumindest kam es ihr so vor, denn in ihrer Welt gab es nicht viel Liebe, sondern nur das Geschäft. Womit sie dieses Glück verdient hatte, wusste sie nicht, doch sie würde ihr Leben lang dankbar dafür sein. Die Erregung und Leidenschaft zwischen ihnen steigerten sich schnell, wie immer, und bald schon wechselten sie die Stellung, so wie sie es beide mochten. Sie setzte sich rittlings auf ihn, nahm ihn auf und spürte seine Hände, die ihre Hüften fest packten. Sie beugte sich zu ihm hinab, küsste ihn und genoss die sich steigernde Erregung, die sich, das spürte sie, bei ihr schon sehr bald in einem herrlichen Wirbel entladen würde. Ihre Zungen umspielten einander, sie rangen beide immer schneller nach Atem, keuchten. Erst mit etwas Verspätung bemerkte Elsbeth, dass Thönnes' Hände von ihren Hüften verschwunden waren und dass er nicht mehr in sie stieß. Sein Körper zuckte jedoch, und zunächst dachte sie, dass ihm die Natur vielleicht etwas zu schnell gekommen sei. Als sie ihm jedoch ins Gesicht blickte, erschrak sie zutiefst. Die weit aufgerissenen Augen verdreht, japste er wild nach Atem. Er schien etwas sagen zu wollen, doch er brachte keine Worte hervor. Entsetzt kletterte sie von ihm herunter und rüttelte ihn am Arm. »Thönnes? Bei der heiligen Gottesmutter, was ist mit dir? Thönnes!« Sie zerrte heftiger an ihm.

Er hatte die Hände zu Fäusten geballt, sein Körper zuckte wild, sein Gesicht war rot angelaufen, und Speichel rann ihm aus dem Mundwinkel.

»Thönnes? Thönnes, sag doch was!« Panisch riss und zerrte sie an ihm herum. »Hilfe! Zu Hilfe, bitte! Helft ihm doch!« Ihre Stimme überschlug sich. »Bitte, Hilfe! Thönnes!«

Die Tür flog auf, und Mats polterte herein. »Was ist denn hier los? Ach du Scheißdreck!« Er stürzte zum Bett und starrte den nackten Mann an, der mittlerweile aufgehört hatte zu zucken – und zu atmen. Thönnes' Augen waren weit aufgerissen, sein Blick gebrochen. »Was hast du gemacht, Elsbeth?«

Sie schüttelte den Kopf und rüttelte Thönnes wie von Sinnen weiter. »Nichts, ich habe gar nichts gemacht.«

»Verflucht noch eins, der ist tot!« Mats stieß sie zur Seite und hielt seine Hand vor Thönnes offen stehenden Mund, dann beugte er sich vor und horchte an seiner Brust. »Tot, Elsbeth.«

Ihr wurde eiskalt. Verstört starrte sie auf ihren Geliebten, ungläubig, verständnislos. Dann schrie sie.

Kapitel 10

24. August Anno Domini 1423

Ruckartig setzte Johannes sich auf. »Er ist gestorben, während ihr miteinander …?«

»Ja.« Auch Elsbeth setzte sich auf. »Es war Gift in dem Konfekt, das er mir mitgebracht hatte. Das wusste ich natürlich zu diesem Zeitpunkt noch nicht. Dass er vergiftet worden war, war nicht weiter schwierig zu erkennen, aber auf das Konfekt ist niemand gekommen, zumindest nicht, bis …« Sie schluckte bei der Erinnerung.

»Bis was?« Johannes tastete nach ihrem Arm.

»Sie beschuldigten mich.« Elsbeth seufzte. »Natürlich taten sie das, denn es war das Naheliegendste. Sie haben den Büttel geholt und mich in die Weckschnapp gesperrt.«

»In das Gefängnis in der Kunibertstorburg?« Sein geräuschvolles Atmen ließ erkennen, wie entsetzt Johannes war. »Dort wird nur das übelste Gesindel eingesperrt. Wie konnten sie dort eine Frau hinbringen?«

»Eine freie Frau.« Sie schnaubte. »Mit uns sind sie nicht so zimperlich. Allerdings haben sie mich in eine leere Zelle gesperrt; mehrere Tage war ich dort ganz allein. Sie haben mich ein paarmal befragt und mir dazu die Werkzeuge für die peinliche Befragung gezeigt.«

»Heilige Jungfrau!«

Elsbeth schnaubte erneut. »Die habe ich um Hilfe angefleht, ja. Geholfen hat es nichts. Sie glaubten mir nicht, obwohl ich ihnen alles gesagt habe, was ich wusste. Vielleicht war das mein Fehler.« Sie lachte trocken. »Ich erzählte ihnen, wie es zwischen mir und Thönnes stand, dass er mich heiraten wollte ... Das hat sie misstrauisch gemacht. Sie glaubten mir nicht, hielten mich erst für dumm, dann für verschlagen und verstockt. Einen Beweis für meine Schuld hatten sie allerdings auch nicht und keine Zeugen. Vielleicht hätten sie mich freigelassen, wenn nicht ...« Ihre Augen begannen zu brennen, und sie blinzelte mehrmals, um die Tränen zurückzuhalten. »Die dumme, dumme Alwina! Sie hat, kaum, dass ich abgeführt worden war, die Schachtel mit dem Konfekt geklaut. Offenbar waren nicht alle Stücke darin vergiftet, denn mit Sicherheit hat sie davon gegessen. Nach ein paar Tagen kam ein Ratsherr, Anton Keppeler, zu Mutter Berta und verlangte, alle Dirnen noch einmal zu befragen.«

»Ein Ratsherr? Wäre das nicht die Aufgabe der Schöffen oder des Gewaltrichters gewesen?« Aus Johannes' Stimme war neben Neugier immer noch Entsetzen herauszuhören.

»Er war wohl der Einzige, den sie entbehren konnten. Alle anderen waren mit den Vorbereitungen für den Besuch des Erzbischofs beschäftigt. Leider war er so dumm, von Alwina eines der Konfektstücke anzunehmen. Ich vermute, sie wollte ihn damit milde stimmen. Sie hat ja auch selbst davon gegessen. Und dann ... dann ...« Sie stockte.

Johannes drückte ihren Arm. »Allmächtiger! Sie wurden beide ebenfalls vergiftet?«

»Leider, ja.« Elsbeth schloss die Augen. »Alwina war vielleicht eine diebische Elster, aber sie war die einzige Freundin, die ich je hatte.« Sie atmete tief ein und langsam wieder aus. »Danach wurden alle Hübschlerinnen aus dem Haus *Zur schönen Frau* in die Weckschnapp gesperrt, auch Mutter Berta, und diesmal beließen sie es auch nicht beim Zeigen der Folterwerkzeuge.«

»Elsbeth!« Johannes keuchte entsetzt.

»Ich kann mich gar nicht mehr genau erinnern, was sie alles mit mir gemacht haben.« Gedankenverloren hob sie in der Dunkelheit die Hand und drehte sie hin und her. Dass sie ihr einige Fingernägel mit glühenden Zangen herausgerissen hatten, brauchte der geliebte Mann an ihrer Seite nicht ohne Not zu wissen. »Es hat sie auch nicht weitergebracht, weißt du. Das vergiftete Konfekt hatte Thönnes mir ja geschenkt, also musste es schon vorher vergiftet worden sein. Mit Eisenhutessenz übrigens. Sie hatten deshalb auch nicht bloß uns in Verdacht, sondern auch die Apothekerin, die es hergestellt hat.«

»Meisterin Adelina?« Johannes rutschte hin und her, offenbar in dem Bemühen, eine bequemere Sitzstellung einzunehmen. »Das ist lächerlich. Sie war eine angesehene Apothekerin und hilft ihrer Tochter Katharina und deren Gemahl immer noch manchmal in der Apotheke aus, wenn sie sich nicht um die Kinder ihrer anderen Tochter kümmert. Wie ich hörte, hat sie vor Jahren sogar dem Hauptmann Greverode und einem früheren Gewaltrichter dabei geholfen, Morde aufzuklären. Man hat mir schon kurz nach meinem Amtsantritt davon berichtet. Ich habe sie natürlich auch irgendwann kennengelernt, da sie durch ihren Bruder Greverode und ihren Schwiegersohn, den Gewaltrichter Cristan Reese, mit dem Stadtrat eng bekannt ist.«

»Cristan Reeses Ziehvater war es, mit dem sie so manches Mal auf Mörderjagd gegangen ist, wie Nicolai es mir gegenüber einmal bezeichnet hat.« Elsbeth lächelte betrübt vor sich hin. »Mein Bruder hat sie sehr geschätzt und mir so manches Mal kandiertes Obst von ihr mitgebracht. Ihr Konfekt brachte ich, wie du dir denken kannst, lange Zeit nicht herunter, auch wenn das unsinnig ist, denn sie hatte es ja gar nicht vergiftet.« Elsbeth schmunzelte wider Willen. »Sie hat aber tatsächlich mitgeholfen, Thönnes' Mörder zu fassen. Das habe ich allerdings erst viel später erfahren. Zum ersten Mal begegnet bin ich ihr in der Weckschnapp.«

Johannes hüstelte. »Was hatte sie denn dort zu suchen?«

»Nichts.« Elsbeth grinste ihn in der Dunkelheit an. »Ich habe sie damals gehasst. Sie, ihren Gemahl, den städtischen Medicus Neklas Burka … einfach jeden Menschen. Ich war immer noch von Schrecken und Trauer gelähmt und davon, dass mir niemand zu glauben schien. Ich war verzweifelt und außer mir und … wahrscheinlich hätte ich mir, wenn ich mich damals selbst gesehen hätte, auch nicht ein Wort geglaubt und mich für irrsinnig erklärt.« Sie hielt einen Moment inne. »Doch sie schien mir zu glauben. Meisterin Adelina. Sie und ihr Gemahl kamen sogar später noch einmal ins Dirnenhaus, um mir Fragen zu stellen.«

»Also hat man euch schließlich doch freigelassen«, folgerte Johannes.

»Den Grund hat uns niemand verraten.« Elsbeth drückte sich tiefer in die Kissen. »Es hieß, es gäbe nicht genügend Beweise gegen uns. Allerdings wäre das kein Grund gewesen, uns nicht eingesperrt zu lassen, solange die Morde nicht aufgeklärt waren. Sie hätten uns auch einfach in der Weckschnapp verrotten lassen können.«

»Grundlos einsperren dürfen Schöffen und Gewaltrichter niemanden, auch keine Dirnen«, warf Johannes ein.

»Mag sein, dass das so ist, aber sie hatten ja einen Grund. Drei Menschen waren bei uns im Haus zu Tode gekommen, und sie dachten die ganze Zeit, dass wir etwas über den Täter wüssten und nur zu verstockt waren, um die Wahrheit zu sagen.«

»Und wer war dieser Täter? Ich nehme doch an, dass er gefasst wurde.«

Elsbeth schauderte und spürte, wie sich eine Gänsehaut auf ihren Armen und auf ihrem Rücken bildete. »Das ist so entsetzlich, dass ich es lieber nicht laut aussprechen möchte.«

Zärtlich umfasste Johannes ihre Wangen. »Hast du Angst vor den Geistern der Vergangenheit?«

»Ein bisschen.«

»Und wenn du es mir nur zuflüsterst?«

Ein unfreiwilliges Glucksen stieg in ihr auf. »Nur, wenn du auf ewig darüber schweigst.«

»Das lässt sich einrichten.« Er küsste sie, woraufhin sie ihren Mund dicht an sein Ohr brachte und ihm die abscheuliche, traurige Wahrheit zuflüsterte.

Johannes sog scharf die Luft ein, schluckte. »Damit hat wohl niemand gerechnet, oder?«

»Nein, niemand.« Sie rieb sich über die Nase. »Es gibt auch heute noch Tage, an denen ich selbst kaum begreife, dass so etwas geschehen kann.«

Eine Weile herrschte Stille, bis Johannes erneut das Wort ergriff und sie damit von den unschönen Wendungen des Schicksals ablenkte. »Nicolai hat also für eure Freilassung aus der Weckschnapp gesorgt.«

Geräuschvoll stieß Elsbeth die Luft aus. »Ja.«

Kapitel 11

11. November Anno Domini 1396

Es war kalt. Ein böiger Wind pfiff um die Heiligkreuzkapelle und trieb Regen und Graupel gegen die Fensterscheiben aus farbigem Glas. Elsbeths Ansicht nach genau das richtige Wetter, um am heutigen Feiertag des heiligen Martins zu gedenken, der ja schließlich seinen warmen Mantel mit denen geteilt hatte, die froren. Sie hatte eine Kerze für Thönnes angezündet. Nun kniete sie vor dem Altar, das Haupt andächtig gesenkt, und bemühte sich, ein ordentliches Gebet für das Seelenheil ihres toten Geliebten zu sprechen. Oder doch zumindest im Stillen eines zu denken. Doch das Einzige, was ihr beständig im Kopf herumgeisterte, war die Frage: Warum? Begleitet wurde sie von Trauer und – wie scheußlich! – einem beständig nagenden Gefühl: Selbstmitleid.

Sie hatte sich von Thönnes' wunderbaren, hochfliegenden Träumen mitreißen lassen und war nun durch seinen Tod unsanft auf dem Boden der Tatsachen gelandet. Sie war eine Hübschlerin, jung, naiv und in den Augen der Welt ein Nichts. Niemand scherte sich um sie oder ihren Herzschmerz, niemand spendete ihr Trost; sie war allein. Für einen Moment meinte sie, ihr zukünftiges Leben an sich vorüberziehen zu sehen. Eine unendliche Abfolge von Freiern, die sie nach ihren Vorlieben benutzten, bis sie irgendwann zu alt und zu hässlich und ausgelaugt war, um noch von irgendeinem Mann gegen Geld begehrt zu werden. Und was dann? Ein Büßerinnenkonvent? Ein

Platz bei den Beginen, als Magd womöglich? Immer die Niederste der Niederen, bis sie irgendwann unbeachtet starb.

Tränen brannten in ihren Augen, ihre Kehle schnürte sich schmerzhaft zu. Welch ein Glück, dass ihre Mutter sie nicht so sehen konnte. Doch welchen Rat hätte sie ihr denn wohl gegeben? Elsbeth wusste es. *Was du auch tust und mit wem, behalte dein Herz stets für dich. Es gibt zu wenige Männer auf der Welt, die es wert sind, Herzschmerz für sie auf sich zu nehmen, und die Wahrscheinlichkeit, dass du je einem von ihnen begegnest und er dir sein Herz öffnet, ist verschwindend gering, mein Kind. Also halte es wie ich: Sei und bleibe nur dir selbst treu und liebe, was du tust, was du siehst, mit Bedacht auch deine Nächsten, aber keinesfalls einen Mann. Das führt nur zu Verdruss und macht dich schwach.*

Ihre Mutter hatte recht gehabt. Sie fühlte sich schwach und verlassen und sogar lächerlich, weil sie sich so vieles erhofft und erträumt hatte. Weil Thönnes sie glauben gemacht hatte, dass einfach alles möglich war. Auch eine glückliche gemeinsame Zukunft. Nun war er tot und von all den Wünschen und Träumen und Plänen nichts mehr übrig. Tatsächlich begann sie mittlerweile sogar, an seinen Versprechen zu zweifeln. Vielleicht hatten Mutter Berta und Änne und die dicke Trin ja recht, und sie war ein dummes Schaf, dass sie all seinen schönen Worten Glauben geschenkt hatte. Womöglich hatte er wirklich nur mit ihr gespielt, sie getäuscht und mit Ausreden hingehalten, damit sie ihm zu Gefallen war. Der Gedanke schmerzte, aber er ließ sich nicht vertreiben. Er hatte ihre Zukunft in strahlenden Farben ausgemalt, doch wenn sie jetzt an die Tage, Wochen, Monate oder gar Jahre dachte, die vor ihr lagen, fühlte sie nur eine unbestimmte dumpfe Angst.

»Was für ein scheußliches Wetter für eine Andacht.« Die ruhige, leicht amüsiert klingende männliche Stimme ließ Elsbeth heftig zusammenzucken. Sie sprang so hastig auf und fuhr herum, dass sie beinahe über den Saum ihres grünen Brokatkleides gestolpert wäre. Entgeistert starrte sie ihn an, wie er ganz lässig in der dritten Kirchenbank saß und sie aufmerksam musterte. Er war vielleicht Mitte oder Ende zwanzig, mittelgroß, gut aussehend, mit angenehmen, ebenmäßigen Gesichtszügen, kragenlangem braunem Haar und einem ordentlich gestutzten Bart an Oberlippe und Kinn. Seine braunen Augen wirkten intelligent und heiter. Sie erkannte ihn sofort, denn sie hatte ihn schon des Öfteren in der Stadt gesehen. Doch was ihn in die Heiligkreuzkapelle getrieben haben mochte, war ihr ein Rätsel.

»Herr Golatti, guten Tag.« Sie verschränkte die Hände und wusste nicht weiter.

»Guten Tag, Elsbeth.« Sein Lächeln war warm und gewinnend. Es irritierte sie fast noch mehr als seine Worte.

»Ihr kennt meinen Namen?« Unwillkürlich machte sie einen Schritt rückwärts.

»Ebenso wie du den meinen.« Er rührte sich glücklicherweise nicht vom Fleck. »Auch wenn mir der deine erst vor Kurzem zu Ohren gekommen ist, während du den meinen wohl schon dein Leben lang kennst.« Bedächtig beugte er sich ein wenig in ihre Richtung. »Du bist meine Schwester, Elsbeth. Tochter der seligen Annelies Biremaker.« Er neigte den Kopf leicht zur Seite. »Ich nehme an, du siehst ihr ähnlich, denn unseren Vater kann ich gottlob nicht in deinen Zügen wiederfinden. Welch ein Glück für dich.« Er zwinkerte ihr zu. »Franco Golatti mag vieles sein, aber von großer Schönheit ganz sicher nicht.«

»Ihr seht ihm auch nicht ähnlich«, platzte es aus Elsbeth heraus. Erschrocken schlug sie eine Hand vor den Mund. »Verzeihung.«

»Weshalb? Du sagst schließlich die Wahrheit. Auch ich komme gänzlich nach meiner Mutter, was für uns beide immense Vorteile haben dürfte, denn niemand wird uns äußerlich jemals als Bruder und Schwester identifizieren.«

»Bruder und Schwester?« Ihre Stimme krächzt ein wenig.

»Das sind wir doch.« Nun erhob er sich, ging jedoch an ihr vorbei bis zu dem Bord mit den Kerzen, die neben einem Krug mit Trockenblumen aufgereiht standen. Er entzündete eine und warf eine Münze in den Opferstock daneben. »Wir haben denselben Vater«, fuhr er fort, ohne sich zu ihr umzudrehen. »Ich wusste nichts davon, zumindest nicht bis kürzlich. Vater ist schwer krank, es geht ihm schlecht, aber nicht so schlecht, dass er nicht mehr reden kann. Dennoch hat er wohl Angst, bald seinem Schöpfer entgegentreten zu müssen, was ihn dazu veranlasst hat, mir von Annelies zu erzählen und mir mitzuteilen, dass ich eine Schwester habe, die eine Berlichhure ist.«

Entgeistert starrte Elsbeth ihn an. »Er weiß, wo ich lebe?«

»Und wo du deinen Körper gegen Geld verkaufst?« Nun drehte er sich doch zu ihr um. »Selbstverständlich weiß er das. Wie ich es finden soll, dass er es zugelassen hat, darüber muss ich noch nachdenken, aber ändern lässt es sich nun nicht mehr, zumindest nicht ohne Aufwand und Unannehmlichkeiten für alle Seiten.« Vorsichtig trat er einen Schritt auf sie zu. »Du beherrschst dein Gewerbe sehr gut, wie man mir zutrug. Du gehörst zu den beliebtesten Hübschlerinnen im Haus *Zur schönen Frau.* Daran hat sich auch durch den unerfreulichen Tod zweier Ratsherren nichts geändert.«

Elsbeth zuckte zusammen. »Ich hatte nichts mit Thönnes' Tod zu tun, und als Anton Keppeler starb, saß ich in der Weckschnapp, und der Henkersgeselle hat mir die Fingernägel mit glühenden Eisen rausgerissen, damit ich den Mord an Thönnes gestehe.« Unwillkürlich blickte sie auf ihre Hände, denen man die grausame Folter inzwischen immer weniger ansah.

»Das ist mir bekannt.« Er trat noch einen Schritt näher und maß sie mit eindringlichen Blicken. »Es ist also wahr, was man mir zugetragen hat?«

Verunsichert sah sie ihn an. »Was soll wahr sein?«

»Dass du und Thönnes van Kneyart mehr wart als Freier und Liebedienerin.«

Ihre Wangen erhitzten sich, gleichzeitig schnürte sich ihre Kehle wieder zu. »Und wenn es so war?«

»Dann gehört dir dies hier.« Er hielt ihr die flache Hand hin, auf der etwas golden Schimmerndes lag. Ein Ring.

Verblüfft starrte sie das Schmuckstück an. »Der gehört mir nicht.«

»Doch, tut er. Thönnes hatte keine Gelegenheit mehr, ihn dir zu geben. Als ich erfuhr, dass man dich inhaftiert hatte, ging ich der Sache nach und erfuhr zufällig, dass man diesen Ring bei Entgen gefunden hat. Nimm ihn ruhig und schau, was eingraviert ist.«

Stirnrunzelnd beäugte Elsbeth den Ring und nahm ihn schließlich so vorsichtig zwischen Daumen und Zeigefinger, als könnte er beißen. Mit zusammengekniffenen Augen studierte sie die Gravur auf der Innenseite. »Elsbeth, ewiglich.« Sie hatte die Worte laut ausgesprochen und schluckte hart an dem Kloß in ihrem Hals. Tränen brannten in ihren Augen und rannen ungehindert heiß über ihre Wangen.

»Sieh an, du kannst ja lesen.« Nicolai Golatti lächelte erfreut, wurde aber sogleich wieder ernst. »Na, na, wer wird denn da so schrecklich weinen?« Zu ihrer grenzenlosen Verblüffung zog er sie wie selbstverständlich in seine Arme und streichelte ihr sachte übers Haar und den Rücken. »Hat er dir das Herz gestohlen, der unbedachte Geck? Ich war ja erst im Zweifel, ob seine bubenhafte Verliebtheit wohl auch nur ansatzweise erwidert wurde, aber nun habe ich wohl den Beweis.« Er seufzte. »Schon gut, Elsbeth, schon gut. Das Herzeleid wird vergehen, auch wenn es jetzt nicht so scheint. Die Zeit heilt alle Wunden.« Er schob sie eine Winzigkeit von sich, um ihr ins Gesicht blicken zu können. »Und bis dahin werden wir beide erst einmal gute Freunde, ja?«

»Freunde?« Verwirrt erwiderte sie seinen Blick. »Warum wollt Ihr mit mir Freundschaft schließen, Herr Golatti? Wir mögen den gleichen Vater haben, aber … Ihr seid ein angesehener Münzwechsler und Geldverleiher, und ich bin …« Sie hob die Schultern. »Ich bin nichts.«

»Du bist meine Schwester, Elsbeth.« Nicolai strich ihr mit dem Daumen die Tränen fort. »Niemand ist nichts. Und hör auf, mich so förmlich anzureden. Wenn wir allein sind, bin ich Nicolai für dich.«

»Aber …«

»Wir können einander helfen, einander nützlich sein«, fuhr er fort, ohne auch nur auf ihren versuchten Einwand zu achten.

Zweifelnd runzelte sie die Stirn. »Nützlich?«

»Aber ja.« Er lächelte sie wieder so warmherzig an. »Dafür ist Familie doch da, um sich gegenseitig zu unterstützen, oder etwa nicht?«

»Ich hatte nie eine Familie, nur meine Mutter.«

»Die dir ganz bestimmt raten würde, dir anzuhören, was ich dir vorschlagen möchte.« Er legte ihr seine Hände auf die Schultern. »Deshalb habe ich auch dafür gesorgt, dass du und die anderen Dirnen aus der Haft entlassen wurdet. Damit du siehst, dass es mir ernst ist und dass du mir vertrauen kannst.«

Erstaunt riss sie die Augen auf. »Ihr … Ich meine, du warst das? Wie …?«

»Das Wie ist meine Sache, das musst du heute noch nicht erfahren, Elsbeth. Du wirst es eines Tages, aber im Augenblick ist mir wichtiger, dass du weißt, wie wichtig du mir bist und dass du dich auf mich verlassen kannst.« Er musterte sie fragend. »Kann ich mich auch auf dich verlassen? Dir vertrauen?«

Unsicher knabberte sie an ihrer Unterlippe. »Ich soll irgendetwas für Euch … dich tun, oder?«

Ein Lächeln erschien auf seinen Lippen. »Ich würde mich freuen, wenn du mein zweites Paar Augen und Ohren würdest.«

»Wie das?« Sie schluckte. »Im Dirnenhaus?«

Er lächelte nur wieder.

Elsbeth wandte sich jäh ab, trat an das Bord mit den Kerzen heran, starrte eine ganze Weile in die Flamme, die sie für Thönnes entzündet hatte. In ihrer Faust spürte sie seinen Ring. Schließlich wandte sie sich wieder zu ihrem Bruder um. »In Ordnung. Aber was genau springt dabei für mich heraus?«

Er lachte. »Was hättest du denn gerne, Elsbeth?«

Sie straffte die Schultern. »Antworten auf meine Fragen, zumindest für den Anfang.«

Kapitel 12

26. August Anno Domini 1423

Unruhig ging Elsbeth in ihrer kleinen Schreibstube auf und ab. Die Sorge um ihre Schwägerin Aleydis ließ ihr keine Ruhe, und das nicht erst, seit sie vorhin erfahren hatte, dass die junge Witwe, als sie sich gestern mit dem Gewaltrichter auf dem Rückweg von einem Besuch bei dem Juden Levin befunden hatte, erst von einem Weber überfallen und gleich darauf von einer Gruppe aufgewiegelter Knechte und Mägde bedrängt worden war. Dabei hatte sie mit van Cleve am Abend zuvor sogar noch über jenen Leyneweber gesprochen! Dass dieser in der Stadt weilte, hatte sie gewusst, nicht aber geahnt, dass er so schnell zuschlagen würde, wenn überhaupt. Da ihr die Sache erst heute von einem Stadtsoldaten zugetragen worden war, der im Frankenturm seinen Dienst tat und danach häufig im Haus *Zur schönen Frau* einkehrte, blieb ihr im Augenblick nicht viel mehr übrig, als froh und erleichtert zu sein, dass der Gewaltrichter Aleydis zur Seite gestanden und Schlimmeres verhindert hatte.

Nicht einmal ihre eigenen Männer hatten diesen Überfall bemerkt, geschweige denn verhindern können. Dass van Cleve den Juden aufgesucht hatte, war für sie weniger eine Überraschung denn die Tatsache, dass er Nicolais Witwe auf diesen Gang mitgenommen hatte. Zwar war Aleydis als Klägerin verpflichtet, bei der Aufklärung des Mordes an ihrem Gemahl mitzuwirken, doch im Allgemeinen überließ eine trauernde Witwe so etwas dem nächsten männlichen Angehörigen. In Aleydis' Fall wäre dies wohl ihr Vater oder Nicolais jüngerer Bruder Andrea. Dass sie von letzterer Möglichkeit Abstand genommen hatte, sprach für ihren gesunden Menschenverstand, denn Andrea gehörte nicht gerade zu den hellsten und vertrauenswürdigsten Zeitgenossen. Warum sie jedoch die Angelegenheit nicht ihrem Vater überlassen hatte, konnte Elsbeth nur vermuten.

Jorg de Bruinker war ein angesehener Tuchhändler, klug, diplomatisch und friedfertig. Allerdings hatte er genauso wenig von Nicolais Schattenwelt gewusst wie seine Tochter, obwohl die beiden Männer schon seit Jahrzehnten miteinander befreundet gewesen waren. Vielleicht, nein, sehr wahrscheinlich hatte Jorg geargwöhnt, dass nicht aller Einfluss und jeglicher wirtschaftliche Erfolg Nicolais auf lauterem Geschäftsgebaren gründete, doch das wahre Ausmaß von Macht und Reichtum seines lombardischen Freundes hatte er nicht gekannt, anderenfalls, so mutmaßte Elsbeth weiter, hätte er ihm wohl seine Tochter nicht zur Frau gegeben.

Möglicherweise wollte Aleydis ihren Vater nicht zu sehr in all die Schwierigkeiten hineinziehen, die sich vor ihr auftürmten, seit Nicolais Testament bekannt gemacht worden war und sie nun die Last der Haupterbin trug. Wenn Elsbeth sie richtig einschätzte, und das tat sie bei beinahe jedem Menschen, dann hatte sie sich gegen den brummigen Gewaltrichter durchgesetzt, der gewiss nicht allzu begeistert davon war, die junge, hübsche Witwe bei seinen Ermittlungen ständig mitzuschleppen. Möglicherweise, so konstatierte sie bei sich mit einem Anflug von Erheiterung, war er deshalb bei seinem Besuch so dünnhäutig gewesen, als das Gespräch auf Aleydis gekommen war.

Dass es bei dem Besuch bei Levin darum gegangen war, dass Nicolai sich im Rat für die Verbannung der Juden aus Köln und deren Umsiedlung binnen eines Jahres auf die andere Rheinseite nach Deutz eingesetzt hatte, war nicht schwer zu erraten. Diese Einmischung Nicolais in die Stadtpolitik war schließlich, zumindest in der Theorie, ein möglicher Grund für den Mord. Elsbeth bezweifelte, dass die Juden etwas damit zu tun hatten. Die Rivalität zwischen ihnen und den relativ neuen christlichen Geldverleihern war zwar bekannt und wurde zuweilen verbissen ausgetragen, doch sich zu einem Mord hinreißen zu lassen, traute sie weder der Familie Levin noch einer der anderen jüdischen Geldverleiherfamilien zu. Denn auch, wenn diese ihre Häuser und Anwesen in der vorgegebenen Frist würden räumen müssen, würde es doch für sie ein Leichtes sein, von Deutz aus ihre Geschäfte weiterhin ebenso erfolgreich zu führen. Elsbeth hatte jedenfalls noch nicht gehört, dass auch nur einem von ihnen dadurch ein größerer wirtschaftlicher Schaden entstehen würde. Schon gar nicht, wenn sie ihre Wohnhäuser und Kontore für gutes Geld an Kölner Bürger verkaufen oder verpachten konnten.

Es fuchste sie, dass der Leyneweber oder vielmehr dessen Vorhaben, Aleydis auf offener Straße anzugreifen und zu bedrohen, ihren Kundschaftern entgangen war. Offenbar hatte er sich geschickter bedeckt gehalten, als sie hatte annehmen können. Umso erstaunter war sie gewesen, als ihr der Wachmann Dietmar aus dem Frankenturm von Aleydis' Besuch bei dem nunmehr inhaftierten Leyneweber erzählt hatte. Die junge Frau hatte ganz eindeutig mehr Mut, als alle Welt ihr zutraute.

Wer die Mägde und Knechte am selben Tag aufgewiegelt hatte, Aleydis ebenfalls zu bedrängen, hatte Elsbeth indes noch nicht herausgefunden, und das wurmte sie. Eigentlich müsste sie sich alsbald um ihre Gäste kümmern, aber vielleicht sollte sie diese Aufgabe heute Cordian überlassen. Als einziger ihrer Knechte, der lesen, schreiben und verlässlich rechnen konnte, war er fähig, die Münzen der Freier korrekt einzusammeln, die sie für Speis, Trank, Bad und Weib zu zahlen hatten, während sie sich auf einen ganz eigenen Erkundungsgang würde begeben müssen.

Kurz blieb sie am geöffneten Fenster stehen und beobachtete Änne und Trin, die zwischen sich einen großen Korb Holz hinüber zum Hintereingang des Badehauses trugen. Zweimal blieben sie stehen, weil Trin die Last offenbar zu schwer war. Ihr rasselndes Keuchen war deutlich zu vernehmen, ebenso wie ihr gotteslästerliches Fluchen. Ihr unförmiger Leib war ein ewiges Hindernis. Was in ihren jüngeren Jahren noch bei so manchem Freier für Beifall und Wohlgefallen gesorgt hatte, war heute nur noch ein kümmerliches Jammerbild einer bald völlig unbeweglichen Frau, die, zumindest hatte man den Eindruck, von Tag zu Tag dicker wurde. Dabei aß sie mittlerweile geradezu besorgniserregend wenig, weil sie hoffte, dass sie auf diese Weise Gewicht verlieren könnte. Leider zeitigte dies keinerlei Wirkung, und Elsbeth fragte sich bereits, was sie mit der Magd anstellen sollte, wenn diese in absehbarer Zeit vielleicht nicht einmal mehr würde laufen können.

Trins Schicksal betrübte sie, war die Magd und ehemalige Hübschlerin doch nur einige Jahre älter als sie selbst, genau wie Änne. Die wiederum war hager und wirkte abgehärmt; von ihrer einstigen etwas eigenwilligen Schönheit war nicht mehr viel zu erkennen, doch sie war gesund und immer noch kräftig und half der alten Weggefährtin, wo sie nur konnte. Ihr Sohn Gero, der drei Monate nach Thönnes' Tod geboren worden war, trat gerade durch die Hintertür der Badestube in den Hof und nahm den beiden Frauen den schweren Korb sogleich ab.

Elsbeth wartete, bis er erneut in der Tür erschien, und machte ihn durch Winken auf sich aufmerksam. »Gero, ich will ausgehen und wünsche deine Begleitung. Sag Cordian Bescheid, dass er sich um die Gäste zu kümmern hat, bis ich wieder zurück bin.«

Gero runzelte zwar überrascht die Stirn, nickte aber knapp und machte sich sofort auf die Suche nach dem Knecht. Elsbeth zog sich vom Fenster zurück und nahm den leichten Umhang vom Haken neben der Tür. Es war zwar noch angenehm warm an diesem späten Nachmittag, doch für alle Fälle würde sie das Kleidungsstück mitnehmen. Es konnte ja sein, dass sie erst in der Dunkelheit zurückkam, und dann hatte sich die Luft gewisslich abgekühlt. Zwar waren daran, wie an ihrem Kleid, die gelben und roten Bänder zu sehen, die sie als Unehrliche und freie Frau auswiesen, doch konnte sie unter der hellgrauen Farbe des Umhangs den tiefen Ausschnitt und den auffallenden, schachbrettartig gemusterten gelbgrünen Stoff ihres Kleides zumindest teilweise verbergen und sich so einen gewissen Anstrich von Würde geben. Um sich umzukleiden und ein weniger auffälliges Gewand zu wählen, war nicht mehr genügend Zeit, wenn sie das Ende des Vespergottesdienstes in St. Gereon nicht verpassen wollte.

***

Der junge Priester, der den Vespergottesdienst abgehalten hatte, spendete gerade den Segen, als Elsbeth das Gotteshaus betrat. Es war angenehm kühl hier und wie immer, wenn sie St. Gereon besuchte, wanderte ihr Blick unwillkürlich zu den mannigfaltigen und so unterschiedlichen Formen und Mustern, aus denen die rundbogigen Rippen- und Kreuzgratgewölbe bestanden. Dass sie überhaupt wusste, wie diese einzelnen Teile des Bauwerks und noch einige mehr benannt wurden und wie man sie unterschied, hatte sie Nicolai zu verdanken, der sie vor vielen Jahren mit einem Kölner Baumeister bekannt gemacht hatte. Der hatte hernach für eine ganze Weile zu Elsbeths Stammfreiern gehört, bis er für einen großen Bauauftrag hinüber nach Mainz gegangen war. Anstatt sie mit Tand und hübschen Kleidern zu beschenken, hatte er ihr einiges über das Bauwesen erklärt. Ein guter Tausch, wie sie fand, der ihnen beiden beinahe ebenso viel Freude bereitet hatte wie das körperliche Beisammensein.

Er war nicht der einzige Mann gewesen, auf dessen Wissen sie im Tausch gegen die Freude an ihrem Leib und ihre Dienstleistungen im Lauf der Jahre zurückgegriffen hatte. Im Gegensatz zu Thönnes, der stets bemüht gewesen war, die Antworten auf ihre mannigfaltigen Fragen selbst herauszufinden, hatte Nicolai sie kurzerhand mit den entsprechenden Spezialisten auf den diversen Wissensgebieten in Verbindung gebracht und alle weiteren Maßnahmen, um ihren Wissensdurst zu stillen, ihr überlassen. So wusste sie zum Beispiel im Falle von St. Gereon, dass die zweigeschossige Sakristei vor mehr als hundert Jahren erbaut worden und dass die Krypta sogar schon um die dreihundert Jahre alt war. Zeiträume, die sie sich kaum vorzustellen vermochte. Auch die Materialien des Mosaiks oder der Bodenfliesen und sogar die Zusammensetzung des verwendeten Mörtels kannte sie, zudem die Herstellungsweise der bunten Glasfenster mit den vielfältigen Heiligenmotiven sowie die Geheimnisse der Farbkompositionen, mit denen die beeindruckenden Wandmalereien angefertigt wurden.

Elsbeth liebte es, sich in dieser außergewöhnlichen Kirche aufzuhalten, an deren so verschiedenen Baustilen sich so wunderbar das Bemühen einer jeden Generation erkennen ließ, dem Bauwerk einen eigenen Stempel aufzudrücken. Vielleicht hatten sich die Erbauer auch einfach nur nie einig werden können und deshalb die Baupläne mehrmals verändert.

Heute hielt sie sich jedoch nicht allzu lange mit ihren Betrachtungen auf, sondern strebte, gegen den Strom der Gottesdienstbesucher, der allerdings an einem ruhigen Donnerstag eher einem Rinnsal glich, dem Blasiusaltar zu. Unter den gestrengen Augen eines grauhaarigen Kaplans entzündete sie dort eine Kerze und warf die dafür zu zahlende Münze in den Opferstock. Still sprach sie ein Gebet, bekreuzigte sich und wanderte dann wie zufällig weiter in Richtung der Taufkapelle. Dort kniete, wie jeden Donnerstag nach dem Vespergottesdienst, vor dem Taufstein eine knochige alte Frau, möglicherweise schon weit über sechzig, gekleidet in das einfache graubraune Gewand einer Magd. Ihr weißgraues Haar war unter einem einfachen Leinenkopftuch verborgen. Sie schien in tiefe Andacht versunken zu sein.

Elsbeth trat wie zufällig seitlich neben sie und betrachtete mit ehrlicher Bewunderung das achtstrahlige Gewölbe und die bildgewaltigen Fresken an den Wänden. Besonders angetan hatten es ihr seit jeher die beiden Heiligen Laurentius und Stephanus, obwohl sie nicht recht wusste, weshalb eigentlich, denn die anderen Heiligenfiguren waren ebenso kunstvoll und lebendig dargestellt. »Guten Tag, Käthchen.« Sie sprach so leise, dass nur die alte Frau sie vernehmen konnte. »Ich hoffe, es geht dir wohl.«

»*Ave Maria, voll der Gnaden* … Juten Tag, Elsbeth.« Die alte Magd sprach ebenfalls leise und hob dabei nicht den Kopf. »*Der Herr ist mit dir* … Wie soll et einem alten Hutzelweiblein wie mir schon sein? De Knoche wollen nit mie su wie ich, ävver dat is kein Grund zu klagen.« Sie sprach breiten Gassendialekt, bemühte sich jedoch um eine verständliche Aussprache, obwohl das Elsbeth gegenüber nicht notwendig gewesen wäre. Es zeugte jedoch davon, dass die alte Frau daran gewöhnt war, im Haushalt ihrer Herrschaft, des alten Arnold Hürth, mit vielen Gästen von außerhalb umzugehen, die weit mehr Schwierigkeiten haben dürften, sie ansonsten auch nur ansatzweise zu verstehen.

»Wie geht es deiner Nichte?« Elsbeth schob sich unauffällig ein wenig näher an Käthchen heran.

»Jut, jut. *Du bist gebenedeit* …« Käthchens Stimme verriet, dass sie lächelte. »Is immer noch glücklich und guter Dinge mit ihrem Schustermeister. Der Herbert is 'ne feine Kerl. Ich weiß immer noch nit, wie ich dir dafür danken soll, dass du die beiden zusammenjebracht hast ... *unter den Weibern, und gebenedeit ist die ...*«

»Ich habe sie lediglich miteinander bekannt gemacht, Käthchen, und das ist nun schon mehr als zehn Jahre her.«

»... *Frucht deines Leibes, Jesus.* Aber du häs ihr ein langes Schicksal im Dirnenhaus erspart. Nix für ungut.«

Elsbeth lachte unterdrückt. »Sie ist in der Schusterwerkstatt besser aufgehoben, ganz genau wie Herbert nie richtig gerne Gast bei mir war. Er ist viel zu schüchtern, um die Gesellschaft von Hübschlerinnen wirklich zu genießen.«

Nun erklang auch von Käthchens Seite ein erheitertes Glucksen. »*Heilige Maria, Mutter Gottes ...*, da sachste wat. Aber gut, dat dat niemand jehört hat außer mir. Kein Mann lässt sich jern schüchtern schimpfen ... *bitte für uns Sünder ...*«

»Nun, was wahr ist, bleibt nun einmal wahr, auch wenn es der Betreffende nicht gerne hört.« Mit dem Zeigefinger fuhr Elsbeth am Rand des Taufsteins entlang. »Ich sprach kürzlich mit dem Gewaltrichter Vinzenz van Cleve über den Mord an dem Lombarden Nicolai Golatti. Du hast sicher schon davon gehört.«

»... *jetzt und in der Stunde unseres Todes, Amen.*« Käthchen rutschte ein wenig auf den Knien hin und her. »Sicher hab ich dat. Is ja inzwischen überall Stadtklaaf. Unerhört, so was! Einfach aufjehängt hamse den. Vor dem Hahnentor. Schrecklich.«

»Die Sprache kam auch auf deinen Herrn, Käthchen, denn Herr Arnold hat gewisslich mehr als einen Grund, dem Lombarden ans Leder gewollt zu haben. Es kann also gut sein, dass van Cleve in Kürze bei euch auftaucht.«

»War er schon, zusammen mit der jungen Witwe Golatti.« Käthchen bekreuzigte sich. »*Heilige Maria, voll der Gnaden ...*

Ein hübsches Menschenkind. Da hat der Golatti ein Händchen gezeigt nach der seligen Griselda ... *Der Herr ist mit dir* ... Denn die war ja nu wirklich keine Schönheit, weder außen noch innen, wann de weißt, wat isch ming ... *Du bist gebenedeit unter den Weibern* ... Herr Arnold hat natürlich wieder ein Loblied auf sie gesungen, aber was soll er auch anderes tun, und man redet ja auch nit schlecht von den Toten.«

»Vinzenz van Cleve und Aleydis waren gemeinsam bei deinem Herrn?« Der Verdacht, den Elsbeth hinsichtlich Aleydis' Entschlossenheit hegte, sich höchstselbst um die Aufklärung des Mordes zu bemühen, verfestigte sich ebenso wie der, dass sie dem Gewaltrichter damit vermutlich einen Gutteil seines Seelenfriedens zu rauben im Begriff war. »Konntest du mithören, was sie besprochen haben?«

»... *und gebenedeit ist die Frucht deines Leibes, Jesus.* Jedes Wort.« Ein wenig klangen Stolz und Selbstbewusstsein aus Käthchens Worten heraus und ließen Elsbeth lächeln. »Der Gewaltrichter hat meinem Herrn auf den Kopf zujesaat, dat er für den Mord verantwortlich sein könnte. Mit feinen Worten zwar, aber mein Herr hat das wohl verstanden. Hat aber glaubhaft versichert, dat er et nit wor, und ein bisschen rumjejammert, dat er nit mie so einflussreich und wohlhabend is wie fröher mol. Wenn ich et nit besser wüsst, hätt ich ihm glatt jeglaubt, dat er kurz vorm Bankrott steht.« Sie kicherte. »*Heilige Maria, Mutter Gottes, bitte für uns Sünder* ...«

»Ha, *banca rotta* ist bei Arnold Hürth wohl wirklich nicht angezeigt.« Elsbeth schmunzelte. »Hat er denn einen Verdacht geäußert, wer den Lombarden auf dem Gewissen haben könnte?«

»... *jetzt und in der Stunde unseres Todes, Amen.* Nä. Überhaupt nit. Meinte, er hätt sich ja schon lange aus Golattis Leben und Geschäften rausjehalten. Aber die Witwe beleidigt hat er, auch wenn er keine bösen Worte jebraucht hat.«

»Soso, und wie fand sie das? Oder der Gewaltrichter?«

Käthchen zuckte mit den Achseln. »Die Frau Aleydis hat fast gar nix jeredet. Aber hinterher, als sie wieder draußen waren, da isse giftig jeworden. Hab ich genau jesehen.«

»Aha.« Elsbeth nickte vor sich hin und zeichnete noch einmal die leicht unebene Oberfläche des Taufsteins mit dem Zeigefinger nach. »Was hat Herr Arnold getan, nachdem die beiden gegangen waren?«

»*Heilige Maria, voll der Gnaden, du bist gebenedeit unter den Weibern …* Er hat den Wessel, unseren ersten Waffenknecht, ausjeschickt, um Erkundigungen einzuholen. Und dann hat er einen berittenen Boten rufen lassen, den hat er nach Sinzig reiten lassen. Warum, weiß ich nit.«

»Nach Sinzig?« Elsbeth runzelte die Stirn. »Nun gut, das mag mit der Sache womöglich gar nichts zu tun haben.«

»*… und gebenedeit ist die Frucht deines Leibes, Jesus.* Kann sein. Mit Sinzig macht er ja öfter Geschäfte oder mit Ahrweiler oder Bonn oder Rheinbach.«

»Hast du denn sonst noch etwas aufgeschnappt, was im Zusammenhang mit dem Mord steht?« Elsbeth faltete die Hände vor dem Bauch, räuspert sich und senkte den Kopf wie zum Gebet, weil der alte Kaplan am Eingang der Taufkapelle vorbeiging.

»*Heilige Maria, Mutter Gottes*«, betete Käthchen nun deutlich hörbar, »*bitte für uns Sünder …*« Als die Schritte des Kaplans sich in einiger Entfernung verloren, redete sie leise weiter: »Nur krudes Zeug. Nix mit Hand un Fooß. Niemand weiß nix und will auch nix wissen. Dat sich jemand jetraut hat, den Golatti zu meucheln, sorgt allerorts für Angst und Schrecken. Der Lombarde war ja nit jerade beliebt unter seinen Schuldnern, aber was jetzt nachkommt, weiß ja keiner. Ich mein, die Witwe is doch dafür jewiss nit jeschaffen. Aber wenn ein anderer dem Golatti sein Werk übernimmt, kommt kaum wat Jutes dabei raus. Mein Herr wird auch danach greifen, dat es secher. Er hat ja mit der Griselda erst dafür jesorgt, dat der Golatti so groß jeworden is. Wird ihm nit schmecken, dat die Witwe im Testament als Haupterbin steht. Ich wusste nit mal, dat so wat Abstruses überhaupt möglich is.«

»Vieles ist möglich«, sinnierte Elsbeth. »Wenn auch nicht üblich. Nicolai Golatti hatte wohl seine Pläne, sonst hätte er die Stadt Köln nicht mit solch einem Testament in Schockstarre versetzt.«

»Dat hät er janz sicher. Is ja schon seltsam.« Käthchen lachte trocken. »Wird aber vielleicht besser so sein, weil Herr Arnold mit so viel Macht ganz sicher ein rechtes Schindluder treiben würde.«

Dieser Ansicht war Elsbeth ebenfalls. »Ich danke dir für das Gespräch, Käthchen.« Sie trat näher an die alte Magd heran und reichte ihr ein paar Münzen. »Besorg dir bei der Apothekerin Katharina am Alten Markt von der guten Kräutersalbe gegen das Gliederreißen.«

»Danke, Elsbeth, das mache ich.« Käthchen ließ das Geld im Ärmel ihres Kleides verschwinden. »Ich halte Augen und Ohren offen. Bin jeden Donnerstag nach dem Vespergottesdienst hier, falls du mich suchst.«

»Ich weiß, Käthchen. Gib gut auf dich acht!«

»Du ebenfalls. *Jetzt und in der Stunde unseres Todes, Amen.*«

Elsbeth bekreuzigte sich und verließ die Taufkapelle gemessenen Schrittes.

Kapitel 13

Wohin willst du denn jetzt noch?« Besorgt schloss Gero zu Elsbeth auf, als sie zielstrebig das Gotteshaus verließ, sich jedoch nicht in Richtung Berlich wandte.

»Zum Hafen.«

Gero hüstelte. »Da treibt sich um diese Zeit schon ungutes Volk herum. Besser wäre es, morgen früh hinzugehen, wenn …«

»Morgen früh ist die Taverne *Zum schwarzen Karpfen* geschlossen.« Sie warf ihm einen kurzen Seitenblick zu. »Ich habe dich nicht gebeten, mich zu begleiten, weil ich St. Gereon einen Besuch abstatten wollte. Dorthin hätte ich auch allein oder in Begleitung einer Magd gehen können.«

»Der *Schwarze Karpfen* ist kein guter Ort.« Geros Hand wanderte zu dem Kurzschwert, das er beim Gang durch die Stadt stets bei sich trug. »Was willst du denn dort?«

»Informationen sammeln.« Begütigend lächelte sie dem Knecht zu, der sich, je näher sie dem Hafen kamen, immer wachsamer umsah. Sie mochte ihn, denn sie kannte ihn von seiner Geburt an, und für sie war er einer der loyalsten Männer, die ihr je begegnet waren. Mutter Berta hatte Änne damals trotz Schwangerschaft im *Scone Frowe* wohnen lassen und ihr erlaubt, den Jungen dort aufzuziehen. Das war ungewöhnlich, doch die übrigen Dirnen, Elsbeth eingeschlossen, hatten sich gerne mit um das Kind gekümmert und Änne davor bewahrt, ihren Sohn aufgeben zu müssen. Elsbeth war überzeugt, dass dies Ännes Ende bedeutet hätte. Sie hatte keine Familie, und den Vater des Kindes, den damaligen Henker, hatte ihr Schicksal nicht im Mindesten geschert.

Einmal, als er versucht hatte, Änne und den Säugling aus der Stadt zu jagen, hatte Elsbeth ihm gedroht, seiner Gemahlin von seinen Umtrieben zu berichten und auch das eine oder andere Ratsmitglied darüber in Kenntnis zu setzen. Da genügend Männer aus dem Rat sowie deren Knechte und Gesellen ihre Dienste in Anspruch nahmen, wäre es für sie ein Leichtes gewesen, dem guten Leumund des Scharfrichters zu schaden. Denn auch, wenn ihm die Dirnenhäuser unterstanden und er für die korrekte Abrechnung aller Abgaben sowie für den ordentlichen und friedlichen Ablauf aller Geschäfte zwischen Dirnen und Freiern verantwortlich war, bedeutete das nicht, dass er sich an den freien Frauen schadlos halten durfte. Erst recht nicht, da er verheiratet war und deshalb offiziell gar keinen Zutritt zu einem der Häuser gehabt hätte. Diese Regel wurde zwar schon immer unter dem Deckmantel der Verschwiegenheit von einer gewissen Anzahl an Männern gebrochen, doch der Henker trieb sein Unwesen allzu häufig und gänzlich ohne Rücksicht auf Gepflogenheiten oder das Wohlergehen der Hübschlerinnen. Wenn dies, obwohl vermutlich im Stillen längst bekannt, der Öffentlichkeit in Form von Klaaf und Tratsch zu Ohren gekommen wäre, hätte es Strafen für ihn geben und ihn möglicherweise sogar sein Amt kosten können.

Von jenem Tag an, da Elsbeth ihm dies während eines nicht eben angenehmen Beischlafs dargelegt und ihm damit ganz sicher die Freude an seinem Tun geraubt hatte, war er Änne gegenüber einen Hauch milder aufgetreten und hatte ihr wohl, wenn auch gänzlich ohne den Hauch von Anteilnahme, hier und da etwas zugesteckt. Meist Kleidung oder etwas zu essen, selten auch einmal Münzen, die sie eigentlich Mutter Berta hätte abgeben müssen. Fleischlich aufgesucht hatte er sie, wie alle übrigen Dirnen, auch weiterhin, und es war wohl ein Glück und möglicherweise Ludmillas Kräutertränken zu verdanken, dass Änne nicht noch einmal schwanger geworden war.

Gero wusste um diese Geschichte und war Elsbeth dankbar, dass sie sich für seine Mutter und ihn eingesetzt hatte, obwohl sie danach beim Henker in Ungnade gefallen war und einiges an Drangsal durch ihn hatte erleiden müssen, selbst, als sie bereits selbst Wirtin des *Scone Frowe* gewesen war.

Sie legten den restlichen Weg zu der kleinen, aber bei den Hafenarbeitern und -dirnen sehr beliebten Taverne schweigend zurück. Gero war noch nie ein Mann vieler Worte gewesen und wusste darüber hinaus, dass es meistens sinnlos war, Elsbeth von etwas abzubringen, was sie sich vorgenommen hatte. Außerdem war sie auch früher schon im *Schwarzen Karpfen* eingekehrt, um Informationen einzuholen; er wusste also, dass sie sich im Klaren darüber war, was sie dort erwartete.

Das Wirtshaus war um diese Zeit bereits recht bevölkert, denn nach dem Läuten der Vesperglocken standen die Lastenkräne am Hafen still, die Arbeiter beendeten ihr Tagwerk, und das Abfertigen einlaufender Treidelkähne oder Frachtschiffe musste bis zum kommenden Morgen warten. Dann würden sie entladen werden, damit die mitgeführten Waren laut Stapelrecht der Stadt Köln der hiesigen Bürgerschaft drei Tage lang zum Kauf angeboten werden konnten. So strömten um diese Tageszeit Hafenarbeiter wie Seeleute durstig und ausgehungert in die Wirtshäuser ringsum.

An den drei langen Holztischen im *Schwarzen Karpfen*, die von einfachen, grob gezimmerten Bänken flankiert wurden, drängten sich bereits so viele Männer und zwischen ihnen auch einige Frauen, überwiegend Hafendirnen, dass nur noch wenig Platz für Neuankömmlinge blieb. Die Luft war stickig und erfüllt von einem Gemisch aus gebratenem Fleisch, das über der großen offenen Feuerstelle an langen Spießen briet, und den Ausdünstungen der vielen Menschen. Mehrere struppige Hunde schlichen um die Gäste herum und stürzten sich auf jeden Bissen, der zu Boden fiel. Drei kräftige Schankmägde schleppten volle Krüge Wein und Bier sowie Platten mit Brot, Fleisch, gebratenem Gemüse und Pasteten hin und her. Dabei mussten sie immer wieder zudringliche Berührungen abwehren, wurden dabei allerdings auch von einem alten Knecht unterstützt, der allzu forsche Männerhände durch einen Schlag mit einer gemeinen kleinen Rute abstrafte. Die Schankmägde waren hier nicht käuflich, dazu gab es ja ausreichend freie Frauen, deren Schlaf- und Arbeitsplatz in einem Haus nur wenige Schritte entfernt lag.

Die Hafendirnen hatten ein besonders hartes Leben. Elsbeth hatte schon oft gemeinsam mit Johannes versucht, ihre Lebens- und Arbeitsbedingungen zumindest größtenteils denen der Berlichdirnen anzugleichen. Doch einfach war dies nicht, da ihre Zusammensetzung sich wöchentlich änderte. Viele von ihnen waren Fahrende auf der Durchreise oder suchten sich nach kurzer Zeit einen anderen Arbeitsplatz. Das Mannsvolk hier war genauso bunt gemischt und sprach ebenso viele verschiedene Sprachen wie die freien Frauen. Die Einhaltung der städtischen Verordnungen oder der allgemeinen Sitten war allerdings kaum durchsetzbar; eine Ahndung von Fehlverhalten erst recht nicht, da die meisten Kerle nicht nur namentlich nirgends bekannt waren, sondern zumeist auch nach wenigen Tagen die Stadt wieder verlassen hatten.

Für eine ganze Weile ließ Elsbeth das Bild, das sich vor ihr entfaltete, auf sich wirken und entdeckte dabei die beiden Männer, die sie hier anzutreffen gehofft hatte. Sie saßen am oberen Ende des linken Tisches. Elsbeth gab Gero ein Zeichen und begab sich zu den beiden, die bei ihrem Herannahen rasch ein wenig zur Seite rückten, um ihr und dem Knecht Platz auf der Bank zu verschaffen. Sie setzte sich, Gero hingegen blieb schräg hinter ihr stehen und behielt, die Hand am Schwertgriff, die Umgebung im Auge.

»Clentz, Birgel, seid gegrüßt.« Elsbeth nickte den beiden Brüdern mit einem Lächeln zu. Obgleich Birgel ein paar Jahre älter war als Clentz, ähnelten sie sich beinahe wie Zwillinge. Beide besaßen buschiges schwarzes Haar und ebensolche Bärte, beiden sah man die harte Arbeit in den Tretmühlen der Lastenkräne am Hafen an; sie waren von Kopf bis Fuß drahtig und muskulös. Am auffälligsten waren ihre eindringlichen blassblauen Augen, mit denen sie sie nun unverhohlen neugierig musterten.

»Guten Tag, Elsbeth.« Clentz grinste und entblößte dabei ein wuchtiges Gebiss. »Wir haben uns schon gefragt, wie lange es dauern wird, bis du hier auftauchst.«

»Ach ja?« Mit hochgezogenen Augenbrauen musterte sie die beiden. »Weshalb wohl?«

»Weil der Besitzer der Hand, die dich seit Jahren mit Informationen gefüttert hat, kürzlich von einem unbekannten Meuchelmörder zu seinem Schöpfer geschickt wurde.« Birgel neigte den Kopf ein wenig zur Seite. »Wir gingen davon aus, dass du die Aufklärung dieser Untat wohl kaum allein dem Gewaltrichter überlassen wollen wirst.«

Elsbeth faltete die Hände vor sich auf dem Tisch und wartete, bis das dröhnende Gelächter, das am Nebentisch aufbrandete, wieder etwas nachließ. »Ihr habt also schon mit van Cleve gesprochen?«

Birgel schüttelte den Kopf. »Noch nicht, aber ich möchte wetten, dass er ebenso wie du nicht allzu lange auf sich warten lässt. Wie man hört, hat Golattis Witwe ja Anklage bei ihm erhoben. Wird ihm also gar nichts anderes übrig bleiben, als sich mit der Sache zu befassen.«

»Habt ihr denn irgendetwas gehört, was sich lohnt, ihm zu erzählen?« Aufmerksam musterte sie die beiden, und als sie sah, wie sie einander einen kurzen Blick zuwarfen, fischte sie zwei Silbermünzen aus der verborgenen Tasche in ihrem Ärmel, legte sie auf den Tisch, ihre Hand jedoch darüber. »Ich höre?«

Clentz rieb sich über den Nacken und spielte mit der anderen Hand an dem Bierkrug herum, der vor ihm stand. »Wir sind jetzt die Einzigen, die noch das Tretrad am Lastenkran drüben bei den großen Frachtschiffen am Laufen halten. Abwechselnd immer zwei Stunden lang von früh bis nach der Vesper.«

Elsbeth nickte anerkennend. »Also habt ihr die Konkurrenz vertrieben?«

Birgel lächelte grimmig. »Den Platz macht uns so schnell keiner mehr streitig.«

»Soll das heißen, ihr hört vor lauter Arbeit nicht mehr, was sich in der Stadt zugeflüstert wird?« Wie unbewusst klopfte Elsbeth mit der flachen Hand auf die Münzen. »Wie ärgerlich.«

»Pah, von wegen!« Clentz beugte sich in ihre Richtung. »Alles kriegen wir mit. Sind ja schließlich nicht taub und blind.«

»Bloß besser bezahlt«, fügte Birgel grinsend hinzu, schielte dabei aber zu den Münzen hin.

»Und was habt ihr so alles vernommen und gesehen?«, hakte Elsbeth nach, bemüht, sich ihre Ungeduld nicht anmerken zu lassen. Ein Kerl ihr schräg gegenüber starrte sie an und versuchte mit zuckenden Augenbrauen, ihre Aufmerksamkeit zu erregen. Natürlich, die farbigen Bänder an ihrem Umhang wiesen sie schließlich als Hübschlerin aus, und der Kerl schien dem Aussehen nach nicht von hier zu stammen; dazu war seine Haut zu dunkel und seine Kleidung zu fremdländisch geschnitten. Er kannte sie also nicht und wusste nicht, dass sie ihre Dienste schon lange nicht mehr feilbot.

»Uns ist zugetragen worden, dass Golatti seiner jungen Witwe alles vermacht haben soll.« Birgel nahm einen Schluck aus seinem Becher und leckte sich über die Lippen. »Und mit alles meine ich wirklich alles. Ich mein, wo gibt es denn so was? War wohl nicht mehr ganz bei Trost, der Lombarde.«

»Vielleicht hat er sich auch etwas dabei gedacht«, gab Elsbeth zu bedenken.

»Was denn wohl?« Clentz schnaubte. »Aber für die Witwe isses ja nicht so übel, die ist jetzt reich wie der Gottseibeiuns. Hat sich also für sie gelohnt, mit dem Lombarden vor die Kirchenpforte zu treten, auch wenn er über dreißig Jahre älter war als sie.«

»Was hat das mit dem Mord zu tun?« Elsbeth zog die Münzen ein wenig zu sich heran. »Oder geht am Ende das Gerücht, sie könnte dahinterstecken?«

Birgel schüttelte hastig den Kopf. »Nä, so was ist noch nirgendwo behauptet worden. Wie hätt sie das wohl auch anstellen sollen?« Er hustete. »Außer, sie hat dafür jemanden gedungen. Würd mich aber trotzdem Wunder tun. Was man so hört, ist sie ein hübsches blondes Püppchen mit nicht viel im Kopf.«

»Sie hatte wohl genug im Kopf, um dem Lombarden die Bücher zu führen.« Die Münzen wanderten noch näher an Elsbeth heran. »Dennoch halte ich diese Theorie für abwegig. Gibt es weitere?«

Birgel schielte wieder nach dem Geld. »So viele, wie der Golatti Schuldner und Feinde hatte, würd ich sagen. Sogar der Gewaltrichter oder vielleicht mehr sein Vater käme infrage.«

Elsbeth schürzte die Lippen. »Und weiter?«

»Egal, wer es war.« Clentz beugte sich verschwörerisch zu ihr vor. »Die Sache mit dem gedungenen Meuchelmörder ist meiner Ansicht nach noch nicht vom Tisch. Von den ganzen hohen Herren macht sich doch keiner selbst die Hände schmutzig. Die haben da ihre Leute für. Außerdem ist dem Lombarden sein Dolch verschwunden, den hat derjenige bestimmt mitgehen lassen, so als zusätzlichen Lohn.«

Nachdenklich nickte Elsbeth. In ihr stieg ein ungutes Gefühl auf. »Ihr habt jemand Bestimmtes im Auge?«

Die beiden Brüder warfen einander einen vielsagenden Blick zu. Birgel hüstelte. »Halsabschneider gibt es so einige in der Kölner Unterwelt. Das weißt du doch selbst.«

Elsbeth nickte schweigend.

Clentz fuhr sich erneut über den Nacken. »Es gibt einen, der würd den Verdacht doch wieder auf die Witwe lenken.«

Scharf sog Elsbeth die Luft ein. »Balthasar.«

Birgel nickte grimmig. »Sein Bruder Wardo ist seit vielen Jahren Waffenknecht bei Golatti.«

»Ich weiß.« Sorge breitete sich in Elsbeth aus und verursachte ihr Übelkeit. »Ich habe damals dafür gesorgt, dass er bei dem Lombarden ehrliche Arbeit gefunden hat.«

»Ehrliche?« Clentz prustete, zog aber den Kopf ein, als Elsbeth ihn mit einem strafenden Blick bedachte.

»Balthasar war damals schon ein Nichtsnutz«, fuhr sie fort. »Verdorben durch und durch. Doch Wardo ist loyal, der hätte seinem Herrn niemals ein Leid angetan.«

»Kann sein.« Birgel hob die Schultern. »Von außen sieht es aber anders aus. Muss ja nicht der Wardo oder die Witwe gewesen sein, die Balthasar gedungen hat, aber das Maul zerreißen werden sich die Leute trotzdem, wenn die Verbindung bekannt wird.«

»Dann schweigt einstweilen darüber.« Elsbeth fischte zwei weitere Münzen aus ihrem Ärmel und legte sie unter ihre Hand. Sie schob sie bedächtig bis fast zur Mitte des Tischs.

»Auch dem Gewaltrichter gegenüber?« Stirnrunzelnd musterte Birgel sie.

»Natürlich nicht. Er muss darüber Bescheid wissen.« Besorgt rieb sie sich über die Stirn. »Wo ist Balthasar zu finden?«

Die beiden Brüder zuckten gleichzeitig mit den Achseln.

»Überall und nirgends«, antwortete Clentz schließlich.

»Vielleicht bei der Merle, das ist sein Weib. Die kümmert sich wohl auch mehr oder weniger um Balthasars Sohn, den Hardwin. Also wenn der mal nicht herumstreunt und versucht, in die Fußstapfen seines Vaters zu treten. Da kannst du mal anfangen zu suchen.«

»Da würd ich an deiner Stelle aber nicht selbst hingehen«, fügte Clentz hinzu. »Viel zu gefährlich für ein Fraumensch wie dich.«

»Tatsächlich.« Elsbeth schob den beiden Brüdern die Münzen hin und nahm nun endlich ihre Hand fort. »Dann werde ich das beherzigen.«

»Tu das.« Birgel schnappte sich die Münzen, gab seinem Bruder zwei davon ab und wies mit dem Kinn auf einen Punkt neben Elsbeth. »Da will eine was von dir.«

Elsbeth wandte sich um und sah sich einer Schankmagd gegenüber. »Ja, was ist?«

»Kein Rumsitzen ohne Verzehr.« Die Magd musterte sie abschätzend. »Wenn du hier nach Freiern suchst, musst du etwas essen oder zumindest trinken.«

»Schon gut.« Elsbeth erhob sich. »Ich bin nicht auf der Suche nach Freiern. Schon lange nicht mehr.« Sie senkte die Stimme ein wenig. »Der Wirt weiß hoffentlich, dass er so junge Mädchen wie das da vorne bei der Tür hier nicht dulden darf.«

Die Schankmagd warf dem höchstens zwölf oder dreizehnjährigen Mädchen, das gerade von zwei kräftigen Kerlen beschwatzt wurde, einen kurzen Blick zu. »Das ist die Elfie, die ist fast jeden Abend hier, seit einer Woche. Ich hab sie schon mehrmals weggeschickt. Sie schäkert ein bisschen mit den Seeleuten, scheint aber noch nicht so richtig … du weißt schon.«

»Im Geschäft zu sein?« Elsbeth blickte ebenfalls zu dem dunkelhaarigen Mädchen hinüber. »Wenn der Henker erfährt, dass der Wirt ein halbes Kind hier unter das Mannsvolk lässt, kann es ungemütlich werden.«

»Ich weiß.« Die Magd hob die Schultern. »Ist ihm wohl egal. Alles, was die Kerle unterhält, ist ihm recht. Außer, es geht uns Schankmägden an die Röcke. Da versteht er keinen Spaß. Das kann ihm ja auch den Büttel auf den Hals hetzen.«

»Kuppelei mit Kindern ebenfalls.« Grimmig verzog Elsbeth die Lippen. »Falls du Gelegenheit dazu haben solltest, schick die Elfie zu mir. Ich führe das Haus *Zur schönen Frau* am Berlich.«

»Ach.« Mit großen Augen musterte die Schankmagd sie. »Du bist Elsbeth?«

»Ist mir mein Ruf vorausgeeilt?«

»Na ja, die Leute reden.« Die Magd hob die Schultern. »Ich bin Ilka. Was willst du denn mit der Kleinen anstellen? Bei dir darf sie doch erst recht nicht arbeiten.«

»Das hatte ich auch nicht im Sinn.« Noch einmal richtete Elsbeth den Blick auf Elfie, die zwar immer noch lachte und lächelte, an deren flackerndem Blick jedoch zu erkennen war, dass sie sich von den beiden Männern bedrängt fühlte. Um sich dagegen zur Wehr zu setzen, war sie viel zu jung und unerfahren.

»Ich habe andere Möglichkeiten, sie in Lohn und Brot zu bringen, auf ehrbare Weise. Sag ihr das, sobald du kannst.« Sie nickte Ilka zu und ging zielstrebig auf den Ausgang zu. Bei den beiden Kerlen blieb sie stehen. »Lasst das *Kind*«, sie betonte das Wort besonders laut und deutlich, »in Ruhe. Sie ist noch nicht alt genug für das, was ihr mit ihr vorhabt.«

Gero, der ihr auf dem Fuße gefolgt war, räuspert sich warnend, doch sie beachtete ihn nicht. »Sucht euch eine erwachsene Dirne.«

»Ach was. Dich vielleicht?« Der eine der beiden Kerle, ein mittelgroßer Mann mit krausem braunem Haar und Bart, musterte sie gleichermaßen verärgert wie abschätzend. »Die Kleine unterhält sich schon eine Weile sehr nett mit uns und kam mir gar nicht so abgeneigt vor, die Unterhaltung noch … weiterzuführen. Soll ja auch ihr Schaden nicht sein.«

»Was weißt du schon von Schaden?« Elsbeth maß ihn mit angewidertem Blick. »Die Kleine ist nichts für euch, noch für irgendeinen Kerl hier.« Sie wandte sich Elfie zu. »Verschwinde von hier, so schnell du kannst, sonst lasse ich dich vom Henker einsammeln.«

Mit großen Augen starrte Elfie sie an. »Vom Henker?«

Innerlich seufzte Elsbeth. Die Kleine hatte nicht die geringste Ahnung, worauf sie sich eingelassen hatte. »Verschwinde von hier«, wiederholte sie und wich gleichzeitig geschickt der Hand des Kraushaarigen aus, mit der er nach ihr hatte greifen wollen. »Lasst eure schmutzigen Finger von dem Kind«, wiederholte sie laut und deutlich, sodass nun die ersten Gäste auf sie aufmerksam wurden und neugierig zu ihnen herüberblickten. »Weg hier jetzt«, zischte sie Elfie zu, wandte sich ab und verließ hoch erhobenen Hauptes die Taverne.

»Verflixt, was war das denn?« Gero beeilte sich erneut, zu ihr aufzuschließen. »Warum legst du dich mit denen an? Die sahen nicht so aus, als ob sie sich das gefallen lassen würden.«

»He, Dirne!«, schallte in diesem Moment die Stimme des Kraushaarigen über den kleinen Platz vor dem Wirtshaus.

»Verflucht, hab ich's nicht gesagt?« Gero zog sein Kurzschwert. »Das konnte nicht gut gehen, Elsbeth. Und nun? Die sind zu zweit und ich nur allein!«

»Aber du bist bewaffnet.« Elsbeth drehte sich zu den beiden Kerlen um, die sie wölfisch grinsend anstarrten. »Verschwindet von hier, wir wollen hier keine Krawallbrüder.«

»Was denn, wir tun doch nix. Machen dir bloß ein Angebot.« Der zweite, etwas größer, blond und muskulös, trat auf sie zu, ohne auf Geros gezücktes Kurzschwert zu achten. »Wenn du uns schon den Spaß mit der Kleinen verdirbst, solltest du schon bereit sein, ihre Stelle einzunehmen, wenn du verstehst, was ich meine.« Er lachte. »Wahrscheinlich weißt du auch viel besser, wie man es einem Mann besorgt, was? Bist ja nicht mehr die Jüngste, aber bestimmt reich an Erfahrung und Einfallsreichtum.« Unvermittelt packte er sie und zerrte sie zu sich heran. »Komm schon, das bist du uns jetzt schuldig.«

»Lass Elsbeth sofort los.« Gero hielt dem Kerl sein Schwert an die Kehle, keuchte aber auf, als der andere ihm hart in die Seite trat. Er taumelte und knickte nach rechts, fing sich gerade noch, fuhr herum und stürzte sich auf den Kraushaarigen, der plötzlich einen langen Dolch in der Hand hielt. Gero fluchte und versuchte, den Mann zu entwaffnen. Der Blonde lachte wieder und packte Elsbeth, drängte sie gegen einen Mauervorsprung und hielt sie dort mit seinem Gewicht gefangen. Seine Augen blitzten vorfreudig, und sie spürte seine Erregung deutlich. Zur Wehr setzen konnte sie sich, gefangen zwischen der Mauer und seinem Leib, zunächst nicht. Deshalb versuchte sie es nicht einmal. Es war nicht das erste Mal, dass ein Mann ihr Gewalt antat oder es zumindest versuchte. Deshalb wusste sie genau, wie sie sich verhalten musste, um Schmerz und Schaden möglichst gering zu halten.

Er zerrte bereits grob ihre Röcke hoch und nestelte an seiner Bruoch, um sich zu entblößen. Hinter ihm kämpfte Gero noch immer verbissen mit dem Kraushaarigen. Weit und breit war sonst niemand zu sehen. Die Dämmerung war längst hereingebrochen und tauchte das Hafenviertel in ein diffuses Zwielicht, in dem sich mögliche Zeugen ganz rasch außer Sicht und Hörweite brachten. »Na los, zeig mir, was du kannst, Hure.« Der Blonde schnaufte ungeduldig und versuchte, ihr sein Gemächt aufzudrängen.

Elsbeth bemühte sich, trotz ihres Drangs, sich zur Wehr zu setzen, ruhig zu bleiben. Sie schob ihm sogar ihr Becken entgegen, tastete aber gleichzeitig nach ihrem Gürtel. Der Blonde keuchte erregt, als er ihr Entgegenkommen bemerkte, und stieß zu, traf aber nicht ganz und versuchte es fluchend erneut. Doch bevor er zum Ziel kam, hielt Elsbeth ihm einen kleinen scharfen Dolch an die Kehle. Er hielt inne; seine Augen weiteten sich.

»Behalt dein schmutziges Ding bei dir.« Elsbeth verstärkte den Druck mit der Klinge gerade so weit, dass sie die Haut an seinem Hals ein wenig ritzte. Hinter ihnen hatte Gero den Kraushaarigen endlich überwältigt und mit einem Faustschlag niedergestreckt. Prüfend beäugte er ihn, um sicherzugehen, dass von ihm keine Gefahr mehr ausging, dann tippte er den Blonden mit der Spitze des Schwertes an.

»Finger weg von meiner Herrin, du Drecksau.« Die Augen des Mannes wurden noch größer, vorsichtig ließ er von Elsbeth ab und trat zur Seite. Dann rannte er davon, ohne auch nur einen Blick an seinen Kumpanen zu verschwenden, der sich stöhnend im Gassenstaub regte.

»Alles in Ordnung, Elsbeth? Geht es dir wohl?« Besorgt musterte Gero sie und zupfte an ihrem Mantel herum, wohl um ihn in Ordnung zu bringen.

»Alles gut.« Elsbeth strich ihre Röcke glatt. »Lass uns gehen. Es wird Zeit für uns, nach Hause zu kommen.«

»Du warst zu leichtsinnig.« Wieder und wieder sah Gero sich um. »Das hätte übel für dich enden können.«

»Noch übler wäre es dem Mädchen ergangen. Elfie.« Elsbeth befestigte den Dolch wieder in der ledernen Scheide an ihrem Gürtel. »Die Kerle hätten nichts von ihr übrig gelassen. Ich musste die beiden aus der Taverne herauslocken.«

Entgeistert starrte Gero sie an. »Du hast das mit Absicht getan?«

Elsbeth nickte. »Ich habe nicht gesehen, dass der eine bewaffnet war. Du wärst sonst viel schneller und ohne Weiteres mit den beiden fertiggeworden, Gero. Ich habe dir nicht umsonst eine Ausbildung am Schwert und im Ringkampf verschafft.«

»Der Kerl war geschickt mit dem Dolch.« Gero senkte den Kopf. »Es war leichtsinnig von dir, sie zu provozieren, aber ich hätte schneller reagieren müssen.«

»Ich hätte dich vorwarnen sollen.« Elsbeth lächelte ihm beschwichtigend zu. »Du hast alles richtig gemacht, Gero. Ich danke dir.«

»Hmpf.« Dem Knecht war anzusehen, dass er mit sich selbst nicht zufrieden war. »Die hätten die Kleine vielleicht umgebracht.«

Elsbeth nickte. »Oder sie sich hinterher selbst.«

»Bist ein guter Mensch, Elsbeth.« Gero schob jetzt erst sein Kurzschwert zurück in die Scheide. »Kümmerst dich um alle und jeden, vor allem, wenn derjenige es nicht selbst kann. Das müsstest du doch eigentlich gar nicht tun. Die wenigsten Leute scheren sich drum, was mit solchen wie der Elfie passiert.« Er zögerte. »Oder mit mir oder meiner Mutter.«

Elsbeth bedachte ihn mit einem warmen Lächeln. »Jemand muss es doch tun, was würde sonst aus der Welt? Du bist zu einem guten Mann herangewachsen, Gero; für mich bist du beinahe wie ein Sohn. Die Elfie scheint niemanden zu haben, der sich um sie kümmert. Mir ging es ja nicht anders, als meine Mutter starb. Ich war ein wenig älter als Elfie, aber allein allemal.«

»Bis der Golatti aufgetaucht ist.« Gero nickte. Er war einer der wenigen Menschen, die von der Verwandtschaft zwischen Elsbeth und Nicolai wussten. »Tut mir leid, was ihm passiert ist.«

»Er hat dafür gesorgt, dass ich mich nicht mehr allein gefühlt habe.« Elsbeth unterdrückte ein Seufzen. »Durch ihn habe ich mich verändert und erkannt, was alles möglich ist, wenn man es nur will und wenn man die richtigen Leute kennt.« Ein grimmiges Grinsen drängte sich auf ihre Lippen. »Er war weiß Gott kein Heiliger«, sie bekreuzigt sich, »und ich bin ebenfalls weit davon entfernt. Doch er hatte ein gutes Herz, auch wenn er es die meiste Zeit seines Lebens verbergen musste.«

»So wie du.« Gero deutete auf die andere Seite der Gasse, da vor ihnen zwei abgerissene Gestalten am Boden saßen und lallend vor sich hin brabbelten. Sie umrundeten die beiden und bogen wenig später zur Dombaustelle ab.

»Sobald wir im *Scone Frowe* angekommen sind, musst du noch mal los und dich nach Balthasar umschauen«, wechselte Elsbeth das Thema. »Zwar können wir nicht mit Sicherheit wissen, ob er etwas mit dem Mord zu tun hat, aber Clentz und Birgel haben recht. Seine Verbindung zu Wardo könnte für Aleydis zum Problem werden, und das möchte ich verhindern.«

Kapitel 14

18. September Anno Domini 1399

Hella, Elsbeth, kommt mal her.« Mit gebieterischer Miene winkte Mutter Berta die beiden jungen Frauen zu sich, die bisher am vorderen Tisch im Schankraum gesessen und mit den Gästen gescherzt hatten. Als Elsbeth sich erhob, protestierte der Freier neben ihr, weil er seine Hand tief unter ihren Röcken und zwischen ihren Schenkeln vergraben hatte und sie nur widerwillig zurückzog. Er wandte sich jedoch gleich der Hübschlerin auf der anderen Seite zu, sodass Elsbeth sich ungehindert zu Mutter Berta begeben konnte, die, einige Münzen in der Hand, mit zwei jungen Männern sprach. Sie waren von kräftiger, gedrungener Statur und muskulös, was verriet, dass sie irgendeiner körperlich anstrengenden Arbeit nachgingen, vielleicht am Hafen. Beide waren blond, der eine etwas dunkler als der andere, und der mit den dunkleren Haaren war eindeutig hübscher. Sie schienen der Ähnlichkeit nach Brüder zu sein; der mit den dunkelblonden Haaren war der Ältere, vielleicht um die zwanzig Jahre alt, der andere offensichtlich um mehrere Jahre jünger.

Elsbeth erkannte den Älteren und schauderte innerlich. Balthasar war ein Tagelöhner, Herumtreiber und angeblich auch ein Dieb, und das waren noch die angenehmeren Eigenschaften, die ihm zugeschrieben wurden. Von Hurerei, Schlägereien, Vergewaltigungen und Halsabschneiderei war im Zusammenhang mit seinem Namen ebenfalls die Rede, aber beweisen konnte man ihm das Wenigste davon.

Hella, eine rothaarige Hübschlerin von fünfundzwanzig Lenzen, war ebenfalls herbeigekommen und begrüßte die beiden Neuankömmlinge freundlich. Sie arbeitete noch nicht lange hier und kam auch nicht aus Köln, sondern aus einer weit entfernten Stadt namens Konstanz, weshalb sie Balthasar noch nicht kannte. Elsbeth hätte sie gerne gewarnt, kam aber nicht dazu, denn Balthasar schien bereits Gefallen an Hella gefunden zu haben und ließ sich, nicht ohne seinem jüngeren Begleiter ein breites Grinsen zuzuwerfen, zur Treppe führen, über die man die oberen Kammern erreichte. Elsbeth sah den beiden mit gemischten Gefühlen nach und wandte sich dann der Wirtin zu. »Warum hast du Balthasar wieder hereingelassen? Hat er nicht Hausverbot, seit er Carla …« Sie brach nach einem kurzen Blick auf den jüngeren Bruder ab. Die Hübschlerin Carla war von Balthasar sehr grob behandelt, geschlagen und mit Gewalt genommen worden, sodass Mats ihn aus dem Haus geworfen hatte.

»Ach was, das ist schon fast ein Jahr her.« Mutter Berta winkte ab. »Man kann ja die Kundschaft nicht auf ewig aussperren, schon gar nicht, wenn sie einen doppelten Bonus bezahlt und noch einen weiteren Gast mitbringt.« Sie klopfte dem Jungen auf die Schulter. »Dies ist Wardo, Balthasars jüngster Bruder. Er hat noch nie bei einer Frau gelegen, deshalb hat Balthasar ihn heute mit hergebracht. Du bist doch so gut mit den jungen Burschen, Elsbeth, da dachte ich, das wäre eine ausgezeichnete Aufgabe für dich. Nimm ihn mit rauf und zeig ihm, wie es geht. Sorg dafür, dass er viel Spaß daran hat, damit er uns zukünftig häufig hier mit seiner Anwesenheit beehrt.« Sie zwinkerte dem Burschen vielsagend zu, der daraufhin jedoch nur zu Boden blickte.

»Wie du willst, Mutter Berta.« Elsbeth wandte sich Wardo zu und streckte einladend die Hand aus. »Komm mal mit; gehen wir in meine Kammer, da ist es nicht so laut, und wir können uns in Ruhe näher kennenlernen.«

»Gut, gut.« Mutter Berta lächelte zufrieden und wandte sich einem weiteren frisch eingetroffenen Gast zu.

Da Wardo Elsbeths Hand nur ratlos und auch ein wenig mürrisch anstarrte, trat sie einen Schritt auf ihn zu und musterte ihn forschend. »Wie alt bist du, Wardo?«

Er hob die Schultern, antwortete aber nicht.

»Fünfzehn?« Sie wartete auf eine Reaktion. »Vierzehn?« Als sein Blick leicht flackerte, fluchte sie innerlich auf Mutter Berta. »Komm mit.« Sie ergriff seine Hand und zog ihn mit sich zur Treppe.

Er folgte ihr ohne Protest, doch nachdem sie die Tür ihrer Kammer hinter ihm geschlossen hatte, wirkte er alles andere als glücklich.

Elsbeth suchte seinen Blick. »Willst du es heute überhaupt mit mir tun?«

Ein weiteres mürrisch-ratloses Heben der Schultern war die einzige Antwort.

»Du musst nicht, bloß weil dein Bruder es so will.«

Sie wartete wieder auf eine Reaktion, die aber ausblieb.

»Hast du ein Liebchen?« Er wäre nicht der erste Junge, der sich sträubte, es mit ihr zu tun, weil er heimlich verliebt war.

Wardos Augen weiteten sich verblüfft. »Nä.« Das war das erste Wort, das sie von ihm hörte. Seine Stimme klang dunkel und etwas rau, was ihn deutlich älter wirken ließ. »Mich will doch keine. Bin den Weibern nicht schön genug.«

Elsbeth schürzte die Lippen. So hässlich war er nun auch wieder nicht. »Du bist doch ein ansehnlicher Bursche, kräftig und alles. Es gibt bestimmt das eine oder andere Mädchen, dem du gefällst.«

»Nä«, wiederholte er im Brustton der Überzeugung. »Will ich auch gar nich. Hab ja ’nem Weib überhaupt nix zu bieten. Der Balthasar, der hat immer an jedem Finger zehn, dabei behandelt er die Weiber wie Dreck. Aber die laufen ihm trotzdem nach, als wär er wunder was für ein Prinz, und lassen alles mit sich machen.« Er stockte und wirkte mit einem Mal verlegen.

»Und jetzt hat er gemeint, du musst es ihm nachmachen?«, schloss Elsbeth.

Diesmal hob Wardo wieder nur die Schultern.

»Wie gesagt«, Elsbeth trat näher an ihn heran. »Du musst nicht, wenn du nicht willst.«

Seit jenem Vorfall vor mehr als drei Jahren, als Mutter Berta sie gezwungen hatte, gleich drei Knaben bei ihrem ersten Mal zu bedienen, war ihr diese Aufgabe immer häufiger zugefallen. Wahrscheinlich nicht zuletzt, weil sehr viele dieser jungen Männer hernach regelmäßige Gäste im Haus *Zur schönen Frau* geworden waren. Viele von ihnen verlangten denn auch nach Elsbeth, zumindest meistens. Selbst Richard kam seither regelmäßig einmal in der Woche, und immer zu ihr. Er war ihr ein gern gesehener Gast geworden, denn er hatte sich in der ersten Zeit als gelehriger Schüler erwiesen, sodass sie nun sicher sein konnte, das Beisammensein mit ihm selbst genießen zu können. Sie beglückwünschte insgeheim die Frau, die er eines Tages ehelichen würde, und wusste, dass sie die Zusammenkünfte mit ihm vermissen würde, nicht nur, weil er so ein angenehmer Freier war, bei dem sie selbst nicht selten auf ihre Kosten kam, sondern weil sich zwischen ihnen eine angenehme Kameradschaft entwickelt hatte. Sie waren Freunde geworden, obgleich sie zu Beginn den Eindruck gewonnen hatte, dass er sich vielleicht ein wenig in sie verguckt haben mochte. Doch sie hatte ihm behutsam klargemacht, dass solche Gefühle zu nichts führten, und er hatte sich damit abgefunden.

Wardo sagte eine geraume Weile nichts, deshalb sprach Elsbeth ihn schließlich erneut an. »Hast du schon einmal eine Frau nackt gesehen?«

Seine Augen weiteten sich, sein Kopf wurde rot. »Nä.«

Sie lächelte leicht. »Möchtest du das denn? Danach kannst du dann immer noch entscheiden, ob du es tun willst oder nicht.«

Er schluckte heftig, als sie die Verschnürung an ihrem Kleid lockerte.

Just bevor sie es über den Kopf ziehen wollte, ertönte von nebenan lautes Stöhnen, dann ein Klatschen und ein unterdrückter Schrei, gleich darauf noch mehr Stöhnen. Am liebsten hätte Elsbeth die Augen verdreht. An Wardos Miene erkannte sie, dass er die Laute ganz genau zuzuordnen wusste und außerdem die Stimme seines Bruders erkannt hatte. Rasch zog sie ihr Gewand aus, um seine Aufmerksamkeit auf sich zu lenken, und prompt sah sie, wie seine Augen groß wurden und er schluckte. Sie trat nah an ihn heran und berührte ihn leicht am Arm.

Nebenan klatschte es erneut; Hella gab einen unterdrückten Laut von sich, dann sagte sie etwas, das wohl eine lustvolle Zustimmung sein sollte, jedoch ganz und gar nicht danach klang.

Entschlossen lächelte Elsbeth Wardo zu. »Du darfst mich gerne anfassen, wenn du möchtest.« Sanft streichelte sie über die unübersehbare Erhebung in seinem Schritt. »Ich glaube, das würde dir gefallen, oder?«

Wardo schluckte wieder, diesmal so heftig, dass sein Adamsapfel auf und ab hüpfte. Sein Atem ging unstet, doch er bewegte sich nicht, starrte sie nur mit hochrotem Kopf an. Schließlich umfasste sie seine rechte Hand und hob sie an ihre Brust.

Geräuschvoll stieß er die Luft aus, und als sie erneut über den Stoff streichelte, der sich über seiner harten Männlichkeit spannte, keuchte er und krümmte sich in einem viel zu raschen Höhepunkt zusammen. Er stöhnte und fasste sich selbst in den Schritt, wandte sich zur Seite und versuchte sichtlich, sich wieder zu beruhigen.

Nebenan polterte es, Hella schrie auf, Balthasar lachte, dann stieß er unverständliche Worte aus, die wie ein Befehl klangen.

Elsbeth horchte, ob einer der Knechte nach dem Rechten sehen würde, doch anscheinend war dem noch nicht so. Sie berührte Wardo sachte am Arm. »Das ist nicht schlimm. Wir können weitermachen, wenn du nachher wieder … bereit bist. Es gibt viele Männer, denen beim ersten Mal die Natur kommt, noch bevor sie … du weißt schon.«

Wardos Kopf glühte inzwischen dunkelrot, und er wich ihrem Blick beständig aus. Innerlich seufzte Elsbeth. Warum ließ Mutter Berta sich nur immer und immer wieder darauf ein, solch junge Kerle, nein, Knaben als Freier anzunehmen? Rasch warf sie sich das Kleid wieder über, verschnürte es jedoch nicht, sondern nahm Wardo bei der Hand und brachte ihn mit etwas Nachdruck dazu, sich zu setzen. »Soll ich dir ein Leinentuch und Wasser bringen, damit du … dich säubern kannst?«

Wardo sog die Luft heftig ein und stieß sie wieder aus, nickte dann aber.

Rasch füllte Elsbeth Wasser aus dem großen Krug in die Waschschüssel und wollte ihm diese bringen, doch er sprang hastig auf und ging zu ihr.

»Lass, das kann ich auch hier machen.« Immer noch, ohne sie anzusehen, nahm er ein sauberes Leinentuch von ihr entgegen, nestelte an seinen Beinkleidern herum und reinigte sich umständlich.

Elsbeth trat ein paar Schritte zur Seite, um ihn nicht noch weiter in Verlegenheit zu bringen, und lauschte derweil mit zunehmender Besorgnis den unguten Geräuschen von nebenan.

Hinter ihr raschelte Wardos Kleidung. »Geh lieber und hol Hilfe. Der Balthasar macht die Frau sonst … kaputt. Er ist stinkig, weil die Bela, mit der er es die letzten Monate gemacht hat, schwanger geworden ist und zur Engelmacherin gegangen ist, und jetzt ist sie ganz krank und will ihn nicht mehr an sich ranlassen. Er hat sie schon zwei- oder dreimal verwamst deshalb und sie gezwungen, aber er sagt, sie schreit nur immer dabei wie am Spieß und flennt, und jetzt hat sie, glaube ich, auch noch Fieber gekriegt und liegt nur noch herum und weint und hat Schmerzen. Ich hab ihr schon zweimal die Ludmilla geholt, aber die sagt, da ist wohl nix mehr zu machen, und wenn die Bela das Fieber überlebt, darf sie am besten nie mehr mit einem Mann … na ja, weil da was in ihr kaputt ist, weil der Balthasar nicht gewartet hat, bis sie wieder gesund ist.« Dem Jungen war anzusehen, dass er selten so viele Worte am Stück sprach. Er zuckte zusammen, als es nebenan erneut klatschte, dann wieder polterte und Hella vor Schmerz stöhnte.

»Ich sag Mats und Bart Bescheid.« Elsbeth eilte zur Tür und öffnete sie zeitgleich mit Änne, Trin und noch zwei weiteren Dirnen, deren Kammern sich in unmittelbarer Nähe befanden.

»Bart, Mats, hierher!«, brüllte Trin und riss Hellas Tür auf. »Wo steckt ihr blöden Hunde denn schon wieder? Könnt ihr nicht aufpassen? Die Hella braucht Hilfe!« Sie war bereits selbst in Hellas Kammer gestürmt und zerrte offenbar an dem in Rage geratenen Freier, denn dieser fluchte gotteslästerlich. Wieder klatsche es, dann folgte ein dumpfer Schlag. Trin schrie auf und ging zu Boden. Änne eilte ihr zu Hilfe, und gleich darauf sogar ihr Freier und der von Trin, obwohl sie mehr als dürftig bekleidet waren.

Mats und Bart stürmten endlich ebenfalls herbei – der eine die Treppe herauf, der andere aus einer der hinteren Kammern, wo er sich offenbar verbotenerweise mit einer der Dirnen verlustiert hatte. Beide stürzten sich in das Getümmel, das sich rasch zu einer handfesten Schlägerei steigerte. Balthasar brüllte herum und stieß wüste Flüche aus, als ihm einer der Knechte das gezückte Messer aus der Hand schlug.

»Wardo, komm sofort her!« Balthasars Stimme kippte über. »Wo steckst du, elendes Mistvieh? Hilf mir gefälligst!« Krachend flog er gegen das Bett, brüllte erneut auf, kam aber gegen die Übermacht von vier Männern nicht an. Fluchend und vor Zorn schäumend wand er sich im harten Griff der Knechte, die ihn kurz darauf zwischen sich die Treppe hinabschleiften. Dabei brüllte er immer wieder nach Wardo.

»Ich muss weg.« Wardo war in der Tür zu Elsbeths Kammer stehen geblieben und sah mit käsigem Gesicht zu, wie sein Bruder weggeschleppt wurde. »Er bringt mich um, wenn ich ihm nicht folge.« Fahrig zupfte er an seiner Kleidung herum. »Also …«

»Geh nur.« Elsbeth drückte kurz seinen Arm.

Er nickte knapp und rannte hinter seinem Bruder her.

Nur Augenblicke später erschien Mutter Berta auf dem oberen Treppenabsatz und warf Elsbeth einen scheelen Blick zu. »War der Junge schon fertig?«

Elsbeth runzelte die Stirn. »Glaubst du, der macht seelenruhig weiter, während sein Bruder aus dem Haus geworfen wird?«

Als die Wirtin nur mit den Achseln zuckte, schnaubte Elsbeth verärgert. »Der Junge hätte heute ganz sicher nicht mehr gewollt.« Jäh wandte sie sich ab und betrat Hellas Kammer. Die rothaarige Hübschlerin saß gebeugt auf dem einzigen Stuhl. Rote Male an ihrem Leib ließen erahnen, wie Balthasar mit ihr umgesprungen war.

Auf Mutter Bertas Anweisung hin verließen die beiden Freier, die ihr beigestanden hatten, den Raum, und schließlich auch Änne und Trin, wenn auch widerwillig, um ihre Arbeit wiederaufzunehmen. Die Vorsteherin umfasste Hellas Kinn und hob ihren Kopf etwas unsanft an. »Gut, er hat dir nicht ins Gesicht geschlagen«, stellte sie lapidar fest. »Schmier Salbe auf die blauen Flecken. Elsbeth?« Sie drehte sich um und nahm von Elsbeth den Salbentiegel entgegen, den diese bereits auf dem Bord neben der Tür gefunden hatte. »Wie schlimm hat er es getrieben? Bist du da unten verletzt?«

Hella öffnete den Salbentopf, dem ein scharfer Geruch nach Kampfer entstieg. »Ich glaube nicht. Er wollte, dass ich viel Schmalz nehme. Als er so richtig geil wurde, fing er an, mich zu kneifen und zu schlagen, und als ich ihm sagte, dass das nicht erlaubt ist, hat er mich gegen das Bett und zu Boden geschleudert und gesagt, er hätte extra mehr bezahlt, um seinen Spaß zu haben.«

»Ist das wahr?« Elsbeth starrte die Hurenwirtin entgeistert an. »Hat er dafür bezahlt?« Sie deutete auf die roten Male.

»Ach was, so ein Unsinn.« Mutter Berta winkte ab. »Er hat mir einen Bonus bezahlt, damit ich das Hausverbot vergesse, nicht mehr.«

»Und das ist dabei herausgekommen.« Elsbeth legte Hella eine Hand auf die Schulter, bedachte die Vorsteherin aber gleichzeitig mit einem wütenden Blick. »Du hättest ihn abweisen müssen. Wir wissen doch alle, was der Balthasar für einer ist. Er hatte ein Messer dabei! Was, wenn er Hella damit abgestochen hätte?«

»Mach dich nicht lächerlich.« Mutter Berta bedachte sie mit einem strafenden Blick und Elsbeth argwöhnte, dass die Wirtin tatsächlich das Risiko in Kauf genommen hatte, dass eine ihrer Dirnen schwer verletzt wurde, nur um ein paar Münzen mehr einzunehmen. Ihre Abneigung gegen diese gewissenlose Frau wuchs, doch sie konnte nichts gegen sie ausrichten und musste achtgeben, was sie in deren Gegenwart sagte, denn sie wusste, was ihr blühen konnte, wenn sie ihren Zorn auf sich zog. Nicht einmal Nicolai konnte ihr aus dieser Abhängigkeit heraushelfen, denn er musste strikt darauf achten, dass die Verbindung zwischen ihnen geheim blieb. Sie war seine Verbündete, und er bezahlte sie in barer Münze für alle Informationen, die sie ihm lieferte. Dazu hatte er in einem geheimen Versteck, das nur sie beide kannten, eine eigene Truhe deponiert. Sie hätte sich mit dem Geld, das dort für sie lagerte, inzwischen freikaufen können. Doch was dann? Wohin sollte sie gehen, wie leben? Heiraten würde niemand sie, und zur Begine oder Büßerin eignete sie sich nicht. Darüber hinaus würde Nicolai dann seine Informantin verlieren und sie die Möglichkeit, Wissen über die Welt anzusammeln. Denn auch damit oder vielmehr mit der unauffälligen Vermittlung passender Freier, die ihr Wissen auf die eine oder andere Art mit ihr teilten, vergütete er ihre Hilfe.

Sie war gefangen in ihrem Leben, jedoch nicht ohne Träume oder Pläne. Stoisch wartete sie auf ihre Stunde, manchmal innerlich durchaus ungeduldig, doch das ließ sie sich nicht anmerken. Sie war machtlos und besaß doch bereits mehr Einfluss als so manche reiche Bürgersfrau, weil sie Wissen sammelte. Wissen und Informationen.

Mutter Berta hatte Hellas Kammer bereits wieder verlassen. Auf der Treppe war ihre Stimme zu hören, als sie einem der Knechte eine Anweisung gab.

»Geht es wieder?« Elsbeth musterte Hella fragend, woraufhin diese nickte.

»Wird schon. Wahrscheinlich tut mir die nächsten paar Tage alles weh.«

»Ich hätte dich warnen müssen.« Elsbeth presste kurz die Lippen zusammen. »Ich wusste ja, wie gefährlich der Kerl ist. Dass Mutter Berta ihn noch mal hier hereingelassen hat …«

»Ist der andere, der jüngere Bruder, meine ich, genau so arg?« Vorsichtig erhob Hella sich, um etwas von der Salbe auf ihrer Kehrseite zu verteilen.

»Wardo?« Elsbeth schüttelte den Kopf. »Nein, der ist ein ganz Schüchterner und harmlos. Zumindest noch. Wer weiß, was aus ihm wird, wenn er noch länger seinem Bruder ausgesetzt ist.«

»Ja, kann man wahrscheinlich nicht ändern.« Hella seufzte. »Also hat er dir nicht auch wehgetan?«

»Nein. Hätte er wohl auch nicht.« Elsbeth lächelte leicht. »Ich glaube, er wollte nicht mal. Ist nur mitgegangen, weil sein Mistdreck von Bruder es wollte. Wir sind auch gar nicht weit gewesen, weil er … fertig war, bevor er sich ganz ausziehen konnte.«

»Ich verstehe.« Auf Hellas Lippen erschien ebenfalls ein Lächeln. »Ist halt noch ein ganz junger Bursche, die sollte Mutter Berta hier auch nicht reinlassen. Aber für ein paar Münzen tut sie wohl einfach alles.«

»Kommst du allein zurecht?« Elsbeth ließ ihren Blick über Hellas geschundenen Körper wandern. »Wenn du etwas brauchst, sagst du Bescheid.«

»Schon gut, es wird schon gehen.« Hella warf sich ihr Leinenkleid über. »Geh lieber wieder an die Arbeit, sonst kriegst du Ärger.«

»Also gut.« Mit einem kurzen Nicken verließ Elsbeth Hellas Kammer und suchte zunächst noch einmal kurz ihre eigene auf, um dort in Ruhe ihr Kleid zu richten, ebenso wie ihr Haar. Es war zwar spät, aber noch nicht zu spät, um einen weiteren Freier zu empfangen. Sie war gerade im Begriff, die Kammer zu verlassen, als sie durch das halb geöffnete Fenster Geräusche vernahm, die wie dumpfe Schläge klangen, dazwischen ein Keuchen und gurgelndes Stöhnen. Alarmiert trat sie an das Fenster heran und konnte nun auch Balthasars zornerfüllte Stimme vernehmen.

»Du dämlicher Driesbüggel! Dreckeliger Feigling. Armseliger Haufen Scheiße! Beim nächsten Mal tust du, was ich sage, und stehst nicht wie ein blödes Kalb rum und gaffst! Du bist mein Bruder, also hilfst du mir gefälligst gegen solche Mistamseln, verstanden?« Weitere Schläge folgten. *»Verstanden?«*

Eine undeutliche Antwort war zu vernehmen, die Elsbeth die Haare zu Berge stehen ließ.

»Das will ich hoffen, du blödes … Kalb!« Offenbar fielen

Balthasar keine weiteren Bezeichnungen für seinen kleinen Bruder ein. »Hast du's der Hure wenigstens richtig besorgt für das Geld, dass ich der alten Vettel in den Rachen geworfen habe?«

Eine Antwort war diesmal nicht zu hören, wohl aber Balthasars Schnauben. »Dann geh wieder rein. Da. Das sollte für zweimal Vögeln reichen. Mach's ihr für mich mit. Ich geh zum Meister Läpps, der ist nicht so zimperlich mit seinen Mädchen.« Stiefelschritte knirschten, dann war alles still.

Elsbeth lauschte noch einen Moment, dann eilte sie zur Treppe, schlich hinab und dann durch die Hintertür nach draußen. Es war finster, der Himmel wolkenverhangen; in den Sträuchern und Bäumen zwischen den Häusern pfiff ein böiger Wind. Wahrscheinlich regnete es irgendwo nicht weit von hier. Sie schauderte. Es wäre sinnvoll gewesen, einen Umhang überzuwerfen, doch dazu war es nun zu spät. Lauschend ging sie auf die Gasse *Berlich* zu, denn von dort hatte sie Balthasars und Wardos Stimmen vernommen. Zu sehen war in der Dunkelheit zunächst nichts, doch dann bemerkte sie eine Bewegung in einem Hauseingang. »Wardo?« Sie hatte die Stimme gesenkt, um nicht irgendwelches Gelichter auf sich aufmerksam zu machen. »Bist du das?«

»Elsbeth?« Die Stimme des Jungen klang derart verblüfft, dass es sie fast zum Lächeln gereizt hätte. »Was machst du denn hier draußen? Geh wieder rein!« Seine Worte klangen gepresst; offenbar litt er Schmerzen.

»Ich habe euch durchs Fenster gehört.« Inzwischen hatte sie ihn erreicht und hockte sich neben ihn. Er saß auf der einzelnen Stufe des Hauseingangs, die Arme um die Knie geschlungen, und wirkte dadurch trotz seiner kräftigen und muskulösen Statur wie ein Kind. »Was hat dein Bruder mit dir gemacht?« Sie versuchte, etwas zu erkennen, doch das war sinnlos.

»Er hat mich verprügelt, was denn sonst.« Wardo sog scharf die Luft ein, als er sich etwas bewegte. »Macht er immer. Ich hätt ihm helfen sollen, das weiß ich, aber er hatte es doch verdient. Die hätten ihm noch eine viel schlimmere Abreibung verabreichen müssen. Geht es der … Dirne gut? Ich weiß nicht, wie sie heißt. Er macht so was gerne; ich glaube, er hat richtig Spaß dran. Deshalb prügelt er auch mich und früher unseren Bruder, aber der ist an den schwarzen Blattern gestorben. Auch unsere Mutter hat er geschlagen, bis sie einmal mit dem Kopf gegen die Tischkante gefallen ist.« Seine Stimme klang dumpf. »Danach war eine Weile Ruhe, doch jetzt fängt er wieder an. Aber sie sagt nix, weil er ja ihr Goldsohn ist. Sie hängt an ihm und sieht nicht, was für ein Schwein er ist.«

»Und euer Vater?«, hakte Elsbeth nach, obwohl sie bereits ahnte, was sie zu hören bekommen würde.

»Der war wie Balthasar. Eines Tages war er weg und ist nicht mehr wiedergekommen. Kann sein, dass er abgehauen ist, oder einer hat ihn umgebracht.«

»Und wovon lebt ihr?« Elsbeth setzte sich vorsichtig neben ihn.

»Von dem, was Balthasar verdient. Er macht … Sachen für ein paar Leute, da darf ich nicht nach fragen. Aber er klaut auch, wenn es mal nicht reicht.«

»Und du?«

Wardo schwieg eine geraume Weile. Schließlich spürte sie, wie er mit den Achseln zuckte. »Ich mach, was er mir sagt. Was denn sonst? Gibt doch nix anderes. Manchmal krieg ich Arbeit für einen Tageslohn am Hafen oder auf der Dombaustelle. Balthasar ist das zu wenig, aber ich will nicht das machen, was er macht. Ich glaube, er bringt Leute um. Würd er jedenfalls machen, so einer ist er nämlich.«

Verständnisvoll nickte Elsbeth vor sich hin. »Willst du mit reinkommen? Ich kann mir deine Wunden ansehen.«

»Nä!« Er klang erschrocken. »Hab keine. Nur blaue Flecke und Prellungen. Ist nicht so schlimm.«

»Du brauchst keine Angst vor mir zu haben.« Sie gab ihrer Stimme einen, wie sie hoffte, beruhigenden Ton. »Ich will nicht mit dir ... du weißt schon, wenn du das nicht auch willst. Aber du solltest nicht hier sitzen. Es wird nachts schon ziemlich kalt. Ich kann das Mutter Berta schon irgendwie erklären.«

»Mh, mh.« Trotz der Dunkelheit war genau zu erkennen, dass Wardo heftig den Kopf schüttelte. »Ich muss zurück nach Hause, wegen der Mutter und so. Sie denkt sonst, ich wär unter die Räder gekommen.«

»Na gut.« Elsbeth erhob sich und half dem Jungen, ebenfalls auf die Beine zu kommen. »Aber du kannst jederzeit herkommen und nach mir fragen.«

»Wozu?« Wardo schluckte vernehmlich. »Ich meine ...«

»Ich würde dir gerne helfen.« Sie legte ihm eine Hand auf den Arm. »Vielleicht finde ich eine Arbeit für dich.«

»Du? Wie denn und wo?«

»Du würdest dich wundern, was ich alles für Leute kenne. Willst du von deinem Bruder weg?«

Wardo antwortete zwar nicht, senkte aber den Kopf.

»Ich kann nicht versprechen, dass die Arbeit leicht ist«, sprach sie weiter. »Wenn das klappt, was ich mir gerade ausgedacht habe, musst du treu sein und loyal und darfst keine Fragen stellen.« Sie drückte seinen Arm leicht. »Aber dafür bekommst du ein Dach über dem Kopf, gutes Essen und bist aus der Gosse weg.«

»Wie, weg?«

»Na, weg. Die Arbeit wäre bei einem angesehenen Kölner Bürger.«

»Wie kommst du denn an den?« Er klang verdutzt, doch dann räusperte er sich, so als hätte er begriffen.

Elsbeth lachte. »Nein, nicht ganz das, was du denkst. Wie gesagt, es ist harte Arbeit, und vielleicht sind auch Sachen dabei, die du nicht so gerne machen willst, dann aber musst. Aber du hättest Ruhe vor deinem Bruder und eine ehrbare Stellung.« Sie drückte erneut seinen Arm. »Was meinst du?«

»Ich weiß nicht.« Wardo trat unschlüssig von einem Bein auf das andere. »Was ist daran besser, wenn ich das Gleiche machen muss wie mein Bruder, nur für wen anderes?«

»Du würdest unter seinem Schutz stehen.« Sie lächelte ihn in der Dunkelheit an. »Man würde dich achten. Und umbringen musst du da auch keinen.«

»Wirklich nicht?«

»Mein … Der Mann bringt keine Leute um. Das regelt er ganz anders, aber durchaus mit, na ja, Nachdruck. Und du bräuchtest dir keine Sorgen um deine Zukunft zu machen.«

»Und der Balthasar tät sich schwarzärgern.«

»Genau.« Sie grinste, denn die Idee schien ihm nun doch zuzusagen. »Komm mich heute in einer Woche besuchen. Gib Mutter Berta, wenn du wieder herkommst, eine der Münzen, die dein Bruder dir vorhin in die Hand gedrückt hat.«

»Das hast du gehört?«

»Mutter Berta denkt dann, dass wir es beim nächsten Mal ganz normal miteinander machen.« Elsbeth drückte noch einmal seinen Arm. »Müssen wir aber auch dann nicht, wenn du nicht willst.«

»Warum machst du das? Mir helfen? Du kennst mich doch gar nicht, und ich dich auch nicht.«

Elsbeth dachte kurz über die Frage nach. »Weil ich glaube, dass du ein guter Kerl bist.«

»Ach. Echt?«

Sie lachte. »Ja, echt. Geh jetzt nach Hause. Und vergiss nicht: heute in einer Woche.« Damit wandte sie sich ab und huschte zurück zur Hintertür des *Scone Frowe*. Als sie es betrat, hörte sie Mutter Berta nach ihr rufen. Die Wirtin klang wütend.

Kapitel 15

28. August Anno Domini 1423

Elsbeth nutzte den frühen Samstagmorgen, um Besorgungen zu machen und noch einmal in St. Gereon zu beten und nachzusehen, ob Käthchen oder eine ihrer anderen Zuträgerinnen sich dort aufhielt, doch leider traf sie niemanden an. Also machte sie sich stattdessen auf den Weg zum Hühnermarkt, der sich unmittelbar an den Heumarkt anschloss und bei dem sich Johannes' Haus befand. Normalerweise suchte sie ihn nur sonntags oder an Feiertagen dort auf, um Zeit mit ihm zu verbringen. An allen übrigen Tagen war es sinnvoller, wenn er sie besuchte, da er sich schon wegen seiner Befehlsgewalt über die Berlichdirnen häufig in der Nähe aufhielt. Auch die Goldgräber, wie die Abortkehrer in Köln scherzhaft genannt wurden, Totengräber und einige weitere unehrliche Berufe rekrutierten ihre Arbeitskräfte zu einem nicht geringen Anteil aus diesem Stadtviertel. Da auch sie traditionell dem Henker und dessen Aufsicht unterstanden, war Johannes viel öfter hier als in seinem Haus anzutreffen.

Er sei noch nicht von einem Gang in die Stadt zurück, teilte ihr die Hausmagd Mede mit, eine stämmige blonde Frau in Elsbeths Alter, die zu Anfang wenig begeistert vom Umgang ihres Herrn mit einer Berlichhure gewesen war. Nach einer Weile hatten sie sich aber doch angefreundet, denn Mede hatte erkannt, dass sich zwischen Johannes und Elsbeth mehr abspielte als eine unzüchtige körperliche Beziehung.

»Komm rein und setz dich in die Stube.« Mede winkte eifrig und trat zur Seite, um die Tür freizugeben. »Du auch, Gero, immer herein, bevor die Nachbarn zu jaffen anfangen.« Sie führte beide in die Stube, die sich gleich hinter dem Raum befand, der zugleich Empfangsraum und Amtsstube war und den man unmittelbar durch die Haustür betrat. »Ich hol euch gleich eine joode Wing, damit der Duursch üsch nit plagt, bis der Meister Hans wieder da is. Er müsst' eijentlich bald zurück sin, weil er in der Fröh jesaat hat, dat er nur zum Rathuus muss.« Eifrig machte Mede sich auf den Weg in die Küche, die sich wiederum hinter der Stube befand.

Elsbeth setzte sich an den rechteckigen Eichentisch, der auf zwei Seiten von je drei hochlehnigen Stühlen flankiert wurde. Die Stube war nicht allzu groß, aber auch nicht zu klein und dem bescheidenen, aber auch nicht zu geringen Wohlstand des Kölner Scharfrichters vollkommen angemessen. Auf den Stühlen lagen einfache unbestickte braune Sitzkissen, an der hinteren Wand stand ein gekachelter Hinterladeofen, der von der Küche aus befeuert werden konnte. Auch heute verströmte er Wärme, obgleich das Wetter alles andere als kalt war. Um den Ofen herum war eine Bank angebracht, ebenso unter den beiden Fenstern, die auf den neben dem Haus befindlichen Obst- und Gemüsegarten hinausgingen. Durch die vielteiligen Butzenglasscheiben war alles, was draußen grünte und blühte, leicht verzerrt zu erkennen.

Wie immer, wenn sie hier zu Besuch war, ließ Elsbeth ihre Blicke in einer Mischung aus Bewunderung und einem Hauch diffuser Sehnsucht über die Einrichtung schweifen. An der Wand gegenüber den Fenstern stand ein großes Regal, in dem Geschirr und anderer Hausrat aufbewahrt wurde. Im unteren Bereich waren zudem verschließbare Laden angebracht, in denen all jene Gegenstände aufgehoben werden konnten, die man üblicherweise nicht offen ausstellte.

Die Wände waren frisch geweißt und einige Stellen wurden von geknüpften Teppichen mit Wald- und Tiermotiven geziert. Ein vielarmiger Leuchter aus Silber hing über dem Tisch, die Kerzen darin waren kaum mehr als zu einem Drittel heruntergebrannt. Auf dem Tisch stand ein rot und blau glasierter Krug mit einem Strauß getrockneter Kornblumen.

Mede beschwerte sich manchmal darüber, wie selten ihr Herr sich zu Hause aufhielt, und Elsbeth konnte sie verstehen. Johannes besaß ein wirklich behagliches Haus, doch es wirkte leer und unbewohnt, weil er so viel Zeit bei ihr verbrachte. Manchmal flog sie, wie jetzt auch, jener Hauch Sehnsucht an. Wie es wohl wäre, Herrin eines solchen Hauses zu sein? Sich täglich darum zu kümmern, dass frische Blumen auf dem Tisch standen und dass der Flickwäschekorb neben der Tür mehr als nur ein einzelnes Leinenhemd enthielt? Sie hatte sich nie gewünscht, das Leben einer ehrbaren Ehefrau zu führen, zumindest nicht seit Thönnes' Tod. Tatsächlich hatte sie nicht einmal eine genaue Ahnung davon, wie sich besagte ehrbare Frauen wohl die Zeit vertreiben mochten. Elsbeth hatte ihr Leben lang gearbeitet, erst, indem sie ihren Körper gegen Geld feilbot, später dann, indem sie zwischen zehn und zwanzig Hübschlerinnen bei genau diesem Tun beaufsichtigte, die Abrechnung mit ihnen und über Johannes mit der Stadt Köln erledigte – und ein Spinnennetz an Informationsquellen für ihren Bruder wob.

Doch so fein gewebt jenes Netz über die Jahre auch geworden war, es brachte ihr im Augenblick keinen Anhaltspunkt, wer Nicolai ermordet haben könnte. Der Überfall durch die Knechte und Mägde auf Aleydis war längst aufgeklärt. Ein Küfer und ein Fleischermeister, beide in der Schildergasse ansässig und beide Nicolais Schuldner, hatten die Männer und Frauen aufgehetzt und würden dafür sicherlich eine angemessene Strafe erhalten. Als Täter kam indes keiner von ihnen infrage. Vielleicht hatte Johannes ja etwas Neues zu berichten.

»Hier, unsere joode Wing.« Mede betrat die Stube und stellte einen großen Weinkrug auf den Tisch. Drei silberne Becher aus dem Regal fügte sie hinzu. »Wat is, Gero, willste dich nit setzen?«

Gero, der sich still neben der Tür postiert hatte, blickte fragend zu Elsbeth und setzte sich erst ans entgegengesetzte Ende des Tischs, nachdem sie es ihm mit einem knappen Nicken gestattet hatte. Er sprang jedoch gleich wieder auf, als die Tür sich öffnete und der Hausherr eintrat.

»Elsbeth.« Johannes lächelte zwar, als sie sich ebenfalls erhob und ihm entgegentrat, doch in seinen Augen stand ein ernster Ausdruck. »Ich hatte dich gar nicht erwartet.«

»Ich bin kurzerhand hergekommen, um zu hören, ob es irgendwelche Neuigkeiten gibt.«

»Die gibt es in der Tat.« Johannes' Lächeln schwand. »Bei meinem Besuch im Rathaus wurde ich informiert, dass heute früh in den Fischreusen im Rhein ein toter Mann gefunden wurde. Ich sollte ihn mir ansehen, deshalb war ich länger als geplant unterwegs.«

Elsbeth erschrak. »Eine Wasserleiche?«

Auch Gero stieß einen entsetzten Laut aus.

»Keine angenehm anzusehende obendrein«, bestätigte Johannes, »denn der Mann muss meiner Einschätzung nach schon eine gute Woche im Wasser gelegen haben. Wahrscheinlich ist die Leiche nur durch den Auftrieb bei den Reusen an die Wasseroberfläche gespült worden, wie das meistens passiert, und hat sich dann dort verfangen.« Er hielt kurz inne. »Es ist Balthasar.«

»Ach.« Elsbeth setzte sich wieder an den Tisch, und sowohl Johannes als auch Gero taten es ihr gleich. »Selbstmord kommt bei ihm wohl nicht infrage. Ein Unfall?«

»Schwerlich.« Johannes schüttelte den Kopf. »Er wurde erstochen. Der Dolch steckte noch in seinem Herzen, vermutlich nur, weil er sich in der Kleidung verfangen hatte.«

»Balthasar wurde also ermordet.« Elsbeth schauderte unwillkürlich. »Von wem wohl?«

»Eine gute Frage. Sicherlich gab es zahlreiche Menschen, die ihm den Tod gewünscht haben.«

»Du hast aber schon einen Verdacht, ich sehe es dir an.« Elsbeth beugte sich in Johannes' Richtung. »Hat es etwas mit Nicolais Tod zu tun?«

»Davon gehe ich aus, denn Balthasar wurde mit Nicolais Dolch erstochen. Ich habe ihn gleich erkannt, denn Nicolai trug ihn ja vor seinem Tod ständig bei sich.«

»Was?« Verblüfft starrte sie ihn an, und auch Gero hustete.

»Frau Aleydis hatte ja angegeben, dass der Dolch ihres Gemahls verschwunden ist. Am Morgen trug er ihn noch am Gürtel; als er vor dem Hahnentor gefunden wurde, jedoch nicht mehr.«

»Also hat sein Mörder den Dolch gestohlen und nun Balthasar damit getötet?« Stirnrunzelnd versuchte Elsbeth, diese Details zusammenzubringen. Ein ungutes Gefühl ergriff von ihr Besitz. »Aus welchem Grund? Wusste Balthasar, wer Nicolais Mörder ist?«

»Möglich wäre es.« Johannes nickte. »Er hat sich herumgetrieben. Vielleicht ist er zufällig Zeuge des Mordes geworden, und der Mörder hat ihn bemerkt und beseitigt.«

Gero hüstelte. »Ihr seht aber nicht so aus, als würdet Ihr das glauben.«

»Mit glauben hat das wenig zu tun.« Johannes faltete die Hände auf dem Tisch. »Meine Gesellen haben sich des Leichnams angenommen, und dabei fanden sie etwas in den … nun ja, in seiner Bruoch.«

»In der Bruoch?«, echote Elsbeth verwirrt. »Was gibt es da

zu entdecken? Oder hat der Mörder ihn entmannt? Das würde mich kaum wundern.«

Johannes hustete. »Entmannt? Nein, das nun nicht. Aber es ist so: Wenn ein Mensch stirbt, dann werden all seine Muskeln schlaff, und es kommt nicht selten vor, dass sich beim Sterben der Darm entleert.«

Elsbeth verzog das Gesicht. »Keine angenehme Vorstellung.«

»Ganz sicher nicht«, bestätigte Johannes. »Meine Gesellen haben sich, wie gesagt, des Toten angenommen, weil niemand sonst es tun wollte. Sie haben auch nach weiteren Wundmalen gesucht, die vielleicht Aufschluss über den Täter geben könnten, fanden aber keine. Stattdessen entdeckten sie in seiner Bruoch in den Überresten der Ausscheidungen einen Ring.«

»Einen Ring«, echote diesmal Gero verblüfft. »Hatte er den etwa runtergeschluckt und …?«

Bestätigend neigte Johannes den Kopf. »Entweder das, oder er trug ihn in seiner Bruoch versteckt. Dort würde wohl niemand ihn durchsuchen. Zum Verschlucken ist der Ring eigentlich zu groß.«

»Und dieser Ring gibt Aufschluss über seinen Mörder?«, hakte Elsbeth nach.

Johannes zögerte. »Eher vielleicht über sein Opfer.«

»Opfer?« Elsbeths ungutes Gefühl verstärkte sich. »Was war das für ein Ring?«

»Nicolais Sternring. Auch ihn habe ich sofort erkannt, denn er sieht ganz genauso aus wie der deine.«

»Heilige Maria!« Erschrocken schlug Elsbeth beide Hände vor den Mund. »Der Sternring?«

Johannes nickte mit ernster Miene. »Er ist unverkennbar.«

Erschüttert rieb Elsbeth sich über die Stirn. Vor vielen Jahren hatte Nicolai ihr das Versteck gezeigt, in dem er neben Silber und Gold auch alle Aufzeichnungen und somit Nachweise über seine Schattengeschäfte aufbewahrte. Es handelte sich um ein Mausoleum auf dem alten römischen Gräberfeld beim Severinstor. Im Jahr 1400, wenn Elsbeth sich recht erinnerte, hatte dort ein Teufelsanbeter sein Unwesen getrieben und das Blut von Säuglingen irgendwelchen Dämonen geopfert. Damals war die Leiche einer schwangeren Frau, der man das Kind herausgeschnitten hatte, in der Abortgrube der Apothekerin Adelina Burka am Alten Markt gefunden worden, woraufhin ihr Gemahl, der städtische Medicus Neklas Burka, in Verdacht geraten war, den Säugling für irgendwelche absonderlichen alchemistischen Experimente missbraucht zu haben. Elsbeth erinnerte sich noch gut an den Aufruhr, den dies verursacht hatte. Die Apothekerin hatte alles darangesetzt, die Unschuld ihres Gemahls zu beweisen. Dabei waren sie und ihre Tochter Griet jenem Teufelsanbeter in die Hände gefallen, und er hätte sie beinahe ebenfalls getötet, wenn nicht ihr Bruder, der Hauptmann Greverode, und ein alter Dominikaner namens Thomasius die beiden gerettet hätten.

Ein pikantes Detail war Elsbeth besonders in Erinnerung geblieben. Man hatte sich erzählt, dass die zu jenem Zeitpunkt hochschwangere Apothekerin ausgerechnet just nach ihrer Befreiung in besagtem Mausoleum mit ihrer Tochter Katharina niedergekommen war. Geschadet hatte dieser Umstand beiden wohl nicht, immerhin führte Katharina inzwischen die Apotheke am Alten Markt gemeinsam mit ihrem Gemahl erfolgreich weiter, für monatelangen Klaaf gesorgt hatte er aber sehr wohl.

Die Kölner liebten nichts mehr als solche aufregenden Schauergeschichten. Nicolai war da keine Ausnahme gewesen, deshalb hatte er sich genau dieses Mausoleum als Versteck ausgesucht. Ein kluger Schachzug, würde doch kaum ein Mensch jemals wagen, den ehemaligen Ort einer Teufelsanbetung zu betreten. Abgesehen von den Bauern, die in der Umgebung ihre Felder bestellten, näherte sich dem Grabmal niemand freiwillig. Es war vom Stadtrat verschlossen worden, doch Nicolai hatte Elsbeth erklärt und später auch gezeigt, wie einfach es war, das Schloss zu öffnen, wenn man wusste, wie man vorgehen musste.

In diesem Mausoleum lagerten also unzählige Truhen mit Reichtümern und Schriftstücken, und diese Truhen waren allesamt mit besonderen Schlössern versehen. Nicolai hatte stets eine Vorliebe für das Besondere gehabt und für den Fortschritt. So besaß er nicht im Mausoleum, sondern in einem versteckten Raum im Keller seines Hauses ein kunstvoll gearbeitetes Vorhängeschloss mit fünf Ringen, auf denen Buchstaben aufgebracht waren. Öffnen ließ sich dieses außergewöhnliche und auch ziemlich große Schloss nur, wenn man mithilfe der Ringe die korrekte Anordnung der Buchstaben einstellte. Ein Meisterwerk der Handwerkskunst, das er Elsbeth einst voller Stolz gezeigt und erklärt hatte. Die Kombination an Buchstaben, die er festgelegt hatte, war ihr ebenfalls bekannt, nur ihr, sonst niemandem. Sie hatte bereits überlegt, ob sie sie Aleydis irgendwie mitteilen könnte; inzwischen vermutete sie aber, dass die junge Witwe selbst auf die Lösung gekommen war. Allzu schwierig war das wohl auch nicht gewesen, wenn man Nicolai gut kannte. Elsbeth hatte sich über die Wahl des Wortes herzlich amüsiert.

Die Schlösser an den Truhen im Mausoleum hingegen waren auf andere Weise kunstvoll gefertigt. Sie konnten nur mit einem besonderen Schlüssel geöffnet werden: einem Ring, auf dem sich ein erhabener, scharfkantiger Stern mit sieben verschieden großen Zacken befand. Das Innere des Sterns war wie die Fassung für einen Edelstein gearbeitet.

Nicolai hatte diesen Ring selbstverständlich unter Verschluss gehalten. Möglicherweise hatte seine erste Gemahlin Griselda davon gewusst, sonst aber niemand außer Elsbeth.

Für Notfälle, und darüber hatte er Griselda ganz sicher nicht informiert, hatte er einen zweiten, vollkommen identischen Sternring für Elsbeth anfertigen lassen, damit sie an die Schriftstücke herankam, ebenso wie an das Geld, das er für sie hinterlegt hatte. Auch sie hielt diesen Ring gut unter Verschluss, an einem Ort, an dem gewisslich niemand jemals danach suchen würde.

»Balthasar hat also den Ring von Nicolai gestohlen, ebenso wie den Dolch?« Sie knabberte an ihrer Unterlippe. »Bedeutet das, er hat die Leiche gefleddert, nachdem er den Mord beobachtete, oder …«

»… oder er selbst war der Mörder«, vervollständigte Gero den Satz. »Dieses Mistvieh!«

»Wenn er der Mörder war«, spann Johannes den Gedanken weiter, »dann sicher nicht im Affekt, weil er ihn berauben wollte. Dazu war Nicolais Leiche zu auffällig vor dem Hahnentor ausgestellt.«

»Also hat jemand ihn gedungen«, folgerte Elsbeth. »Und dieser Jemand brachte dann Balthasar um, damit er nichts verraten konnte, falls man ihn gefasst und der peinlichen Befragung unterzogen hätte.« Unwillkürlich schauderte sie, weil sie genau wusste, wie schmerzhaft eine solche Befragung war.

Überrascht hob sie den Kopf, als Johannes über den Tisch hinweg ihre Hand ergriff und kurz drückte. Offenbar hatte er ihre Gedanken und Gefühle erraten. Sie lächelte ihm zu, stutzte dann aber. »Doch wie ist denn Balthasars Mörder an den Dolch gelangt, wenn dieser ihn gestohlen hat? Ob es einen Kampf gab, bei dem der Dolch den Besitzer gewechselt hat?«

»Schwer zu glauben, wenn man Balthasar kannte«, warf Gero ein. »Der war gerissen und geschickt mit den Händen, ging aus jedem Zweikampf als Sieger hervor. Dem hat keiner so einfach den Dolch abgenommen. Außer, er wurde von jemandem, den er nicht als gefährlich ansah, vollkommen überrumpelt.«

Elsbeth ließ sich den Einwand ihres Knechts durch den Kopf gehen. Das ungute Gefühl wandelte sich in ein ausgewachsenes Unwohlsein. Schweigend sah sie Johannes an, dessen Gedanken offensichtlich eine ähnliche Richtung eingeschlagen hatten wie die ihren. Er verzog sorgenvoll die Lippen. »Könnte es sein, dass Balthasar Nicolai umgebracht und ihm den Dolch für seinen Auftraggeber abgenommen hat? Vielleicht als Beweis seiner Tat oder weil der Auftraggeber den Dolch unbedingt haben wollte? Dann hat er vielleicht einfach nicht damit gerechnet, dass dieser die Waffe gegen ihn richten könnte.«

»Aber weshalb wohl?« Elsbeth runzelte die Stirn. »So wertvoll ist der Dolch nun auch wieder nicht, auch wenn der Griff mit Edelsteinen besetzt ist. Deshalb einen Mord in Auftrag zu geben, erscheint mir abwegig. Wegen des Rings schon eher, doch von dem wusste niemand etwas. Außer mir natürlich und wahrscheinlich Griselda, aber sie hat das Geheimnis, falls sie eingeweiht war, mit ins Grab genommen.«

»Vielleicht hat sie zu ihren Lebzeiten ihrem Bruder Arnold davon erzählt«, schlug Johannes vor.

»Möglich.« Elsbeth dachte nach. »Aber der Ring war noch bei Balthasar. Er hat ihn seinem Auftraggeber nicht ausgehändigt.«

Gero räuspert sich. »Vielleicht wurde er deshalb abgemurkst, weil er den Ring nicht hergeben wollte.«

»Das wäre möglich«, stimmte Johannes zu. Er griff nach dem Weinkrug und goss erst Elsbeth, dann sich selbst und zuletzt auch dem Knecht von dem Getränk ein. »Oder der Ring hat den Auftraggeber nicht interessiert, weil er nichts davon wusste, und es ging ihm nur um den Dolch.«

»Aber weshalb nur? Was könnte es mit dem Dolch auf sich haben?« Elsbeth nippte an ihrem Becher.

»Nicolai hat ihn bei Meister Fredebold, dem Messerschmied, in Auftrag gegeben. Dessen Erkennungszeichen ist am Griff angebracht, und sicherlich wird er bestätigen können, dass der Dolch aus seiner Werkstatt stammt.«

»So lange ist das noch gar nicht her.« Elsbeth trank einen weiteren Schluck Wein und drehte danach den silbernen Becher zwischen den Fingern. »Vielleicht ein Jahr oder anderthalb. Nicolai hatte seinen alten Dolch verloren und benötigte deshalb einen neuen.«

»Vielleicht hatte der Dolch eine besondere Bedeutung für denjenigen, der den Mord in Auftrag gegeben hat«, gab Johannes zu bedenken und verzog sogleich betreten das Gesicht. »Vielleicht dient er als Andenken oder so etwas.«

»Liebe Zeit.« Elsbeth schüttelte sich regelrecht.

Johannes nickte ihr sichtlich beklommen zu. »Das könnte bedeuten, dass dieser Auftraggeber doch aus Nicolais engster Familie stammt.«

»Nein!« Entsetzt schüttelte Elsbeth den Kopf.

»Wer sonst käme infrage?« Johannes legte die Hand auf ihr Handgelenk. »Für wen hätte dieser Dolch irgendeinen Wert?«

»Das glaube ich nicht.« Heftig schüttelte Elsbeth den Kopf. »Das kann einfach nicht sein. Es muss eine andere Erklärung geben.«

Kapitel 16

29. August Anno Domini 1423

Eine andere Erklärung war ihnen nicht eingefallen, so sehr und so lange sie auch über die Angelegenheit nachgegrübelt hatten. Was Elsbeth darüber hinaus wurmte, war die Tatsache, dass jemand Balthasar umgebracht hatte, bevor es ihr gelungen war, ihn zur Strecke zu bringen. Sie hatte sogar ein paar Tränen des Zorns darüber vergossen, denn sie fand, sie war es ihrem Bruder schuldig, seinen Mörder zu entlarven und seiner gerechten Strafe zuzuführen. Auch wenn Balthasar nur ein gedungener Meuchelmörder gewesen war, hätte sie dafür sorgen können, dass er den Namen seines Auftraggebers verriet. Entweder unter der peinlichen Befragung oder … Himmel, sie hätte ihn selbst gefoltert – oder foltern lassen, um die Wahrheit aus ihm herauszulocken, denn sie kannte Männer, die dazu fähig waren.

Johannes war über ihren Ausbruch, mit dem sie freilich gewartet hatte, bis sie allein mit ihm gewesen war, verständlicherweise entsetzt gewesen und hatte versucht, sie zu beruhigen. Auch wenn sie ihm nach und nach die ganze Geschichte ihres Lebens enthüllte, ahnte er dennoch immer noch nichts von dem Ausmaß des Schwurs, den sie ihrem Bruder einst geleistet hatte und der sie, käme er je ans Tageslicht, eines Tages im schlimmsten Fall auf die Richtbank des Scharfrichters führen könnte. Im Augenblick konnte sie sich jedoch nicht damit befassen, denn es war wichtiger, die Person ausfindig zu machen, die Balthasar gedungen hatte, Nicolai zu ermorden, und die dann sehr wahrscheinlich selbst zum Mörder geworden war.

Normalerweise besuchten die Dirnen vom Berlich die ganz frühe Sonntagsmesse in St. Aposteln, doch heute hatten sie gezwungenermaßen St. Gereon aufgesucht, da am Abend zuvor bei zwei Häusern an der Kreuzung von Breiter Straße und Berlich die Abortgruben übergelaufen waren. Der stinkende Unrat hatte sich rasch über die gesamte Kreuzung ausgebreitet, und nun waren die Goldgräber schon seit Stunden dabei, das stinkende Malheur zu beseitigen. Die Wahl einer anderen Kirche war also angeraten gewesen.

Elsbeth überlegte während des Gottesdienstes, ob sie es wagen sollte, Käthchen auf sich aufmerksam zu machen, um ihr weitere Fragen zu stellen, sah dann aber doch davon ab. Zu viele Menschen beäugten sie, teils neugierig, teils misstrauisch, weil sie heute dieses Gotteshaus aufgesucht hatte. Sie wollte nicht riskieren, noch mehr Aufmerksamkeit auf sich und ihre Informantin zu lenken.

Nachdem der Pfarrer den Segen gesprochen hatte, verließen die Hübschlerinnen geschlossen die Kirche, und da das *Scone Frowe* sonntags geschlossen hatte, entließ Elsbeth die Frauen in ihren freien Tag. Gemeinsam mit Gero machte sie sich auf den Weg zum Krummen Büchel, einer Gasse unweit des Waidmarktes, die unter den alteingesessenen Kölnern auch den Namen Wenstergasse trug. Hier wohnten und arbeiteten überwiegend Metzger und Knochenhauer, es gab aber auch mehrere armselige Hütten von Tagelöhnern, Bettlern und unlauterem Gelichter. Eine solche Hütte steuerte Elsbeth an und klopfte kurz, aber energisch an die Tür, deren Holz an mehreren Stellen aufgequollen und an einer Ecke geborsten war. Sie klemmte denn auch, sodass die Bewohnerin sie mit etwas Gewalt aufriss. Mit großen, geröteten Augen starrte sie Elsbeth an. »Was willst du denn hier?«

Elsbeth lächelte freundlich, denn sie konnte erkennen, dass es der Frau, die vielleicht Mitte oder Ende zwanzig war, nicht gut ging. »Guten Tag, Merle. Darf ich hereinkommen?«

Merle musterte erst sie von Kopf bis Fuß, dann Gero, der neben Elsbeth getreten war. »Warum?«

»Weil ich mit dir reden will. Über Balthasar.«

Merles Kinn zitterte kurz. »Er ist tot, abgestochen. Was gibt es da noch zu reden?« Wie unbewusst rieb sie sich über den Bauch. »Hat mir bloß Scherereien hinterlassen, und jetzt weiß ich nicht, wie ich über die Runden kommen soll mit dem Hardwin und … allem.«

Elsbeth lächelte unvermindert weiter. »Du hast es nicht leicht, das ist mir bewusst. Vielleicht kann ich dir ja helfen.«

»Wie denn?« Merle drehte sich um und verschwand im Inneren der Hütte.

Elsbeth nahm es als unausgesprochene Einladung und folgte ihr. Auch Gero betrat die Hütte, blieb aber gleich neben der Tür stehen.

»Vielleicht kann ich dir Arbeit vermitteln.«

»Pfff! Etwa in deinem Dirnenhaus?« Merle lachte unfroh auf. »Wird mir vielleicht bald nix anderes mehr übrig bleiben. Aber wer will mich denn wohl noch? Bin doch viel zu alt.« Wieder rieb sie sich gedankenverloren über den Bauch.

»Nein, nicht im *Scone Frowe*.« Elsbeth sah sich in der Hütte um. Es gab ein zerwühltes Schlaflager, bestehend aus einer Strohmatratze und mehreren zerschlissenen Wolldecken, eine Feuerstelle mit Rauchabzug, einen Tisch nebst zwei einfachen klobigen Bänken. Zwei Holztruhen vervollständigten die karge Einrichtung. »Eine Schwangere darf ich gar nicht in mein Haus aufnehmen.«

Erschrocken hob Merle den Kopf. »Woher weißt du …?«

»Deine Hand.« Elsbeth deutete auf Merles Hand, die immer

noch auf ihrem Bauch lag. »Aber es ist noch früh, nicht wahr? Du bist noch nicht sehr weit.«

»Hab's gerade erst rausgefunden.« Wieder zitterte Merles Kinn. »Und jetzt? Was soll ich jetzt machen? Balthasar ist tot. Wer soll für das Würmchen sorgen?«

»Kommt Zeit, kommt Rat.« Elsbeth setzte sich auf die rechte Bank und deutete auf den Platz ihr gegenüber. »Lass uns reden, Merle. Und vielleicht finde ich einen Platz für dich, als Magd oder als Wäscherin vielleicht.«

»Und warum willst du mir helfen?« Merle musterte sie abschätzend, setzte sich aber. »Du gehörst zu Wardos Freunden. Balthasar konnte dich nicht ausstehen.«

»Das denke ich mir.« Elsbeth legte ihre Hände flach auf die unebene Tischplatte. »Weißt du, wer Balthasar umgebracht hat?«

»Nä.« Merles Miene verfinsterte sich. »Wenn ich das wüsste, würd ich demjenigen ...« Sie presste die Lippen fest zusammen. »Balthasar war ein Mistvieh, aber er wollt für mich sorgen. Für mich und das Kind, aber davon wusste er gar nix. Ist gestorben, bevor ich ihm was sagen konnte.« Sie schob den Ärmel ihres einfachen braunen Kleides hoch, sodass Elsbeth verblassende blaue Flecke sehen konnte. »Er war ein Schwein, aber wie stehe ich jetzt ohne ihn da? Soll ich zu meiner Mutter zurück? Die prügelt mich auch erst mal grün und blau, und wenn nicht sie, dann meine fünf Brüder. Ich will das nicht für das Kindchen hier drin.« Sie rieb über ihren Bauch, faltete dann aber die Hände im Schoß. »Ich weiß nicht, wer es war, aber die Leute sagen, er hätte den reichen Lombarden umgebracht und es deshalb nicht besser verdient. Wahrscheinlich haben sie recht.«

Elsbeth atmete tief durch. »Wusstest du, dass Balthasar den Lombarden umgebracht hat? Und vielleicht auch, wer ihm den Auftrag gegeben hat?«

»Den Auftrag?« Merle schüttelte den Kopf. »Er hätt mich kaputt geschlagen, wenn ich ihn nach so was gefragt hätte. Ich dachte mir, dass er irgendwelche Drecksarbeit macht, wahrscheinlich für die hohen Herren, aber von dem Golatti wusst ich nix. Wollt ich auch gar nicht wissen. Ich hätt damals den Wardo nehmen sollen, der hatte mich gern, glaube ich, aber der Balthasar, der war so hübsch und aufregend und hat gesagt, er holt mir die Sterne vom Himmel. Die Sterne.« Sie schnaubte sarkastisch. »Und jetzt ist er hinüber, und ich kann sehen, wo ich bleibe.«

»Hat er denn wirklich nie über die Leute gesprochen, für die er … die Drecksarbeit erledigt hat?«, hakte Elsbeth nach. »Irgendeine Kleinigkeit vielleicht? Einen Namen, eine Straße, irgendwas?«

»Nä! Ich sag doch …« Merle brach ab, als die Tür aufgestoßen wurde und ein Junge von vielleicht vierzehn Jahren hereinkam. Sein Gesicht war hübsch wie das eines Engels, sein Haar schulterlang und rabenschwarz, seine Augen kühl, grau und verschlagen.

Als er Elsbeths ansichtig wurde, fletschte er die Zähne. »Was will die Hurenwirtin hier?« Seine Stimme klang noch fast so hell wie die eines Kindes, doch an seinem Blick war zu erkennen, dass er längst erwachsen war. »Gibt sie dir Arbeit, Merle? Dann immerzu. Ich kann ja nicht allein das Geld verdienen, das wir brauchen. Hab nachher noch zwei Dompfaffen aus Mainz oder so, die woll'n was Spaß mit mir haben.« Vielsagend klopfte er sich gegen sein Hinterteil und grinste dabei. »Aber du kannst ruhig auch mal die Beine breit machen und ein paar Münzen heimbringen. Aber geh dazu nicht zu der da.« Er zeigte auf Elsbeth. »Die nimmt dir ja den ganzen Verdienst wieder ab. Ich find schon ein paar Kerle am Hafen, die es sich von dir besorgen lassen wollen und gut zahlen.«

»Halt die Schnüss, Hardwin.« Merle funkelte den Jungen aufgebracht an. »Dein Vater hätt nicht gewollt, dass ich eine Dirne werde.«

»Vater ist tot!« Die Miene des Jungen verfinsterte sich schlagartig. Er stürzte zur Feuerstelle und trat das Dreibein samt dem Topf voller Suppe, der darauf stand, um. »Abgestochen haben sie ihn wie ein Vieh!« Nun kiekste seine Stimme doch ein wenig und wurde kurz dunkler. Der Stimmbruch setzte offenbar gerade bei ihm ein. »Abgestochen und ersäuft! Das sollen die mir büßen! Ich bring die um, die das gemacht haben!« Schon wollte er sich auf Merle stürzen, doch Gero ging dazwischen und packte ihn bei den Armen.

»Ruhig, Junge, deine Mutter kann doch nichts dafür.«

»Die blöde Kuh ist nicht meine Mutter.« Hardwin wand sich, kam aber aus Geros hartem Griff nicht heraus. »Lass mich los!«

»Nur, wenn du dich wieder beruhigst«, sprach Elsbeth ihn an. »Anderenfalls hält Gero dich weiter so fest.«

»Was willst du Dreckshure überhaupt hier? Du hast mir gar nix zu befehlen.«

»Ich will dir nichts befehlen.« Elsbeth erhob sich und trat auf den zappelnden Jungen zu. »Aber vielleicht kann ich dir helfen. Euch beiden. Merle und dir.«

»Ich brauche keine Hilfe.« Hardwin funkelte sie erbost an. »Schon gar nicht von dir. Vater sagt, du bist 'ne Dreckshure und hast den Wardo von hier weggeholt.«

»Seitdem lebt er ein besseres und sichereres Leben. Balthasar hätte das auch haben können.«

»Besser, pah!« Hardwin versuchte immer noch vergeblich, sich aus Geros Griff zu befreien. »Nimm endlich deine Pfoten von mir, du Drecksack. Findest es wohl toll, mich anzugrapschen, was?«

Geros Augen weiteten sich. Elsbeth gab ihm ein Zeichen mit der Hand. »Lass ihn los.«

Widerwillig, wachsam und doch sichtlich erleichtert lockerte der Knecht seinen Griff.

Sogleich riss Hardwin sich los und bedachte ihn mit einem höhnischen Blick. »Wenn du's mir besorgen willst, kostet das was.«

»Junge …« Gero war blass geworden und schien nicht zu wissen, wie er auf diese Unterstellung reagieren sollte.

»Lass ihn.« Elsbeth warf Gero ein kurzes, wie sie hoffte, beruhigendes Lächeln zu. Dann wandte sie sich Hardwin zu. »Mein Knecht will nichts von dir. Nicht jeder Mann ist darauf aus, Hardwin.«

»Aber schon so ziemlich viele.« Der Junge bedachte Gero mit einem abschätzenden Blick. »Na, dann der da eben nicht. Mir gleich. Ich kann mir die Kerle aussuchen, mit denen ich es mache. Die wissen, was sie Gutes bei mir bekommen.« Er grinste Gero an. »Na, vielleicht doch mal probieren? Für dich nur vier Pfennige. Ist bestimmt billiger als bei den Dirnen von der da.«

Mit inzwischen bleicher Miene wich Gero vor ihm zurück. »Hör auf damit, Junge. Ich würd dich nie …«

»Pfff. Das sagen sie alle.« Hardwin zuckte mit den Achseln. »Wer nicht will, der hat schon. Ich muss sowieso gleich wieder los. Hab ja noch zwei Kunden, die wissen, was gut ist.«

»Hardwin.« Elsbeth trat noch einen Schritt auf den Jungen zu, vermied es aber, ihn zu berühren. »Du musst das nicht tun, wenn du nicht willst.«

Verständnislos starrte er sie an. Dann lachte er. »Ich will aber. Is gutes Geld, und die Drecksäcke werden nie weniger.«

»Ich könnte dir eine andere Arbeit verschaffen. Eine ehrliche, bei der du dich nicht an Drecksäcke verkaufen musst.«

»Was ist so schlimm daran? Machste doch selber auch. Oder jetzt nur noch mit dem Scharfrichter, aber früher schon und die Weiber in deinem Haus auch.«

»Du bist noch zu jung. Ein Knabe. Es gibt Bestimmungen und Verordnungen, und wenn sie dich erwischen, ist es aus mit dir.«

»Die Drecksäcke mögen nur junges Fleisch, kein altes, verbrauchtes.« Hardwin verzog spöttisch die Lippen. »Erwischen tut mich keiner, dazu bin ich zu flink.«

»Und was machst du, wenn du zu alt für die Drecksäcke wirst?« Elsbeth suchte seinen Blick. »Du hast andere Möglichkeiten.«

»Ich weiß schon, was ich mache. Auf deine Hilfe pfeife ich.« Er spuckte vor ihr aus. »Mach, dass du wegkommst. Wir wollen dich hier nicht, Misthure.« Damit zerrte er grob an der Tür, die aber erst beim zweiten Anlauf aufging, stürmte mit einem Wutschrei hinaus und versuchte, die Tür hinter sich wieder mit Schwung zuzuziehen. Das verzogene Türblatt prallte jedoch am Rahmen ab und sprang gleich wieder weit auf. Merle erhob sich und hielt es fest. »Wahrscheinlich geht ihr jetzt wirklich besser. Wenn er wiederkommt ...« Sie rieb sich über die Arme. »Er kommt so sehr nach seinem Vater. Nur nicht von außen. Keine Ahnung, wem er ähnlichsieht. Seiner Mutter jedenfalls auch nicht. Die war eine Dirne und ist gestorben, da war Hardwin noch ein Säugling. Meine Mutter war seine Amme danach, weil ihr meine kleine Schwester weggestorben ist.«

»Da warst du noch ein Mädchen«, schloss Elsbeth. »Aber noch nicht mit Balthasar zusammen.«

»Nä, erst später.« Merle senkte den Kopf und machte sich daran, die verschüttete Suppe aufzuwischen. »Na ja, ab und zu kam er zu mir und war ... lieb zu mir, aber richtig eingezogen bin ich erst bei ihm, als der Hardwin schon zehn war.«

»Ich höre mich für dich um.« Elsbeth trat durch die Tür nach draußen. »Wenn ich eine Stellung für dich weiß, sage ich dir Bescheid.«

»Musst du nicht.« Merle erhob sich aus ihrer kauernden Position, verschränkte die Arme vor der Brust und trat etwas zur Seite, als auch Gero die Hütte verließ. »Einer muss sich ja auch um den Hardwin kümmern.«

Elsbeth ging nicht weiter darauf ein, sondern winkte dem Knecht, ihr zu folgen. »Komm, Gero, wir gehen runter zum Hafen. Ich will noch einmal mit Clentz und Birgel reden.«

»Du wolltest dem Hardwin wirklich helfen, ja?« Gero räusperte sich, als sie ein paar Schritte gegangen waren. »So wie dem Symon damals?«

Elsbeth seufzte. »Das war etwas ganz anderes. Symon war noch ein Kind. Hardwin will sich nicht helfen lassen. Für ihn ist es, fürchte ich, schon zu spät.«

Die Erinnerung an die widerwärtigen Ereignisse um Nicolais treuen Diener Symon verursachte ihr auch nach zwanzig Jahren eine Gänsehaut und Übelkeit. Symon war damals ein Gassenbengel von gerade einmal elf Jahren gewesen, frech wie die meisten dieser Sorte, aber liebenswert. Er hatte sich als Päckelchesträger für Ortsfremde betätigt, ebenso wie viele andere, und als Fremdenführer. Auf diese Weise war er irgendwann Mutter Berta aufgefallen oder vielmehr einem Freier aus dem *Scone Frowe*, den sie ab und zu mit einem oder zwei jungen Gesellen zusammenbrachte, die ihm als Lustknaben dienten. Der Mann, ein reicher Bürger namens Werner Birklin, bezahlte die Wirtin gut dafür, dass sie ihm, wie auch einigen seiner überwiegend auswärtigen Freunde sogar eine Kammer neben ihrer Wohnung im rückwärtigen Teil des Dirnenhauses zur Verfügung stellte, in der sie sich mit jenen Jünglingen, beide um die sechzehn oder siebzehn Jahre alt, verlustieren konnten.

Irgendwie war Birklin nun auf den kleinen Symon aufmerksam geworden, und Mutter Berta hatte mit Münzen und Mahlzeiten dafür gesorgt, dass der Junge irgendwann ebenfalls in jene Kammer mitgegangen war. Elsbeth hatte es erst mitbekommen, als sie Symon eines Abends über den Weg gelaufen war, nachdem er sich aus der Kammer geschlichen hatte, um nach Hause zu gehen, wobei sein Zuhause, wie sie argwöhnte, nicht wesentlich anders ausgesehen haben dürfte als das von

Merle und Hardwin. Seine Eltern waren Tagelöhner und hatten noch acht weitere Mäuler zu stopfen, was bedeutete, dass die Kinder allesamt auf sich selbst gestellt waren. Irgendwann später hatte Symon ihr erzählt, dass seine Eltern es sogar begrüßt hatten, als er, wie sie es nannten, in der Gunst Birklins aufgestiegen war und dieser ihn mehrmals in der Woche in Mutter Bertas heimliche Kammer zitiert hatte.

An jenem Abend war der Junge Elsbeth hauptsächlich deshalb aufgefallen, weil er seltsam zusammengekrümmt gelaufen war und, ungewöhnlich für einen Jungen, der in den Gassen Kölns aufgewachsen war, kaum auf seine Umgebung geachtet hatte. Normalerweise waren Gassenkinder stets wachsam, weil sie weder aufgegriffen werden noch Gesindel in die Hände fallen wollten. Elsbeth, die nur auf dem Weg zum Abtritt gewesen war, um den Nachttopf zu leeren, hatte ihn angesprochen und erfahren, dass an jenem Abend nicht nur Birklin, sondern auch zwei seiner Freunde, Adlige wohl aus Frankfurt, mit Symon gespielt hatten, wie sie es nannten. Dass der Junge Schmerzen litt, war nicht zu übersehen gewesen. Elsbeth spürte auch heute noch den Zorn auf jenen Mann und dessen Kumpane, der sie damals ergriffen hatte. Sie hatte Symon angeboten, in ihrer Kammer zu übernachten, und ihn erst am nächsten Morgen gehen lassen, nachdem sie sich versichert hatte, dass es ihm gut ging. Dann war sie zu Mutter Berta geeilt und hatte ihr erzählt, was sie von Symon über die Art und Weise erfahren hatte, in der diese Männer ihn missbraucht und verletzt hatten.

Damals war sie bereits um einiges selbstbewusster gewesen und hatte sich von den Strafen für Aufmüpfigkeit, wie die Hurenwirtin sie gerne auferlegte, kaum noch abschrecken lassen, wenn es ihr darum ging, eine Meinung oder einen Standpunkt zu vertreten oder einen offensichtlichen Missstand zu beseitigen. Zu ihrer Überraschung hatte sich die Wirtin diesmal aber durchaus offen gegenüber Elsbeths Beschwerde gezeigt, oder zumindest hatte es so ausgesehen, nachdem Elsbeth darauf hingewiesen hatte, dass solches Tun vor Gott und der Gerichtsbarkeit hart geahndet werden würde, falls es ans Licht kam.

Sie hatte nicht zum ersten Mal damit gedroht, ähnliche Untaten, auch wenn diese bisher nur ganz junge Mädchen betroffen hatten, verlautbaren zu lassen. Mutter Berta war ja bekannt, wer Elsbeths Vater war; ob sie auch ahnte oder sogar wusste, dass Elsbeth mit ihrem einflussreichen Bruder in Kontakt stand, wusste Elsbeth nicht, und um sich nicht zu verraten, sah sie davon ab, es herauszufinden. In jenem Fall war es ihr allerdings auch gleich; sie war nur froh und erleichtert, dass Mutter Berta dem frevelhaften Tun dieser Männer Einhalt gebieten wollte.

Tatsächlich kehrten weder Birklin noch seine Freunde danach noch einmal zurück, und auch Symon tauchte nicht wieder in der Nähe des Dirnenhauses auf. Erst einige Wochen später begegnete Elsbeth dem Jungen wieder, auf einem Tanzfest nach einem Turnier auf dem Neumarkt. Das Fest war vom Stadtrat in einem der an den Marktplatz angrenzenden Kaufhäuser veranstaltet und die Dirnen aus dem *Scone Frowe* und einem weiteren Dirnenhaus am Berlich eingeladen worden, dort zum Vergnügen der anwesenden Gäste zu tanzen. Efeubekränzt – für Blumen war es Mitte November bereits zu spät gewesen – und in eigens dafür angefertigten gelben Kleidern hatten sie verschiedene Reigentänze zur Musik einer Gruppe fahrender Musikanten aufgeführt. Zum Lohn hatte Mutter Berta Geld erhalten, die Dirnen wiederum waren eingeladen worden, sich an dem guten Essen, Wein und Bier gütlich zu tun, selbstverständlich unter der strengen Maßgabe, sich unter keinen Umständen den ehrbaren Gästen zu nähern, schon gar nicht den männlichen. Bei solchen Festlichkeiten durften die Hübschlerinnen zwar zur Unterhaltung beitragen, nicht aber ihrem regulären Gewerbe nachgehen.

Beim Essen hatte Elsbeth den Jungen bemerkt, der, verblüffend gut gekleidet in eine wollene Bruoch und Beinlinge, Leinenhemd und wollenes Wams, sich offenbar in der Menschenmenge zu verstecken versuchte. Warum, wurde ihr klar, als sie zwei Knechte entdeckte, die offensichtlich etwas oder jemanden suchten. Als sie Symon entdeckten, schnappten sie ihn sich und schleppten ihn trotz seiner Gegenwehr aus dem zum Tanzhaus umfunktionierten Kaufhaus heraus.

Ohne nachzudenken, hatte Elsbeth das hervorragende Essen Essen sein lassen und war ihnen unauffällig gefolgt. Zu ihrer Verblüffung hatten die Knechte den Knaben zu einem reichen Bürgerhaus ganz in der Nähe gebracht, dem Anwesen des Werner Birklin. Dieser hatte, eine lederne Rute in der Hand, den sich immer noch heftig wehrenden Symon höchstselbst in Empfang genommen.

Fast spürte Elsbeth wieder nicht nur den Zorn, sondern auch die eisige Gänsehaut, die ihr über das Rückgrat gekrochen war, als sie das selbstgefällige, seltsam gütige und zugleich stoische Lächeln auf Birklins Gesicht gesehen hatte. Glücklicherweise hatte er sie nicht bemerkt; sie war sich nicht sicher, ob sie anderenfalls jetzt noch hier stehen würde. Symon aber, dessen war sie sich vollkommen sicher, hatte sie erblickt, kurz bevor sich die Tür hinter ihm und Werner Birklin geschlossen hatte. Der leere, resignierte Blick des kleinen Jungen hatte Elsbeth danach nicht mehr zur Ruhe kommen lassen. Sie fühlte sich schuldig, denn wenn sie sich nicht bei Mutter Berta beschwert hätte, dann wäre der Kleine jetzt wenigstens noch frei. Dass er in einer Art Gefangenschaft bei Birklin lebte, welcher Art sie auch sein mochte, war nicht zu übersehen. Da die Sache Elsbeth keine Ruhe ließ, sprach sie bei nächster Gelegenheit mit ihrem Bruder darüber, in der Hoffnung, er wüsste vielleicht einen Rat.

Wie schon einige Jahre zuvor bei Wardo stellte sich heraus, dass ihr Bauchgefühl sie nicht getrogen hatte und dass Nicolai

Golatti, obgleich inzwischen bereits Herr über eine erstaunliche Schattenwelt und unter seinen Schuldnern, Gegnern, aber auch Freunden als erbarmungsloser Strippenzieher der Stadtpolitik und unbeugsamer Kreditgeber ohne jeden Skrupel bekannt, in der Tiefe seines Herzens ein guter und mitfühlender Mensch war. Er hatte ihr lediglich versprochen, sich darum zu kümmern, doch schon wenige Tage später war ihr von einem Freier zugetragen worden, dass der reiche Lombarde Nicolai Golatti sich einen neuen Haus- und Stallknecht zugelegt hätte. Einen Knaben mit Namen Symon, den man früher schon mal als Päckelchesträger in der Stadt gesehen habe.

Bei seinem nächsten Treffen mit Elsbeth in der Heiligkreuzkapelle, die zu ihrem festen Treffpunkt geworden war, hatte Nicolai ihr unter Tränen – und auch die erlaubte er sich einzig in Elsbeths Gegenwart – berichtet, dass er leider zu spät gekommen sei, um das Schlimmste zu verhindern. Werner Birklin hatte den Jungen, den er offiziell als eine Art Edelknaben oder Edelknecht eingestellt hatte, bereits durch einen ruchlosen Baderchirurgen vom Eigelstein entmannen lassen, um ihn sich gefügig zu machen und gleichzeitig zu verhindern, dass Symon jemals eigene fleischliche Gelüste entwickeln würde. Elsbeths Entgeisterung hallte noch jetzt in ihr wider, als sie an jenen Tag vor zwanzig Jahren dachte, an dem sie ihren Bruder im Arm gehalten und er seine Tränen an ihrer Schulter vergossen hatte. Später hatte sie erfahren, dass Symon nicht der erste Knabe gewesen war, dem Birklin dies angetan hatte. Bereits zwei Jünglinge hatten zuvor als Edelknechte bei ihm gelebt und waren dann irgendwann unter nicht näher geklärten Umständen von der Bildfläche verschwunden. Birklin behauptete, sie hätten ihm den Dienst aufgekündigt, doch Nicolai hatte einen viel scheußlicheren Verdacht. Aber nicht einmal er mit seinem Einfluss und seinem weitverzweigten Netz an Informanten, zu dem Elsbeth mittlerweile einen großen Teil beitrug, konnte dem Mann etwas nachweisen. Stattdessen hatte er Birklin eine obskur hohe Summe für die Herausgabe des Jungen bezahlt und ihm darüber hinaus einen Kredit gewährt, obwohl er unter anderen Umständen mit ihm keinerlei Geschäfte hätte eingehen wollen.

Seither lebte Symon in Nicolai Golattis Haushalt, anfangs als einfacher Knecht, später hatte Nicolai ihn an Dolch, Schwert und im Zweikampf ausbilden lassen und als Wach- und Waffenknecht eingesetzt und wohl auch, ähnlich wie Wardo, um säumigen Schuldnern gehörig einzuheizen. Symon war eine liebenswerte, sanftmütige Seele im Körper eines regelrechten Kolosses: Unter einer außerordentlichen Fettschicht verbargen sich unglaubliche Muskeln – und ein freundliches, treues Herz, mit dem er Nicolai voll und ganz in Liebe und Dankbarkeit ergeben war.

Elsbeth war sich sicher, dass sich diese hingebungsvolle Loyalität auch auf Aleydis ausgeweitet hatte. Sie war froh, dass ihre Schwägerin sich des Beistands zweier so treuer und fähiger Waffenknechte wie Wardo und Symon sicher sein konnte. Denn dass sie sie noch benötigen würde, darüber bestand kein Zweifel. Nicolais Vermächtnis an seine Witwe war geradezu aberwitzig enorm und für Aleydis alleine gar nicht zu überblicken, geschweige denn zu bewältigen.

Etwas anderes wäre es gewesen, wenn sie einen ähnlichen Charakter und Ehrgeiz wie Nicolais erste Gemahlin Griselda besessen hätte. Diese Frau war, das wusste Elsbeth nur zu genau, weil ihr Bruder sich ihr anvertraut hatte, seit jeher die treibende Kraft hinter all den unsäglichen Schattengeschäften gewesen, für die er verantwortlich zeichnete. Natürlich war Nicolai bei seiner Hochzeit mit ihr ein ehrgeiziger junger Mann gewesen und von dem Wunsch beseelt, nicht nur seinen Wohlstand zu mehren, sondern auch an Einfluss in der Stadt Köln zu gewinnen. Somit war er für Griselda und ihren

Bruder Arnold ein vergleichsweise leicht zu formendes Objekt gewesen. Die immer weiter ausufernde Tragweite seiner Schattenwelt ging aber auf Griselda zurück, die von Machthunger geradezu besessen gewesen war. Vielleicht hatte sie, die um einige Jahre älter als Nicolai gewesen war, auf diese Weise ihre Unfähigkeit auszugleichen versucht, Nicolai einen männlichen Erben zu schenken. Etliche Schwangerschaften waren frühzeitig zu einem Ende gelangt oder die Kinder tot geboren worden oder sehr kurz nach der Geburt verstorben. Überlebt hatte einzig ein Mädchen, Cathrein, und sie lebte mittlerweile in einem Beginenhof nur etwa fünfzig Schritte von ihrem Vaterhaus entfernt. Ihr Schicksal war ebenfalls nicht glücklich. Ihre beiden Töchter Ursel und Marlein, gerade neun und elf Jahre alt, wurden in Nicolais Haushalt von Aleydis mit viel Liebe aufgezogen.

»Da vorne ist der Lastenkran, dessen Tretrad Clentz und Birgel bedienen.« Mit seinem Hinweis riss Gero Elsbeth aus tiefen Gedanken und lenkte ihre Aufmerksamkeit wieder auf die Gegenwart.

Kapitel 17

Obgleich Medes Sonntagsmahl, in Ei gebackene sogenannte Griechische Hühner, wirklich vorzüglich gewesen war, hatte Elsbeth das Essen nicht richtig genießen können. Ihre Gedanken und das Tischgespräch kreisten um die ungeheuerliche Beobachtung, von der Clentz und Birgel ihr erzählt und über die sie Johannes selbstverständlich gleich informiert hatte. Balthasar, so hatten die beiden Hafenarbeiter berichtet, sei vor einigen Wochen in Gesellschaft einer jungen, wohlbetuchten Frau gesehen worden, deren Beschreibung durchaus auf Aleydis zutreffen könnte. Nur bei der Haarfarbe waren sich die klaafenden Zungen nicht einig gewesen, doch ansonsten bestand eine frappierende Ähnlichkeit, die Elsbeth große Sorgen bereitete. Insbesondere, weil bei diesem Treffen offenbar ein Beutel voller Münzen den Besitzer gewechselt hatte. Es musste sich um eine Verwechslung handeln oder um einen Zufall, der mit dem Mord an Nicolai nicht das Geringste zu tun hatte.

Die Magd räumte Teller, Schüsseln und Platten ab und füllte den Krug mit dem leichten Clairet noch einmal auf.

»Ich glaube es ja auch nicht.« Johannes ergriff auf dem Tisch Elsbeths Hände. »Zwar bin ich Aleydis bis kürzlich bei der Fundstelle von Nicolais Leiche nie persönlich begegnet, doch nach allem, was du und Nicolai über sie erzählt habt, scheint sie mir gar nicht in der Lage zu sein, solch eine scheußliche Tat zu planen, geschweige denn zu begehen.«

»Sie ist eine durch und durch liebenswürdige junge Frau.« Elsbeth erwiderte dankbar den Druck seiner Finger. »Auch ich habe sie verständlicherweise nie persönlich kennengelernt, aber, du liebe Zeit, Nicolai kannte sie schon, seit sie auf der Welt ist! Als sie trotz des Altersunterschieds von sechsunddreißig Jahren seinem Werben nachgegeben und der Ehe zugestimmt hatte, war er so glücklich, wie ich ihn nie zuvor gesehen hatte, abgesehen vielleicht von Cathreins Geburt, als feststand, dass sie überleben und nicht wie all die Kindlein zuvor ganz rasch ins ewige Himmelreich abberufen werden würde.« Sie blinzelte mehrmals, weil ihre Augen brannten. Tränen würden sie nicht weiterbringen, doch ob sie ihnen noch lange würde Einhalt gebieten können, wusste sie nicht. Eine unterschwellige Übelkeit hatte sie erfasst und wollte einfach nicht wieder weichen. Eine Erkenntnis schien sich Bahn zu brechen, doch sie fühlte sich nicht imstande, sie zuzulassen. »Zum ersten Mal in seinem Leben hatte er jemanden gefunden, der ihn nur um seiner selbst willen liebte, seine gute, liebenswürdige und sanftmütige Seele zu schätzen wusste, ohne die dunklen Seiten zu kennen. Er hätte Aleydis in all seine Geheimnisse einweihen müssen, das wusste er und wollte es auch tun. Ich kann aber gut verstehen, dass er die Zeit genießen wollte, die noch nicht von Aleydis' Wissen um seine dunklen Geschäfte überschattet war.« Sie hob den Kopf und blickte Johannes geradewegs in die Augen. »Ich verstehe ihn so gut, weil es mir ganz genauso geht.«

Seine Miene wurde noch ernster. »Du sprichst von dem Schwur, den du ihm geleistet hast. Ich fürchte, ich ahne bereits, worin er besteht, bin mir aber noch nicht im Klaren darüber, was ich davon halten oder wie ich empfinden soll. Ich weiß nicht, wie ich den Mut aufbringen soll, mich dieser Wahrheit zu stellen, wenn du dich entschließt, sie mir zu offenbaren.«

Elsbeth Herz verkrampfte sich. »Mir ist bewusst, dass du die gesamte Wahrheit verdienst. Aber auch ich weiß nicht, wie ich es anfangen soll. Ich fürchte, ich muss dich um etwas Zeit bitten.«

»Ich will dich nicht verlieren, Elsbeth.« Sein eindringlicher Blick ließ ihr Herz höherschlagen. »Wenn Zeit das ist, was ich beisteuern kann, dann gewähre ich sie dir gerne. Denn umgekehrt musst du mir wohl noch viel mehr zugestehen.« Er hielt inne. »Wirst du an meiner Seite bleiben können, wenn ich in meiner Funktion als Scharfrichter gezwungen sein werde, ein Urteil gegen jemanden aus deiner Familie zu vollstrecken? Ich müsste es nicht tun, wenn bekannt würde, dass Nicolai dein Bruder war und wenn …, wenn …«

»Wenn wir offiziell ein Paar wären? Verheiratet gar?« Elsbeth schluckte hart. »Wir wissen beide, dass weder das eine noch das andere möglich ist. Ich kann mein Geheimnis nicht offenbaren. Damit würde ich nicht nur mein Versprechen gegenüber Nicolai brechen, sondern darüber hinaus mich, dich und alle Menschen, die mir wichtig sind und die mir je geholfen haben oder ich ihnen, in große Gefahr bringen. Die Zusammenhänge würden nur allzu rasch durchschaut … Nein, dieses Risiko kann und werde ich nicht eingehen. Du musst deine Pflicht tun, Johannes, ohne Rücksicht auf mich.«

Unversehens erhob Johannes sich und zog sie ebenfalls von ihrem Stuhl hoch. »Ich liebe dich, Elsbeth. Es ist mir nicht möglich, den Gedanken an dein Wohl zu vernachlässigen.«

»Du musst aber.« Sie presste die Lippen fest zusammen, als er sie zu sich heranzog. »Es ist nicht Aleydis. Sie war es nicht. Es muss jemand anderes …«

»Elsbeth.« Johannes nahm sie fest in seine Arme. »Wir wissen beide, dass es nicht Aleydis war. Ich wage es kaum auszusprechen, weil der Gedanke sogar noch abwegiger, noch widerwärtiger ist. Aber könnte es vielleicht Cathrein sein, die einen Grund gehabt hat, deinen Bruder zu hassen? Denn die Beschreibung jener mysteriösen Frau, von der Birgel und Clentz gesprochen haben, passt auch auf sie.«

»Nein, sie hat ihn geliebt! Von ganzem Herzen. Schon immer hat sie zu ihm aufgesehen, und er hing mit so viel Zärtlichkeit an ihr!« Nun rannen Elsbeth doch Tränen über die Wangen, heiß und schmerzhaft.

»Sie liebt ihn ganz sicher immer noch, aber sie muss ihn auch hassen.« Johannes umfasste sanft Elsbeths Hinterkopf und zog sie noch näher zu sich, bis sie ihr Gesicht gegen seine Brust presste. »Ich weiß noch, wie Nicolai damals diesen Boten schickte, der dir ausrichten ließ, du sollest sofort in die Heiligkreuzkapelle kommen. Ich war so besorgt, dass etwas Schlimmes passiert sein könnte, dass ich darauf bestanden habe, dich zu begleiten. Das war das erste Mal, dass ich ihm persönlich gegenüberstand, obwohl das mit uns schon mehr als zwei Jahre … ernst war.«

»Ich weiß.« Elsbeth brachte nicht die Kraft auf, den Kopf zu heben. »Er wusste natürlich von dir, so etwas hätte ich niemals vor ihm verschweigen können. Aber ich war mir nicht sicher, wie er dieses Zusammentreffen aufnehmen würde.«

»Er hat es einfach als gegeben hingenommen.«

»Nein.« Sie schluckte. »Er mochte dich, anderenfalls hättest du es sofort zu spüren bekommen. Er hat vielleicht kein Wort darüber verloren, aber er hielt dich für einen guten Mann.«

»Gut genug für seine kleine Schwester?«

Unwillkürlich musste sie lächeln. »Ja.« Sie atmete tief durch, doch das brachte den Schmerz zurück. »Er war so besorgt, weil Cathrein sich in Jacob de Piacenza verliebt hatte. Deshalb wollte er mit mir reden, allein, ungestört … Nicolai hat damals Geschäfte mit der Familie gemacht, und Jacob war wohl recht oft bei ihm und Griselda zu Gast. Nicolai fand, dass sie noch zu jung war, aber sein liebendes Vaterherz konnte ihrem Wunsch nicht lange widerstehen.« Sie seufzte. »Im Nachhinein habe ich es sehr bedauert, dass Griselda, die doch sonst in allem den Ton angab, sich in dieser Angelegenheit nicht durchgesetzt hat. Sie mochte Jacob nicht, und ich nehme an, sie wollte Cathrein lieber mit jemandem verheiraten, den sie leichter lenken und formen könnte, um sich einen Nachfolger für das Geschäft und für die Schattenwelt heranzuziehen, da sie ja selbst keinen Sohn bekommen hatte. Cathrein muss in dieser Hinsicht eine Enttäuschung gewesen sein, weil sie zu zart besaitet und zu wenig ehrgeizig war und ist. Sie war schon immer viel zu schüchtern, um sich in der Welt zu behaupten – oder einem Ehemann gegenüber. Deshalb erhob Griselda wohl letztlich keinen Einspruch gegen diese Ehe mit Jacob.«

»Du hast Nicolai davon abgeraten.« Johannes streichelte über ihren Nacken.

»Aber vergeblich!«

»Auch du konntest nicht ahnen, was für ein brutaler Mensch sich hinter Jacobs glatter, wohlerzogener Fassade verbarg. Cathrein hat es lange Zeit verschwiegen, um der Familienehre nicht zu schaden.«

»Und aus Scham.« Erneut blinzelte Elsbeth gegen die Tränen an. »Ich weiß noch, wie zornig und außer sich Nicolai war, als er es herausgefunden hat.« Nun hob sie doch den Kopf. »Er wollte Jacob umbringen, aber er tat es nicht. Mord war das einzige Verbrechen, oder fast das einzige, das er nie begangen hat, nie begehen wollte und konnte. Er hat Jacob für die Misshandlungen, die er Cathrein zugefügt hat, schwer verprügelt.«

»Ich weiß, ich erinnere mich.« Bekümmert nickte Johannes.

»Danach muss es für Cathrein noch schlimmer geworden sein.« Kurz schloss Elsbeth bei der Erinnerung an das, was Nicolai ihr erzählt hatte, die Augen. »Er wollte sie von Jacob fortholen, sie und die Mädchen, aber das ist nicht so einfach, selbst für einen einflussreichen Mann wie Nicolai nicht. Das

Recht des Ehemannes reicht weit, besonders, wenn er seine Frau zwingt, alles abzustreiten, und den Schwiegervater damit erpresst, seiner Gattin die Hölle auf Erden zu bereiten, sollte sich jemand einmischen.«

»Dein Bruder saß in einer Zwickmühle, Elsbeth.«

»Ich weiß, und ich bin sicher, Cathrein weiß es auch. Sie hat ihn angefleht, Jacob zu töten.« Elsbeth sog scharf die Luft ein. »Und eines Tages, sechs Jahre nach ihrer Hochzeit, hat man Jacob tot aus dem Rhein gezogen. Seine Familie glaubt mit Sicherheit, dass Nicolai ihn umgebracht oder vielmehr, dass er jemanden dazu gedungen hat.«

»Aber das hat er nicht getan.« Johannes schürzte die Lippen. »Da bist du dir sicher?«

»Hätte er anderenfalls monatelang nach dem Mörder suchen lassen?« Elsbeth hob die Schultern. »Mir hätte er es erzählt, wenn er dafür verantwortlich gewesen wäre.«

»Wirklich? Vielleicht wollte er dich nicht zur Mitwisserin machen.«

Kälte stieg in Elsbeth auf und diese scheußliche Übelkeit der Erkenntnis. »Wenn er das getan hätte, würde Cathrein ihn jetzt nicht so sehr hassen, dass sie ..., dass sie ... Großer Gott!« Sie schlang die Arme um Johannes und presste ihr Gesicht gegen seine Schulter. »Was soll denn jetzt werden?«

»Jetzt im Augenblick?« Johannes küsste sie auf die Schläfe. »Gar nichts. Wir haben lediglich einen Verdacht, der nicht zu beweisen ist. Ich rate dir, eine Nacht darüber zu schlafen. Wenn wir uns morgen noch so sicher sind wie jetzt, suchen wir Vinzenz van Cleve auf und erzählen ihm alles. Dann ist es an ihm zu entscheiden, wie er weiter vorgeht.«

»Ich weiß nicht, ob ich das kann, Johannes.« Elsbeth unterdrückte ein Schluchzen, das ihre Kehle verkrampfte. »Wenn sie Cathrein offiziell verdächtigen, wird sie befragt, peinlich, sollte sie sich verstockt zeigen. Ich weiß, wovon ich rede. Das kann ich ihr nicht antun. Sie hat so viel erleiden müssen – es mag seltsam klingen, aber ihr Schicksal ist um vieles schlimmer als das meine. Ich habe auch Gewalt erleben müssen, vieles, was ich dir vielleicht niemals erzählen können werde, aber ich habe dieses Leben sehenden Auges erwählt. Ich habe gelernt, mit so mancher Schmach zu leben. Cathrein konnte das nie. Ihre Seele ist zu zart und, wie ich befürchte, an Jacobs Grausamkeiten zerbrochen. Wie sonst ist wohl zu erklären, dass sie dem Mann, der sie so sehr liebte und den sie wiederliebte, ihrem Vater, den Tod wünschte, nein, ihm den Tod brachte?«

»Wahrscheinlich war sie nicht fähig, sein Dilemma zu begreifen. Vielleicht kann niemand das, auch du nicht. Du weißt nicht, was er dir womöglich verschwiegen hat.« Sanft schob Johannes sie ein wenig von sich, sodass er ihr in die Augen blicken konnte. »Bleib heute bei mir, Elsbeth. Ich will nicht, dass du das allein durchstehen musst. Bleib ausnahmsweise bis morgen früh. Dann gehen wir gemeinsam zu van Cleve.«

»Ich muss im *Scone Frowe* nach dem Rechten sehen.« Elsbeth rieb sich über die Stirn. »Es ist heute geschlossen, außer für die beiden Freier, die sich regelmäßig ausschließlich mit Erika und Sieglind treffen, aber du weißt, was man sagt: Ist die Katze aus dem Haus, tanzen die Mäuse auf dem Tisch.«

»Du meinst den Schuster und den Hafenarbeiter? Treffen sie sich immer noch regelmäßig mit den beiden Frauen?« Johannes lächelte leicht. »Die bedürfen doch deiner Aufsicht nicht. Es sei denn, du willst dich versichern, dass deine Verkupplungsbestrebungen von Erfolg gekrönt sein werden.«

»Das werden sie.« Mit etwas Mühe brachte auch Elsbeth ein Lächeln zustande. »Beide Männer haben gegenüber den Frauen bereits von Heirat gesprochen. Es ist nur noch eine Frage der Zeit, bis aus Worten Taten werden.«

»Wie viele Hübschlerinnen hast du über die Jahre durch diese Möglichkeit, sich ausschließlich auf einen Freier einzulassen, in den heiligen Hafen der Ehe geführt?«

Nun lächelte Elsbeth wirklich. »Neun. Ohne diese beiden jetzt. Aber wer zählt schon mit?«

»Du, mein Schatz, und du hast jedes Recht dazu.« Zärtlich küsste er sie auf die Lippen. »Schick Gero kurz rüber zum Berlich, damit er dort Bescheid gibt, dass du erst morgen wieder zurück bist. Cordian kann doch die Aufsicht im *Scone Frowe* übernehmen, oder nicht?«

»Ja, kann er wohl.« Elsbeth nickte zögernd. »Also gut, ich bleibe bis morgen. Schlaf finden werde ich heute Nacht wohl kaum; allein sein möchte ich dann nicht auch noch.«

Kapitel 18

30. August Anno Domini 1423

Meister Hans, Ihr werdet aufgefordert, umgehend vor dem Rathaus zu erscheinen. Es gibt eine geständige Weibsperson in den Mordfällen des ehrenwerten Nicolai Golatti und des Ansässigen Balthasar aus der Wenstergasse. Diese Worte des Büttels hallten in Elsbeths Kopf wider, seit dieser am frühen Morgen vor Johannes' Tür gestanden und die Nachricht überbracht hatte, dass man am Nachmittag des gestrigen Sonntags die Begine Cathrein, Tochter des Nicolai Golatti, verhaftet und in den Frankenturm gesperrt hatte. Johannes wurde selbstverständlich umgehend über solche Vorfälle informiert, da er als Scharfrichter ja ein fester Bestandteil der Kölner Gerichtsbarkeit war. Vermutlich würde der Prozess bereits in wenigen Tagen stattfinden. Bei einem Geständnis gab es schließlich keinen Grund, die Dinge auf die lange Bank zu schieben.

Auch Johannes' Frage ging ihr nicht mehr aus dem Kopf, ob sie damit zurechtkommen und ihm verzeihen würde, sollte er gezwungen sein, ein Todesurteil an einem ihr nahestehenden Menschen zu vollstrecken.

Sie war sich über seinen Beruf stets im Klaren gewesen, hatte schon miterlebt, wenn auch nur selten, dass er in Ausübung seines Amtes jemand hingerichtet oder Körperstrafen wie Auspeitschen, Brandmarken oder Ohrschlitzen ausgeführt hatte. Todesurteile kamen weit seltener vor, als man bei einer so großen Stadt wie Köln vielleicht erwartet hätte. Selbst bei schweren Verbrechen neigten die Richter dazu, Gnade vor Recht ergehen zu lassen, wenn dies von Angehörigen, Freunden oder auch Zunftbrüdern eines Verurteilten durch die Abbitte erfleht wurde. Zwar musste in diesem Fall auch die geschädigte Partei zustimmen, damit ein festgesetztes Urteil in ein milderes oder doch zumindest ehrbares umgewandelt werden konnte, doch bis auf vergleichsweise wenige Ausnahmen wurde einer solchen Abbitte in aller Regel stattgegeben.

Eine große Ausnahme, die sich freilich lange vor Johannes' Amtszeit ereignet hatte, war der Prozess gegen einen Anführer der alten Greifenpartei gewesen, die sich gegen die Einführung des Verbundbriefs gestellt hatte. Damals war einer jener Rädelsführer, Heinrich von Stave, von Johannes' Onkel, der damals noch das Amt des Henkers bekleidet hatte, auf dem Neumarkt enthauptet worden. An von Stave hatte man ein Exempel statuiert, wohingegen viele seiner adeligen und reichen bürgerlichen Gefolgsleute zu lebenslanger Kerkerhaft verurteilt oder auf Lebenszeit aus Köln vertrieben worden waren. Ihnen war im Gegensatz zu ihrem Anführer Gnade vor Recht gewährt worden, obwohl sie nicht weniger des Verrats für schuldig befunden worden waren. Da in diesem Fall der Rat selbst sich als Geschädigter ansah, in Vertretung der gesamten Stadt Köln, war eine Abmilderung des Urteils für einen Anführer ausgeschlossen gewesen. Staves Neffe, Hilger Quattermart von der Stesse, der damals ebenfalls angeklagt gewesen war, hatte sich dem Prozess entzogen, indem er nach Bonn geflüchtet war. Da er jedoch später auch noch an weiteren verräterischen Aktivitäten gegen den im Zuge des Verbundbriefs neu eingesetzten Kölner Stadtrat beteiligt gewesen war, hatte er zwei Jahre später das Schicksal seines Onkels geteilt.

Todesurteile wurden meistens zur Abschreckung ausgeführt, wenn es sich um einen Fall öffentlichen Interesses oder um einen Wiederholungstäter handelte, der für gleiche und ähnliche Vergehen bereits mehrmals verurteilt worden war und bei dem weder Reue noch Einsicht und der Wille zum Ablassen von seinem strafbaren Tun zu erkennen waren. Oder natürlich bei Untaten von herausragender Abscheulichkeit. Elsbeth vermutete und hoffte zwar, dass ein solcher Fall bei Cathrein nicht gegeben war, und ein großes öffentliches Interesse gab es ebenfalls nicht, denn dann hätte man zugeben müssen, dass Nicolai Golatti weit mehr Einfluss in und um Köln gehabt hatte, als es Rat und Schöffen lieb sein konnte. Dennoch stand die Todesstrafe für Cathrein ganz eindeutig im Raum. Bei zweifachem, heimtückisch geplantem Mord durch eine Frau sogar die unrühmliche und – schlimmer noch – unehrliche Strafe des Todes durch Erhängen oder lebendig Begraben. Diese Art des Urteils würde Cathrein selbst unehrlich machen und all ihrer bürgerlichen Ehrbarkeit und Würde berauben. Auf dem Elendsfriedhof würde man sie verscharren, und auch ihre Angehörigen würden fortan mit diesem Makel leben müssen.

Obwohl Elsbeth sich eigentlich um die alltäglichen Vorgänge im Haus *Zur schönen Frau* kümmern müsste, begab sie sich kurz vor dem Mittag hinüber in die Heiligkreuzkapelle, um mit sich und ihren unruhigen Gedanken eine Weile allein zu sein. Dies war der Ort, wo sie normalerweise zur Ruhe kam und an dem sie sich ihrem Bruder besonders nahe fühlte. Fast vermeinte sie hier seine Stimme zu hören und sein heiteres Lachen, wenn er ihr eine Anekdote aus dem Rat oder – viel häufiger – aus seinem Familienleben erzählt hatte, das seit seiner Eheschließung mit Aleydis um so viel herzlicher und von Freude erfüllt gewesen war als all die Jahre zuvor.

Wie es wohl zu Cathreins Geständnis gekommen war? Und wie würde Aleydis darauf reagieren? Sie und Cathrein standen sich sehr nahe, und das nicht erst seit Aleydis' Hochzeit mit Nicolai. Würde die Witwe ihrer Stieftochter diesen Mord je verzeihen können? Konnte Elsbeth ihn verzeihen? Sie verspürte seltsamerweise keinerlei Zorn auf Cathrein. Mitleid und eine tiefe Traurigkeit hatten sich stattdessen in ihrem Herzen ausgebreitet.

Hätte man dies alles verhindern können? Sie hatte nicht geahnt, dass Cathrein zu solch einer Tat fähig war; niemand wäre je auf den Gedanken gekommen. Elsbeth stand dem Hass, der in Cathrein gewütet haben musste – oder ihrer Enttäuschung, wer wusste das schon – vollkommen hilflos gegenüber. Je länger sie darüber nachdachte, desto elender wurde ihr, denn in gewisser Weise konnte sie ihre Nichte sogar verstehen. Dennoch musste in der Seele der jungen Frau etwas unwiederbringlich zerstört worden sein, dass ihr der Mord an ihrem Vater als einziger Ausweg erschienen war.

Auch heute brannte eine einzelne Kerze auf dem Altar sowie zwei weitere auf dem Bord an der Wand unter dem großen Kreuz. Offenbar war also vor Kurzem noch ein anderer Mensch hier gewesen und hatte für jemanden gebetet. Auch Elsbeth entzündete eine Kerze für ihren Bruder und warf die erforderliche Münze in den Opferstock. Das leise Klirren verriet, dass, obgleich man fast nie jemanden dieses Gotteshaus betreten sah, offensichtlich doch der eine oder die andere Gläubige sein Geld hier loswurde. Ein Gebet wollte ihr trotz einiger Anstrengung nicht über die Lippen kommen; ihre Gedanken und Gefühle waren zu aufgewühlt. Deshalb setzte sie sich in die erste Bank, faltete die Hände im Schoß und starrte einfach nur still vor sich hin.

»Dachte ich mir doch, dass ich dich hier finde.« Johannes war auf leisen Sohlen hereingekommen und setzte sich neben sie. »Es regnet.«

»Ich weiß.« Sie war bereits im leichten Sprühregen hierhergelaufen. Vorsichtig sah sie ihn von der Seite an. »Es ist also wahr? Worüber wir gestern geredet haben?«

Johannes neigte den Kopf. »Aleydis hat offenbar die gleichen Schlüsse gezogen wie wir. Sie hat Cathrein gestern Nachmittag im Beginenhof in der Glockengasse aufgesucht und zur Rede gestellt.«

Elsbeth schluckte gegen die Enge in ihrer Kehle an. »Und Cathrein hat gestanden, Balthasar gedungen zu haben, ihren Vater zu ermorden?«

»Ja.« Johannes atmete geräuschvoll ein und wieder aus. »Sie wollte Nicolais Dolch als Andenken behalten und hat Balthasar erstochen, weil er ihr Nicolais Ring nicht ebenfalls aushändigen wollte.«

Erschrocken starrte Elsbeth ihn an. »Den Schlüsselring?«

»Den wir in Balthasars Bruoch gefunden haben«, bestätigte Johannes.

»Woher wusste sie denn davon?« Verdutzt runzelte sie die Stirn. »Nicolai hat ihr doch nie davon erzählt.«

»Bist du sicher?«

»Ziemlich, ja.« Dann schüttelte sie den Kopf. »Was wollte sie denn mit dem Ring anfangen?«

Johannes hob die Schultern. »Das weiß ich leider nicht, man hat mir nicht alles erzählt. Aber wenn ich es richtig verstanden habe, will sie wohl, dass Aleydis die Schattenwelt ihres Gemahls weiterführt. Was wiederum Aleydis kategorisch ausgeschlossen hat.«

»Das hat Cathrein gesagt?« Elsbeth schauderte unwillkürlich. »Liebe Güte, damit hätte ich nie gerechnet. Steckt in ihr vielleicht doch mehr vom Ehrgeiz ihrer Mutter, als wir alle geahnt haben?«

»Das muss wohl so sein. Elsbeth …« Johannes druckst ein wenig herum. »Da ist noch mehr, was ich dir erzählen muss.«

»Über Cathrein?« Besorgt musterte sie seine angespannte Miene, und als er nickte, ergriff sie unwillkürlich seine Hand. »Was ist geschehen? Hat sie sich etwa …?«

»Nein, nein, sie lebt«, unterbrach er sie hastig, schluckte dann aber. »Sie hat es versucht, mit einer kleinen Sichel, die sie zum Ernten von Kräutern mit in den Garten der Beginen genommen hatte. Man konnte sie abhalten, aber es kam zu einem Handgemenge, bei dem Andrea schwer am Auge verletzt wurde.«

»Andrea war auch dort?«

»Anscheinend hatte Aleydis mit ihm gemeinsam Cathrein aufgesucht.« Johannes drückte Elsbeths Hand. »Sie hat ihm die Sichel ins Auge gestoßen.«

»Was? O mein Gott!« Elsbeth bekreuzigte sich. Sie hatte Andrea, obgleich auch er ihr Bruder war, nie als solchen betrachtet. Er hatte nichts von ihrer Existenz gewusst oder falls doch, sie vollständig missachtet und wohl auch nichts von der Verbindung zwischen ihr und Nicolai geahnt. Dennoch schmerzte und entsetzte diese Nachricht sie. »Was … ist … Wie geht es ihm?«

»Auch hier weiß ich nichts Genaues. Es muss aber wohl nicht gut um ihn stehen.« Johannes seufzte. »Im besten Fall wird er wohl das Auge verlieren. Im schlimmsten Fall … Solche Wunden werden sehr leicht brandig, Elsbeth.«

»Bei allen Heiligen und der liebwerten Gottesmutter!« Noch einmal bekreuzigte sie sich. »Ich werde für ihn beten.« Auch wenn sie keinerlei Beziehung zu Andrea gehabt hatte – überdies hatten er und Nicolai sich nie gut verstanden –, gehörte er doch zu ihrer Familie. Der Familie, die zu beschützen sie geschworen hatte.

Johannes hüstelte. »Da ist noch etwas.«

Ruckartig hob sie den Kopf. »War das etwa immer noch nicht alles?«

»Cathrein hat zugegeben, jemanden gedungen zu haben, ihren Gemahl Jacob de Piacenza zu ermorden.«

Für einen langen Moment hielt sie die Luft an ob dieser entsetzlichen Mitteilung, dann stieß sie sie heftig wieder aus. »Sie wird hingerichtet, nicht wahr?« Ein kalter Schauder ergriff sie, zugleich erfasst sie eine seltsame Klarheit. Sie suchte seinen Blick. »Ich kann es dir verzeihen, Johannes. Wenn du es tun musst … Es soll wohl so sein. Es wird nicht zwischen uns stehen, das verspreche ich dir.« Sie erhob sich und zog ihn an der Hand mit sich zu dem Bord mit den Kerzen. »Ich werde auch für ihre Seele beten.«

»Warte.« Johannes hielt sie zurück, bevor sie nach einer Kerze greifen konnte, zog sie in seine Arme und küsste sie innig. Dann lehnte er seine Stirn gegen die ihre. Sie konnte spüren und sehen, wie bewegt er war. »Ich nehme an, das Gericht wird sie zum Tod durch Erhängen verurteilen. Doch als ich vorhin die Amtsstube des Gewaltrichters im Rathaus verließ, sah ich Arnold Hürth die Judengasse heraufkommen, gefolgt von Aleydis und ihren Eltern. Ich glaube nicht, dass das Urteil vollstreckt werden wird. Der Prozess soll bereits übermorgen stattfinden. Vermutlich werden beide Familien Abbitte leisten und dies bereits im Vorfeld dem Gericht mitteilen.«

Elsbeth atmete innerlich auf, obwohl es nichts an ihrer Erkenntnis änderte, sah Johannes jedoch skeptisch an. »Was aber soll denn aus Cathrein werden? Wird sie lebenslange Kerkerhaft erdulden müssen?«

»Sie ist eine mehrfache Mörderin.« Johannes streichelte ihr in vertrauter Art über den Nacken. »Diese Strafe ist das Mindeste, was sie zu erwarten hat. Aber ich weiß, was du meinst. Der Kerker ist die grausamere Alternative im Gegensatz zu einem schnellen Tod.«

Elsbeth lehnte den Kopf an seine Schulter. »Aleydis ist nicht grausam veranlagt, und Arnold zwar skrupellos, aber auf den Ruf seiner Familie bedacht. Sie müssen einfach eine andere Lösung finden.«

Kapitel 19

7. September Anno Domini 1423

Herr Gewaltrichter, was für eine erfreuliche Überraschung.« Elsbeth erhob sich von ihrem Stuhl hinter dem kleinen Schreibpult, auf dem sie die bisherigen Einnahmen des Abends gezählt und für Johannes abgerechnet hatte. Sie lächelte dem hochgewachsenen und, wie sie immer wieder aufs Neue feststellte, trotz seiner gewittrigen Aura höchst ansehnlichen Mann herzlich zu. »Womit kann ich Euch heute dienlich sein? Ein heißes Bad? Giselle kann sich darum kümmern. Und soll es auch ein kleiner Imbiss sein? Heute habe ich guten Rehbraten anzubieten.«

»Rehbraten?« Vinzenz van Cleve bedachte sie mit einem halb amüsierten, halb skeptischen Blick. »Ich frage wohl besser nicht nach, woher dein Koch diese Art Wildbret bezieht.«

Elsbeth lächelte nur fein. »Möchtet Ihr davon kosten?«

»Heute nicht. Ich komme gerade von einem Essen bei meinem Amtskollegen Cristan Reese. Aber nach einem Aufenthalt in der Schwitzkammer und einem heißen Bad steht mir der Sinn. Vielleicht auch einem Krug Wein. Nicht der schwere Burgunder.«

»Und ein wenig Gesellschaft von Giselle, nehme ich an.« Elsbeth hielt, immer noch lächelnd, die Hand auf. »Sieben Pfennige bitte.«

Ohne eine Miene zu verziehen, zählte er ihr die Münzen in die Handfläche. »Ich nehme an, du hast bereits von dem Prozess gegen Cathrein Golatti gehört.«

»Ich war anwesend.« Auf seinen überraschten Blick hin zuckte sie betont gleichmütig mit den Achseln. »Ihr habt mich nicht bemerkt, weil ich mich wie die kluge Katze auf der Lauer versteckt in der letzten Reihe der Zuschauer auf dem Neumarkt aufgehalten habe. Außerdem wart Ihr ja beschäftigt.«

»Ganz eindeutig.«

Sie trat einen halben Schritt auf ihn zu. »Wie haben die Beginen in der Glockengasse es aufgenommen, dass auf ihrem Grund eine Klause errichtet wird, in die Cathrein für den Rest ihres Lebens eingemauert werden soll?«

Der Gewaltrichter hob die Schultern. »Die Beginen sind nicht begeistert, nehmen es wohl aber mit der gebotenen Gelassenheit, wenn man bedenkt, welch enorme Spende ihnen testamentarisch von Nicolai Golatti zugesprochen wurde. Die Leibrente, die er für seine Tochter ausgesetzt hat, reicht darüber hinaus ganz sicher, um die Unglückselige ein Leben lang mit Speis und Trank und der einen oder anderen warmen Decke zu versorgen. Ein Schaden entsteht dem Beginenhof also nicht durch diesen Urteilsspruch.«

»Ihr scheint diesen Ausgang des Prozesses zu begrüßen«, stellte sie mit Genugtuung fest. »Anderenfalls hättet Ihr jetzt ein kritisches Wort geäußert.«

»Cathrein Golatti ist krank.« Er verschränkte die Arme vor der Brust. »Wahnsinnig wohl, wenn man dem Urteil der gelehrten Doktoren folgt. Sie mit dem Tod für ihre Untaten zu bestrafen, erscheint mir nicht … angemessen zu sein. Obgleich man argumentieren könnte, dass eine lebenslange Einzelhaft weit grausamer anmutet.«

Nachdenklich nickte Elsbeth vor sich hin. »Es war Aleydis' Idee, oder?«

»Die Familie Hürth war überraschenderweise ihrer Meinung. Vielleicht, weil Arnolds Vorschlag, wie auch immer er ausgesehen haben mag, weniger einfach umzusetzen gewesen wäre.«

»Das könnte sein.« Elsbeth lächelte wieder leicht. »Die junge Witwe des Lombarden scheint über ein gerüttelt Maß an Weitsicht zu verfügen – und über einen klugen Kopf.«

»Den wird sie wohl benötigen«, brummte van Cleve so leise, dass Elsbeth ihn gerade so verstand.

Sie maß ihn mit neuem Interesse und konnte nicht widerstehen, das Thema noch ein wenig zu vertiefen. »Wenn sie aber ein so gescheites Menschenkind ist, nimmt es mich wunder, weshalb man sie am vergangenen Freitagabend nur in Begleitung ihres Knechtes Symon bei der Fechtschule gesehen hat.«

Van Cleve hob ruckartig den Kopf.

Sie schmunzelte. »Ist das nicht ein ausgesprochen unvernünftiger Aufenthaltsort für eine junge Witwe? Immerhin treibt sich eine Menge Mannsvolk dort herum.« Nun grinste sie schalkhaft. »Es sei denn, sie hatte vor, sich mit einem Vertreter dieses Volks zu treffen. Könnt Ihr Euch vorstellen, dass sie so etwas tun würde? Und … mit wem?«

»Du scheinst deine Augen und Ohren ja wirklich überall zu haben.« Sein verdrießlicher Ton reizte sie zum Lachen.

»Würdet Ihr mir anderenfalls schon seit Jahren vertrauen, wenn es um Nachrichten aus der Stadt, der Unterwelt und den Sphären dazwischen geht?« Amüsiert neigte sie den Kopf zur Seite. »Gebt Euch keine Mühe, Herr Gewaltrichter. Ich weiß bereits oder nehme zumindest stark an, dass Ihr sie dorthin zitiert habt. Man hat Euch beide schon einmal zusammen dort gesehen. Wie ich hörte, habt Ihr der liebreizenden Witwe ein paar Handgriffe gezeigt, mit denen sie sich gegen Angreifer zur Wehr setzen kann. Keine schlechte Idee nach dem Überfall durch den Leyneweber und diesen wütenden Mob aus Mägden und Knechten. Wenn Ihr aber jene Lektionen in Selbstverteidigung noch vertiefen wolltet, war es nicht sehr höflich, sie einfach zu versetzen oder vielmehr an Eurer statt Eure ehrenwerte Schwester Alba zu entsenden.« Sie lachte herzlich über seinen verdutzten Gesichtsausdruck. »Nun sagt bloß, es überrascht Euch, dass in Köln nicht nur die Wände Augen und Ohren haben, sondern auch die Luft. Eines interessiert mich aber brennend, denn meine Quelle konnte mir dazu leider keine Angaben machen.« Sie hielt kurz inne. »Was befand sich in der Schachtel, die Frau Alba der Witwe Golatti mitgebracht hat?«

»Du weißt schon, was man über Katzen noch so sagt, oder?« Auf der Stirn des Gewaltrichters hatte sich eine steile Falte gebildet. »Neugier ist ihr Tod.«

Elsbeth gluckste. »Man sagt auch, eine Katze habe neun Leben. Mehr als zwei oder drei habe ich bislang gottlob nicht aufgebraucht. Ich fürchte mich also nicht vor Eurem Zorn, der im Grunde wohl auch mehr Euch selbst gilt, weil Ihr nicht umsichtiger darauf geachtet habt, dass Eure Umtriebe mit der Lombardenwitwe geheim bleiben.«

»Da gibt es keine Umtriebe.« Er bedachte sie mit einem weiteren finsteren Blick. »Ich habe ihr durch Alba den Dolch und den Ring überbringen lassen, die bei dem toten Balthasar gefunden wurden. Beides gehörte, wie wir mit Sicherheit wissen, zu Golattis Besitz. Demnach hat Frau Aleydis nun ein Anrecht darauf.«

»Der …« Elsbeth räusperte sich, weil sie sich beinahe verplappert hätte. »Der Dolch, mit dem der Lombarde erstochen wurde?«

»Eben der.«

»Und ein Ring.« Sie setzte eine milde neugierige Miene auf. »Mein lieber Meister Hans erzählte mir davon. Es soll ein ganz ungewöhnliches Schmuckstück sein.«

»Das ist es wohl«, bestätigte van Cleve. »Es ähnelt stark Golattis Siegelring, ist aber deutlich größer. So groß, dass ich mich frage, wie Balthasar es fertiggebracht haben soll, ihn hinunterzuschlucken. Aber das ist wohl auch nicht so wichtig.«

»Wohl nicht«, stimmte sie ihm rasch zu. »Spannender ist eindeutig die Frage, was es mit dem Ring auf sich haben könnte.«

Sein Blick wurde wachsam. »Weißt du etwas darüber?«

»Nein.« Sie hätte ihm gerne weitergeholfen, aber das war zu gefährlich. »Von dem Ring hatte ich zuvor nie etwas gehört, bis Johannes, ich meine Meister Hans, mir davon erzählt hat.«

»Die Witwe Golatti kann sich auch keinen Reim darauf machen.« Van Cleve zuckte mit den Achseln. »Vielleicht ist es auch einfach nur ein sehr eigenwilliges und außergewöhnliches Schmuckstück.«

»Möglich.« Elsbeth nickte zustimmend. »Dem Lombarden wird ja eine Vorliebe für ungewöhnliche Dinge und neue Erfindungen nachgesagt.«

»Ach ja?«

Sie lächelte fein. »Auch mit ungewöhnlichen Menschen hat er sich umgeben. Schaut Euch nur mal seinen Haushalt an. Eine tumbe Magd, eine abergläubische Köchin, ein Eunuch, ein ehemaliger Gassenjunge und, wie wir nun leider wissen, Bruder eines Meuchelmörders ... Wenn man genau hinsehen würde, könnte man mit Sicherheit auch eine kuriose Geschichte über den Altknecht Lutz entdecken, obgleich der wohl schon beim alten Franco Golatti in Diensten stand. Und nicht zuletzt seine ach so junge und kluge und überaus liebreizende Witwe, die sich nun vollständig ihrer, verzeiht, wenn ich lache, Stiefenkelinnen Ursel und Marlein annehmen muss, weil deren Mutter im Beginenhof in der Nachbarschaft eingemauert wird und vor der Welt für tot gilt.«

»So betrachtet ...« Die steile Falte erschien erneut auf seiner Stirn. »Er war wohl ein Mann mit vielen außergewöhnlichen Eigenschaften und Vorlieben.«

»Werdet Ihr weiterhin ein Auge auf die Witwe haben?«

Er löste seine Arme, verschränkte sie aber sogleich wieder. »Weshalb sollte ich?«

»Ich dachte nur …« Sie gluckste. »Aber ich will Euch nicht verärgern, sonst bleibt Ihr am Ende diesem Hause ganz fern. Solange Ihr frei und ungebunden seid, begrüße ich Euch allzu gerne in meinen vier Wänden.«

»Deine Neugier ist also befriedigt?«

Sie nickte, grinste dann aber. »Warum habt Ihr Eure Schwester geschickt?«

»Ich war verhindert.«

»Ach so.« Sie tat, als schlucke sie diese lapidare Antwort. »Nun gut, dann folgt mir hinüber in die Badestube. Die Schwitzkammer dürfte um diese Zeit noch gut geheizt sein, und bis Ihr dort fertig seid, hat Giselle Euch Euer Bad gerichtet.« Sie ging an ihm vorbei durch die Tür und gab Cordian mit einer Geste zu verstehen, dass er ein Auge auf das Geld auf dem Schreibpult haben sollte. Höchstpersönlich führte sie den Gewaltrichter bis zu der Kammer, in der er sich entkleiden konnte, und rief Giselle und Britti zu, dass sie einen Zuber für ihn befüllen sollten. Bevor er den Umkleideraum betrat, hielt sie ihn mit einem kurzen Räuspern zurück.

»Gibt es noch etwas?« Aufmerksam musterte er sie.

Sie nickte leicht. »Ich frage mich …«

»Was?«

»Man erzählt sich, Balthasar habe von Cathrein einen Samtbeutel voller Münzen für den Mord erhalten. Weiteres Geld sollte seiner Prahlerei nach folgen.«

»Das ist dir also auch zu Ohren gekommen.«

Sie ging nicht auf seinen spöttischen Einwurf ein. »Dass weitere Zahlungen nicht erfolgt sind, noch es werden, dürfte klar sein, aber …«

»Aber?« Nun klang er leicht ungeduldig.

»Wurde das Geld gefunden?«

Van Cleve stutzte. »Nein. Wir haben allerdings auch nicht danach gesucht.«

»Es scheint nicht so, als hätte Balthasar das Geld ausgegeben«, fuhr sie fort. »Merle und sein Sohn Hardwin scheinen es aber auch nicht zu haben.« Sie schürzte die Lippen. »Wo ist es also abgeblieben?«

»Im Rhein?«

Elsbeth dachte über diese Möglichkeit nach. »Vielleicht, aber nicht sehr wahrscheinlich. Balthasar hätte so viel Geld nicht ständig mit sich herumgetragen. So dumm war er nicht.«

»Dann hat er es eben irgendwo versteckt.« Der Blick des Gewaltrichters flackerte in Richtung der Schwitzkammer. »Beschäftigt dich das aus einem bestimmten Grund?«

»Nein.« Sie zögerte. »Nein, wahrscheinlich ist das ohne Bedeutung. Ich dachte nur, dass es Merle und Hardwin über die schwierige erste Zeit hinweggeholfen hätte. Merle erwartet ein Kind.«

»Von Balthasar?« Van Cleve schnaubte. »Gott, steh ihr bei.«

»Hoffen wir, dass er das tut.« Sie wandte sich ab, drehte sich aber noch einmal zu ihm um. »Wie geht es Andrea Golatti? Man sagt, er liege auf den Tod?«

Der Gewaltrichter schüttelte den Kopf. »So arg ist es wohl nicht. Es geht ihm schlecht, keine Frage, denn er hat sein Auge verloren. Magister Burka, der städtische Medicus, und der Baderchirurg Meister Jupp kümmern sich gemeinsam um ihn. Es wird wohl noch sehr lange dauern, bis er sich wieder erholt hat.«

Elsbeth atmete innerlich auf. »Wenigstens eine halbwegs gute Nachricht nach all diesen unschönen Ereignissen.« Sie nickte ihm noch einmal freundlich zu. »Gehabt Euch wohl, Herr Gewaltrichter. Ich wünsche Euch einen angenehmen Aufenthalt in der Badestube.«

Kapitel 20

6. Oktober Anno Domini 1423

Der Friedhof lag in einem diffusen Zwielicht aus Wolken, Nebel und wenigen Sonnenstrahlen, die sich durch das wechselvolle Grau gekämpft hatten. Dicht an dicht standen die Trauernden und wohl auch einige Schaulustige um die Familiengrabstätte der Lombardensippe Golatti und lauschten den monotonen Worten des Pfarrers, der mit den altbekannten Gebeten Andrea Golatti seinem Schöpfer anempfahl. In unmittelbarer Nähe des Geistlichen stand die engste Familie: Andreas Weib Edelgard und sein sechzehnjähriger Sohn Matteo, seine Schwägerin Aleydis, die ihren Ehenamen Golatti mittlerweile aus Elsbeth nur zu verständlichen Gründen abgelegt und wieder durch ihren Mädchennamen de Bruinker ersetzt hatte, und seine beiden Großnichten Ursel und Marlein, die erst neun und elf Jahre alt waren. Ihnen schlossen sich die Mitglieder der Gaffel Eysenmarkt an, der Andrea als Eisenwarenhändler angehört hatte.

Bezahlte Klageweiber und psalmodierende Mönche hatten den Trauerzug begleitet und warteten nun auf ihren letzten Einsatz, sobald der wertvolle Sarg in die Tiefe seines Bestimmungsortes hinabgelassen worden war. Elsbeth stand in Begleitung ihres Knechtes Gero weitab der Trauergemeinde am gegenüberliegenden Ende des Friedhofs und folgte mit gemischten Gefühlen der Beerdigungszeremonie. Erst vor wenigen Wochen hatte sie an genau derselben Stelle gestanden und zugesehen, wie ihr anderer Bruder zu Grabe getragen worden war. Bis zuletzt hatte sie gehofft und gebetet, dass Andrea seine schwere Verletzung überstehen würde, und zunächst hatte es wohl auch recht vielversprechend ausgesehen. Doch dann hatte ganz plötzlich der Wundbrand eingesetzt und Andrea in einem, wie man ihr berichtet hatte, äußerst qualvollen Prozess das Leben ausgesaugt.

Trauer empfand sie nicht, doch ein großes Bedauern hatte sie ergriffen und eine unterschwellige Besorgnis, denn Andreas Tod hatte die Kölner Bürger wieder an die Umstände seiner schweren Verletzungen erinnert und somit auch an die ungeheuerlichen Verbrechen, die Cathrein begangen hatte und für die sie seither, abgeschieden von der Welt, eingemauert in einer winzigen Klause büßte. Zwar war seither nur etwas mehr als ein Monat vergangen, doch der Klaaf hatte sich endlich ein wenig beruhigt. Nun blühte er natürlich noch einmal auf und brachte der Familie Golatti, allen voran Nicolais Witwe, großen Verdruss. Sie hielt sich allerdings, das musste Elsbeth ihr zugestehen, erfreulich aufrecht und gefasst. Soweit Elsbeth es auf die Entfernung erkennen konnte, waren die dunklen Ringe unter den Augen der jungen Frau, die bei Nicolais Begräbnis noch deutlich zu erkennen gewesen waren, einem frischeren Teint und einem entschlossenen Blick gewichen.

Was Elsbeth deutlich mehr beunruhigte, war der verkniffene, fast schon bösartige Ausdruck auf Edelgards Gesicht. Andreas Witwe schien ebenfalls keine allzu große Trauer zu verspüren, auch wenn sie sich ein ums andere Mal mit dem Ärmel ihres aufwendig bestickten Seiden- und Brokatkleides über die Augen tupfte. Elsbeth war sich ziemlich sicher, dass diese Frau nicht eine einzige Träne um ihren verstorbenen Gemahl vergossen hatte. Glücklich war diese Ehe nach allem, was Nicolai ihr erzählt hatte, nicht gewesen. Andrea hatte Edelgard nur wegen ihrer nicht zu verachtenden Mitgift geheiratet. Sie wiederum war eine putz- und verschwendungssüchtige Person, eitel und hochnäsig. Elsbeth wusste noch weit mehr über sie, und dieses Wissen, gepaart mit dem eisigen Blick, den sie bei Edelgard beobachtete, gab ihr durchaus Grund zur Sorge. Hoffentlich stand der Familie nicht bald schon das nächste Drama ins Haus – oder der nächste Skandal. Gründe genug gäbe es dafür, für die hauptsächlich Andrea verantwortlich zeichnete, doch ihn würden diese Probleme ja nun nicht mehr berühren.

Die Trauergemeinde betete nun gemeinsam; Elsbeth bekreuzigte sich und nahm aus den Augenwinkeln wahr, dass Gero es ihr gleichtat. Aus gewohnheitsmäßiger Wachsamkeit und Neugier ließ sie ihren Blick über den Friedhof wandern und blieb überrascht an der schlanken Gestalt eines dunkelhaarigen Mannes hängen, der wohl um die dreißig Jahre alt sein mochte, vielleicht auch ein oder zwei Jahre darüber. Im ersten Moment meinte sie, sich geirrt zu haben, doch als der Mann sich ebenfalls bekreuzigte und dabei einen Schritt aus dem Schatten der Buche heraustrat, hinter deren Stamm er sich halb verborgen gehalten hatte, rang sie unwillkürlich nach Atem. »Alessandro!«

»Was?« Gero sah sie verblüfft von der Seite an und folgte ihrem Blick. Fragend runzelte er die Stirn. »Wer ist das?«

Elsbeth verzog die Lippen. »Nicolais jüngster Bruder, Alessandro Venetto.«

Gero stieß verblüfft die Luft aus. »Noch ein Bruder? Von dem weiß aber niemand was, oder? Warum versteckt er sich hinter dem Baum?«

»Aus genau diesem Grund, nehme ich an. Niemand weiß von ihm. Ich frage mich, wie er so schnell von Andreas Tod erfahren hat und weshalb er wohl hier ist.« Während sie sprach, behielt sie den gut aussehenden Mann weiterhin im Auge, dessen Gesichtszüge eine unverkennbare Ähnlichkeit mit Nicolais aufwiesen. Er stand ganz still da, den Blick auf die Trauergemeinde gerichtet. Als das gemeinsame Gebet endete, bekreuzigte er sich erneut, dann wandte er sich ab und verschwand zwischen den Bäumen, die den östlichen Teil des Friedhofs säumten. »Folge ihm.« Elsbeth stieß Gero an. »Ich will wissen, wohin er geht. Behalt ihn im Auge.«

»Aber … Was ist mit dir?« Verunsichert sah Gero sich um. »Jemand muss dich doch begleiten.«

»Ich werde wohl in der Lage sein, am hellen Tage allein nach Hause zu gehen.« Elsbeth winkte ungeduldig ab. »Beeil dich jetzt, sonst verlierst du seine Spur.«

Sie sah ihrem treuen Knecht nach, bis er außer Sichtweite war, dann richtete sie ihr Augenmerk wieder auf die Beerdigungsgesellschaft. Einige Schaulustige zerstreuten sich bereits, während Andreas Familie nun von einer Menschentraube umringt wurde. In Kürze würden sich alle geladenen Gäste auf den Weg zum Zunfthaus machen, wo der Leichenschmaus stattfand. Für Elsbeth wurde es nun Zeit, zum *Scone Frowe* zurückzukehren. Sie wählte denselben Weg, auf dem Alessandro den Friedhof verlassen hatte, und durchschritt eine schmale Seitenpforte, die nur selten benutzt wurde und leise quietschte, als sie sie öffnete und hinter sich wieder schloss.

»Alessandro Venetto«, murmelte sie halblaut vor sich hin, während sie eine schmale Gasse überquerte und danach energischen Schrittes in Richtung Berlich strebte. Fast hätte sie ihn nicht erkannt. Sie hatte ihn einmal als Jungen gesehen, da mochte er vierzehn oder fünfzehn Jahre alt gewesen sein. Er war nach seiner Geburt nach Koblenz verbracht worden und von dort später mit seinem Ziehvater Emilio Venetto und dessen Gemahlin nach Frankfurt übergesiedelt. Nur einmal war er mit Emilio zu einem Jahrmarkt nach Köln gekommen. Nicolai hatte ihr davon berichtet und ihn ihr aus der Ferne gezeigt.

Kontakt hatte er zu dem vierundzwanzig Jahre jüngeren Bruder nie aufgenommen, wohl aber dafür gesorgt, dass es ihm wohl erging, nachdem ihrer aller gemeinsamer Vater verstorben war. Franco Golatti hatte sein Leben lang Buhlschaften gehabt und gern in der Gegend herumgehurt. Elsbeth wusste zwar nur von diesem einen unehelichen Kind, sah man einmal von ihr selbst ab, doch verwundern würde es sie nicht, wenn auf der Welt noch weitere seiner Bastarde herumlaufen würden. Es hieß zwar, er habe seine außerehelichen Liebschaften stets diskret behandelt, dennoch nahm Elsbeth an, dass seine Gemahlin davon gewusst hatte. Ob sie ihm deshalb gram gewesen war oder ob sie sich nicht weiter darum geschert hatte, war Elsbeth hingegen nicht bekannt. Nicolai hatte stets mit viel Achtung und Zuneigung von seiner Mutter gesprochen, die nur kurz vor seinem Vater verstorben war. Sie war – ebenso wie seine erste Frau Griselda – einige Jahre älter als Franco gewesen, und laut Nicolai war die Ehe größtenteils ruhig und harmonisch verlaufen. Rückschlüsse auf ihr Wissen hinsichtlich des außerehelichen Lebens ihres Gemahls ließen sich daraus nicht ziehen.

Es war höchst unwahrscheinlich, dass Alessandro durch puren Zufall gerade jetzt in Köln weilte. Mit Sicherheit hatte er etwas vor, und Elsbeth hatte bis zu ihrem Eintreffen am Berlich bereits einen Plan ersonnen, wie sie ihn beobachten lassen konnte, damit sie über jeden seiner Schritte im Bilde war. Da sie die unschöne Geschichte kannte, die Alessandros Ziehvater mit Franco und auch Nicolai Golatti sowie der Familie Hürth verwob, nährte sie bereits einen gewissen Verdacht. Sie wollte jedoch ganz sicher sein und würde sich vorerst nicht einmischen.

Nach allem, was sie durch Nicolai über ihn erfahren hatte, war Alessandro ein rechtschaffener Mann und, genau wie sein ältester Bruder, im Geldwechsel tätig. Wie die Golattis waren auch die Venettos Lombarden. Nur mit dem Unterschied, dass Emilio Venetto, ebenso wie sein Ziehsohn, nichts mit unlauteren Geschäften zu schaffen hatten. Nicolai hatte zu verhindern gewusst, dass Alessandro wie auch Andrea irgendeinen Anteil an seiner Schattenwelt hatten oder mit ihr in Verbindung gebracht werden konnten. Andrea war ihm deshalb gram gewesen und hatte immer wieder versucht, daran teilzuhaben und einen Anteil am daraus resultierenden Wohlstand zu erhaschen. Angesichts seiner hoffärtigen und verschwenderischen Gemahlin sicherlich nicht ganz unverständlich. Doch Nicolai war hart geblieben.

Alessandro hingegen hatte, soweit Elsbeth wusste, nie diesbezügliche Anstalten gemacht oder auch nur Kontakt zu seiner Kölner Familie aufgenommen, obwohl sie sich relativ sicher war, dass er das wahre Gesicht seines ältesten Bruders kannte. Ganz bestimmt hatte sein Ziehvater daraus keinen Hehl machen können. Doch Alessandro war in Frankfurt geblieben, lebte dort ein gutes, von der Schattenwelt unbehelligtes und, wie Elsbeth annahm, zufriedenes und auskömmliches Leben. Warum war er also nach Köln gekommen? Warum gerade jetzt, und welche Auswirkungen würde dies auf Aleydis und die Familie haben?

Elsbeth war entschlossen, zunächst nur das Beste anzunehmen. Nicolais Urteil hinsichtlich des Charakters eines Menschen hatte sie stets vertraut, und er war nicht nur stolz auf Alessandro gewesen, obgleich die beiden Brüder einander nie begegnet waren, sondern hatte ihn, da hatte sie wenig Zweifel, mehr geliebt als den jähzornigen, zuweilen kopflosen und geldgierigen Andrea.

Im *Scone Frowe* angekommen, rief sie Cordian zu sich, der, wie stets in ihrer Abwesenheit, ruhig und besonnen ein Auge auf alles gehabt hatte. »Lauf rüber zur Badestube von Mutter Tilde am Eigelstein und gib Götz Bescheid, dass er mich so schnell wie möglich aufsuchen soll.«

Cordian runzelte überrascht die Stirn. »Mitten am Tag? Da hat er doch sicher jede Menge Kunden zu barbieren.«

»Sein ältester Sohn wird ihn sicher für ein paar Stunden vertreten können.« Elsbeth winkte ab. »Es ist wichtig, ich habe einen Auftrag für meine Boten.«

»Oh.« Cordians Miene wurde ernst. »Ist etwas geschehen?«

»Noch nicht.« Bedächtig schüttelte sie den Kopf. »Aber ich will vorbereitet sein.«

»Ich mache mich sofort auf den Weg und bringe Götz gleich mit.« Cordian machte auf dem Absatz kehrt und war Augenblicke später verschwunden.

»Elsbeth?« Die Bademagd Giselle erschien an seiner Stelle in der Tür, hinter ihr die junge Britti. »Hast du einen Moment Zeit?«

Mit einem knappen Winken bedeutete Elsbeth den beiden einzutreten. »Was gibt es? Ich hoffe, der Ofen für das Badewasser ist nicht schon wieder kaputt. Dann soll der Bänes loslaufen und den Ofenbauer herholen.«

»Nein, nein!« Giselle lächelte. »Mit dem Ofen ist alles in Ordnung. Es geht um etwas anderes.« Als Elsbeth nur fragend die Augenbrauen hob, fügte sie hinzu: »Um Britti. Du sagtest, als sie bei uns eingezogen ist, dass sie zunächst nur reine Badedienste verrichten darf.«

»Und?« Abwartend blickte Elsbeth zwischen den beiden Frauen hin und her.

»Ich werde jeden Tag von Männern angesprochen, ob ich ihnen auch weitergehend gefällig sein will.« Britti trat nun selbst vor. »Wollt Ihr wirklich nicht, dass ich das mache? Bestimmt könnte ich einige Münzen mehr einnehmen, wenn Ihr mich lasst. Ich kann ja sagen, dass ich sechzehn bin. Das glauben die meisten sowieso, weil ich so viel …« Sie strich sich über die Brüste, die sich unter ihrem Mägdekittel sehr deutlich abzeichneten.

Elsbeth schürzte die Lippen. »Bist du wirklich bereit dafür? Wenn ich meine Erlaubnis gebe und Meister Hans dich in die offizielle Liste der Berlichdirnen aufnimmt, lässt sich das nicht so leicht wieder rückgängig machen.« Sie musste das Mädchen darauf hinweisen, obwohl sie längst wusste, wie die Antwort lauten würde.

»Ich bin bereit dazu.« Britti nickte mit entschlossener Miene. »Ich weiß auch genau, was auf mich zukommt und wie die Regeln sind.«

»Nun gut.« Obgleich Britti noch so jung war, hegte Elsbeth keinen Zweifel daran, dass es ihr Ernst war. »Du musst allerdings ab sofort die obligatorischen gelben und roten Bänder an all deinen Kleidungsstücken annähen.« Sie ging zu einer Lade unter dem Fenster, entnahm ihr eine Handvoll der farbigen Stoffstreifen und reichte sie Britti. »Bevor du deinen ersten Freier bedienst, gibst du mir Bescheid, damit ich mich in der Nähe aufhalten kann. In deinem ersten Monat werde ich oder Cordian regelmäßig nach dem Rechten sehen, wenn du einem Freier beiliegst, danach nur noch sporadisch. Solltest du nach einem Beischlaf irgendwelche Schmerzen haben, es dir unwohl sein oder wenn du dich krank fühlst, wirst du es mir augenblicklich mitteilen und so lange keinen Freier bedienen, bis die Ursache geklärt und du ausgeheilt bist.« Sie maß Britti mit strengem, aber wohlwollendem Blick, dann wandte sie sich an Giselle. »Du hältst ein Auge auf sie, bis sie sich eingearbeitet hat. Achte darauf, dass sie zu Beginn erst einmal nur die leicht zu befriedigenden Freier annimmt.«

»Das werde ich.« Giselle nahm Brittis Hand. »Komm, wir kümmern uns gleich mal um die Bänder.« In der Tür drehte sie sich kurz noch einmal zu Elsbeth um. »Heute Abend suchen wir ihr gemeinsam einen Freier aus. Vielleicht Berndt, den Sohn vom Beutelkrämer, der ist ganz manierlich und nett.«

Zustimmend nickte Elsbeth. »Eine gute Idee. Sagt mir Bescheid, wenn ihr so weit seid.« Sinnierend ging sie zu dem Regal hinter dem Schreibpult und entnahm ihm eine dicke, mit

Klammern zusammengehaltene Kladde mit Abrechnungen für Johannes und ein in helles, schon leicht abgegriffenes Leder gebundenes Buch, in dem sie alle Vorgänge im Dirnenhaus schriftlich festhielt. Darin führte sie auch eine Liste der Frauen, die hier lebten und arbeiteten, sowie die genauen Tätigkeitsfelder einer jeden. Während sie den Eintrag über Britti änderte und noch ein paar Notizen zum Tagesgeschehen hinzufügte, wanderten ihre Gedanken unwillkürlich wieder zu Alessandro. Sie würde Götz, den Barbier, den sie einst vor vielen Jahren als Götz, den Päckelchesträger, kennengelernt hatte, über die neuesten Entwicklungen in Kenntnis setzen und ihm auftragen, zwei oder drei ihrer Boten, wie sie sie nannte, auszusenden, um ihren Halbbruder Tag und Nacht im Auge zu behalten und herauszufinden, was ihn nach Köln geführt hatte.

Streng genommen gehörten Gero und Cordian ebenfalls zu diesen Boten, deren Zahl sie konstant bei sieben hielt, doch die beiden brauchte sie dringend hier im Haus. Götz war einst der erste dieser Kundschafter gewesen, doch seit er mit der Badestubenbesitzerin Tilde verheiratet war, drei Kinder hatte und als Barbier ein gutes und auskömmliches Gewerbe betrieb, fungierte er als Oberaufsicht und Kontaktmann über und für die Botengarde von – und das traf auch uneingeschränkt auf ihn zu – furchtlosen, in Kampf- und Waffenkunst ausgebildeten und absolut treuen, loyalen und verschwiegenen handverlesenen Männern. Sie waren, neben unzähligen weiteren männlichen wie weiblichen Zuträgern, ihre Augen und Ohren in der Unterwelt von Köln, ebenso wie an der Oberfläche. Sie beobachteten, erstatteten Bericht und führten auch schon mal weitergehende Befehle aus, wenn es notwendig wurde.

Es gab, gerade in der Unterwelt, aber auch in der Welt der Menschen mit unehrlichen Berufen immer wieder Vorfälle, die aus unterschiedlichen Gründen nicht von der ordentlichen Gerichtsbarkeit verfolgt werden konnten. Manchmal fehlte ein rechtmäßiger Kläger oder eine geschädigte Person, oftmals waren es Frauen, die nicht den erforderlichen Leumund hatten, um vor eines der städtischen Gerichte zu ziehen und Gerechtigkeit zu verlangen. Es gab so mannigfaltige Gründe, warum Missetaten nicht öffentlich geahndet wurden. Elsbeth hatte über die Jahre ein Netzwerk an Schattenschöffen, wie sie selbst sie benannte, geschaffen. Diese fungierten als eine Art Freigericht, ähnlich der Feme, und nahmen sich solcher Angelegenheiten in der Regel still und meistens effektiv an.

Ihre Boten waren hierbei sowohl das beobachtende als auch das ausführende Organ. Allerdings beschränkte sich dies auf Körperstrafen oder Drohungen, ab und zu auch einen Verweis aus der Stadt. Härtere Maßnahmen waren bisher noch nicht nötig gewesen, und Elsbeth hoffte, dass es so bleiben würde, denn bei schweren Verbrechen wie Entführung und Mord waren auch für Bewohner der Unterwelt und alle unehrlichen Berufe die städtischen Gewalt- und Hochgerichte zuständig. Zwar hatte Elsbeth auch in solchen Fällen schon mithilfe ihrer Kundschafter und Boten im Hintergrund zur Aufklärung beigetragen, dies blieb aber der städtischen Gerichtsbarkeit verheimlicht.

Johannes diente ihr normalerweise als Kontaktmann, damit ihre Rolle im Dunkeln blieb, manchmal war es auch Nicolai gewesen. Sie wiederum hatte sich an seiner Schattenwelt nicht nur selbst als Informantin beteiligt, sondern sich ein ganz ähnliches Spinnennetz aufgebaut. Hin und wieder hatte sie auch dem Gewaltrichter Vinzenz van Cleve einen sachdienlichen Hinweis gegeben, wenn ihr dies als der sinnvollste Weg erschienen war. Nun also musste sie ihre Boten einsetzen, um ein Mitglied ihrer eigenen Familie auszukundschaften. Sie hoffte sehr, dass ihr Gefühl sie nicht trog und Alessandros Besuch in Köln als harmlos einzustufen war.

Kapitel 21

22. Oktober Anno Domini 1423

Ansonsten geht alles seinen geregelten Gang, nehme ich an?« Johannes verstaute die Münzen, die Elsbeth ihm aus den Einnahmen der vergangenen Woche übergeben hatte, in der eigens dafür mitgebrachten Börse. »Was ist mit Britti? Wie macht sie sich?«

Elsbeth erhob sich von ihrem Platz hinter dem Schreibpult und begleitete ihn bis zur Haustür. »Ausgesprochen gut. Ihre Dienste als Bademagd sind vor allem bei den jungen Burschen sehr beliebt. Da kommen jetzt einige deutlich öfter als zuvor. Sie macht auch nach wie vor einen gesunden und gefestigten Eindruck. Sorgen müssen wir uns um sie nicht machen, denke ich.«

»Sehr gut.« Erleichtert nickte Johannes. Er war skeptisch gewesen, was das junge Mädchen anging, doch auf Elsbeths Einschätzung und Erfahrung konnte er sich verlassen. »Dann gibt es also keine besonderen Vorkommnisse?«

»Nein, es ist alles in Ordnung.« Elsbeth lächelte ihm zu. »Nur Fygen und Frieda sind ein wenig erkältet, seit sie am Anfang der Woche in den Regen geraten sind. Sie arbeiten aber schon wieder, es ist nicht so schlimm. Ulf und Enno, unsere beiden neuen Bartschneider, machen sich übrigens ausgezeichnet. Die Kundschaft ist sehr zufrieden mit ihnen.«

»Das ist erfreulich.« Johannes rieb sich schmunzelnd übers Kinn. »Dann werde ich einen von beiden in Kürze auch einmal ausprobieren. Der alte Hirt, zu dem ich bisher immer gegangen bin, hat in letzter Zeit ziemlich zittrige Hände, sodass ich Angst um meine Unversehrtheit habe. Er sagt selbst, dass es Zeit wird, die Rasierklinge an den Nagel zu hängen.«

»Wirst du später noch einmal herkommen?« Elsbeth zog das wollene Dreieckstuch, das sie gegen die herbstliche Kühle trug, enger um ihre Schultern.

»Das hatte ich vor.« Er hätte sie gerne geküsst, doch auf der Gasse vor dem Haus war noch zu viel Betrieb, und er wollte dem Stadtklaaf keine Nahrung verschaffen. »Ich muss noch rüber zu Meister Läpps und am Hafen alle Steuern und Gebühren eintreiben, danach bin ich wieder hier.«

»Sollte es zu spät werden und die Vordertür schon verschlossen sein …«

»… gehe ich zur Hintertür«, vollendete er ihren Satz grinsend. »Gero oder Cordian werden mich schon einlassen.«

Sie lachte. »Ja, das werden … Oh, Wardo!«, unterbrach sie sich, weil in diesem Augenblick ein kräftiger, gedrungener Mann mit schütterem blondem Haar im Laufschritt auf sie zukam. »Was führt dich denn hierher? Oh, Himmel, wie siehst du denn aus? Was ist geschehen?«

Völlig außer Atem blieb Wardo vor ihnen stehen und sah an sich hinab. Seine Kleidung war staub- und rußbedeckt und an einigen Stellen angekokelt. »Elsbeth, es brennt, nein, hat gebrannt, bei den Beginen in der Glockengasse.«

»Was?« Entsetzt starrte sie ihn an und bekreuzigte sich. »Bei allen Heiligen, wie konnte das passieren?«

»Ist jemand verletzt?«, fügte Johannes gleichermaßen erschrocken hinzu.

»Frau Cathrein.« Wardo kam allmählich wieder zu Atem. »Ihre Klause ist abgebrannt. Frau Aleydis hat das Feuer zufällig bemerkt. Die Beginen gehen ja früh zu Bett und hätten gar nichts mitbekommen und wären vielleicht allesamt in ihren

Betten verbrannt.« Der Knecht schnaufte und fuhr sich fahrig durch die ebenfalls von Rußflocken verklebten Haare. Er redete auch heute noch selten so viele Worte am Stück, und es war ihm anzusehen, dass es ihn anstrengte. »Frau Aleydis und Frau Jonata, die Beginenmeisterin, haben gesagt, ich soll den Henker holen, also den Meister Hans.« Er wandte sich Johannes zu. »Weil Ihr für die Frau Cathrein zuständig seid, denn sie ist ja eine verurteilte Mörderin.«

»Jemand hat Cathreins Klause angezündet?« Elsbeth war blass geworden. »Wer …?« Sie fasste sich an die Stirn. »Großer Gott.«

»Wie das Feuer ausgebrochen ist, wissen wir noch nicht.« Wardo wandte sich erneut an Johannes. »Ich soll Euch holen, weil die Frau Cathrein schwer verletzt ist. Ich war erst am Hühnermarkt bei Eurem Haus, aber die Magd hat gesagt, Ihr wärt unterwegs, und da dachte ich, ich such zuerst am Berlich.«

Johannes warf Elsbeth einen kurzen Blick zu, woraufhin sie knapp nickte. »Geh, beeil dich.« Sie berührte ihn nur kurz am Arm. »Ich hoffe, du kannst ihr helfen.«

»Machen wir uns auf den Weg.« Johannes übernahm die Führung. »Von was für Verletzungen sprechen wir?«

Wardo schloss rasch zu ihm auf. »Ich weiß nicht genau, was sie hat. Frau Aleydis sah aber sehr besorgt aus. Als wir die Frau Cathrein aus der Klause rausgezogen haben, war sie ohne Bewusstsein. Unter all dem Dreck und Ruß konnte man kaum was erkennen, aber geatmet hat sie auf jeden Fall noch. Ich glaube, ein Dachbalken ist auf das Bett gefallen, und da lag sie drunter.«

»Sie lag unter dem Bett?« Johannes runzelte die Stirn. »Nicht darauf?«

»Hat sich vielleicht drunter verkrochen«, vermutete Wardo.

Johannes verzog die Lippen. »Das hat ihr dann wahrscheinlich das Leben gerettet. Ich habe den Bau der Klause beaufsichtigt. Der Dachbalken ist massiv, der hätte sie leicht erschlagen können.«

Bis zur Glockengasse war es nicht weit. Wenn der Wind aus einer anderen Richtung gekommen wäre, hätten sie den Brandgeruch am Berlich wahrgenommen. Doch nun wurde er stärker, je näher sie der Unglücksstelle kamen. Überall standen Menschen auf den Gassen. Sie klaaften, und laute, aufgeregte Wortfetzen flogen hin und her. In der Glockengasse mussten die beiden Männer gelegentlich sogar die Ellenbogen einsetzen, um sich durch die Menschentrauben zu kämpfen. Vor dem Beginenhof hingegen war es ruhiger, wohl weil Symon und der Nachbar von schräg gegenüber, Jan Starkenberg und dessen Sohn, der denselben Vornamen und den Beititel *der Jüngere* trug, die Leute zurückgedrängt hatten, damit die Brandhelfer, überwiegend waren es Nachbarn, genügend Platz hatten.

Viele Männer waren allerdings mittlerweile nicht mehr an der Brandstelle zu sehen. Lediglich eine Handvoll war noch dabei, mit eisernen Rechen kokelnde Holzteile auseinanderzuziehen. Die gesamte Nacht über würden sie Brandwachen aufstellen, um zu verhindern, dass sich ein schwelendes Stück Glut erneut entzündete und weiteren Schaden anrichtete.

Wardo ging geradewegs auf das Wohnhaus der Beginen zu und pochte energisch mit der Faust gegen die Tür. Es dauerte nur wenige Augenblicke, bis eine Frau Anfang vierzig im Hausmantel, unter dem ein langes, graues Nachthemd hervorblitzte, die Tür öffnete. Ihr Haar, das unter dem einfachen Kopftuch hervorlugte, war so hellblond, dass es fast weiß wirkte. »Oh. Wardo, du bist zurück!« Ihr Blick fiel auf Johannes. »Gut, du hast ihn gefunden.« Erleichtert, aber offenbar auch ein wenig unangenehm berührt wandte sie sich Johannes zu, eine Reaktion auf ihn oder vielmehr seinen Beruf, die er nur zu gut kannte. »Meister Hans, seid gegrüßt. Verzeiht bitte, dass wir Euch an einem Freitagabend zu so später Stunde aus Eurem bequemen Heim fortholen.«

»Ich war nicht zu Hause, Frau Jonata.« Johannes lächelte der Beginenmeisterin begütigend zu. »Seid ebenfalls gegrüßt.«

»Ich hab ihn am Berlich aufgetrieben, wie ich's gesagt hab.« Wardo räusperte sich. »Es heißt ja, dass man Euch ziemlich oft dort antrifft.«

»Das bringen meine beruflichen Pflichten so mit sich.«

»Hm, ja, sicher, wird wohl so sein.« Wardo hüstelte sichtlich verlegen.

Johannes sah die Beginenmeisterin aufmerksam an. »Wardo sagte, es sei dringend, weil Frau Cathrein schwer verletzt ist.«

»Ja. Ja, natürlich!« Frau Jonata nickte eifrig. »Ich bringe Euch zu ihr. Wir haben sie in Illas Kammer aufs Bett gelegt, das war die einfachste Lösung.«

Sie eilte voraus und riss geradezu die Tür zu der Schlafkammer auf. »Kommt herein, Meister Hans. Es ist ein wenig beengt, aber wir leben ja auch nicht in Reichtum. Frau Aleydis, seht, der Henker, also Meister Hans, ist da.«

Als Johannes die winzige Kammer betrat, drückte sich zu seiner Linken eine noch recht junge Begine respektvoll in eine Ecke, um ihm Platz zu machen. Auf der Bettkante saß Elsbeths Schwägerin Aleydis. Sie erhob sich nun aber hastig und trat ebenfalls einen Schritt beiseite. »Guten Abend, Meister Hans.« Auch die junge Witwe wirkte verunsichert, doch die Sorge um Cathrein überwog offenbar. »Vielen Dank, dass Ihr so spät noch den Weg auf Euch genommen habt. Wie Ihr sicher schon gehört habt, ist in der Klause hinter dem Beginenhof heute Abend ein Feuer ausgebrochen. Cathrein lebt zwar, aber sie ist ohnmächtig und hat eine üble Kopfverletzung. Ihr linker Arm ist, fürchte ich, gebrochen. Ich habe versucht, sie zu säubern, so gut es ging. Die Brandwunden sehen gottlob nicht so schlimm aus, aber sie war dem Rauch sehr lange ausgesetzt.«

Wie zur Bestätigung regte sich Cathrein, stöhnte und hustete laut. Ihre Augen öffneten sich ganz kurz, schlossen sich jedoch gleich wieder. Ihr Atem ging in rasselnden Stößen.

Johannes trat an das Krankenlager und klopfte der ehemaligen Begine mehrmals gegen die Wange. »Frau Cathrein? Wacht auf!« Da keine Regung erfolgte, lauschte er an ihrer Brust. Dann zog er kurz ihr Augenlid hoch und sah ihr prüfend ins Auge. »Sie ist immer noch oder schon wieder bewusstlos.« Vorsichtig tastete er den Schädel der Frau ab, besah sich die Wunde, die glücklicherweise bereits kaum noch blutete, und untersuchte schließlich noch den linken Arm, der seiner schiefen Stellung nach eindeutig gebrochen war. »Kein offener Bruch«, murmelte er, »und offenbar glatt. Das kann wieder heilen, aber der Arm muss gerichtet und geschient werden. Ich benötige außerdem noch einige Arzneien.« Er drehte sich zur Beginenmeisterin um, die abwartend in der Tür stand. »Habt Ihr saubere Leinentücher und Verbandszeug da?«

»Ja, selbstverständlich.« Frau Jonata nickte eifrig.

»Gut. Jemand, am besten Wardo, muss zum Hühnermarkt laufen und ein paar Arzneien holen. Einer meiner beiden Hausknechte wird sie herausgeben.« Er drehte sich suchend nach Wardo um, der draußen vor der Kammer wartete. »Ich zähle dir das Nötige auf, kannst du dir das merken?«

»Ja, sicher, muss ja.« Wardo nickte hastig und noch mehrere weitere Male, als Johannes ihm die benötigten Arzneien und Utensilien nannte, dann rannte er erneut los, um seinen Auftrag auszuführen.

Johannes wandte sich indes an Jonata: »Beim Schienen des Arms benötige ich Hilfe von Euch oder einem Knecht oder einer Magd.«

»Ich helfe Euch.« Aleydis setzte sich wieder auf die Bettkante. »Sagt mir nur, was ich tun muss.«

***

Die Nacht war bereits weit fortgeschritten, als Elsbeth auf dem Gang vor ihrer Wohnung Schritte vernahm. Sie riss die Tür auf, noch bevor Johannes sie erreicht hatte, und winkte ihn herein. »Da bist du ja endlich!«

»Warum bist du nicht längst im Bett?« Johannes zog sie in die Arme. »Du hättest nicht auf mich warten müssen. Gero war zwar ein bisschen muffig, weil ich ihn geweckt habe, aber es sind, wie er sagt, sowieso noch zwei Freier im Haus.«

»Das sind die beiden zukünftigen Bräutigame von Sieglind und Erika.« Elsbeth lächelte unwillkürlich, wurde aber gleich wieder ernst und suchte Johannes' Blick. »Ich konnte unmöglich schlafen. Was ist in der Glockengasse passiert? Wie geht es Cathrein? Ist sie …?«

»Sie lebt.« Johannes ließ sie los, setzte sich auf die Bettkante und entledigte sich seiner Stiefel. »Gut sieht es nicht aus. Sie hat mehrere gebrochene Rippen, ihr linker Arm ist ebenfalls gebrochen und am Kopf ist sie auch ziemlich verletzt. Die Brandwunden sind nur oberflächlich, aber der viele Rauch, den sie eingeatmet haben muss, macht mir Sorgen. Sie ist aus ihrer Bewusstlosigkeit nicht ein einziges Mal aufgewacht. Morgen im Lauf des Tages muss ich noch einmal nach ihr sehen.«

»Wird sie ihre Verletzungen überleben?« Obwohl sie immer noch von Unruhe erfasst war, setzte Elsbeth sich ebenfalls aufs Bett.

»Wahrscheinlich.« Er stellte die Stiefel beiseite. »Wenn keine der Wunden brandig wird. Sie wird Fieber bekommen, das bleibt bei solchen Verletzungen selten aus. Wenn es nicht zu arg wird, kann sie wieder genesen.«

»Fieber und vielleicht Wundbrand.« Elsbeth öffnete die Verschnürung an ihrem grünen Samtsurcot. »Wie scheußlich. Ich werde einmal mehr für sie beten.« Sie hielt kurz inne. »Weiß man schon, wodurch das Feuer ausgelöst wurde? Eine vergessene Kerze vielleicht?«

»Nein, dazu ist noch nichts bekannt. In der Dunkelheit konnte man auch kaum noch etwas erkennen. Im Tageslicht wird man vielleicht der Ursache auf den Grund gehen können.«

»Ich schicke gleich bei Tagesanbruch einen Boten aus, damit er sich erkundigt und die Dinge im Auge behält.« Rasch zog sie Surcot und Unterkleid zusammen über den Kopf und ließ beide Kleidungsstücke achtlos zu Boden fallen, als Johannes sie in seine Arme zog und küsste.

Kapitel 22

24. Oktober Anno Domini 1423

Elsbeth lächelte erfreut, als sie den jungen Sigmund in der Tür zu ihrer Schreibstube stehen sah. Der hellblonde, schlanke Mann, fast noch ein Jüngling mit seinen höchstens ein- oder zweiundzwanzig Jahren, mit dem geschlitzten Ohr, das er unter dichtem, schulterlangem Haar verbarg, war ihr ein willkommener Anblick. »Guten Morgen, mein Freund! Dich habe ich ja schon eine Weile nicht mehr gesehen.«

»Guten Morgen, Elsbeth.« Sigmund trat ebenfalls lächelnd ein. »Meine Arbeit hat mir zuletzt nicht viel Zeit gelassen, dir einen Besuch abzustatten.«

»Ach?« Aufmerksam musterte sie ihn. »Haben die Totengräber denn momentan so viel zu tun?«

»Nein, nicht außerordentlich viel mehr als sonst.« Aus Sigmunds Lächeln wurde ein Grinsen. »Aber man hat im Rat beschlossen, dass es auf dem Elendsfriedhof in absehbarer Zeit zu eng wird, deshalb sind wir beauftragt worden, alle Gräber, die älter als fünfzehn Jahre sind, zu öffnen und die Gebeine in ein eigens angebautes neues Beinhaus umzubetten. Das ist neben unserer alltäglichen Beschäftigung eine zeitraubende zusätzliche Aufgabe.«

»Ach ja, das neue Beinhaus beim Elendsfriedhof.« Elsbeth nickte. »Der Bau hat ja recht lange gedauert, fast zwei Monate, und wäre eigentlich nicht nötig gewesen. In der Nähe des Friedhofs gibt es doch ein altes römisches Kellergewölbe. Ein ehemaliger Tempel oder so etwas, wenn ich mich recht entsinne. Dort wäre doch der ideale Platz für ein Beinhaus gewesen.«

»Mag sein.« Sigmund zuckte mit den Achseln. »Ich glaube, es gab eine große Spende für das Beinhaus, aber dazu musste es neu gebaut werden. Man flüstert sich, das wär irgendein Klüngel unter den Handwerkern und Baumeistern, um den Bauauftrag zu vergeben.«

»Aha, interessant.« Elsbeth ließ sich ihren Ärger darüber, dass sie von diesem Klüngel noch nichts erfahren hatte, nicht anmerken. Normalerweise hatte Nicolai ihr solche Informationen aus dem Rat zukommen lassen. Wenn sie zukünftig nicht den Anschluss verlieren wollte, musste sie sich wohl oder übel neue Quellen erschließen. Vielleicht konnte sie ein paar neue Zuträger unter den Mägden und Knechten der Schöffen oder Ratsherren rekrutieren. Sie beschloss, über das möglicherweise passende Gesinde Erkundigungen einzuholen, um Anknüpfungspunkte zu finden. Vielleicht konnte sie auch den einen oder anderen neuen Dienstboten irgendwo unterbringen.

»Ich nehme an, du hast mir Neuigkeiten mitgebracht?« Da Sigmund zu ihren Boten gehörte, lag diese Annahme nahe.

»Habe ich.« Eifrig nickte der junge Totengräber und wurde wieder ernst. »Wir haben uns überall umgehört, und es steht nun fest, dass das Feuer in der Glockengasse kein Unfall war.«

Elsbeth erhob sich und ging zum Fenster, das heute wegen des kühlen Wetters geschlossen war. Nun stieß sie jedoch die Läden auf und ließ Tageslicht ein. Die Flammen der Öllampen im Raum flackerten durch den entstehenden Luftzug. »Brandstiftung also.«

»Ja.« Die Bodendielen knarrten leise, weil Sigmund ein wenig auf der Stelle trat. »Frau Aleydis hat bereits gestern Anklage erhoben, weil sie glaubt, der Anschlag habe Cathrein gegolten.«

»Wem wohl auch sonst?« Elsbeth drehte sich zu ihm um. Sie hatte zwar gehofft, dass der Brand sich als unglückseliges Missgeschick herausstellen würde, war aber nicht überrascht, dass es sich um ein Verbrechen handelte. In Köln mochte es viele Menschen geben, die mit dem milden Urteil gegen eine dreifache Mörderin nicht einverstanden waren oder damit, dass Nicolais junge Witwe sich für die Umwandlung der Todesstrafe in lebenslange Haft eingesetzt hatte. »Dietmar und Karl haben sich die Brandstelle heimlich angesehen«, fuhr Sigmund fort. »Sie sagen auch, dass das kein Unfall gewesen sein kann. Jemand hat in Tran getränkte Lappen zwischen den Dachsparren unter den Schindeln festgeklemmt und angezündet. Die Stellen am Holz, wo das Feuer ausgebrochen ist, sind deutlich zu erkennen, sagen sie.«

Besorgt verzog Elsbeth die Lippen. »Gib den beiden Bescheid, dass sie die Sache weiter im Auge behalten sollen. Ich nehme an, Aleydis hat sich wieder an den Gewaltrichter Vinzenz van Cleve gewandt?«

»Sie haben sich die Brandstelle gestern gemeinsam angeschaut.« Sigmund trat einen Schritt beiseite, weil Änne hinter ihm aufgetaucht war.

Die Magd betrat die Schreibkammer, die Lippen maulig verzogen. »Elsbeth, kannst du mal in die Küche kommen? Der Hein regt sich wieder mal auf, weil der gelieferte Fisch nicht in Ordnung ist.«

»Der Fisch?« Elsbeth verdrehte seufzend die Augen. »Wer hat den denn geliefert?« Dann winkte sie ab. »Ich komme schon.« Sie wandte sich an Sigmund. »Warte bitte einen Moment, das muss ich klären. Danach gebe ich dir den Lohn für euch Boten mit.«

Sie folgte Änne hinaus in den Hof, wo der kleine, drahtige und überaus jähzornige Koch Hein mit in die Seiten gestemmten Händen und entrüsteter Miene vor einem geöffneten Fass mit eingelegten Heringen auf und ab lief. »Dat is 'ne dreckelige Betrüger, der Frödes! Schickt 'nen janzes Fass Heringe, von denen die untere Hälfte stinkt wie der Jottseibeiuns! Wat soll ich denn damit anfangen? Freckschlagen könnt ich den Frödes, freckschlagen!«

Elsbeth trat auf den wütenden kleinen Mann zu. »Warum hast du denn überhaupt beim Frödes Fisch bestellt? Du weißt doch, dass er gerne versucht, uns übers Ohr zu hauen?«

»Weil die anderen Fischhändler schon alles ausverkauft hatten. Oder die sin so teuer, dat man 'ne Kredit bei de Jüdde aufnehme muss, um die unverschämten Preise zu bezahlen!«

Elsbeth konnte sich ein Schmunzeln nicht verkneifen. »Und jetzt hast du den Ärger und bezahlst zweimal, weil du natürlich irgendetwas anderes besorgen musst, nicht wahr? Sonst müssen wir heute hungern, von unseren Gästen ganz zu schweigen.«

»Hmpf.« Hein warf ihr einen griesgrämigen Blick zu und fuhr sich mit der Hand über sein schütteres graues Haar. »An den Kax gehört der Frödes, jawohl. Oder freckjeschlagen!«

»Das mag sein, ändert aber nichts an unserem Problem.« Elsbeth trat an das offene Fass heran. »Sind die oberen Heringe denn wenigstens noch genießbar?«

»Die Hälfte, mehr nit.« Hein trat neben sie. »Könnt vielleicht noch 'ne annehmbare Zupp werden. Ävver der Rest is für die Abortgrube.«

»Dann schick Bänes los, dass er noch irgendwelches Gemüse vom Markt holt und was du sonst noch brauchst, um uns und unsere Gäste zu versorgen.«

»Wat dat all widder kost!« Hein verzog geradezu schmerzlich die Lippen.

»Lass das meine Sorge sein; es ist ja nicht dein Geld.« Elsbeth seufzte. »Deine Sparsamkeit in allen Ehren, aber beim Frödes wird kein Fisch mehr gekauft, verstanden?«

»Hmpf«, war erneut die vergrätzte Antwort des Kochs. »Wenn du dat sachst.«

»Das sage ich.«

»Der Frödes is ’ne Eierkopp und Schwaadlappe«, befand Trin, die gerade, einen Sack Hirse auf dem Arm, aus dem Vorratsraum neben dem Hühnerstall gekommen war und die Tür zur Küche ansteuerte. Ihr Atem ging wie immer keuchend und stoßweise, und auf ihren Wangen kündeten rote Flecke von der für sie schon erheblichen Anstrengung des Laufens und Tragens. Auf ihrer Stirn standen Schweißperlen. »Der war schon immer ’ne Drecksack und hat alle un jeden betroore. Dem darfst nix glööve, egal, wat der sacht. Mir hät der mal die Ehe anjetragen, als ich noch janz jung un flügg wur, und dann, als er mich verführt hatt, wusst er nix mie davon.«

Verblüfft starrte Elsbeth die schwergewichtige Magd an. »Du wolltest den Frödes mal heiraten?«

»Nä, der mich.« Trin lachte erstickt. »Ävver ich hätt den wohl jenommen; der wär ja immer noch besser jewesen als dat, wat für mich danach kam. War aber nix, weil der Drieskopp nur unter minge Röcke wollt und ich zu blöd war, um dat gleich zu merken. Danach hat mein Vatter mich op de Straß jesetz und jemeint, ich wär zu nix anderem Wert.«

»So bist du also zu Mutter Berta gekommen?« Diese Geschichte kannte Elsbeth noch nicht, denn Trin hatte über ihre Vergangenheit stets beharrlich geschwiegen.

»Ohne die hässliche Eierprumm warste aber besser dran«, befand Änne. »Mit dem hättest du dich bloß jeden Tag rumjeärgert.« Sie trat auf Trin zu, die, den Blick in eine unbestimmte Ferne gerichtet, ganz still geworden war. »Dem brauchst du keine Träne nachzuweinen, schon gar nicht nach der langen Zeit.« Sie runzelte die Stirn. »Trin?«

Trin atmete geräuschvoll ein und wieder aus. »Mutter!«

»Was?« Verdutzt fasste Änne Trin am Arm. »Geht es dir nicht gut? Soll ich dir den Sack abnehmen?« Noch während sie sprach, rutschte Trin der Hirsesack aus den Armen. Geistesgegenwärtig fing Änne ihn auf. »He, Trin, was ist denn?«

Trin antwortete nicht. Sie stieß noch einmal hörbar die Luft aus, dann erschlaffte ihr Körper, ihr Blick brach. Als sie auf dem unebenen Pflaster des Hofes aufschlug, hatte ihre Seele den Leib bereits verlassen.

»Trin?« Änne ließ nun selbst den Hirsesack fallen und ging neben Trin in die Knie. »Trin! Sag doch was! Trin!« Verzweifelt rüttelte sie am Arm ihrer Freundin. »Bitte, Trin, sag was!«

»Änne.« Elsbeth fasste sie bei der Schulter. »Es hat keinen Zweck. Sie ist tot.« Erst, als sie die Worte aussprach, begriff sie selbst deren Bedeutung. Ein dumpfer Druck breitete sich in ihr aus, zugleich aber auch eine höchst unpassende Empfindung: Erleichterung. Rasch schlug sie ein Kreuzzeichen, bückte sich und schloss der alten Weggefährtin die Augen, die blicklos gen Himmel starrten.

***

»Eine Grabstelle auf dem Elendsfriedhof ist frei.« Johannes saß aufrecht in Elsbeths Bett, den Arm fest um ihre Schultern gelegt. »Ihr könnt sie gleich morgen früh begraben lassen. Ist ja nicht nötig, das hinauszuzögern.« Er hüstelte. »Es wird ein paar Kreuzer mehr kosten, weil …«

»… weil sie so ein großes Loch graben müssen«, vollendete Elsbeth den Satz. »Das verstehe ich. Die Begine, die ich wegen des Leichensacks angesprochen habe, war auch überrascht über die … Ausmaße von Trins Körper.« Sie stockte, schloss für einen Moment die Augen. »Ich bezahle das aus meinem eigenen Geldbeutel. Der alte Liebesam braucht deshalb nicht die Bettelbörse zu öffnen. Das Geld soll ruhig für unsere lebenden freien Frauen verwendet werden, falls sie es mal wegen einer Krankheit brauchen.«

»Die Bettelbörse ist doch genau für solche Fälle gedacht«, wandte Johannes ein, doch sie schüttelte entschieden den Kopf.

»Das mag sein, und letztlich käme er ja trotz der Mehrkosten wegen Trins Leibesfülle deutlich günstiger weg, als wenn sie eines Tages vielleicht nicht mehr fähig gewesen wäre, zu laufen oder sich selbst zu helfen und einen Platz in einem Hospital benötigt hätte. Aber … es ist Trin. Ich war mit ihr zusammen im *Scone Frowe*, seit Mutter Berta mich aufgenommen hat.«

»Ihr standet euch doch gar nicht so nahe, oder?« Fragend sah Johannes sie an.

Elsbeth zuckte mit den Achseln. »Ja und nein. Sie war um die fünfzehn Jahre älter als ich und irgendwie, nun ja, wie eine ältere Schwester.«

»Eine Schwester?«, echote Johannes ungläubig.

»Eine nicht innig geliebte Schwester«, präzisierte sie. »Sie war kein sehr freundlicher Mensch und hielt mich lange Zeit für eine dumme Nuss.«

Um Johannes Mundwinkel zuckte es.

Elsbeth lächelte leicht. »Trotzdem hat sie mich nie verlassen, obwohl sie es hätte tun können, als Mutter Berta starb und das *Scone Frowe* vor der Schließung stand. Sie hielt mein Ansinnen für eine haarsträubend dümmliche Träumerei, ein gehobenes, besseres Dirnenhaus daraus zu machen, in dem nur eine zahlungskräftige und saubere Klientel von gutem Leumund die Schwelle übertreten darf. Und dennoch ist sie geblieben. Ebenso wie Änne, aber die hätte ein anderer Hurenwirt wahrscheinlich wegen ihres kleinen Sohnes nicht aufgenommen. Gero war ja gerade erst sieben Jahre alt. Zu jung, um groß von Nutzen sein zu können.« Betrübt seufzte sie. »Für Änne ist es schlimm. Sie und Trin waren Freundinnen. Es muss Änne schon lange schwer getroffen haben, wie schlecht es Trin ging.

Nun ist sie die Einzige, die außer mir von der alten Riege noch übrig ist. Alle anderen sind verstorben oder weggegangen. Von den wenigsten weiß ich, was aus ihnen geworden ist.« Wieder stockte sie, presste die Lippen zusammen, weil sich in ihre Betrübnis erneut diese völlig unchristliche andere Empfindung mischte. »Johannes?«

»Hm?« Aufmerksam musterte er sie.

»Glaubst du, der Herrgott und die Heilige Jungfrau verachten mich, weil ich …« Sie schluckte.

»Weil du erleichtert bist, dass Trin gestorben ist, bevor sie dir zur Bürde werden könnte?« Er drückte sanft ihre Schulter. »Nein, das glaube ich nicht. Man müsste zwar einen Pfarrer befragen oder vielleicht gar einen Theologen, um diese Frage zweifelsfrei zu beantworten, aber meines Erachtens ist es kein Grund zur Sorge. Denn wenn dieser unglückselige Fall eingetreten wäre, hättest du doch deine Christenpflicht erfüllt und die Bürde auf dich genommen, nicht wahr?«

»Ja.« Elsbeth nickte. »Das hätte ich getan.«

Kapitel 23

4. November Anno Domini 1404

Der junge Tuchhändler stöhnte lustvoll, als er zum Höhepunkt kam und sich gerade noch rechtzeitig neben anstatt in Elsbeth verausgabte. Schwer atmend brach er auf ihr zusammen und vergrub sein Gesicht in ihrer Halsbeuge.

»Hat es Euch gefallen, Herr?« Elsbeth lächelte, als der junge Mann den Kopf hob. »Ihr seid ein ausnehmend mannhafter Kerl, Roland von Mommersloch.«

»Bin ich das?« Roland rollte sich neben sie und grinste schalkhaft. »Oder ist das die übliche Lobhudelei, die du allen deinen Freiern ins Ohr säuselst?«

Elsbeth lachte auf. »Ich säusele niemandem etwas ins Ohr, werter Herr, was nicht der Wahrheit entspricht. Wäre ich von dem Beisammensein mit Euch weniger angetan, als ich es bin, hätte ich andere Worte dafür gefunden. Diplomatische zwar, aber … nun ja, andere.«

Nun lachte auch Roland. »Und ich könnte schwören, sie kommen trotzdem immer wieder zu dir zurück, nicht wahr? Du hast ein freches Mundwerk, Elsbeth, das gefällt mir fast ebenso gut wie dein Leib.« Er umfasste besitzergreifend ihre linke Brust. »Der Rat, den ich von meinem Geschäftspartner, dem Lombarden Golatti erhielt, mich einmal im Haus *Zur schönen Frau* umzusehen und speziell der Wirtin selbst einen Besuch abzustatten, hat sich durchaus bezahlt gemacht.«

Sie lächelte fein. »Obwohl Ihr für die Gunst der Wirtin das Anderthalbfache des üblichen Liebeslohnes zahlen müsst?«

»Das war es mir wert.« Roland drehte sich auf den Rücken und verschränkte die Arme hinter dem Kopf. »Ich frage mich ...« Er wandte ihr das Gesicht zu. »Lässt sich das wiederholen? Die Wirtin eines Dirnenhauses ist ja normalerweise nicht für die Belustigung der Freier zuständig. Allerdings bist du eine noch recht junge und ansehnliche Wirtin. Es wäre geradezu eine Verschwendung, wenn du deine Dienste nicht mehr anbieten würdest.«

Elsbeth drehte sich auf die Seite, um Roland geradewegs ansehen zu können. »Ich muss mich an die Vorgaben halten, die der Henker mir auferlegt. Als Wirtin des *Scone Frowe* soll ich mich nicht selbst als Liebedienerin betätigen, es sei denn, ich erhielte von Meister Hans einen entsprechenden Auftrag.«

»Mit anderen Worten: Er will dich für sich selbst«, schloss Roland stirnrunzelnd. »Ist er nicht verheiratet?«

»Verwitwet.« Sie verzog leicht die Lippen. »Seither ist er deutlich öfter hier als früher. Erlaubt ist das zwar auch nicht, aber ich habe einiges mit diesem Haus vor, und wenn das bedeutet, dass ich mich dem Henker andienen muss, dann werde ich das tun.« Sie hob die Hand und fuhr mit dem Zeigefinger über die breite Brust des Tuchhändlers. »Vielleicht kann ich ihn davon überzeugen, dass ein wohlhabender Mann wie Ihr zu unser aller Wohlstand beitragen kann ... falls Ihr gewillt seid, regelmäßig einen etwas höheren Betrag zu zahlen als üblich. Dafür könnte ich Euch aber dann die ganze Nacht Gesellschaft leisten. Ich könnte mir vorstellen, dass klingende Münze den Henker milde stimmen wird, besonders wenn Ihr möglicherweise dem einen oder anderen unverheirateten Freund mein Haus empfehlt. Die Dirnen unter meinem Dach sind allesamt sauberer als anderswo und kerngesund. Entgegenkommend selbstverständlich auch.«

»Deine Weiber für meine Freunde und du nur für mich?« Roland grinste. »Für ganze Nächte?«

»Zu einem Sonderpreis.« Wieder strich sie mit dem Zeigefinger über seine Brust. »Dafür würde ich im Gegenzug gerne den Stoff für alle unsere Kleider bei Euch einkaufen. Vielleicht habt ihr ja besondere Angebote für mich.« Sie ließ gekonnt die Wimpern flattern, bis er erneut lachte.

»Der Daus, du bist ein geschäftstüchtiges Weib, Elsbeth.« Er rollte sich wieder in ihre Richtung und drückte sie sanft, aber bestimmt rücklings auf die Matratze. »Nach allem, was wir bis vorhin getrieben haben, ist dein Vorschlag nur allzu verlockend. Du gefällst mir.« Seine Hand wanderte unmissverständlich zwischen ihre Schenkel. »Was hast du denn wohl sonst noch alles zu bieten, um mir dieses … Geschäft schmackhaft zu machen?«

Ohne zu zögern, ließ sie ihre Hand ebenfalls nach unten wandern und umfasste sein Gemächt, das sich bereits wieder ein wenig aufgerichtet hatte. »Ausnahmsweise könnte ich Euch dies ohne Aufpreis wissen lassen.«

***

Es war bereits kurz vor Mitternacht, als Elsbeth sich nach der ausgiebigen Zweisamkeit mit Roland von Mommersloch gereinigt und ihre Schlafkammer in Ordnung gebracht hatte. In den Kammern der sechs Hübschlerinnen, die nach Mutter Bertas Tod im April noch übrig waren, war es bereits still geworden. Zwölf der ursprünglich achtzehn Frauen waren nicht bereit gewesen zu bleiben, als der Henker verkündet hatte, wie die Zukunft des *Scone Frowe* nach Maßgabe eines Ratsbeschlusses aussehen sollte. Eines Beschlusses, der von Nicolai Golatti nicht nur angeregt, sondern auch mit etwas Nachdruck in Form von wohlplatzierten Spenden und Krediten durchgesetzt worden war. Allerdings mit der Forderung, Elsbeth als neue Wirtin einzusetzen. Den meisten Frauen, die um einiges älter waren als Elsbeth mit ihren vierundzwanzig Jahren, war diese Entscheidung unverständlich und ein Dorn im Auge gewesen. Mutter Berta hatte sehr wahrscheinlich versprochen, dass einer von ihnen dieser Posten zufallen würde. Dass die Wahl auf Elsbeth gefallen war, hatten Nicolai und Elsbeth sehr genau geplant. Er hatte hinter vorgehaltener Hand argumentiert, dass ein junges Weib wie Elsbeth wesentlich leichter lenkbar und beeinflussbar sei als eine der älteren, weniger umgänglichen und sehr wahrscheinlich auch noch wie die alte Berta verschlagenen Dirnen. Außerdem konnte Elsbeth lesen und schreiben, was immer von Vorteil war, wenn es um die regelmäßigen Abrechnungen ging.

Dass Elsbeth sich anfangs um des schönen Scheins willen naiver gegeben hatte, als sie war, jedoch nicht zu sehr, damit sie nicht als tumb durchging, hatte zu diesem ausgeklügelten Plan gehört. Inzwischen war genügend Zeit verstrichen, sodass sie allmählich die nächsten Schritte einleiten konnte, um mit Nicolai das Netz zu spinnen, das ihnen vorschwebte, um ihn zum mächtigsten Mann Kölns aufsteigen zu lassen und sie zur Wächterin der Unterwelt und all derjenigen, die wegen ihrer niedrigen Geburt oder ihres unehrlichen Status keine oder nur begrenzte Fürsprecher hatten.

Sie wollte sich gerade zu Bett begeben, als die Tür zu ihrer Kammer aufflog. Verschließen konnte man sie aus Sicherheitsgründen nicht, ebenso wie die Türen zu allen anderen Kammern der Hübschlerinnen. Meister Hans, mittlerweile ein Mann um die sechzig, jedoch von drahtiger Vitalität, kam, ohne zu fragen oder zu grüßen, herein und warf die Tür hinter sich wieder ins Schloss. Ehe Elsbeth reagieren konnte, hatte er sie am Hals gepackt und gegen den Bettpfosten gedrängt. »Du elendes, hinterhältiges Hurenluder, was musste ich eben von

Mats hören? Du hast einen Freier empfangen, obwohl ich es dir verboten habe, und dich den ganzen Abend mit ihm vergnügt?« Seine Augen blitzten vor Zorn, seine knochige Hand würgte sie. »Wenn du weiterhin für die Kerle die Beine breit machen willst, suche ich mir eine andere Wirtin.«

Obgleich sie ihm liebend gerne das Knie zwischen die Beine gerammt hätte, um sich von ihm zu befreien, blieb sie so ruhig wie nur möglich. »Roland von Mommersloch kam auf Empfehlung eines Ratsherrn her und hat speziell nach mir gefragt.« Sie atmete flach und so gleichmäßig, wie der Druck seiner Finger gegen ihre Kehle es zuließ. »Was hätte ich denn tun sollen? Einen reichen Tuchhändler vergraulen, der das dann weiterklaaft, und am Ende bleiben uns die Kunden aus?«

»Wie? Auf Empfehlung eines Ratsherrn?« In den Augen des Henkers flackerte Überraschung auf.

»Ja, hat er gesagt. Der reiche Lombarde, der Golatti, hat ihn hergeschickt.« Aufmerksam wartete sie auf seine Reaktion.

Sein Griff um ihre Kehle lockerte sich etwas. »Der Golatti ist bloß ein reicher Geldwechsler, kein Ratsherr.«

Elsbeth tat verwirrt. »Wirklich? Ich hätte schwören können, er hat gesagt, ein Ratsherr namens Golatti hätte ihn geschickt.«

»Du bist ein dummes Huhn, Elsbeth.« Nun ließ der Henker zwar ihren Hals los, wich aber nicht zurück, sodass sie weiterhin zwischen ihm und dem Bettpfosten gefangen war. »Der alte von Mommersloch, der Johan, der sitzt im Rat oder vielmehr im Vierundvierziger. Das ist der erweiterte Stadtrat«, fügte er im Ton eines Lehrmeisters hinzu. »Der Golatti aber nicht … oder … Gott behüte! Der will doch nicht etwa einen Sitz im Rat?« Besorgt kratzte er sich am Kopf, der nur noch einen schütteren grauen Haarkranz aufwies. »Das wäre ja was. Da seien der heilige Paulus und die vierzehn Nothelfer vor.«

Elsbeth hob beiläufig die Schultern. »Ist doch aber egal, ob der Vater von Herrn Roland im Rat sitzt oder der, der ihn hergeschickt hat. Wenn ich ihn nicht zu seiner Zufriedenheit bedient hätte, würde er jetzt herumerzählen, was für ein wenig gastfreundliches Haus das *Scone Frowe* ist. Und das wäre Euch doch bestimmt auch wieder nicht recht, oder? Und dann würd er jetzt auch nicht den ganzen Stoff für Kleider und Hemden und so weiter für unsere Frauen zum Vorzugspreis an mich verkaufen. Da sparen wir jede Menge Geld. Aber nur, wenn ich ihn ab sofort regelmäßig bediene. Er hat gesagt, dass er dann alle seine unverheirateten Freunde mitbringt, damit sie unsere Frauen kennenlernen.« Mit einiger Mühe schaffte Elsbeth es, den Henker mit großen erwartungsvollen Unschuldsaugen anzusehen. »Das belebt doch das Geschäft, oder nicht?«

»Hm.« Sichtlich verstimmt und mit sich ringend, wie er reagieren sollte, starrte der Henker sie an. Schließlich nickte er knapp. »Aber nicht jeden Tag.«

»Er würde das Anderthalbfache für die ganze Nacht bezahlen.« Da Elsbeth wusste, dass sie nur auf einem Wege die Zustimmung dieses Mannes erhalten würde, ließ sie wie zufällig ihre Hand in seinen Schritt wandern, obgleich sie immer noch lieber ihr Knie dort platziert hätte. »Das ist doch ein guter Preis. Und selbstverständlich nicht jede Nacht, wo denkt Ihr denn hin, Meister Hans?« Mit erfahrener Hand machte sie sich an ihm zu schaffen, bis er hart wurde. »Eher so einmal in der Woche, denn er ist ja schließlich ein viel beschäftigter Mann. Ihr braucht also gar nicht eifersüchtig zu sein, Meister Hans. Ich werde ganz bestimmt noch genug Zeit für Euch übrig haben.«

»Das will ich dir auch geraten haben. Für was anderes bist du sowieso nicht nütze. Frag mich schon lange, wie sie eine wie dich zur Wirtin des *Scone Frowe* machen konnten, so wenig, wie du im Kopf hast. Aber hier ist ein bisschen mehr zu finden, wie?« Unsanft grapschte er an ihre Brust.

»Für Euch doch immer, Meister Hans!« Elsbeth setzte ihr berufsmäßiges Lächeln auf und half ihm, sich zu entblößen.

»Na, dann mach mal!« Grob brachte er sie dazu, sich vor ihn hinzuknien, und blickte auffordernd auf sie hinab. »Worauf wartest du noch?«

Pflichtschuldig begann sie, ihn mit den Händen weiter zu erregen und schließlich, als er sich ihr stöhnend aufdrängte, auch mit dem Mund. Sie kannte das Spiel, weil es sich schon so oft wiederholt hatte. Kurz bevor er die Beherrschung verlor, zog er sie auf die Füße, warf sie aufs Bett und schob ihren Rock bis über die Hüften hoch. Sie öffnete einladend die Beine, er ließ sich schwer auf sie fallen und drängte gierig in sie hinein. Schnaufend, keuchend und unartikulierte Lustlaute ausstoßend, stieß er wieder und wieder zu.

Elsbeth ließ ihn gewähren und gab immer wieder ein paar Geräusche des Entzückens von sich, durchmischt mit ein paar anspornenden Worten. Derweil legte sie sich einen Plan zurecht, wie sie möglicherweise noch an den einen oder anderen weiteren einflussreichen Gönner gelangen könnte – immerhin hatte die Woche sechs Arbeitstage. Es mussten Männer sein, die, wie Roland von Mommersloch, Verbindungen zum Rat oder zu den Schöffen hatten oder doch zumindest zu den einflussreichen Familien der Stadt gehörten. Keine Familienväter selbstverständlich, sondern am besten die unverheirateten Söhne. Sie kannte bereits eine große Anzahl von ihnen und musste nur noch entscheiden, wer von ihnen das lohnendste Ziel war. Es musste jemand sein, der ihren Plänen für das *Scone Frowe* dienlich sein konnte, zugleich sollten aber auch die Informationen, die sie durch ihn erlangen konnte, für Nicolai von Nutzen sein. Am besten besprach sie sich diesbezüglich noch einmal mit ihrem Bruder.

Als sie bemerkte, dass der Henker kurz davor war, sich zu verausgaben, stieß sie ein lange geübtes, glaubhaftes Stöhnen aus und tat, als würde sie vor Wonne vergehen. Dieses Schauspiel verfehlte seine Wirkung nicht. Er stieß noch ein paarmal hart in sie und keuchte im nächsten Moment befreit auf.

Elsbeth entzog sich ihm mit einem ebenfalls geübten Ruck, sodass er sich auf die Decke unter ihnen ergoss. Er fluchte zwar und gab ihr eine halbherzige Ohrfeige, erhob sich dann aber und grinste zufrieden. »Wenn du für was gut bist, dann dafür, Elsbeth. Ich mache mich jetzt auf den Heimweg. Muss morgen rüber nach Bonn, da soll einem Dieb die Hand abgetrennt werden. Kommt ja nicht oft vor, aber der Kerl ist wohl ein unverbesserlicher Wiederholungstäter. Wird wohl eine Woche dauern, bis ich zurück bin, weil ich noch abwarten muss, dass die Wunde gut heilt und nicht brandig wird. Sieh zu, dass hier im Haus bis dahin alles gut läuft. Und hör dich mal um, ob es irgendwo neue Dirnen gibt, die noch einen Arbeitsplatz suchen. Wenn der Tuchhändler so viele Freunde hat, wie du behauptest, reichen die sechs Weiber nicht, die wir dahaben.«

»Ich werde mich erkundigen«, versprach Elsbeth und fragte sich insgeheim, wie der Henker nur annehmen konnte, sie habe nicht viel mehr als Stroh im Kopf, sich gleichzeitig jedoch seit über einem halben Jahr nicht darüber wunderte, dass sie das Dirnenhaus ohne jegliche Zwischenfälle und trotz der geringen Besatzung mit Gewinn führte. Sie warf ihm jedoch nur ein unterwürfiges Lächeln zu. »Gehabt Euch wohl, Meister Hans, und habt eine gute Reise nach Bonn!«

Kapitel 24

25. Oktober Anno Domini 1423

Die Vesperglocken läuteten gerade, als Cordian Elsbeth vermeldete, dass neue Gäste eingetroffen seien, die ihrer Aufmerksamkeit bedurften. »Zwei Domherren sind das, und sie sagen, sie kommen aus dem Marienstift in Aachen. Sind wohl auf Wallfahrt zu den heiligen Ewalden, schon seit dem Wochenende, und wollen morgen noch die Heiligen Drei Könige besuchen.«

Ahnungsvoll hob Elsbeth ihren Blick von der Kladde auf ihrem Schreibpult. »Wofür genau wollen sie zahlen?«

»Wein und Essen, danach ein Bad mit … Gesellschaft.« Cordian hüstelte. »Wäre vielleicht besser, wenn die beiden gleich rübergehen würden, aber sie wollen unbedingt vorher etwas essen, nicht im Badezuber. Da möchten sie dann aber alles, also Schwitzkammer, Bad und Gesellschaft.«

»Weibliche Gesellschaft oder männliche?«

Cordian zuckte mit den Achseln. »Frauen, würde ich meinen. Sie haben zumindest nichts anderes gesagt.«

»Sag ihnen, das geht in Ordnung. Sie dürfen sich gerne in der Schankstube aufhalten, wenn sie möchten, sollen aber die Frauen dort in Ruhe lassen. Man weiß nie, was sonst weitergeklaaft wird.« Elsbeth legte die Kladde zurück in das Regal hinter ihr. »Wie viele Gäste haben wir sonst bisher?«

»Drei in der Badestube, drei in der Schwitzkammer. In der Schankstube sind es noch mal um die vierzehn oder fünfzehn.

Zwei Ratsherren sind darunter, der alte Waidner und der junge van Thelen.«

»Das ist nicht weiter ungewöhnlich. Die sind beide verwitwet.« Elsbeth winkte ab. »Wer noch?«

»Der Stadtschreiber Melchior. Der Rest sind alles Handwerkergesellen.«

»Gut, dann werde ich mich mal mit in die Schankstube gesellen«, beschloss sie, »und ein wenig mit den Gästen plaudern. Melchior und van Thelen sind normalerweise recht gesprächig und werden mir sicherlich berichten, was dieser Tage so im Stadtrat besprochen wird.« Sie ging bis zur Tür, vor der Cordian stehen geblieben war. »Kümmere du dich um die Kasse, sag aber erst rasch dem Bänes Bescheid, dass er an deiner Stelle an der Tür stehen soll.«

Cordian nickte nur und machte sich auf die Suche nach dem Hausknecht; Elsbeth wandte sich derweil in die entgegengesetzte Richtung. Bevor sie die Schankstube betrat, prüfte sie rasch, ob ihre kleine schwarze Hörnerhaube mit dem schulterlangen, durchscheinenden weißen Schleier richtig auf ihrem Haar saß und ob ihr hellgraues, mit schwarzen Stickereien verziertes Kleid in Ordnung war. Gewohnheitsmäßig strich sie auch noch die gelben und roten Bänder glatt, die am linken Ärmel angenäht waren.

Schon durch die Tür waren vergnügte Stimmen und Gelächter zu vernehmen gewesen, die Stimmung in der Schankstube war in Maßen ausgelassen, wie es der noch frühen Stunde entsprach. Sie nickte der Reihe nach allen Gästen freundlich zu, die an den langen Tischen saßen oder auf den gepolsterten Bänken an der Wand. Bei ihrem Rundblick erfasste sie auch gleich, dass bis auf drei alle für hier eingeteilten Hübschlerinnen anwesend waren. Die anderen waren sehr wahrscheinlich bereits mit Freiern hinauf zu den Kammern gegangen.

»Melchior, einen schönen guten Tag!« Sie setzte sich neben dem Stadtschreiber auf das Ende der mittleren Bank und lächelte ihm dabei strahlend zu. »Ihr wart ja schon eine Weile nicht mehr hier zu Gast. Wie schön, dass Ihr den Weg ins *Scone Frowe* wieder einmal gefunden habt. Sicherlich hat Euch die Arbeit abgehalten, nicht wahr?«

Der dunkelblonde, sehr schlanke Melchior erwiderte das Lächeln. Er war vielleicht zwei oder drei Jahre über dreißig, seine Augen von einem hellen Wasserblau und seine Gesichtszüge sehr ansprechend, wenn auch für einen Mann seines Alters noch sehr jungenhaft. »Du hast recht, Elsbeth, die Arbeit hat mich ferngehalten. Es ist ja nun etwas mehr als drei Wochen her, dass die Juden offiziell aus der Stadt verwiesen wurden, aber die Umsiedlung nach Deutz, wohin die meisten von ihnen ja ziehen wollen, geht schleppend voran. Alle Augenblicke hat irgendwer eine neue Beschwerde, dann wollen einige jüdische Familien ihre Häuser verpachten oder verkaufen, und da müssen Gutachten erstellt und Grundstückseigentumserklärungen aufgesetzt werden.« Während er sprach, rieb er sich wie zum Unterstreichen seiner Worte die rechte Hand, wohl seine Schreibhand, mit der linken. »Es wurde eine neunköpfige Ratskommission eingesetzt, die sich um die Durchführung der Ausweisung zu kümmern hat, und von denen wollen natürlich alle jeden Tag irgendein Schriftstück aufgesetzt haben – neben den Sitzungsprotokollen und Briefen, die regulär verfasst werden.«

»Das klingt nach arbeitsamen Tagen für Euch und die anderen Stadtschreiber.« Elsbeth setzte eine mitfühlende Miene auf und behielt gleichzeitig die beiden Geistlichen im Auge, die sich am Nebentisch niedergelassen hatten und mit Fygen und Vera schäkerten und lachten. Einer der beiden schien noch sehr jung zu sein, vielleicht höchstens neunzehn oder zwanzig Jahre alt. »Ich hoffe, Euer Aufenthalt in meinem Haus wird Euch ein wenig für die viele Arbeit entschädigen und auf andere Gedanken bringen.«

»Das hoffe ich auch.« Er senkte die Stimme ein wenig und beugte sich vertraulich vor. »Ich habe nämlich allmählich die Nase voll von dieser Kommission, in der sich alle Mitglieder andauernd darüber beschweren, wie lästig es ist, den Juden täglich hinterherzulaufen, um sie an die verstrichene Frist zu erinnern. Außerdem jammern sie unablässig darüber, dass der Golatti, der tote Lombarde, du weißt schon, dass der sich zwar so vehement für die Vertreibung der Juden aus Köln eingesetzt hat, denen wiederum aber offenbar ein paar ziemlich unverschämte Ideen in den Kopf gesetzt hat, wie die Stadt sie über Vorkaufsrechte und Nutznießungen für die jüdischen Wohn- und Geschäftshäuser entschädigen könnte. Das wird die Kommission wahrscheinlich noch auf Monate, wenn nicht sogar Jahre beschäftigen – und mir müssen sie das natürlich alles immer wieder und jeden Tag aufs Neue erzählen und ihre schlechte Laune darüber bei mir abladen. So als könnte ich etwas dafür, dass der alte Golatti so ein hinterlistiger, doppelzüngiger Deuvel war.«

Standhaft unterdrückte Elsbeth ein Grinsen. »Der Lombarde scheint also nicht nur seiner Witwe ein interessantes Erbe hinterlassen zu haben.«

»Könnte man so sagen.« Melchior verzog missbilligend den Mund. »Ich hätte gut drauf verzichten können.«

»Verzeihung, Elsbeth?« Neben dem Tisch war ein kleiner gedrungener Mann aufgetaucht, dessen schiefe Nase davon zeugte, dass diese bereits mehr als einmal gebrochen gewesen war.

»Ja, Bänes? Was gibt es denn? Solltest du nicht an der Haustür Posten beziehen?« Sie warf dem schwarzhaarigen Knecht einen strengen Blick zu. Vor zehn Jahren, als sein Vater am Hafen bei einem Unfall an der Tretmühle ums Leben gekommen war, hatte sie ihn aus der drohenden Obdachlosigkeit gerettet, indem sie den damals erst Zwölfjährigen in ihr Haus geholt hatte. Er hatte damals, mutterlos und verwahrlost, wie er gewesen war, bereits als übler Raufbold gegolten, und das hatte sich in den ersten Jahren auch kaum geändert. Doch nach und nach hatten sie sich sprichwörtlich zusammengerauft, und inzwischen war er zu einem unentbehrlichen Bestandteil des *Scone Frowe* geworden, wobei er sich hauptsächlich darauf beschränkte, Freiern eine Abreibung zu verpassen, die sich unangemessen laut oder roh gegenüber den Frauen verhielten.

»Ja, ist richtig, Elsbeth.« Bänes nickte. »Ich geh auch sofort wieder zurück. Soll dir aber vom Gewaltrichter van Cleve ausrichten, dass er dich zu sprechen wünscht. Er will rüber ins Badehaus, aber außen rum.«

»Danke, Bänes.« Sogleich erhob Elsbeth sich. »Entschuldige mich, Melchior, ich muss mich kümmern.« Sie nickte dem Stadtschreiber knapp zu und eilte durch das Haus in die Badestube und von dort aus hinüber zu der Hintertür, die über den Hof ins Badehaus führte. Auf dem Weg rief sie Giselle zu, dass sie sich für den Besucher bereithalten sollte.

Im Hinterhof waren Änne und Gero gerade dabei, die alte durchgelegene Strohmatratze zum Misthaufen zu tragen, auf der Trin geschlafen hatte. Änne schniefte dabei unüberhörbar und drehte kurz den Kopf zur Seite, um die Nase an ihrer Schulter trocken zu reiben.

Elsbeth folgte den beiden kurz mit Blicken, wurde dann aber auf die hochgewachsene Gestalt des Gewaltrichters aufmerksam, die sich auf sie zubewegte. Auch er hatte seinen Blick auf die Magd und den Knecht gerichtet.

»Die dicke Trin, unsere alte Küchenmagd, ist gestern von uns gegangen.« Elsbeth blieb in der Hintertür stehen und nickte ihm mit einem betrübten Lächeln zu. »Ist einfach mitten in der Arbeit in sich zusammengesackt und war tot, noch ehe sie auf dem Boden aufschlug. Ein seliger, glücklicher Tod, wenn Ihr mich fragt. Ich hatte schon Sorge, dass sie uns mit ihrer Leibesfülle eines Tages zur Last wird, wenn sie kränkeln sollte und mal nicht mehr fähig wäre aufzustehen. So war der Allmächtige«, sie bekreuzigte sich nachlässig, »denn ziemlich gnädig und hat kurzen Prozess mit ihr gemacht.«

»Mein Beileid.« Vinzenz van Cleve trat auf sie zu.

Elsbeth winkte ihn schweigend ins Innere der Badestube.

»Wie es scheint, gehen die Geschäfte für einen Montag überdurchschnittlich gut.«

»Deshalb scheut Ihr Euch, Wärme und Gemütlichkeit meiner Gaststube in Anspruch zu nehmen.« Elsbeth zupfte ein wenig an ihrer Haube herum. »Wir haben eine kleine Abordnung von Kanonikern aus Aachen zu Gast. Sie sind am Wochenende hergekommen, um der heiligen Ewalde zu gedenken und hernach einen Abstecher zu den Heiligen Drei Königen zu machen.«

»Und brauchen die Sündenvergebung, die eine derartige Pilgerreise mit sich bringt, gleich wieder auf, indem sie sich unter deinem Dach vergnügen?«

»Ach was.« Elsbeth lachte und winkte ab. »Die gehören zum Aachener Marienstift. Ich möchte wetten, dass jeder Einzelne von ihnen schon längst bei einer der vergangenen Heiltumsweisungen in Aachen einen vollständigen Ablass all seiner früheren und zukünftigen Sünden erwerben konnte. Um ihr Seelenheil machen die sich ganz sicher keine Gedanken mehr.« Sie grinste anzüglich. »Ganz im Gegensatz zu Euch.«

»Ich war noch nie auf einer Heiltumsweisung und besitze demnach auch keinen vollkommenen Ablass.«

Inzwischen hatten sie den geräumigen Badesaal erreicht. Die Bottiche, es waren sieben an der Zahl, waren durch schulterhohe Trennwände voneinander abgeschirmt. In den zweien links außen hockten jeweils drei Männer unterschiedlichen

Alters. Offenbar waren sie aus der Schwitzkammer bereits in ihr Bad umgezogen. Wein und leichte Speisen standen auf Brettern bereit, die zwischen ihnen quer über den Rändern der Badebottiche lagen. Die Bademägde Bella, Walburga und Marte wuselten um sie herum und leisteten ihnen Gesellschaft.

Elsbeth deutete auf den Bottich ganz rechts. »Ich lasse Euch diesen hier frisch befüllen, Herr Gewaltrichter. Der Giselle habe ich schon Bescheid gegeben, dass Ihr hier seid. Sie wird gleich für Euch da sein und freut sich schon, Euch mal wieder bedienen zu dürfen. Ihr habt Euch in letzter Zeit ziemlich rargemacht.« Sie konnte den Anflug von Neugier nicht aus ihrer Stimme heraushalten. »Ich dachte schon, Ihr habet meinem Haus vollständig abgeschworen, weil Ihr wieder auf Freiersfüßen wandelt.« Sie winkte die jüngste ihrer Bademägde zu sich, die gerade die Badestube betrat. »Britti, befülle diesen Bottich hier für unseren Gast und gib ein gutes Maß an Lavendel und Kampferöl hinzu. Der Gewaltrichter sieht aus, als wäre er ziemlich verkrampft.« Sie nickte ihm zu. »Kampfer und Lavendel entspannen. Giselle kann Euch die Muskeln ein wenig durchwalken, wenn Ihr wollt.«

Vinzenz van Cleve runzelte die Stirn. »Ich wandele nicht auf Freiersfüßen. Wer behauptet denn so etwas Abwegiges?«

Nun unterdrückte sie standhaft ein Schmunzeln, denn mit dieser Reaktion hatte sie bereits gerechnet. Sie konnte nicht widerstehen, ein wenig nachzubohren. »Ich hielt es nicht für abwegig. Einer der Burschen aus Eures Vaters Kontor ist hier regelmäßig zu Gast und zahlt nicht nur mit Geld, sondern auch mit mannigfaltigen Nachrichten über das städtische Geschehen. Nach seiner Aussage hofft Euer geschätzter Herr Vater dringlich darauf, der Lombardenwitwe Aleydis de Bruinker habhaft zu werden, um Sie Euch ins Ehebettchen zu legen.«

»Was mein Vater hofft und was sich erfüllt, sind zwei grundverschiedene Paar Schuhe.« Der Gewaltrichter verschränkte mit verschnupfter Miene die Arme vor der Brust, setzte sich aber auf Elsbeths Wink hin auf eine der mit Kissen ausgelegten Bänke, die die Wände säumten, um auf sein Bad zu warten.

Elsbeth ließ sich betont anmutig neben ihm nieder und richtete sorgsam die Röcke von Unterkleid und Surcot, um ihre nächsten Worte noch beiläufiger klingen zu lassen. »Dabei ist Frau Aleydis doch ein ansehnliches Weib, wie Ihr selbst einmal zugegeben habt. Und reich wie die Sünde selbst.«

»Was meinen Vater reizen mag, mich hingegen nicht.«

Sie riss sich zusammen, um nicht über seinen abweisenden Ton zu kichern. »Das Geld oder ihr ansehnliches Äußeres?«

Er verzog darauf nur die Lippen. »Reichtum kann auch eine Bürde sein, speziell, wenn er erworben wurde wie der von Aleydis de Bruinker.«

»Ihr scheut Euch vor dem Blutgold, das sich unter den Münzen befindet, die ihr Gemahl selig massenhaft angehäuft hat?«

»Nicht so sehr wie sie selbst, würde ich vermuten.«

Elsbeth nickte verständnisvoll, denn da hatte er mit Sicherheit recht. »Sie ist wahrscheinlich zu tugendhaft, um die Macht zu schätzen, die sie jetzt besitzt.«

Van Cleve streckte die Beine aus und überkreuzte sie an den Knöcheln. »Meiner Meinung nach lebt sie sicherer, wenn sie diese Macht mehr fürchtet denn schätzt. Nicolai Golattis Witwe zu sein, ist nicht eben ungefährlich.«

Sittsam, um nicht anzuzeigen, dass sie den unausgesprochenen Verdacht, der in seinen Worten mitschwang, längst teilte, faltete Elsbeth die Hände im Schoß. »Ihr glaubt, der Anschlag auf Cathrein Golattis Leben war eine Botschaft an Frau Aleydis?«

»Was weißt du darüber?« Aufmerksam musterte Vinzenz sie.

»Was man so hört, wenn man dem Rattern des Stadtklaafs lauscht.« Elsbeth hob betont unbeteiligt die Schultern, auch wenn ihr das schwerfiel. »Das Feuer brach am frühen Abend aus, gerade spät genug, dass die meisten Nachbarn des Beginenhofes sich bereits zu Bett begeben hatten und nichts mitbekamen, bis Frau Aleydis Alarm schlug. Wenig später schon sprach sich herum, dass sie Anklage wegen Brandstiftung erhoben hat – persönlich bei Euch, wie man mir zutrug. Habt Ihr schon jemanden im Verdacht?«

»Verdächtige gibt es mehr als genug.« Lässig lehnte sich Vinzenz mit dem Rücken gegen die steinerne Wand und folgte mit Blicken der Bademagd Britti, wie sie ein Schaff heißes Wasser nach dem anderen herbeitrug und in den Bottich leerte. Das ärmellose Hemd, das sie trug, ging ihr bis an die Knie und spannte ein wenig über ihren Brüsten und dem runden Hinterteil. Aus irgendeinem Grund schien die junge Bademagd seine besondere Aufmerksamkeit zu wecken. Ob aus Begehren oder einem anderen Grund, war allerdings nicht auszumachen.

Bislang war der Gewaltrichter ihr noch nicht mit einer Vorliebe für sehr junge Mädchen aufgefallen. Dennoch stellte sie ihn umgehend auf die Probe. »Sie kann Euch gerne ebenfalls Gesellschaft leisten.« Sie warf ihm ein vielsagendes Lächeln zu.

Vinzenz van Cleve schüttelte jedoch nur amüsiert den Kopf und bestätigte damit Elsbeths Einschätzung seines Charakters. »Sag mir, was du sonst noch über den Brand verlauten gehört hast.«

»Gerne.« Elsbeth löste ihre Hände voneinander und hielt ihm die linke mit der Handfläche nach oben beiläufig hin. »Es wird eine Menge geredet.«

Der Gewaltrichter zog seine Geldbörse unter dem Wams hervor, fischte eine Silbermünze heraus und legte sie in ihre Handfläche. »Fasse dich kurz und beschränke dich auf die sinnvollen Äußerungen.«

Elsbeth schloss die Finger um das Geldstück, ließ es rasch in einer versteckten Börse in ihrem Ärmel verschwinden und überlegte sich ihre Worte genau. Ihre Boten hatten so einiges berichten können, was in der Stadt geklaaft wurde. »Einmal abgesehen von einigen missgünstigen Seelen, die sich in der Vermutung ergehen, Frau Aleydis habe das Feuer selbst gelegt, um sich an ihrer Stieftochter für den Mord an Nicolai zu rächen, gibt es hauptsächlich zwei Lager. Das eine verdächtigt irgendein namenloses Opfer von Nicolais Untaten, das andere vermutet, Alessandro Venetto sei schuld an dem Feuer.« Eine Theorie, die sie nach allem, was sie inzwischen über seinen Aufenthalt in Köln wusste, für vollkommen abwegig hielt. »Letzteres Lager besteht allerdings nur aus einigen wenigen, hauptsächlich älteren Bürgern, die sich überhaupt noch daran erinnern, dass Golatti einen jüngeren Halbbruder hatte.«

»Du wusstest auch davon?« Überrascht hob Vinzenz den Kopf.

Elsbeth schmunzelte, bedachte ihre Worte aber erneut sehr genau, um ihre Beziehung zu Nicolai nicht offenkundig werden zu lassen. »Ich war damals noch ein junges Mädchen, frisch unter Mutter Bertas Fittiche geraten, wenn man so will.« Das war zumindest nicht gänzlich gelogen, sondern nur hinsichtlich des Zeitrahmens ein wenig geflunkert. Bei der Erinnerung an die frühere Vorsteherin des Hurenhauses und eingedenk der Tatsache, dass Trin ihr nun in die Ewigkeit gefolgt war, bekreuzigte sie sich, dann fuhr sie fort: »Der alte Golatti hielt es wohl geheim, aber schon damals gingen hier Ratsherren und Schöffen ein und aus.« Ihr Lächeln wurde für einen kurzen Moment wehmütig, und sie griff nach dem silbernen Ring, den sie an einer Kette um den Hals trug. Unwillkürlich hatte sie an Thönnes gedacht, der ihr zwar nie von Alessandro erzählt hatte, jedoch als Vorwand für ihr Wissen gerade sehr gut ins Bild passte. »Man erzählte sich damals, der alte Golatti habe den unstandesgemäßen Sohn samt Mutter aus der Stadt bringen lassen. Nach Koblenz wohl, doch später verschlug es den

Jungen mit der Familie seines Ziehvaters hinüber nach Frankfurt. Nicht ganz freiwillig übrigens, wenn man der Gerüchteküche weiter Glauben schenken darf.«

»Ach?« Erstaunt hob van Cleve den Kopf. »Inwiefern?«

Sie atmete innerlich auf, dass der Gewaltrichter ihr die Geschichte abnahm. »Das war wohl schon einige Jahre später, und aus dem Kleinkind war bereits ein Junge geworden.« Elsbeth ließ den Ring wieder los. »Der genaue Hergang liegt im Dunkeln, vermutlich weil Nicolai Golatti genau dafür gesorgt hat. Man munkelt jedoch, dass schon die Unterbringung des Bastards bei der Familie Venetto nicht ganz freiwillig vonstattenging. Offenbar hatte der eine Lombarde Schulden bei dem anderen. Oder vielleicht auch bei Nicolais Schwiegerleuten, wer weiß.«

»Was hat die Familie Hürth mit Nicolais Halbbruder zu schaffen?« Aufmerksam richtete van Cleve sich wieder auf.

»Klüngel, was sonst? Die sind doch alle irgendwie miteinander verstrickt. Nicolai hat Griselda Hürth damals auch nicht von ungefähr geheiratet.« Einer Eingebung folgend beschloss sie, dem Gewaltrichter noch ein paar weitere Informationen zukommen zu lassen, damit er sich ein besseres Bild von Aleydis' Situation machen konnte. »Wenn Ihr mich fragt, hatten die Hürths die Golattis in der Hand, weshalb auch immer, und haben Nicolai auserkoren, ihre Schattenwelt anzuführen. Was er ja dann auch sehr erfolgreich gute drei Jahrzehnte lang getan hat.«

»Aber was hat das mit Alessandro zu tun?« Diesmal konnte er ihr offenbar nicht ganz folgen.

Elsbeth zuckte erneut betont nachlässig mit den Achseln, um den nächsten Satz zu kaschieren, der eine dreiste Lüge war. »Ich weiß vieles, aber nicht alles. Soweit ich mich erinnere, ging damals irgendetwas vor. Der alte Franco Golatti hat wohl für den Unterhalt seines Sohnes gesorgt, indem er seinen

Schuldner Venetto dazu brachte, sich des Jungen anzunehmen. Venetto war wahrscheinlich froh, dass er nur für ein Kind sorgen musste, anstatt hohe Schuldzinsen zu berappen. Jahre später verlautete – aber da bin ich nicht ganz sicher, ob es stimmt –, dass die Venettos mehr oder weniger Hals über Kopf Koblenz verlassen und sich in Frankfurt niedergelassen hätten. Zu der Zeit war Nicolais Vater schon gebrechlich, und es hieß, Nicolai kümmere sich von nun an um alle familiären Angelegenheiten. Also vermutlich auch um seinen Halbbruder, falls man es kümmern nennen kann, ein Kind möglichst weit von der eigenen Familie fernzuhalten.«

Sichtlich in Gedanken richtete van Cleve sich wieder auf. »Dann bist du also der Meinung, es handelt sich bei Alessandro wirklich um Golattis Halbbruder und nicht womöglich um einen Betrüger?«

»Betrüger?« Elsbeth schüttelte den Kopf. »Wenn man der Gerüchteküche Glauben schenken kann, sieht er Nicolai und seinem Vater viel zu ähnlich, als dass eine Verwechslung möglich wäre.« Sie legte den Kopf ein wenig schräg und musterte ihn sehr aufmerksam. »Ihr traut ihm nicht.«

»Warum auch?« Van Cleve ließ erneut seinen Blick zu der Bademagd schweifen, die immer noch fleißig Wasser herbeitrug, und sie fragte sich, was ihm bei ihrem Anblick wohl durch den Kopf gehen mochte. Sonderlich angetan wirkte er nicht von ihr. »Allein sein Auftauchen zu dieser Zeit wirft für mich Fragen nach seiner Gesinnung auf.«

»Weil er bis vor ein paar Wochen gewartet und sich erst hervorgewagt hat, als beide Brüder bereits unter der Erde lagen, meint Ihr?« Diese Frage hatte sie sich ja ebenfalls gestellt, für sich aber bereits weitgehend zufriedenstellend beantwortet.

»Wenn er, wie er behauptet, an einer Familienzusammenführung interessiert wäre, hätte er das jedenfalls schon früher versuchen können.« Van Cleve stockte sichtlich irritiert. »Seit wann, sagst du, ist er in Köln?«

Elsbeth tat, als müsste sie überlegen. »Ganz genau weiß ich es nicht, aber es muss so zwei, drei Wochen her sein, nehme ich an. Wo er sein Lager aufgeschlagen hatte, bis er sich Frau Aleydis offenbart hat, vermag ich nicht zu sagen, doch wenn Ihr es genau wissen wollt, kann ich mich gerne umhören.« Sie hielt ihm erneut die flach ausgestreckte Handfläche hin und bat insgeheim den Herrgott und die Heilige Jungfrau um Vergebung für die vielen Lügen, die sie dem Gewaltrichter heute auftischen musste, um sich nicht zu verraten.

»Also gut.« Er fischte eine weitere Münze aus seiner Börse. »Hör dich um.« Zu ihrer Freude legte er sogar noch eine weitere Münze dazu. »Ich nehme einen Krug Wein, den Burgunder, und etwas Brot, Käse und Braten zu meinem Bad.«

Elsbeth erhob sich, schob die eine Münze in ihren Ärmel und ließ die andere in die Börse an ihrem Gürtel gleiten, wo sie sich klimpernd zu etlichen weiteren gesellte. »Ich sage Giselle Bescheid, dass Ihr eine kleine Stärkung wünscht.«

Bevor sie ging, musterte sie ihn noch einmal eingehend und insgeheim überaus zufrieden, weil ihre innere Stimme sie wieder einmal nicht zu täuschen schien. Erneut konnte sie nicht widerstehen, ihn noch ein wenig zu ärgern. »Ihr sorgt Euch um Frau Aleydis, nun da dieser Alessandro aufgetaucht ist.«

Er erwiderte ihren Blick gekonnt ungerührt, was sie ungemein erheiterte. »Einer muss es ja tun. Du hast selbst gesagt, dass es Leute gibt, die ihn verdächtigen.«

»Wegen des Brandes, meint Ihr?« Elsbeth winkte ab. »Da glaube ich noch eher an den unbekannten Rächer. Weshalb sollte Alessandro seiner Nichte etwas antun? Er und Nicolai standen sich ja wohl nicht gerade nahe, also dürfte Rache in dem Fall nicht als Beweggrund herhalten.«

Vinzenz van Cleve nickte nur zustimmend.

»Er soll ein ansehnliches Mannsbild sein.« Elsbeth konnte es einfach nicht lassen. Sie hatte bereits einige Schritte auf den Vorhang zugemacht, der vor dem Durchgang zum Haupthaus hing, drehte sich dort aber noch einmal zu dem Gewaltrichter um. »Vielleicht bewahrt er Euch vor der Ehe mit der jungen Witwe, indem er selbst um sie wirbt.«

Vinzenz zog die Stirn so tief in Falten, dass sie beinahe laut aufgelacht hätte. »Alessandro ist ihr Schwager.«

»Na und?« Elsbeth lächelte fein, was gar nicht so einfach war, weil sie gegen ein Prusten ankämpfte. »Eine Dispens könnte Frau Aleydis aus ihrer Schürzentasche bezahlen, möchte ich meinen. Nicolai hatte überdies gute Verbindungen zum Kölner Erzbischof. Ein Wort an dessen Offiziat, und die Sache dürfte ihren Gang gehen.«

»So unbedacht wird sie ja wohl nicht sein.« Seine finstere Miene verriet, dass er die Zähne fest zusammenbiss; ein Anblick, der Elsbeth durchaus erfreute.

Gleichzeitig wollte sich jedoch das Gelächter weiter Bahn brechen, sodass es ihr nur mit Mühe gelang, ihr Lächeln noch etwas zu vertiefen, ohne loszuplatzen. Wenn der Gewaltrichter wüsste, wie leicht ihm seine Gedanken und Gefühle vom Gesicht abzulesen waren, wäre er vermutlich im Boden versunken. Oder aus der Haut gefahren. Ein wunderbares Zeichen, konstatierte sie und stichelte mutig noch ein wenig weiter. »Unbedacht würde ich es nennen, wenn sie allzu lange wartet, bis sie sich einen neuen Gemahl erwählt. Sie wirkt auf mich nicht wie eine Frau, die so jung schon den Weg der ewigen Witwenschaft gehen sollte. Alessandro Venetto wäre, nach Euch, die klügste Wahl, wenn er denn kein Ungemach gegen sie im Schilde führt. Immerhin ist er doch wohl noch unbeweibt, selbst ein lombardischer Geldwechsler und, wenn ich recht informiert bin, auch im Kreditwesen bewandert. Zumindest hieß es, sein Ziehvater habe sein täglich Brot damit verdient. Deutlich hübscher als sein älterer Bruder ist er obendrein und mit Sicherheit auch um einiges, nun ja, mannhafter. Was also würdet Ihr an dieser Verbindung als unklug bewerten, Herr Gewaltrichter?« Sie musterte ihn so amüsiert, wie die Lachkrämpfe, gegen die sie innerlich anfocht, es zuließen. »Ich hätte gedacht, Ihr wäret ihm dankbar, denn wenn sie ihn ehelicht, könnt Ihr Euch weiter in Eurer ewigen Witwerschaft ergehen. Das ist es doch, was Ihr wollt, oder nicht? So hatte ich Euch zumindest verstanden.«

»Meisterin, das Bad für den werten Herrn ist bereitet.« Britti war herangekommen, die Wangen gerötet von der Anstrengung. Ihr Haar kräuselte sich von den warmen Wasserdämpfen, und ein paar Wasserflecken auf ihrem Hemd ließen selbiges noch dichter an ihrem Körper anliegen und brachten ihre Rundungen bestens zur Geltung. Sie benutzte immer noch die förmliche Ansprache, die die Bademägde Elsbeth gegenüber vor Gästen verwendeten, die nicht zu den käuflichen Frauen zählten, denn seit sie die Badestube eröffnet hatte, galt sie offiziell tatsächlich als Badermeisterin. In der Regel verzichtete sie auf diesen Titel zwar, doch gegenüber hochgestellten Herrschaften ließ er sie durchaus ehrwürdiger wirken, was sie als Vorteil ansah.

Elsbeth nickte Britti freundlich zu. »Gut, leiste dem Gewaltrichter Gesellschaft, bis Giselle hier ist.« Sie warf van Cleve noch einen eindeutigen Blick zu, um vielleicht eine Reaktion zu ernten, aus der sie schließen könnte, was er gegen die junge Bademagd hatte.

»Da bin ich, Elsbeth.« Giselle, ebenfalls in einen knielangen Leinenkittel gewandet, das lange dunkelblonde Haar wie immer zu einem dicken Zopf geflochten, trat hinter dem Vorhang hervor und lächelte dem Gewaltrichter fröhlich zu. »Verzeiht, dass es etwas gedauert hat, doch ich musste mich noch um ein kleines Missgeschick im Gastraum kümmern.« Sie wandte sich an Elsbeth. »Einer der Kanoniker, der ganz junge, hat das Bier nicht vertragen und sich erbrochen. Wir mussten ihm zum Abort helfen. Offenbar hatte er vorher schon in einer Taverne dem Wein zugesprochen und, nun ja …«

»Bier auf Wein, das lass lieber sein.« Elsbeth lachte. »Es wird ihm eine Lehre sein.« Sie griff nach dem Vorhang, um ihn zurückzuziehen und hindurchzuschlüpfen. »Ich wünsche Euch ein angenehmes Bad, Herr Gewaltrichter. Britti, komm mit, du holst unserem Gast ein Tablett mit Wein, Brot, ein paar Scheiben von dem Wildschweinbraten und dem guten Käse.« Sie nickte Giselle noch einmal vielsagend zu und war verschwunden. Britti hastete hinter ihr her in den Schankraum und stellte die gewünschten Speisen und einen Krug Wein nebst Becher zusammen.

***

Als gute zwei Stunden später der Gewaltrichter das Badehaus auf demselben Wege verließ, auf dem er es betreten hatte, stand Elsbeth gerade mit ihrem ausgeleerten Nachttopf vor dem Abort. Sie sah ihm still nach, wie er das Anwesen zügig verließ, und konnte nicht umhin festzustellen, dass sein Schritt nicht so leicht und beschwingt wirkte, wie er nach einem befriedigenden Beisammensein mit Giselle eigentlich hätte sein sollen. Entweder beschäftigte der Brandanschlag ihn so sehr, dass er die Entspannung nicht hatte würdigen können, oder aber etwas anderes machte ihm zu schaffen.

Elsbeth konnte natürlich nur raten, was den wahren Grund für seine sichtbare Anspannung betraf, doch ihr Gefühl und ihre gute Beobachtungsgabe sagten ihr, dass sie etwas mit Nicolais hübscher und, wie man immer häufiger zu hören bekam, äußerst klugen und sogar geschäftstüchtigen Witwe zu tun hatte. Sie lächelte zufrieden in sich hinein, denn diese Entwicklung gefiel ihr immer besser, je länger sie darüber nachdachte.

Etwas anderes beschäftigte ihre Gedanken jedoch, als sie sich zurück in ihre Wohnung begab und noch einmal über das Gespräch mit dem Gewaltrichter nachdachte. Diese überbordende Zahl an Verdächtigen hinsichtlich des Brandanschlags auf Cathrein war sowohl außergewöhnlich als auch besorgniserregend. Denn sie führte möglicherweise dazu, dass man sich bei der Suche nach dem Schuldigen verzettelte. Alessandro schloss sie kategorisch aus, doch auch alle übrigen Möglichkeiten kamen ihr immer abwegiger vor, je mehr sie sie in ihrem Kopf drehte und wendete. Übersahen sie etwas? Und falls dem so sein sollte – musste sie nicht noch viel mehr Mittel einsetzen, um dem Täter auf die Spur zu kommen? Sie hatte Nicolai gelobt, auf seine Familie achtzugeben. Es war schlimm genug, dass sie erst von dem Brand erfahren hatte, nachdem er schon so gut wie gelöscht worden war. Den Brandstifter ungeschoren davonkommen zu lassen, war ausgeschlossen. Also musste sie etwas tun, und das bald.

Kapitel 25

26. Oktober Anno Domini 1423

Elsbeth verstaute sorgsam den mehrfach gefalteten Leinenstoff und die Rolle grünes Zindel in ihrem großen Weidenkorb und legte die bereits zurechtgeschnittenen und -genähten weißen und gelben Zaddeln darauf. »Wir benötigen unbedingt noch mehr von dem ganz hellen Leinen und etwa zehn Ellen Baumwolle sowie Zindel in einem helleren Grün, Blau und vielleicht Gelb«, sagte sie zu dem Tuchhändler Roland von Mommersloch, der ihr die Tuche verkauft hatte. »Soll ich deswegen noch einmal vorbeikommen, oder reicht es, bei Euch die Bestellung aufzugeben?«

»Ich werde meiner Gemahlin gleich Bescheid geben.« Roland lächelte erfreut zurück. »Meine Trudi hat inzwischen die Bestellungen ganz in ihre Hand genommen. Sie ist sogar besser und schneller darin, einen passenden, günstigen Lieferanten zu finden, als ich und meine beiden Gesellen zusammen.« Er lachte, und es war ihm anzusehen, wie stolz er auf seine Frau war. »Habe ich dir eigentlich jemals dafür gedankt, dass du mir damals den Rat gegeben hast, mich um sie zu bemühen, obwohl mein Vater dagegen war, weil sie nur eine jüngere Tochter unseres Nachbarn ist? Ich kannte sie ja praktisch mein Leben lang und wusste, dass sie nicht dumm ist; aber dass daraus eine so glückliche Verbindung entstehen würde, hätte ich mir nie träumen lassen. Sie war immer bloß die kleine unscheinbare Trudi für mich, aber jetzt ...«

»Ich denke, Ihr habt mir bereits mindestens zehnmal gedankt.« Elsbeth schmunzelte. »Aber davon abhalten will ich Euch nicht. Es freut mich, dass mein Rat auf fruchtbaren Boden gefallen und dass daraus eine glückliche Ehe erwachsen ist. Wie ich hörte, ist Frau Trudi unlängst mit Eurem vierten Kind niedergekommen.«

»Vor etwa zehn Wochen, das stimmt.« Rolands Augen leuchteten auf. »Nach drei Söhnen nun eine Tochter. Ich glaube, sie ist erleichtert, dass sie nun eine Geschlechtsgenossin aufziehen darf.«

»Bei drei Söhnen durchaus nachvollziehbar.« Elsbeth lachte. »Ihr seht aber auch nicht so aus, als verdrösse die Tatsache Euch, dass es diesmal ein Mädchen geworden ist.«

»Wie könnte ich verdrießlich sein?« Wieder leuchteten seine Augen geradezu auf. »Die kleine Radegund ist ein solcher Sonnenschein, schon vom Tag ihrer Geburt an. Sie lächelt und lacht, wann immer sie mich sieht, da muss einem Vater doch das Herz aufgehen.«

»Das ist unbestritten.« Elsbeth neigte zustimmend den Kopf. »Nun muss ich aber los, denn zu den Stoffen benötige ich noch jede Menge Garn und ein paar neue Nadeln für unsere Britti, die bei uns die Oberaufsicht über das Nähen von Kleidungsstücken übernommen hat. Dazu muss ich mich noch ein wenig draußen auf dem Markt umsehen.«

»Der beste Krämer für solche Waren ist Meister Garnschröder.« Roland begleitete sie bis zum Ausgang des Kaufhauses, in dem nicht nur er, sondern auch mehrere weitere Kölner Tuchhändler ihre Verkaufstische aufgebaut hatten. »Er hat seinen Stand drüben auf der gegenüberliegenden Seite des Neumarkts.«

»Ich habe schon von ihm gehört.« Elsbeth trat nach draußen in die kühle, aber sonnige Herbstluft. »Er ist von irgendwo im Süden hierher übergesiedelt, nicht wahr?«

»Von Nürnberg«, bestätigte Roland. »Er hat bei einem Besuch auf der Frankfurter Herbstmesse im vergangenen Jahr die Tochter eines Kölner Kaufmanns kennengelernt, und die beiden haben im Sommer geheiratet. Er scheint keine Familie in Nürnberg zu haben, deshalb ist er mitsamt seinem Geschäft hierhergezogen.«

»Ich werde mir seine Auswahl an Garnen und Zierrat ansehen.« Elsbeth winkte Gero heran, der unweit des Kaufhauses gewartet und mit einem anderen Knecht geredet hatte, und händigte ihm den Korb aus. »Gehabt Euch wohl, Herr Roland. Lasst mich wissen, wann die bestellten Tuche zum Abholen bereitliegen.« Sie nannte ihm noch einmal die genauen Mengen und machte sich dann auf den Weg quer über den Neumarkt, dicht gefolgt von Gero. »War das der Bert, mit dem du da eben geredet hast?« Sie bedeutete ihm, zu ihr aufzuschließen.

»Der Knecht vom alten Jan Starkenberg aus der Glockengasse.« Gero nickte. »Er sagt, Frau Aleydis hätte vorhin Besuch von ihrer Bonner Verwandtschaft erhalten. Hartlieb de Piacenza. Der muss ziemlich ungemütlich geworden sein, hat der Bert von dem alten Lutz, dem Altknecht der Frau Aleydis, gehört. Der Bonner wollt die beiden Mädchen Marlein und Ursel mitnehmen, weil er ja ihr Onkel ist, und behauptet, das sei sein Recht.«

»Oje.« Besorgt verzog Elsbeth den Mund. »Das sieht ihm ähnlich. Hat er die Mädchen mitgenommen?«

»Nä, die Frau Aleydis hat sie nicht rausgegeben. Er muss deswegen ziemlich stinkig geworden sein, weil sich sogar der Herr Alessandro eingemischt hat und Wardo und Augustin, alle mit ihren Schwertern. Aber Ruhe war erst, als der Gewaltrichter eingeschritten ist.«

»Vinzenz van Cleve und Alessandro Venetto?« Elsbeth atmete auf und lächelte sogar erheitert. »Das muss ja ein Anblick gewesen sein. Hartlieb ist also unverrichteter Dinge wieder abgezogen?«

»Musste er wohl, aber anscheinend will er Frau Aleydis vor Gericht bringen und die Herausgabe der Mädchen einklagen.«

»Da sei Gott vor.« Elsbeth ahnte, dass sie, sollte Hartlieb wirklich gegen Aleydis vorgehen, gezwungen sein würde einzugreifen. Etwas anderes ließ sie jedoch aufmerken. »Wer ist Augustin?«

»Ein Waffenknecht.« Gero grinste. »Der Gewaltrichter muss ihn und noch einen namens Gilles vor ein paar Tagen bei Frau Aleydis abgeliefert haben, damit sie mehr Schutz hat. Sind beides ehemalige Söldner, und wenn der van Cleve sie empfohlen hat, sind sie auch richtig gut, würde ich sagen. Der umgibt sich nicht mit Gelump.«

»Vinzenz van Cleve hat Aleydis zwei neue Waffenknechte ins Haus gebracht?« Nun grinste auch Elsbeth. »Ei wei, das ist ja noch besser, als ich dachte. Ob er wohl weiß, wie leicht er zu durchschauen ist?«

»Was meinst du?« Verwirrt runzelte Gero die Stirn. »Wegen Frau Aleydis? Vielleicht kam das auch von seiner Schwester. Frau Alba geht doch seit einer ganzen Weile schon im Hause Golatti ein und aus. Sie hat ja ihre Tochter Brunhild bei Frau Aleydis untergebracht, wegen der hausfraulichen Ausbildung und so, und Bert sagte, der Lutz hätte erzählt, dass Frau Alba mit den Mädchen stickt und näht und all so was.«

»Davon habe ich schon gehört. Die beiden Frauen scheinen sich angefreundet zu haben.« Was Elsbeth sehr freute, denn Aleydis konnte derzeit jede Unterstützung brauchen. Wenn sie aus der Familie van Cleve kam, war dies sogar in mehrfacher Hinsicht von Vorteil.

Da sie soeben den überdachten Verkaufsstand von Meister Garnschröder entdeckt hatte, schob sie vorerst alle Gedanken an Aleydis beiseite.

***

Erst, als sie auf dem Rückweg zufällig ihren Boten Dietmar neben dem Marktbrunnen am Boden sitzen sah, kehrte sie gedanklich zu den Ereignissen in der Glockengasse zurück. Dietmar war einst, vor vielen Jahren, ihr Freier gewesen, ein junger Sarwürkergeselle von einnehmendem Wesen und nicht geringem Talent. Elsbeth war davon ausgegangen, dass er eines Tages die Tochter seines Meisters ehelichen und die Werkstatt übernehmen würde. Doch dann war er bei einem Feuer in jener Werkstatt schwer verletzt und sein Gesicht auf der linken Seite durch Brandnarben entstellt worden. Seine linke Hand war seitdem nicht mehr vollständig beweglich, und er humpelte leicht.

Zu jener Zeit war Elsbeth bereits seit einigen Jahren die Wirtin des *Scone Frowe* gewesen und hatte ihn trotz seiner Gebrechen regelmäßig eingelassen. Eine ihrer Frauen, Fygen, war stets bereit gewesen, ihm zu Diensten zu sein, auch heute noch. Dietmar hatte sich eine Weile nach dem Brand, obgleich seine Wunden verheilt waren, so sehr wegen seiner Entstellung gegrämt und weil seine verkrüppelte Hand ihn von der Ausübung seines Berufes abhielt, dass er sich das Leben hatte nehmen wollen. Ausgerechnet Fygen hatte ihn mit Geros Hilfe davon abgehalten, sich im Mühlteich zu ersäufen. Elsbeth nahm an, dass die beiden schon seit Jahren mehr verband als nur die offensichtliche Verbindung zwischen Freier und Liebedienerin. Erwachsen konnte daraus allerdings nichts, denn nach seinem versuchten Selbstmord hatte er eine Weile gebettelt, war sogar von der Bettlerzunft aufgenommen worden. Da er nur sechs Jahre jünger war als Elsbeth und einen klugen Kopf besaß, hatte sie ihm zwar, auch um Fygens willen, einen Platz in ihrer Botengarde angetragen, doch einen Lebensunterhalt für eine Familie konnte er sich damit nicht leisten, auch wenn er vermutlich mehr einnahm als so manch anderer Bettler.

Seine Aufgabe als Bote hatte ihm aber zumindest neuen Lebensmut eingehaucht, und heute gehörte er, so seltsam es auch klang, zu den beliebtesten Bettlern in Köln. Sein frohes und einnehmendes Gemüt war nach der dunklen Zeit, die er durchlebt hatte, wieder zurückgekehrt und brachte ihm regelmäßig einträgliche Gaben ein und Nachrichten aller Art, die er Elsbeth zutrug. Dass er sich heimlich auch zu einem sehr geschickten Kämpfer mit dem Dolch gemausert hatte, wussten neben Elsbeth und den anderen Boten nur die allerwenigsten Menschen – hauptsächlich solche, die sich schon einmal mit ihm angelegt und es in Form von unschönen Schnitt- und Stichwunden bitter bereut hatten.

Heute saß er also ausnahmsweise neben dem Brunnen am Neumarkt, was Elsbeth erstaunte, sodass sie ihren Schritt zu ihm lenkte. Um des schönen Scheins willen reichte sie ihm eine Kupfermünze, für die er sich mit vielen artigen Worten und Komplimenten bedankte. Sie tat, als müsste sie unbedingt etwas in dem großen Weidenkorb suchen, den Gero ihr auf ihre Aufforderung hin schweigend hinhielt. Während sie die gerade gekauften Garnrollen umschichtete, warf sie Dietmar einen kurzen Blick zu. »Gibt es Neuigkeiten hinsichtlich des Feuers in der Glockengasse?«

Dietmar tat, als beachtete er sie nicht, sondern streckte die Hand bittend in Richtung zweier gut gekleideter Matronen aus, die gerade an ihnen vorübergingen. »Eine milde Gabe, Ihr werten Frauen, für einen Mann, der Euch aus der Tiefe seines Herzens bewundert! Frau Berte, Frau Heide, Ihr werdet doch nicht einfach so an mir vorüberziehen! Das bricht mir das Herz!« Theatralisch presste er seine verkrüppelte Hand gegen die Brust.

Die beiden Frauen blieben stehen, und die eine drückte ihm tatsächlich eine Münze in die Hand. »Dein Gesäusel kannst du dir sparen, Dietmar. Es glaubt dir sowieso keiner, dass du eine von uns verehrst. Dazu sind wir nicht mehr jung und frisch genug.«

»Aber nein, was sagt Ihr denn da, Frau Heide!« Er wirkte aufrichtig empört. »Ihr seid beide in genau dem rechten Alter, wo sich das Bewundern erst so richtig lohnt. Eine junge Maid kommt doch gegen ein reifes, erfahrenes Weib in der Blüte des Lebens nicht an!«

»Blüte?« Die andere Matrone prustete. »Wirst du allmählich blind, Dietmar?«

»Ja doch, Blüte«, beharrte Dietmar. »Wie eine wunderbare Sommerblume.«

Nun kicherten beide Frauen.

»Wohl eher herbstliche Trockenblumen«, befand Berte, gab ihm aber noch eine weitere Münze. »Hier, kauf dir ein ordentliches Abendessen.«

Erst, als die beiden lachend und angeregt plaudernd von dannen zogen, beantwortete Dietmar Elsbeths Frage: »Ich wollte heute Abend vorbeikommen und Bericht erstatten.« Es klimperte, als er die Münzen, auch die von Elsbeth, in die einfache Geldkatze an seinem Gürtel gleiten ließ. »Jetzt habe ich sogar genügend Geld, um Fygen einen Besuch abstatten zu können. Wenn sie heute Abend frei ist.«

Elsbeth tat immer noch, als müsste sie etwas Wichtiges in ihrem Einkaufskorb finden. »Das lässt sich einrichten. Bericht erstatten kannst du aber auch jetzt schon.«

»Dann brauche ich mich damit heute Abend nicht aufzuhalten.« Dietmar grinste und streckte erneut die Hand aus, diesmal in Richtung eines beleibten Bürgers. »Herr Jüdde, welche Freude, Euch zu sehen! Wie geht es Euch und Eurer geschätzten Gemahlin? Wie ich hörte, seid Ihr Großvater eines strammen Jungen geworden. Ich habe selbstverständlich sofort ein Dankgebet an die Heilige Jungfrau und an die heilige Margareta, die Schutzpatronin der Gebärenden, gerichtet und eine

Kerze für Mutter und Kind in Groß St. Martin angezündet, auf dass beide wohlauf sind und bleiben und das Bübchen zu einem kräftigen und gesunden Burschen heranwächst.«

Walter Jüdde blieb stehen und musterte den Bettler mit abschätzendem Blick. »Und nun möchtest du gerne die Kosten für die Kerze ersetzt haben? Um deine Fürbitte hat dich niemand gebeten, obgleich ich dir durchaus dafür danke.«

»Nein, nein, die Kerze kam von Herzen.« Wieder klopfte sich Dietmar mit der verkrüppelten Hand gegen die Brust. »Das Dankgebet führte mir nur vor Augen, dass ich wegen meines unglückseligen Schicksals wohl selbst nie die Freude haben werde, Vater zu sein, geschweige denn Großvater. Zuweilen schmerzt mich dies sehr.«

»Ach.« Jüdde lächelte amüsiert, händigte ihm aber eine Münze aus. »Lass dich von einem Krug Wein und einer Mahlzeit über dein Schicksal hinwegtrösten.«

»Besten Dank, Herr, ich werde Euch in alle meine Gebete einschließen«, rief Dietmar ihm hinterher, dann fügte er in Elsbeths Richtung hinzu: »Die Merle, du weißt schon, Balthasars Weib, sucht seit gestern oder vorgestern, so genau konnte ich es nicht herausbekommen, nach ihrem verkommenen Stiefbalg Hardwin. Na ja, eigentlich ist er ja gar nicht mit ihr verwandt, weil sie mit dem Balthasar nicht verheiratet war, aber sie kommt wohl dem, was man Mutter nennen könnte, am nächsten.«

»Sie sucht nach ihm?« Prüfend hielt Elsbeth eine dunkelbraune Garnrolle ins Licht und musterte sie von allen Seiten. »Ist er denn verschwunden?«

»Anscheinend.« Wieder streckte er bittend seine Hand in Richtung einer Gruppe Männer in den Zunftmänteln der Silberschmiede aus, doch diesmal hatte er kein Glück. »Die Räude und die Krätze sollen Euch befallen, elende Kniesbüggel«, murmelte er halblaut, woraufhin sich einer der Männer abrupt zu ihm umdrehte.

»Was hast du da gesagt?«

Dietmar setzte ein entwaffnend unschuldiges Grinsen auf. »Ich sagte, die heilige Ursula und ihre zehntausend Jungfrauen seien mit Euch, Meister Birgel.«

Der Silberschmied runzelte die Stirn, doch Elsbeth konnte sehen, dass es um seine Mundwinkel zuckte. Zu ihrer Erheiterung griff er in eine Innentasche seines Mantels und schnippte Dietmar tatsächlich einen Kupferpfennig zu. Dann wandte er sich ab und schloss zu seinen Zunftbrüdern auf, die ein paar Schritte weiter stehen geblieben waren und ihm zugesehen hatten.

Elsbeth verstaute die Garnrolle wieder im Korb. »Und weiter?«

Dietmar ließ auch den Pfennig in seiner Börse verschwinden. »Er muss wohl irgendwas von dem Geld gefaselt haben, das sein Vater von Cathrein Golatti erhalten hat. Dass er danach suchen will oder so. Und danach wurde er nicht mehr gesehen. Wir haben uns überall umgehört, der Sigmund, der Karl und ich. Alle, die wir gefragt haben, sagen, der Hardwin ist weg. Von jetzt auf gleich wie vom Erdboden verschluckt. Der Karl hat sich sogar unten am Rhein umgesehen und die Fischer befragt, nur für den Fall, dass dem Hardwin ein ähnliches Schicksal widerfahren ist wie seinem Vater. Aber … nichts.«

Nun ließ Elsbeth ganz von dem Korb ab. »Danke, Dietmar. Lass Götz wissen, dass ich ihn noch heute Abend sprechen will. Du kannst ihn begleiten und Fygen einen Besuch abstatten. Ich bin sicher, dass du dir, wenn du so weitermachst, die gesamte Nacht mit ihr wirst leisten können.« Nach einem vielsagenden Lächeln in Richtung des Bettlers wandte sie sich ab und machte sich, erneut dicht gefolgt von Gero, auf den Weg zurück zum Berlich.

***

»Du wirkst so besorgt.« Johannes, der wie beinahe jeden Abend nach seinem Rundgang über den Hafen und den Berlich bei Elsbeth eingekehrt war, musterte sie eingehend. Obwohl es bereits spät war und die Freier bis auf Dietmar und einen weiteren, der für die ganze Nacht bezahlt hatte, das *Scone Frowe* bereits verlassen hatten, saßen sie noch am mittleren Tisch des Schankraums, vor sich einen Krug mit Würzwein und ein Holzbrettchen mit klein geschnittenem Käse. Bis vor einer Weile hatte Götz ihnen noch Gesellschaft geleistet und von Elsbeth Anweisungen entgegengenommen.

»Das bin ich auch.« Elsbeth griff wie so oft an die Kette mit dem silbernen Ring. »Dass Hardwin verschwunden ist, kommt mir nicht gerade wie ein Zufall vor. Seit Cathreins Geständnis, nicht nur für Nicolais, sondern auch Jacobs und Balthasars Tod verantwortlich zu sein, hat er getobt. Du hast selbst gehört, was Götz und Dietmar berichtet haben. Dann brennt ganz plötzlich die Klause ab, in der man Cathrein eingemauert hat, und das Nächste, was man hört, ist, dass Hardwin wie vom Erdboden verschluckt ist.«

»Glaubst du, er hat das Feuer gelegt?« Ihm war dieser Gedanke ebenfalls schon gekommen.

»Ich halte es für sehr wahrscheinlich.« Elsbeth ließ den Ring wieder los und faltete die Hände auf dem Tisch. »Deshalb müssen meine Boten ihn unbedingt finden. Sollte er schuldig sein, muss er bestraft werden.« Ihr harter, klirrender Ton versetzte ihn in Sorge.

»Vom Gericht, meinst du.«

Sie zögerte gerade lange genug, dass ihn eine leichte Übelkeit anflog. »Brandstiftung ist keine unbedeutende Missetat, versuchter Mord genauso wenig. Also ... ja, er muss vor Gericht gestellt werden. Und ich glaube kaum, dass in seinem Fall jemand Abbitte leisten wird.«

Vorsichtig atmete Johannes auf. »Wahrscheinlich nicht. Auf

Mord oder auch nur den Versuch und auf Brandstiftung steht Erhängen. Falls wir seiner habhaft werden.«

»Wenn … nein, *sobald* wir seiner habhaft werden«, korrigierte Elsbeth. »Ich sende alle meine Männer aus, ihn zu finden. Sie werden ihn zurückbringen, ganz gleich, wo er sich verkrochen haben mag. Notfalls mit Gewalt.«

Johannes betrachtete die gleichermaßen gequälte wie entschlossene Miene der Frau, die er liebte. »Das ist der Schwur, den du Nicolai geleistet hast, nicht wahr?«

Kurz presste sie die Lippen zusammen. »Ich werde seine Familie beschützen, mit allen Mitteln, die mir zur Verfügung stehen, und du weißt selbst, dass das nicht wenige sind. Aleydis und die Mädchen bedürfen ganz besonders meines Beistands, denn sie sind durch Nicolais Erbe in eine große, kaum greifbare Gefahr geraten. Aber auch seine Tochter untersteht diesem Schutz. Er hat sie geliebt. Dass sie für seinen Tod verantwortlich ist, spielt keine Rolle. Ich habe versucht, sie zu hassen, weil sie mir in ihrem aus Schmerz erwachsenen Wahnsinn den Bruder genommen hat, den einzigen Menschen, dem ich, außer dir, bedingungslos vertraut und den ich geliebt habe.« Für einen kurzen Moment zitterte ihr Kinn, doch sie hatte sich bewundernswert schnell wieder im Griff. »Ich habe es versucht, aber es ist mir nicht geglückt, Johannes. Die einzige Empfindung, die ich ihr entgegenbringe, ist Mitleid. Sie hat ihre Strafe verdient, aber ich kann nicht zulassen, dass jemand sie aus Rache ermordet. Wer das auch nur versucht, so wie es Hardwin sehr wahrscheinlich getan hat, muss aufgehalten und zur Rechenschaft gezogen werden.«

Johannes dachte über ihre Worte nach. Er kannte sie nun schon über fünfzehn Jahre und liebte sie in etwa genauso lange. Auch wenn sie ihm erst in letzter Zeit mehr Details aus ihrer Vergangenheit anvertraut hatte, war er doch nicht all die Jahre blind und taub gewesen. Er hatte Nicolai als das kennengelernt, was er gewesen war: ein skrupelloser Mann mit enorm viel Macht, Reichtum, vielen Feinden ... und erstaunlicherweise einem liebenden Herzen. Er war ein gefährlicher Mann gewesen, doch in seinem tiefsten Inneren hatte es einen guten, rechtschaffenen Kern gegeben. Johannes war zwiegespalten darüber, dass Elsbeths Bruder sie praktisch durch diesen Eid gezwungen hatte, sein unbarmherziges und zum Teil äußerst brutales Wirken fortzusetzen, doch wahrscheinlich hatte er gar keine andere Wahl gehabt. Wie sonst hätte er die Menschen, die er geliebt hatte, vor den Auswirkungen seiner Schattenwelt schützen sollen? Wenn er nicht Elsbeth verpflichtet hätte, dann ganz sicher jemand anderes. Elsbeth hatte er bedingungslos vertraut, so wie sie ihm. Sie war eine kluge, verständige Frau und weder unbedacht noch jähzornig. Sie liebte ihre Familie, auch wenn diese niemals davon erfahren würde, niemals davon erfahren durfte. Sie war offensichtlich die beste Wahl gewesen. Himmel, er, Johannes, hätte sich für sie entschieden, wenn er an Nicolais Stelle gewesen wäre! Dennoch verursachte die Vorstellung ihm Magendrücken.

»Ich tue das alles nicht gerne.« Elsbeth löste ihre Hände voneinander und griff nach ihrem Trinkbecher, ließ ihn aber gleich wieder los. »Aber ich muss es tun. Ich habe keine andere Wahl, weißt du, so wie Nicolai irgendwann ebenfalls keine andere Wahl mehr hatte.«

Johannes ergriff über den Tisch hinweg ihre Hände. »Ja, ich weiß. Es gefällt mir nicht, aber ich verstehe, warum die Dinge so sind, wie sie sind.«

»Wenn ...« Sie stockte und setzte erneut an. »Dieser Schwur könnte mich im schlimmsten Fall auf den Richtplatz bringen.«

Er nickte langsam. »Du sorgst dich, dass ich als Scharfrichter das Urteil vollstrecken müsste? Das wird nicht passieren.«

»Weil wir miteinander ...« Sie lächelte schwach. »Sie würden jemand anderes dafür herholen.«

»Nein.« Er drückte ihre Hände. »Das wird einfach nicht passieren. Punkt.« Nach einem Atemzug fügte er hinzu: »Was hast du als Nächstes vor?«

Er spürte regelrecht, wie sie sich entspannte, so als fiele eine große Last von ihr. »Wenn ich geeignete Maßnahmen ergreifen will, um Hardwin zu finden und die Umtriebe von Nicolais Schuldnern und Feinden im Auge zu behalten, brauche ich Geld. Nimm nur Hartlieb de Piacenza mit seiner gerade erhobenen Klage wegen der Mädchen, die Aleydis herausgeben soll, Arnold, der früher oder später ins gleiche Horn stoßen wird, den Leyneweber und die vielen Leute, die von Nicolai bedrängt und erpresst wurden.« Sie atmete tief durch. »Da gibt es unzählige weitere, die Aleydis Schwierigkeiten bereiten könnten.«

»Du willst sie alle im Auge behalten? Wie willst du das anstellen?«

»Indem ich meine Boten ausschicke, regelmäßig Erkundigungen bei meinen Zuträgern einhole. Ich werde wahrscheinlich nicht alle gleichzeitig überwachen können, aber eine erhöhte Wachsamkeit ist in nächster Zeit dringend angebracht.«

Besorgt fuhr Johannes sich übers Gesicht, denn das klang nach einer schier unlösbaren Aufgabe. »Nun gut, du benötigst also Geld. Ich nehme an, du weißt, wo du es auftreiben kannst.«

»Ja.« Sie lächelte schwach. »Das weiß ich. Aber jemand muss mich begleiten.«

»Ich gehe mit dir, wohin auch immer es sein muss.«

»Jemand, der mit einem Schwert umgehen kann.«

Er hob die Augenbrauen. »Mit einem Schwert?«

»Nur zur Sicherheit. Nachts sind die Straßen der Stadt nicht sicher. Du magst einige Kenntnisse darin haben, Körperteile sauber mit einem Richtschwert vom Leib abzutrennen, doch in der Kampfeskunst bist du nicht ausgebildet, oder?«

»Ganz sicher nicht.«

Sie nickte ihm zu. »Deshalb wird Gero mich begleiten.«

»Uns.« Er fing ihren Blick auf und hielt ihn gefangen. »Er wird *uns* begleiten.«

Kapitel 26

10. Juni Anno Domini 1407

Aufmerksam blickte Johannes sich im Haus seines Onkels um. Nein, korrigierte er sich in Gedanken, in *seinem* Haus, denn sein Onkel war vor sechs Wochen verstorben. Hinterlassen hatte er Johannes neben dem offenkundig heruntergekommenen Anwesen, das aus einem zweistöckigen Wohnhaus, Garten, Remise und Stall bestand, ein nicht unbeträchtliches Vermögen von annähernd tausendeinhundert Gulden, jede Menge Truhen voller Kleidungsstücke, die die Remise füllten und sie für nichts anderes nutzbar machten, und sein Amt als Kölner Henker. Der Rat war froh gewesen, dass es so rasch wieder besetzt werden konnte.

Johannes war bis zu seinem zwölften Lebensjahr bei seinem Onkel und seiner Tante aufgewachsen. Sein Vater war ebenfalls Henker gewesen, drüben in Duisburg, jedoch kurz nach Johannes' Geburt nach einer Verletzung an Wundbrand gestorben. Seine Mutter war danach mit ihm nach Köln zurückgekehrt und hatte ebenfalls hier im Haus gewohnt. Als Johannes mit zwölf Jahren zum neuen Duisburger Henker in die Lehre geschickt worden war, hatte sie sich entschlossen, sich in einen Beginenhof am Perlengraben zurückzuziehen. Dort lebte sie heute noch ein einfaches, aber glückliches Leben.

Der Duisburger Henker war irgendwann ins Bergische gewechselt, weil er dort eine Frau gefunden hatte. Johannes hatte ihn seitdem vertreten, jedoch unter der Maßgabe, dass er eines Tages, wie sein Onkel, Kölner Henker werden und die kleine Stadt am ausgetrockneten Flussarm des Rheins wieder verlassen würde. Diese Zeit war nun für ihn gekommen. Mit gemischten Gefühlen hatte er Köln nach so langer Zeit wieder betreten. Zwar war er immer wieder mal zu Besuch hier gewesen, doch mehr als ein paar oberflächliche Bekanntschaften besaß er hier nicht. Einerseits brachte dies sein Posten naturgemäß mit sich. Als Scharfrichter stand er an der Spitze aller unehrlichen Berufe, und die Leute gingen ihm schon deshalb meist weiträumig aus dem Weg, außer natürlich, sie brauchten etwas von ihm: eine Hundemarke, die Leerung ihrer Abortgrube, einen Platz auf dem Friedhof nebst Totengräber oder einen medizinischen Rat. Zumindest war es in Duisburg so gewesen; sicherlich machte Köln in dieser Hinsicht keine Ausnahme, nur mit dem Unterschied, dass hier mehr als zehnmal so viele Menschen lebten. Wo er in Duisburg zumindest auf den Gassen höflich gegrüßt worden war, würde er hier womöglich in der Menge der Menschen vollends untergehen. Und wie in aller Welt sollte er hier eine Frau finden? Zwar war die Auswahl auf den ersten Blick viel größer als in Duisburg, aber das machte die Entscheidung nur umso schwieriger.

Noch vor einem halben Jahr hatte sein Onkel ihn besucht und ihm die Vorzüge einiger heiratswilliger Frauen dargelegt, die selbstverständlich allesamt ebenfalls aus unehrlichen Verhältnissen stammten. In dieser Hinsicht war der Heiratsmarkt für einen Henker sowieso schon strikt eingeschränkt. Vielleicht würde er sich, sobald er sich eingelebt hatte, die Mühe machen, die eine oder andere dieser Frauen kennenzulernen. Schließlich war er bereits dreißig Jahre alt und hatte nicht vor, bis an sein Lebensende unbeweibt zu bleiben.

Nach einem zweiten Rundblick entschied er sich, zunächst die Renovierung des Hauses in Angriff zu nehmen. Seit dem Tod seiner Tante hatte sich sein Onkel offenbar nicht weiter um das Anwesen gesorgt. Der Garten war noch am besten in Schuss, weil Mede, die Haus- und Küchenmagd, sich darum kümmerte, doch überall sonst hatte der Zahn der Zeit und der Vernachlässigung genagt.

»Wollt Ihr gleich noch wat essen oder erst hück Ovend?« Als hätte sie gespürt, dass er an sie gedacht hatte, betrat Mede in seinem Rücken die Stube. »Die Knechte han jetz alle Truhen reinjetragen. Braucht Ihr sons noch wat?«

Johannes drehte sich zu der stämmigen blonden Frau um. Sie war etwa in seinem Alter, vielleicht ein, zwei Jahre jünger, und machte einen tüchtigen Eindruck. Dies war ihm auch schon während seiner Besuche in den vergangenen Jahren aufgefallen. »Hammer, Nägel, Säge und weiteres Handwerkszeug, um die kaputte Dachrinne am Haus und das undichte Dach des Stalls zu reparieren«, schlug er lächelnd vor. »Außerdem gehören einige dieser alten Möbel entweder aufgearbeitet oder durch neue ersetzt.«

Die bislang eher skeptisch-zurückhaltende Miene der Magd hellte sich schlagartig auf. »Ihr wollt die Dachrinne reparieren?«

»Und das Stalldach«, bestätigte er. »Geweißt werden muss das Haus auch, innen wie außen.«

»Die Tür zur Vorratskammer klemmt.« Mede lächelte nun ebenfalls. »Und dat Stalltor auch. Und dat Hoftor hängt schief in den Angeln.«

»Das habe ich bereits bemerkt.« Unternehmungslustig sah er sich ein drittes Mal um. »Gibt es hier irgendwo Werkzeug?«

»In der Remise.« Mede hüstelte. »Da drinnen is et ävver nit so leicht, wat zu finden. Der alte Meister Hans hat alle Kleidungsstücke, die er von den Hingerichteten konfisziert hat, da drinnen einjelagert. Ich hab hundertmal jesaat, er soll se dem Leprosenhaus in Melaten spenden, ävver dat wollt der nit. Hat nur jemeint, die Saache wären zu joot dafür. ›Zu joot für dat se in dä Truhe vor sich hin jammele?‹, hab ich jefrocht, ävver da war nix zu machen. Kann also sein, dat Ehr erst mal op de Such joohn müsst.«

»Ich werde schon alles finden.« Er nickte der Magd freundlich zu. »Du brauchst erst heute Abend eine Kleinigkeit zum Essen herzurichten, bis dahin bin ich beschäftigt. Und ab Montag werde ich viel in der Stadt unterwegs sein. Ob und wann du dann überhaupt etwas kochen musst, weiß ich noch nicht.«

»Der alte Meister Hans hat nur am Sunndach hier jejessen und morjens in der Fröh. War ja auch immer irjendwo anders un hat dann auswärts jespeist … und so weiter.«

»Wir werden uns schon noch einig, was meine Essenszeiten angeht.« Er begann, die Ärmel seines Leinenhemdes aufzukrempeln. »Aber jetzt mache ich mich gleich mal an die Arbeit, damit uns beim nächsten Regen nicht das Wasser übers Dach und direkt vor die Haustür schießt.«

***

Eine geraume Weile später, der Nachmittag war bereits fortgeschritten, hatte Johannes endlich alles Werkzeug gefunden, das er zum Reparieren der Dachrinne benötigte. Allerdings hatte er dabei die Remise in ein vollkommenes Durcheinander verwandelt. Sämtliche Kleidungsstücke aus den Truhen hatte er ausgepackt, begutachtet und zu diversen Kleiderhaufen sortiert. Die Truhen standen, teils geschlossen, teils offen, kreuz und quer im Raum, dazwischen weitere Stapel mit Taschen, Geldbörsen, Gürteln, Messern, Löffeln und Kopfbedeckungen. Er würde den Schellenknecht vom Leprosenhaus kommen lassen müssen, vorzugsweise mit einem Wagen, um all die Sachen abtransportieren zu lassen.

Zwar könnte er einiges davon sicherlich auch verkaufen, aber diese Arbeit wollte er sich nicht auferlegen. Es war durchaus üblich, dass ein Henker die Kleidungsstücke der von ihm hingerichteten Menschen sozusagen erbte, aber dies hier war vollkommener Irrsinn. Nicht einmal in einer großen Stadt wie Köln wurden so viele Menschen zum Tode verurteilt und dann auch tatsächlich hingerichtet, dass dabei auch nur annähernd eine solche Menge an Kleidung zusammenkommen würde. Sein Onkel musste also noch weitere Quellen gehabt haben, die ihn mit abgelegten Kleidungsstücken versorgten. Familien von Verstorbenen, wie er annahm, mit denen er durch seine Verbindung zu den Totengräbern in Kontakt gekommen war. Möglicherweise hatte er früher einmal alle noch brauchbaren Sachen verkauft, oder vielleicht hatte es auch eher Johannes' Tante getan. Doch seit sie nicht mehr lebte, schienen die Sachen hier nur noch eingelagert worden zu sein.

Da ihn nach mehreren Stunden zwischen all diesen Sachen die Lust daran vergangen war, hatte er sich nun endlich das Werkzeug geschnappt und war auf der Leiter, die er gottlob ebenfalls in der Remise entdeckt hatte, zur Dachrinne hochgeklettert und begutachtete den Schaden, der offenbar durch Sturm verursacht worden war. Die Sommersonne stand, wie den gesamten Tag schon, gleißend am wolkenlosen Himmel und trieb ihm den Schweiß auf die Stirn und das Rückgrat hinab. Längst hatte er das leichte Wams ausgezogen und irgendwo abgelegt. Er fluchte vor sich hin, als er feststellte, dass auch am Dach des Wohnhauses einige Schindeln lose und gebrochen waren. Also würde er wohl oder übel einen Dachdecker finden müssen, der sich dieses Schadens annahm.

Lange würde er damit nicht warten können, wenn er verhindern wollte, dass es ins Haus regnete. Ausgerechnet jetzt, wo er gerade frisch vom Rat sein Amt übertragen bekommen hatte. Man hatte damit nicht lange warten wollen, weil in den sechs Wochen seit dem Tod seines Onkels bereits einige Prozesse geführt worden waren, bei deren Urteilsvollzug ein Scharfrichter erforderlich war. Zwar nicht für eine Hinrichtung, doch auch Körperstrafen oblagen ihm und konnten nur in Ausnahmefällen von jemand anderem ausgeführt werden. Ein Gerichtsbote hatte ihn bereits über die Details informiert, noch bevor er Duisburg verlassen hatte.

Somit war Johannes nach seinem Eintreffen in Köln am frühen Morgen – die Nacht hatte er in einem Weiler namens Merkenich verbracht, da er es vor Einbruch der Nacht nicht bis zum Stadttor geschafft hatte – zuerst zum Rathaus gegangen. Ohne besonderes Zeremoniell war er in sein Amt eingeschworen worden und hatte sogleich eine ellenlange Liste mit Zuständigkeiten und Aufgaben erhalten, in die er sich nun baldigst einarbeiten musste. Da er sich nach der langen Abwesenheit erst einmal in Köln zurechtfinden musste, hatte er die obligatorischen Kontrollgänge zu den Dirnenhäusern am Hafen, am Berlich und am Eigelstein auf nach dem bevorstehenden Wochenende verschoben. Morgen würde er erst einmal die Totengräber aufsuchen sowie die Heimlichkeitsfeger und sich einen Überblick über Arbeitskräfte und -aufteilung verschaffen. Auch die Abdecker musste er kennenlernen und noch einige weitere, was vermutlich das gesamte Wochenende einnehmen würde. Am Montag dann war er erstmals bei einer Urteilsvollstreckung gefordert und musste sich bei einer Auspeitschung beweisen. Vielleicht schaffte er es im Anschluss, sich entweder am Hafen oder am Berlich blicken zu lassen.

Der Berlich schien ihm einfacher zu sein, auch wenn er von seinem Haus weiter entfernt lag. Nach allem, was man so hörte, waren die Hurenhäuser am Hafen nicht gerade sauber und die Wirte allesamt mit Vorsicht zu genießen, wohingegen es am Berlich kaum jemals zu Zwischenfällen kam. Wie man ihm versichert hatte, verhielten sich die Weibsbilder dort alle hinreichend demütig und gehorsam, was die Obrigkeit anging. Auch alle Abgaben wurden pünktlich und ohne Fehlbeträge bezahlt. Beschwerden hatte man auch schon lange keine mehr vernommen. Das deckte sich mit dem, was auch sein Onkel ihm stets erzählt hatte. Die Berlichhuren waren ein einfältiges, leicht zu lenkendes Völkchen, was ihm seine Arbeit sicherlich immens erleichtern würde.

»He, du da auf der Leiter!« Eine Frauenstimme von angenehmem, nicht zu hellem Klang, jedoch mit leichter Ungeduld im Ton, ließ ihn kurz zusammenzucken. »Hallo! Ich rede mit dir!«

Langsam drehte er sich auf der Leiter zu der Frau um, so weit es ging, und erblickte sie nur wenige Schritte von ihm entfernt. Sie war schlank, irgendwo zwischen Mitte und Ende zwanzig und in ein hellbraunes, mit roten und grünen Stickereien verziertes Leinenkleid gewandet, zu dem sie eine passende leichte Leinenhaube trug, die ihr hellbraunes, geflochtenes und hochgestecktes Haar nur teilweise bedeckte. Die gelben und roten Bänder an ihrem Ärmel wiesen sie als Hübschlerin aus.

Für einen oder zwei Atemzüge nahm er ihre Erscheinung in sich auf, wie sie mit in die Hüften gestemmten Händen und entschlossener Miene zu ihm hochblickte. »Guten Tag«, grüßte er dann, weil ihm für einen seltsamen Moment nichts anderes einfiel. »Brauchst du Hilfe?«

»Ich suche deinen Herrn, den neuen Scharfrichter, Meister Hans.«

Fast hätte er gegrinst, doch er zwang sich, ernst zu bleiben. Langsam und mit Bedacht stieg er die Leiter hinab. »Und wer bist du?«

»Mein Name ist Elsbeth. Ich führe das Haus *Scone Frowe* auf dem Berlich.«

Als er den Boden erreicht hatte, musterte er sie erneut. Ihren Namen hatte sein Onkel hin und wieder erwähnt, und auch im Rathaus war er gefallen. Allerdings hatte niemand hinzugefügt, dass diese Hurenwirtin so jung war – und so schön. Und verärgert obendrein wohl auch, wie er an ihrem ungehaltenen Blick erkannte.

Sie hatte ihn ebenfalls gemustert. »Also, willst du mir endlich sagen, wo ich den Henker finde? Man sagte mir, er sei heute in Köln eingetroffen.«

»Sagte man dir?« Er hob die Brauen. Ihr Ton war ganz eindeutig alles andere als demütig. »Das ging aber schnell.«

»Ich habe meine Quellen.« Sie trat einen halben Schritt auf ihn zu. »Nun? Wo steckt er? Treibt er sich am Ende bereits in der Stadt herum? Dann sag mir, wo ich ihn am ehesten suchen sollte.«

»Eine Suche ist nicht notwendig.« Nun wurde sie ihm doch ein wenig zu forsch; so etwas war er weder von Dirnen noch von deren Wirtinnen gewohnt, deshalb verzog er streng die Lippen. »Du hast ihn bereits gefunden. Und nur, damit wir uns verstehen, Elsbeth, ich treibe mich nicht herum.«

Die junge Hurenwirtin starrte ihn für einen Moment entgeistert an, dann trat sie hastig zwei Schritte zurück. »Verzeihung, Meister Hans, ich wusste nicht, dass Ihr es seid.«

»Offensichtlich.« Er verschränkte die Arme vor der Brust. »Andernfalls hättest du deinen unziemlichen Ton sicherlich angepasst.«

»Ich dachte nur, weil Ihr nicht ausseht wie ein …« Sie deutete vage an ihm auf und ab; im nächsten Moment runzelte sie die Stirn. »Was treibt Ihr auf der Leiter?«

»Wonach sah es denn aus? Ich versuche, die Dachrinne zu reparieren.«

»Ist das nicht Arbeit für einen Knecht?«

Er nickte zustimmend. »Wohl wahr, allerdings ist der Knecht meines Onkels nach seinem Tod nach Bonn gegangen, wie mir berichtet wurde, und Mede, die Magd, wollte ich nicht dort hinaufjagen.« Er deutete auf die Leiter. »Ich habe aus Duisburg kein Gesinde mitgebracht, also muss ich hier erst welches finden. Bis dahin kann aber die Dachrinne nicht warten.«

»Aha.« Sie musterte ihn erneut, diesmal lag eindeutig Neugier in ihrem Blick. »Ihr seid jünger, als ich dachte.«

Ihr Ton war spröde, und es klang, als gefiele ihr dieser Umstand nicht, was prompt seinen Widerstand auslöste.

»Du auch, wie mir scheint, und für eine derart junge Hurenwirtin scheinst du mir ausgesprochen wenig Demut vor der Obrigkeit zu besitzen.«

»Demut?«

Er konnte sehen, wie etwas in ihren Augen aufblitzte, und unterbrach sie sofort, weil er keine Lust auf eine Auseinandersetzung hatte. »Weshalb bist du hier? Es klang eben, als sei es dringend.«

Sie schürzte die Lippen, so als überlegte sie eine patzige Antwort, doch dann neigte sie zustimmend den Kopf. »Das ist es. Ich habe einige wichtige Dinge mit Euch zu besprechen.«

»Was für Dinge?« Er konnte sich beim besten Willen nicht vorstellen, was nicht auch bis zur nächsten Woche – oder der übernächsten – hätte warten können.

Sie atmete hörbar ein und wieder aus und straffte die Schultern. »Es geht um Isa und um die Tringen vom Dom.«

»Wer sind die beiden?«

»Winkeldirnen.« Sie warf einen kurzen Blick über die Schulter zum offen stehenden Tor. »Am besten kommt Ihr mit, dann zeige ich Euch die beiden.«

»Jetzt?« Verblüfft sah er sie an.

»Die Vesperglocken läuten gleich. Dann beenden die Tagelöhner und Handwerker ihre Arbeit. Das ist genau die richtige Zeit.«

»Wozu die richtige Zeit? Du siehst doch, dass ich hier beschäftigt bin. Das hat sicherlich auch noch Zeit bis zu meinem nächsten Rundgang durch die Stadt.«

»Nein, hat es nicht. Oder seid Ihr genauso pflichtvergessen wie Euer Onkel selig? Wenn ich das gewusst hätte, dann …«

»Was dann?« Sein Unmut war geweckt. »Und was soll das heißen, so pflichtvergessen wie mein Onkel? Er war jahrzehntelang ein zuverlässiger und vom Rat geschätzter Scharfrichter. Wie kommst du dazu, ihn zu verunglimpfen?«

Dieses Etwas blitzte erneut in ihren Augen auf, und nun erkannte er es als Zorn. »Ich verunglimpfe niemanden, Meister Hans, sondern spreche die Wahrheit über einen Mann aus, dem die ihm zum Schutz unterstellten Dirnen so gleichgültig waren wie der Schmutz unter seinen Fingernägeln. Der sie lieber gevögelt hat, anstatt sie vor unhaltbaren Zuständen auf den Gassen und in manchen Hurenhäusern zu bewahren, worauf er, wenn ich recht unterrichtet bin, ebenso eingeschworen war wie auf das Foltern sowie das Züchtigen und Hinrichten von entsprechend durch das Gericht verurteilten Menschen.«

»Er … Wie bitte?« Verständnislos starrte er sie an. Mit diesem Temperamentsausbruch hatte er nicht gerechnet und ebenso wenig mit diesen Neuigkeiten. »Was soll das heißen?«

»Das, was ich gesagt habe, Meister Hans.« Sie schürzte die Lippen. »Kommt Ihr nun mit oder nicht?«

Er wollte schon rundheraus ablehnen, ahnte aber, dass ihm dies vermutlich noch mehr ihren Zorn einheimsen und seine Arbeit zukünftig nicht gerade angenehm gestalten würde. Kurz blickte er an sich hinab. »Ich ziehe ein frisches Hemd an. Warte hier.« Betont geruhsam, denn sie sollte nicht glauben, dass er gewillt war, nach ihrer Pfeife zu tanzen, begab er sich ins Haus und suchte aus den Truhen in seiner Schlafkammer saubere Kleidung heraus. Warum er der Aufforderung dieser impertinenten Person überhaupt Folge leistete, wusste er nicht. Sie war das forscheste Weib, zumindest für ihr Alter, dem er bisher begegnet war. Und sicherlich auch das mutigste, denn immerhin hingen auch ihr Wohl und Wehe von seinem guten Willen ab. Doch sie hatte ihn neugierig gemacht, und er fragte sich, was an zwei gewöhnlichen Straßendirnen so wichtig sein konnte, dass sie ihm nicht einmal Zeit gegeben hatte, hier in Köln richtig Luft zu holen, bevor sie ihn aufsuchte und Forderungen stellte oder stellen wollte, denn er ging davon aus, dass dies ihr Begehr war.

***

»Ich dachte, wir gehen zur Dombaustelle«, sagte er, als sie gemeinsam hinaus auf den Hühnermarkt traten, wo immer noch geschäftiges Treiben herrschte, obwohl einige Bauern bereits dabei waren, ihre leeren Hühnerkäfige auf Karren zu laden.

»Nein, zum Heumarkt, das ist näher und im Moment wichtiger.«

»Worum geht es denn überhaupt?«

Sie warf ihm einen abschätzenden Seitenblick zu. »Euer Onkel hat seine Pflichten vernachlässigt, das sagte ich vorhin bereits. Anstatt sich um die Frauen zu kümmern, die seinem Schutz unterstanden, hat er nur die Hand aufgehalten ... und seine Bruoch bei der Gelegenheit auch.«

»Was?« Überrascht blieb er stehen, setzte sich aber gleich wieder in Bewegung, da sie nicht auf ihn achtete. »Was meinst du damit? Du hast vorhin schon solche Andeutungen gemacht.«

»Ihr wusstet nicht, dass sich Euer Onkel an uns freien Frauen schadlos hielt, solange er im Amt war?« Zwischen ihren graublauen Augen entstand eine steile Falte. »Und das soll ich Euch glauben?«

»Es ist mir gleich, was du glaubst.« Er konnte kaum fassen, was sie da sagte – und in welchem Ton! »Mein Onkel war verheiratet, das war ihm doch gar nicht erlaubt.«

»Er war seit Jahren verwitwet, das müsstet Ihr doch besser wissen als ich. Allerdings hat seine Ehe ihn auch nicht abgehalten. Er war in dieser Hinsicht ...« Sie zuckte mit den Achseln. »Unersättlich sagt man wohl dazu.«

»Das ist ... unerhört.« Er hielt sie am Arm fest, bis sie stehen blieb. »Wie kommst du dazu, so etwas zu behaupten?«

Sichtlich erzürnt riss sie sich los. »Es sind keine Behauptungen, wenn man es selbst erlebt hat, regelmäßig, zuletzt beinahe Tag für Tag. Ich rede hier nicht nur von mir, sondern von allen Frauen im *Scone Frowe* – und in anderen Dirnenhäusern. Haben wir das dem Rat gemeldet, uns beschwert? Nein. Wahrscheinlich seht Ihr mich deshalb so an, als sei ich soeben vom Mond heruntergefallen. Wir sind dem Henker unterstellt. Er hat die Macht, uns zu züchtigen, uns Privilegien zu entziehen und uns das Leben zur Hölle zu machen.« Sie bekreuzigte sich flüchtig. »Habe ich seine Gelüste ausgenutzt? O ja, Meister Hans, das habe ich. Denn solange ich ihm zu Willen war, konnte ich wenigstens ein paar Verbesserungen für die Frauen in meinem Haus bei ihm herausschlagen – oder zumindest verhindern, dass er Verschlechterungen herbeigeführt hat, indem er aus Gier immer höhere Gebühren und Abgaben verlangte, von denen gewisslich nicht alles im Säckel des Stadtrats gelandet ist.« Diesmal verschränkte sie die Arme vor der Brust. »Sagt mir lieber gleich, ob Ihr die Dinge ebenso handhaben wollt wie er, dann weiß ich, wie ich mich zu verhalten habe, und Ihr seid herzlich eingeladen, mich zu jeder Euch beliebenden Tages- und Nachtzeit zu vögeln, wenn Ihr im Gegenzug meine Frauen in Ruhe lasst und Euch anhört, was ich hinsichtlich der Zustände in manchen Dirnenhäusern, speziell unten am Hafen, zu sagen habe. Es soll Euer Schaden nicht sein. Die regulären Abgaben sollen sich gar nicht so sehr ändern, jedoch müssen meine Frauen eine Gelegenheit erhalten, sich aus ihrem Leben freikaufen zu können, wenn sie es wollen. Dies ist unter den derzeitigen Umständen nicht möglich. Sie verschulden sich mehr und mehr, und ich habe nicht einmal das Recht, ihnen die Schulden zu erlassen.«

Vollkommen entgeistert starrte Johannes Elsbeth an. Er hatte Mühe, ihren wutentbrannten Ausführungen zu folgen. Nicht etwa, weil sie zu schnell oder unverständlich sprach, sondern weil sie gerade das Bild, das er sich stets von seinem Onkel gemacht hatte, auf äußerst drastische Weise zerstörte. Auch in ihm stieg Zorn auf. Auf sie, weil sie so unverhofft seine wohlgeordnete Welt ins Wanken gebracht hatte, aber auch auf sich selbst, weil er keine Ahnung hatte, wie er darauf reagieren sollte.

»Das sind schwere Vorwürfe, die du da erhebst, Elsbeth.« Er bemühte sich um einen kühlen, gleichmütigen Ton, konnte aber wohl nicht ganz seine Verärgerung verbergen, denn er sah, wie sie abwehrend die Augen zusammenkniff. Eine Unterstellung stieß ihm besonders auf, deshalb wollte er das gleich zu Beginn klarstellen. »Und ich glaube kaum, dass du dir einen Gefallen tust, wenn du mir die gleichen Dienste anbietest, die, wenn es stimmt, was du behauptest, mein Onkel von dir eingefordert hat.« Die Bilder, die dazu vor seinem inneren Auge aufstiegen, machten es ihm nicht eben leicht, die Ruhe zu bewahren.

»Ihr glaubt mir also nicht?« Sie lachte trocken. »Natürlich nicht. Eine freie Frau kann unmöglich die Wahrheit sprechen, wenn es um einen Mann geht, der schamlos und ohne Skrupel oder Milde seine Gewalt über sie ausübt. Sie hat sich ja für dieses Leben entschieden und ist deshalb stets schuld an allem, was ihr widerfährt.«

Erbost verzog er die Lippen. »Verdreh mir nicht die Worte auf der Zunge, Elsbeth. Ich habe nicht gesagt, dass ich dir keinen Glauben schenke.«

»Aber gedacht.«

»Auch das nicht. Ich gebe nur zu bedenken, wie unglaublich deine Anschuldigungen klingen, da mir dergleichen nie zuvor zu Gehör gekommen ist.«

»Also bin ich selbst schuld daran, dass man mir nicht glaubt, weil ich nie eine Beschwerde eingereicht habe, die mir ebenfalls nicht geglaubt worden wäre oder für die ich schwerste Körperstrafen und vielleicht die Verbannung aus der Stadt hätte erdulden müssen? Wegen Aufmüpfigkeit?«

Er runzelte die Stirn. »Wenn du weiterhin in diesem Ton sprichst, könntest du genau diese Strafen auch jetzt riskieren.«

»Ihr bestraft mich dafür nicht.« Plötzlich war sie ganz ruhig und klang beinahe liebenswürdig.

»Ach, nicht?« Verblüfft musterte er sie.

»Sonst hättet Ihr es bereits getan. Ihr seid neu in der Stadt, und ich sehe Euch an, dass Ihr offenbar tatsächlich nichts von dem Unwesen wusstet, das Euer Onkel in den vergangenen dreißig Jahren in Köln getrieben hat.«

»Wie überaus großzügig von dir.« Er überlegte, ob es nicht am besten wäre, wenn er sie auf der Stelle erwürgte. Allerdings würde dies hier mitten auf dem Heumarkt, den sie mittlerweile erreicht hatten, wohl doch ein bisschen zu viel Aufsehen erregen.

»Ich gehe Euch auf die Nerven.« Sie verzog spöttisch die Lippen. »Aber Ihr seht aus, als hättet Ihr ein Gewissen, deshalb werde ich Euch nach und nach die Punkte auf meiner Liste benennen, die Euer Onkel all die Jahre vernachlässigt oder ignoriert hat.«

»Du hast eine Liste mit Forderungen?«

»Nein, eine mit Verbesserungsvorschlägen.«

Er verdrehte die Augen. »Worin besteht der Unterschied?«

Abrupt blieb diesmal sie stehen und wandte sich ihm zu. »Seht Ihr, das meine ich.« Sie befanden sich am südlichen Rand des Heumarkts, auf dem ebenfalls bereits die beweglichen

Stände abgebaut wurden. »Und es ist noch nicht einmal Marktende.« Sie deutete auf eine Stelle zwischen einem Wohnhaus und einem Schuppen, hinter dem sich die öffentlichen Latrinen befanden.

Er folgte ihrem Blick und runzelte die Stirn, als er eine junge, ganz eindeutig schwangere blonde Frau erblickte, die ihren Rock bis über die Hüften hochgerafft hatte und sich vornübergebeugt an der Schuppenwand abstützte, während ein über und über mit Staub bedeckter Kerl es von hinten mit ihr trieb. Gerade in diesem Moment war dieser offensichtlich fertig mit ihr, denn er warf eine Münze in ein kleines Kästchen am Boden. Ehe Johannes auch nur Luft holen konnte, trat der nächste Mann, ähnlich ungewaschen und in abgerissenen Kleidern, hinter die Frau, nestelte sein Gemächt hervor und stieß es in sie.

Johannes konnte am Gesicht der Frau erkennen, dass ihr sein rohes Vorgehen alles andere als angenehm war, und wollte schon mit einem wütenden Protest auf die beiden zustürmen, doch Elsbeth hielt diesmal ihn am Arm fest. »Überlegt Euch das gut. Da stehen noch vier weitere Kerle, die alle an die Reihe kommen wollen. Die sind geil und in der Überzahl, das ist keine gute Mischung.«

Der zweite Mann war ausnehmend schnell fertig, warf ebenfalls nur achtlos eine Münze in das Kästchen und machte Platz für den Nächsten.

»Das ist verboten, verflucht noch eins, noch dazu am hellen Tag und für jeden gut sichtbar.« Johannes' Blick wanderte ungehalten zu Elsbeths Hand auf seinem Arm. »Weshalb machst du mich darauf aufmerksam, wenn du mich dann daran hinderst einzuschreiten?«

»Ich hindere Euch mitnichten, aber ich habe Euch noch nicht alles gezeigt. Kommt mit.« Sie ging an ihm vorbei um die Latrinen herum. Dort blieb sie erneut stehen und deutete auf mehrere Knaben und Jünglinge im Alter zwischen zehn und sechzehn Jahren. »Ihr wisst hoffentlich, worauf die warten.«

»'n Abend, Elsbeth.« Einer der älteren Jungen winkte ihr zu. »Bringst du uns etwa Kundschaft? Machst du doch sonst nicht.«

»Guten Abend, Guido.« Sie lächelte dem Jüngling überraschend freundlich zu. »Das ist keine Kundschaft, sondern der neue Henker.«

»Verflixt und zugenäht!« Guido starrte sie entgeistert an. »Willste uns auf den Scheiterhaufen bringen, oder was?«

»Nein, beruhige dich.« Elsbeth wandte sich an Johannes. »Der neue Henker lässt Euch gewähren, genau wie der alte. Nur mit dem Unterschied, dass er alle unter vierzehn von hier wegbringt, wenn sie nicht von selbst verschwinden. Sag das den anderen.«

Guido runzelte die Stirn. »Was sollen die denn dann machen? Ist ja nicht so schön, dat die so früh anfangen, aber wie sollen die denn anders zu Geld kommen?«

»Sag ihnen, sie sollen sich beim Henker melden. Am besten morgen früh, dann kümmert er sich.«

Johannes hustete. »*Was* tue ich?«

»Ihr kümmert Euch darum, dass die da«, sie deutete auf die beiden jüngsten Knaben, »hier nicht mehr arbeiten müssen.« Der ihr offenbar typische abschätzende Blick traf ihn. »Das ist Eure Pflicht, und das wisst Ihr genau. Holt sie aus der Gosse, denn dafür sind sie noch zu jung. Ihr dürftet die Vorschriften kennen.«

In einem Aufwallen neuen Ärgers verzog er die Lippen. »Altersgrenzen gelten für Mädchen, die als Dirnen arbeiten. Das hier ist hingegen unsäg…«

»Nein, sprecht es nicht aus.« Sie funkelte ihn an. »Ihr lasst die Burschen hier gewähren. Mir geht es um die Jüngsten, das sind noch Kinder. Es ist mir gleich, ob männlich oder weiblich. Und was Isa angeht …«

»Isa?« Für einen kurzen Moment konnte er ihr nicht folgen.

»Sie macht sicher gleich eine kurze Pause.« Elsbeth hob ihre Stimme, weil in den Kirchen nah und fern soeben das Vespergeläut ertönte und sich mit dem Bimmeln der Marktglocke vereinte. »Verweist sie des Platzes. Auf mich hört sie nicht, weil sie das Geld für ihre beiden Kinder braucht und weil sie nicht im *Scone Frowe* oder einem anderen Dirnenhaus arbeiten will. Ihr Mann ist auf und davon und hat sie mittellos zurückgelassen. Schickt sie weg. Heute, morgen, übermorgen. So lange, bis sie freiwillig zu mir kommt.«

»Du kannst sie nicht zwingen, bei dir zu arbeiten. Wie soll das auch mit zwei Kindern gehen?« Er maß sie mit einem erstaunten Blick. »Außerdem ist sie schwanger.«

»Von Gott weiß wem, ja.« Elsbeth erwiderte finster seinen Blick. »Ich will sie nicht in mein Haus aufnehmen, aber ich weiß, dass dem Abdecker Udo die Frau gestorben ist, schon vor einem Jahr. Sein Sohn ist erst vier und braucht eine Mutter. Isa will ihn nicht, weil sie dann zu den Unehrlichen zählt und da nicht mehr rauskommt, aber der Udo ist ein guter Kerl und würde sie und ihre Kinder nehmen, da bin ich sicher. Wenn Ihr ein bisschen nachhelft, kann ich sie überreden. Droht ihr mit dem Turm, das war mir nie möglich, weil Euer Onkel sich einen Dreck um Isa geschert hat. Aber sie hat Angst davor, das weiß ich.«

»Aha.«

»Und wenn Ihr sie vertrieben habt, für heute, gehen wir rüber zur Tringen vom Dom.«

»Willst du die auch verkuppeln?«

Elsbeth bedachte ihn mit einem sarkastischen Lächeln. »Nein, die werft Ihr aus der Stadt. Sie ist eine Fahrende und stört die Ordnung auf der Dombaustelle. Das ärgert die ansässigen Schlupf- und Winkelhuren, weil sie sich so dreist an jeden potenziellen Freier heranmacht, auch an Priester und Ehemänner. Sie muss weg, aber ich habe gegen sie keine Handhabe. Ihr schon.«

Nachdenklich sah er sie an. »Lass mich raten. Meinen Onkel hat das ebenfalls nicht interessiert.«

»Nein, sie ist erst nach seinem Tod hier aufgetaucht. Er hätte sie auch der Stadt verwiesen, weil er von so einer nicht Ansässigen keine Abgaben fordern kann.« Sie begab sich wieder in Sichtweite von Isa, die aber immer noch oder vielmehr schon wieder mit einem Freier zugange war. »Es ist Freitag, da gibt es mehr Kundschaft«, stellte sie lapidar fest. »Lasst uns erst zur Dombaustelle gehen. Auf dem Rückweg könnt Ihr immer noch mit Isa reden.«

»Falls sie dann noch da ist.«

»Sie wird hier sein, den ganzen Abend.« Elsbeth strebte bereits über den Heumarkt in Richtung Dom. »Was die Abgaben angeht, die Euer Onkel von den Hurenwirten kassiert«, sprach sie nach ein paar Schritten weiter.

»Das ist kein Thema, über das ich hier und heute mit dir debattiere.« Johannes schloss zu ihr auf. »Ich habe auch noch anderes zu tun, als mich mit deiner sogenannten Liste zu befassen.«

»Und doch ist es Eure Pflicht, nicht wahr, Meister Hans?« Ihr Lächeln vertiefte sich noch und gab ihm das sichere Gefühl, ganz übel in der Klemme zu stecken, wenn er nicht sehr gut achtgab. Ihre nächsten Worte bestätigten es. »Die Abgaben sind zu hoch, und die Verordnungen über das, was die Dirnen verdienen dürfen, stammen aus dem Jahr 1317.«

Verdattert starrte er sie an. »Wie kannst du das wissen?«

»Ich habe mir eine Abschrift der Verordnung geben lassen.«

»Du kannst lesen?«

Ihr abschätzender Blick gehörte ganz offensichtlich zu ihren effektivsten Waffen. »Meine Mutter, Gott hab sie selig, hoffe ich zumindest, hat es mir beigebracht. Ich versuche schon seit drei Jahren, den Rat zu überzeugen, die Verordnungen zu erneuern. Leider war Euer Onkel mir in dieser Hinsicht keine große Hilfe, wie ich Euch ja bereits dargelegt habe.«

»Und ich werde es sein, glaubst du?«

»Die Änderungen und Verbesserungen, die mir vorschweben, kommen allen Dirnen in Köln zugute, selbstverständlich nur, wenn die Wirte sich auch daran halten. Es ist Eure Aufgabe, sie dazu anzuhalten, wenn es schon Euer Vorgänger nicht getan hat.«

»Und was habe ich davon?«, wagte er zu fragen, obgleich er wusste, dass es ein Fehler war.

Das gefährlich liebenswürdige Lächeln erschien wieder auf ihren Lippen, und es hatte weitaus verheerendere Auswirkungen als der abschätzende Blick. »Die Kölner Dirnen werden es Euch ewig danken und außerdem …«

»Außerdem?« In seiner Magengrube bildete sich ein Knoten.

»Außerdem kenne ich zwei Burschen, die sich ausgezeichnet als Knechte eignen würden.«

»Knechte?« Sie brachte es fertig, ihm ständig einen Schritt voraus zu sein, und das wurmte ihn gewaltig.

»Ihr sagtet, dass Ihr welche sucht.«

Johannes wusste im ersten Moment keine Antwort darauf, und als er das vergnügte Funkeln in ihrem Blick sah, legte sich der Knoten in seiner Magengrube noch um weitere Organe, und ihn dünkte, dass er womöglich noch tiefer in der Klemme saß, als er gedacht hatte.

Kapitel 27

27. Oktober Anno Domini 1423

Die Nacht war bereits weit fortgeschritten, als Elsbeth, Johannes und Gero sich auf den weiten Weg zum Severinstor machten, um auf den dortigen uralten Gräberfeldern aus der Zeit der römischen Besatzung das Mausoleum aufzusuchen, in dem Nicolai neben den Schriftstücken zu seinen Schattengeschäften auch sein Gold verborgen hatte. Das Wetter war unbeständig; ein nasskalter Wind pfiff durch die Straßen und Gassen der nächtlich stillen Stadt und trieb Wolkenfelder vor sich her, zwischen denen hin und wieder der halb gerundete Mond hervorblitzte. Zweimal mussten sie der Stadtwache ausweichen, die ihre Runden zog, darauf achtete, dass nirgendwo ein vergessenes Licht zu einem Brand führte, und nächtliche Herumtreiber aufgriff.

Je weiter sie sich von der Kernstadt entfernten, desto beschwerlicher wurde das Vorankommen, denn die Wege waren von den Reifen unzähliger Fuhrwerke wie umgepflügt. Als sie die abgeernteten Gemüse-, Rüben- und Kappesfelder vor dem Severinstor erreichten, wurde das Gehen noch mühsamer. Besonders unter den noch üppig mit späten Zwetschen und Äpfeln behangenen Bäumen der Obstgärten lag so viel Fallobst, dass man leicht darauf ausglitt, wenn man nicht achtgab. Das milde, regnerische Wetter hatte eine reiche Ernte beschert, sodass im kommenden Winter hoffentlich niemand hungern musste.

»Bist du sicher, dass wir hier richtig sind?« Stirnrunzelnd blickte Johannes sich auf dem Feld um, das sie gerade zur Hälfte überquert hatten. »Da vorne sind die römischen Grabmale.«

»Wir müssen noch weiter.« Elsbeth schritt, ihre Röcke und den schweren Wollumhang gerafft, zielstrebig auf eine Baumgruppe zu. »Hinter diesen Bäumen ist ein zweites Gräberfeld«, erklärte sie. »Das Mausoleum steht etwa in der Mitte.«

»Ein interessanter Schachzug«, befand Johannes, »ausgerechnet hier draußen etwas zu verstecken. Weitab von der Glockengasse, aber gleichzeitig mehr oder weniger unter der Nase der Obrigkeit. Ich habe mich über die Ereignisse rund um diesen Teufelsanbeter erkundigt. Der Stadtrat hat das Mausoleum im Anschluss an den Prozess versiegeln lassen.«

»Verschließen.« Elsbeth blieb stehen, denn nun hatten sie die Grabstätte erreicht, die im Licht des Mondes recht gut zu erkennen war. Sie war einem heidnischen Tempel nachempfunden und besaß eine niedrige eiserne Tür, die sowohl von einem großen Vorhängeschloss als auch von einem Bolzenriegelschloss gesichert wurde. »Das reicht schon, denn kaum jemand wird sich diesem Ort hier freiwillig nähern nach allem, was sich hier zugetragen hat.«

Gero, der als Einziger einen kurzen Kienspan bei sich trug, leuchtete ihnen, als sie sich der Tür näherten.

»Ich nehme an, du besitzt die Schlüssel?« Fragend sah Johannes Elsbeth von der Seite an.

Anstatt Antwort zu geben, löste sie den Schlüsselbund von ihrem Gürtel, wählte einen Schlüssel aus und öffnete damit das Vorhängeschloss. Danach suchte sie einen zweiten Schlüssel heraus, und nur Augenblicke später ließ sich auch der Bolzenriegel problemlos verschieben. »Normalerweise bewahre ich diese Schlüssel für Nicolai in einem sicheren Versteck auf«, ergriff sie nun doch das Wort, während sie die Tür öffnete und als Erste das Innere des Mausoleums betrat. »Auf diese Weise findet niemand sie so leicht – oder überhaupt jemals.«

Johannes wartete, ob sie noch weitersprechen würde, doch offenbar hatte sie nicht vor, oder noch nicht, ihn auch in dieses Geheimnis einzuweihen. Wahrscheinlich war das auch gut so, denn auf diese Weise würde er es niemals verraten können, nicht einmal unter der peinlichen Befragung. Ihn schauderte allein bei dem Gedanken, immerhin hatte er bereits, wenn auch nur selten, im Auftrag des Gerichts jemandem die Daumenschrauben anlegen müssen oder auch Schlimmeres. Wie standhaft er selbst einer solchen Tortur widerstehen würde, wollte er lieber nicht herausfinden müssen.

Sein Unwohlsein wuchs noch, als er sich in der erstaunlich großen Grabkammer umsah. Sie maß etwa vier große Schritte in Länge und Breite. An der hinteren Wand standen zwei Steinsärge, links daneben zwei nur je anderthalb Ellen breite eiserne Truhen. Was ihn erneut unangenehm erschaudern ließ, war die nur halbherzig verwischte Kreidemalerei an der rechten Wand. Die mit Sicherheit satanischen Symbole waren wohl das Überbleibsel jenes mordlustigen Teufelsanbeters, der hier vor über zwanzig Jahren sein Unwesen getrieben hatte. Unwillkürlich bekreuzigte Johannes sich. »Was befindet sich in den Truhen?«

»Urnen mit der Asche der beiden Toten aus den Sarkophagen.« Elsbeth drehte sich zu ihm um. »Und die Grabbeigaben, die Nicolai bei ihnen fand.«

»In den Särgen befindet sich also, weshalb wir hergekommen sind.« Johannes trat auf den rechten Sarkophag zu und berührte ihn vorsichtig mit der flachen Hand. Der Stein, Granit offensichtlich, fühlte sich rau und kalt an.

»Nein.« Elsbeth trat neben ihn und bückte sich. Etwas klickte vernehmlich, und als sie sich gegen den linken Steinsarg stemmte, schob dieser sich fast wie von Zauberhand um gute anderthalb Schritte zur Seite.

»Himmel!« Erschrocken wich Johannes etwas zurück. »Was ist das denn?«

»Eine Geheimkammer.« Elsbeth bedeutete dem schweigsamen Gero, mit dem Kienspan näher zu kommen. »Nicolai hat sie durch Zufall entdeckt. Sie war vollkommen leer, was darauf hinweist, dass die beiden hier bestatteten Toten zwischen dem Bau des Mausoleums und ihrem Versterben aus irgendwelchen Gründen verarmt sein müssen.« Während sie sprach, stieg sie vorsichtig die Stufen in den geheimen Kellerraum hinab. »In den Särgen hatte Nicolai andere Dinge gelagert, die er aber schon vor einigen Jahren vernichtet hat, und ebenso verbargen wir darin das Geld, mit dem er mich stets für meine Dienste als Kundschafterin bezahlt hat. Allerdings habe ich es schon vor längerer Zeit von hier weggebracht, weil mir dieses Versteck nicht recht geheuer ist.« Sie hielt einen Moment inne, bevor sie hinzufügte: »Nur einer von Euch kann mit hinunterkommen. Für mehr Personen ist dort kein Platz. Gero, gib Johannes den Kienspan und halt draußen Wache. Ich nehme zwar nicht an, dass irgendjemand sich um diese Zeit hierher verirrt, aber sicher ist sicher.«

Gero nickte nur und reichte Johannes den Kienspan; danach verließ er auf leisen Sohlen das Grabmal. Johannes beeilte sich, Elsbeth in das Verlies zu folgen. Es war nicht so groß wie der Raum über ihnen. Tatsächlich passte nicht viel mehr hinein als die vier Truhen, die allesamt mit derselben Art von Schloss versehen waren. Stirnrunzelnd betrachtete er die nicht gerade kleinen Truhen und entdeckte dabei noch einen weiteren, deutlich kleineren eisernen Kasten an der Rückwand hinter der linken Truhe. Elsbeth hob ihn auf den Truhendeckel und benutzte den Ring, dessen erhabener siebenzackiger Stern genau ins Schloss passte, um ihn zu öffnen.

Johannes trat neben sie und sog scharf die Luft ein, als er die Samtbeutel in verschiedenen Farben sah. »Ist das etwa alles … Geld?«

Elsbeth hob einen der Beutel heraus und reichte ihn ihm. »Diese Münzen sind dazu da, dass ich Nicolais Interessen durchsetze.«

Johannes übergab ihr den Kienspan und öffnete den Beutel so vorsichtig, als könnte er beißen. Für einen Moment hielt er den Atem an. »Das ist Gold. Jede Menge Gold.« Sein Blick wanderte zum Inhalt des Kastens. »Ist das alles …?«

»In einigen Beuteln ist auch Silber.« Elsbeth lächelte unfroh. »Zwei der großen Truhen sind ebenfalls randvoll mit Geld. Blutgold, wenn du so willst, und alles Einnahmen aus seinen Schattengeschäften, die er nicht in seinem Haus aufbewahrt hat.«

Ihm wurde übel. »Das ist ein Vermögen, das eines Königs würdig wäre!«

»Eines Herzogs vielleicht. Von denen stehen übrigens auch einige bei Nicolai in der Kreide.« Vorsichtig nahm sie ihm den Beutel wieder ab und gab ihm stattdessen den Kienspan zurück. »In den anderen beiden Truhen lagern Nicolais Aufzeichnungen über seine dunklen Geschäfte und alle zugehörigen Schuldverschreibungen, Besitz- und Pfandurkunden.«

»Bei allen Heiligen.« Erschüttert starrte Johannes auf die vier massiven Truhen. »Das ist ungeheuerlich und kaum zu fassen. Ich wusste, dass er reich war und einflussreich, aber allein mit dem Geld in einem dieser Beutel könntest du den gesamten Rat der Stadt Köln kaufen.« Ratlos fuhr er sich durchs Haar. »Und all das gehört jetzt Aleydis.«

»Begreifst du jetzt, warum Nicolai mich hat schwören lassen, sie und die Familie zu beschützen?«

Er schluckte hart an dem Knoten, der sich in seiner Kehle gebildet hatte. »Mit allen Mitteln, die dir zur Verfügung stehen.«

Diesmal atmete Elsbeth geräuschvoll aus. »Ja.«

»Und was jetzt?«

Sie legte den Beutel in den Kasten zurück und verschloss ihn wieder. »Ich nehme das hier mit und verstecke es einstweilen an einem Ort in meiner Reichweite.« Als er jählings den Kopf hob, fügte sie hinzu: »Keine Sorge, niemand wird das Geld finden, weil dort, wo ich es verbergen werde, kein Mensch je danach suchen wird.«

»So wie in diesem Mausoleum?« Erneut reichte Johannes ihr den Kienspan, dann hob er den Kasten auf den Arm. Das Gewicht war enorm. »Warum lässt du das meiste davon nicht einfach hier?«

»Weil ich nicht zu oft hier herauskommen will. Das könnte jemandem auffallen. Lass uns gehen.« Elsbeth stieg vor ihm die Treppe hinauf.

Gerade, als nach ihr auch Johannes die Grabkammer erreicht hatte, trat Gero ein. »Da kommt jemand. Ich habe auf der Straße, die von der Stadt hierherführt, vorhin ein Licht gesehen. Es bewegt sich auf uns zu.«

»Eine Person oder mehrere?« Elsbeth betätigte den verborgenen Mechanismus, und der linke Sarkophag schwang, nachdem sie ihn angeschoben hatte, mit einem mahlenden Geräusch wieder an seinen alten Platz zurück.

»Ich bin mir nicht sicher. Das Licht war eben noch zu weit weg.« Gero warf einen Blick nach draußen. »Zwei Personen. Sie kommen immer näher. Wir sollten verschwinden.« Er kehrte zurück, nahm Elsbeth den Kienspan ab und löschte die Flamme, indem er sie mehrere Schritte abseits der Tür fest in den Erdboden drückte.

»Also los.« Elsbeth verschloss die Tür des Mausoleums wieder, dann warf sie einen Blick in die Richtung, aus der sich ganz eindeutig ein flackerndes Licht auf sie zubewegte. »Wir müssen uns irgendwo verbergen.«

»Hier draußen ist doch nichts.« Nervös sah Johannes sich um. »Da vorne ist eine Hecke.«

»Das sind Brombeeren.« Elsbeth steuerte bereits darauf zu. »Die werden sie wohl eher nicht überwinden wollen. Also müssten wir dahinter sicher sein.«

»Dazu ist die Hecke zu niedrig«, widersprach Gero.

Elsbeth war jedoch bereits auf die Hecke zugegangen. »Nicht, wenn wir uns platt auf den Boden legen.«

Das Laub raschelte, als sie versuchte, sich durch die dicht wachsenden Brombeeren zu schieben. Die Dornen verhakten sich in ihrem Kleid und Mantel.

»Warte!« Johannes hielt sie am Arm zurück. »Lass uns dort hinübergehen, links, da scheint es eine Lücke zu geben.«

Die Lücke stellte sich als sumpfiges Loch heraus, in dem sich offenbar das Regenwasser sammelte, das von der Wiese hinter der Hecke kam. Sie versanken mehr als knöcheltief im Morast, erreichten jedoch die Rückseite der Hecke, ohne sich die Kleider zu zerreißen. Elsbeth näherte sich so weit wie möglich wieder dem Mausoleum.

»Was hast du vor?« Wieder versuchte Johannes, sie am Arm zurückzuhalten, diesmal jedoch ohne Erfolg. Stattdessen zog sie ihn mit sich zu Boden, der auch hier reichlich matschig und entsprechend kalt war.

»Ich will wissen, wer das ist«, wisperte sie. »Was denn sonst?« Sie legte sich flach auf den Boden; Johannes und Gero taten es ihr gleich.

Johannes schob den Eisenkasten tief in das Brombeergestrüpp und schichtete Erde und Laub darauf, damit er im Lichtschein des Kienspans nicht etwa aufleuchtete.

»Schsch!« Elsbeth stieß ihn an. »Sie kommen immer näher.« Ihre Stimme war nicht mehr als ein Hauch. Dann stutzte sie und unterdrückte offensichtlich einen erheiterten Laut. »Sieh mal einer an. Wenn das nicht Vinzenz van Cleve ist … und Aleydis.«

Auch Johannes hatte die Stimmen der beiden erkannt. Gespannt wartete er, was sich tat. Ein paar Gesprächsfetzen drangen zu ihnen herüber, aus denen er schloss, dass sie keinen Schlüssel besaßen, jedoch offenbar geeignetes Werkzeug mitgebracht hatten, um die Tür des Mausoleums zu öffnen. Nachdem sie im Inneren verschwunden waren, warf er Elsbeth in der Dunkelheit einen Seitenblick zu. »Und was machen wir jetzt?«

»Wir warten, bis sie wieder gegangen sind.« Sie hatte sich ein wenig aufgerichtet und versuchte, durch die Hecke etwas zu erkennen. »Ich frage mich, wie Aleydis wohl herausgefunden haben mag, dass es dieses Versteck gibt.«

»Vielleicht hatte Nicolai irgendwo im Haus Aufzeichnungen darüber«, schlug Johannes vor.

»Unwahrscheinlich.« Sie rutschte ein wenig hin und her. »Das wäre zu gefährlich gewesen.«

»Weiß sonst noch jemand Bescheid?«

Sie schwieg einen Moment. »Vielleicht Symon oder Wardo. Er hat nie etwas davon gesagt, dass er jemandem außer mir davon erzählt hat.«

»Wusste Griselda vielleicht doch davon? Oder Cathrein?«, schlug er vor.

»Ich weiß es wirklich nicht.« Elsbeth seufzte. »Aber es ist ganz sicher gut, dass Aleydis erfährt, was sich in dem Mausoleum befindet, sonst erkennt sie das Ausmaß ihres Erbes nicht.«

»Wenn sie denn auch von dem Kellergewölbe weiß«, fügte Johannes hinzu.

Elsbeth nickte nur, und es entstand eine längere Stille, während sie warteten, dass Aleydis und der Gewaltrichter wieder herauskamen.

Nach einer geraumen Weile schauderte Elsbeth heftig. »Verflixte Nässe! Anscheinend haben sie die geheime Kammer gefunden, sonst wären sie bestimmt längst auf dem Weg zurück nach Hause.«

»Sollen wir uns nicht aus dem Staub machen?«, schlug Gero vor.

»Nein, das ist zu gefährlich. Sie könnten uns bemerken.« Elsbeth seufzte. »Hoffentlich bleiben sie nicht zu lange dort drinnen.«

Johannes merkte auf. »Du sagst das in so einem merkwürdigen Ton. Weshalb sollten sie sich länger als nötig dort aufhalten?«

Sie hüstelte.

Johannes runzelte die Stirn, dann begriff er. »Du glaubst doch nicht etwa, dass die beiden dort drinnen ...?«

»Nein, wahrscheinlich nicht.« Ein weiteres, diesmal durchaus resigniertes Seufzen folgte. »Der Gewaltrichter wird sich schon ordentlich dagegen sträuben.«

Wieder verfielen sie in einvernehmliches Schweigen, bis erneut leise Stimmen zu vernehmen waren, dann klappte die Tür des Mausoleums.

»Ihr selbst mit jedem Eurer Worte.« Das war eindeutig Aleydis' Stimme. »Noch mehr vermittelt Ihr es mit Eurem Verhalten. Weshalb sonst geht Ihr mir aus dem Weg, wo Ihr nur könnt?«

»Ich habe meine Gründe.« Der Gewaltrichter klang so vergrätzt wie bei seinem Besuch im Badehaus.

Beinahe hätte Elsbeth gelacht. »Wusste ich es doch!«

»Das sagtet Ihr schon einmal.« Aleydis' Stimme war anzuhören, dass sie ebenfalls ungehalten war.

»Und Ihr wollt diese Gründe unbedingt wissen? Sind sie Euch nicht schon selbst ins Auge gefallen?« Die beiden setzten sich langsam in Bewegung Richtung Stadt. »Ihr habt doch bereits erkannt, dass es einen zumindest unguten Anschein erwecken könnte, wenn man Euch mit mir oder mich mit Euch in allzu traute Verbindung bringt. Meinem Vater dürfte dies gleichgültig sein, doch er muss sich letztlich auch nicht mit den unangenehmen Auswirkungen auseinandersetzen.«

Elsbeth sog die Luft ein. »Gregor van Cleve hat sich wieder mal eingemischt? Jetzt wird es interessant.«

»Pst!« Johannes stieß sie mit dem Ellenbogen an. »Sie könnten uns hören!«

»Ihr handelt also aus Rücksicht mir gegenüber?« Die Skepsis war Aleydis' Stimme deutlich anzuhören.

»Nun ja, mir selbst zuliebe schon auch. Ihr passt mir nicht in den Kram, das gebe ich gerne zu.«

»Endlich!« Elsbeth klang mehr als zufrieden.

»Warum nicht?« Seine Worte schienen Aleydis verletzt zu haben. »Was habe ich Euch getan?«

Van Cleve schwieg, beschleunigte aber zugleich seinen Schritt.

Aleydis griff nach seinem Arm. »Antwortet mir!«

Immer noch schweigend schüttelte er sie ab.

»Dämlicher Ochse«, murmelte Elsbeth.

Sichtlich aufgebracht fasste Aleydis erneut nach van Cleves Arm. »Vinzenz!«

»Verdammmichtes Weib!« Er fuhr so flink zu ihr herum, dass Elsbeth einen verblüfften Laut ausstieß. Mit der freien Hand packte er Aleydis am Oberarm und schob sie rückwärts, bis sie gegen einen Baumstamm stieß. Die beiden waren inzwischen so weit entfernt, hatten die Baumgruppe bereits passiert, dass die Worte, die sie sprachen, nicht mehr zu verstehen waren. Doch was sich im Licht des Kienspans, den der Gewaltrichter mit sich führte, abspielte, war kaum misszuverstehen. Er hatte sie gegen den Baumstamm gedrängt und ließ ihr offensichtlich keine Fluchtmöglichkeit. Die beiden schienen einander wie gebannt anzustarren.

»Himmel!« Diesmal war es an Johannes, sich zu räuspern.

Elsbeth kicherte. »Erinnert dich das an jemanden?«

»Du hättest mich für etwas Ähnliches mal beinahe niedergestochen.«

»Was dich aber ebenso wenig abgehalten hat wie offenbar gerade van Cleve.« Wie gebannt blickte Elsbeth zu dem Paar hinüber, das im flackernden Licht des Kienspans deutlich zu erkennen war. Es sah so aus, als drängte er sie noch mehr gegen den Baumstamm. Im nächsten Moment ließ er Aleydis' Arm los und umfasste stattdessen ihre Wange.

Für mehrere Atemzüge verharrten sie so, und es schien, als wartete er auf eine Reaktion von ihr. Dann ließ er die Hand wieder sinken und trat einen halben Schritt zurück.

»Idiot«, murmelte Johannes.

»Schön, dass du es siehst wie ich.« Elsbeth klang so überaus zufrieden mit sich, dass er lachen musste.

»Was denn jetzt?« Verblüfft beobachtete er, wie van Cleve den Kienspan neben sich in die Erde steckte und Aleydis mit einem Ruck von dem Baumstamm wegzog. Im nächsten Moment hielt er sie bereits in seinen Armen, und wenn Johannes sich nicht sehr täuschte, weinte sie. »Was zum Teufel geht da vor?«

Elsbeth brummelte etwas Unverständliches. »Weiß der Himmel, was er ihr an den Kopf geworfen hat. Idiot trifft es schon sehr genau. Aber wer weiß, wofür es gut ist.«

Einmal sah es so aus, als wollte Aleydis sich von ihm losmachen, doch van Cleve verhinderte es. Erst ein paar Augenblicke später schob er sie ein Stückchen von sich, und sie rieb sich mit dem Ärmel ihres Mantels übers Gesicht. Sie sprachen noch eine Weile miteinander, bevor van Cleve den Kienspan wieder an sich nahm und sie den Weg in Richtung Stadt fortsetzten.

Aufatmend erhob Johannes sich und half Elsbeth auf die Füße. Neben ihnen klaubte Gero die Eisenkiste aus dem Brombeerbusch. »Wir sollten jetzt auch zurückgehen«, brummte er. »Wir werden krank, wenn wir viel länger in den nassen Sachen hier herumstehen.«

»Lassen wir ihnen noch einen angemessenen Vorsprung«, befand Elsbeth. »Aber du hast recht, die nassen Sachen sind nicht gerade angenehm. Wie hätte ich aber auch ahnen sollen, dass die beiden ausgerechnet heute Nacht ebenfalls hierherkommen würden?«

»Aufschlussreich war dieser … Ausflug allemal.« Johannes hüstelte. »Wusstest du die ganze Zeit, dass zwischen den beiden etwas vorgeht?«

»Wissen ist zu viel gesagt.« Elsbeth hakte sich bei ihm unter, und gemächlichen Schrittes strebten sie nun ebenfalls wieder der Stadt zu. »Gehofft trifft es eher.«

Kapitel 28

29. Oktober Anno Domini 1423

»Elsbeth, komm mal raus, der Sigmund will dich sprechen.« Bänes war in der Tür zur Schankstube erschienen, wo Elsbeth gerade dabei war, die Sitzkissen in einen Korb zu stapeln, weil sie sie gegen neue mit sauberen Bezügen austauschen wollte. »Er sagt, es ist wichtig.«

Sorgsam legte Elsbeth das letzte Kissen in den Korb. »Ich komme schon. Trag den Korb raus in den Hof und sag Änne, sie soll sich um die Kissen kümmern.« Ohne weiter auf ihren Knecht zu warten, begab sie sich zur Haustür.

Sigmund wartete in der Gasse und kam erst näher, als er sie erblickte. »Ich habe wichtige Neuigkeiten für dich, Elsbeth. Hab sie von Starkenbergs Knecht Bert, der sie wie immer von Lutz, also Frau Aleydis' Altknecht, hat. Ganz früh heute Morgen standen wohl der Wardo und der Gewaltrichter bei ihr vor der Tür …«

»Bei Aleydis?«

»Ja. Der Gewaltrichter war ganz schön zugerichtet. Hat sich anscheinend mit Merles fünf Brüdern angelegt.«

Elsbeth starrte ihn gleichermaßen verblüfft wie erschrocken an. »Warum das denn?«

»Er hat wohl nach Wardo gesucht, der irgendwie verschwunden war.«

»Wardo war verschwunden?«

»Ja.« Sigmund kratzte sich am Kopf. »So wie ich es

verstanden habe, wollte er sich den Hardwin vornehmen, weil der vielleicht das Feuer im Beginenhof gelegt hat. Aus Zorn auf Frau Cathrein, weil sie seinen Vater erstochen hat. Der Gewaltrichter ist dann also los und hat den Wardo bei der Merle gefunden, aber die wusste nicht, wo Hardwin ist. Aber dass die zwei mit ihr geredet haben, hat ihren Brüdern anscheinend nicht gepasst, und sie wollten die beiden verdreschen. Der Gewaltrichter ist gegen alle fünf gleichzeitig angetreten!« Aus Sigmunds Stimme klang deutlich Bewunderung heraus. »Hat selbst gut was abbekommen, aber die Brüder von der Merle auch. Die legen sich wohl nicht mehr so schnell mit ihm an.«

»Und weiter?« Gespannt sah Elsbeth den jungen Boten an.

»Frau Aleydis hat ihn verarztet und in ihre Gästekammer gesteckt, aber lange hat er es da anscheinend nicht ausgehalten. Er muss kurz drauf schon wieder weg gewesen sein. Als er später am Vormittag wieder zurückgekehrt ist, hatte er die Merle dabei. Bert sagt, der Lutz hat gesagt, dass die Merle gesagt hat, dass Hardwin wirklich das Feuer gelegt hat und sich irgendwo verkrochen hat. Die Frau Aleydis will aber nicht, dass van Cleve nach ihm sucht. Sie muss gesagt haben, dass jemand ihm, wenn er ihn sieht, sagen soll, dass er für immer die Stadt verlassen soll, ansonsten wird er, wenn sie ihn schnappen, gehängt.«

Nachdenklich tippte Elsbeth sich mit dem Zeigefinger gegen die Lippen. »Sie will ihn davonkommen lassen?«

»Wenn er nie wieder nach Köln zurückkehrt, also wenn jemand ihn rechtzeitig findet, um ihm das zu sagen«, bestätigte Sigmund. »Scheint so, als hätte sie Mitleid mit dem Hurensohn.«

»Wohl eher mit Merle«, vermutete sie. »Also gut, wenn sie es so will …« Sie nickte Sigmund zu. »Ich danke dir für die Neuigkeiten.« Rasch drückte sie ihm zwei Münzen aus der verborgenen Geldtasche in ihrem Ärmel in die Hand. »Gib den anderen Boten umgehend Bescheid, dass sie ihre Suche nach

Hardwin verschärfen müssen, ganz gleich, wie. Seht zu, dass er Aleydis' Botschaft erhält, und wenn er euch nicht glaubt, ergreift ihr geeignete Maßnahmen, bis er es tut. Verstanden?«

»Verstanden.« Sigmund nickte eifrig. »Wird aber nicht einfach. Ein paar von uns suchen ja so schon seit Tagen nach ihm.«

»Dreht jeden Stein um. Zur Not zweimal. Irgendwo muss er ja stecken.« Nachdem Sigmund sich wieder auf den Weg gemacht hatte, blieb Elsbeth noch eine Weile vor dem Haus stehen. Aleydis' Lösung gefiel ihr ausnehmend gut, denn sie bedeutete, dass es hoffentlich kein Blutvergießen oder vielmehr keinen skandalträchtigen Prozess geben würde, der mit Hardwins Hinrichtung endete. Ob es auch die von Nicolai bevorzugte Lösung gewesen wäre, konnte sie nicht mit Sicherheit sagen, doch sie hatte ihm auch versprochen, Aleydis' Wünsche und Entscheidungen zu respektieren. Seine junge Witwe war kein rachsüchtiger Mensch, sondern von reinem und gutem Herzen. Deshalb hatte er sie so geliebt. Wahrscheinlich hatte sie deshalb auch den gewittrigen Gewaltrichter betört.

Der Verdacht, dass Nicolai mit seinem Testament einen Plan verfolgt hatte, mit dem niemand rechnete, drängte sich Elsbeth nicht zum ersten Mal auf. Sie konnte nur hoffen, dass dieser Plan, wie auch immer er ausgesehen haben mochte, tatsächlich aufging. Im Augenblick blieb ihr allerdings nichts anderes übrig, als nachzusehen, wie es mit dem Austausch der Kissen voranging, und abzuwarten.

Kapitel 29

Samstag, 6. November Anno Domini 1423

Prüfend betrachtete Elsbeth ihr Gesicht in dem polierten Silberspiegel, den sie einst von einem wohlhabenden Freier als Geschenk erhalten hatte. Die neue helle Haarnetzhaube stand ihr ausgesprochen gut zu Gesicht. Ihr Haar hatte sie geflochten und darunter zu modischen Schnecken aufgesteckt. Auch ihr Kleid aus schwerem hellgelbem Brokat mit roten und goldgelben Blütenornamenten trug sie gerne, weil es trotz seiner Schwere bequem war und durch die seitlichen Schnürungen ihre Figur gut zur Geltung brachte. Es war bereits Nachmittag, bald würden die Vesperglocken läuten und den Arbeitstag der meisten Leute beenden. Danach würde es nicht allzu lange dauern, bis sich ihre Schankstube füllte, ebenso wie die Badestube. Deshalb legte sie den Spiegel rasch beiseite und begab sich nach unten, um ihren Platz in der Schreibstube einzunehmen und den Liebeslohn von den eintreffenden Freiern zu kassieren. Als sie am Fuß der Treppe ankam, trat Cordian gerade zur Haustür herein.

Prompt sprach er sie sofort an. »Da bist du ja, Elsbeth! Ich bin gerade drüben in der Schmiergasse dem Meister Hans begegnet. Er lässt dir ausrichten, du sollst ihn dringend zum Gebet treffen.«

»Zum Gebet?« Elsbeth wusste sofort, was gemeint war. Cordian ebenfalls, denn er kannte sich nach all der Zeit mit ihren Gepflogenheiten aus. »Er hat gemeint, es wäre dringend.«

»Also gut, dann mache ich mich gleich auf den Weg.« Sie holte ihren warmen Wollumhang vom Haken in der Schreibstube und zog ihn an. »Du kümmerst dich derweil um die Kasse.«

Cordian nickte nur und schob sich an ihr vorbei durch die Tür in die Schreibkammer. »Er wollte mir nicht sagen, worum es geht, aber er sah nicht gerade froh aus.«

Elsbeth ging nicht darauf ein. »Ich bin zurück, sobald es geht.«

»Willst du etwa allein gehen?«

Elsbeth nickte. »Es ist noch hell und nicht weit, nur ein paar Schritte. Bis später.« Auf dem Weg zur Heiligkreuzkapelle überlegte sie, welche Art von Nachricht wohl so wichtig oder geheim sein mochte, dass Johannes sie nur in dem Gotteshaus mit ihr teilen wollte. Ihr ungutes Gefühl verstärkte sich noch, als sie durch die Kirchenpforte trat und ihn steif und mit hochgezogenen Schultern vor dem Bord stehen sah, auf dem drei Kerzen brannten.

Wieder einmal dachte sie darüber nach, wann wohl jemand hier beten und Kerzen entzünden mochte, obwohl man kaum jemals jemanden in diesem Gotteshaus ein- und ausgehen sah. Sie schob diesen Gedanken jedoch beiseite, ging, sich bekreuzigend, am Altar vorbei und blieb zwei Schritte hinter Johannes stehen. »Was ist geschehen?«

Sehr langsam drehte er sich zu ihr um, und seine Miene verriet, dass er gleichermaßen entsetzt und besorgt war. »Hardwin wurde gefunden.«

»Gefunden.« Sie sah ihm an, was er meinte. »Ist er …? Wo?«

»Er wurde schwer verprügelt und anschließend an einem Baum neben einem Kappesfeld draußen beim Severinstor aufgeknüpft. Der Bauer, dem das Feld gehört, hat ihn gefunden und die Büttel verständigt. Man rief mich hinzu, um einen Selbstmord auszuschließen, was mir auf den ersten Blick möglich war.« Er trat einen Schritt auf sie zu. »Warst du das?«

»Ich?« Elsbeth schüttelte den Kopf. Sie musste diese Nachricht erst einmal verarbeiten.

»Deine Männer ..., die du Boten nennst.«

»Nein.« In ihrem Kopf überschlugen sich die Gedanken. »Meine Leute suchen zwar schon seit Tagen nach ihm, bisher jedoch ohne Erfolg. Aber selbst, wenn sie ihn gefunden hätten ... Sie hatten ganz klare Anweisungen, ihm nur mit Nachdruck zu verstehen zu geben, dass er Köln verlassen muss. Ich habe dir davon erzählt. Es ist Aleydis' Wunsch und Entscheidung, und beides respektiere ich.«

Fahrig strich Johannes sich durchs Haar. »Könnte es nicht sein, dass deine Männer zu weit gegangen sind?«

»Nein.« Elsbeth verschränkte die Arme vor dem Leib. »Auf keinen Fall. So funktioniert das nicht, Johannes. Diese Männer sind absolut vertrauenswürdig und loyal. Sie würden niemals ohne meine Anweisung so etwas tun.«

Er wurde blass. »Auf deine Anweisung hin aber sehr wohl?«

Sie schwieg einen Moment, um die richtigen Worte zu finden. »Ja. Auf meine Anweisung hin würden sie das tun, aber ich würde solch eine Entscheidung niemals leichtfertig oder allein treffen. Es gibt Menschen, teils in der Unterwelt, teils in der sogenannten guten Gesellschaft, die ich vorher konsultieren und mit denen ich mich beraten würde. Sie fungieren wie Schöffen, nur im Schatten, und sie nehmen sich nur der Fälle an, in der die reguläre Gerichtsbarkeit kein Urteil fällen würde oder könnte. Das ist bei Hardwin nicht der Fall. Aleydis und der Gewaltrichter hatten ihn bereits als Brandstifter entlarvt. Er wäre vor ein normales Gewaltgericht gestellt und verurteilt worden. Es gab keinen Grund für das Schattenfemegericht, tätig zu werden.«

»Schattenfemegericht?« Johannes runzelte die Stirn. »Agiert die Ferne nicht sowieso im Dunkeln?«

»Die Feme, wie wir sie kennen, ist ein Gericht von Freigrafen, die schwere Verbrechen aburteilen und die Urteile vollstrecken, wenn sich der Angeklagte einer rechtmäßigen Verhandlung entzieht«, korrigierte sie. »Unsere Schattenfeme hat sich diese Vorgehensweise zum Vorbild genommen, nur dass es weit mehr Bereiche gibt, bei denen sie tätig wird. Denn rechtmäßige Verhandlungen vor Gericht sind für die Bewohner der Unterwelt oder die Angehörigen der unehrlichen Berufe oft nicht so leicht durchsetzbar. Insbesondere, wenn die eheliche Geburt eines Klägers nicht gegeben ist oder der Leumund einer Klägerin nicht ausreicht. Manche Angelegenheiten, auch solche ohne personifizierten Kläger, sind für die städtischen Gerichte oftmals nicht von Interesse. In solchen Fällen treten die Schattenschöffen zusammen.«

»Auch bei Mord?«

Sie nickte. »Das ist schon vorgekommen, aber noch nicht häufig, und seit es dieses Schattengericht gibt, wurde noch keine Todesstrafe ausgesprochen. Bisher konnte so etwas stets durch Abbitte oder ein von vorneherein milderes Urteil abgewendet werden.«

»Bei Mord urteilt ihr nicht wie das Gewaltgericht?« Johannes sah sie erstaunt an.

»Es gab bislang stets Gründe, es nicht zu tun.« Elsbeth löste ihre Arme wieder und verschränkte stattdessen die Finger ihrer beiden Hände miteinander. »Ich will nicht ausschließen, dass es jemals passieren wird, aber mit Hardwin hatten wir nichts zu tun, dafür lege ich meine Hand ins Feuer.«

Johannes begann, vor ihr auf- und abzugehen. »Wer war es dann?«

»Ich weiß es nicht.« Elsbeth seufzte. »Aber ich verspreche dir, ich werde es herausfinden.«

Kapitel 30

29. November Anno Domini 1423

Immer noch keine Spur?« Elsbeth stellte die Frage, obgleich sie die Antwort bereits kannte. Sie saß im leeren Schankraum Götz gegenüber, der ihr wie üblich alle paar Tage über die Aktivitäten der Boten Bericht erstattete. Da sich das Wetter nass-frostig und stürmisch gebärdete, herrschte trotz der Tageszeit – es war früher Nachmittag – ungewöhnliche Stille im Haus. Zwar wurde gekocht, Geschirr bereitgestellt, und Fässer mit Wein oder Bier wurden hereingerollt und Speisen auf der großen Tafel für hungrige Gäste angerichtet sowie der Fußboden gefegt, doch die Gäste blieben derzeit noch aus.

Götz nippte an seinem Becher mit Bier und schüttelte den Kopf. »Rein gar nichts. Ich fürchte, Hardwins Mörder, wer auch immer es gewesen sein mag, ist längst über alle Berge. Anderenfalls hätten wir ihn inzwischen aufgetrieben.«

Auch Elsbeth trank einen Schluck Bier. Normalerweise bevorzugte sie Wein, doch sie hatte vom Schankbetrieb noch ein halbes Fass Bier übrig, das aufgebraucht werden musste. »Ich frage mich, ob sein Tod irgendetwas mit dem Brandanschlag zu tun hat oder ob Hardwin einfach nur jemandem im Weg gewesen ist.«

»Vielleicht wurde er den Leuten zu lästig, für die Balthasar die Drecksarbeit gemacht hat«, schlug Götz vor. »Er soll sich denen ja angedient haben. Oder vielleicht wusste er zu viel und musste deswegen sterben.«

»Das ist beides möglich«, gab Elsbeth nachdenklich zu. »Auch wenn Merle anscheinend nicht unglücklich darüber ist, ihn los zu sein. Die harte Arbeit als Wäscherin wird sie zumindest für eine Weile nicht mehr ausüben können, wenn ihre Schwangerschaft weiter fortschreitet. Dann muss ich schauen, ob ich etwas anderes für sie finde.«

»Ist schon übel, das.« Götz nickte vor sich hin, wechselte dann aber das Thema. »Karl und Bernhard behalten Frau Aleydis im Auge, aber so wie es aussieht, ist bei ihr alles in Ordnung. Die Schwester des Gewaltrichters ist oft dort; die beiden Frauen scheinen inzwischen gut befreundet zu sein. Alessandro Venetto ist nach Frankfurt zurückgekehrt, aber wie man hört, will er vor Weihnachten noch einmal nach Köln kommen.«

»Also verstehen er und Aleydis sich gut.« Zufrieden lächelte Elsbeth. »Ich frage mich, was wohl der Gewaltrichter davon hält.«

»Ihn haben wir seit Wochen nicht mehr im Hause Golatti gesehen.« Götz hob die Schultern. »Er hat anscheinend anderes zu tun.«

»Dann ist er ein elender Feigling.« Elsbeth schmunzelte. »Aber vielleicht wird er ja noch einsichtig. Ich nehme an …«

»Elsbeth? Ah, gut, du bist hier.« Gero hatte den Schankraum betreten. Er war außer Atem, und sein Mantel triefte von dem Regen, der seit Stunden auf Köln niederprasselte. »Ich komme gerade aus der Judengasse, weil ich unten beim Eysenmarkt war wegen der neuen Türbeschläge für den Hühnerstall, na ja, und auf dem Rückweg bin ich halt durch die Judengasse.«

»Das sagtest du bereits.« Elsbeth musterte ihn verwundert. So zusammenhanglos sprach er sonst nicht. »Ist etwas geschehen?«

»Ja, deshalb bin ich doch so gerannt.« Gero nickte heftig. »Als ich beim Rathaus ankam, haben sie nämlich gerade …

Erinnerst du dich noch an die Kleine vom *Schwarzen Karpfen*? Die, wegen der du … Also die, die du vor diesen Kerlen beschützt hast, die mit ihr weiß Gott was anstellen wollten, obwohl sie dazu viel zu jung ist?«

Elsbeth runzelt die Stirn. »Elfie? Selbstverständlich erinnere ich mich. Was ist denn mit ihr?«

»Die haben sie in Ketten ins Rathaus gebracht. Ich hab einen von den Bütteln gefragt, was sie denn mit der Kleinen vorhaben. Er meint, sie hätte einen Mann abgestochen und wird jetzt noch mal befragt, und dann wird ihr der Prozess gemacht. Es gibt wohl einen Zeugen, aber sie hat auch nix geleugnet, da geht so was ja schnell. Ich weiß nicht, ob sie die Kleine hinrichten lassen, ist ja fast noch ein Kind, und da machen sie das eigentlich nicht, aber gut wegkommen wird sie da bestimmt nicht.«

»Wer ist denn der zuständige Richter?« Elsbeth hatte sich bereits erhoben und warf Götz einen entschuldigenden Blick zu. »Wir reden ein andermal weiter. Trink gerne einstweilen noch dein Bier aus und grüß deine Tilde und die Kinder von mir.« Sie winkte Gero, ihr zu folgen. »Erzähl mir alles auf dem Weg zum Rathaus.«

***

Johannes saß auf einer Bank neben dem Eingang zum Schöffensaal und wartete darauf, hereingerufen zu werden, um dem Gewaltrichter sowie den Schöffen darzulegen, wie seine Einschätzung zu den Verletzungen des Mannes war, der seit dem gestrigen Abend im Hospital der Dominikaner lag. Es war kein ungewöhnlicher Fall, sah man einmal davon ab, dass die Täterin fast noch ein Kind war. Morde oder Mordversuche kamen in Köln zwar nicht täglich oder wöchentlich vor, waren aber dennoch keine große Seltenheit. Wenn das Opfer, wie im vorliegenden Fall, wegen seines Berufs – er war Müller – als unehrlich galt, war der Henker zuständig, um die Leiche oder die Verletzungen zu begutachten. Diesmal war es einfach gewesen: ein einzelner Stoß mit einem Dolch tief in den Bauch. Die Tatsache, dass die Täterin ein Mädchen von vielleicht zwölf Jahren war, verursachte ihm Unbehagen. Soweit er gehört hatte, war sie bei ihrer Festnahme geständig gewesen und hatte behauptet, sich gegen ihn gewehrt zu haben. Seine Frau hingegen hatte ein großes Geschrei veranstaltet und das Mädchen des heimtückischen Mordversuchs aus Habgier bezichtigt.

Johannes hatte sein Bestes getan, um das Leben des Müllers zu retten. Er hoffte inständig, damit erfolgreich gewesen zu sein, denn dann würde die aufgebrachte Müllerin vielleicht nicht auf der Höchststrafe bestehen. So ernst, wie Johannes sein Amt als Henker auch nahm, ein so junges Mädchen womöglich durch Erhängen dem Tode zu überantworten, widerstrebte ihm zutiefst. Er wäre wohl auch kein Christenmensch, wenn es sich anders verhielte. Selbst sein Onkel, von dem er wusste, dass er nicht nur Elsbeth, sondern auch viele andere freie Frauen über Jahrzehnte schändlich behandelt und missbraucht hatte, hätte sich gescheut, an einem Mädchen, einem Kind fast noch, das Todesurteil zu vollstrecken, und solche schweren Strafen wurden gegen Kinder normalerweise auch nicht verhängt. So etwas kam verschwindend selten vor, doch er hatte schon davon gehört.

Johannes konnte sich nicht entsinnen, dass solch ein Urteil in den letzten dreißig Jahren in Köln und Umgebung oder auch in Duisburg, wo er zuvor gelebt hatte, ausgesprochen worden wäre. Allerdings wurden Kinder auch nur äußerst selten zu Tätern in Mordfällen. Hardwin hätte wohl eine Ausnahme dargestellt. Er war auch erst vierzehn Jahre alt gewesen und hätte eine ähnlich harte Strafe zu erwarten gehabt. Es wurmte Johannes, dass der Mörder des Jungen nicht gefunden werden konnte. Zu gerne hätte er gewusst, ob der Mord etwas mit dem Anschlag auf Cathrein Golatti zu tun gehabt hatte. Er hielt es für unwahrscheinlich, denn wer hätte Rache an dem Jungen nehmen sollen, wenn nicht Elsbeth, und sie hatte, wie sie sagte, nichts damit zu tun. Und er glaubte ihr.

Blieben also noch die Familie Hürth und Aleydis, die einen nachvollziehbaren Grund gehabt hätten, den Mordversuch an Cathrein zu rächen. Arnold Hürth wäre allerdings nicht so offen vorgegangen, weil es die Aufmerksamkeit auf seine Familie gelenkt hätte, was ja so nun auch geschehen war. Er hätte vielleicht kurzen Prozess mit Hardwin gemacht, die Leiche aber verschwinden lassen.

Aleydis wiederum traute er eine solche Tat gar nicht erst zu. Sie mochte zwar jetzt die Mittel besitzen, um sich jede Art von Handlanger zu kaufen, aber sie war weder skrupellos noch rachsüchtig. Sie hatte Hardwin davonkommen lassen wollen, keine Vergeltung üben. Wer in aller Welt war also Hardwins Mörder? Und warum hatte er den Jungen aufgehängt, ganz so, wie Nicolai Golatti gefunden worden war?

Der Junge war, das war der einzige Unterschied, vor seinem Tod schwer misshandelt worden. Alles sah danach aus, als hätte jemand eine Botschaft hinterlassen wollen. Es stellte sich also nicht nur die Frage, wer diese Botschaft gesandt hatte, sondern auch, wem sie galt.

»Johannes!«

Er hob verblüfft den Kopf, als er Elsbeth auf sich zukommen sah, und stand von der Bank auf. »Was tust du denn hier?«

»Dasselbe könnte ich dich fragen.« Sie blieb, da sie sich in einem öffentlichen Gebäude befanden, zwei Schritte vor ihm stehen. »Ich wusste nicht, dass du nach deinem Besuch bei den Dirnen und Totengräbern auf der anderen Rheinseite schon wieder zurück bist.«

»Ich bin gestern am frühen Abend aus Porz herübergekommen, musste aber gleich rüber zur Gereonsmühle, um mir das Opfer eines Messerangriffs anzusehen. Nun bin ich hier, weil ich darauf warte, in dieser Angelegenheit eine Aussage vor dem Gericht zu machen.«

»Ich ebenfalls.«

Verdutzt sah er sie an. »Was hast du mit dem Müller zu tun?«

»Nichts.« Ihre Lippen verzogen sich besorgt. »Aber mit Elfie.«

»Der Täterin?« Vor Verblüffung trat er unwillkürlich einen Schritt auf sie zu. »Woher kennst du sie?«

»Das erzähle ich besser ein andermal.« Sie seufzte. »Was weißt du über die Sache?«

Er hob die Schultern. »Sie sagt, sie hat bei dem Müller als Magd gearbeitet und dass er versucht hat, sie zu vergewaltigen. Daraufhin hat sie mit einem Dolch zugestochen, den sie, wie sie behauptet, irgendwo gefunden hat und seitdem bei sich trägt. Die Frau des Müllers behauptet hingegen, die Kleine hätte schon mehrmals Essen gestohlen und den Müller aus Hinterlist und Habgier umbringen wollen. Oder weil er sie beim Stehlen erwischt hat. Oder beides. So ganz genau konnte ich ihr Gezeter nicht verstehen, als ich ihren Mann untersucht habe. Er wurde ins Hospital der Dominikaner gebracht und wird dort nun vom Bruder Infirmarius versorgt, nachdem ich die Wunde gereinigt hatte. Die Dominikaner waren, wie du dir vorstellen kannst, wenig begeistert über meine Anwesenheit. Allerdings mögen sie wohl den Müller ebenso wenig.«

»Elfie hat bei ihm als Magd gearbeitet?«, hakte Elsbeth nach.

»Ja. Ist das so ungewöhnlich?«

»Nein … oder …« Sie hob die Schultern. »Als ich ihr vor einiger Zeit begegnet bin, hat sie sich als Hübschlerin versucht.«

»Was?« Johannes starrte sie verblüfft an. »So ein junges Ding? Freiwillig?«

»Ich konnte sie davon abhalten, zumindest an jenem Abend, aber …« Ihre Miene wurde wieder besorgt. »Wenn sie sich eine ehrliche Arbeit als Magd gesucht hat, wäre das ein Anzeichen, dass ich zu ihr durchgedrungen bin. Allerdings ausgerechnet beim Gereonsmüller?«

»Warum sagst du das so seltsam?« Fragend musterte er sie.

»Weil er oft bei Meister Läpps zu Gast ist. Du weißt, dass der keinen Unterschied zwischen unverheirateten und verheirateten Freiern macht.«

Johannes nickte knapp. »Ich durfte ihn deshalb schon zweimal auspeitschen und diverse Geldstrafen einfordern.«

»Ja nun.« Elsbeth sah sich vorsichtig um und senkte ihre Stimme zu einem Flüstern. »Er, also der Gereonsmüller, ist bekannt dafür, dass er besonders gerne ganz junge Mädchen hat.«

»Verdammmich.« Johannes verzog das Gesicht. »Du meinst also, dass Elfie die Wahrheit sagt?«

»Ich kenne sie zwar nicht gut, aber ich halte es für sehr wahrscheinlich«, bestätigte Elsbeth.

Aus dem Schöffensaal waren mehrere erregte Stimmen zu vernehmen, dann wurde es wieder ruhig.

Johannes setzte sich wieder auf die Bank. »Du willst ihr also helfen.«

»Cristan Reese ist der Gewaltrichter.« Elsbeth nickte entschlossen. »Wenn man seine Geschichte bedenkt oder vielmehr die seiner Gemahlin, müsste es möglich sein, ihn um Gnade zu ersuchen.«

»Was für eine Geschichte? Stimmt etwas nicht mit Frau Griet?«

»Doch, doch, mit ihr stimmt alles.« Elsbeth lächelte grimmig. »Es ist besser, wenn du nichts davon erfährst. Ich weiß auch nur durch Zufall davon, weil ich einst unfreiwillig Zeugin einer höchst ungewöhnlichen Taufe in der Heiligkreuzkapelle wurde. Cristan Reese und der alte Dominikaner haben mich nicht bemerkt, weil ich mich in der Sakristei aufhielt. Danach habe ich mich ein wenig umgehört und … Nun ja, er sollte Verständnis für Elfies Lage haben.«

»Eine Taufe in der Heiligkreuzkapelle? Mit dem Gewaltrichter Reese?« Johannes hatte Mühe, ihren Ausführungen zu folgen.

Elsbeth winkte ab. »Vergiss es wieder, ich bitte dich. Ich habe schon viel zu viel verraten. Es ist schon sehr lange her und sollte eigentlich vergessen bleiben.« Sie hielt einen Moment inne. »Würdest du den Richter und die Schöffen bitten, mich für Elfie sprechen zu lassen?«

Bedächtig nickte er. »Du willst sie also von ihrer Strafe abbitten.«

»Du klingst skeptisch.«

»Was willst du mit ihr machen, wenn sie sich darauf einlassen?«

»Trin ist tot.« Elsbeth lächelte betrübt. »Wir brauchen eine neue Küchenmagd.«

»Aha.«

»Sie wird mit dem Gewerbe nichts zu tun haben. Weder jetzt noch irgendwann.«

Johannes hob die Augenbrauen. »Niemals? Wie kannst du dir da so sicher sein?«

»Weil sie für dieses Leben nicht gemacht ist.« Elsbeth klang absolut überzeugt, wahrscheinlich, weil sie schon so vielen ähnlichen Schicksalen in ihrem Leben begegnet war. Außerdem besaß sie ein außergewöhnliches Talent, Menschen auf den ersten Blick einzuschätzen. »Sie würde diesen Beruf nie freiwillig ausüben. Als Magd bei mir bleibt sie davon unberührt, dafür kann ich sorgen.«

»Ich weiß.« Da sich in diesem Moment die Tür zum Schöffensaal öffnete und ein Gerichtsdiener Johannes hereinwinkte, erhob er sich rasch und folgte dem Mann. Bevor er den Saal betrat, warf er Elsbeth noch einen Blick zu. »Ich sage ihnen, dass du hier bist, um für Elfie zu sprechen.«

Kapitel 31

18. April Anno Domini 1424

Unruhig ging Elsbeth in ihrer Schreibstube auf und ab und spielte dabei unablässig an dem Ring an ihrer Kette herum. Sie sorgte sich wie noch nie zuvor, denn kurz nach dem Mittagsläuten hatte Sigmund ihr zugetragen, dass Hartlieb de Piacenza gewaltsam in Aleydis' Haus eingedrungen war und die beiden Mädchen, Ursel und Marlein, gegen deren Willen mitgenommen hatte. Offenbar hatte er das Bonner Gericht von der Rechtmäßigkeit seiner Vormundschaft überzeugt und einen entsprechenden schriftlichen Beschluss vorgezeigt. Dennoch – oder gerade deswegen – hatte es ein Handgemenge und Verletzte gegeben, darunter auch Wardo.

Der Gewaltrichter Vinzenz van Cleve war wie erwartet nicht erfreut über diesen Vorfall, weil er die Ansicht vertrat, dass die Mädchen als Nicolai Golattis Enkelinnen nicht nur nach dessen testamentarischer Maßgabe nun der Vormundschaft von Aleydis' Vater Jorg de Bruinker unterstanden, sondern dass darüber hinaus alle diesbezüglichen Angelegenheiten dem Kölner Gericht oblagen.

Elsbeth ärgerte sich, dass diese Untat praktisch unter ihren Augen oder vielmehr der ihrer Boten hatte geschehen können, doch so wie Sigmund ihr die Lage beschrieben hatte, wären er und Karl, mit dem er sich die Überwachung des Hauses in der Glockengasse seit Monaten teilte, gegen die Übermacht des

Aufgebots an Waffenknechten seitens Hartliebs unterlegen gewesen. Auch hatten sie weder den Auftrag gehabt noch Ausrüstung für einen Kampf mit sich geführt. Dies war nach den vergangenen ruhigen Monaten nicht notwendig erschienen, denn immerhin beschäftigte Aleydis selbst vier fähige Waffenknechte.

Nun machte Elsbeth sich Vorwürfe, nicht doch wachsamer und besser vorbereitet gewesen zu sein. Selbstverständlich hatte sie sofort weitere Männer ausgesandt, um Hartlieb zu verfolgen und im Auge zu behalten. Dieser hielt sich im Augenblick auf dem Gut des Adeligen Wolfram van der Buchtel vor dem Hahnentor auf, das zu gut bewacht war, als dass man die Mädchen so einfach von dort hätte befreien können. Elsbeth ging davon aus, dass die beiden sich sowieso bereits schwer bewacht auf dem Weg nach Bonn zum Familiensitz ihres Onkels befanden. Viel würde sie hier nicht ausrichten können, zumindest nicht auf offiziellen Wegen, aber sie hatte nun einmal einen Auftrag von Nicolai, den auszuführen sie geschworen hatte. Also musste sie sich etwas einfallen lassen, wie sie Hartlieb de Piacenza eine Botschaft übermitteln konnte, die ihm unmissverständlich zu verstehen gab, dass sein Handeln Konsequenzen hatte. Die Frage war nur, wie sie seiner oder seiner Männer habhaft werden könnte.

»Elsbeth, komm mal bitte zur Tür.« Bänes war in die Schreibstube getreten und winkte ihr auffordernd, ihm zu folgen. »Da sind zwei Burschen draußen, die unbedingt reinwollen, aber Gero hält sie zurück, weil sie uns zu ungewaschen sind. Die machen jetzt ein Geschrei.«

»Gleich zwei auf einmal?« Elsbeth verzog grimmig die Lippen. »Dann lass mich die beiden mal ansehen.« Sie folgte Bänes bis zur Haustür. Schon bevor sie nach draußen trat, vernahm sie aufgebrachte Stimmen.

»Mistdreck, so was! Wir wollen bloß ein bisschen Spaß haben. Zahlen können wir auch, warum stellt ihr euch so an?

Sind doch keine Prinzessinnen da drinnen, sondern ein Haufen feile Weiber, und genau zu denen wollen wir. Wo hat man denn schon gehört, dass zahlende Gäste in einem Hurenhaus abgewiesen werden?«

»Ihr wartet, bis unsere Wirtin, die Elsbeth, Euch begutachtet hat.« Das war Geros Stimme. »Sie bestimmt, wer hier reingelassen wird und wer nicht. Ist ein sauberes, gutes Haus, das *Scone Frowe*, verstanden? Ungehobeltes Gelump tritt hier nicht über die Schwelle, also achte auf deine Worte, Mann.«

»Ich gebe dir gleich ungehobelt, du …« Der junge, äußerst kräftige Mann mit blondem Haar und Bart verstummte, als Elsbeth sich in der Tür zeigte.

»Was gibt es hier?« Mit in die Hüften gestemmten Händen musterte sie erst ihn, dann den anderen Kerl, der etwas älter zu sein schien, ebenso kräftig war und braunhaarig und der sich jetzt durch den Bart fuhr.

»Bist du die Wirtin?«

»Ich bin Elsbeth.« Sie trat auf den Braunhaarigen zu. »Warum veranstaltet ihr beide ein Geschrei vor meinem Haus und stört damit sowohl meine Gäste«, sie nickte einem ihr wohlbekannten Gesellen zu, der an ihnen vorbeiging und das Haus betrat, »als auch meine Nachbarn?« Sie gab Cordian ein Zeichen, sich um das Kassieren zu kümmern.

»Wir wollen zu deinen Weibern. Haben auch genug Geld.« Der Braunhaarige fasste an die Geldkatze an seinem Gürtel und ließ die Münzen darin klimpern. Gleichzeitig lenkte er die Aufmerksamkeit auch auf das Kurzschwert, das er bei sich führte.

»Geld ist nicht alles.« Elsbeth gab sich unbeeindruckt. »Eure Kleidung ist staubig, und eure Stiefel sind schlammverkrustet. Ich lege Wert auf ein sauberes, gepflegtes Aussehen meiner Gäste und auf vernünftige Umgangsformen. Im Gegenzug findet ihr bei mir auch nur saubere, gesunde und entgegenkommende Frauen.« Noch einmal musterte sie beide Kerle. »Wie sind eure Namen?«

»Tybald«, antwortete der Blonde.

»Lehnert«, der andere.

»Gut, Tybald und Lehnert, ich mache euch einen Vorschlag zur Güte.« Elsbeth lächelte schmal. »Ihr zahlt einen kleinen Aufpreis, dafür begebt ihr euch zunächst ins Badehaus und reinigt euch. Wenn ihr wollt, könnt ihr auch die Schwitzkammer benutzen und euch den Bart scheren lassen. Wenn ihr Hunger oder Durst habt, bringen euch die Bademägde gerne etwas zum Zuber. Das kostet allerdings zwei Pfennige pro Kopf extra. Danach dürft ihr euch dann gerne jeder eine meiner Frauen aussuchen.«

Lehnert und Tybald sahen einander kurz an, dann nickten sie.

»Gut.« Elsbeth nannte die Summe, die die beiden zu zahlen hatten, steckte die Münzen ein und gab Bänes ein Zeichen. »Führ die beiden außen herum zum Badehaus.« Sie wandte sich an die beiden Kerle. »Die Schwerter und alle sonstigen Waffen lasst ihr hier draußen bei Gero.« Sie deutete auf eine Truhe neben dem Eingang. »Wenn ihr geht, könnt ihr sie wieder mitnehmen.«

Sie wollte sich gerade abwenden, als sie einen weiteren Gast erkannte, der dem Eingang zustrebte. Mit einem herzlichen Lächeln trat sie auf ihn zu. »Wilhelm Richmodis, guten Abend! Wie schön, dass Ihr den Weg hierher wieder einmal gefunden habt. Folgt mir nur hinein, dann klären wir rasch Euren Begehr, und ich führe Euch persönlich zum besten Platz in meiner Schankstube. Heute gibt es vorzüglichen Lammbraten; soweit ich mich entsinne, habt Ihr eine Vorliebe dafür, nicht wahr?«

»Guten Abend, Elsbeth.« Richmodis nickte ihr wohlwollend zu. »Zu einem guten Stück Lammbraten sage ich nicht nein, obgleich mir der Sinn nach Essen heute schon einmal vergangen ist.«

»Tatsächlich?« Elsbeth betrat die Schreibstube und kassierte den üblichen Obolus. Richmodis war ein wohlhabender Kölner Bürger, der niemals versuchte zu feilschen. Auch heute zahlte er, ohne zu zögern. Elsbeth bedachte ihn deshalb mit einem weiteren herzlichen Lächeln. »Hattet Ihr einen unerfreulichen Tag?«

»Ein unerfreuliches Erlebnis wohl eher.« Er zuckte mit den Achseln. »Aber wahrscheinlich bin ich selbst schuld. Ich hätte nicht so lange warten sollen, bis ich … Aber das gehört nicht hierher.«

»Nun denn.« Elsbeth ließ sich nicht anmerken, dass ihre Neugier geweckt war. »Lasst uns hinüber in die Schankstube gehen. Ich bin sicher, dass eine meiner Frauen Euch alsbald auf andere Gedanken bringen wird. Cordian«, sie nickte ihrem Knecht zu, der sich ebenfalls noch immer in der Schreibstube aufhielt. »Kümmere dich weiter um die Kasse.«

In der Schankstube war es bereits recht laut, Worte und Gelächter erfüllten den Raum, zumindest an den Tischen. Auf den Bänken an der Wand vergnügten sich einige Männer auf gänzlich andere Weise mit einigen Hübschlerinnen.

»Setzt Euch doch hierher.« Elsbeth deutete auf einen freien Platz am oberen Ende der mittleren Tafel. »Ich lasse Euch gleich einen Krug Wein und eine Auswahl an Speisen bringen.« Sie winkte Elfie, die neben der Speisentafel in einer Ecke stand und darauf wartete, jemandem etwas davon zu bringen, dann nickte sie der blonden Hübschlerin am Tisch zu. »Geli, kümmere dich doch einstweilen um unseren neuen Gast. Er möchte gerne nach einem unschönen Ereignis auf angenehme Gedanken gebracht werden.« Unauffällig signalisierte sie Geli hinter seinem Rücken, wofür genau er alles gezahlt hatte. »Entschuldigt mich einen Augenblick, ich muss hier ein wenig nach dem Rechten sehen.« Sie strebte hinüber zu einer Bank, auf der sich ein Freier unschicklich entblößt und die Hübschlerin, Walburga, rittlings auf seinen Schoß gezogen hatte, um es gleich hier an Ort und Stelle mit ihr zu treiben.

Elsbeth legte beiden jeweils eine Hand schwer auf die Schulter. »Wir feiern hier keine Orgie, ihr beiden. Macht, dass ihr nach oben kommt!« Zu ihrer Erheiterung lief der Bursche rot an, murmelte eine Entschuldigung und warf Walburga beinahe von seinem Schoß, als er sich bemühte, gleichzeitig aufzustehen und sein Gemächt irgendwie wieder in seiner Bruoch zu verstauen.

Walburga fasste ihn am Arm und zerrte ihn hastig mit sich zur Treppe.

»Das gilt auch für euch.« Sie tippte Bella an, deren noch sehr junger Freier sich offensichtlich ebenfalls kaum beherrschen konnte. »Nach oben, aber schnell!«

Nach einem weiteren prüfenden Blick in die Runde nickte sie zufrieden vor sich hin. Die Geschäfte liefen gut. Da die Neugier sie nach wie vor nicht losließ, schob sie sich unauffällig näher an Richmodis heran, der sich, Geli halb auf seinem Schoß, dem Essen widmete, das Elfie vor ihm abgestellt hatte, und sich gleichzeitig angeregt mit Henns Halfemann, einem Gerichtsschreiber, unterhielt. Es machte den Eindruck, als sei er beleidigt, verärgert und betrübt gleichermaßen. Sie tat, als beobachtete sie sehr eingehend die Ereignisse um sich herum, und spitzte dabei die Ohren. Was sie zu hören bekam, erheiterte und erfreute sie so sehr, dass sie für einen Moment ihre Sorgen um Marlein und Ursel vergaß.

***

»Elsbeth?« Sichtlich aufgeregt war Elfie in der Tür zur Schreibkammer aufgetaucht, wo Elsbeth kurz nach Mitternacht die

Abrechnung der Tageseinnahmen erledigte. »Kann ich dich sprechen?«

»Sicher, komm herein.« Elsbeth winkte das Mädchen näher. Elfie war nun schon fast ein halbes Jahr als Küchenmagd im *Scone Frowe* beschäftigt und seitdem regelrecht aufgeblüht. Sie hatte einiges, aber nicht alles erzählt, was ihr beim Müller in der Gereonsmühle widerfahren war, doch da Elsbeth den Mann kannte, konnte sie sich den Rest zusammenreimen. Er hatte den Messerstich überlebt, was seine Gemahlin offenbar milde gestimmt hatte, zumindest machte es nach außen hin den Anschein. Vielleicht hatte sie aber auch insgeheim eingesehen, dass ihr Mann alles andere als der Heilige war, als den sie ihn anfangs darzustellen versucht hatte. Elsbeth konnte nur hoffen, dass die Frau zukünftig ein besseres Auge auf die Vorgänge in ihrem Haushalt hatte und sich traute, ihren Mann von ähnlichem Verhalten zukünftig abzuhalten.

Indes hatte der knurrige und nicht selten aufbrausende Koch Hein sich überraschend der Kleinen angenommen und brachte ihr alle erforderlichen Handgriffe bei. Elsbeth konnte nur vermuten, dass Elfie ihn an seine Tochter erinnerte, die im Alter von zehn oder elf Jahren an einem Fieber verstorben war, ebenso wie seine Frau. Er war selbst Wirt einer kleinen Garküche an der Dombaustelle gewesen, aber nach dem Verlust seiner Familie vor die Hunde gekommen. Elsbeth war durch Dietmar auf ihn aufmerksam geworden und hatte Hein eine Arbeit in ihrer Küche angeboten. Anfangs war es mit dem von Trauer zerfressenen Mann nicht leicht gewesen, doch mittlerweile arbeitete er seit acht Jahren hier, und sie kamen gut miteinander aus, weil Elsbeth inzwischen herausgefunden hatte, wie sie mit ihm umgehen musste.

Dass er Elfie nun wie eine Tochter zu betrachten schien, war von Elsbeth zwar nicht geplant gewesen, doch es freute sie, denn Elfie hatte mit Sicherheit noch nie einen Mann gekannt, der sich als Vater im besten Sinne des Wortes eignete. Aufmerksam musterte Elsbeth nun das Mädchen. »Was gibt es denn? Du machst den Eindruck, als sei etwas Wichtiges vorgefallen.«

»Ja, ist es.« Elfie blickte über die Schulter zur Tür, so als wollte sie sichergehen, dass niemand sie belauschte. Sie kam noch näher und senkte die Stimme. »Ich hab eben die Becher und Messer und Löffel und so aus der Badestube geholt, um sie noch rasch zu reinigen. Da sind gerade diese zwei Männer gegangen, die es nach dem Bad mit Britti und Giselle gemacht haben. Lehnert und Tybald heißen sie, hat Britti gesagt.«

»Aha, und weiter?« Elsbeth runzelte die Stirn. »Haben sie dich belästigt?«

»Nein, gar nicht, die waren ganz ruhig und sahen zufrieden aus.« Elfie blickte noch einmal über die Schulter, bevor sie weitersprach. »Ich hab die zwei gehört, als sie gegangen sind. Die haben über ihren Herrn geredet, zu dem sie heute noch zurückmüssen, und dazu müssen sie durch das Hahnentor, aber das ist jetzt schon geschlossen, also müssen sie den Torwächter bestechen, hat der eine gesagt.«

»Und was beschäftigt dich daran so?« Elsbeth musterte die Kleine genauer. »Es ist nicht ungewöhnlich, dem Torwächter Geld zu geben, um nach Torschluss noch hinausgelassen zu werden.«

»Nein, ist es nicht. Ich fand nur, du solltest wissen, wer der Herr dieser beiden ist.« Elfie senkte die Stimme noch mehr. »Er heißt Hartlieb de Piacenza.«

»Was?« Elsbeth fuhr so jäh auf, dass beinahe ihr Stuhl umgekippt wäre. »Bist du sicher?«

»Ja, ich hab's den Blonden, den Tybald, genau so sagen hören. Und gestern hab ich zufällig mitbekommen, wie du mit dem Sigmund geredet hast.« Verlegen biss das Mädchen sich auf die Unterlippe. »Ich wollt nicht lauschen, wirklich nicht, aber ihr wart im Hof und ich im Hühnerstall, und da kann man immer alles hören, was im Hof geredet wird. Mit dem Hartlieb de Piacenza ist irgendwas Schlechtes, oder? Also dachte ich, ich sag dir lieber gleich Bescheid, weil diese beiden zu dem gehören. Vielleicht ist das ja wichtig.«

»Danke, Elfie, das ist in der Tat ein sehr wichtiger Hinweis.« Elsbeth nickte lächelnd und versuchte, sich ihre Erregung nicht anmerken zu lassen. Was sie von der offensichtlich nicht zu unterschätzenden Beobachtungs- und Kombinationsgabe des Mädchens halten sollte, darüber musste sie ein andermal nachdenken.

Rasch trat sie an das Regal hinter dem Schreibpult und entnahm einem Kästchen eine Silbermünze. »Hier.« Sie drückte der verblüfften Elfie das Geld in die Hand. »Das ist für dich. Behalte Stillschweigen über diese beiden Männer und alles, was wir hier beredet haben.«

Elfie musterte die Silbermünze ungläubig, jedoch mit leuchtenden Augen. »Ja, mach ich, Elsbeth.«

»Gut, dann lauf nun und sag Gero Bescheid, dass ich ihn sprechen muss. Danach gehst du zu Bett.«

»Ja, Elsbeth.« Elfie war schon auf dem Weg zur Tür, blieb dort aber noch einmal kurz stehen. »Danke!« Sie schloss die Finger fest um die Münze. »Aber ich sag dir immer alles, auch ohne Geld. Du hast mir geholfen, als keiner sonst das getan hätte.« Hastig wandte sie sich ab und rannte davon.

Elsbeth sah ihr mit einem Anflug von Rührung nach, richtete ihre Gedanken aber sofort wieder auf Hartlieb oder vielmehr seine beiden Männer, die ihr ärgerlicherweise entwischt waren, weil sie nicht gewusst hatte, wer sie waren. Sie fragte nicht jeden Freier nach seiner Herkunft, seinem Beruf oder sonstigen Details. Dazu waren zu viele ihrer Gäste nur auf der Durchreise. Kölner Bürger oder Ansässige, insbesondere, wenn diese häufiger herkamen, kannte sie natürlich, und dass Tybald und Lehnert aus Bonn herübergekommen sein mussten, hatte sie am Dialekt erkannt. Einen Grund, weitere Auskünfte zu erbitten, hatte sie nicht gehabt, nachdem die beiden ja schnell mit ihrem Vorschlag, zuerst ein Bad zu nehmen, einverstanden gewesen waren. Bei Männern, die offensichtlich auf Krawall aus waren, brachte sie nach Möglichkeit mehr als nur den Vornamen in Erfahrung, schon um im Falle eines Falles etwas für eine Klage in der Hand zu haben.

Sie fluchte innerlich, dass ihr diese beiden entschlüpft waren, riss sich aber zusammen, als ihr Knecht die Schreibstube betrat. »Gero, du musst Sigmund, Karl und, wenn möglich, noch ein paar andere Boten zusammentrommeln, und zwar schnell.«

Überrascht trat Gero auf sie zu. »Jetzt noch?«

»Ja.« Elsbeth nickte mit Nachdruck. »Du musst dich beeilen. Ich habe einen wichtigen Auftrag für euch.«

Kapitel 32

19. April Anno Domini 1424

Es war gerade kurz vor Mittag, als Elsbeth sich mit einem wohligen Seufzen in dem nach Rosen und Zitronenöl duftenden Badewasser ausstreckte und den Kopf gegen den hohen Rand des Badebottichs lehnte. Für einen Moment schloss sie genussvoll die Augen. Wabernder Wasserdampf umwehte sie, da auch die übrigen Badezuber bereits angeheizt wurden. Aus der Schwitzkammer, die gleich hinter dem Umkleideraum lag, schallte das Gelächter mehrerer Frauen, die den Vormittag nutzten, um sich der Körperpflege zu widmen. Als sie selbst noch Freier bedient hatte, war ein solcher Luxus undenkbar gewesen. Sie und die anderen Frauen hatten zweibis dreimal in der Woche ein Badehaus in der Schmiergasse besucht, aber das war nicht das Gleiche gewesen, denn dort waren sie meistens von den anwesenden Männern belästigt worden.

Als sie die Badestube an das *Scone Frowe* angebaut hatte, war es für sie selbstverständlich gewesen, dass die Hübschlerinnen, die für sie arbeiteten, hier für einen geringen Preis baden durften, wenn gerade keine oder nur sehr wenige Gäste anwesend waren. Auch aus anderen Dirnenhäusern kamen zuweilen Frauen, um sich hier zu reinigen und eine oder zwei Stunden nur in Gesellschaft von Frauen zu verbringen. Das war in der Tat ein Luxus, den kein Mann jemals würde begreifen können.

Sie selbst wollte heute allerdings nicht alleine baden, sondern wartete auf Johannes, der sich aber zu verspäten schien. Wahrscheinlich war er irgendwo aufgehalten worden. Vielleicht, so hoffte sie, brachte er neue Nachrichten über Hartlieb de Piacenza. Von Sigmund und ihren anderen Boten hatte sie seit der vergangenen Nacht noch nichts gehört, was vieles bedeuten konnte. Vielleicht suchten sie noch nach Tybald und Lehnert, vielleicht hatten sie sie aufgefunden und noch keine Gelegenheit gehabt, ihr Bericht zu erstatten. Sie hatte klare Anweisungen gegeben, den beiden eine ungemütliche Lektion zu erteilen, die sie so rasch nicht vergaßen.

Als sie Schritte nahen hörte, lächelte sie erfreut und öffnete den Mund, um etwas zu sagen.

»Elsbeth, bist du hier?«

Sie hielt inne, als sie die unerwartete Männerstimme vernahm.

»Ich habe ein paar Fragen an dich.«

»Nanu, das ist aber eine Überraschung. Der Herr Gewaltrichter!« Das Wasser um sie herum plätscherte, als sie sich aufrichtete. Sie strich sich eine Strähne ihres nur zu einem lockeren Zopf gebundenen Haars hinters Ohr. »Seid Ihr für einen Besuch in meinem Hause nicht ein wenig zu früh?« Lächelnd, weil sie bemerkte, wie er mit durchaus anerkennendem Blick ihren nackten Leib musterte, ohne jedoch auch nur einen Funken Begehren zu zeigen, lehnte sie sich in dem warmen Wasser wieder zurück und deutete auf den Schemel, den sonst eine Bademagd benutzte, wenn sie Haare wusch oder andere Dienste verrichtete, die man im Sitzen ausführen konnte. »Verzeiht, wenn ich Euch nicht einlade, das Wasser mit mir zu teilen, aber ich biete meinen Körper nicht mehr an, seit …« Ihr Lächeln wurde breiter, denn in diesem Moment sah sie endlich Johannes, nur in ein knielanges Badehemd gehüllt, auf den Zuber zusteuern. »Da bist du ja. Ich dachte schon, du würdest mich versetzen.«

Johannes zog das Hemd über den Kopf und ließ es achtlos zu Boden fallen, bevor er zu ihr in den Bottich stieg. »Verzeih, meine Liebe, aber ich wurde aufgehalten. Vier unserer Goldgräber sind heute nicht zum Dienst erschienen, und ich musste erst jemanden finden, der sich auf die Suche nach ihnen macht, und dann noch weitere Burschen, die die anstehenden Aufträge ausführen.« Er blickte unbefangen zu Vinzenz auf, der sich trotz Elsbeths Aufforderung nicht gesetzt hatte. »Guten Tag, Herr Gewaltrichter. Ihr seid ein ungewöhnlicher Gast hier, will mir scheinen. Zumindest zu dieser frühen Stunde.«

»Nicht nur das.« Elsbeth lächelte vielsagend, denn endlich hatte sie nun Gelegenheit, van Cleve wieder mal ein wenig zu foppen. »In letzter Zeit macht sich der Gewaltrichter immer rarer. Wann wart Ihr zum letzten Mal hier? Kurz vor Weihnachten? Nein, noch davor. Fast neige ich zu der Annahme, dass Ihr entweder einer heimlichen Liebschaft frönt und deshalb keinen Bedarf mehr an den Diensten meiner Mädchen habt oder dass Ihr Euch bei der Konkurrenz vergnügt.«

Vinzenz lächelte schmal, was genau die Reaktion war, die sie von ihm erwartet hatte. »Weder noch, Elsbeth, dessen sei versichert.«

Ihr Lächeln wiederum vertiefte sich. »Nun, dann muss es der dritte mögliche Grund sein.« Lauernd sah sie ihn an.

Er runzelte die Stirn. »Der dritte? Welcher mag das wohl sein?«

»Das werdet Ihr selbst wohl am besten wissen, Herr van Cleve.« Elsbeth zwinkerte ihm heiter zu und warf den Köder aus, den sie am gestrigen Abend von Wilhelm Richmodis erhalten hatte. »Obgleich die einzige Frau, der ich zutraue, Euch zu bändigen, inzwischen vergeben ist, wenn man dem Klaaf Glauben schenken darf. An wen, ist freilich nicht bekannt. Mir zumindest nicht. Aber lange wird dies sicher kein Geheimnis bleiben.«

»Vergeben, sagst du?« Eine steile Falte bildete sich zwischen Vinzenz' Brauen, die sie so dermaßen amüsierte, dass sie heiter auflachte. »Wovon redest du da?«

»Na, zumindest wisst Ihr gleich, von wem die Rede ist, und leugnet Eure Vorliebe für den hübschen Blondschopf nicht.« Beiläufig strich sie sich erneut die widerspenstige Haarsträhne hinters Ohr. »Anscheinend seid Ihr nur ein wenig zu spät dran, Herr Gewaltrichter, wenn ein anderer sie Euch vor der Nase weggeschnappt hat.« Sie ging nicht davon aus, dass dies tatsächlich der Fall war, denn davon hätte sie gewisslich etwas erfahren, aber den Gewaltrichter aufzuziehen, war einfach herrlich.

»Bist du sicher, dass sie wieder heiraten will?« Johannes runzelte überrascht die Stirn. »Mir ist dergleichen noch nicht zu Ohren gekommen.«

»Doch, doch, es hat sich gestern bei uns herumgesprochen.« Sie grinste breit und fügte um der Glaubwürdigkeit willen noch hinzu: »Wer genau damit angefangen hat, weiß ich nicht mit Sicherheit, aber ich glaube, es muss Richmodis gewesen sein.« Sie klimperte ein wenig mit den Wimpern, als sie zu Vinzenz aufsah. »Der Ärmste hat wohl selbst versucht, sie für sich zu gewinnen, musste aber unverrichteter Dinge wieder abziehen. Das ist ja an sich nichts Besonderes, weil es bereits einigen Möchtegern-Bräutigamen so ergangen ist. Die Golatti-Witwe ist allem Anschein nach äußerst wählerisch. Ich würde mich auch nicht dem Nächstbesten anvermählen, wenn ich ein solches Erbe zu verwalten hätte. Da muss schon ein Mann her, der dem Ganzen gewachsen ist – und der Frau Aleydis selbst vermutlich auch. Denn so hübsch sie auch sein mag – was man so hört, ist sie kein Dummkopf. Richmodis hätte ich allerdings gleich abgeraten, bei ihr vorstellig zu werden. Es war doch abzusehen, dass sie den nicht will.«

»Ach ja?« Vinzenz van Cleve sah aus, als hätte er eine Kröte verschluckt. In seinen Augen glomm sogar ganz kurz unverhüllter Zorn auf. »Was hast du denn an Wilhelm Richmodis auszusetzen?«

»Ich? Wenig. Sie hingegen? Na, das ist doch offensichtlich.« Elsbeth warf ihm einen beredten Blick zu und musste gleichzeitig an sich halten, um nicht loszukichern. »Er ist mit Arnold Hürth befreundet. Eng sogar, denn sein Vater ging bei Arnold fast täglich ein und aus. Wenn *ich* das schon als Ausschlusskriterium betrachte, um wie vieles abgeneigter muss die hübsche Witwe einer Verbindung mit ihm sein?« Spielerisch planschte sie mit der Hand im Wasser. »Aber ganz sicher seid Ihr nicht hergekommen, um mit mir über Aleydis de Bruinkers nächsten Gemahl zu plaudern. Insbesondere weil Ihr nun befürchten müsst, damit endgültig aus dem Rennen zu sein.« Auf seinen finsteren Blick reagierte sie mit einem erneuten Lächeln. »So sagt mir denn endlich, was Euer Begehr ist. Wie Ihr seht, habe ich einen lieben Gast, mit dem ich gerne ein wenig Zeit allein verbringen möchte.«

Dass Johannes dem Gespräch beiwohnte, war Vinzenz offenbar nicht ganz recht, doch er schien sich rasch damit abzufinden. »Ich bin hier, weil ich Informationen über zwei deiner Gäste von vergangener Nacht benötige.«

»Natürlich.« Elsbeth ahnte, um wen es ging. Anmutig deutete sie auf ihre samtene Geldbörse, die an einem Haken am Zuberrand hing. »Wenn Ihr so freundlich wäret. Ich möchte die Börse nicht mit nassen Seifenhänden anfassen.«

Van Cleve nickte nur knapp, doch sie sah, dass seine Mundwinkel zuckten, als er zwei Silbermünzen in die Geldkatze steckte. »Gestern waren zwei Waffenknechte hier zu Gast. Der eine nennt sich Tybald Linde, der andere Lehnert von Bonn.«

»Die beiden gehören zu Hartlieb de Piacenzas Leuten.« Elsbeth nickte. Sie hatte also richtiggelegen mit ihrem Verdacht. Allerdings durfte sie sich nun nicht anmerken lassen, was sie über die beiden wusste. »Ein bisschen rau, aber gerade noch akzeptabel, nachdem ich beide erst einmal hier ins Badehaus geschickt hatte. Haben ordentlich bezahlt und sich die Nacht mit Giselle und Britti vertrieben.«

»Britti?« Missbilligend runzelte Vinzenz die Stirn.

»Sie ist ein einfallsreiches Mädel.« Elsbeth wurde ernst. Sie hatte über van Cleves Reaktion auf die junge Hübschlerin nachgedacht und glaubte zu begreifen, was ihm an ihr missfiel. »Und sie ist aus freien Stücken zu mir gekommen und hat um Aufnahme und Arbeit gefragt«, fügte sie deshalb rasch hinzu. »Ihr wisst genau, dass ich keins meiner Mädchen je zwingen würde, hier zu arbeiten. Nicht nur ist es verboten, was meinen lieben Meister Hans auf den Plan rufen würde …« Sie nickte Johannes mit einem warmherzigen Blick zu. »… auf keinen Fall möchte ich es mir mit ihm verscherzen. Außerdem weiß ich aus Erfahrung, dass einem dieses Leben schon viel abverlangt, wenn man es selbst erwählt. Wenn man dazu gezwungen wird, ist es nur umso schlimmer. Und das Elend ist vorauszusehen. Ich habe mehr als eine Frau gekannt, die über dieser Arbeit schwermütig geworden ist und am Ende zu nichts mehr nütze war. Manche gehen dann ins Wasser oder beenden ihr Leid auf anderem Wege.« Sie bekreuzigte sich rasch, denn Bilder von Lisbeth tauchten vor ihrem inneren Auge auf. »Wohingegen es andere gibt, die ihren Weg gehen und es manchmal sogar zu einem mehr oder weniger bescheidenen Glück bringen.« Wieder richtete sie ihren Blick auf Johannes und streichelte ihm zärtlich über den Arm.

Johannes erwiderte ihr Lächeln, schwieg jedoch zu ihren Ausführungen.

Elsbeth richtete ihren Blick wieder auf van Cleve und wagte einen winzigen Vorstoß. »Was genau wollt Ihr über die beiden Männer wissen? Sie gehören zu der Truppe, die gestern bei Frau Aleydis eingedrungen ist, um die zwei kleinen Mädchen zu entführen, nicht wahr?«

»Das weißt du also auch schon.«

Sie hob betont gleichmütig die Schultern. »Mir bleibt nicht vieles lange verborgen, Herr Gewaltrichter. Andernfalls würdet Ihr nicht immer wieder herkommen, um mein Wissen für Eure Zwecke zu nutzen.«

Er nickte. »Gab es Ärger mit den beiden? Einen Streit? Unannehmlichkeiten?«

»Nein. Wie gesagt, sie waren mir anfangs ein wenig zu grobschlächtig und nicht ganz so sauber, wie ich mir das wünsche. Deshalb habe ich sie für einen kleinen Aufschlag in einen Badezuber verfrachtet, woraufhin sie sich mit Britti und Giselle vergnügt haben.«

»Wie lange waren sie hier?«

Elsbeth blickte zur hölzernen Decke der Badestube hinauf und tat, als müsste sie überlegen. »Ganz genau könnten die Mädchen es Euch sagen. Ich habe ungefähr drei Stunden nach Mitternacht die Haustür und die Hintertür abgeschlossen. Da waren die beiden schon ein Weilchen weg.«

»Es hat sich also nichts Auffälliges während des Besuchs der beiden hier zugetragen?«

Sie schüttelte leicht den Kopf. »Nicht das Geringste. Weshalb fragt Ihr? Haben die beiden sich etwas zuschulden kommen lassen?« Nun richtete sie sich auf, so als hätte die Neugier sie gepackt, und ein wenig war dem auch so, denn van Cleve wirkte äußerst beunruhigt.

»Das nicht gerade.« Sichtlich interessiert musterte Vinzenz ihr Gesicht. »Sag bloß, diese Neuigkeit ist dir noch nicht zugetragen worden.«

»Es gibt etwas, wovon ich nichts weiß?« Nun richtete sie sich noch weiter auf, sodass Vinzenz ihre nackten Brüste zur Gänze betrachten konnte, doch das störte sie nicht, denn sie sah ihm an, dass er auf ihre weiblichen Reize nicht im Mindesten reagierte.

Er wandte den Blick jedoch trotzdem ab, weil Johannes ihn scharf im Auge behielt. »Nachdem sie dein Haus verlassen hatten, wurden Lehnert und Tybald draußen vor dem Hahnentor von mehreren Kerlen überfallen und übel zugerichtet.«

»Ach herrje.« Also hatten ihre Männer die beiden gefunden und ihren Auftrag ausgeführt. So wie van Cleve aussah, schien das Ergebnis jedoch sein Missfallen erregt zu haben. Elsbeth ließ sich wieder ins Wasser zurückgleiten. »Wie übel?«

Der Gewaltrichter verzog unfroh die Lippen. »Um Lehnert steht es schlecht. Tybald wird es vermutlich überstehen. Beide wurden von Bauern ins Hospital des Apostelnklosters gebracht.«

»Überfallen wurden sie also.« Nachdenklich tippte sich Elsbeth mit dem Zeigefinger gegen die Lippen und fragte sich, was da wohl schiefgelaufen sein mochte, denn umbringen hatten ihre Männer die beiden nicht sollen. »Weiß man schon von wem?«

»Noch nicht.«

»Aber Ihr habt einen Verdacht?«

Van Cleve neigte den Kopf ein wenig zur Seite. »Als ich ihn vorhin befragte, sprach Tybald von Kerlen in schwarzen Kapuzenumhängen, die wie die Hölle selbst gestunken haben.« Er hielt kurz inne und wandte sich Johannes zu. »So als seien sie einer Kloake entstiegen.«

Johannes hob ruckartig den Kopf. »Vier Kerle?«

Auch Elsbeth horchte auf. Sie wusste, dass der Vorfall ihren Boten zuzuschreiben war; der Gestank war eines ihrer probaten Mittel, ihre Herkunft zu verbergen. Doch dass nun ausgerechnet auch vier Heimlichkeitsfeger verschwunden waren, gab der Angelegenheit eine interessante Wendung.

»Genau wusste es Tybald nicht mehr«, antwortete indes van Cleve, »aber könnten es womöglich diese Goldgräber gewesen sein, die Euch heute abhandengekommen sind?«

Nachdenklich rieb Johannes sich über den Nacken. Sie sah ihm an, dass er nach einer glaubhaften Antwort suchte, denn selbstverständlich konnte er sich denken, dass die verprügelten Waffenknechte das Werk ihrer Männer waren und nicht der seinen. Er entschied sich für eine ausweichende Antwort, so wie sie es ihm in den vergangenen Monaten nahegelegt hatte, wenn sie über ihre Verpflichtungen gegenüber Nicolais Familie gesprochen hatten. »Das gefällt mir nicht. Die Burschen waren bisher immer zuverlässig. Drei Brüder und einer ihrer Vettern. Sie arbeiten schon seit über einem Jahr als Heimlichkeitsfeger. Bisher gab es nie Klagen.«

»Was haben sie denn vorher gemacht?«, hakte der Gewaltrichter nach.

Johannes hob die Schultern. »Was treiben die Ärmsten der Armen, um zu überleben? Soweit ich weiß, haben sie sich als Tagelöhner durchgeschlagen, bis sie sich den Unehrlichen angeschlossen haben.«

»Goldgräber werden immerhin nicht schlecht bezahlt«, gab Elsbeth zu bedenken, um ihn zu unterstützen.

»Sie werden aber wohl kaum freiwillig auch in ihrer freien Zeit den Duft der Abortgruben mit sich herumschleppen, oder?«

»Es gibt eine Badestube drüben am Eigelstein, in der sie sich reinigen können.« Johannes bewegte sich im Wasser, und sie berührte ihn leicht am Bein, um ihn zu beruhigen. »Mutter Tilde führt sie. Die vier hatten gestern Abend den Auftrag, eine übergelaufene Abortgrube am Hafen auszufahren. Das wird bis in den späten Abend gedauert haben. Danach hätten sie Tilde noch aufsuchen können. Da die Goldgräber meistens nachts arbeiten, hat sie sich mit ihren Mägden auf entsprechende Badezeiten eingerichtet. Dafür hat sie sogar eine besondere Genehmigung vom Stadtrat erhalten, weil es sonst nicht erlaubt ist, mitten in der Nacht oder in den frühen Morgenstunden eine Badestube zu öffnen.«

»Könnt Ihr für mich herausfinden, ob die vier sich dort nach getaner Arbeit eingefunden haben und, falls ja, wie lange sie sich dort aufgehalten haben?« Während van Cleve sprach, huschten Giselle und Britti kichernd an ihm vorüber. Die beiden waren völlig unbekleidet und nach ihrem Aufenthalt in der Schwitzkammer sauber und immer noch nass. Beide warfen ihm übermütige Blicke zu, während sie in den übernächsten Badezuber stiegen.

Van Cleves Blick folgte ihnen, und er lächelte ihnen sogar kurz zu, wandte sich jedoch gleich wieder an Johannes. »Wenn die vier sich dort aufgehalten haben, möglicherweise bis in den frühen Morgen, würde es sie entlasten, denn Tybald und Lehnert wurden vor dem Hahnentor überfallen, das liegt doch ein gutes Stück vom Eigelstein entfernt.«

»Ich kann Mutter Tilde später befragen.« Johannes nickte zustimmend, wirkte jedoch alles andere als begeistert. »Ihr glaubt aber, dass es die vier Burschen gewesen sind, oder?«

»Es gibt nicht allzu viele Wegelagerer, auf die Tybalds Beschreibung zutreffen dürfte. Ich muss außerdem genauer wissen, was die vier früher getrieben haben und ob sie möglicherweise in jemandes Auftrag gehandelt haben.«

»In wessen Auftrag denn wohl?« Fragend musterte Elsbeth ihn und überlegte gleichzeitig, ob und wie sie ihn von diesem falschen Pfad wieder abbringen könnte.

»Wenn ich die Antwort darauf wüsste, wäre die Angelegenheit bereits geklärt.« Der Gewaltrichter verschränkte die Arme vor der Brust. »Haben die beiden über Hartlieb de Piacenzas Pläne geredet? Was er mit den Mädchen vorhat, zum Beispiel?«

»Nicht in meiner Gegenwart.« Elsbeth schüttelte den Kopf. Wenn sie das getan hätten, dann wären sie ihr so einfach nicht entkommen, doch das konnte sie ihm natürlich nicht sagen. »Ihr könnt aber gerne Britti und Giselle dazu befragen.« Sie deutete auf die beiden jungen Frauen, die sich fröhlich im

Badewasser tummelten. Tatsächlich hatte sie dies bereits selbst getan und wusste deshalb, dass es vergebene Liebesmüh sein würde, Antworten bei den beiden zu finden. Dennoch setzte sie hinzu: »Vielleicht wissen die mehr. Viele Männer werden geschwätzig, wenn sie bei Wein und anregender Gesellschaft der Entspannung frönen.« Sie hielt kurz inne, um sich zu sammeln und das Thema zu wechseln. »Frau Aleydis hat Klage gegen de Piacenza eingereicht, nicht wahr? Und Euch damit wieder einmal in ihre familiären Zwistigkeiten verwickelt.«

Er neigte mit stoischer Miene den Kopf. »Es ist meine Aufgabe, solchen Klagen nachzugehen.«

»Gewiss, gewiss. Bisher konntet Ihr ihr auch stets aus der Patsche helfen. Oder vielmehr Gerechtigkeit walten lassen. Ich wünsche Euch und ihr Glück, dass Euch dies auch jetzt wieder gelingen möge. Sie hängt sehr an den Mädchen, nicht wahr?«

Seine Augen verengten sich leicht. »Ist das verwunderlich?«

»Einerseits ja, andererseits nein.« Elsbeth lächelte vieldeutig, weil sie in seiner Miene lesen konnte wie in einem Buch. »Immerhin sind es Nicolais Enkelinnen. Bestimmt gibt es Frauen, die eine solche Bürde nach dem Ableben ihres Gemahls nicht unbedingt willkommen heißen würden. Doch wie mir zugetragen wurde, ist Aleydis de Bruinker eine äußerst liebenswürdige Frau und ganz beseelt von christlicher Nächstenliebe. Nicht gerade ein passender Charakterzug für die Erbin einer gewaltigen Schattenwelt, doch wenn sie diese Tugenden nicht besäße, wäret Ihr wohl kaum so erpicht darauf, ihr zu helfen, hab ich recht?«

»Erpicht?« Stirnrunzelnd blickte er zu den beiden Hübschlerinnen hinüber, doch damit konnte er das Flackern in seinem Blick nicht vor ihr verbergen.

»Natürlich kommt noch hinzu, dass auch Ihr die Mädchen ins Herz geschlossen habt.« Lauernd wartete sie auf seine

Reaktion, die er auch prompt wie erwartet lieferte, indem er sich ihr verblüfft zuwandte.

»Habe ich das?«

»Wollt Ihr es leugnen? Dann müsst Ihr aber diesen grimmigen Blick loswerden, der jedes Mal Euer Gesicht überschattet, wenn der Name de Piacenza fällt.« Leise lachend tauchte Elsbeth bis zum Kinn ins immer noch herrlich warme Wasser. »Es ist nicht verwerflich, zwei kleine Jungfern gernzuhaben, Herr van Cleve. Auch für einen Gewaltrichter nicht. Das gilt im Übrigen gleichermaßen für die Frau, die sich der beiden elternlosen Seelen angenommen hat. Wie ich vernahm, besucht sie immer noch zweimal wöchentlich die Vatermörderin in deren Klause in der Glockengasse. Wahrhaft christlich …« Es war ihr ernst. Sie hatte natürlich schon vor Monaten mitbekommen, dass Aleydis das Haus des Leynewebers zu einem Hospital für Menschen hatte umbauen lassen, die man als geisteskrank bezeichnete, und dass Cathrein auf dem hinteren Teil des Grundstücks eine neue Klause erhalten hatte. Dass Aleydis auf diese Lösung des Problems gekommen war, wie man mit Cathrein zukünftig verfahren sollte, erfüllte Elsbeth mit Bewunderung.

Sie wedelte leicht mit der Hand. »Und nun lasst uns bitte allein, damit wir wenigstens noch ein kurzes Weilchen ungestört sein können. Geht ruhig zu Giselle und Britti, falls Ihr sie noch befragen möchtet. Wie ich die beiden kenne, gewähren sie Euch auch bestimmt ein wenig trauliches Beisammensein, falls Ihr etwas Zeit erübrigen könnt.« Sie lächelte vielsagend, griff nach einem Stück Seife, das auf dem Rand des Zubers gelegen hatte, und rieb damit über ihre Oberarme. Mit einem frechen Grinsen zwinkerte sie ihm zu, freute sich an seinem unwillkürlich abwehrenden Stirnrunzeln, und widmete sich dann ganz ihrem lieben Johannes, der nun ebenfalls in den Genuss der Seife kam.

Der Gewaltrichter wandte sich ohne ein weiteres Wort ab. Er ging hinüber zu Britti und Giselle, stellte ihnen ein paar Fragen, verließ aber schon wenige Minuten später die Badestube wieder.

Als er gegangen war, blickte Johannes Elsbeth stirnrunzelnd an. »Das waren deine Boten, nicht wahr?«

Elsbeth schürzte die Lippen. »Es sollte niemand lebensgefährlich verletzt werden. Meine Anweisungen dahingehend waren eindeutig. Meine Männer halten sich daran.«

»Aus irgendeinem Grund ist offenbar etwas schiefgegangen.« Johannes lehnte den Kopf gegen die Wand des Zubers und schloss die Augen. »Die Goldgräber werden nun also zu Unrecht verdächtigt. Ich weiß nicht, weshalb sie verschwunden sind, aber wir können nicht zulassen, dass ihnen diese Sache in die Schuhe geschoben wird, Elsbeth. Das ist ein Unrecht!«

»Ich weiß.« Elsbeth legte die Hand auf seine Schulter, bis er die Augen aufschlug und sie wieder ansah. »Ich werde meine Männer nach den vier Goldgräbern suchen lassen. Sie können ja nicht einfach so verschwunden sein. Wir klären die Sache auf, das verspreche ich dir.«

»Und wie willst du das anstellen, ohne dich selbst oder deine Männer zu verraten?«

Einen langen Moment schwieg sie. »Ich weiß es noch nicht«, gab sie schließlich zu. »Aber mir fällt etwas ein, ganz bestimmt.« Sie wollte noch etwas hinzufügen, wurde aber von Elfie unterbrochen, die sichtlich verlegen an den Zuber herangetreten war.

»Elsbeth, ich soll dir Bescheid sagen, dass Götz mit Sigmund und Karl da ist. Es ist wichtig, soll ich dir ausrichten.«

Seufzend erhob Elsbeth sich. »Reich mir das große Leinentuch, Elfie. Dann sag ihnen Bescheid, dass ich gleich da bin.« Sie warf Johannes einen bedauernden Blick zu. »Verzeih, dass ich unser gemeinsames Bad unterbrechen muss.«

»Ich begleite dich.« Kaum dass Elfie sich entfernt hatte, erhob auch Johannes sich und stieg aus dem Zuber, um sich abzutrocknen. »Was auch immer es sein mag, ich will wissen, was vorgeht.«

»Dann sollten wir uns rasch anziehen.« Elsbeth hatte ihre Kleider auf einem Schemel abgelegt, während Johannes seine Sachen im Umkleideraum neben der Schwitzkammer gelassen hatte.

Sie trafen sich vor der Tür zum Schankraum wieder. Elsbeth hatte sich rasch ein einfaches Tuch um ihr nasses Haar gewunden und steckte es, während sie eintrat, eilig mit zwei Nadeln fest.

Götz und die beiden Boten drehten sich gleichzeitig zu ihr um.

»Was ist geschehen?« Sie hielt sich nicht mit einer Begrüßung auf. »Ich erfuhr soeben von Vinzenz van Cleve, dass einer der beiden Waffenknechte auf den Tod liegt.«

Sigmund trat einen Schritt vor. »Das war nicht unsere Absicht, Elsbeth. Wir haben die beiden ordentlich verwamst, aber sie waren nicht lebensgefährlich verletzt. Jedenfalls sah es nicht so aus. Wir sind dann weg, aber Karl hat sie im Auge behalten, bis die Bauern sie gefunden haben und zum Apostelnkloster brachten. Wir wissen nicht, was auf dem Weg passiert ist, aber ich kenne einen Laienbruder bei den Mönchen, und er meint, irgendwas wär mit den Rippen von dem einen.«

»Lehnert«, half Elsbeth nach, woraufhin Sigmund nickte.

»Ja, genau. Der Bruder Infirmarius hat gesagt, dass der Lehnert eine Rippe gebrochen hat, und die hat sich in die Lunge gebohrt, was aber wahrscheinlich erst auf dem Transport ins Hospital passiert ist, weil der Mann sonst vorher schon gestorben wäre.«

Elsbeth wechselte einen kurzen Blick mit Johannes. »Ihr habt euch diesmal eine ungünstige Maskerade angelegt.«

Sigmund sah sie verblüfft an. »Warum? Ich habe die Umhänge extra wie immer mit Abortmist präpariert. Kein Mensch kommt uns dann nahe, zumindest nicht freiwillig.«

»Leider werden nun aber vier Goldgräber verdächtigt, die beiden Waffenknechte überfallen zu haben«, warf Johannes ein. »Du solltest sie kennen, Sigmund: die drei Leuer-Brüder und ihr Vetter Cläs.«

»Ach, hm.« Stirnrunzelnd blickte Sigmund zwischen Johannes und Elsbeth hin und her. »Warum das denn? Die haben doch mit uns gar nix zu tun.«

»Sie sind seit gestern oder heute früh verschwunden«, erklärte Elsbeth. »Weißt du etwas darüber?«

»Nä.« Sigmund kratzte sich am Kopf. »Oder … nä, das haben die doch nicht wirklich gemacht, oder?«

»Was haben sie gemacht?« Johannes machte einen Schritt auf den jungen Totengräber zu. »Was weißt du über ihren Verbleib?«

Ob seines strengen Tonfalls zog Sigmund den Kopf ein wenig ein. »Nix, also, nicht viel. Der Cläs und die drei anderen, die haben neulich mal rumgeprahlt und gemeint, sie bleiben nicht für immer bei den Goldgräbern. Bei Mutter Tilde war das, ich erinnere mich noch gut. Er hat behauptet, sie würden lieber auf und davon gehen mit den Fahrenden und durch die Lande ziehen und so und singen und Possen spielen und damit reich werden, anstatt den Leuten den Scheißdreck wegzufahren. Ich dachte, der macht nur Spaß und das trauen die sich nie. Müssten ja auch erst mal eine Gruppe fahrender Musikanten oder so was finden, die sie überhaupt mitnehmen wollen. Aber wenn die jetzt alle vier auf einmal weg sein sollen …« Er wandte sich an Elsbeth. »Ich könnte losziehen und sie suchen. Bin ja ganz gut im Finden von Leuten, na ja, außer den Hardwin, den konnte aber keiner finden, bis ihn jemand beim Severinstor aufgehängt hat.«

Elsbeth nickte zustimmend. »Mach dich am besten gleich auf den Weg. Ich gebe dir etwas Geld mit.« Sie fischte ein paar Münzen aus ihrem Ärmel und reichte sie ihm. Sigmund nahm sie an sich und verabschiedete sich.

Nachdem er die Schankstube verlassen hatte, musterte Elsbeth die beiden verbliebenen Männer aufmerksam. »Ihr beide seid so schweigsam. Gibt es noch etwas, das ich«, sie sah zu Johannes hin, »das *wir* wissen sollten?«

Götz nickte. »Hartlieb de Piacenza ist nach wie vor auf dem Gut van der Buchtel, da kommen wir nicht an ihn heran. Dietmar hält ein Auge auf das Anwesen, aber meiner Ansicht nach ist das vergebene Liebesmüh. Die Mädchen wurden inzwischen in Begleitung mehrerer Wachen von dort weggebracht. Aufhalten konnten wir das nicht, ohne die beiden in Gefahr zu bringen.«

Unfroh neigte Elsbeth den Kopf. »Das war die richtige Entscheidung. Hartlieb wird sie nach Bonn gebracht haben. Das geht zwar gegen Nicolais Willen, aber Hartlieb wird ihnen ja nichts antun. Ich fürchte, sie müssen dort ausharren, bis die Sache geklärt ist, auch wenn Aleydis sich bestimmt fürchterlich deswegen grämt.« Himmel, dachte Elsbeth bei sich, sie selbst grämte sich deswegen, dabei hatte sie die beiden Mädchen nie kennengelernt, sondern nur hin und wieder aus der Ferne gesehen.

»Uns ist auf dem Weg hierher aufgefallen, dass Hartliebs Vetter Robert ebenfalls in Köln weilt.« Götz sah sie vielsagend an.

»Robert de Piacenza?« Elsbeth stutzte, dann nickte sie grimmig. »Vielleicht kommen wir über ihn an Hartlieb heran.«

»Über ihn?« Johannes hob alarmiert den Kopf. »Wie das?«

»Indem wir ihm einen Schrecken einjagen.« Elsbeth ballte unwillkürlich die Hände. »Die gesamte Familie de Piacenza war Nicolai ein Dorn im Auge. Jacob hat Cathrein grundlos gequält und misshandelt, bis sie darüber schließlich ihren Verstand verloren hat und keinen anderen Ausweg mehr sah, als ihn von einem gedungenen Meuchelmörder umbringen zu lassen. Hilfe hat sie von keinem ihrer Verwandten jemals erhalten, im Gegenteil. Und ich bin sicher, dass Hartlieb die Mädchen nur haben will, um an ihre Mitgiften heranzukommen und wahrscheinlich auch an ein Stück von Nicolais Reichtum und Macht. Ihm ist alles zuzutrauen, dessen bin ich sicher.«

»Du willst ihm einen Schrecken einjagen?« Johannes war anzusehen, dass ihm nicht ganz wohl dabei war.

»Nicht mehr und nicht weniger.« Elsbeth hatte sich bereits entschieden. »Götz, schick außer Karl auch noch mindestens zwei weitere Männer aus. Robert reist ja nicht allein. Nimm Dietmar und Frieder. Aber achtet darauf, dass Robert nicht schwer verletzt wird. Er soll nur die Botschaft begreifen und Hartlieb zutragen.«

»Die Botschaft?«, echote Johannes.

Elsbeth verzog grimmig die Lippen. »Dass niemand ungestraft Aleydis und ihrer Familie einen Schaden zufügt.«

Götz nickte nur dazu, gab dem schweigsamen Karl ein Zeichen, und die beiden verließen mit einem knappen Gruß den Schankraum.

Johannes nahm Elsbeths rechte Hand in seine beiden Hände. »Bist du dir sicher, dass du das Richtige tust? Wenn nach Tybald und Lehnert nun auch noch Robert de Piacenza angegriffen wird, könnten die Leute auf den Gedanken kommen, dass Aleydis hinter alldem steckt. Was dann?«

»Aleydis steht unter dem Schutz der Familie van Cleve.« Sachte erwiderte sie den Druck seiner Finger. »Der Gewaltrichter wird dafür sorgen, dass sie sicher ist und nicht öffentlich angefeindet wird.«

»Als Gewaltrichter muss er aber neutral bleiben«, wandte Johannes ein. »Er darf nicht Partei für sie ergreifen, anderenfalls wird er wegen Befangenheit von der Angelegenheit abgezogen.«

Elsbeth dachte über seine Worte nach. »Vielleicht wäre das sogar die beste Lösung.«

»Wenn man ihm den Fall wegen Befangenheit wegnimmt?« Verblüfft starrte Johannes sie an. »Was sollte daran gut sein?«

»Er könnte sich voll und ganz darauf konzentrieren, Aleydis beizustehen. Als Freund oder«, sie verdrehte vielsagend die Augen, »als mehr, wenn er denn endlich über seinen übergroßen Schatten springen würde.« Seufzend hob sie die Schultern. »Ich muss jedenfalls Hartlieb irgendwie aus seinem Schneckenhaus herauslocken. Robert scheint mir dafür der beste Köder zu sein.« Sie runzelte die Stirn, als sie Johannes merkwürdige Miene sah. »Was?«

Er schüttelte leicht den Kopf, so als erwachte er aus einem Tagtraum. »Mir wurde nur gerade klar, auf was ich mich eingelassen habe, als ich festgestellt habe, dass ich dich liebe.«

Überrascht hob sie den Kopf. »Ach ja?«

»Ich dachte all die Jahre, ich wüsste es, aber ich komme erst jetzt allmählich darauf.« Er sah sie mit ernstem Blick an, doch seine Mundwinkel zuckten leicht. »Dabei hätte ich es vom ersten Moment an sehen müssen.«

»Was hättest du sehen müssen?«

»Dass du eine Frau bist, die sich von nichts und niemandem aufhalten lässt, ganz gleich, worum es geht.«

Elsbeths Herz schlug schneller, sie lächelte leicht. »Du hättest mich aufhalten können. Du hattest und hast die Macht dazu.«

»Nein.« Nun verzogen sich seine Lippen ebenfalls zu einem Lächeln. »Das wäre mir nicht geglückt. Allerdings …«

»Allerdings?« Aufmerksam musterte sie ihn.

»Allerdings wollte ich es auch nie.«

Kapitel 33

8. Januar Anno Domini 1408

Ist er da?« Weiße Atemwölkchen bildeten sich vor Elsbeths Mund, als sie Mede, die Magd des Henkers, ansprach.

Mede, die gerade eine offensichtlich schwere Holzkiste über den Hof zur Hintertür trug, drehte sich zu ihr um und runzelte prompt die Stirn, als sie Elsbeth erkannte. »Wat willst du denn schon wieder hier? Kanns de Meister Hans nicht mal ein paar Tage in Friede losse?«

»Ein paar Tage?« Elsbeth trat immer wieder von einem Fuß auf den anderen, da sie in dem eisig nasskalten Wetter trotz ihres warmen Wollumhangs fror. »Ich war zuletzt im November hier.«

»Un wat für 'ne ruhige Dezember mir hatten«, erwiderte Mede giftig und stellte die Kiste zu ihren Füßen ab. »So häs du mingem Herrn nit ständig die Laune mit deinen Ideen und Forderungen verdorben. Euer Jezänk war ja kaum noch uszuhaale! Renovierung hier un neue Matratzen da un Hebammen für die freien Weiber alle Nase lang. Dä ärme Mann wusste am End nit ens mie, wo ihm der Kopp stund!«

Elsbeth schnaubte. »Ist aber mein *Scone Frowe* nicht seither das ordentlichste Haus seiner Art in Köln? Sind meine Hübschlerinnen nicht die saubersten und gesündesten?« Sie neigte den Kopf ein wenig zur Seite. »Und mit welchem Wirt musste dein Herr sich noch nie wegen Nichteinhaltung der städtischen Regularien herumärgern?«

»Mh.« Mede verzog missvergnügt die Lippen, »Hab noch nie erlebt, dat ein Weib von deiner Sorte so penetrant sein kann. Ich find dat nit richtich, dat dä Meister Hans jedes Mal springt, wenn du *hopp* sachst. Der muss 'nen Narren an dir jefressen haben.«

Elsbeth ging vorsichtshalber nicht darauf ein, denn würde sie es tun, hätte sie früher oder später zugeben müssen, dass ihr die Wortgefechte und Dispute mit dem neuen Henker eindeutig zu viel Spaß machten. Er war nun bereits seit sieben Monaten im Amt; zu Beginn war ihre Bekanntschaft alles andere als angenehm gewesen. Er war voller Vorurteile und überkommener Ansichten gewesen wie sein Onkel und die allermeisten Amtsträger in Köln. Der eklatante Unterschied war gewesen, dass Johannes Leyendecker niemals auch nur die geringsten Anstalten gemacht hatte, sich ihr körperlich zu nähern – und umgekehrt wären, da war sie sich sicher, alle Versuche, sein Wohlwollen oder seine Zustimmung mittels Verführung zu erlangen, fruchtlos gewesen.

Stattdessen hatte er ihr, wenn auch anfangs widerwillig, zugehört und sie mit Witz und kluger Rede herausgefordert oder sie ihn. Medes Bezeichnung dafür – Gezänk – beschrieb in Elsbeths Augen nicht einmal ansatzweise ihre Anstrengungen, diesen sturen, dabei allerdings verflixt gescheiten und offensichtlich auch belesenen Mann von ihren Anliegen und Ansichten zu überzeugen. Sie war mehr als einmal siegreich aus solchen Gefechten hervorgegangen, doch wohl fühlte sie sich deshalb in seiner Gegenwart noch lange nicht, im Gegenteil. Jedes Mal, so auch heute, wenn sie ihm ein Anliegen vorzutragen plante, konnte sie bereits in der Nacht davor kaum schlafen. In ihrer Magengrube rumorte es, und je näher der Zeitpunkt der Auseinandersetzung kam, desto mehr hatte sie das Gefühl, als würde ihr Innerstes um mehrere Ellen absinken, um gleich darauf wie ein Bolzen von einer Armbrust wieder nach oben geschossen zu werden. Diese Prozedur wiederholte sich unablässig, ganz gleich, wie gut sie sich ihre Argumente schon vorher zurechtlegte oder wie akribisch sie an etwas gänzlich anderes zu denken versuchte.

Es war schon viele Jahre her, seit sie auch nur ansatzweise etwas Ähnliches empfunden hatte, doch damals war dieses Gefühl mit der freudigen Erwartung einhergegangen, den Mann zu sehen, der sie aus ihrem Leben zu erretten versprochen hatte. Heute, da sie sich bewusst war, dass sie die Errettung durch einen Mann mitnichten benötigte, verspürte sie vielmehr eine diffuse Angst, deren Ursache sie lieber nicht auf den Grund gehen wollte. Solche Gefühle waren viel zu gefährlich. Deshalb hatte sie denn auch den ruhigen und ereignislosen Advent zum Anlass genommen, sich gänzlich zurückzuziehen und sich ausschließlich um sich selbst zu kümmern – und um zwei langjährige Freier, denen sie behutsam hatte beibringen wollen, dass sie ihnen zukünftig nicht mehr zu Diensten stehen würde. Seit sie die Wirtin des Dirnenhauses war, bediente sie nur noch ganz ausgewählte Kunden und auch nur so lange, wie sie sicher sein konnte, damit nicht die Aufmerksamkeit des Henkers zu erregen, denn als Wirtin war ihr diese Tätigkeit ja nun einmal offiziell untersagt. Gegen diese Verordnung hatte sie bislang nur verstoßen, wenn es ihr strategisch notwendig erschienen war.

Die beiden städtischen Amtmänner, denen sie nun also bis vor Kurzem ihre Gunst geschenkt hatte, kamen aus dem Baugewerbe. Sie hatte von ihnen zusätzlich zur Bezahlung ihrer Dienste in barer Münze wertvolle Informationen und Einsichten in die diversen Gewerke erhalten, die beim Bau eines Hauses oder dessen Renovierung hilfreich waren, damit sie von den Handwerkern oder den zuständigen Personen im Stadtrat, die die Genehmigungen ausstellten, nicht übervorteilt oder schlichtweg belogen und betrogen wurde.

Für eine unehrliche Person waren jegliche Hürden, einen Bau, Anbau oder eine sonstige Veränderung genehmigt zu bekommen, generell höher; für eine unehrliche Weibsperson ihres Gewerbes war es ohne Verbindungen, Bestechungsgeld und fundierte Kenntnisse der Materie beinahe unmöglich, sich Gehör zu verschaffen. Insbesondere, weil das *Scone Frowe* ihr nicht gehörte, sondern Eigentum der Stadt war. Sie galt nur als Pächterin. Wenn sich im Rat niemand zuständig fühlte oder besagte bauliche Veränderungen für überflüssig erklärte, war auf den regulären Wegen nichts zu machen. Mit der Hilfe ihrer beiden Freier hatte sie sich nunmehr so viel Wissen angeeignet, dass sie die Umbauten, die sie ins Auge gefasst hatte, ab dem Frühjahr angehen würde.

Dumm nur, dass ihr diese selbst verordnete Abstinenz von den Auseinandersetzungen mit dem Henker im Dezember beinahe ebenso großes Unbehagen verursacht hatte wie die Aussicht auf selbige. Viel zu häufig hatte sie sich dabei ertappt, sich zu fragen, was er wohl gerade tat, und manchmal hatte sie sogar im Geiste einen Disput mit ihm geführt. Dieses Unbehagen führte nun dazu, dass ihre Laune nicht gerade die allerbeste war. Deshalb verschränkte sie die Arme vor der Brust und bedachte Mede mit einem langen abschätzigen Blick. »Ist er nun da oder nicht? Ich habe meine Zeit nicht gestohlen.«

Mede zuckte mit den Achseln. »Sischer ist er da. Wo soll er um die Zeit aan 'nem Sunndaach auch sonst sein?«

»Würdest du ihm sagen, dass ich ihn sehen will?«

Mede hob die Brauen. »Sehen?«

»Sprechen.« Standhaft ignorierte Elsbeth das erneute Absinken ihres Magens.

»Jibst ja sowieso sonst keine Ruh.« Mede bückte sich und hob erneut die Holzkiste an, in der sich, wie Elsbeth inzwischen erkannt hatte, Äpfel befanden.

»Warte, lass mich dir helfen.« Rasch griff sie nach der einen Seite der Kiste, und obgleich Mede verwundert die Stirn runzelte, trugen sie die schwere Fracht gemeinsam in die Küche und stellten sie dort auf dem großen Tisch ab.

»Ich sach ihm Bescheid.« Ohne ein Wort des Dankes, jedoch mit deutlich milderer Miene, verließ die Magd die Küche und tauchte nur Augenblicke später wieder auf. »Kannst zu ihm rein in die Stube. Ävver lass ihm singe Ruh! Der Meister Hans hatt die letzten Tage 'ne janze Püngel Jerichtsverhandlungen zu vervoljen und musste dann auch noch jede Menge Uuhre abschnigge und 'ne Hand, und den Broder vom Klaasse Michel, den Toma, den ham se hänge losse, weil der dat Huus von singem Broder abfackele wollt!«

»Ich habe davon gehört.« Elsbeth nickte ihr zu. »Nicht mal Tomas Frau wollte ihn vom Strang abbitten.« Sie verzog die Lippen. »Aber gleich mehrere Ohren und eine Hand?« Offenbar war ihr während ihres Rückzugs im Dezember so einiges an Klaaf entgangen. Vielleicht, weil sie so vehement versucht hatte, sich von den Gedanken an den Henker abzulenken und deshalb den Schankraum gemieden und sich stattdessen mit ihren Plänen für die Renovierung beschäftigt hatte.

»War 'ne janze Bande von Dieben und Betrügern, denne war nit mieh ze helfe, dem jottlosen Jesindel«, wusste Mede zu berichten. »Hätten se besser auch alle upjehange, denn jetz sitzen die all in der Weckschnapp und mein Herr muss die janzen Wunden versorjen. Als hätt der nix Besseres ze don.« Sie wies auf die Tür. »Er hat jemeint, du sollst reingehen, also ...«

»Danke.« Elsbeth nickte der Magd knapp zu und begab sich hinüber zur Stube. Die Tür war nur angelehnt, sodass der Henker ihre Schritte mit Sicherheit bereits gehört hatte. Somit blieb ihr, wenn sie sich keine Blöße geben wollte, keine Gelegenheit, noch einmal durchzuatmen, ihre Gedanken zu sortieren und die Schultern zu straffen. Sie drückte die Tür auf und trat forsch ein. »Meister Hans.«

Er saß an einem neu aussehenden Eichentisch mit jeweils drei Stühlen auf jeder Seite und blickte ihr mit ausdrucksloser Miene entgegen. »Elsbeth.«

»Sie müssen sich freikaufen können«, platzte es aus ihr heraus, noch ehe sie einen klaren Gedanken fassen konnte.

Auf dem Gesicht des Scharfrichters zeichnete sich Verwirrung ab. »Bitte was?«

»Freikaufen.« Elsbeth wollte am liebsten über ihre ungeschickte Wortwahl fluchen. »Meine Hübschlerinnen, nein, alle Hübschlerinnen in Köln müssen sich freikaufen können.«

Er deutete auf den Stuhl ihm gegenüber. »Setz dich. Soweit ich weiß, kann sich jede Dirne zu jeder Zeit aus ihrem Leben freikaufen.«

Elsbeth blieb an Ort und Stelle stehen und verschränkte die Arme vor der Brust. »Von welchem Geld soll sie denn ihre Schulden bezahlen?«

Der Henker runzelte die Stirn. »Von dem, was sie durch ihre Arbeit einnimmt.«

»Davon kann man nicht einmal die Kosten für Unterbringung, Essen und Kleidung bezahlen, und jegliches Geld, das ein Freier einer Dirne zusteckt, muss sie abgeben.«

Zu ihrer Überraschung erhob er sich und trat auf sie zu. »Gib mir deinen Umhang. Wenn du ihn hier drinnen noch länger trägst, wirst du auf dem Rückweg darin scheußlich frieren.«

Sie rührte sich nicht, hauptsächlich, weil sie gänzlich verdrängt hatte, dass ihr seine Gegenwart ebenso auf den Magen schlug wie seine Abwesenheit. »Ich bleibe nicht lange.«

»Lange genug, um mit mir über die Entlohnung deiner Hübschlerinnen zu disputieren. Also gib den Umhang schon her.« Er streckte die Hand aus und wackelte auffordernd mit den Fingern.

Da sie wusste, dass sie sich anderenfalls lächerlich gemacht hätte, gehorchte sie, zog den Umhang aus und übergab ihm das Kleidungsstück.

Er hängte es an einen Haken neben dem gekachelten Hinterladeofen, von dem eine angenehme Wärme bis in den hintersten Winkel des Raumes abstrahlte. »In Duisburg durfte eine Dirne die Hälfte dessen behalten, was ihr ein Freier über den üblichen Liebeslohn hinaus schenkte. Dass dies in Köln nicht der Fall ist, ist nicht meine Schuld.«

»Warum nur die Hälfte?« Erneut verschränkte sie ihre Arme.

»Warum hast du nicht schon längst gegen diese Regelung protestiert, wenn sie dir so gegen den Strich geht? Du bist doch schon seit einigen Jahren Wirtin des *Scone Frowe* und hast in der Zeit ordentlich an diesen Geldgeschenken mitverdient, oder etwa nicht?«

»Was habe ich?« Erbost starrte sie ihn an. »Ich habe jeden Pfennig an die Stadt weitergegeben.«

»Dir stehen zwanzig pro cento davon zu. Sag bloß, du hast darauf verzichtet«, konterte er.

Aufwallender Zorn ließ sie ihr verrücktspielendes Inneres vergessen. »Ich habe alles zur Seite gelegt, damit ich es eines Tages den Frauen zurückgeben kann.«

»Du hast was?« Verdutzt starrte er sie an.

»Wenn Ihr mir nicht glaubt, könnt Ihr es nachlesen. Ich führe über alle Einnahmen Buch. In den vergangenen Jahren sind zwei Frauen von Freiern freigekauft worden, und eine ist an einem Fieber gestorben. Das Geld dieser Frauen ging an Conrad Liebesam, für die Versorgung von kranken Hübschlerinnen. Etwas davon hat er wohl auch für Gesas Beerdigung verwendet. Das restliche Geld verwalte ich, auch wenn es nur der Bruchteil dessen ist, was den Hübschlerinnen eigentlich zustünde, wenn es nach mir ginge.«

»Es geht aber nicht nach dir«, stellte der Henker trocken fest. Dann sah er sie nachdenklich an. »Warum eigentlich nicht? War mein Onkel so erpicht darauf, Frauen, die ein ehrbares Leben führen wollten, an ihr Dasein als Dirne zu binden?«

»Nein.« Elsbeth zog die Schultern hoch. »Aber er hat fleißig mitverdient. So wie Ihr es auch tut.«

Zwischen seinen Brauen entstand eine steile Falte. »Ich erhalte einen Anteil an den regulären Einnahmen, nicht aber an den irregulären.«

Elsbeth fuhr auf. »Das soll ich Euch glauben?«

»Weshalb sollte ich dich belügen?« Er trat einen halben Schritt auf sie zu. »Ich bin nicht mein Onkel, Elsbeth. Was er getan oder nicht getan hat, betrifft mich nicht.« Als sie ihn nur schweigend anstarrte, nickte er vage. »Du bist also der Ansicht, diese Geldgeschenke stünden zu einem nicht unbeträchtlichen Anteil deinen Frauen zu. Wie hoch ist dieser Anteil deiner Meinung nach?«

»Vier Fünftel.«

Der Henker stieß geräuschvoll die Luft aus. »Das kannst du vergessen.«

»Wisst Ihr überhaupt, nein, könnt Ihr Euch auch nur im Entferntesten das Leben einer Berlichhure vorstellen?« Sie funkelte ihn herausfordernd an. »Diesen Frauen müsste ihre Arbeit in Silber und Gold aufgewogen werden.«

»Der Rat wird dich auslachen. Selbst die Hälfte wird kaum durchsetzbar sein, wenn man bedenkt, dass bislang das gesamte Geld an die Stadt ging.«

»Drei Viertel.«

Er schnaubte nur.

Grimmig verzog sie die Lippen. »Ich erhöhe im Gegenzug die regulären Preise.«

»Und verjagst damit den Großteil deiner Kundschaft?« Er bedachte sie mit einem beredten Blick. »Kein allzu kluger Schachzug.«

»Nein, ich verjage damit höchstens die Habenichtse, Zechpreller und das ungehobelte, ungewaschene Mannsvolk«, widersprach sie. »Stattdessen wird sich herumsprechen, dass das *Scone Frowe* das beste und sauberste Haus am Platz ist.« Forschend sah sie ihn an. »Wie weit seid Ihr eigentlich mit der Anfrage zur Renovierung des Hauses? Ich habe genügend Mittel und Handwerker, um im April oder Mai beginnen zu können.«

Die Miene des Henkers verfinsterte sich. »Im April oder Mai?«

»Sagt bloß, Ihr habt noch gar keine Anfrage gestellt.« Sie schürzte die Lippen. »Dann tut es gefälligst gleich morgen – und bringt die Sache mit dem Lohn gleich mit ein.«

»Gefälligst?« Noch gewittriger konnte seine Miene kaum werden. »Vergreifst du dich nicht ein bisschen im Ton? Für diese Frechheit könnte ich dich auspeitschen lassen.«

»Tut es.« Sie reckte das Kinn vor. »Ich habe in meinem Leben so manchen Schmerz überlebt, den mir ein Mann zugefügt hat, weil er es so wollte oder weil es ihm Freude bereitet hat. Wenn Euch eine solche Züchtigung ergötzt, nehme ich sie gerne hin.«

»Hast du den Verstand verloren?« Entsetzt starrte er sie an.

»Ihr droht gerne mit Prügel, Peitschenhieben und dergleichen, Meister Hans.« Sie zuckte mit den Achseln. »Meiner Erfahrung nach drohen Männer zumeist mit dem, was sie sich erträumen.«

»Das ...« Er schnappte nach Luft. Im nächsten Moment packte er sie am Arm. »Das ist ein elender Mistdreck, Elsbeth! Verdammt noch eins, ich will dich doch nicht züchtigen, weil ..., weil ...« Unvermittelt ließ er sie wieder los und fuhr sich mit einer fahrigen Bewegung durch sein dichtes, schulterlanges Haar, das er im Nacken wie immer mit einem Lederriemen zusammengebunden hatte. »Dass ich dir schon die eine oder andere Tracht Prügel angeboten habe, liegt daran, dass du ein stures, dickköpfiges, aufmüpfiges und unerträglich vorlautes Weib bist, mit einer Zunge, die schärfer ist als so manches Rasiermesser. Ich weiß nicht, wie ich dir und deiner Impertinenz sonst beikommen soll. Mein Onkel tat es offenbar auf andere Weise, indem er dich …« Er brach ab. »Ich bin nicht mein Onkel«, wiederholte er seine Worte von zuvor. »Aber auf irgendeine Weise muss ich dir doch wohl klarmachen, dass deine Forderungen purer Irrsinn sind.«

»Purer Irrsinn sind sie nur so lange, wie sie nicht umgesetzt werden, weil niemand sich traut, den Stein ins Rollen zu bringen.« Mit stoischer Herausforderung sah sie ihn an.

Seine Augen weiteten sich; sichtlich ungläubig schüttelte er den Kopf. »Auf drei Viertel lassen sich die Räte nicht ein.«

»Wenn Ihr ihnen mit weniger kommt, können sie Euch umso weiter herunterhandeln.«

Anstatt darauf einzugehen, erwiderte er ihren Blick mit plötzlicher Neugier. »Ich nehme an, dass du diese Forderungen nicht vollkommen uneigennützig stellst. Ich weiß, dass du heimlich und unerlaubt mindestens drei Freier regelmäßig empfängst. Ich nehme an, du willst von ihnen ebenfalls Geldgeschenke erhalten.«

Warum seine kühl hervorgebrachten Worte sie so heftig aufwühlten, konnte sie sich nicht erklären. Zornig funkelte sie ihn an. »Erstens waren es nur zwei, zweitens haben beide inzwischen anderweitige Vorlieben, und drittens ist Geld nicht die einzige Währung, für die ich meine Gunst erweise. Ihr dürft mir vieles vorwerfen, Meister Hans, aber Gier streicht nur gleich wieder von der Liste.«

Überrascht über ihren Ausbruch musterte er sie. »Ich ging nicht von Gier aus, Elsbeth, sondern von Eigennutz, wie ich schon sagte. Das ist etwas völlig anderes.« Er stockte, schien nach den rechten Worten zu suchen. »Ist es dir noch nie in den Sinn gekommen, dich selbst freizukaufen?«

Sie starrte ihn an. »Warum sollte ich?«

Seine Miene wurde merkwürdig ernst. »Warum wohl? Warum sollte irgendeine Frau sich aus diesem Leben freikaufen wollen? Das musst du doch am besten wissen.«

Sie erschrak über die seltsame Wendung, die das Gespräch genommen hatte. »Es geht hier nicht um mich.«

»Warum nicht?« Zu ihrem puren Entsetzen ergriff er ihre Hände und zog sie zu sich heran, sodass sie den Kopf heben musste, um ihm weiterhin ins Gesicht blicken zu können. »Weshalb hast du dir mit deinem Anliegen so viel Zeit gelassen, Elsbeth?« Seine Stimme hatte einen tiefen, leicht rauen Ton angenommen. »Es scheint dir doch sehr viel daran zu liegen, und dennoch hast du dich die vergangenen fünf oder sechs Wochen nicht hier blicken lassen ... Und wenn ich im *Scone Frowe* nach dem Rechten gesehen habe, ließest du dich jedes Mal verleugnen. Aus welchem Grund?«

»Ich ...« Sie blickte auf ihre Hände hinab, die in den seinen fast verschwanden. »Hört auf mit diesem Unsinn.« Ruckartig entzog sie sich ihm. »Im Dezember war im *Scone Frowe* nichts los. Es gab keinen Anlass, mit Euch zu sprechen.«

»Offensichtlich doch, anderenfalls wärst du heute nicht hier. Oder gibt es dafür noch einen anderen Grund?«

»Nein.« Verflixt, sie hatte natürlich viel zu hastig geantwortet, und prompt ergriff der Henker erneut ihre Hände.

»Ich dachte nur ...« Er suchte ihren Blick.

»Nein«, wiederholte sie erneut zu hastig und versuchte erfolglos, seinem Blick auszuweichen. Ihr Herz pochte viel zu wild, das war nicht gut, nein, es war gefährlich. »Ich gehe jetzt.«

»Nein, tust du nicht.« Er lächelte grimmig. »Du bist kein Feigling, Elsbeth. Außerdem regnet es in Strömen, hörst du das nicht?«

Tatsächlich war von draußen ein unverkennbares Prasseln

zu vernehmen, das nur von einem Wolkenbruch herrühren konnte.

»Weshalb bist du eigentlich allein unterwegs? Du solltest stets von einem deiner Knechte begleitet werden.«

»Ich habe Mats rausgeworfen. Er wurde immer unverschämter mir und den Hübschlerinnen gegenüber und tat seinen Dienst nicht mehr, wie es von ihm erwartet wurde. Bart ist mit Heidrun durchgebrannt.« Erneut versuchte sie, sich von ihm loszumachen, diesmal jedoch erfolglos. »Ich komme auch alleine zurecht.«

»Stur und unvernünftig«, brummte er. »Sieh dich nach neuen Knechten um und lass dich auf deinen Gängen durch die Stadt begleiten. Nicht nur ehrbare Frauen können überfallen werden. Bei diesem Wetter lasse ich dich im Übrigen nicht den ganzen Weg zurück zum Berlich laufen. Du würdest dir den Tod holen. Außerdem ist es so kalt, dass in Kürze alle Straßen und Gassen vereisen werden.«

Argwohn, gepaart mit leichter Beklemmung, stieg in ihr auf. »Ihr wollt mich hier festhalten?«

»Ich erkenne keine allzu große Gegenwehr bei dir.« Wie zum Beweis ließ er ihre Hände wieder los.

Obgleich ihr Verstand gellend schrie, sie möge sofort die Flucht ergreifen, blieb sie an Ort und Stelle dicht vor ihm stehen. Sie schluckte gegen das heftige Pochen an, das bis in ihre Kehle zu spüren war. »Ich dachte, Ihr wolltet Euch nicht wie Euer Onkel gebärden.«

Zwischen seinen Augen erschien eine steile Falte. »Wenn du den Unterschied nicht erkennst, Elsbeth, dann bist du dümmer, als ich dachte.« Er legte ihr einen Finger unters Kinn und hob es sanft, aber bestimmt an, bis sie einander in die Augen blickten. »Sieh an.« Die Falte glättete sich ein wenig. »Hast du womöglich Angst vor mir?«

»Nein.« Verdammmichte, vorschnelle Zunge!

Sein Blick schien sich zu verdunkeln. »Beweise es mir.«

Für einen langen Moment verwoben sich ihre Blicke ineinander. Die Atemluft verfing sich in ihrer Kehle. Sie schluckte, wollte etwas sagen, doch da trafen ihre Lippen bereits aufeinander. Gierig, wild, ungezügelt. Ein heißer, brennender Strom floss durch sie hindurch, ihr Herz übersprang ein paar Takte, ihr wurde unnatürlich warm.

Warum nur, warum erwiderte sie diesen Kuss? War sie von Sinnen? Innerlich wehrte sie sich gegen den Hunger, die Erregung, die vermaledeite Sehnsucht. Sie wollte das hier nicht; es würde sie ins Verderben reißen, aber Himmel, sie wollte ihn! Jetzt.

Sein Mund strich bereits rau und gleichzeitig köstlich über ihr Kinn bis hinab in ihre Halsbeuge. Eine Hand legte sich schwer auf ihre Brust, mit der anderen tastete er nach der Verschnürung ihres Surcots.

»Wir …« Sie keuchte unterdrückt, als er ein wenig Haut an ihrem Hals einsaugte. »Wir befinden uns in Eurer Stube, Meister Hans.«

»Ich weiß.« Seine Stimme glich einem ungehaltenen Knurren. »Komm mit.« Er nahm sie bei der Hand und zog sie einfach mit sich aus der Stube, die Treppe ins Obergeschoss hinauf. Oben angekommen, schob er sie durch eine Tür, die in seine Schlafkammer führte. Diese befand sich offenbar direkt über der Stube, denn sie war angenehm aufgeheizt, obwohl in dem Kohlebecken vor dem fest verschlossenen Fenster keine Glut zu sehen war. Die Fensterläden waren nicht vorgelegt, sodass noch ein Rest Tageslicht durch die Butzenverglasung hereinfiel. Das Prasseln des Regens auf dem Dach war hier noch deutlicher zu hören. Mit einem Fuß stieß er die Tür ins Schloss, und bevor sie etwas sagen konnte, schüttelte er energisch den Kopf. »Gib dir keine Mühe, nach Ausflüchten zu suchen. Du bleibst so oder so heute hier.« Er zog sie an sich. »Heute Nacht«, präzisierte er ungeachtet der Tatsache, dass noch nicht einmal die

Vesperglocken geläutet hatten. Dann küsste er sie erneut gierig und tief und tastete nach der Verschnürung des Surcots.

Ihr Herz überschlug sich. »Ihr wisst genau, dass das keine gute Idee ist, Meister Hans.«

»Ach?« Er musterte sie halb amüsiert, halb verärgert. »Von meiner Warte aus gesehen ist es eine ganz ausgezeichnete Idee. Und vermutlich ist es der einzige Weg, deine scharfe Zunge zu bändigen oder ... möglicherweise anderweitig zu beschäftigen.«

Beinahe hätte sie gelacht, ergab sich dann aber der Versuchung. »Das muss eine einmalige Sache bleiben, Meister Hans.«

»Warum?«

»Das wisst Ihr selbst.«

»Nein, das behauptest du.«

»Ihr könnt mich nicht einmal gut leiden.«

»Weil du mich ständig entweder zur Weißglut oder an den Rand des Wahnsinns treibst, Weib?« Er grinste grimmig. »Das ist ein guter Grund.«

Sie lächelte erleichtert.

»Aber kein Hindernis, Elsbeth.«

Gegen das neuerliche panisch-aufregende Herzklopfen half kein noch so hartes Schlucken. »Ihr müsst aber doch einsehen, Meister Hans ...«

»Was?« Sein Blick verfinsterte sich. »Was muss ich einsehen, Elsbeth? Dass du Angst hast? Das erkenne ich sehr wohl. Aber auch das ist kein Hindernis. Du bist das nervenaufreibendste, schwierigste Weib, das mir je begegnet ist, das steht fest. Trotzdem will ich dich. Und ich bin ziemlich sicher, dass du mich ebenfalls willst.«

Für einen Moment bekam sie kaum noch Luft. »Trotzdem.« Hektisch schluckte sie. »Meister Hans ...«

»Mein Name ist Johannes.« Geschickt öffnete er die Verschnürung des Surcots. »Gewöhn dich daran.« Ehe ihr eine Antwort darauf einfallen konnte, küsste er sie erneut.

Kapitel 34

20. April Anno Domini 1424

»Heute scheinen wir nicht von ungebetenen Gästen oder Ungemach gestört zu werden«, stellte Johannes zufrieden fest, während er seine Arme mit der nach Kräutern duftenden Seife bearbeitete.

»Beschrei es nicht.« Elsbeth lehnte sich gegen die Wand des Badezubers und schloss für einen Moment die Augen. »Wenn du zu laut sprichst und der Herrgott dich hört, schickt er uns womöglich doch noch eine Ablenkung. Er besitzt einen merkwürdigen Sinn für Humor, wenn du mich fragst.«

Schmunzelnd legte er die Seife auf einem Brettchen am Rand des Zubers ab und tauchte kurz bis zum Hals unter. »Hast du schon irgendetwas Neues über Hartlieb de Piacenza herausbekommen? Oder über meine verschwundenen Goldgräber? Ich hatte noch keine Gelegenheit, mich selbst nach ihnen zu erkundigen, weil zu viele andere Dinge meine Aufmerksamkeit erfordert haben. Es waren gestern fünf Leute bei mir, die Erkennungsmarken für neue Hunde haben wollten. Darunter sogar ein Legat des Erzbischofs, der gleich acht Stück haben wollte.«

»Acht?« Elsbeth öffnete die Augen wieder.

»Eine neue Meute Jagdhunde.« Er seufzte. »Unten am Filzengraben und in der Schildergasse sind Abortgruben übergelaufen. Allesamt, weil sie viel zu klein für die Wohnhäuser sind. Also muss ich jetzt sehen, dass ich weitere Heimlichkeitsfeger anheuere, weil demnächst auf Verordnung des Rates die Gruben vergrößert werden müssen.« Er hielt kurz inne. »Merles Brüder haben sich übrigens nun auch den Goldgräbern angeschlossen, zumindest vorläufig. Ob diese Halunken dabeibleiben, ist fraglich, aber zumindest hatte ich heute genügend Männer für die erzbischöfliche Abortgrube. Der Gewaltrichter war übrigens auch dort und hat die fünf befragt.«

»Van Cleve höchstpersönlich?« Überrascht richtete Elsbeth sich auf. »Hätte er nicht jemanden dort hinschicken können? Nein«, beantwortete sie sich die Frage selbst. »Natürlich nicht. Es geht immerhin um Aleydis und die beiden Mädchen. Das lässt er sich nicht nehmen.«

»Er wirkte etwas ... angespannt.« Johannes grinste. »Auf die Weise, die nur ein Weib bei einem Mann auslösen kann.«

»Ach.« Sie grinste zurück. »Gut.«

Johannes ging aber nicht darauf ein. »Zumindest weiß er jetzt, dass Merles Brüder nichts mit den beiden Waffenknechten Tybald und Lehnert zu tun haben, denn sie konnten ihm glaubhaft nachweisen, wo sie sich zur fraglichen Zeit aufgehalten haben. Allerdings wohl nicht, ohne zu versuchen, ihn zu lynchen. Die Kerle sind nachtragend wie der Gottseibeiuns. Glücklicherweise war er bewaffnet und hatte seine Waffenknechte mitgebracht, sodass sie die fünf im Zaum halten konnten. Lehnert ist übrigens mittlerweile gestorben. Man sagte mir, er sei kurz aufgewacht, habe aber nur undeutliches Zeug gelallt und offenbar niemanden erkannt. Kurz darauf hat er die Augen für immer geschlossen.«

»Gott sei einer Seele gnädig.« Elsbeth bekreuzigte sich. »Das hätte nicht geschehen dürfen. Ich habe meine Boten noch einmal darauf eingeschworen, sich strikt an meine Anordnungen zu halten. Bei Robert de Piacenza hat das geklappt.«

Nun richtete auch Johannes sich auf. »Sie haben ihn gefunden und ...?«

»Er hat eine Abreibung erhalten, aber moderat. Auch war er von Bewaffneten umgeben, die ihm zur Seite standen.« Sie planschte ein wenig im Wasser. »Es sollte aber ausgereicht haben, um Hartlieb aufzurütteln.«

»Du spielst ein gefährliches Spiel, Elsbeth.« Johannes maß sie mit ernstem Blick. »All das könnte Aleydis in große Schwierigkeiten bringen, wenn man sie öffentlich verdächtigt, hinter diesen Vergeltungsmaßnahmen zu stecken. Ob van Cleve ihr dann noch helfen kann, ist fraglich. Es gehen bereits erste Gerüchte um, die Stadt werde von einer Bande schwarzer Rächer heimgesucht.«

»Ich weiß, dass es heikel ist.« Sie rieb sich über die Stirn. »Aber es ist meine Pflicht, sie zu beschützen. Sag mir, wie sonst soll ich das anstellen? Nicolai hat mir dazu sehr spezifische Anweisungen gegeben.«

»Nicolai ist tot.«

Sie runzelte die Stirn. »Mein Versprechen ihm gegenüber ist es nicht. Ich muss einfach …«

»Verzeihung, Elsbeth.« Britti war neben dem Zuber aufgetaucht. »Draußen steht Sigmund und sagt, er muss dich sofort sprechen. Es ist ganz wichtig, hat er gesagt, und kann nicht warten.«

»Siehst du?« Elsbeth sah Johannes vielsagend an. »Du hättest es nicht beschreien dürfen.« Kurz sah sie an sich hinab, dann zuckte sie mit den Achseln. »Schick ihn herein. Noch einmal vergeude ich das schöne Badewasser nicht.«

Britti nickte nur und hastete davon. Nur wenig später näherte sich Sigmund dem Badezuber, blieb jedoch in angemessenem Abstand stehen. »Guten Tag, Elsbeth. Ich habe Neuigkeiten für dich … und auch für Euch, Meister Hans.«

»Für mich?« Neugierig hob Johannes den Kopf. »Neuigkeiten welcher Art?«

»Ich hab Eure Totengräber gefunden, unsere Totengräber.« Sigmund grinste schief. »Die vier, die als vermisst galten. Sie waren tatsächlich neulich bei Mutter Tilde im Badehaus, die ganze Nacht, bis zum Morgengrauen, und danach haben sie in einer Scheune neben einem Kappesfeld am Eigelstein ihren Rausch ausgeschlafen. Na ja, der muss ziemlich groß gewesen sein, weil ihnen erst irgendwann mittags aufgefallen ist, dass einer von ihnen fehlt.«

»Einer fehlt?« Fragend runzelte Elsbeth die Stirn.

»Ja, der Klönnes.« Sigmund grinste erneut schief. »Der ist anscheinend mit einer der Bademägde durchgebrannt. Von ihr fehlt nämlich ebenfalls jede Spur. Hätt ich mir auch nicht vorstellen können, dass die vier wirklich ernst machen und mit irgendwelchen Gauklern auf Wanderschaft gehen. Die strunzen gerne, was das Zeug hält, aber wahr werden tut davon nix.«

Johannes und Elsbeth wechselten einen beredten Blick, woraufhin er dem jungen Boten zunickte. »Danke. Ich bin froh, dass den vieren nichts zugestoßen ist.«

»Ich gebe dir später deinen Lohn«, fügte Elsbeth hinzu. »Sag den anderen Bescheid, dass Hartlieb im Auge behalten werden muss. Das können Frieder, Karl und Bernhard übernehmen. Ich traue ihm nicht über den Weg. Auch Aleydis muss ständig bewacht werden, aber lasst euch nicht sehen. Eure Stärke liegt darin, unsichtbar zu sein, und so soll es möglichst auch bleiben. Wenn Hartlieb oder sonst irgendjemand sie angreifen sollte, wisst ihr allerdings, was ihr zu tun habt. Die Stimmung in der Stadt ist aufgeheizt, das hat auch Käthchen mir gestern berichtet, als ich sie in St. Gereon traf. Diese Aufregung geht auf Eure Kappe, weil man Euch gesehen hat, Sigmund, und auf die meine, weil ich Eure Befehlshaberin bin.« Sie warf Johannes einen kurzen Blick zu. »Bleibt unsichtbar, aber seid wachsam.«

Sigmund nickte pflichtschuldig. »Ja, Elsbeth. Wir geben acht.«

»Gut, dann mach dich jetzt auf den Weg zu den anderen.« Sie lächelte Johannes zu. »Wir beide haben noch ein Bad zu genießen.«

Sigmund nickte erneut und war gleich darauf auf leisen Sohlen verschwunden.

Johannes rümpfte die Nase. »Diese Umhänge stinken tatsächlich, als kämen sie direkt aus der erzbischöflichen Kloake.«

Elsbeth lachte. »Wie ich Sigmund einschätze, könnte das sogar stimmen.«

»Ich muss dem Gewaltrichter Bescheid geben, dass meine Totengräber wieder aufgetaucht sind.«

»Ich weiß.« Elsbeth rutschte in dem warmen Wasser auf Johannes zu. »Bis auf den Klönnes natürlich. Ob wir den noch mal wiedersehen, ist fraglich.«

Er schluckte, als er spürte, wie Elsbeths Hand sich in seinen Schritt stahl. »Was wird das?«

Sie grinste mutwillig. »Wonach fühlt es sich denn an?«

Scharf sog er die Luft ein und wurde hart. »Sagte ich nicht gerade, dass ich zum Gewaltrichter muss? Ich gab ihm schließlich mein Wort, ihn sofort in Kenntnis zu setzen, wenn ich etwas von den Totengräbern höre.«

»Sofort ist ein dehnbarer Begriff«, murmelte sie dicht an seinen Lippen, dann küsste sie ihn und setzte sich gleichzeitig rittlings auf ihn. Wasser schwappte um sie herum.

»Eigentlich ist er das nicht«, protestierte er schwach, gab sich aber geschlagen, als sie ihn mit einer geschmeidigen Bewegung ihrer Hüfte tief in sich aufnahm. Lust wallte in ihm auf; er vergrub seine Hände in ihr Hinterteil, knetete es genussvoll, und für eine geraume Weile vergaßen sie beide all ihre Pflichten und Schwüre.

Kapitel 35

21. April Anno Domini 1424

Pass doch auf, Sigmund!«, zischte Dietmar ungehalten. »Wenn du noch länger da an der Hausecke herumstehst, sieht sie dich.«

Kaum hatte er die Worte ausgesprochen, als Aleydis de Bruinker auch schon in Sigmunds Richtung blickte. So schnell wie möglich zog er sich in das schmale Wehrgässchen zurück. »Mist.« Er sah sich um und deutete auf den Durchgang zu einem Gehöft. »Da hinein, sie kommen in unsere Richtung.« Noch während er sprach, übernahm er die Führung und musste dabei einer Gruppe von acht oder neun kräftigen geharnischten Männern ausweichen, die die Gasse herabkamen und gleich darauf auf den Fischmarkt abbogen. Nachdem auch Dietmar und Bernhard sich zu ihm gesellt hatten, sprach er weiter: »Wir müssen uns möglicherweise aufteilen. Wenn wir uns in weiterer Umgebung um Frau Aleydis aufhalten, fällt unsere Anwesenheit nicht so sehr auf.«

»Ich fand gleich, dass am hellen Tag die schwarzen Umhänge nicht so wirklich sinnvoll sind«, brummelte Dietmar. »Abends und in der Nacht ist das was anderes, aber am heiligen Sonntag kurz nach der Messe stechen wir doch ein bisschen zu sehr aus der Masse heraus. Auch, was den Geruch angeht. Liebe Zeit, mir kommt das Brot von heute Früh allmählich wieder hoch, dabei sollte man meinen, ich hätte mich allmählich an den Odem gewöhnt. Ich denke aber auch, dass wir …«

»He, wartet mal.« Bernhard war wieder näher an die Gasse herangetreten. »Hört ihr das?«

»Was denn?« Alarmiert trat Sigmund neben ihn.

»Die Stimmen, das ist ganz in der Nähe.« Bernhard deutete in Richtung Fischmarkt. »Und Frau Aleydis hätte längst hier vorbeikommen müssen.«

»Mistdreck, verdammter!« Sigmund rannte los, bis zu der Kreuzung, an der das Wehrgässchen in den Fischmarkt einmündete. Vorsichtig linste er um die Ecke eines Wohnhauses herum und fluchte erneut. »Bernhard, Dietmar, kommt her! Wir müssen ihr irgendwie helfen. Diese Kerle von eben, die Geharnischten, die haben Frau Aleydis und ihre beiden Waffenknechte eingekreist. Wer um alles in der Welt sind die?« Er fasste sich an den Kopf, blickte erneut um die Hausecke und erschrak. »Bernhard, hol Hilfe, such Karl und Frieder und dann hol den Büttel. Die greifen Frau Aleydis an.«

Bernhard antwortete nicht, sondern rannte sogleich los, das Wehrgässchen hinauf und dann nach rechts in eine namenlose Seitengasse.

»Verflucht noch eins.« Auch Dietmar hatte einen Blick um die Hausecke gewagt. »Symon und Wardo kommen gegen diese Übermacht nicht an. Wir müssen helfen.« Schon zog er das Kurzschwert an seinem Gürtel.

Auch Sigmund zog sein Schwert. »Das wird gefährlich. Selbst zu viert sind wir in der Unterzahl. Wenn wir eingreifen, müssen wir es mit aller Härte tun, vielleicht verschrecken wir sie damit.«

Sie warfen beide noch einmal einen Blick auf das Handgemenge, in dessen Mitte sich Aleydis, Wardo und Symon befanden. Wardo lag bereits am Boden, und auch Symon schien sein Schwert verloren zu haben. Er schrie wie ein zorniges Tier auf, als zwei der Geharnischten seine Herrin abdrängten, sie herumstießen, bis sie schließlich hart auf dem Boden aufschlug.

Die Männer traten unbarmherzig auf sie ein. Im nächsten Moment wurde sie von einem der Kerle grob hochgerissen, wieder brutal geschlagen.

Sigmund wurde übel. Er tauschte einen kurzen Blick mit Dietmar, und sie setzten beide rasch ihre schwarzen Masken auf; dann nickten sie einander knapp zu. »Jetzt!«

***

Elsbeth summte vergnügt vor sich hin, während sie die Kissen auf den Bänken im Schankraum zurechtrückte und zusah, wie Elfie eine Platte mit erlesenen Speisen nach der anderen auf der langen Tafel abstellte. Ihre gute Laune rührte von der Botschaft her, die ihr soeben durch eine Magd im Hause des Gregor van Cleve zugetragen worden war. Offenbar hatten sich Vinzenz van Cleve und Aleydis de Bruinker am gestrigen Tage miteinander verlobt, zumindest inoffiziell. Dass es in Kürze eine offizielle Verlobungsfeierlichkeit und Verkündung des Aufgebots geben würde, war bereits beschlossene Sache.

Es verschaffte Elsbeth eine tiefe Genugtuung, dass diese beiden Menschen sich ehelich miteinander verbinden würden, und sie hatte bereits für die beiden eine Kerze in der Heiligkreuzkapelle entzündet und Nicolai an dessen Grab davon berichtet. Sie war sich sicher, dass ihn diese Entwicklung erfreut hätte, denn er hätte nur das Allerbeste für sie gewollt. Zwar ähnelten er und Vinzenz van Cleve sich weder äußerlich noch hinsichtlich ihres Gebarens und Charakters auch nur im Geringsten, doch beiden waren zwei Dinge gemein: Sie liebten Aleydis und waren in ihrem Herzen gute Männer.

Ein wenig hoffte Elsbeth darüber hinaus, dass sie vielleicht zumindest ein klein wenig Anteil an dieser Verlobung hatte, weil sie van Cleve von Anfang an zu ermutigen versucht hatte, sich dieser Möglichkeit zu öffnen. Sie kannte seine unglückselige Geschichte mit Annelin, seiner ersten Gemahlin, über die das Gerücht umging, sie habe sich aus Gram das Leben genommen. Tatsächlich hätte es eher Vinzenz van Cleve sein müssen, der vom Gram gepackt worden war, denn seine Gemahlin hatte sich hinter seinem Rücken mit diversen Männern vergnügt. Elsbeth glaubte, dass die junge Frau mannstoll gewesen war, anders war es nicht zu erklären, dass ein Gemahl wie Vinzenz van Cleve ihr nicht ausgereicht hatte. Denn dass er das Wort mannhaft verdiente, wusste sie von Giselle nur allzu gut.

Solche Gerüchte, insbesondere hochpikante wie dieses, landeten stets früher oder später bei Elsbeth, und obgleich sie nicht leicht Mitleid mit einem Mann empfand, hatte sie doch in seinem Fall eine Ausnahme gemacht, da sie ihn gut leiden konnte und wusste, dass er ein aufrechter, herzensguter Mann war, wenn auch von einer düsteren Gewitterwolke umgeben, die diesen Wesenszug vortrefflich zu verhüllen verstand.

Soweit Elsbeth mitbekommen hatte, war Annelins Leiche eines Tages bei den Rheinmühlen im Wasser entdeckt worden. Von Nicolai, der seine Kundschafter ebenfalls überall gehabt hatte, war ihr zugetragen worden, dass der städtische Medicus Neklas Burka an Annelin heimlich eine Sektion durchgeführt hatte, offenbar von van Cleve veranlasst, um herauszufinden, woran sie gestorben war. Dabei hatte sich herausgestellt, dass Annelin wohl von einem ihrer unzähligen Liebhaber schwanger geworden und zu einer Engelmacherin oder einem Quacksalber gegangen sein musste. Weshalb sie nicht versucht hatte, van Cleve das Kind als Kuckucksei unterzujubeln, wusste sie nicht. Vielleicht aber hatte er zu jener Zeit schon gewusst, dass sie ihn betrog, sodass sie von dieser Möglichkeit abgesehen hatte. Es gab Anzeichen einer Fehlgeburt. Was genau dabei schiefgegangen war, wusste allerdings auch der Medicus nicht. Um einen Skandal zu vermeiden, war Annelins Tod schließlich als tragischer Unfall bezeichnet worden. Und seither scheute

Vinzenz van Cleve die ehrbaren Frauen wie der Teufel das Weihwasser.

Dass er sich nun durchgerungen hatte, in eine Ehe mit Aleydis einzuwilligen, deutete sehr darauf hin, dass Elsbeth mit ihrer Annahme recht gehabt hatte. Hier war mehr als Pflicht oder eine sinnvolle Verbindung im Spiel. Sie hatte es van Cleve angesehen, ja, seine Abwehrhaltung gegenüber solchen unwillkommenen Gefühlen geradezu gespürt. Sie verstand ihn nur zu gut, denn ihr war es mit Johannes einst ganz genauso gegangen. Möglicherweise aus anderen Gründen, aber das war schlussendlich unwichtig. Sie erkannte tiefe Gefühle, wenn sie sie sah, und ebenso jeden Versuch, selbige zu unterdrücken.

Was Aleydis anging, so nahm sie nach allem, was sie von ihren Zuträgern gehört und in jener Nacht neulich beim Mausoleum selbst beobachtet hatte, an, dass auch sie dem Gewaltrichter ebenfalls alles andere als gleichgültig gegenüberstand. Somit war diese Verbindung sowohl von außen betrachtet eine äußerst sinnvolle als auch dem Glück der beiden Beteiligten förderlich. Alles in allem also genau das, was jeder Mensch mit Verstand sich wünschte.

Als in dem kleinen Flur vor der Schankstube Stimmen und Stiefelgepolter laut wurden, schrak Elsbeth aus ihren überaus angenehmen Gedanken auf. Im nächsten Moment flog auch schon die Tür auf, und Sigmund stürzte herein.

»Elsbeth.« Er keuchte; ganz offensichtlich war er gerannt. »Etwas Schreckliches ist passiert, und ich bin schuld daran.«

»Setz dich.« Resolut packte sie den jungen Mann am Arm und schob ihn zur Bank am rechten Tisch.

»Ich kann nicht, ich muss …«

»Du setzt dich jetzt und berichtest mir ganz in Ruhe, was vorgefallen ist.« Sie deutete auf die Bank, und schließlich ließ Sigmund sich schwer atmend darauf nieder. Sie setzte sich ihm gegenüber.

»Wir, also Dietmar, Bernhard und ich, wir sind wie befohlen heute hinter der Frau Aleydis her, heimlich natürlich, damit sie nix bemerkt. Sie war in der Kirche, wie alle am Sonntag, und danach ist sie mit Hartlieb de Piacenza mitgegangen, in die Taverne *Zum goldenen Anker* unten am Hafen.«

»Mit Hartlieb?« Erschrocken richtete Elsbeth sich auf. »Das hätte sie nicht tun dürfen. Was hat er ihr angetan?«

»Nix.« Sigmund schüttelte den Kopf. »Ich hab durchs Fenster reingeschaut. Die saßen nur da und haben geredet, und er hat gegessen. Also es war kein besonders freundliches Gespräch, und Frau Aleydis ist dann auch ziemlich wütend wieder gegangen, zusammen mit Symon und Wardo. Wir mussten uns ganz schön beeilen, damit sie uns nicht sehen konnten. Sie wollte wohl nach Hause, aber dann sind mehrere, also insgesamt neun Geharnischte aufgetaucht, die kamen aus dem kleinen Wehrgässchen. Wir haben sie zwar vorher schon gesehen, aber wie hätten wir denn ahnen sollen, dass die auf der Suche nach Frau Aleydis sind?«

»Geharnischte?« Streng sah Elsbeth Sigmund an. »Jetzt mal langsam. Was für Männer waren das?«

Sigmund ließ den Kopf hängen. »Das waren Waffenknechte. Söldner. Die gehören zu Hartliebs Männern, denke ich, aber der hat sie gar nicht geschickt, sonst wären die ja mit zum *Goldenen Anker* gegangen. Da waren nur ein paar andere seiner Männer, nicht diese hier. Die haben Frau Aleydis und Wardo und Symon eingekreist und bedroht und … Ich glaube, es ging um den Waffenknecht, der totgeblieben ist, nachdem wir ihm und dem anderen eine Abreibung verpasst haben. Sie wollten sich rächen und … Wir konnten das nicht verhindern. Ich war nicht schnell genug. Hätte ich gleich gesehen, dass die Geharnischten Frau Aleydis etwas antun wollen … Aber wir wollten uns noch aufteilen und so, damit sie uns nicht doch noch bemerkt. Dann haben wir gehört, wie … wie …«

»Was haben sie Aleydis angetan?« Elsbeth war es eisig kalt geworden. »Haben sie sie … Ich meine …«

»Sie lebt noch.« Langsam hob Sigmund den Kopf wieder. »Wardo und Symon auch, aber die beiden haben ganz schön was abgekriegt, und Frau Aleydis auch. Sie war ohnmächtig, als wir … Ich weiß, wir sollten uns nicht einmischen, aber die hätten sie totgetreten, wenn wir nicht eingegriffen hätten.«

»Ihr habt euch gezeigt?«

»Wir sind auf die Kerle los, mit gezogenen Schwertern. Drei haben wir erwischt, die sind hinüber. Dann kamen plötzlich von irgendwoher der Gewaltrichter und Herr Alessandro. Ich weiß nicht, wer die geholt hat, aber sie haben die anderen Söldner dann verjagt. Wir sind dann auch weg, wollten hinter den Kerlen her, um sie zur Strecke zu bringen, aber wir mussten aufpassen, weil Symon nämlich denen auch nachgerannt ist. Bernhard und Dietmar verfolgen sie jetzt, und ich bin hergekommen, um dir Bescheid zu sagen. Wenn die beiden wissen, wo die sich verstecken, sagen sie Bescheid. Bestimmt irgendwo draußen vor dem Hahnentor, weil ihr Herr ja auf dem Gut van der Buchtel wohnt.« Erneut ließ Sigmund den Kopf hängen. »Ich hätte schneller sein müssen. Jetzt ist Frau Aleydis schwer verletzt. Ich bin auf dem Weg hierher in der Glockengasse vorbei und habe mich umgehört. Sie wurde mit einer Sänfte nach Hause gebracht, und der Gewaltrichter ist dabei gewesen. Herr Alessandro natürlich auch.«

»Bist du sicher, dass Hartlieb diese Männer nicht geschickt hat?« Elsbeth erhob sich und ging vor dem Tisch auf und ab. »Es wäre ihm zuzutrauen.«

»Nein, das war er nicht.« Sigmund rieb sich mit beiden Händen übers Gesicht. »Wir konnten ja hören, was die Geharnischten gesagt haben. Die waren auf Rache für den toten Lehnert aus, sonst nichts. Wenn wir nicht dazwischengegangen wären, hätten sie die arme Frau umgebracht. Da wäre wahrscheinlich auch der Gewaltrichter zu spät gekommen, obwohl er so schnell dort war. Wir konnten nicht anders ...«

»Schon gut, ihr habt das Richtige getan.« Unvermittelt blieb Elsbeth vor dem Tisch stehen. »Das ist meine Schuld. Ich hätte es voraussehen müssen. So etwas hätte niemals passieren dürfen.« Sie fasste sich an die Stirn. »Ich ging davon aus, dass von Hartlieb die größte Gefahr ausgeht. Aber diese Söldner?« Erneut begann sie, unruhig auf und ab zu gehen. Ihre Augen brannten, sie schluckte gegen die Enge in ihrer Kehle an. »Ihr habt das Richtige getan«, wiederholte sie. »Ihr habt sie gerettet, das ist das Wichtigste. Ich war nicht darauf vorbereitet, dass diese Männer Lehnerts Tod rächen wollen.« Wieder blieb sie stehen. »Findet sie.« Sie suchte Sigmunds Blick. »Und wenn ihr sie gefunden habt, sagt ihr mir Bescheid.«

Ohne noch weiter auf Sigmund zu achten, verließ sie die Schankstube und rief nach Gero und Cordian. Letzteren wies sie an, ein Auge auf die Vorgänge im Haus zu haben. Da am heutigen Sonntag keine Kunden eingelassen wurden, ging sie davon aus, dass alles ruhig bleiben würde. Gero sollte sie zum Eigelstein begleiten. Sie musste sich mit Götz beraten und das Schattenfemegericht einberufen. Danach würde sie sich hinunter zum Hühnermarkt begeben und Johannes berichten, was vorgefallen war. Sie konnte nur hoffen, dass er die Entscheidung, die sie nun treffen musste, verstehen würde.

Kapitel 36

24. April Anno Domini 1424

Es war stockfinster auf dem freien Feld vor dem Hahnentor, nicht ein Stern oder ein Fitzelchen Mond spendete Licht in dieser Nacht, die sich anschickte, in den frühen Morgen überzugehen, denn der Himmel war von dichten Wolken verhangen. Die einzige Lichtquelle, die die vier schwarz gewandeten und maskierten Gestalten, die über jenes Feld huschten, mit sich führten, war ein Kienspan, dessen Flamme in dem böigen Wind, der über das Land blies, immer wieder knisternd flackerte. Als sie ihrem Ziel näher kamen, löschten sie den Kienspan, indem sie ihn tief in die umgepflügte lockere Erde des Feldes steckten und halb begruben.

Das Lager der sechs Söldner, die nach dem Überfall auf Aleydis de Bruinker noch lebten und die sich von ihrem Herrn abgesetzt hatten, weil sie wussten, dass ihnen für ihr Handeln Strafen drohen würden, lag zwischen einer Ansammlung niedriger Sträucher, Brombeerhecken und einem Waldstück. Ein kleines Lagerfeuer, von dem nur noch ein wenig Glut übrig geblieben war, wies den vier Maskierten den Weg.

Sie hielten inne, als sie nahe an das Lager herangekommen waren, von dem her nur das leise Schnarchen der Söldner zu vernehmen war. Selbstverständlich war einer von ihnen zur Wache abgestellt. Er saß aufrecht neben der Feuerstelle und sah sich ein ums andere Mal um, doch in der Finsternis dieser Nacht war es ihm unmöglich, die herannahende Gefahr zu bemerken.

Die vier Maskierten teilten sich auf: zwei links herum, zwei rechts. Der Wachmann fuhr hoch, als er das Rascheln eines Mantels vernahm. Er stieß einen Warnruf aus, zog seinen Dolch und wehrte den ersten Angriff der schwarzen Gestalt voller Entsetzen ab. Wie ein Dämon kam sie ihm vor, gesichtslos, unheimlich und stinkend wie die Hölle.

Um ihn herum erwachten seine Kumpane, wollten sich aufrappeln, doch da war es bereits zu spät. Ein ersticktes Gurgeln drang an die Ohren des Wachmanns, der sich immer noch gegen inzwischen zwei dieser dämonischen Gestalten zur Wehr setzte. Am Ende überwältigten sie auch ihn, vollkommen schweigend, wie Geister, die der Wind mit sich gebracht hatte.

Am folgenden Morgen, im ersten Tageslicht, das immer noch von schweren Wolken gedämpft war, fanden Bauern die leblosen Körper der sechs Söldner, aufgereiht um die inzwischen erloschene Feuerstelle und geradezu friedlich anzusehen. Einem jeden von ihnen war die Kehle durchgeschnitten worden.

Kapitel 37

28. April Anno Domini 1424

Pater Johannes von St. Aposteln hielt an diesem Sonntag eine ausgesprochen erbauliche, allerdings auch höchst ausführliche Predigt und zog die Liturgie damit sehr in die Länge. Elsbeth hatte es sich nicht nehmen lassen, mit ihren Frauen die heilige Messe heute hier zu besuchen, nachdem ihr zugetragen worden war, dass im Anschluss auf dem Neumarkt die offizielle Verlobung von Aleydis und Vinzenz van Cleve stattfinden würde.

Auch Johannes war anwesend, hatte sich aber einen Platz auf der gegenüberliegenden Seite des Kirchenschiffs gesucht, weil er verspätet eingetroffen war. Elsbeth und die übrigen Hübschlerinnen drängten sich in eine Nische bei einem Seitenaltar, denn sie durften auch in einer Kirche nicht den ehrbaren Frauen nahe kommen. Von ihrem Standort aus konnte sie Aleydis nicht sehen, dazu stand diese viel zu weit vorne, doch beim Hereinkommen hatte sie einen kurzen Blick auf die junge Frau werfen können und festgestellt, dass sie reichlich nervös wirkte. Doch wen wunderte es? Immerhin waren die Augen aller Gottesdienstbesucher mehr oder weniger neugierig auf sie gerichtet gewesen. Eine überlange Messe half da selbstverständlich nicht, sich zu beruhigen; allerdings bezweifelte Elsbeth, dass der Pastor von der Verlobung wusste.

Das Aufgebot wurde in der Regel erst bestellt, wenn der weltliche Ehevertrag geschlossen war, und genau das würde im Anschluss an den Gottesdienst geschehen. Dass sich in diesem Fall zwei äußerst bekannte Personen miteinander verloben wollten, rief ganz sicher die Neugier der Menschen hervor, auch wenn offenbar niemand eine Verlautbarung über die Verlobung herausgegeben hatte. Doch der Neumarkt als Örtlichkeit für die Zeremonie war sicherlich nicht zufällig gewählt worden.

Ein Verspruch musste nicht zwangsläufig in aller Öffentlichkeit erfolgen, doch in einem Fall wie diesem setzte die Veranstaltung ein deutlich sichtbares und unmissverständliches Zeichen, sowohl für Freunde und Familie als auch und ganz besonders für alle, die sich womöglich erhofft hatten, mit Nicolai Golattis Witwe leichtes Spiel zu haben, dass sich hier zwei mächtige und einflussreiche Familien miteinander zu verbinden gedachten.

Auf ein größeres Spektakel mit Tribüne und Vermittlern aus dem Stadtrat schienen sie derweil gänzlich zu verzichten, ebenso wie es seinerzeit Nicolai bei seiner Verlobung mit Aleydis gehalten hatte. Elsbeth wollte sich das Geschehen gerne bis zum Schluss ansehen und sich bei der Gelegenheit davon überzeugen, dass es Aleydis wirklich gut ging, denn immerhin waren die beiden kleinen Mädchen noch in Bonn bei der Familie de Piacenza, und die allgemeinen Umstände sowie der Überfall vor einer Woche lasteten mit Sicherheit schwer auf ihr. Glücklicherweise war ihrem Gesicht nichts von den Schlägen und Tritten anzusehen, die die verteufelten Söldner ihr zugefügt hatten.

Als Elsbeth sich weiter umsah, entdeckte sie in der Menge auch Alessandro Venetto, von dem es hieß, dass er kürzlich nach Bonn geritten war, um Hartlieb eine Vorladung vor das Kölner Gericht zu überbringen, denn Aleydis klagte selbstverständlich gegen ihn wegen der Entführung der Mädchen.

Auch Aleydis' Vater, Jorg de Bruinker, konnte Elsbeth erkennen, der mit seiner Gemahlin Krista sowie Aleydis' drei jüngeren Stiefgeschwistern anwesend war. Als der Gottesdienst endlich geendet hatte, folgte Elsbeth ihnen mit Blicken und konnte so auch wieder Aleydis erkennen, die sich dicht hinter ihrer Familie hielt.

Elsbeth musste eine ganze Weile mit ihren Frauen warten, bis sich die Besucher des Gottesdienstes nach draußen begeben hatten, bevor sie sich selbst in Bewegung setzte. Sie hatte ihren Hübschlerinnen bereits wie immer den Sonntag freigegeben und hoffte, selbst den restlichen Tag ungestört bei Johannes verbringen zu können.

Sie fühlte sich seltsam außer sich und wie betäubt, seit sie vor wenigen Tagen ihren Boten den Befehl gegeben hatte, die Söldner, die Aleydis so schwer misshandelt und beinahe umgebracht hatten, mit aller Härte zu bestrafen – mit der Höchststrafe, um genau zu sein. So etwas hatte sie noch nie tun müssen, und sie wusste nicht recht, was dies nun aus ihr gemacht hatte.

Sie war sich stets bewusst gewesen, dass es einmal so weit kommen könnte, wenn jemand Aleydis oder ein anderes Familienmitglied mit dem Tode bedrohte – oder Schlimmeres. Schon bei Hardwin hätte sie so vorgehen müssen, wenn Aleydis nicht anders entschieden hätte. Nicolai hatte in dieser Hinsicht sehr strikte Instruktionen hinterlassen – aus gutem Grund. Niemand außer Elsbeth begriff vermutlich das wahre gefährliche Ausmaß, das seine Schattenwelt angenommen hatte. Er war unbarmherzig gewesen, und so würden seine Gegner oder Schuldner ebenfalls handeln, wenn man sie nicht mit aller Strenge und Macht davon abhielt.

Als Elsbeth endlich ebenfalls durch das Portal nach draußen schritt, gesellte sich Johannes zu ihr. Sie hatten sich seit einigen Tagen nicht treffen können, da er erneut auf der anderen Rheinseite nach dem Rechten hatte sehen müssen. Ein wenig fühlte sie sich seltsamerweise nun befangen, doch sie konnte nicht festmachen, woran das lag.

»Sie hat fast ihren gesamten Haushalt mitgebracht.« Johannes wies mit dem Kinn auf die Gruppe von Menschen, die sich um Aleydis gebildet hatte.

»Es ist ja auch eine Familienangelegenheit.« Elsbeth versuchte sich an einem Lächeln.

»Weshalb auch du anwesend sein möchtest.« Er nickte ihr mit einem warmen Blick zu. »Das ist verständlich. Wir sollten uns allerdings ein wenig im Hintergrund halten.« Er deutete auf einen geschlossenen, überdachten Verkaufsstand. »Dahinter sehen sie uns nicht.«

Sie folgte ihm schweigend und richtete ihren Blick sogleich wieder auf das Geschehen. Dabei entdeckte sie einen mittelgroßen Mann, dessen kurz geschorener dunkelbrauner Bart bereits von einigen grauen Strähnen durchzogen war, ebenso wie sein Haupthaar. Er war etwa so alt wie Aleydis' Vater, und Elsbeth erkannte ihn sofort. »Meister Claiws!« Ebenso überrascht wie erfreut lächelte sie. »Der Dombaumeister – oder vielmehr der kommissarische, aber nach allem, was man über ihn hört, dürfte ihm dieser Rang über kurz oder lang offiziell zugesprochen werden. Wird er heute ebenfalls die Rolle des Vermittlers übernehmen, so wie damals bei Aleydis' Verlobung mit Nicolai?«

»Wir werden es gleich erfahren.« Johannes blickte ebenfalls aufmerksam zu dem Geschehen hin.

»Er ist für Aleydis wie ein Onkel, hat Nicolai mir erzählt.« Als sie sah, wie Aleydis in der Umarmung des bärenstarken Mannes geradezu verschwand, wurde ihr warm ums Herz – und ein bisschen wehmütig. Sie hatte nie eine solche Familie gehabt, solche Freunde. Dennoch freute sie sich an dem Anblick und für Aleydis, dass sie so viele Menschen um sich hatte, die ihr stets und in allen Lebenslagen beistanden. Auch Alba van Cleve und ihre Mutter und sogar Albas Söhne waren zugegen, die wohl von Klosterschule und Lehrherrn für diesen Tag die Erlaubnis erhalten hatten herzukommen.

»Da kommt der Gewaltrichter.« Johannes deutete in Richtung des Marktbrunnens, denn von dort schritt nun Vinzenz van Cleve auf Aleydis zu. Er war wie sie in den edlen rotbraunen Zunftmantel der Kaufleute in der Gaffel Eysenmarkt gekleidet, und auch sein sowie ihr Vater hatten zum Zeichen ihrer Zugehörigkeit zur Gaffel die entsprechenden Mäntel und Filzhüte angelegt.

Die Miene des Gewaltrichters wirkte, falls das überhaupt möglich war, noch gewittriger als üblich, doch zu Elsbeths Freude entspannte sie sich ein wenig, als er Aleydis ansah. Er lächelte sogar, was Elsbeth einen regelrechten freudigen Stich versetzte. »Wusste ich es doch!«

»Was meinst du?« Verwundert sah Johannes sie von der Seite an.

»Vinzenz van Cleve.« Sie lächelte. »Er liebt sie.«

»Aha.« Um Johannes' Mundwinkel zuckte es. »War das nicht offensichtlich? Deshalb hast du ihn doch ständig mit ihr gepiesackt, oder etwa nicht?«

»Aber er wollte es nie zugeben, wahrscheinlich nicht einmal vor sich selbst. Das scheint sich jetzt geändert zu haben.«

»Pst.« Sachte stieß Johannes sie mit dem Ellenbogen an. »Es geht los.«

»Ich grüße euch alle an diesem schönen Tag«, begann Meister Claiws. »Mein alter Freund Jorg hat mich gebeten, an diesem Tag der Vermittler zwischen den Familien de Bruinker und van Cleve zu sein und die beiden Brautleute einander zuzuführen. Ich will auch gar nicht lange drum herum reden, sondern bitte sogleich die beiden Väter der Brautleute, einen Schritt vorzutreten und nach alter Tradition ihr Einverständnis zu dieser Ehe zu bezeugen.«

Gregor und Jorg traten aufeinander zu und maßen einander mit ernsten Blicken. Dann lächelte Gregor ganz offensichtlich triumphierend, während Jorgs Miene eine gewisse Skepsis verriet.

»Er hat seinen Willen«, wisperte Elsbeth. »Gregor wollte schon vor Jahren, dass sein Sohn Aleydis heiratet. Nicolai ist ihm bloß zuvorgekommen. Obwohl ich nicht glaube, dass Vinzenz sich damals darauf eingelassen hätte. Die Zeit war nicht reif dafür.«

»Pst«, wiederholte Johannes grinsend.

»Und nun«, sprach Meister Claiws feierlich weiter, »übergebe ich die Rede an Gregor van Cleve, der als Fürsprecher für seinen Sohn fungiert.«

Gregor war die Genugtuung deutlich anzusehen, als er anhub: »Nach alter Tradition und Rechtsprechung stimme ich der Mitgift, Morgengabe und allen übrigen Vereinbarungen, die zwischen unseren Familien hinsichtlich der Vermählung von Vinzenz und Aleydis getroffen wurden, voll und ganz zu und bestätige hiermit, dass der Ehevertrag in beiderseitigem Einverständnis geschlossen und sowohl von mir und Vinzenz als auch von Jorg und Aleydis unterzeichnet wurde. Deshalb, Jorg, bitte ich nun im Namen meines Sohnes um die Hand deiner Tochter Aleydis, auf dass die beiden in vier Wochen am Tag des heiligen Nothelfers Justinus vor die Kirchenpforte von St. Aposteln treten und den heiligen Bund der Ehe schließen mögen.«

Jorg räusperte sich deutlich hörbar und antwortete darauf: »Als Fürsprecher meiner Tochter Aleydis, Witwe des ehrenwerten Nicolai Golatti, stimme ich den Vereinbarungen, die vertraglich zwischen unseren Familien bezüglich der Vermählung von Aleydis und Vinzenz geschlossen wurden, voll und ganz zu. Deiner Bitte, meine Tochter in die Munt deines Sohnes Vinzenz zu geben, gebe ich hiermit statt, auf dass die beiden in vier Wochen am Tag des heiligen Nothelfers Justinus vor die Kirchenpforte von St. Aposteln treten und den heiligen Bund der Ehe schließen mögen.«

Einen Augenblick war es ganz still, während die beiden Männer einander die Hände schüttelten. Dann klatschten die Angehörigen beider Familien, ebenso wie die Schaulustigen, die sich inzwischen in immer größer werdender Zahl einfanden und Elsbeth nun doch immer wieder den Blick versperrten, sodass sie Meister Claiws nicht mehr sehen konnte, seine Worte jedoch vernahm.

»Der Vertrag wurde also in beiderseitigem Einverständnis geschlossen, und die Fürsprecher der zukünftigen Brautleute haben ihn hiermit im Angesicht ihrer Familien – und einiger weiterer Zeugen – in aller Offenheit und Freundschaft bestätigt. Jetzt ist es noch an Vinzenz und Aleydis, dem Vertrag ebenfalls hier vor uns allen zuzustimmen und ihn damit zu bestätigen. Lieber Jorg, lieber Gregor, führt nun also die beiden zukünftigen Brautleute hier zusammen, damit sie sich die Hände reichen und ihre Einwilligung bekunden. Hernach sollen sie vor Gott und der Welt als miteinander Verlobte angesehen und auch so angesprochen werden.«

»Mist«, murmelte Elsbeth, verließ ihren Platz hinter dem Verkaufsstand und stellte sich etwas weiter seitlich, denn dort gab es eine Lücke in der Menschentraube. Nun konnte sie die Zeremonie weiterverfolgen.

Jorg führte soeben Aleydis auf Vinzenz zu, bis sie ihm direkt gegenüberstand.

Elsbeth konnte ihr die Nervosität ansehen und schmunzelte, denn dass die junge Frau nun, da sie so dicht vor Vinzenz stand, den Kopf in den Nacken legen musste, um ihm ins Gesicht sehen zu können, war sicher nicht dazu angetan, ihr Ruhe und Gleichmut zu vermitteln. Als Elsbeth sah, wie die beiden einander in die Augen blickten, verspürte sie erneut einen Stich ganz tief in der Magengrube. O ja, hier war Liebe im Spiel, und ganz eindeutig nicht nur aufseiten des Gewaltrichters.

Vinzenz streckte beide Hände aus, was Aleydis für einen Moment zu verblüffen schien, Elsbeth jedoch freute wie schon lange nichts mehr. Aleydis' Vater legte, der Tradition folgend, ihre rechte Hand in Vinzenz' linke. Auf Vinzenz' auffordernden Blick hin ergriff sie daraufhin auch noch seine rechte Hand.

Jorg schien ebenfalls ein wenig irritiert, ergriff dann aber das Wort: »Vinzenz van Cleve, hiermit verspreche ich dir, meine Tochter Aleydis am Tage eurer Vermählung in deine Munt zu übergeben, auf dass sie vor dem allmächtigen Gott und der Welt zu deinem angetrauten Eheweib wird.«

Meister Claiws blickte mit einem beifälligen Nicken zum Gewaltrichter. »Vinzenz?«

Einen langen Moment blickte Vinzenz Aleydis nur schweigend an, und Elsbeth verspürte noch einen Stich. Sie erkannte die tiefen Gefühle zwischen den beiden, denn sie hatte sie vor ungefähr fünfzehn Jahren selbst an sich entdeckt, als sie Johannes begegnet war. Wie der Gewaltrichter hatte sie sich lange Zeit dagegen zur Wehr zu setzen versucht. Im Nachhinein betrachtet wusste sie, dass es von Beginn an vergebene Liebesmüh gewesen war. Sie freute sich von Herzen, dass auch van Cleve endlich zu dieser Einsicht gekommen war, und schluckte, als sie seine Worte nun laut und deutlich vernahm.

»Aleydis de Bruinker, Witwe des ehrenwerten Nicolai Golatti, hiermit verspreche ich und gelobe, dich am Tage unserer Vermählung vor dem allmächtigen Gott und der Welt zu meinem angetrauten Eheweib zu nehmen.« Seine Stimme klang rau – das einzige äußere Anzeichen dafür, dass er bewegt war.

»Sehr schön.« Meister Claiws nickte erneut Vinzenz zu, dann wandte er sich an Aleydis. »Zuletzt ist es noch an dir, liebe zukünftige Braut, dein Einverständnis zu dieser Vermählung kundzutun. Deshalb frage ich dich, Aleydis de Bruinker, bist du willens, dich am Tag des heiligen Nothelfers Justinus im Jahr des Herrn 1424 mit dem vor dir stehenden Vinzenz van Cleve zu vermählen und dich damit in seine Munt zu begeben und sein Eheweib zu werden?«

Aleydis wirkte ein wenig erschrocken, straffte aber gleich darauf die Schultern und antwortete mit klarer, deutlicher Stimme: »Ja, ich bin willens und einverstanden, mich am Tag unserer Vermählung in die Munt des Vinzenz van Cleve zu begeben und sein angetrautes Eheweib zu werden.« Sichtlich bewegt blickte sie zu van Cleve auf – und Elsbeth hielt unwillkürlich die Luft an.

»Er wird doch nicht?«, raunte Johannes neben ihr erheitert.

»Schsch!« Sie legte den Zeigefinger an die Lippen.

Es war ringsum vollkommen still geworden, als der Gewaltrichter den Kopf zu Aleydis hinabneigte, um die Zeremonie nach althergebrachter Tradition zu beenden: Er küsste Aleydis kurz auf die Stirn … und senkte dann, ehe sie reagieren konnte, seinen Mund auf ihren. Nur für einen kurzen Moment verweilte er dort, dann richtete er sich wieder auf.

Elsbeth wischte sich verstohlen eine Träne aus den Augenwinkeln, während die Angehörigen lachten und klatschten und aus den Reihen der Schaulustigen sogar Jubelrufe aufbrandeten. Sie blickte still auf die Menschenmenge, die nun natürlich Glückwünsche loswerden wollte.

»Geht es dir gut?« Johannes musterte sie aufmerksam.

Sie nickte hastig. »Ja, selbstverständlich. Mir ist nur gerade etwas … ins Auge geflogen. Eine Mücke vielleicht.«

»Ah.« Er trat auf sie zu und suchte ihren Blick. »Eine Mücke, ja?«

»Oder ein Sandkorn.«

Sachte legte er ihr eine Hand an die Wange. »Elsbeth …«

»Wir sollten jetzt gehen, die Zeremonie ist vorbei«, unterbrach sie ihn, weil sie seltsamerweise ahnte, was er sagen wollte. Doch das war irrsinnig und unmöglich, deshalb wollte sie, dass es unausgesprochen blieb. »Mede hat doch bestimmt wieder ein gutes Sonntagsmahl für uns vorbereitet, nicht wahr?«

***

Elsbeth und Johannes hatten sich gerade über den vorzüglichen Kapaun hergemacht, den Mede zusammen mit geschmortem Gemüse und einer kräftig-süßen Honigsoße aufgetragen hatte, als jemand laut an der Haustür pochte. Nur wenig später betrat Mede die Stube.

»Elsbeth, da steht 'ne Bettler vor der Dür, der meint, er müsst janz dringend zu dir. Hat jesaat, singe Name wär Dietmar und du würdest ihn kenne.«

»Dietmar?« Alarmiert hob Elsbeth den Kopf. »Bring ihn bitte herein.«

»Den dreckelige Kääl?« Mede verzog die Lippen, gehorchte aber und führte nur Augenblicke darauf Dietmar in die Stube, der sich anerkennend umsah, dann aber auf Elsbeth zutrat.

»Ich hab wichtige Nachrichten für dich, von Frau Aleydis, die werden dir nicht gefallen.«

»Von Aleydis?« Elsbeth wechselte einen verwunderten Blick mit Johannes, der daraufhin Mede mit Gesten zu verstehen gab, dass sie die Stube verlassen sollte. »Wir kommen gerade von ihrer Verlobung mit Vinzenz van Cleve auf dem Neumarkt. Was kann sich seither Ungutes ereignet haben?«

»Eine ganze Menge.« Dietmar kratzte sich am Kopf. »Warst wohl zu früh weg, sonst hättest du das alles mitbekommen. Erst hat nämlich der Alessandro Venetto van Cleves Schwester einen Antrag gemacht …«

»Alba?« Sie runzelte die Stirn. »Das ist in der Tat eine Überraschung, aber doch eigentlich eine gute.«

»Aber dann kam plötzlich Hartlieb de Piacenza mit dem Gewaltrichter Hardefust sowie einem Büttel und zwei Schöffen aus Bonn und hat die Festlichkeit gestört«, fuhr Dietmar mit ernster Miene fort. »Die wollten Frau Aleydis festsetzen und zu Turme bringen, weil de Piacenza Klage gegen sie erhoben hat. Angeblich soll sie dafür verantwortlich sein, dass Tybald und Lehnert und sein Vetter verwamst worden sind. Und weil dabei der Lehnert totgeblieben ist und man dann auch noch die ganzen anderen Waffenknechte vom Piacenza tot aufgefunden hat, von denen sie überfallen worden ist, soll sie nun dafür büßen. Die behaupten, sie hätte Männer dafür gedungen und würde die dunklen Geschäfte ihres seligen Gemahls jetzt weiterführen.«

»Himmel!« Erschrocken stand sie auf und ging neben dem Tisch auf und ab. Vor Dietmar blieb sie stehen. »Sie wurde zu Turme gebracht?«

»Nein, das hat van Cleve verhindert. Ich glaub auch, dass der Hardefust das gar nicht wollte, aber die Bonner waren darauf erpicht. Sie steht jetzt aber unter Hausarrest, und während wir hier reden, wird ihr Haus nach Beweisen für die Anschuldigungen durchsucht.«

»Heilige Jungfrau Maria!« Elsbeth fasste sich an den Kopf. »Verfluchter Hartlieb!«

Johannes räusperte sich vernehmlich. »Ich sage es nur ungern, aber ich hatte dich gewarnt, dass so etwas passieren könnte.«

»Ich weiß.« Elsbeth drehte sich zu ihm um. »Aber was …« Sie schluckte hart. »Was für eine Wahl hatte ich denn? Wie hätte ich anders vorgehen sollen?« Sie wandte sich wieder Dietmar zu, fischte eine Münze aus der Geldtasche in ihrem Ärmel und reichte sie ihm. »Danke, dass du mir so rasch Bescheid gegeben hast. Geh zurück in die Glockengasse und hör dich dort um, was es sonst noch Neues gibt und wie es Aleydis geht. Ich will über jede Kleinigkeit auf dem Laufenden gehalten werden.«

»Bin schon wieder unterwegs.« Dietmar nickte ihr knapp zu und verließ die Stube.

»Elsbeth …« Johannes war hinter sie getreten und drehte sie zu sich um. »Ich weiß nicht, was du hättest anders machen können, aber du siehst, wohin es führt.«

»Ich habe Nicolai geschworen, Aleydis und seine Familie zu beschützen.« Sie atmete tief durch, weil sie hoffte, sich damit zu beruhigen, doch ihre Kehle war wie zugeschnürt.

»Vielleicht hätte er das nicht von dir verlangen dürfen.« Johannes ergriff ihre Hände. »Er hätte wissen müssen, in welche Situation er dich damit bringt und welche Konsequenzen das für Aleydis haben kann. Wenn niemand weiß, dass sie unter seinem Schutz steht, auch über seinen Tod hinaus, und dass er jemanden damit beauftragt hat …« Er schüttelte den Kopf. »Wen sonst als Aleydis sollen die Leute denn verdächtigen, wenn plötzlich Menschen überfallen, verprügelt und sogar ermordet werden?« Seine Stimme schwankte. »Ich …« Er schüttelte den Kopf. »Ich verstehe, weshalb du das tun musstest – diesen Befehl geben, meine ich, aber … Wie willst du damit leben, Elsbeth? Wie sollen *wir* damit leben? Ich kenne dich. Du bist nicht so skrupellos wie Nicolai. Du hast dich stets um die Menschen gekümmert, ob sie es wollten oder nicht. Du hast deine Macht niemals missbraucht. Du hast ihm zugearbeitet, ja, und ihm Informationen verschafft, aber an seinen Machenschaften warst du letztlich nie selbst beteiligt.«

»Doch, das war ich.« Sie blickte zu Boden. »Mit jeder Information, mit jedem …« Sie stockte, weil sie nicht aussprechen wollte, was offensichtlich war. Wieder bekam sie fast keine Luft mehr. »Du hasst mich dafür, dass ich meinen Männern diesen Befehl gegeben habe.«

»Elsbeth …«

»Ich verstehe das. Ich … hätte wissen müssen, dass das mit uns irgendwann enden wird, wenn du begreifst, wer ich wirklich bin. Was ich bin.« Sie hob den Kopf und blickte ihm in die Augen. »Ich bin Nicolai Golattis Schwester. Ich habe ihn geliebt, und ich habe ihm gelobt, seine Familie vor Schaden zu schützen, koste es, was es wolle. Denn wenn er nicht gewesen wäre, dann wäre ich vielleicht heute nicht mehr. Er ist zu einer Zeit in mein Leben getreten, als das Schicksal mich in die Gosse hätte stoßen können. Er hat meinen Mut geweckt und an mich geglaubt. Das klingt seltsam, ich weiß, denn er hätte mich ja auch aus dem *Scone Frowe* herausholen können.«

»Aber das wolltest du gar nicht.«

»Nein, das wollte ich nicht.« Sie wandte sich ab. »Wenn du willst, dass ich gehe, dann werde ich das tun. Denn ich kann meinen Eid nicht brechen. Dazu habe ich nicht nur ihn zu sehr geliebt. Dazu liebe ich auch seine – *meine* – Familie zu sehr, auch wenn sie nicht einmal weiß, wer ich bin.« Sie presste die Lippen fest aufeinander und machte einen Schritt auf die Tür zu.

»Elsbeth. Verdammt noch eins.« Johannes hielt sie an der Schulter zurück und drehte sie wieder zu sich um. Seine Miene war zum ersten Mal seit vielen Jahren wieder so finster wie in jenen ersten Tagen ihrer Bekanntschaft. »Ich habe es schon einmal gesagt, und ich wiederhole es heute ein letztes Mal: So schnell wirst du mich nicht los. Ich bin vielleicht nicht begeistert von dem, was du zu tun gezwungen bist, aber glaub nicht, dass ich dich deshalb hasse. Ich kann dich gar nicht hassen, Elsbeth, das müsstest du doch wissen.« Etwas ruppig zog er sie in seine Arme. »Ich liebe dich seit dem verdammten Tag, an dem du hier in meinem Hof aufgetaucht bist und verlangt hast, dass ich dich einfach mir nichts, dir nichts zum Heumarkt begleite, um mir Isas Elend anzusehen.« Er räusperte sich. »Ich soll dich übrigens von ihr und Udo grüßen, denn ich traf die beiden mit ihren drei Töchtern und ihrem Sohn heute früh auf dem Weg zur Kirche.« Als sie den Kopf hob, lächelte er ihr zu. »Du bist mehr als Nicolai Golattis Schwester. Du bist«, er schien nach Worten zu suchen, »du bist wie eine Wächterin, Elsbeth. Eine Wächterin über die Kölner Unterwelt – und noch weit darüber hinaus. Er hatte kein Recht, dir diese Bürde aufzuerlegen, aber ich verstehe, weshalb du sie angenommen hast. Du hattest nie eine Familie; nun hast du eine, und die musst du beschützen. Ich bin nicht dumm, Elsbeth. Ich weiß sehr genau, was dein Bruder für ein Mensch war. Er hatte seine guten Seiten und ein liebendes Herz, aber er war auch ein grausamer Mann. Du hingegen bist nicht grausam. Du liebst die Menschen, tust ihnen Gutes, obgleich dir in deinem Leben so viel Übles angetan wurde.« Nun umfasste er ihr Gesicht mit beiden Händen. »Warum hast du vorhin geweint? Bei der Zeremonie?«

Elsbeth schluckte hart an dem Kloß, der sich in ihrer Kehle gebildet hat. »Du weißt, warum.«

»Ich möchte aber, dass du es mir sagst.«

Sie lachte trocken auf. »Wozu?«

»Weil es noch nicht zu spät ist, deine Ansicht darüber zu ändern.«

»Johannes ...« Sie schloss für einen Moment die Augen und erschrak, als sie im nächsten Moment seinen Mund auf ihrem spürte, kurz, zärtlich.

»Du bist noch nicht so weit, aber ich hoffe bei Gott, dass du es sein wirst, bevor wir ins Grab sinken.« Wieder küsste er sie.

Für einen Moment gab sie sich ihren Gefühlen für ihn hin, doch ein Gedanke blitzte hinter ihrer Stirn auf, der sie innehalten ließ. Vorsichtig löste sie sich ein wenig von ihm. »Du hast vorhin gesagt, dass niemand weiß, was Nicolai verfügt hat.«

Johannes nickte bedächtig. »Deshalb wird Aleydis nun von Hartlieb angeklagt und von den Schöffen unter Arrest gestellt. So etwas musste früher oder später ...«

»Was, wenn ich mich zu erkennen gebe?«

»Wie bitte?« Entgeistert starrte er sie an. »Sie würden dich hängen!«

»Nein.« Sie schüttelte den Kopf und versuchte, den Gedanken, der ihr gekommen war, weiterzuspinnen, während sie sprach. »Ich meine, was wäre, wenn ich der Stadt Köln zu verstehen gebe, dass Nicolais Macht nicht verraucht ist, nur weil er nicht mehr lebt. Ich muss mich nicht selbst benennen, das wäre in der Tat tödlich. Aber wenn ich zu erkennen gebe, dass ich …, dass es jemanden gibt, der Nicolais Familie beschützt …«

»Das ist gefährlich, Elsbeth.« Besorgt schürzte Johannes die Lippen. »Wenn jemand auch nur ahnt, dass du dahintersteckst, kann niemand dir mehr helfen.«

»Es wird niemand dahinterkommen. Ich agiere nun schon seit so vielen Jahren aus dem Schatten der Unterwelt. Weshalb sollte sich daran etwas ändern? Aber wenn ich dem Rat und den Schöffen glaubhaft vermittle, dass nicht Aleydis für die Vergeltungstaten verantwortlich ist, sondern dass ich es bin, dann müssen sie sie in Ruhe lassen.«

»Und wie willst du das anstellen?«

Elsbeth überlegte kurz. »Ich schreibe einen Brief.«

»Einen Brief?«, echote er. »An wen denn?«

»An jeden Ratsherrn in Köln … und an jeden Schöffen.«

»Weißt du, wie viele Männer das sind?«

»Sehr viele.« Sie ergriff seine Hand und zog ihn mit sich zur Hintertür. »Deshalb muss ich sogleich beginnen. Hast du Papier im Haus? Oder Papyrus?«

»Nicht genug für über vierzig Briefe.«

»Dann schick einen der Knechte los, etwas zu besorgen. Ich habe einiges bei mir in der Schreibstube, der Rest muss irgendwo anders organisiert werden. Ich benötige auch ausreichend Tinte und Federkiele. Und jemand muss Gero und meinen Boten Bescheid geben. Ich muss wissen, was in der Glockengasse vor sich geht – und Hartlieb eine Lektion erteilen.«

***

Es war bereits weit nach Mitternacht, als Elsbeth mit einem unterdrückten Stöhnen die Schultern kreisen ließ und den letzten Brief zusammenrollte, siegelte und in den Weidenkorb zu den anderen Schriftrollen legte. Leise erhob sie sich von dem Stuhl in Johannes' Stube und begab sich nach draußen in den kleinen Stall, in dem Gero sich zum Schlafen ins Stroh gelegt hatte. Vorsichtig stieß sie ihn an und bedeutete ihm, als er erwachte, ihr zu folgen. Sie übergab ihm den Korb und öffnete ihm das Hoftor. Still sah sie ihm nach, als er vollkommen lautlos den Hühnermarkt überquerte und in einer Gasse verschwand.

Ihre Hand schmerzte vom vielen Schreiben, ebenso wie ihre Schultern und ihr Nacken, doch sie war zufrieden mit sich und ihrer Idee. Sorgsam verriegelte sie das Tor wieder und kehrte in die Stube zurück. Auf dem Tisch lag nun neben dem fast leeren Tintenfässchen und der Schreibfeder nur noch die Wachstafel mit dem Griffel, auf der sie den Brief vorgeschrieben, umgeschrieben und mehrfach verbessert hatte, bis sie sicher war, dass er seinen Zweck erfüllen würde.

An den Rat der Stadt Köln und das Hohe Schöffengericht daselbst

Hiermit wird kundgetan, dass die ehrenwerte Witwe des Kaufherrn und Münzwechslers Nicolai Golatti, derzeit bekannt als Aleydis de Bruinker, keinerlei wie auch immer gearteten Anteil an den Vorkommnissen während der vergangenen Wochen hat.

Dies sind der Überfall und die Züchtigung des Lehnert von Bonn sowie des Tybald Linde, beide Waffenknechte im Dienste des Hartlieb de Piacenza, ebenso wie die hand- und waffengreiflichen Begegnungen mit den Kaufleuten Hartlieb de Piacenza und Robert de Piacenza sowie deren weiterer Dienstleute. Ebenso die Maßregelungen in Form der Todesstrafe an den neun Söldnern, die der betreffenden Witwe einen körperlichen Schaden zugefügt haben.

Der Verfasser dieser Nachricht bittet die Stadt Köln eindringlich, selbige Witwe und ihr Recht zu schützen und die Klagen, die gegen sie erhoben wurden und die samt und sonders falsch Zeugnis gegen sie ablegen, umgehend abzuweisen. Anderenfalls sieht der Verfasser des Schreibens sich, durch Eid und Schwur gebunden, gezwungen, die Maßregelungen gegen all jene fortzusetzen, die der genannten Witwe unrecht zu tun versuchen.

Wird ihr recht getan, gelobt der Verfasser dieses Schreibens, von weiteren Maßnahmen abzusehen, jedoch nur so lange und so weit, wie die besagte Witwe einschließlich ihrer Familie, ihren Angehörigen und ihrem und deren Gesinde ein friedvolles und unbehelligtes Leben zu führen imstande ist.

Ausgenommen von diesem Schutzeid sind jene Mitglieder der Familien de Piacenza und Hürth, die bereits in der Vergangenheit und ebenso im derzeitigen Anlasse versucht haben oder versuchen, die besagte Witwe zu behelligen. Ihnen soll in ihren Begehren seitens der Gerichte zukünftig keinerlei Beachtung geschenkt werden oder, soweit dies geboten erscheint, ihre Untaten zur Last gelegt und geahndet werden.

Der Versuch, den Verfasser dieses Schreibens ausfindig zu machen, wird fruchtlos bleiben.

Gezeichnet XX
im Namen und in Vertretung des ehrenwerten,
seligen Nicolai Golatti, Köln, 28. April Anno Domini 1424

Kapitel 38

10. Juli Anno Domini 1423

In der Heiligkreuzkapelle war es an diesem Vormittag nicht nur sehr still, sondern auch angenehm kühl. Seit Tagen schon brannte eine gleißende Sommersonne vom wolkenlosen Himmel herab und heizte die Straßen und Gassen Kölns auf. Selbst am Rhein, wo üblicherweise ein angenehmer Wind ging, stand die flirrende Luft. Aufgrund der Flaute lagen mittlerweile so viele seetüchtige Koggen und andere Rahsegler vor Anker wie schon lange nicht mehr. Auch nachts kühlte es nur wenig ab, sodass Elsbeth nun schon seit Tagen – oder vielmehr Nächten – nicht mehr richtig geschlafen hatte.

Für einen Moment, als sie durch das Portal in das Gotteshaus trat, atmete sie auf und überlegte, ob es nicht ratsam sein könnte, hier ihr Bett aufzustellen. Dann erblickte sie ihren Bruder, der aufrecht und mit in den Nacken gelegtem Kopf in der zweiten Bankreihe saß und zumindest von hinten so aussah, als betrachtete er andächtig das große schwarze Kreuz an der Wand hinter dem Altar. Dass er die Augen geschlossen hatte und ganz eindeutig ebenfalls einfach nur die angenehme Kühle genoss, erkannte sie, als sie sich neben ihm niederließ. »Guten Morgen, Nicolai.«

Sehr langsam öffnete er die Augen und wandte ihr das Gesicht zu. »Guten Morgen, Elsbeth. Du siehst so frisch aus wie der frühe Morgentau. Wie stellst du das an? Aleydis und ich haben uns die ganze Nacht nur herumgewälzt – und nicht etwa nur auf die angenehme Weise, wenn du verstehst, was ich meine. Die Luft in unserer Schlafkammer ist so stickig, dass einem der Schweiß ausbricht, wenn man lediglich einen Finger bewegt.« Er lachte rau. »Wenngleich ich hoffe, dass zumindest meine bezaubernde Gemahlin ein wenig Gefallen an bewegten Fingern finden konnte.«

Elsbeth gluckste. »Nicolai! Glaubst du, sie wäre erfreut, wenn sie wüsste, dass du mit mir – oder irgendwem – über diese Dinge redest? Ich bin noch dazu eine unehrliche Weibsperson. Das würde sie ganz sicher aufs Höchste entsetzen. Und was meine Frische angeht, die ist ebenfalls seit Tagen dahin. Entweder bist du ein unerhörter Schmeichler, oder aber du musst einmal deine Augen untersuchen lassen, ob der Star gestochen werden muss, weil er deinen Blick trübt.«

Nicolai lachte heiter auf. »Mit wem, wenn nicht mit der eigenen Schwester kann ein Mann über die Freuden seiner Ehe reden? Insbesondere, wenn besagte Schwester einem so manchen hilfreichen Ratschlag gegeben hat, was die Freuden angeht, die eine Frau auf dem ehelichen Lager erleben kann.«

Elsbeth hob den Kopf. »Du hast ihr doch wohl nicht erzählt, dass ich dir gesagt habe, wie man … Also wirklich, Nicolai!«

Ihr Bruder grinste. »Wie man es einer jungen Braut angenehm macht, mit einem um dreieinhalb Jahrzehnte älteren Ehemann zu verkehren? Ich habe ihr erzählt, dass mein dahingehendes Wissen nicht aus meiner Ehe mit Griselda stammt. Von dir im Speziellen und von unserer Verwandtschaft weiß sie selbstverständlich nichts. Ich bedaure es zuweilen, dass ihr beide euch vermutlich niemals kennenlernen werdet. Ich könnte mir vorstellen, dass ihr euch gut verstehen würdet – sobald der erste Schreck auf ihrer Seite über deine Lebensumstände verflogen wäre.« Er schmunzelte, wurde dann aber wieder ernst. »Zu schade, dass du nicht auch mit hilfreichem Wissen über das Wiedererwecken schwindender Manneskraft dienen kannst. Es würde meine Ehe sicherlich noch um einiges beleben, wenn neben Pflichterfüllung und, nun ja, zärtlicher Zweisamkeit auch noch der eine oder andere Funken Leidenschaft im Spiel wäre.« Mit einem Mal wirkte er betrübt. »Es dauert mich, dass meine schöne, liebenswerte, kluge Aleydis so vieles in unserer Ehe nie erleben wird, weil ich nicht mehr Manns genug bin, ihr mit wilden Nächten den Verstand zu rauben. Alles, was ich tun kann, ist, ihr die allzu kurzen Begegnungen so angenehm wie möglich zu machen.«

Elsbeth, die um Nicolais nachlassende Manneskraft schon seit Jahren wusste, legte ihm sanft eine Hand auf den Arm. »Nach allem, was du mir von eurer Ehe erzählt hast und was mir sonst darüber zugetragen wurde, scheint Aleydis keineswegs der Ansicht zu sein, dass ihr etwas entgeht. Sie ist glücklich mit dir, Nicolai.«

»Das mag wohl sein«, gab er zu, »doch letztlich kennt sie einfach den Unterschied nicht. Es ist leicht, sich mit etwas abzufinden, wenn man mit möglichen Alternativen nie in Berührung gekommen ist. Vielleicht wäre Vinzenz van Cleve doch die bessere Wahl für sie gewesen. Ich habe mich zugegebenermaßen – neben meinem Glück, dass Aleydis meine Zuneigung angenommen hat und sogar erwidert – diebisch gefreut, dem alten Gregor ein Schnippchen geschlagen zu haben. Er muss getobt haben, als er erfuhr, dass ich sein Angebot bei Jorg um Längen überboten habe und dass Aleydis ohne das geringste Zögern meinen Antrag angenommen hat.«

»Wusste sie überhaupt, dass Gregor sie für seinen Sohn auserkoren hatte?«

Nicolai hob die Schultern. »Ich glaube nicht. Das ist es ja, was mich im Nachhinein so fuchst. Sie hatte dadurch gar nicht die Gelegenheit, sich gegen mich und für einen deutlich jüngeren, vitaleren Mann zu entscheiden, der darüber hinaus auch noch besser aussieht und einen bei Weitem ehrbareren Charakter besitzt.«

Elsbeth musterte ihn mit geschürzten Lippen. »Dein Charakter ist so ehrbar wie jeder andere.«

»Dann ist es eben mein Lebenswandel, mein Geschäft, das von Ehrbarkeit so weit entfernt ist wie nur menschenmöglich.« Er schluckte. »Doch, Elsbeth, letztlich ist es mein Charakter, den man als fragwürdig bezeichnen muss. Anderenfalls hätte ich mich nicht von Arnold einfangen und von Griselda zu derartigen Winkelzügen verleiten lassen. Sie haben meinen Wunsch, in der Welt voranzukommen, es zu etwas zu bringen, auf den ersten Blick erkannt und ausgenutzt, Elsbeth. Als ich dessen gewahr wurde, steckte ich bereits tief in dieser Schattenwelt, die ich selbst erschaffen hatte, und ich war zu schwach, vielleicht auch zu angsterfüllt vor den Konsequenzen, um dem ein Ende zu setzen. Das bin ich heute noch. Die Sache hat längst ein Eigenleben entwickelt, das sich durch meine eigene Hand wohl kaum mehr aufhalten lässt.«

Verständnisvoll, denn diese seine Gedanken waren ihr nicht neu, neigte sie den Kopf. »Du hast dich in deinem eigenen Spinnennetz verfangen.« Sie suchte seinen Blick. »Findest du nicht, das sollte deine Gemahlin allmählich erfahren? Du hast sie und ihre Familie auf erstaunliche Weise in der langen Zeit, die ihr euch kennt, von alldem ferngehalten. Das ist bewundernswert, wenn man bedenkt, dass der größte Teil der Kölner Bevölkerung sehr wohl weiß, wer du in Wahrheit bist. Ich halte es aber nicht für angebracht oder sinnvoll, Aleydis noch viel länger darüber im Dunkeln zu lassen. Vielleicht trägt sie bereits dein Kind unter dem Herzen, deinen Erben. Sollte sie nicht erfahren, um was für ein Erbe es sich dabei tatsächlich handelt?«

»Ich würde von meinem Sohn, so Gott mir denn die Gnade erweist, mir doch noch einen zuzugestehen, niemals erwarten, dass er meine Schattenwelt übernimmt. Im Gegenteil, am liebsten würde ich ihn von alldem fernhalten, so wie Andrea … so wie Alessandro. Und auch so wie meine geliebte Cathrein.« Er blickte auf seine Hände. »Bei ihr hätte ich bessere Sorgfalt walten lassen müssen, was die Wahl ihres Gemahls anging, Gott steh mir bei, doch ich wollte sie nicht in den Einflussbereich meiner Geschäfte bringen, und sie wollte diesen Mann. Meine Familie ist mir das Liebste auf der Welt. Ich will sie unbehelligt von all der Düsternis, dem Elend und der Gewalt wissen, die ich über so viele Menschen gebracht habe und nach wie vor bringe. Mag sein, dass ich damit verflucht reich geworden bin, aber ich bezweifle, dass meine liebe, süße, brave Aleydis diesen Reichtum schätzen würde, wenn sie wüsste, wie ich ihn erlangt habe.«

Elsbeth seufzte. »Gerade deshalb solltest du sie einweihen, Nicolai. Stell dir vor, sie erfährt eines Tages auf anderem Wege davon, womöglich erst nach deinem Tod, der, so Gott will, noch sehr lange auf sich warten lässt. Wie, glaubst du, wird sie sich dann fühlen? Und wie soll sie angemessen reagieren, wenn du sie nicht zuvor auf diese Ungeheuerlichkeit vorbereitet hast? Ihr seid nun ein knappes halbes Jahr verheiratet, und mit etwas Glück wird sie dir schon bald mitteilen, dass sie mit deinem Erben schwanger ist.«

»Sie hofft und wartet, denke ich, bereits täglich darauf«, gab er zu.

»Deshalb muss sie allmählich wissen, wen sie geheiratet hat, und sich damit auseinandersetzen, was das für sie und noch mehr für das Kind bedeuten wird.«

Nicolai legte erneut den Kopf in den Nacken, schloss die Augen. »Du hast ja recht, Elsbeth. Glaub mir, ich bin mir meiner, nein, ihrer Situation nur allzu bewusst. Sie muss es erfahren. Ich weiß nur noch nicht, wie ich es anfangen soll. Es gibt so manches zu bedenken. Ich muss so vieles planen und regeln. Es wird auch Zeit, dass ich mein Testament noch einmal zu ihren Gunsten ändere … und zu Andreas Ungunsten. Er ist solch ein Dummkopf; es schmerzt mich, dies über meinen jüngeren Bruder sagen zu müssen. Doch wenn er auch nur einen Bruchteil dessen erhält, was er sich erhofft, würde er beide Hände nach mehr – und nach der Schattenwelt – ausstrecken, und das wäre nicht nur sein Untergang, sondern würde die ganze Familie mit sich reißen.«

»Du willst ihn enterben?« Elsbeth lächelte unfroh. »Das wird ihn nicht erfreuen.«

»Das soll es auch nicht.« Nicolai verzog schmerzlich die Lippen. »Aber alles andere wäre fatal. Ich muss einen anderen Weg finden, mein Erbe in loyale und vor allen Dingen in nicht so gewissenlose Hände zu legen.«

»Was wiederum deinen Sohn ins Spiel bringt«, befand sie. »Ihn könntest du nach deinen Vorstellungen erziehen und instruieren.«

»Noch ist dieser Sohn nicht geboren«, widersprach er, »und selbst wenn mir dieses Glück noch zuteilwerden sollte, will ich sein Leben nicht mit meinen Untaten belasten. Nein, mir muss eine bessere Lösung einfallen.« Er wandte sich ihr wieder zu. »Sobald ich mir über die neuen Testamentsbedingungen im Klaren bin und sie habe festschreiben lassen, rede ich mit Aleydis.« Bevor sie etwas antworten konnte, fügte er hinzu: »Ich sehe dir an, dass dir das nicht früh genug ist, aber wenn ich meinem geliebten Püppchen ein solches … Geständnis machen muss, dann sollte ich doch wohl auch etwas vorweisen können, das sie, nun ja, zumindest ansatzweise beruhigt und … ihr zeigt, dass ich alles zu tun bereit bin, um meine Familie vor den Auswirkungen meiner heimlichen Geschäfte zu schützen. Außerdem …«, er grinste schief, »wirst du mir doch ein ganz klein wenig Zeit zugestehen, um mir meine Worte wohl zu überlegen, nicht wahr?«

Zögernd nickte Elsbeth. »Lass dir aber nicht zu viel Zeit. Aleydis hat ein Recht darauf, die Wahrheit zu erfahren.« Ihre Blicke trafen sich für einen langen verständnisinnigen Moment.

Schließlich räusperte sie sich. »Es gab erneut einen heftigen Streit zwischen Stadtrat und Schöffen.«

»Wegen der Ausweisung der Juden?« Nicolai runzelte die Stirn. »Ich dachte, das wäre allmählich geklärt. Meine jüdischen Verbindungsmänner sagen einstimmig, dass sie damit einverstanden sind, solange die Stadt ihnen erlaubt, ihre Anwesen an christliche Interessenten zu vermieten … oder aber zu verkaufen, ohne hohe Zusatzsteuern zu erheben. Vermietung oder Verkauf von Wohnraum durch Juden an Christen ist ja nicht allzu gerne gesehen, aber ich dachte dennoch, das wäre geklärt.«

»Es geht diesmal nicht um die Juden.« Elsbeth schüttelte den Kopf. »Du weißt doch noch, dass Johannes Anfang des Jahres einen Mann hingerichtet hat, der wegen Verrats von Geheimnissen der Stadt an den Erzbischof und an den Herzog von Jülich verurteilt worden war.«

»Markward von Pulheim.«

»Eben der. Damals waren die Stadträte erbost, weil ihnen die Festnahme des Mannes durch die Schöffen nicht sofort angezeigt wurde und weil das Urteil so rasch ausgesprochen und vollzogen worden ist, obwohl gar nicht alle Schöffen anwesend waren.« Nun war es an ihr, die Augen für einen Moment zu schließen. »Mittlerweile hat sich herausgestellt, dass dieser Markward gar nicht der Drahtzieher gewesen ist. Ein Helfershelfer ohne Zweifel, aber es hätte ausgereicht, ihn auf Lebenszeit aus der Stadt zu verweisen.« Sie öffnete die Augen wieder und blickte Nicolai an. »Du kannst dir sicherlich vorstellen, wie Johannes dabei zumute ist. Damit er seine Arbeit als Scharfrichter guten Gewissens ausführen kann, muss er darauf vertrauen können, dass ein Todesurteil rechtmäßig ergeht. Ich hatte zufällig vor drei Tagen einen Freier im *Scone Frowe*, der in weinseligem Zustand gesprächig wurde, worauf mich Gero und Fygen aufmerksam gemacht haben. Ich gesellte mich also wie zufällig dazu und erfuhr, dass nicht Markward, sondern dessen Bruder Godewein der Rädelsführer jenes treulosen Geheimnisverrats war. Offenbar hat der Erzbischof, diesmal mithilfe des Herzogs von Jülich, versucht, Zwietracht unter den Ratsmitgliedern und den Adelsgeschlechtern zu säen. Ist ja nicht das erste Mal. Auch wenn der Verbundbrief nun schon seit fast dreißig Jahren gültig ist, versuchen Erzbischof und Adel immer noch, wieder mehr Macht über die Stadt zu erlangen.«

Interessiert und mit einer Spur Besorgnis sah Nicolai sie an. »Wurde Godewein festgenommen?«

Elsbeth nickte. »Nachdem ich von der Sache gehört hatte, habe ich Johannes sofort davon berichtet. Er trug die Angelegenheit den Schöffen vor, die daraufhin Godewein im Frankenturm festgesetzt haben. Allerdings …«

»… wieder, ohne den Stadtrat darüber zu informieren?«, vollendete Nicolai ihren Satz.

»Ja.« Elsbeth seufzte. »Es gibt unter den Schöffen einige, die versuchen, den Ton in der Stadt anzugeben.«

»Und sie profilieren sich durch solche Hauruck-Vorgehensweisen und schnelle schonungslose Urteile.« Sorgenvoll verzog Nicolai die Lippen. »Das ist keine gute Entwicklung. Solche radikalen Elemente stören den Ratsfrieden und erschweren diplomatische Geschäfte.«

Zustimmend neigte Elsbeth den Kopf. »Ein Teil der Schöffen wollte sogleich, dass erneut ein Todesurteil ergeht. Diesmal fand sich jedoch kein Gewaltrichter, der dem zugestimmt hätte. Auch Hardefust, der das Urteil über Markward gesprochen hat, lehnt es ab, dies noch einmal zu tun, bevor nicht die Mehrheit aller Schöffen dem zustimmt. Johannes hat ebenfalls seine Weigerung kundgetan, ein nicht absolut rechtmäßig ergangenes Todesurteil zu vollstrecken. Da mehrere Schöffen derzeit nicht in der Stadt weilen, ruht der Prozess nun für eine Woche oder auch zwei, bis alle wieder zurückgekehrt sind, um abstimmen zu können.«

Nicolai rieb sich nachdenklich über den säuberlich gestutzten grauen Bart. »Für Johannes tut es mir leid. Auch wenn das Urteil gegen Markward vielleicht nicht ungerechtfertigt war, dürfte es ihm schwer im Magen liegen.«

»Er hat nicht mehr ruhig geschlafen, seit ich ihm davon erzählt habe.« Elsbeth blickte zu dem schwarzen Kreuz empor. »Die Aufgabe des Henkers ist es, einen Schuldigen dem Tode zu überantworten. So etwas braucht Mut, innere Stärke, Können ... aber auch Vertrauen in die Gerichte. Dieses Vertrauen wurde nun erschüttert, weil das ergangene Urteil so vielleicht nicht fälschlich erfolgt, wohl aber möglicherweise nicht der gerechte Weg gewesen ist. Um dieses Vertrauen wiederherzustellen, muss meiner Meinung nach eine neue Rats- und Schöffenverordnung her, die solche überstürzten Urteile verhindert und außerdem sicherstellt, dass der Rat über Festnahmen in Kenntnis gesetzt wird, vielleicht sogar schon, bevor eine Festsetzung erfolgt. Es geht hier ja nicht um einen Feld-, Wald- und Wiesendieb, sondern um Verrat an der Stadt Köln.«

»Da gebe ich dir recht.« Nicolai nickte bedächtig. »Solch eine neue Verordnung wird sich aber wahrscheinlich nicht über Nacht durchsetzen lassen. Nicht bei besagten machtgierigen Schöffen. Da braucht es Geduld und gute Argumente.«

Elsbeth rieb Daumen und Zeigefinger der rechten Hand aneinander, woraufhin Nicolai die Schultern hob. »Auch das, wenn die diplomatischen Argumente nicht ausreichen.« Wieder fuhr er sich über den Bart. »Ich überlege mir etwas und bringe es in nächster Zeit an strategisch sinnvoller Stelle bei meinen Verbündeten im Rat und im Schöffenkollegium vor.« Er lachte trocken. »Das passt ja gut, weil ich wegen meiner Testamentsänderung sowieso im Rathaus vorsprechen muss. So lassen sich zwei Fliegen mit einer Klappe schlagen.«

Kapitel 39

28. April Anno Domini 1424

Elsbeths Herzschlag beschleunigte sich, als sie die wohlgewählten Worte des Briefes noch einmal las. Schließlich lächelte sie grimmig. Sie verstand jetzt, was Nicolai mit seinem geänderten Testament beabsichtigt hatte. Es war so offensichtlich, dass es seiner Erklärung gar nicht bedurft hätte, wenn sie nur ein wenig genauer auf seine Worte, seine Gedanken, gelauscht hätte. Ihr Bruder war schon immer ein geschickter Taktierer gewesen, seinen Gegnern stets mindestens zwei Schritte voraus.

Wenn sie auf die Entwicklungen der vergangenen Wochen und Monate zurückblickte, musste sie zugeben, dass er genau gewusst hatte, was er tat. Fast war ihr, als säße er gerade mit ihr am Tisch, hier in Johannes' gemütlicher, nur von der Öllampe erhellten Stube und lächelte ihr auf seine verschmitzte, liebenswürdige, wissende Art zu.

»Der Stadtschreiber Melchior hat dich einen hinterlistigen, doppelzüngigen Deuvel genannt«, sagte sie in die nächtliche Stille hinein. »Wie es aussieht, hatte er damit vollkommen recht.«

Sie hatte ihre Boten noch am Nachmittag ausgeschickt, Hartlieb de Piacenza ausfindig zu machen und ihn für die Störung von Aleydis' Verlobungsfeier angemessen zu bestrafen. Vielleicht wäre das nicht nötig gewesen, aber dass Hartlieb diese wunderbare Feier mit seiner Klage unterbrochen und

Aleydis an deren Glückstag derartigen Kummer bereitet hatte, nahm Elsbeth persönlich. Er war ein habgieriger, gewissenloser, machthungriger Mann, aber er war auch berechenbar und nicht so klug, wie er vermutlich dachte. Anderenfalls hätte er sich denken können, dass ein solches Verhalten Konsequenzen nach sich ziehen würde.

Frieder, Dietmar, Karl und Sigmund hatten ihn kurz vor dem Hahnentor erwischt, etwa zur Vesperzeit, und ihm und den ihn begleitenden Waffenknechten eine ordentliche Tracht Prügel verabreicht. Nicht mehr und nicht weniger. Vielleicht, so hoffte sie, hatte dies seinen Verstand aufgerüttelt. Vielleicht brauchte es aber auch die Kenntnis des Briefes, der ihm ganz sicher im Lauf des kommenden Vormittags zur Kenntnis gebracht werden würde. Sie hoffte inständig, dass beides zusammen ausreichen würde, um ihn künftig von Aleydis und ihrer Familie fernzuhalten.

Sorgsam löschte sie den Text auf der Wachstafel, bis diese nur noch eine vollkommen glatte Oberfläche aufwies, verstöpselte das Tintenfässchen und begab sich hinauf in Johannes' Schlafkammer. So leise es ging, entkleidete sie sich und schlüpfte zu ihm unter die Decke.

Er regte sich, schlang seinen Arm um sie und vergrub sein Gesicht an ihrem Hals. »Bist du endlich fertig?«

»Es ist vollbracht.« Sie kuschelte sich an ihn und schloss die Augen. »Ich hoffe, ich muss niemals wieder so viele Briefe schreiben.« Und dabei ihre Handschrift bis zur Unkenntlichkeit verstellen, fügte sie in Gedanken hinzu.

»Falls sie dir jemals dahinterkommen sollten, werde ich dich vom Galgen abbitten«, murmelte Johannes an ihrem Hals.

»Was?« Sie setzte sich auf. »Man wird mich nicht verdächtigen.«

»Falls doch, ist es der einzige Weg, dich zu retten.«

»Du musst mich nicht retten.«

»Und wahrscheinlich der einzige Weg, dich zu überreden, mich zu heiraten.«

»Johannes …« Sie wusste nicht, was sie darauf antworten sollte, doch als sie seinen tiefen gleichmäßigen Atem wahrnahm, erkannte sie, dass er wieder eingeschlafen war. Seine Worte aber verfolgten sie, bis sie selbst in unruhige Träume hinüberglitt.

Kapitel 40

Tag des Hl. Justinus, 1. Juni, Anno Domini 1424

Die Frühsommersonne lächelte warm auf Köln herab, als Aleydis und Vinzenz im Angesicht Gottes sowie ihrer Familie, Freunde und aller Menschen, die mit ihnen im Guten – und teilweise auch im weniger Guten – verbunden waren, den Bund miteinander schlossen und hernach gemeinsam in das Gotteshaus zogen, um die Brautmesse zu feiern.

Draußen aber blieb Elsbeth zurück, die kurz zuvor dafür gesorgt hatte, dass die vier schwarz maskierten Boten, die für die Sicherheit des Paares zu sorgen hatten, sich so weit zurückzogen, wie es nur ging, ohne das Geschehen gänzlich aus den Augen zu verlieren. Zufrieden nickte sie vor sich hin und sandte den Frischvermählten in Gedanken die besten Wünsche.

Der Schwur gegenüber Nicolai Golatti war erfüllt – zumindest fürs Erste. Ihr Brief hatte eine erstaunlich rasche und nachhaltige Wirkung erzielt, wie sie von ihrem – eigentlich Nicolais – Zuträger im Rathaus erfahren hatte.

Aufgrund ihres Schreibens war augenblicklich eine Rats- und Schöffenversammlung einberufen worden, die nicht ohne hitzige Diskussionen vonstattengegangen war. Dabei hatte nicht zuletzt eine Rolle gespielt, dass Arnold Hürth zuvor schon versucht hatte, einige Schöffen und Ratsangehörige massiv unter Druck zu setzen, um hinsichtlich Marleins und Ursels Verbleib in seinem Sinne zu entscheiden. Dass nun eine anonyme Person sich zu den Vergeltungsmaßnahmen gegen die Familie de Piacenza und die Angriffe auf Aleydis bekannte und eine höchst eindeutige Warnung ausgesprochen hatte, versetzte die Stadtoberen erwartungsgemäß in Aufruhr.

Letztlich hatten sie sich jedoch um des lieben Stadtfriedens willen dazu durchgerungen, ihren Forderungen nachzugeben. Hilfreich hinzu kamen selbstverständlich Hartliebs Rücknahme seiner Anklagepunkte gegen Aleydis und sein Einverständnis, die Mädchen wieder an sie herauszugeben. Die Boten hatten ihm einige sichtbare, jedoch mitnichten bleibende Blessuren zugefügt, und offenbar war dadurch bei ihm die Einsicht erwachsen, dass es sich nicht lohnte und nur Unannehmlichkeiten verursachen würde, wenn er Aleydis und ihrer Familie weiterhin das Leben schwer zu machen versuchte. Seinen Zorn auf die Familie mochte dies freilich nicht gedämpft haben, aber die Kosten-Nutzen-Rechnung fiel eindeutig zuungunsten eines weiteren Feldzugs gegen Aleydis aus. Deshalb hatte er sich alsbald nach Bonn zurückgezogen, und seither lebten die beiden Mädchen wieder in der Glockengasse.

Wie von Elsbeth gefordert, waren alle Anklagepunkte gegen Aleydis fallen gelassen worden, allerdings unter der Maßgabe, dass Vinzenz van Cleve, sobald er mit ihr vermählt war, dafür zu sorgen hatte, dass die Schattenwelt, die Nicolai Golatti in drei Jahrzehnten aufgebaut hatte, nach und nach und mit eiserner Hand zerschlagen werden musste. Auf diese Wendung hatte Elsbeth gehofft, denn sie entsprach genau dem, was Nicolai mit seinem aufsehenerregenden Testament bezweckt hatte. Es war verständlich, dass die Schöffen, ebenso wie der Stadtrat, ein Interesse daran hatten, dieses unselige Spinnennetz, in dem sie beinahe alle auf die eine oder andere Weise gefangen waren, zu beseitigen. Dass dies eine Aufgabe auf Jahre war, dürfte allen bewusst sein, doch Elsbeth fühlte dennoch eine ungeahnte Erleichterung, seit sie von diesem Urteil erfahren hatte. Vinzenz van Cleve war ein kluger, fähiger und wehrhafter Mann;

er würde die Strukturen, die Nicolai geschaffen hatte, mit der Zeit erfassen und auflösen, dessen war sie sich sicher.

Vielleicht hatte Nicolai nicht vorhersehen können, dass Vinzenz und Aleydis am Ende doch noch heiraten würden, doch dass sie einen starken, ehrenwerten Mann erwählen würde, das hatte er mit Sicherheit gewusst. Sie war jung und klug, und der Mann, der sie nach allem, was geschehen war, noch einmal zur Ehe bewegen würde, musste einen einwandfreien und starken Charakter besitzen. Da war es nur zu wahrscheinlich, dass jener charakterstarke Mann dafür sorgen würde, dass die Schattenwelt zerschlagen würde. Hinterlistiger Deuvel fürwahr, dachte Elsbeth mit einem Lächeln.

Für sie bedeutete diese Entwicklung die Hoffnung auf ruhige, gedeihliche Zeiten ohne die ständige Sorge um ihre Familie, die nicht einmal von ihrer Existenz wusste. Mit etwas Glück würde die Rache des Lombarden zukünftig niemanden mehr treffen müssen. Selbstverständlich war Achtsamkeit jetzt und fürderhin angebracht. Darin würde sie niemals nachlassen, das hatte sie einst gelobt, und dabei würde es bleiben, solange sie lebte.

»Eine schöne schlichte Zeremonie. Braut und Bräutigam wirkten ausgesprochen glücklich.« Johannes, der sich inzwischen mit ihr und Gero auf den Weg zurück zum Berlich gemacht hatte, klang so zufrieden, wie sie sich fühlte. »Sie haben allerdings, fürchte ich, Dietmar und Frieder entdeckt.«

Elsbeth nickte. »Das ist mir aufgefallen, aber ich hatte nicht den Eindruck, als ob die beiden deswegen schockiert waren.«

»Nach allem, was in den vergangenen Monaten vorgefallen ist, werden sie sich gewissermaßen daran gewöhnt haben. Insbesondere weil sie ja nun wissen, dass du über sie wachst.«

»Nicht ich.« Elsbeth lächelte grimmig. »Ein namenloser Wächter.«

»Eine Wächterin«, korrigierte Johannes. »Hast du übrigens

schon gehört, dass Aleydis de Bruinker für Merle einen Platz im Beginenhof in der Glockengasse gesichert hat? Ich war gestern in Merles alter Hütte und wunderte mich, dass sie leer stand. Von einer Nachbarin erfuhr ich, dass Merle mit ihrem Töchterchen Agnes in den Beginenhof übergesiedelt ist. Von Bert, dem Knecht Jan Starkenbergs, erfuhr ich des Weiteren, dass Aleydis Merle nach Ablauf eines Jahres als Magd in ihren Haushalt aufnehmen will.«

»Zusammen mit dem Kind?« Elsbeth hob erstaunt den Kopf.

»So wurde es mir berichtet.«

»Wie außergewöhnlich.« Elsbeth lächelte, schürzte gleich darauf aber die Lippen. »Du bedienst dich jetzt schon meiner Informanten?«

»Verzeih.« Johannes lachte. »Ich musste der Sache einfach auf den Grund gehen, weil sie auch mir so kurios vorkam. Immerhin hat Balthasar Aleydis' Gemahl ermordet. Andererseits ähnelt sie dir sehr.«

»Mir?« Elsbeth schnaufte verblüfft. »Was in aller Welt hätte ich wohl mit Aleydis de Bruinker, nein, Aleydis van Cleve, gemein?«

»Das gute Herz.« Er lächelte ihr zu. »Den Sinn für Gerechtigkeit. Die übrige Menschheit könnte wohl ein gutes Maß davon vertragen.«

Elsbeth schluckte. »Es freut mich für Merle, dass sie Hoffnung für sich und ihre Tochter schöpfen kann.« Ein schalkhaftes Lächeln stahl sich auf ihre Lippen. »Und für Wardo freut es mich ebenso.«

»Was hat Wardo damit zu tun?« Verwundert blickte Johannes sie von der Seite an.

Elsbeth gluckste. »Er liebt Merle. Und sie ihn, wenn mich nicht alles täuscht, ebenfalls.«

»Was?« Johannes hustete. »Hattest du da etwa deine Finger im Spiel?«

Kichernd schüttelte Elsbeth den Kopf. »Ich habe es nicht in

der Hand, in wen die Menschen sich verlieben, mein Guter.«

»Du weißt, dass ich das nicht meinte.«

»Ich habe nichts damit zu tun, dass Aleydis sich entschlossen hat, Merle in ihren Haushalt aufzunehmen. Aber womöglich hast du recht und sie besitzt ein ähnliches Maß an Beobachtungsgabe wie ich.« Sie blieb stehen, da sie das Haus *Zur schönen Frau* erreicht hatten. »Da wären wir. Ich nehme an, du musst dich noch um deine Pflichten kümmern, so wie ich.« Sie blickte durch die offen stehende Tür ins Innere des Hauses, wo Elfie und Änne gerade dabei waren, die Böden zu schrubben. »Die erste Kundschaft des Tages wird wohl nicht lange auf sich warten lassen.«

»Ich habe in der Tat noch einiges zu tun.« Johannes war ihrem Blick gefolgt, während Gero, der sie schweigend begleitet hatte, hinüber in den Hof ging, um seine Arbeit aufzunehmen. Nun sah er ihr wieder ins Gesicht. »Elsbeth, ich …«

»Elsbeth? Gut, dass du schon wieder zurück bist!« Sigmund eilte aus dem Hof herbei, wo er offenbar auf sie gewartet hatte. »Ich habe wichtige Neuigkeiten für dich.«

»Keine guten, will mir scheinen.« Aufmerksam musterte sie den jungen Mann, dessen Miene deutlich Besorgnis ausdrückte. »Was ist nun wieder geschehen?«

»Ich weiß, wer Hardwin umgebracht hat.«

»Bei der heiligen Jungfrau!« Hastig zog Elsbeth ihn mit sich ins Haus und schob ihn in die Schreibkammer. »Wer? Und wie hast du das herausgefunden?«

Johannes, der ihnen gefolgt war, schloss rasch die Tür hinter sich.

Sigmund rieb sich über die Stirn, und erst jetzt bemerkte sie, dass er reichlich blass war, Ringe unter den Augen hatte und um die Nase herum ein wenig grünlich wirkte. Doch er grinste schief. »Ich war gestern bei Mutter Tilde in der Badestube, und da war ziemlich was los, weil die ganzen Goldgräber auch dort waren. Die hatten ja ganz schön was zu tun in der erzbischöflichen Abortgrube. Die muss endlich vergrößert werden, sonst läuft sie noch zehnmal über.«

»Was ist mit Hardwin?«, unterbrach sie ihn streng. »Wer hat ihn umgebracht?«

»Ja, also ich war, wie gesagt, bei Mutter Tilde, mit noch ein paar anderen Totengräbern und den ganzen Goldgräbern. Die haben gesoffen wie die Löcher und, na ja ...« Wieder rieb er sich über die Stirn.

»Ihr musstet natürlich als zünftige Totengräber mithalten«, schloss Johannes mit einem bezeichnenden Blick. »Der übliche Wettkampf zwischen Gold- und Totengräbern. Wer hat gewonnen?«

»Wer wohl?« Sigmund zuckte mit den Achseln. »Die Goldgräber, wie immer. Die saufen wirklich wie Fässer ohne Boden. Vor allem Merles Brüder, und als die so richtig in ihrem Rausch waren, hab ich mit dem Jüngsten von denen geredet, weil ich wissen wollte, warum der zwei blaue Augen hat und aussieht, als hätte ihn jemand ordentlich vermöbelt.« Er räusperte sich, nun offenbar regelrecht verlegen. »Da fing der an zu flennen! Ich dachte, ich seh nicht richtig. Ich meine, hat man jemals einen von denen flennen gesehen? Aber der konnte sich gar nicht mehr beruhigen, der Ulrich. Tat mir dann irgendwie leid, und ich bin mit ihm rüber in die Schwitzkammer, weil da niemand mehr war, und hab versucht, ihn zu beruhigen, und dann, ähm, hab ich mit ihm ...« Er brach ab und bekam rote Ohren.

Elsbeth nickte nur, denn sie wusste um Sigmunds heimliche Vorlieben. »Ich nehme an, danach hat er nicht mehr geflennt.«

»Nein.« Sigmund räusperte sich. »Ich hab ihn dann gefragt, was los ist. Da hat er mir erzählt, dass seine Brüder ihn so zugerichtet haben. Die waren stinkig wie die Hölle, weil er verschwinden wollte, weil ...« Nun kehrte der besorgte Ausdruck auf Sigmunds Gesicht zurück. »Er hat Angst, dass er mit angeklagt wird, wenn irgendwann herauskommt, dass seine vier älteren Brüder den Hardwin umgebracht haben.«

»Merles Brüder sind die Mörder?« Verblüfft starrte Elsbeth ihn an. »Ganz sicher?«

Sigmund nickte. »Ich glaube Ulrich. Er ist ein Raubein wie die anderen, aber er ist nicht … so ein Dreckschwein. Aber er hat ja nur die Brüder und sonst niemanden, also keine Freunde, und muss deshalb tun, was sie sagen. Er hat mir erzählt, dass die vier das Geld von Hardwin haben wollten, das Balthasar von Frau Cathrein bekommen hat. Aber Hardwin wollte es nicht rausrücken. Ulrich sagt, dass der Hardwin wahrscheinlich selbst nicht wusste, wo sein Vater das Geld versteckt hatte. Aber die vier haben ihm das nicht abgenommen und ihn verwamst, bis er am Boden lag und sich nicht mehr gerührt hat. Ulrich meint, er hätte aus dem Mund geblutet und nicht mehr geatmet. Als seine Brüder bemerkt haben, dass sie Hardwin versehentlich totgeprügelt hatten, kamen sie auf die Idee, ihn genauso an einem Baum aufzuknüpfen wie den Lombarden, nur nicht vor dem Hahnentor, sondern beim Severinstor, weil sie gerade dort waren und die Leiche nicht durch ganz Köln schleifen wollten. Sie dachten, dass ihnen auf diese Weise nie jemand dahinterkommen würde.«

»Großer Gott.« Johannes verdrehte die Augen. »Darauf wäre wohl auch niemand jemals gekommen.« Er warf Elsbeth einen fragenden Blick zu. »Und was nun? Soll der Gewaltrichter davon erfahren?«

Elsbeth ließ sich auf dem Stuhl hinter dem Schreibpult nieder. »Nein. Ich glaube nicht, dass das sinnvoll wäre. Merle soll binnen Jahresfrist als Magd bei ihm anfangen. Wenn sich nun herausstellt, dass ihre Brüder Mörder sind … Das hat sie nicht verdient. Er könnte sie nicht bei sich aufnehmen, wenn die vier öffentlich verurteilt werden.«

»Dann lässt du sie davonkommen?« Verwundert musterte er sie.

»Nein.« Energisch schüttelte sie den Kopf. »Die vier sind Teil der Unterwelt; sie werden von den Schattenschöffen abgeurteilt.« Sie wandte sich an Sigmund. »Geh und such Gero und sag ihm, er soll zu mir kommen.«

Kaum, dass Sigmund die Schreibstube verlassen hatte, wandte Johannes sich erneut stirnrunzelnd Elsbeth zu. »Die Schattenschöffen also.«

»Wenn du willst, kannst du einer von ihnen werden.« Sie lächelte leicht. »Vor einigen Wochen ist ein Mitglied des Gremiums verstorben. Conrad Liebesam«, fügte sie hinzu, als Johannes überrascht den Kopf hob.

»Der alte Bettelmeister gehörte den Schattenschöffen an?«

Sie nickte. »Es sind nicht nur Unterweltler im Gremium. Den neuen Bettelmeister kenne ich nicht gut genug, deshalb eignet er sich nicht als Liebesams Nachfolger, aber ich bin sicher, dass du einstimmig gewählt und aufgenommen werden würdest, wenn du dich um den Posten bewirbst.«

»Du willst mich in dein Spinnennetz verstricken?« Seine Augenbrauen wanderten beinahe bis zu seinem Haaransatz hinauf.

Sie lächelte nur.

Bedächtig wiegte er den Kopf. »Das Angebot ist verlockender, als ich gedacht hätte, aber ich kann es nur unter einer Bedingung annehmen.«

»Unter welcher Bedingung?«

Diesmal lächelte er vieldeutig. »Lass mich erst wissen, welche Strafe du für die vier Brüder ins Auge gefasst hast. Ich bin mir ziemlich sicher, dass dir bereits etwas vorschwebt und dass diese Schattenschöffen, wer auch immer sie alle sein mögen, sich deiner Empfehlung beugen werden.«

»Merles Brüder werden aus der Stadt vertrieben.« Nun wurde sie wieder ernst. »So wie es für Hardwin vorgesehen war. Wenn sie zeitlebens Köln fernbleiben, werden sie nicht weiter belangt. Sollten sie jemals zurückkehren, sind sie des Todes. Ich glaube nicht, dass die Schattenschöffen dagegen etwas einzuwenden haben werden.«

Auch Johannes wurde ernst, trat auf sie zu und zog sie von ihrem Stuhl hoch. »Und der Jüngste, dieser Ulrich?«

Sie hob die Schultern. »Was soll mit ihm sein? Er ist einer deiner Goldgräber und hat sich, was Hardwin angeht, offenbar nichts zuschulden kommen lassen.«

Um Johannes' Mundwinkel zuckte es. »Und du willst Sigmund nicht seines neuen … Spielkameraden berauben, nehme ich an.«

»Sigmund ist ein guter Kerl … Und jeder Mensch hat ein wenig Glück verdient. Und Spaß«, fügte sie schmunzelnd hinzu.

»Wir auch?«

Überrascht sah sie ihn an. »Was meinst du?«

Johannes grinste breit. »Haben wir beide auch ein wenig Glück verdient?«

Ahnungsvoll senkte sie die Lider. »Ich war nie der Ansicht, unglücklich zu sein.«

»Und dennoch hast du auf Aleydis' Verlobungsfeier geflennt, wie Sigmund es bezeichnen würde. Und heute während der Hochzeitszeremonie ebenfalls.« Sanft berührte er sie am Kinn und hob es an, bis sie ihm wieder in die Augen blickte. »Womit wir wieder bei meiner Bedingung wären.«

»Johannes …«

»Das *Scone Frowe* ist ein privates Dirnenhaus, Elsbeth. Ich ging stets davon aus, dass du es nur leitest, aber es gehört dir.«

»Was?« Entgeistert riss sie die Augen auf. »Das stimmt nicht.«

»Doch, das stimmt, Elsbeth. Nicolai hat irgendwie dafür gesorgt, dass du als Besitzerin in die Stadtbücher eingetragen wurdest. Schon vor Jahren. Das hat er dir verschwiegen?«

Geräuschvoll stieß sie die Luft aus. »Niemand hat mir je davon etwas gesagt.«

»Warum auch? Wahrscheinlich nahm alle Welt an, dass du davon weißt.« Er lachte. »Das Haus gehört dir, und daran wird sich unter keinen Umständen etwas ändern. Cordian ist ein ausgezeichneter Stellvertreter für die Zeit, die du nicht dort verbringst, denn …« Er beugte sich vor und küsste sie kurz, aber zärtlich. »Als mein Weib wirst du selbstverständlich in meinem Haus am Hühnermarkt wohnen.«

Ihr Herz verkrampfte sich kurz, dann weitete es sich und pochte schließlich wie wild. »Das ist … verrückt. Was werden die Leute sagen?«

»Die Leute wissen längst, dass wir zusammengehören. Die meisten fragen sich wahrscheinlich, warum wir es nicht längst offiziell gemacht haben.«

»Ich bin kein junges Weib mehr, Johannes. Solltest du nicht eigentlich …«

»Nein.« Erneut küsste er sie. »Sollte ich nicht. Will ich nicht«, korrigierte er sich lächelnd. »Wer dereinst mein Nachfolger werden soll, darüber kann sich der Stadtrat Gedanken machen. Ich will nur dich. Ich wollte dich vom ersten Tag an, und daran wird sich nichts ändern, bis ich für immer meine Augen schließe.« Er hielt kurz inne. »Als mein Weib hättest du möglicherweise sogar noch mehr Befugnisse und Möglichkeiten, den Menschen in der Unterwelt, die dir so am Herzen liegen, das Leben zu erleichtern, ihnen zu helfen, wie du es immer schon getan hast. Du bist eine Wächterin, Elsbeth, und du wirst es immer sein. Das will ich dir nicht nehmen, im Gegenteil. Aber glaubst du im Ernst, ich wüsste nach all den Jahren nicht, wie es in dir drinnen aussieht? Welche Wünsche du hegst? Es sind auch die meinen, Elsbeth. Allerdings habe ich vermutlich einen dummen Fehler begangen.«

Verwirrt hob sie den Kopf. »Was für einen Fehler?«

»Ich habe dich nie direkt gefragt, und deshalb konntest du mir immer wieder entwischen und ausweichen.«

»Ach herrje.« Ihr Herz überschlug sich nun geradezu. »Johannes ...«

»Denn auf eine direkte Frage wirst du mir eine ehrliche Antwort geben, nicht wahr? Anlügen würdest du mich niemals. Wahrheiten verschweigen, bis die Zeit gekommen ist, sie auszusprechen, das ja, mir ins Gesicht lügen wirst du mir nicht.«

Sie presste die Lippen kurz zusammen. »Nein, das würde ich nicht tun, das weißt du.«

»Deshalb frage ich dich hier und jetzt mit dem Herrgott als meinem Zeugen ...«

»Das ist hinterhältig!«

Er lachte. »Willst du mein Weib werden, Elsbeth Biremaker?«

Ein seltsames warmes Gefühl durchrieselte sie von den Fingerspitzen bis in die Zehen, und plötzlich wusste sie, dass ihre Mutter unrecht gehabt hatte. Die Liebe eines Mannes – und zu einem Mann – machte nicht schwach, wenn es der richtige Mann war. Hilflos lachte sie. »Das ist vollkommen abwegig und irrsinnig, Johannes Leyendecker.« Sie schluckte, atmete tief durch, dann nahm sie all ihren Mut zusammen. »Ja, ich will dein Weib werden.«

Nachwort der Autorin

Liebe Leserin, lieber Leser,

der vorliegende historische Roman geistert bereits seit vielen Jahren als Idee in meinem Kopf herum, und wenn Sie bereits Bücher aus diesem Genre von mir gelesen haben, wissen Sie nach der Lektüre sicher auch, warum. Sollte dies aber Ihr erster Kontakt mit meinen historischen Romanen oder mir als Autorin sein, kann ich nur hoffen, Sie neugierig auf meine sogenannte Backlist, also die bereits erschienenen historischen Romane von mir, gemacht zu haben.

Die Hübschlerin Elsbeth tauchte erstmals 2007 in meinem Roman *Mord im Dirnenhaus* auf, damals noch als vergleichsweise kleine, wenn auch nicht unbedeutende Nebenfigur. In jenem Buch, das im Jahr 1396 spielt, nimmt ihre Manifestation als fester und wichtiger Bestandteil meines Figurenensembles ihren Anfang. Es sollte aber noch weitere zehn Jahre dauern, bis sie in *Das Gold des Lombarden*, dem ersten Band meiner Lombarden-Trilogie, erneut und diesmal in deutlich prägnanterer Art und Weise in Erscheinung trat, wie auch in den beiden Folgebänden.

Wenn Sie diese Trilogie kennen, freuen Sie sich vielleicht, dass der vorliegende Roman nun endlich ein großes Geheimnis lüftet, für das mich wohl so manch geneigter Leser und so manch treue Leserin verflucht haben mag.

Doch wie ich immer wieder betonen möchte: Wenn Sie in meinen Romanen einen Handlungsfaden oder eine Figur (oder mehrere) entdecken, die noch nicht auserzählt ist oder Potenzial für weitere Geschichten hat, dürfen Sie sicher sein, dass mir dies als Autorin nicht nur bewusst ist, sondern dass ich besagte Figur oder den Handlungsfaden mit großer Wahrscheinlichkeit ganz gezielt an Ort und Stelle platziert habe. Nicht immer geplant übrigens, sondern hin und wieder auch unbewusst, denn manch eine Nebenfigur stellt sich auch mir gegenüber erst nach Beendigung der Arbeit an einem Roman als so wichtig und eindringlich heraus, dass ich mehr über sie erzählen möchte. Sobald dies geschieht, können Sie sicher sein, dass ich nach Wegen und Mitteln suchen werde, jene Geschichte eines Tages zu erzählen.

Dirnen und unehrliche Berufe

Elsbeth war und ist nun eine solche Figur. Hilflos und zugegebenermaßen auch naiv in ihren Anfängen, mausert sie sich zu einer der stärksten Frauenfiguren, über die ich bisher geschrieben habe. Dabei bin ich, was die historischen Fakten angeht, von den neuesten Forschungsergebnissen weltweiter Historikerinnen und Historiker ausgegangen. Unzähligen Quellen und wissenschaftlichen Veröffentlichungen habe ich nicht nur die Lebens- und Arbeitsweise und -bedingungen von Prostituierten in deutschsprachigen sowie europäischen Städten des 14. und 15. Jahrhunderts entnommen, sondern auch ihre Bezahlung, städtische Verordnungen und Regelungen zu Wohnraum, Rechten und Pflichten, Kleidung und so weiter. Dies gilt ebenso für die dargestellten Lebensbedingungen von Lustknaben oder auch der Menschen, die der Kölner Unterwelt angehörten, sowie weiterer sogenannter unehrlicher Berufe, die neben Dirnen und Henkern auch viele andere umfassten. Dazu zählten Totengräber, Heimlichkeitsfeger, Müller, Leineweber, Gaukler und (fahrende) Spielleute, Fleisch- und Knochenhauer, Schinder, Hundeschläger, Abdecker, Schäfer, Bader und Barbiere, Türmer, Lumpensammler, Kesselflicker, Hausierer, Köhler, Bettler und sogar die Gerichtsdiener (Büttel). Von Ort zu Ort variierten die Berufsgruppen ein wenig, und bei so mancher fragt man sich aus heutiger Sicht nach dem Sinn dieser Zuordnung.

Bei einigen ist sie nachvollziehbar, so zum Beispiel bei »unreinen Berufen«, deren Ausübung Kontakt mit Blut, menschlichen und tierischen Ausscheidungen, Leichen und Kadavern bedingte. Oder bei Berufen, die als unmoralisch galten. Hier steht die Prostitution an erster Stelle. Des Weiteren gab es Berufe wie den Müller, die als unehrlich galten, weil Müller nicht selten falsch wogen und ihre Kundschaft betrogen. Man darf daraus aber nicht schließen, dass Angehörige unehrlicher Berufe dies auch alle in dem uns heute geläufigen Sinne waren – im Gegenteil. Der Großteil dieser Menschen war ehrlich im Sinne von vertrauenswürdig, und sie bildeten auch nicht selten ihre eigenen Zünfte und waren in Köln in den diversen Gaffeln zusammengeschlossen. Allerdings gab es für Zunft- bzw. Gaffelmitglieder unehrlicher Berufe ein paar Einschränkungen. So durften sie zum Beispiel nicht in den Rat oder ein städtisches Amt gewählt werden.

Unehrlich im Mittelalter und in der frühen Neuzeit bedeutete »ohne Ehre« oder auch »ohne Ansehen«, und wer diesem Stand angehörte, war ihm grundsätzlich ein Leben lang verhaftet und vererbte ihn auch an seine Kinder. Deshalb war es für Angehörige der unehrlichen Berufe in manchen Städten gar nicht so einfach, einen Ehepartner zu finden. Nicht selten suchten sich deshalb übrigens Henker und andere unehrliche Berufsgenossen ihre Ehefrauen unter den Prostituierten.

Es gab aber auch Ausnahmen hinsichtlich der Beständigkeit des unehrlichen Standes, und diese rekrutierten sich zumeist ausgerechnet aus den Prostituierten. Diese durften eigentlich

(Ausnahmen bestätigen wie immer die Regel) ihren Beruf nur freiwillig, also ohne Zwang ausüben, und sie konnten sich, gesetzt den Fall, sie waren in der Lage, genügend Geld anzusparen, aus ihren Verpflichtungen gegenüber ihren Arbeitgebern (Hurenwirten, Henkern usw.) freikaufen. Allerdings mussten sie danach ein absolut einwandfreies Leben führen und durften unter keinen Umständen mehr, auch nicht heimlich, diesen Beruf ausüben. Sie konnten in sogenannte Büßerinnenkonvente eintreten, als Beginen leben – oder heiraten, und zwar durchaus auch einen Mann von ehrbarem, also ehrlichem Stand. Taten sie dies, wurde mit dieser Änderung ihrer Lebensverhältnisse ihre Unehrlichkeit aufgehoben.

Gnade vor Recht

Überhaupt galt gerade die Ehe als läuterndes Instrument, das alle Sünden der Vergangenheit vor Gott, aber auch in den Augen der Menschen zu tilgen in der Lage war. Dies galt nicht nur für Prostitution, sondern auch für alle Arten von Verbrechen, sogar Mord. Daraus erklärt sich, dass im Mittelalter, aber auch noch in der frühen Neuzeit viele zum Tode verurteilte Männer und Frauen vor dem Vollzug der Strafe von dieser abgebeten wurden. Die angebliche Mär vom Mörder, der von seiner Liebsten vom Galgen herunter geheiratet und damit vor dem Tode errettet wird, ist gar keine, sondern diese Vorgehensweise gehörte zu jener Zeit ganz selbstverständlich zur allgemeinen Rechtsprechung dazu.

Jeder Mann und jede Frau, gleich ob ehrlich oder unehrlich, durfte eine verurteilte Person von ihrer Strafe abbitten. Nicht nur von der Todesstrafe, sondern von jeglichem Urteil. Manchmal ging es auch darum, die unehrlich machende Todesstrafe des Erhängens in die ehrliche Form des Enthauptens umzuwandeln, um unangenehme Folgen für die Familie des Angeklagten zu verhindern. Nicht selten wurden auf diesem Wege auch Strafen deutlich abgemildert, und nicht immer war das Ziel, die angeklagte Person zu ehelichen. Vielmehr ging es darum, das christliche Empfinden des Gnadengedankens in der Rechtsprechung umzusetzen.

Und selbst wenn die für das Vergehen höchste Strafe ausgesprochen wurde, ob nun wegen der Schwere des Verbrechens oder möglicherweise aufgrund einer (mehrfachen) Wiederholungstat, war in vielen, wenn nicht den meisten Fällen davon auszugehen, dass die angeklagte Person von dieser Strafe abgebeten wurde, nicht selten sogar von der geschädigten Person selbst, und dass dadurch das Strafmaß deutlich abgemildert wurde. In vielen Fällen wurden sogar Mörder, Verräter und sonstige Verbrecher, je nach Stand und Einfluss ihrer Fürsprecher, lediglich auf eine bestimmte Zeit oder lebenslang aus der Stadt verbannt.

Gemein war allen Formen des Abbittens von einer festgesetzten Strafe, dass die geschädigte Person dem abgemilderten Urteil in der Regel zustimmen musste. Da aber dieser Brauch, das Gericht um Gnade zu ersuchen, fest im Verständnis der Menschen jener Zeit von Recht und Ordnung verwurzelt war, ging wohl ein sehr großer Teil der Geschädigten auf diesen »Handel« ein, anderenfalls wären sicherlich ungeheuerlich viel mehr Berichte über Todes- und weitere Körperstrafen überliefert.

Der Ausdruck »Gnade vor Recht ergehen lassen« wurzelt also in diesem Rechtsbrauch, falls Sie sich schon einmal gefragt haben sollten, woher er wohl stammen mag und was es damit auf sich hat. Dieser Brauch ist im Übrigen auch mit, wenn sicher nicht ausschließlich, ein Grund dafür, dass Scharfrichter eben nicht, wie oft angenommen und leider in vielen Filmen, Büchern und auch Dokumentationen übertrieben dargestellt, tagaus, tagein damit beschäftigt waren, Todesurteile zu vollstrecken, Gliedmaßen und andere Körperteile abzuhacken und dergleichen mehr. Dies hätte nämlich dazu geführt, dass Städte entvölkert und ein großer Teil der verbleibenden Bevölkerung auf die eine oder andere Weise verstümmelt worden wäre.

Mittelalterliche Rechtsmittel und die Rolle des Henkers

Die mittelalterliche Rechtsprechung kannte viele grausame Körperstrafen, und die Todesstrafe wurde nicht nur für Mord und Totschlag verhängt, sondern auch für Diebstahl, Raub, Betrug, Entführung, Brandstiftung, Verrat und vieles mehr. Gleichzeitig ist Ihnen sicherlich aus besagten Filmen und Büchern sowie aus dem Schulunterricht noch im Gedächtnis geblieben, dass man Dieben die rechte Hand abschlug und Betrügern das Ohr abschnitt oder das Ohrläppchen schlitzte (daher der Ausdruck Schlitzohr). Dann wiederum gab es aber auch vergleichsweise milde Strafen für Leute, die ihre Mitmenschen betrogen, übervorteilten und so weiter. Hierzu gehörte zum Beispiel das Anbinden an den öffentlichen Schandpfahl (in Köln Kax genannt) oder das Festsetzen im Block, einem ungemütlichen hölzernen Gebilde, in dem Kopf und Arme zwischen zwei mit den entsprechenden Aussparungen versehenen Holzbalken fixiert wurden, während die so gestrafte Person am Boden kniete.

Anhand dieser Abstufungen von Strafmaßen kann man erkennen, dass es hinsichtlich der Ahndung von Verbrechen und Delikten aller Art durchaus Ermessensspielraum für die Gerichte gab. Daraus ergibt sich gerade für den Beruf des Scharfrichters bzw. Henkers ein deutlich differenzierteres Bild. Selbst wenn die Stadt ihren Scharfrichter zuweilen an andere Städte und Ortschaften verlieh, die selbst keinen beschäftigten, gab es doch nicht so unglaublich viele Todesurteile oder Körperstrafen zu vollstrecken, dass der Scharfrichter allein davon seinen Lebensunterhalt hätte bestreiten können – die Kosten für die Hinrichtung musste er übrigens nicht selten bei den Familien der Verurteilten eintreiben. Deshalb oblagen ihm in aller Regel weitere Bereiche des städtischen Lebens, vorrangig diejenigen der unehrlichen Berufe, wie die Aufsicht über die Prostituierten samt Eintreiben der darauf anfallenden städtischen Gebühren, die Abortkehrer, Totengräber und viele mehr. Auch die Hundeschläger befehligte er, die dafür zuständig waren, herrenlose streunende Hunde zu fangen, zu erschlagen und zu entsorgen, da diese in ihrer oft großen Zahl durch unkontrollierte Vermehrung dem Stadtbild und der öffentlichen Gesundheit schadeten. Umgekehrt gab aber eben auch der Henker die bereits im Mittelalter bekannten Erkennungsmarken (analog unseren heutigen Hundemarken) gegen eine Jahresgebühr aus, mit denen Hundebesitzer ihre Tiere an einem Halsband zu kennzeichnen hatten, damit diese Tiere eben nicht versehentlich den Hundeschlägern in die Hände gerieten. Auch erhielt der Scharfrichter meist Kleidung und einen Teil der Habe einer hingerichteten Person zur eigenen Verwendung. Diese Kleidung und Gegenstände dürften in aller Regel weiterverkauft worden sein.

Henker gehörten darüber hinaus zu der Personengruppe, die mit am meisten über die menschliche Anatomie Bescheid wussten und über das größte medizinische Wissen verfügten. Beides ergab sich aus ihrem ursprünglichen Tätigkeitsfeld, denn nicht nur mussten sie in der Lage sein, ein Todesurteil schnell und ohne unnötige Qualen für die verurteilte Person auszuführen, sondern sie waren auch dafür zuständig, nach Körperstrafen wie dem Abtrennen von Körperteilen, Auspeitschungen usw. dafür zu sorgen, dass die Wunden versorgt wurden und nach Möglichkeit vollständig verheilten. Auch nach der Folter, die ebenfalls dem Henker oder dessen Gesellen oblag, jedoch nicht der Strafe, sondern ausschließlich der Wahrheitsfindung diente, musste er die betroffene Person medizinisch versorgen und gesund pflegen, denn an einem Delinquenten oder einer Delinquentin durfte die festgesetzte Strafe, auch die Todesstrafe, nur vollzogen werden, wenn er oder sie im Vollbesitz der körperlichen und geistigen Gesundheit war.

Verabschieden Sie sich also bitte von Ihren möglicherweise vorhandenen Vorurteilen, mittelalterliche Scharfrichter seien ungehobelte, ungebildete und womöglich schmutzige Kreaturen gewesen, denen man die Freude am Vollziehen der diversen Strafen an ihrem womöglich feisten Grinsen ansah. Auch wenn es wie überall solche und solche Charaktere gab, und im vorliegenden Roman haben Sie ja bereits zwei Varianten kennengelernt, gehört gerade zum Beruf des Henkers einiges mehr, als man uns gemeinhin in Schule oder in Filmen und manchen Büchern zeigt.

Starke Frauen im späten Mittelalter

Um noch einmal auf meine fiktive weibliche Hauptfigur, Elsbeth, zurückzukommen: Sie versucht in all den Jahren als Hübschlerin und später als Wirtin des *Scone Frowe*, das übrigens das vermutlich älteste historisch verbriefte Dirnenhaus Kölns ist, die Lebensumstände für die freien Frauen, die Prostituierten, zu verbessern. Das mag ausgesprochen modern anmuten, ist aber letztlich so unglaublich auch wieder nicht. Bei meinen Recherchen fand ich gerade für das 14. und 15. Jahrhundert viele Hinweise aus diversen Städten auf deutschem und europäischem Boden, dass die Verordnungen zu Dirnenhäusern, der Bezahlung von Prostituierten, ihren Arbeitszeiten, dem Mindestalter usw. sich mehrten – oft zugunsten der Frauen.

Nun muss man sich bei solchen Entwicklungen stets fragen, was den Ausschlag oder Anstoß dafür gab. Auch wenn es sicherlich den einen oder anderen Vertreter im Stadtrat gab, der untragbare Zustände von sich aus zur Sprache brachte, war es doch in einer patriarchalischen Gesellschaft wie der des Mittelalters eher selten der Fall, dass Verbesserungen des Lebens und Arbeitens von Frauen durch Männer angestoßen wurden. Viel wahrscheinlicher ist es, dass den Ausschlag die betroffenen Frauen selbst gaben, die für sich und ihre Geschlechtsgenossinnen eintraten und für Veränderungen kämpften.

Da starke Frauen, nicht nur im Mittelalter, sondern in allen Epochen, mein Anliegen in all meinen historischen Romanen sind, habe ich Elsbeth als beispielhafte Darstellung einer solchen mutigen und willens- wie durchsetzungsstarken Frau erschaffen, von denen es tatsächlich in der Geschichte viele, viele mehr gab, als uns im Allgemeinen in Schule und oberflächlichen Dokumentationen vermittelt wird.

In diesem Sinne hoffe ich, Sie mit dem vorliegenden Roman gut und spannend unterhalten und Ihnen darüber hinaus interessante und vielleicht für Sie neue Einblicke in die Lebenswelt der Menschen des späten Mittelalters gegeben zu haben.

Da weitere historische Romane, auch mit dem Schauplatz Köln, bereits in Planung sind, freue ich mich, wenn Sie, liebe Leserin, lieber Leser, mir und den Geschichten, die ich zu erzählen habe, weiterhin gewogen bleiben.

Es grüßt Sie herzlichst
Ihre Petra Schier
im August 2024